Knaur.

Knaur.

*Im Knaur Taschenbuch Verlag sind bereits
folgende Bücher der Autorin erschienen:*
Schuldlos schuldig
Denn alle Sicherheit ist trügerisch
Mein Wille geschehe

Über die Autorin:
Susan Sloan lebt im Nordwesten der Vereinigten Staaten. Ihr erster Roman *Schuldlos schuldig* wurde zu einem internationalen Bestseller.

Susan Sloan
Was keiner weiß

Roman

Aus dem Amerikanischen
von Angela Stein

Knaur Taschenbuch Verlag

Die amerikanische Originalausgabe erschien 2003
unter dem Titel »Behind Closed Doors« bei Warner Books, New York.

Besuchen Sie uns im Internet:
www.knaur.de

Deutsche Erstausgabe April 2007
Copyright © 2003 by Susan Sloan
Copyright © 2007 für die deutschsprachige Ausgabe by
Knaur Taschenbuch.
Ein Unternehmen der Droemerschen Verlagsanstalt
Th. Knaur Nachf. GmbH & Co. KG, München.
Alle Rechte vorbehalten. Das Werk darf – auch teilweise – nur mit
Genehmigung des Verlags wiedergegeben werden.
Redaktion: Ilse Wagner
Umschlaggestaltung: ZERO Werbeagentur, München
Umschlagabbildung: Mauritius Images
Satz: Adobe InDesign im Verlag
Druck und Bindung: Clausen & Bosse, Leck
Printed in Germany
ISBN 978-3-426-62908-6

2 4 5 3 1

*Für Ron Montana …
der mich davon überzeugt hat,
dass ich es schaffen kann.*

Danksagung

Wie immer danke ich herzlich meiner Agentin, Esther Newberg. Ferner bin ich folgenden Menschen zu großem Dank verpflichtet: Pamela und Peter Teige sowie Dan und Nancy Mack, die immer die richtigen Informationen für mich bereithielten, wenn ich sie brauchte. Bob Arnold für seinen gewaltigen Rechercheeinsatz. John und Virginia Hilden, die mir Seattle schenkten. Dr. med. Bruce Nitsche und der Krankenschwester Cathy Greenawalt, die mir alle meine medizinischen Fragen beantworteten. Susan Roth von »Author's Edge«, die wie immer einen unschätzbaren Beitrag zum Buch geleistet hat.

Juni 2000

Stille trat ein in dem Gerichtssaal in der vierten Etage, jene Stille, die immer einsetzt am Ende einer Verhandlung, vor der Urteilsverkündung, wenn das erbitterte Gefecht der Gegner beendet ist und das Warten beginnt.
Die San Mateo County Hall of Justice war ein reines Zweckgebäude, das nichts von der Wärme oder dem historischen Charme des alten Gerichtsgebäudes nebenan ausstrahlte, das man zu einem Museum gemacht hatte. Die Gerichtssäle in dem achtstöckigen Neubau wirkten funktional, nicht prachtvoll, sodass auch die Rechtsprechung dort eher formal und weniger traditionsverbunden zu sein schien.
Für die Zuschauer standen in diesem Gerichtssaal vier Reihen gepolsterter Klappstühle zur Verfügung. Gegenüber befand sich die Richterbank, flankiert von der amerikanischen und der kalifornischen Flagge. An der Wand dahinter prangte das Staatswappen, doch die Richterbank wies keinerlei Dekor auf und wirkte höchstens durch ihre schiere Größe eindrucksvoll. Die zwölf Geschworenen konnten sich in bequemen Sesseln niederlassen. Vor den Sitzplätzen der Anwälte war der Boden mit Teppich ausgelegt, dahinter mit Linoleum. Sämtliche Wände waren mit Mahagoni getäfelt.

Der Raum wies keinerlei Fenster auf, entweder aus Sicherheitsgründen oder weil man sich abschirmen wollte. In die Decke war eine wuchtige Lichtschiene mit grellen Strahlern eingelassen. Zwei Drittel der Strahler wurden nun ausgeschaltet, und das Personal entfernte schweigend sämtliche Überreste der Verhandlung, die hier stattgefunden hatte – Karten, Dokumente, Fotografien, Beweisstücke wurden in Kartons verstaut und hinausgetragen. Geschworene und Zuschauer waren schon längst verschwunden.
Valerie O'Connor Marsh saß stumm am Tisch der Verteidigung, einem auf Hochglanz polierten Mahagonitisch neben dem Geländer, vor dem die Anwälte saßen. Sie trug ein schlichtes Kleid, fast im selben Grauton wie ihre Haare. Es war ein paar Minuten nach drei Uhr an einem Donnerstagnachmittag Anfang Juni, und sie wusste, dass es eigentlich keinen Sinn hatte, hier zu sitzen. Stunden oder gar Tage konnten vergehen, bevor die Geschworenen über ihr Schicksal entschieden. Nebenan gab es einen kleinen Raum, in dem sie sich mit ihrem Anwalt und ihrer Familie aufhalten und warten konnte. Sie konnte sogar nach Hause gehen. Der Gerichtsdiener würde ihren Anwalt in Kenntnis setzen, sobald die Zeit gekommen war, und der wiederum würde ihr Bescheid geben. Doch es kam ihr vor, als würde es ihr nicht mehr aus eigener Kraft gelingen aufzustehen.
Die vergangenen vier Tage hatten sie ausgelaugt, und nun fühlte sie sich sonderbar distanziert von allem. Beinahe so ähnlich wie an jenem Abend vor acht Monaten in ihrer Küche. Dieser Abend schien ihr nun so lange her zu sein wie ein ganzes Leben, und so war es in gewisser Weise auch, denn er stellte das Ende des Lebens dar, das Valerie

vierundvierzig Jahre lang geführt hatte. Sie war nun zweiundsechzig Jahre alt.

Sie grübelte nicht über das Urteil nach, denn das lag nicht in ihren Händen. Gott würde über ihr Schicksal entscheiden. Gott und zwölf Männer und Frauen, denen sie in der letzten Woche zum ersten Mal in ihrem Leben begegnet war. Nein, was ihr zu schaffen machte, war die Frage, wie es ihr nun gelingen sollte, in dem kleinen Ort an der Küste, in dem sie wohnte, weiterzuleben ... jetzt, da alle Bescheid wussten.

Valerie hatte ihren Anwalt inständig gebeten, nicht vor Gericht zu gehen, sondern mit dem Staatsanwalt eine Absprache zu treffen. Er wollte nichts davon hören, da er fest davon überzeugt war, dass sie den Prozess gewinnen würden. Doch in seinem Bemühen, sie zu retten, hatte er ihr Privatleben der Öffentlichkeit preisgegeben. Und es war so unerträglich für Valerie gewesen, hilflos miterleben zu müssen, wie ihr qualvolles Leben mit Jack in allen Einzelheiten vor Fremden dargelegt wurde, dass sie das nur durchstand, indem sie sich einredete, hier werde über eine Person und eine Familie gesprochen, die sie gar nicht kenne.

Doch natürlich entgingen ihr die Blicke der Zuschauer im Gerichtssaal nicht, sie las die Artikel über den Prozess in der Zeitung, sah die Berichte im Lokalfernsehen und lief rot an vor Scham. Wäre Selbstmord nicht eine Todsünde gewesen, so hätte sie gewiss nicht gezögert, ihrem Leben ein Ende zu bereiten, anstatt diese Demütigung zu ertragen.

»Sagen Sie, Mrs. Marsh, hat Ihr Ehemann vor dem Abend des sechsundzwanzigsten Oktober schon einmal einen

Menschen zu Tode geprügelt?« Sie hörte noch die forsche Stimme des Staatsanwalts.
Valerie hatte ihren Zorn gezügelt. »Nicht dass ich wüsste«, sagte sie.
»Und weshalb glaubten Sie dann, dass er es an diesem Abend tun würde?« Valerie hatte nicht geantwortet. Sie saß nur da und starrte den Mann aufgebracht an. »Euer Ehren, würden Sie bitte die Zeugin anweisen, die Frage zu beantworten?«
»Mrs. Marsh«, sagte der Richter ruhig, »Sie müssen diese Frage beantworten.«
»Ich weiß nicht genau«, brachte sie mühsam hervor, wobei sie die Hände so angespannt zu Fäusten ballte, dass ihre Nägel sich in ihre Handflächen bohrten. »Mein Mann war eben gewalttätig, und wenn er getrunken hatte, wusste man nie, was er als Nächstes tun würde. Ich konnte es nicht darauf ankommen lassen.«
»Auf was konnten Sie es nicht ankommen lassen, Mrs. Marsh?«, hakte der Staatsanwalt nach. »Sich diese Chance entgehen zu lassen, endlich zu tun, was Sie vielleicht schon seit vielen Jahren tun wollten?«
Ihr Verteidiger hatte natürlich Einspruch erhoben, doch es war schon zu spät. Diese Bemerkung hatte sich den Leuten im Gerichtssaal bereits eingeprägt. Valerie sah es an den Blicken der Geschworenen, hörte es am erschrocken Murmeln der Zuschauer. Und so saß sie nun in dem leeren Raum an diesem Tisch, die Arme um sich geschlungen, als wolle sie verhindern, dass sie in Stücke zerfiel, und starrte ins Leere.

TEIL EINS
1955

1

Valerie verliebte sich in Jack Marsh, als sie ihm zum ersten Mal begegnete. Das ereignete sich im Sommer 1955, nachdem Valerie die Highschool abgeschlossen hatte. Sie war aus Rutland in Vermont, wo sie lebte, zu ihrer Schwester gefahren, die in North End in Boston wohnte.
Marianne war Valeries älteste Schwester und auch ihre Lieblingsschwester. Sie war verheiratet mit Tommy Santini, einem gutmütigen Bär von einem Mann, der als Koch in einem italienischen Restaurant namens Bertolli's arbeitete und Marianne versprochen hatte, dass sie eines Tages ein eigenes Lokal haben würden.
»Es wird irisch-italienische Küche geben«, sagte er gern im Scherz, »Corned Beef und Pizza mit Kohl.«
Tommy war auf einem Ohr taub und sprach deshalb immer besonders laut und nachdrücklich. Den Hörschaden hatte er sich bei einem Bombenangriff in Korea zugezogen, wo er zwei Jahre lang als Koch beim mobilen Feldlazarett im Einsatz war, weshalb er immer noch gerne Anekdoten aus der Messe zum Besten gab. Eines Abends im Juli, als er gerade wieder zu Hochform auflief, klingelte es an der Tür, und als Valerie zur Tür ging, stand Tommys jüngerer Bruder Joey in Begleitung eines Freundes, Jack

Marsh, vor der Tür. Die beiden alberten herum und klopften Sprüche und waren offenbar darauf aus, zum Essen eingeladen zu werden.

»Diese beiden Teufelskerle waren zusammen in Korea«, erklärte Tommy, nachdem er alle vorgestellt hatte. »Jetzt arbeiten sie bei Federal Airlines. Haben es schlau angestellt und sich zur Flugzeugwartung einteilen lassen. Sind nie an die Front gekommen und haben ihren Arsch gerettet. Und jetzt sind alle Fluglinien scharf auf sie.«

Valerie sah, wie sich unter Jack Marshs Sommerhemd die Muskeln abzeichneten. Er sah kraftvoll und stark aus, und ihr wurde ganz schwindlig.

Marianne legte noch zwei Gedecke auf. Bei ihnen gab es immer genug zu essen, denn Joey brachte oft seine Freunde mit. Doch Valerie konnte kaum einen Bissen essen und den Blick nicht von dem jungen Mann ihr gegenüber abwenden. Er war in vielerlei Hinsicht das völlige Gegenteil von ihr. Seine Haare waren schwarz, ihre hellblond, seine Augen sonderbar gelblich, ihre hellblau. Seine Haut schimmerte nussfarben, weil er so viel draußen arbeitete, sie dagegen bekam sofort einen Sonnenbrand, wenn sie sich dem grellen Licht auch nur zehn Minuten aussetzte.

Valerie verstand wenig von der Unterhaltung an diesem Abend. Sie schnappte einzelne Fetzen des Gesprächs auf wie »das Jet-Zeitalter«, Namen wie Boeing und McDonnell Douglas und die Ansicht, dass Düsenjets die Flugzeuge der Zukunft seien. Jack schien das alles sehr aufregend zu finden, ihr dagegen bedeutete das wenig.

Sie hatte nicht den Eindruck, dass er sie überhaupt zur Kenntnis nahm. Er schaute selten zu ihr herüber und wechselte an diesem Abend bestimmt nicht mehr als zehn

Worte mit ihr. Doch eine Woche später rief er an und fragte, ob sie mit ihm ins Kino gehen wolle. Sie war so aufgeregt, dass sie fast abgelehnt hätte. Aber dann sagte sie doch zu. Sie trug ein gestreiftes rückenfreies Sommerkleid und hängte sich einen Pullover um. Er kam in Jeans, einem eng anliegenden T-Shirt und einer dünnen Windjacke.
Während des Films legte er ihr beiläufig den Arm um die Schultern, und als sie danach die Tremont Street entlangschlenderten zur Eisdiele, hielten sie sich an der Hand. Sie sahen ihr Spiegelbild in einem Ladenfenster und schnitten Grimassen, aber Valerie erkannte sich selbst kaum wieder. Neben Jacks wuchtiger Gestalt wirkte sie noch zarter und schmaler als sonst. Sie fand den Anblick berauschend und dachte, dass er sie bestimmt beschützen konnte vor allem Bösen, das sie dort draußen in der großen Welt erwarten mochte.
Nach diesem Abend sahen sie sich fast täglich; oft gingen sie gemeinsam ins Kino oder schlenderten durch die schmalen Straßen im North End, die eher nach Italien zu gehören schienen als nach Amerika. Sie besichtigten Paul Reveres Haus und die Old North Church. Sie gingen am Charles River spazieren. Einmal am Zahltag führte Jack sie in das vornehme teure Restaurant Locke-Ober aus, und manchmal wanderten sie auch zum Boston Common und lauschten dort im Park der schwungvollen Calypso-Musik, die durch Sänger wie Harry Belafonte bekannt geworden war.
Eines Nachmittags überquerten sie den Charles und streiften in Cambridge im Harvard Yard umher, hoch erhobenen Hauptes, als seien sie Studenten von dort. Doch eigentlich gefiel Valerie Harvard nicht besonders gut. Die Gebäude sahen kalt und abweisend aus.

Manchmal gingen sie auch mit Joey oder Kollegen von Jack gemeinsam aus und amüsierten sich prächtig. Doch am liebsten blieben sie unter sich. Gelegentlich, wenn Valerie Jack zum Reden ermunterte, sprach er auch ein bisschen über sich. Er erzählte ihr von seiner Mutter, die gestorben war, und seinem Vater, der keinen Lebensmut mehr hatte, und sie schilderte ihm das Leben in einer neunköpfigen Familie.

»Und wie war das, keine Mutter zu haben und nur mit deinem Vater aufzuwachsen?«, fragte sie.

»Frei«, antwortete er. »Und wie war es, mit so vielen Geschwistern aufzuwachsen?«

»Beengt«, sagte Valerie, und sie lachten.

Er berichtete von Kansas City, und sie beschrieb ihm Rutland.

»Wieso bist du zur Luftwaffe gegangen?«, erkundigte sich Valerie.

»Ich hab mich als Kind oft am Heart Airport aufgehalten«, antwortete Jack. »Flugzeuge haben mich schon immer fasziniert. Vielleicht, weil ich mir vorstellen konnte, einzusteigen und wegzufliegen.«

»Und wohin wolltest du fliegen?«

»War mir egal«, sagte er. »Ich hatte diesen Job nach der Schule, im Viehhof. Eines Tages kommt der Chef zu mir und fragt mich, ob ich voll dort arbeiten möchte, wenn ich mit der Highschool fertig bin. Da dachte ich mir plötzlich, dass ich mein Leben lang in diesem Kaff hängen bleiben würde. Deshalb hab ich das nächstbeste Flugzeug genommen, als ich mit der Schule fertig war, Hauptsache weg. Wie sich rausstellte, landete ich in Korea.«

»So ging es mir nie«, sagte Valerie nachdenklich.

»Du magst Rutland, wie?«
Sie hatte noch nie länger darüber nachgedacht, doch nun schien ihr die Antwort glasklar. »Es ist meine Heimat«, sagte sie. »Wo ich auch hingehe, wo ich auch leben würde, Rutland wird immer meine Heimat bleiben.«
»Muss schön sein, wenn man so ein Gefühl hat zu einem Ort«, sagte er langsam. »Erzähl mir mehr.«
Wenn er über sich selbst sprach, musste man ihm jedes Wort aus der Nase ziehen, aber über Flugzeuge konnte Jack endlos reden. Er hielt Valerie stundenlange Vorträge über Flügelspannweite, Luftdruck und Landeanflüge.
Am Ende ihres dritten gemeinsam verbrachten Abends küsste er sie zum ersten Mal, fast beiläufig. Sie rochen beide nach Knoblauch von den Spaghetti, die sie bei Bertolli's gegessen hatten, dem Restaurant, in dem Tommy arbeitete. Nach Knoblauch und Chianti. Valerie fand, dass dieser Kuss wunderbar schmeckte. Es war nicht der erste Kuss ihres Lebens, doch der erste, bei dem ihr heiß und kalt und ganz schwummrig zugleich wurde, und sie wünschte sich, dieser Zustand würde nie enden.
Marianne und Tommy waren nicht sicher, was sie von dieser Liebschaft halten sollten. Jack Marsh war zwar ein Freund von Joey, aber er war anders, älter, gerissener. Sicher ein netter Kerl, aber nicht der richtige Mann für Valerie. Marianne war insgeheim froh, als die Sommerferien vorüber waren und ihre Schwester nach Rutland zurückkehrte.
Doch Valerie war untröstlich. In ihren kühnsten Träumen hätte sie niemals zu hoffen gewagt, dass ein Mann, der so attraktiv, weltläufig und großartig war wie Jack Marsh, sich für eine unscheinbare Person wie sie interessieren würde. Und doch war es so.

Gewiss, sie hatten niemals über eine gemeinsame Zukunft gesprochen, aber sie war sicher, dass er ebenso empfand wie sie. Wieso hätte er sie sonst mit solcher Leidenschaft geküsst und berührt? Sie hatte sich selbst und auch ihn mehr als einmal zur Ordnung rufen müssen, bevor sie zu weit gingen. Er drängte sie nicht, wenn sie ihre Kleidung in Ordnung brachte, und am nächsten Tag kam er wieder.
Sie kannten sich erst seit sechs Wochen, doch die hatten sie hauptsächlich gemeinsam verbracht. Jack hatte ausreichend Zeit, um über ihrer beider Zukunft zu sprechen. Doch das hatte er nicht getan. Er verabschiedete sich von ihr und sagte, er würde ihr schreiben oder sie vielleicht einmal besuchen kommen, wenn er es einrichten konnte.
Valerie war am Boden zerstört. Sie war nicht nach Boston gereist, um dort einen Ehemann zu finden, hatte aber dennoch das Gefühl, mit leeren Händen heimgekehrt zu sein.
Im Herbst, als sich das Laub in Vermont leuchtend goldfarben und rostrot verfärbte, sann Valerie darüber nach, was sie mit ihrem Leben anfangen wollte. Sie wusste, dass man von ihr erwartete, zu heiraten und eine Familie zu gründen, doch die jungen Männer aus Rutland, mit denen sie aufgewachsen war, kamen ihr nun so jung und langweilig vor. Sie erzählte niemandem von Jack, wanderte aber so ruhelos durch das große Haus, das schon betagt gewesen war, als ihre Mutter als junge Braut dort einzog, dass ihre Eltern sich zunehmend Sorgen um sie machten.
Dann, an einem Sonntagnachmittag im November, an dem die Familie sich nach Kirchgang, Besuchen und Mittagsmahl in dem Wohnzimmer mit den durchgesessenen Sofas und Sesseln und den fadenscheinigen Teppichen ver-

sammelte, stand Jack Marsh plötzlich unangekündigt vor der Tür. Als Valeries Vater ihm öffnete, nahm Jack seinen ganzen Mut zusammen und sagte: »Guten Tag, Sir, mein Name ist Jack Marsh, und ich möchte Ihre Tochter heiraten.«

Valerie erinnerte sich an jedes Detail dieses Tages, dieser Situation. Wer an welcher Stelle saß und welches Gesicht machte – ihr Vater sah bestürzt aus, ihre Mutter hoch erfreut. Valerie wusste auch später noch genau, wer was sagte und was alle anhatten – sie trug zum Beispiel das rosa Wollkleid mit dem selbst genähten Spitzenkragen. Und sie entsann sich auch noch genau an das lodernde Feuer im Kamin an diesem kühlen Tag und an das lodernde Feuer in ihrem Inneren.

Sie kam sich vor wie die Prinzessin, die in einem Turm gefangen gehalten und nun von ihrem Prinzen gerettet wurde. Allerdings war das Leben kein Märchen. Das hatte ihr Vater oft genug betont. Er hatte ihr gesagt, dass das Leben aus harter Arbeit, Enttäuschungen, Anstrengung und Kompromissen bestünde und im besten Fall vielleicht einem kleinen bisschen Glück. Und wenn man sich rechtschaffen ins Zeug legte, bekam man sein Märchen vielleicht dann im Jenseits. Das sagte auch Pater Joseph, der Gemeindepriester, und Valerie glaubte ihm.

Sie hatte sich amüsiert über den kuhäugigen und benebelten Gesichtsausdruck, der sich bei ihren Schwestern eingestellt hatte, als sie eine nach der anderen »den Richtigen« gefunden und dabei die Schwächen und Nachteile des Betreffenden völlig übersehen hatten. Valerie empfand sie als dumm und kurzsichtig und sagte sich, dass sie niemals so blind sein würde. Und sie war auch gewiss nicht

blind, nicht wahr, als ihr Vater mit Jack Marsh ins Wohnzimmer marschiert kam.
»Kennst du diesen Mann, Valerie?«, fragte ihr Vater barsch. »Er behauptet, dass er dich heiraten möchte.«
»Ja, Vater«, antwortete Valerie atemlos, »ich kenne ihn.«
»Dann könntest du uns allmählich ins Bild setzen, was das alles zu bedeuten hat.«
»Ich habe ihn in Boston kennen gelernt«, sagte Valerie und wurde puterrot.
»Wir wurden uns von Ihrer Tochter Marianne vorgestellt«, ergänzte Jack. »Ich bin ein Freund ihres Schwagers Joey.« Er brachte einen Blumenstrauß zum Vorschein, den er hinter seinem Rücken versteckt hatte, und es gelang ihm, in der Gruppe von Verwandten Valeries Mutter auszumachen. »Darf ich Ihnen das überreichen, Mrs. O'Connor«, sagte er formvollendet, »als eine kleine Entschuldigung dafür, dass ich hier so hereingeplatzt bin?«
»Wir haben uns in Boston oft getroffen«, fuhr Valerie fort, nachdem die überraschten Ausrufe und das aufgeregte Gemurmel sich gelegt hatten und man sich wieder ihr zuwandte.
»Und haben uns verliebt«, verkündete Jack.
Valerie blickte ihn überrascht an. »Das hast du aber nie gesagt.«
»Es ist mir wohl erst klar geworden, als du weg warst«, erwiderte er mit charmantem Grinsen. »Boston war plötzlich völlig reizlos.«
Jack wandte sich an Valeries Vater. »Deshalb bin ich nun hier, in der Hoffnung, dass Sie mir gestatten, Ihre Tochter zu ehelichen, Sir.«
Martin O'Connor war ein scharfsinniger vierschrötiger

Mann mit einem fast kahlen Schädel, buschigen Augenbrauen und einem durchdringenden Blick, der schon manchen Verehrer das Fürchten gelehrt hatte. Er hatte unlängst seinen dreißigsten Hochzeitstag gefeiert und bislang fünf seiner neun Kinder den Segen für die Ehe gegeben. Valerie war seine Jüngste, ein unkompliziertes folgsames Mädchen, das jedoch eine verletzliche Seite hatte, die er bei seinen anderen Kindern nicht sehen konnte. »Nun, das sollte ich mir wohl in Ruhe überlegen, wie?«, entgegnete er.

Martin war gerecht, aber streng und unnachgiebig, und er duldete keine Widerrede in der Familie. Sein Wort galt immer. Gottesfürchtig erzogen, war er der Überzeugung, dass man Kinder verwöhnte, wenn man sie nicht züchtigte. Deshalb wussten alle seine Kinder, wie sein Handrücken oder sein Gürtel sich anfühlten, denn davon machte er Gebrauch, so oft er es für notwendig hielt.

Über die Jahre war manch eines der Kinder mit wundem Hintern in die Schule geschlichen und hatte die harten Schulbänke ertragen müssen, doch keines von ihnen hatte je ein Wort darüber verloren.

»Was hier im Haus geschieht, bleibt auch im Haus«, hatte Martin angeordnet. »Darum geht es in einer Familie.« Von allen Lektionen, die Valerie für ihr zukünftiges Leben in ihrem Elternhaus lernte, prägte sich diese wohl am nachhaltigsten ein.

Durch Fleiß und harte Arbeit war es Martin gelungen, den fast brachliegenden Granitsteinbruch, den er von seinem Vater übernommen hatte, zu einem der erfolgreichsten Unternehmen von Rutland zu machen. Er überstand sogar die Flut von 1947, durch die viele andere Betriebe zugrunde gingen. Im Laufe der Jahre hatte Martin mit zahlreichen Menschen zu tun gehabt und sich den Ruf erworben, ein bodenständiger und ehrlicher Geschäftsmann zu sein, der Menschen so gut einschätzen konnte wie Granit. Und er war keineswegs sicher, was er von dem jungen Mann halten sollte, der sein Anliegen so forsch auf seiner Türschwelle vorgetragen hatte. Martin konnte jedoch sein Missfallen nicht recht in Worte fassen. Der Bursche sah gut aus, war charmant und machte einen schlauen gewitzten Eindruck, und Valerie hatte sichtlich ihr Herz an ihn verloren. Doch irgendetwas an Jack Marsh ließ Martin keine Ruhe, und seine Instinkte hatten ihn in fünfundfünfzig Jahren noch nie getrogen.

Es hatte allerdings den Anschein, als sei er in dieser Hinsicht allein mit seiner Meinung. Seine Frau Charlotte, eine sehr vernünftige Frau, die in vielerlei Hinsicht ebenso klug war wie er, schien hingerissen von dem jungen Mann und reagierte äußerst erfreut auf ihn. Und Valerie, das arme Kind, schwebte förmlich und sah ziemlich dämlich aus in ihrer Hingabe. Sogar seine beiden älteren Söhne, Marty und Kevin, nüchterne und verlässliche Jungen, hatten lauthals über Marshs Witze gelacht und angeboten, ihm zu zeigen, was Rutland alles zu bieten hatte.

»Wie du meinst, Martin«, sagte Charlotte fügsam, als sie spätabends zu Bett gingen und die Ereignisse des Tages erörterten. »Mir scheint er ein feiner junger Mann zu sein. Doch Valerie ist eben unsere Jüngste, und mir war immer klar, dass es dir schwer fallen würde, sie aus dem Haus gehen zu lassen.«

Martin dachte über die Worte seiner Frau nach. Er schätzte ihre Meinung. Sie nahm Dinge wahr, die ihm entgingen,

vor allem, was die Mädchen betraf. Während er versuchte, seine Gefühle zu ordnen, schlief er ein.
Aber als er am nächsten Morgen erwachte, hatten sich seine Bedenken keineswegs verflüchtigt. Und sie begleiteten ihn den ganzen Tag, bei seiner Unterredung auf der Bank, seinem Mittagessen mit den Knights of Columbus und während der Gespräche mit seinen Kunden. Schließlich ging er zwei Stunden früher als gewöhnlich nach Hause, was er sonst nie tat, nur um mit Valerie über die Wiesen hinter dem Haus zu spazieren, wie sie es oft getan hatten, als sie noch klein war.
»Ich glaube nicht, dass du mit ihm glücklich wirst, Flachskopf«, sagte er; so hatte er sie als Kind immer genannt wegen ihrer langen blassblonden Haare. »Er ist nicht wie wir.«
Doch Valeries Augen leuchteten, und sie lächelte ihn strahlend an, als sie erwiderte: »Er hat mich doch schon glücklich gemacht, Vater, siehst du das nicht?«
Natürlich sah er es. »Aber was weißt du über ihn?«, fragte er. »Was weißt du über seine Familie?«
»Da gibt es nicht viel zu erzählen. Jack ist ein Einzelkind. Seine Mutter kam aus einer kleinen Stadt auf dem Land in Iowa, sein Vater aus einem Waisenhaus in St. Louis. Er hat für eine Fleischfabrik in Kansas City gearbeitet, wo Jack auch aufgewachsen ist. Die Eltern sind beide schon tot.«
»Dennoch, sechs Wochen«, erwiderte Martin. »Das ist nicht lang.«
»Wirst du mir verbieten, ihn zu heiraten?«, fragte Valerie und biss sich nervös auf die Lippe.
Nach einem Verbot stand ihrem Vater der Sinn. Er wusste, dass er es tun konnte, und das Nein lag ihm förmlich auf

der Zunge. »Was kannst du in sechs Wochen schon über sein Leben in Erfahrung bringen?«, fragte er stattdessen.
»Ich glaube, er hat es nicht leicht gehabt«, antwortete Valerie. »Er war ziemlich auf sich allein gestellt. Aber was spielt das für eine Rolle? Ich weiß, dass er ehrlich und achtsam und fleißig ist. Marianne und Tommy können dir das bestätigen. Und ich glaube, dass er gut für mich sorgen wird.«
»Das ist immerhin etwas«, räumte Martin ein. »Doch vergiss nicht, die Ehe ist ein Bündnis für lange Zeit. Für dein ganzes Leben, im Guten wie im Schlechten. Wir sind Katholiken, wir können nicht wie die anderen einen Fehler begehen und ihn dann ausbessern.«
»Mach dir keine Sorgen, Vater, ich begehe keinen Fehler«, versicherte ihm Valerie in jenem Brustton der Überzeugung, wie er typisch ist für junge und unerfahrene Menschen. »Jack mag nicht der Mann sein, den du dir vorgestellt hast, aber er ist der Mann, mit dem ich mein Leben verbringen möchte und der sein Leben mit mir verbringen möchte, wie es auch aussehen mag. Ich liebe ihn, und ich glaube ihm, wenn er sagt, dass er mich auch liebt. Das ist doch schon ein sehr guter Anfang, nicht wahr?«

Sechs Wochen später heirateten Valerie und Jack, während der Sonntagsmesse in St. Stephen, der Gemeindekirche, in der ihre Eltern getraut worden waren, in der die drei Schwestern und zwei Brüder von Valerie geheiratet hatten, in der sie selbst getauft und eingesegnet worden war und ihre Erstkommunion bekommen hatte, und in Anwesenheit der gesamten Gemeinde, die Valerie schon seit ihrer Kindheit kannte.

Jacks Eltern waren auch katholisch gewesen. Wäre seine Mutter nicht gestorben, so hätte er wohl eine katholische Erziehung bekommen und wäre vielleicht Messdiener geworden. Doch da sein Leben anders verlaufen war, hatte er nie eine Kirche betreten und konnte mit Religion nichts anfangen. Er versprach Valerie, dass sie ihre Kinder aufziehen dürfe, wie sie wolle, falls sie Kinder bekommen würden. Er sagte, das sei ihm gleichgültig.
Pater Joseph hatte deshalb, wenn auch widerstrebend, eingewilligt, die beiden in der Kirche zu trauen. Valerie war ungemein dankbar dafür. Ihr Glaube bedeutete ihr sehr viel, und ihr lag ungeheuer viel daran, kirchlich und mit allen Sakramenten getraut zu werden. Sie hätte Jack auch anderswo geheiratet, selbst wenn sie dann von zu Hause hätte weglaufen müssen. Doch das wäre nicht so vollkommen gewesen, wie sie sich den ersten Tag ihres neuen Lebens wünschte.
Es blieb nicht viel Zeit für Vorbereitungen, und so trug Valerie das enger genähte Hochzeitskleid ihrer Schwester Cecilia, an dem sie selbst mitgearbeitet hatte. Es war aus Seide, mit Spitze verziert und hatte einen weiten Rock, und Valerie schwebte damit förmlich durch die Reihen. Mit ihrem seidigen Haar und ihrem strahlenden Lächeln sah sie wie eine Prinzessin aus, und Jack, der stattlich und eindrucksvoll wirkte in seinem geliehenen Frack, hätte durchaus ein Prinz sein können.
Die Leute raunten: »Eine Liebe wie im Märchen ...«
»Eine Märchenhochzeit ...«
»Der Beginn einer märchenhaften Ehe ...«

2

Das frisch verheiratete Ehepaar Marsh verbrachte seine Hochzeitsnacht im Château du Lac am Lake Champlain, in einer Suite, die größer war als Mariannes Wohnung in Boston. Die Räume waren mit antiken amerikanischen Möbeln ausgestattet, darunter einem eleganten Sekretär, einem aufwändig mit Schnitzwerk verzierten Schrank und einem riesigen Pfostenbett, das dem von Valeries Eltern glich. Valerie konnte sich gut vorstellen, dass George Washington schon hier übernachtet hatte, obwohl sie wusste, dass es dieses Hotel zu Washingtons Lebzeiten noch nicht gegeben hatte.

Dort abzusteigen war fürchterlich teuer und riss ein beträchtliches Loch in Jacks Ersparnisse, aber Valerie hatte ihr Leben lang davon geträumt, ihre Hochzeitsnacht in diesem Hotel zu verbringen, und Jack wollte sich großzügig zeigen. Außerdem bekam man einen Preisnachlass, da es Winter war, außerhalb der Hauptsaison. Und sie blieben schließlich nur eine Nacht. Am Montagmorgen würden sie zum Flughafen außerhalb von Burlington fahren und von dort aus nach Seattle fliegen, dem Hauptsitz von Federal Airlines, wo Jack in der Wartungsabteilung arbeiten sollte.

Das war der bittere Teil. Von ihren Besuchen bei Marianne in Boston abgesehen, hatte sich Valerie noch nie weiter als eine halbe Stunde Fahrzeit von ihrem Elternhaus entfernt. Sie freute sich zwar auf ihr neues Leben, aber Rutland und ihre Familie zu verlassen, war furchtbar für sie.
Jack dagegen kam das sehr gelegen. Er hatte kein Interesse daran, dass ein Haufen Fremder sich in seine Ehe einmischte. Man nahm unter Tränen und mit dramatischen Umarmungen Abschied.
»Ich dachte, du würdest in Boston bleiben, in der Nähe von Marianne«, hatte Martin gesagt, als er von dem Umzug hörte; ihm kamen wieder erhebliche Zweifel daran, ob er recht getan hatte, Valerie die Ehe mit einem Mann zu gestatten, über den niemand Näheres wusste.
»Das dachte ich auch«, entgegnete Valerie, der es vorkam, als läge Seattle am Ende der Welt. »Aber Jack sagt, er könne sich dieses Angebot nicht entgehen lassen.«
Ihr Vater seufzte. »Tja, ihr müsst wohl dorthin gehen, wo er seine Arbeit hat«, räumte er ein. »Ich wünschte nur, es wäre nicht so weit weg.«

Kurz vor zehn Uhr abends trafen sie im Château du Lac ein.
»Sie können immer noch zu Abend essen«, versicherte ihnen der Empfangschef. »Die Küche ist bis zehn Uhr dreißig geöffnet.«
Doch die beiden waren noch satt vom Empfang und dem sechsgängigen Menü bei der Hochzeitsfeier und lehnten dankend ab.
»Ganz wie Sie wünschen«, sagte der Empfangschef und verbeugte sich formvollendet.

Ein Boy brachte das Paar zu seiner Suite und zog sich dann dezent zurück. Auf einem Tischchen im Wohnzimmer erwartete die Jungvermählten eine große Flasche Champagner in einem eisgefüllten Kühler. Zwei edle Kristallflöten standen daneben, und am Kühler lehnte eine Karte mit Silberrand und der Aufschrift Mit besten Wünschen der Hotelleitung. Die junge Braut errötete heftig, als sie die Karte las.

»Meinst du, die wissen es?«, flüsterte sie.

Jack gluckste. »Was denn? Dass das unsere Hochzeitsnacht ist? Natürlich wissen sie das. Das hier ist die Hochzeitssuite, nicht wahr? Was sollten wir denn sonst hier?«

Doch Valerie fand die Vorstellung nicht angenehm, dass wildfremde Menschen nun wussten, was sie hier tun würden. Hatte der Mann an der Rezeption sie beim Einchecken nicht amüsiert betrachtet und der Empfangschef sich nicht etwas zu höflich verbeugt? Und hatte der Page, der ihre Koffer zum Zimmer trug, nicht ein Grinsen unterdrücken müssen, als Jack ihm Trinkgeld gab? Sie sah plötzlich vor ihrem geistigen Auge sämtliche Hotelangestellten grinsen und kichern und lief mit hochrotem Kopf ins Badezimmer.

»Könnte doch viel schlimmer sein, weißt du«, hörte sie Jacks Stimme durch die Tür. »Sie könnten glauben, wir seien *nicht* verheiratet.«

Daran hatte Valerie nicht gedacht. Sie stellte sich vor, wie der Sheriff von dem argwöhnischen Empfangschef benachrichtigt wurde und dann hier hereinstürmte, um sie zu verhaften, weil sie unverheiratet ein Zimmer teilten. Und wie Jack dann in aller Seelenruhe ihre Heiratsurkunde zu Tage förderte und Genugtuung verlangte für diese Beleidigung seiner Braut. Die Vorstellung brachte sie zum Lachen, und ihr wurde bewusst, dass Jack von nun an für immer da sein und sie beschützen würde.

Es klopfte leise an die Tür. Als sie öffnete, lächelte Jack sie erwartungsvoll an. Er hatte sein Sakko und seine Krawatte abgelegt und begann sein Hemd aufzuknöpfen.

Valerie wurde plötzlich schüchtern. Sie hatte ihn schon öfter ohne Hemd gesehen, in Badehose am Fluss, an heißen Augustabenden auf Mariannes kleinem Balkon, an schwülen Nachmittagen, wenn er an seinem Chrysler arbeitete. Doch das war etwas ganz anderes gewesen. Sie merkte plötzlich, dass sie ihm nicht in die Augen schauen konnte. Stattdessen blickte sie an sich hinunter, auf ihr beiges Seidenkostüm.

»Warte noch einen Augenblick«, murmelte sie und schloss die Tür zum Badezimmer. Ihr Mund fühlte sich trocken an, ihre Zunge war schwer und rau. Sie spielte mit den Knöpfen ihrer Kostümjacke, und zum ersten Mal wurde ihr bewusst, dass der Mann vor dieser Tür fast ein Fremder für sie war, jemand, dem sie vor knapp vier Monaten begegnet war.

Wer war er eigentlich? Was machte sie hier mit ihm? Und was würde sie jetzt tun?

Valerie war so gefesselt gewesen von der Vorstellung zu heiraten, dass sie sich keine Gedanken darüber gemacht hatte, was nach der Hochzeit passieren würde. Erschrocken stellte sie fest, dass sie tatsächlich, ihren Aussagen gegenüber ihrem Vater zum Trotz, so gut wie nichts über diesen Mann wusste, den sie geheiratet hatte. Sie hatte keine Ahnung, welche Musik er gerne hörte oder welche Bücher er gerne las – sie wusste nicht einmal, ob er überhaupt Musik und Bücher mochte. Geschweige denn, woran er den lieben langen Tag dachte.

Valerie empfand den fast unwiderstehlichen Drang davonzulaufen. Doch stattdessen knöpfte sie ihren Rock auf, ließ ihn zu Boden fallen und legte ihn dann ebenso ordentlich zusammen wie die Jacke. Sie hatte keine Ahnung, was Jack gerne aß, ob er Allergien hatte, ob er bei geschlossenem oder offenem Fenster schlafen wollte, ob er den Deckel wieder auf die Zahnpastatube schraubte und den Toilettendeckel schloss. Sie fragte sich, ob er nachlässig oder ordnungsliebend war. Sie wusste nicht einmal, ob er eine Lieblingsfarbe hatte.

Valerie zog ihren seidenen Unterrock, ihre Strümpfe und ihren Strumpfbandhalter aus. Als sie in ihrer weißen Baumwollunterwäsche dastand, bekam sie eine Gänsehaut. Dann fiel ihr schlagartig ein, dass ihr hübsches neues Spitzennegligé, das sie eigens für diesen Anlass angeschafft hatte, in ihrem Koffer im Zimmer lag. Jetzt konnte sie es wohl kaum noch holen.

Sie sah sich in dem großen altmodischen Badezimmer um. Hier gab es nur Handtücher, und sich in eines von denen zu wickeln, kam ihr wenig verführerisch vor. Schließlich zog sie ihre Unterwäsche aus, streifte den Unterrock wieder über und betrachtete sich in dem goldgerahmten Spiegel über dem Waschbecken. Ihre Wangen glühten so rosa, als wäre sie den ganzen Tag in der Sonne gewesen, und ihre Augen glänzten.

Valerie wusste wenig über den Mann, der dort draußen auf sie wartete, aber sie würde sich wohl in Kürze mit ihm in dieses prachtvolle Pfostenbett legen und zur Frau werden. Was auch immer das bedeuten mochte.

Es war nicht so, dass sie gar nichts über Sex wusste. Wer als Jüngstes von neun Geschwistern aufwächst, erfährt unweigerlich etwas darüber. Außerdem hatten ihre Mutter und ihre Schwester ihr auch das eine oder andere erzählt; ins Detail gingen sie dabei allerdings nicht.
»Er hat vielleicht Bedürfnisse, die du nicht immer teilst oder verstehst«, hatte Charlotte gesagt. »Doch du solltest dennoch immer versuchen, sie zu befriedigen, weil du ihn liebst und weil es deine Pflicht ist.«
»Männer sind leicht zufrieden zu stellen«, raunte Cecilia. »Das meiste machen sie ohnehin selbst. Du bist im Grunde einfach bloß da. Spaß macht es, wenn du rausfindest, was dir gefällt.«
»Sieh zu, dass es am Anfang nicht zu schnell geht«, riet ihre Schwester Elizabeth. »Männer achten nicht so darauf, aber für Frauen kann es sehr wichtig sein.«
»Erwarte nicht, dass gleich von Anfang an alles perfekt ist«, sagte Marianne. »Man braucht viel Geduld und Übung. Und mach dir keine Sorgen« – sie zwinkerte Valerie zu –, »wenn du erst mal dabei bist, denkst du auch nicht mehr darüber nach, wie lächerlich es aussieht.«
Valerie wusste, dass sie alle es gut mit ihr meinten, und hörte aufmerksam zu. Nur ist es leider so, dass man etwas zwar wissen kann, aber trotzdem nicht weiß, wie es sich anfühlt. Und das sollte sie in Kürze erfahren.
Sie holte tief Luft und öffnete die Tür. Jack lag schon im Bett. Er hatte die Kissen ans Kopfende geschoben und lehnte sich dagegen. Valerie sah seine breite behaarte Brust. Neben dem Bett stand die geöffnete Champagnerflasche, und er hielt ihr ein gefülltes Glas hin. Als sie es nahm, sah sie, dass die Flasche schon halb leer war.

Valerie fühlte sich ein wenig besser, weil sie daraus schloss, dass Jack offenbar auch nervös war. Sie sah sich um. Seine Kleider lagen zusammengefaltet auf einem Stuhl. Seinen Bademantel hatte er ordentlich an einen der Bettpfosten gehängt. Sie lächelte in sich hinein.
Im Kamin gegenüber loderte ein Feuer und verbreitete einen warmen Schein, das einzige Licht im Raum. Valerie fand das alles ungeheuer romantisch, als sie zwischen die Laken glitt. Das Bett war so groß, dass noch drei Leute Platz gefunden hätten. Sie rutschte zu Jack hinüber. Er schenkte sich Champagner nach und stieß mit ihr an.
»Auf uns«, sagte er. Sie sah, dass er keine Pyjamahose trug.
»Auf uns«, erwiderte sie, plötzlich heiser.
Jack leerte sein Glas in einem Zug, und Valerie merkte bestürzt, dass auch sie den Champagner in sich hineinschüttete, obwohl sie ihn eigentlich Schluck um Schluck trinken wollte. Das perlende Getränk glitt in ihre Kehle und schien durch ihren Körper zu fließen und sogar noch in den Zehen ein Kribbeln auszulösen. Jack goss ihnen beiden nach, und diesmal gelang es Valerie, kleine Schlucke zu trinken.
Sie hatte in ihrem ganzen Leben noch nie mehr als ein Glas Sekt getrunken und merkte nun die Wirkung des Alkohols, denn auch bei dem Empfang hatte sie natürlich mit allen Leuten angestoßen. Sie fühlte sich leicht und unbeschwert. Jack und sie unterhielten sich über die Hochzeit und die Feier und das Wetter und allerhand belanglose Dinge, die ihnen in den Sinn kamen.
Als sie ihr Glas austrank, hatte Jack die Flasche geleert. Er nahm ihr das Glas ab, stellte es auf den Nachttisch und wandte sich zu ihr.

»Okay«, sagte er und gluckste, »dann wollen wir doch mal schauen, was ich hier habe.«
Valerie hielt den Atem an, als Jack sie umfasste. Sie hatte auf diesen Augenblick gewartet, seit sie sich kennen gelernt hatten. Er begann sie zu küssen, vorsichtig und tastend, und sie schauderte wohlig. Sie wusste, was als Nächstes kommen würde, die sanften Zärtlichkeiten, aus denen allmählich der überwältigende Höhepunkt entstehen würde, von dem sie schon gehört hatte.
Doch sie irrte sich. Gerade als sie dachte, sie würde gerne den Rest ihres Lebens in diesem wunderbaren Zustand verbringen, schob Jack ihr die Zunge so tief in den Mund, dass sie fast zu würgen begann, und hielt ihren Kopf so fest, dass sie sich nicht mehr bewegen konnte. Als sie schon glaubte, ohnmächtig zu werden, ließ er sie plötzlich los und presste sich auf sie, wobei sie merkte, wie ihr Unterrock zerriss. Das Verlangen, das er in ihr geweckt hatte, verwandelte sich in Übelkeit, und sie musste sich beherrschen, um sich nicht zu übergeben.
Jack schien jedoch nichts davon zu bemerken, und bevor sie recht merkte, was geschah, hatte er ihre Beine gespreizt und drängte sich zwischen sie.
»Jetzt«, murmelte er mit erstickter Stimme.
Valerie hätte nie geglaubt, dass etwas so wehtun konnte. Ihre Mutter und ihre Schwestern hatten ihr erzählt, dass das erste Mal ein bisschen schmerzhaft sein könnte, aber auf diese Schmerzen war sie nicht vorbereitet. Ihre Mutter hatte ihr gesagt, dass die Schmerzen nur am Anfang aufträten, doch bei ihr war das anders.
Es war qualvoll vom ersten Moment an, bis er sich aus ihr zurückzog. Valerie fühlte sich, als sei sie innerlich zerfetzt

worden, und biss sich so fest auf die Unterlippe, dass sie zu bluten begann. Schließlich konnte sie nicht anders, ein Schrei entfuhr ihr. Den hielt Jack jedoch offenbar für einen Lustschrei, denn er stieß noch härter zu, bevor er dann erschauderte, schwitzend und ächzend auf ihr zusammenbrach und beinahe sofort einschlief.

Valerie konnte kaum atmen unter seinem Gewicht, doch sie wartete, wie ihr schien eine Ewigkeit, um ihn nicht zu wecken. Dann wand sie sich behutsam unter ihm hervor, stieg aus dem Bett und stolperte ins Badezimmer. Mit zitternden Händen schloss sie die Tür ab und sank auf den kalten Kachelboden wie eine Lumpenpuppe.

Zitternd blieb sie dort liegen. Heiße Tränen rannen über ihre Wangen, ihr Inneres fühlte sich wund an, und ihre Schenkel waren mit Blut und klebrigem Zeug verschmiert. Was ihr wie eine Ewigkeit geschienen hatte, waren tatsächlich kaum fünf Minuten gewesen. Doch Valerie konnte einfach nicht glauben, dass dieses Erlebnis irgendetwas mit dem Liebesakt zu tun haben konnte. Das hätte ihr doch gewiss irgendjemand gesagt, wenigstens ihre Mutter oder Marianne. Sie hätten ein solches Geheimnis nicht vor ihr verborgen und sie damit so hilflos dieser Situation ausgeliefert.

Wahrscheinlich stimmte irgendetwas nicht mit ihr. Die Übelkeit, der Abscheu, das konnte nicht normal sein. Es war ausgeschlossen, dass Mädchen sich bis zur Ehe auf das freuten, was sie gerade erlebt hatte. Sex diente der Fortpflanzung, doch Mutter Natur hatte diesen Vorgang so angelegt, dass er von beiden Seiten genossen werden konnte; das hatte Valerie jedenfalls gelernt, und niemand hatte ihr je Grund gegeben, daran zu zweifeln. Aber das hatte sie

nun nicht erleben dürfen, und sie empfand eine niederschmetternde Enttäuschung.
Sie fragte sich, ob es wohl an der Wirkung des Champagners gelegen hatte. Aber dann hätte Jack doch ebenso davon betroffen sein müssen. Er hatte viel mehr davon getrunken als sie. Wenn man von den körperlichen Unterschieden absah – waren Männer und Frauen wirklich so anders?
Ihr Verstand sagte ihr, dass das nicht der Fall sein konnte. Aber Valerie spürte, dass etwas ganz und gar nicht stimmte an ihrer Lage, und wusste, dass sie den Grund dafür finden musste, bevor es zu einer Wiederholung kam. Sie zog ein Handtuch von der Stange, wand es um sich und begann nachzudenken.
Sie liebte Jack, daran zweifelte sie nicht, und sie wollte ihm körperlich nahe sein. Zumindest glaubte sie das aufgrund der Gefühle, die er zu Anfang in ihr erweckt hatte.
Er hatte ihr gesagt, dass er sexuelle Erfahrungen hatte, woraus sie geschlossen hatte, dass er wusste, was er tat. Deshalb, schlussfolgerte sie, konnte es nicht an ihm liegen. Er hatte offensichtlich erwartet, dass sie ... nun, sie wusste nicht genau, was er erwartet hatte, doch es schien etwas zu sein, das sie ihm nicht geben konnte. Und die Tatsache, dass niemand sie auf eine derartige Quälerei vorbereitet hatte, bestätigte Valeries Überzeugung, dass offenbar mit ihr selbst etwas nicht stimmte.
Sie dachte lange darüber nach, erwog Möglichkeiten, verwarf sie wieder, während ihr Ehemann in dem riesigen Pfostenbett schlief und sich am Himmel über dem Lake Champlain die Morgendämmerung ankündigte. Nachdem Valerie alle anderen Erklärungen ausgeschlossen hatte,

blieb ihr nur noch eine: Sie musste frigide sein. Eine dieser Frauen, die keine Lust beim Sex empfinden konnten und über die sie manchmal etwas aufgeschnappt hatte. Die Erwartungen, mit denen sie herangewachsen war, beruhten offenbar auf falschen Annahmen. Sie hatte das Verlangen und die ersten Regungen empfunden, doch dann hatten sich die ehelichen Freuden, von denen ihre Schwestern geschwärmt hatten, nicht eingestellt.
Das war dann eben nicht zu ändern, beschloss Valerie. Wenn es so war, würde sie es irgendwie durchstehen; jedenfalls wollte sie nicht, dass man sich über sie den Mund zerriss und sie womöglich bemitleidete. Sie würde es lernen, ihrem Mann Befriedigung zu verschaffen und nicht an sich selbst denken, und niemand brauchte die schreckliche Wahrheit je zu erfahren. Jack konnte seine ehelichen Rechte einfordern, wann immer ihm der Sinn danach stand, und mit Gottes Hilfe würde sie es wenigstens ertragen lernen, wenn sie schon keine Freude daran hatte. Doch wenn möglich nicht in den nächsten Stunden.
Valerie rappelte sich auf und ließ sich ein Bad ein. Das warme Wasser tat ihr gut, und sie seifte sich gründlich ein, wusch die Spuren dieser Nacht von ihrer Haut. Dann schlich sie in Schlafzimmer zurück, nahm im grauen Morgenlicht so geräuschlos wie möglich frische Kleider aus ihrem Koffer und zog sich rasch an, wobei sie Jack nicht aus den Augen ließ. Doch sie hätte sich nicht zu sorgen brauchen, er rührte sich kein einziges Mal. Dann schlüpfte sie in ihre Stiefel, nahm Mantel und Schal und ging zur Tür. Im letzten Moment kehrte sie noch einmal um und schrieb eine Notiz für Jack.
»Jack, Liebling, konnte nicht mehr schlafen. Wollte dich

nicht wecken. Es ist so ein schöner Morgen. Bin spazieren gegangen. Bis zum Frühstück. In Liebe, Val.«
Einen Augenblick später eilte sie den Korridor entlang. Sie hatte das Unvermeidliche hinausgeschoben, für ein Weilchen jedenfalls.
Valerie wanderte den verschneiten Weg am See entlang, bis ihr so kalt war, dass sie ihre Schmerzen weniger spürte. Dann ging sie in den Wald hinein, horchte auf den Gesang der Vögel. Ein Reh starrte sie erschrocken an, fragte sich vielleicht, was sie so früh am Morgen hier zu suchen hatte. Valerie lächelte und blieb reglos stehen, bis das Tier merkte, dass ihm keine Gefahr drohte, und in Ruhe wegging.
Es war ein klarer frischer Morgen, wie geschaffen für Beschwingtheit und unbeschwertes Lachen. Doch Valeries Herz fühlte sich schwer an. Sie kehrte absichtlich erst spät ins Château du Lac zurück, sodass nur noch Zeit für ein kurzes Frühstück blieb, bevor sie zum Flughafen fahren mussten.
Es gelang ihr zu lächeln, als man ihnen ein Tablett mit luftigen Omeletts, Croissants und heißer Schokolade aufs Zimmer brachte, und sie gab sich heiter, während sie ihre Sachen packte. Doch als sie dann in dem großen Chrysler saß und Jacks starke Hände auf dem Lenkrad ruhen sah, verließ sie beinahe der Mut. Die Klänge von *Autumn Leaves* im Radio retteten sie. Sie liebte diesen Song, zu dem Jack und sie in Boston im letzten Sommer getanzt hatten, vor hundert Jahren, wie ihr schien.
In diesem Moment griff Jack nach ihrer Hand und drückte sie. »Ich erinnere mich«, sagte er.
Zum ersten Mal an diesem Tag trat ein wahrhaftiges Lächeln auf Valeries Lippen. Es war eine kleine Geste, das

wusste sie, aber manchmal konnten die kleinen Dinge vieles verändern. Er war ein guter Mann, und sie liebte ihn so sehr. Sie hätte gerne mit ihm über den Abend gesprochen, doch natürlich war das unmöglich. Er würde enttäuscht sein und sie für eine Niete halten. Womöglich liebte er sie dann nicht mehr, und das konnte sie auf keinen Fall riskieren.

3

Jack Marsh kam in einer Wohnung im dritten Stock eines schäbigen Mietshauses im Osten von Kansas City zur Welt, an einem ungewöhnlich kalten Novembertag des Jahres 1930. Seine Mutter lernte er nicht mehr kennen. Sie starb bei der Geburt. Der Hebamme gelang es nicht, die Blutung zu stillen.

Er wurde von seinem Vater und einer Reihe vulgärer Frauen aufgezogen, die so häufig wechselten wie die Jahreszeiten, meist dann, wenn er sich gerade an sie gewöhnt hatte. Es waren nette Frauen, und Jack war es einerlei, ob sie vulgär waren, denn sie gaben ihm zu essen, zogen ihn an, kümmerten sich um ihn und brachten ihn jeden Abend mit einem Gutenachtkuss zu Bett, manchmal sogar mit einem Schlaflied.

Seinen Vater sah er selten. Tom Marsh ging frühmorgens zur Arbeit und kam spät am Abend aus den Bars nach Hause. Manchmal war Jack noch wach und hörte, wie er, noch betrunkener als gewöhnlich, die Treppe hinaufstolperte. Manchmal hörte er auch, wie die Frau ihn ermahnte. Dann drückte er sein Kissen auf die Ohren, denn er wusste, was als Nächstes kam – Flüche, Geschrei, Schläge. Und am nächsten oder übernächsten Tag packte die Frau ihre

Sachen und umarmte Jack zum Abschied, meist weinend, mit blutiger Nase oder geschwollenem Auge. Und in Kürze zog die nächste Frau ein.

»Frauen sind alle gleich«, behauptete sein Vater und zwinkerte dabei. Doch schon als kleiner Junge wusste Jack, dass seine Mutter nicht so gewesen war wie alle anderen und dass sein Vater sich betrank, um das zu vergessen.

Vom ersten Tag an, als Ellen Marsh Tom anlächelte und ihn seine elende Kindheit in einem Waisenhaus vergessen ließ, war sie seine ganze Kraft gewesen, sein inneres Gleichgewicht, sein einziger Daseinsgrund. Ohne sie hatte sein Leben keinen Sinn, bestand nur noch aus aufeinander folgenden Zeitabschnitten, die man irgendwie durchstehen musste.

Jack war sechs Jahre alt, als sein Vater ihn zum ersten Mal schlug.

Er begegnete seinem Sohn um zwei Uhr nachts auf dem Weg zur Toilette und schlug auf ihn ein, bis Jacks Lippe aufplatzte, seine Nase blutig und ein Auge geschwollen war. Als der Junge zu Boden stürzte, trat Tom ihm noch in die Rippen.

»Warum tust du das?«, fragte die Frau.

»Einfach so«, antwortete Jack lallend. Doch Jack kannte den Grund, auch mit sechs Jahren schon: Ellen war wegen ihm gestorben. Er hatte seine eigene Mutter umgebracht, den einzigen Menschen, den sein Vater je geliebt hatte. Später hielt Tom seinen Sohn schluchzend im Arm und klagte, dass nur er ihm noch von Ellen geblieben war. Er gelobte, ihn nie wieder zu schlagen. Und tat es doch. Und im Lauf der Jahre begann Jack das Schluchzen danach mehr zu hassen als die Schläge selbst.

Die Frau nahm sich seiner an, wusch seine Verletzungen, verband seine Wunden und erfand Geschichten für ihn, damit er die Schmerzen vergaß.
Er hatte nur wenige Freunde. Respektable Familien waren entsetzt über die Verhältnisse, in denen Tom lebte, und luden Jack nicht zum Spielen ein. Die Jungen aus anderen Familien steckten dagegen ständig in Schwierigkeiten, und mit denen wollte Jack nichts zu tun haben. Er gewöhnte sich daran, allein zu sein. Es machte ihm nicht allzu viel aus. Manchmal ging die Frau mit ihm in den Zoo oder in den Park, wo er an der Kanone aus dem Bürgerkrieg Soldat spielte und Matrose, wenn er sein Spielzeugschiff im Teich schwimmen ließ. Oder sie spazierten zum Hafen, wo er den echten Schiffen nachsehen konnte, die das Wasser des Missouri aufwühlten.
Und bis zu seinem zwölften Lebensjahr verbrachte er jeden Sommer bei den Eltern seiner Mutter auf einer Farm in Iowa. Die Großeltern waren spröde freudlose Menschen, die lediglich ihrer Christenpflicht nachkamen, denn sie waren von vornherein gegen diese Ehe gewesen und verabscheuten den Jungen, der ihre Tochter das Leben gekostet hatte. Am Ende dieses letzten Sommers brannte nachts das Farmhaus nieder, und die beiden alten Leute kamen bei dem Feuer um. Nur ihrem Enkel war es gelungen zu entkommen.
»Was für ein Segen, dass der Junge überlebt hat«, raunten die Nachbarn, als sie zusahen, wie die Feuerwehr mit den Flammen rang.
Auch Jack beobachtete das Geschehen. Das Höllenfeuer, dachte er. Jemand hatte ihm fürsorglich eine Decke umgelegt, aber er fröstelte dennoch in seinem dünnen Pyjama.

Es war nicht so, dass er sich über den Tod seiner Großeltern freute. Er war nur froh, dass er nicht mehr nach Iowa kommen musste.

Sie hatten nie genug Geld. Was Tom nicht in Alkohol umsetzte, reichte kaum für die Miete. Die Frau arbeitete manchmal, dann gab es Kleidung und für eine Weile zu essen. Das Essen war schlicht, aber gut, und die Kleidung aus zweiter Hand, aber robust. Dennoch fror Jack nicht selten im Winter und ging häufig hungrig zu Bett.

Als er fünfzehn war, arbeitete er nach der Schule im Schlachthof. Er wurde schlecht bezahlt, durfte aber so viele Reste, wie er tragen konnte, mitnehmen. Nach ein paar Monaten war er kräftig und muskulös, und die Kinder aus wohlhabenden Familien, deren alte Kleidung er auftrug, unterließen es nun, ihn deshalb zu hänseln.

Als er sechzehn Jahre alt war, hatte er sein erstes sexuelles Erlebnis mit einer Hure, die in den Bars von East Kansas City anschaffen ging. Das war ihm einerlei. Sie begegnete ihm an einem Abend, als das Geschäft ohnehin schlecht war, und nahm ihn mit auf ihr schäbiges Zimmer. Er hatte kein Geld bei sich, aber er gefiel ihr, und sie arbeitete manchmal umsonst, wenn sie nicht viel zu tun hatte.

Er hatte schon seit einiger Zeit Erektionen und war auch dahinter gekommen, was man damit anfangen konnte, aber es gefiel ihm wesentlich besser, wenn jemand anderer sich damit befasste. Sie brachte ihn zum Höhepunkt bei diesem ersten Treffen, und weil es sie amüsierte, dass sie seine erste Frau war, beschäftigte sie sich auch den Rest der Nacht mit ihm.

»Komm mich mal wieder besuchen«, sagte sie, als er aufbrach.

Er umarmte sie und versprach es ihr, doch das Versprechen hielt er nicht.
Jack war nicht unintelligent, aber die Schule lag ihm nicht sonderlich. Er arbeitete gerne mit den Händen, baute, bastelte, reparierte. Und er liebte Flugzeuge, seit er mit zehn Jahren mit der damaligen Frau seines Vaters am Flughafen zugesehen hatte, wie die schlanken Maschinen abhoben und landeten. Damals hatte er begonnen, den Park langweilig zu finden, und der Flughafen war ein kostenloses und unterhaltsames Programm für einen Jungen seines Alters. Später begann er dann eisern zu sparen, um sich Aeronautikzeitschriften und Modellflugzeuge kaufen zu können.
Mit sechzehn wollte er von der Schule abgehen, aber sein Lehrer in Werken überredete ihn durchzuhalten, bis er seinen Abschluss machen konnte.
»Du möchtest doch Flugzeugmechaniker werden, nicht wahr?«, fragte der Lehrer. Jack nickte. »Dafür brauchst du ein Studium«, erklärte ihm der Lehrer. »Du musst ein Diplom machen. Bevor du achtzehn bist, nimmt dich sowieso niemand. Und dann, glaube mir, ist der beste Weg, um das zu lernen, was du lernen möchtest, zur Armee zu gehen.«
Außer der Frau war der Lehrer der erste Mensch, der sich je um Jack gekümmert hatte. Jack hörte auf ihn und machte im Juni 1948 sein Diplom. Zwei Wochen später meldete er sich zur Luftwaffe. Nach der Grundausbildung schickte man ihn auf die Schule, auf der Flugzeugmechaniker ausgebildet wurden.
Die Frau packte seine Habseligkeiten zusammen und steckte ihm noch eine Tüte mit selbst gebackenem Kuchen

in die Tasche, als er nicht hinschaute. Dann zupfte sie ihm ein imaginäres Staubkorn von seiner abgetragenen Jacke, rückte seine Krawatte zurecht und sah den kräftigen jungen Mann mit den lockigen schwarzen Haaren und den sonderbar gelben Augen lächelnd an.
»Du siehst deinem Vater so ähnlich«, sagte sie und umarmte ihn, etwas zu fest vielleicht, denn sie wusste, dass er nicht mehr wiederkommen würde. »Er ist ein echter Herzensbrecher, und ich wette, du wirst mal genauso einer.«
Die Air Force war das Beste, was Jack Marsh je erlebt hatte. Sie gab ihm viel mehr als nur Arbeit, auch die Ausbildung, die er sich wünschte, drei reichliche Mahlzeiten am Tag. Sie gab ihm ein Zuhause. In der Air Force spielte es keine Rolle, aus welcher Familie man stammte und wie viel Geld man hatte. Hier galten alle gleich viel, alle trugen die gleiche Kleidung, und die war nagelneu.
Der Korea-Krieg brach aus, bevor Jacks vierjährige Ausbildung beendet war, und nun hatte er eine Mission. Er war immer mindestens hundertfünfzig Kilometer von Kampfhandlungen entfernt, doch sein Einsatz war für den Krieg ebenso wichtig wie die Männer, die mit Gewehren auf dem Rücken an der Front durchs Gras krochen. Sein Krieg fand in der Luft statt. Jack wusste alles über den B-52-Bomber. Er konnte ihn im Schlaf zerlegen und wieder zusammensetzen, er konnte ihn auf Höchstleistungen tunen. Die Piloten, die darauf angewiesen waren, dass diese Flugzeuge sie heil zum Ziel und wieder zurückbrachten, begannen immer öfter, nach ihm als Mechaniker zu verlangen.
Im April 1951 erhielt Jack einen Brief von der Frau, in dem sie ihn benachrichtigte, dass sein Vater im Sterben lag. Sie schrieb, dass seine Leber den Dienst versagt hatte und die

Ärzte meinten, das läge am Alkoholkonsum. Wie du mir, so ich dir, dachte Jack. Er hätte Sonderurlaub bekommen können. Er hätte nach Hause fahren können. Stattdessen verbrachte er drei Tage in Tokio mit ein paar Kumpeln.
Einen Monat später wurde er zum Oberfeldwebel und Truppführer befördert. Bei Kriegsende hatte er ein exzellentes Team um sich und galt als der beste Mann auf dem Gebiet der Flugzeugwartung.
Im Juni 1952 verließ Jack die Armee gemeinsam mit einem Freund aus Boston namens Joey Santini, dessen Onkel für Federal Airlines arbeitete. Der Onkel war überzeugt davon, dass man für Joey und Jack mit ihren Erfahrungen gewiss einen Platz in der Wartungsmannschaft finden würde, und so war es auch. Die Fluggesellschaft brauchte erfahrene Männer, die ihre Ausbildung beim Militär gemacht hatten. Jack fing noch einmal von vorn an, aber das machte ihm nichts aus. Hauptsache, er arbeitete mit Flugzeugen. Und Boston war so gut wie jeder andere Ort.
Er bezog ein möbliertes Zimmer in einem alten Mietshaus an der Bennet Street, nicht weit vom North End, wo Marianne und Tommy Santini wohnten. Nach der Arbeit traf er sich gerne mit den Leuten aus seiner Mannschaft, und ein- oder zweimal die Woche nahm Joey ihn mit zu seinem Bruder Tommy, wo es immer etwas Gutes zu essen gab.
In dem Sommer, in dem Jack Valerie O'Connor kennen lernte, hatte Federal Airlines die erste Boeing 707 in Auftrag gegeben, und Jack hoffte, dass er zu den Glücklichen gehören würde, die zum Lehrgang für die Jetwartung in Seattle in Washington ausgesucht würden, wo Boeing und Federal Airlines ihren Hauptsitz hatten.
Valerie war ein zartes kleines Ding, das aussah, als könne

sie bei einem heftigen Windstoß jederzeit auseinander brechen. Als sie sich zum ersten Mal begegneten, gab sie kaum ein Wort von sich, aber Jack hatte nicht besonders viel übrig für redselige Frauen, und er fand sie irgendwie reizend. Er war aufgeregt an diesem Abend wegen der Boeings, und es gefiel ihm, wie sie an seinen Lippen hing. Sie kam ihm vor wie eine kleine Schwester, die mit großen Augen zu ihm aufblickte.

Jack fühlte sich gut, wenn er mit ihr ausging und sie mit seinen Geschichten von all den Orten, an denen er schon gewesen war, beeindrucken konnte. Sie schien seine Worte förmlich aufzusaugen. Bald merkte er, dass sie sich in ihn verguckt hatte. Er versuchte ein paar Mal, das auszunutzen, aber darauf ließ sie sich nicht ein. Wegen ihrer katholischen Erziehung wollte sie wohl auf den Ehering warten. Das war nicht weiter wichtig, er machte keinen Druck. Er wusste, wo er hingehen konnte, um zu bekommen, was er brauchte. Es gab Orte und Frauen, wo Sex ein simpler Austausch ohne Verbindlichkeiten war. So wie es ihm zusagte. Er traf sich fast täglich mit Valerie. Warum auch nicht, sagte er sich. Er hatte nichts anderes vor. Aber sie hatte irgendetwas an sich, das ihm ans Herz wuchs. Er merkte, dass er während der Arbeit häufig auf die Uhr sah, weil er es nicht erwarten konnte, sie wiederzusehen. Es passte ihm nicht, dass er so abhängig von ihr war, aber er konnte nichts daran ändern, und er war erleichtert, als sie am Labor Day wieder nach Vermont zurückkehrte.

Das heißt, er war so lange erleichtert, bis sie tatsächlich fort war. Dann erinnerte ihn nämlich alles an sie. Ein bestimmtes Parfüm, ein Kichern irgendwo, Eis mit Pekannüssen, Popcorn, ein romantischer Song, Mädchen mit

langen seidigen blonden Haaren. Er begann, zu viel zu trinken und zu lange abends in Bars herumzuhängen. Wozu sollte er auch nach Hause gehen? Er war ja doch allein dort. Und wenn er allein war, musste er immerzu an sie denken. Aber wenn er betrunken war, hatte er Ruhe vor ihr.
Mitte November sagte man ihm, dass er zu den ersten Mechanikern von Federal Airlines gehören würde, die in Seattle für die neuen Flugzeuge ausgebildet würden. Die Leute aus seiner Mannschaft betrachteten ihn mit neuem Respekt. Aus dem ganzen Land waren nur dreißig Männer ausgesucht worden, die Allerbesten. Und es gab nur einen Menschen, dem er das erzählen wollte: Valerie O'Connor.
Als Jack Marsh am Morgen nach seiner Hochzeit verkatert und allein aufwachte, hatte er keine Ahnung, wo er sich befand. Dass er geheiratet hatte, war ihm im ersten Augenblick entfallen. Er fragte sich, in welchem Bett er gelandet war. Dann wurde er klarer im Kopf und merkte, dass er sich in der Suite im Château du Lac befand und die Laken neben ihm blutbefleckt waren. Er blickte sich um. Valerie war nirgendwo zu sehen. Alarmiert fuhr er hoch, weil er glaubte, sie habe ihn verlassen. Dann entdeckte er ihren Koffer neben dem Gepäckständer am Fußende des Bettes und ihre Nachricht auf dem Nachttisch neben ihm. Er griff danach, und erst nachdem er sie zweimal gelesen hatte, ließ er sich auf sein Kissen zurücksinken und gähnte.
Es war letzte Nacht nicht gerade sein aufregendstes sexuelles Erlebnis gewesen, doch das bereitete ihm kein Kopfzerbrechen. Während des Korea-Krieges hatte er wilde Streifzüge durch Tokio und Hongkong unternommen und war dabei von vielen Schönheiten mit olivfarbener Haut mit

allerlei Liebeskünsten verwöhnt worden, allesamt Expertinnen, die für wenig Geld zu haben waren. Nachdem er in die Staaten zurückgekehrt war, hatte er in den zwielichtigeren Vierteln von Boston auch ein, zwei Frauen aufgetrieben, die für ein paar Dollar die asiatischen Liebeskünste ausübten. Doch er hatte keine von ihnen geliebt. Mit Valerie war das etwas anderes. Jack sagte sich gerne, dass er sie so liebte, wie sein Vater seine Mutter geliebt hatte. Er wusste, dass sie Jungfrau gewesen war. Großer Gott, das sah man schließlich am Bettlaken, und es gefiel ihm, dass er ihr erster Mann war.
Er rekelte sich wie eine Katze, dann stand er auf und ging in die Dusche. Der Rest würde sich schon noch entwickeln. Jedes Mädchen fing als Jungfrau an. Er war sicher, dass Valerie im Laufe der Zeit den Rest lernen würde, und dann wäre alles gut. Schließlich, sagte er sich, war sie eine Frau, und Frauen waren doch mehr oder minder alle gleich.

4

Die Maschine von Federal Airlines setzte in so dichtem Nebel zum Landeanflug auf dem Sea-Tac International Airport an, dass man vor dem Fenster kaum drei Meter weit sehen konnte. Valerie fragte sich, wie der Pilot unter diesen Umständen landen sollte.
Jack lachte, als sie ihn danach fragte. »Radar«, sagte er. »Ein System, das genau für solche Wetterverhältnisse entwickelt wurde. Der Pilot muss gar nichts sehen können.«
Aber Valerie hatte noch nie etwas gehört von Radar und umklammerte Jacks Arm, bis sie spürte, wie das Flugzeug auf der Landebahn aufsetzte. Sie war zum ersten Mal geflogen und hatte es enorm aufregend gefunden. Jack erklärte ihr, wie ein Flugzeug funktionierte, und ging sogar mit ihr ins Cockpit, um ihr die zahllosen Knöpfe, Hebel und Geräte zu zeigen, mit denen die gewaltigen Maschinen gesteuert wurden.
Sie fragte sich vor allem, wie ein schweres Ungetüm wie dieses sich überhaupt in der Luft halten konnte. Von Jacks Antwort verstand sie nicht allzu viel, aber es beruhigte sie schon, zu wissen, dass er darüber im Bilde war. Sie fühlte sich sicher und geborgen mit ihm an ihrer Seite und beschloss, dass ihr Leben als Mrs. Jack Marsh ein wunder-

bares Abenteuer sein würde. Die vorherige Nacht hatte sie schon beinahe vergessen.

Bis sie von Bord gegangen, ihr Gepäck an sich genommen und sich ein Taxi zum Olympic Hotel genommen hatten, wo sie einige Tage wohnen wollten, war es nach vier Uhr. Der Nebel löste sich zusehends auf, und die Sonne ging unter und tauchte die Stadt in rosafarbenes, violettes und goldenes Licht. Das Taxi fuhr Richtung Norden auf der Route 99, vorbei am Boeing Field, wo Jack arbeiten würde, und durch Downtown Seattle, und Valerie bekam einen ersten Eindruck von ihrer neuen Heimat. Seattle war auf einer Vielzahl von Anhöhen erbaut und von Wasserwegen durchzogen. Sieben Hügel, verkündete der Taxifahrer, wie in Rom und San Francisco. Und Boston, dachte Valerie. Die Stadt schien umgeben von schneebedeckten Bergen, dem hohen Mount Baker im Norden, den welligen Cascades im Osten und den zackigen Olympics im Westen, jenseits des Puget Sound.

»Schauen Sie mal nach hinten, Miss«, sagte der Taxifahrer freundlich. Als Valerie sich umdrehte, sah sie, die ihr ganzes bisheriges Leben lang auf den 1200 Meter hohen Mount Killington geblickt hatte, den hoch aufragenden, über 4000 Meter hohen Mount Rainier, der in der untergehenden Sonne aussah wie ein Erdbeereis.

»O Jack«, flüsterte Valerie wie ein kleines Mädchen, das zum ersten Mal etwas Eindrucksvolles sieht, »wie wunderschön, fast wie aus einem Märchenbuch.«

»Dann ist das ja kein schlechter Ort, um ein gemeinsames Leben zu beginnen«, erwiderte er.

Das Olympic Hotel lag mitten in Downtown Seattle. Als sie eingecheckt hatten, wollte Valerie sofort durch die

Straßen streifen. Es wurde schon dunkel, und einige Läden schlossen bereits. Sie betrachteten die Auslagen in den Schaufenstern des großen Kaufhauses Frederick & Nelson und blieben vor einigen Galerien stehen, in denen Werke von Künstlern aus dem Nordwesten ausgestellt waren.
In den Straßen waren viele Leute unterwegs, die von der Arbeit nach Hause eilten, rasch Einkäufe erledigten oder Bars und Restaurants anstrebten, wo sie verabredet waren. Die Stadt wirkte geschäftig und munter, aber ganz anders als Boston oder Rutland. Die Atmosphäre hier erinnerte Valerie eher an eine alte Pionierstadt, in der Aufbruchsstimmung herrschte und etwas Aufregendes, Neues in der Luft zu liegen schien. Und es war unglaublich warm hier.
»Man kann fast ohne Mantel draußen sein«, sagte sie zu Jack.
Ein Mann, der neben ihnen an der Ampel stand, hörte ihre Bemerkung und lächelte. »Warten Sie nur ab, in ein paar Tagen brauchen Sie ihn wirklich nicht mehr«, sagte er. Er trug nur ein kurzärmliges Hemd unter einem Pullover mit V-Ausschnitt.
»Aber es ist doch erst Januar«, wandte Valerie ein.
Der Mann lächelte wieder. »Sie kommen bestimmt aus dem Osten.«
»Vermont«, sagte sie.
Er nickte. »Ich war einmal im Januar in Neuengland. Das würde ich für alles Geld der Welt nicht wiederholen wollen. Warten Sie nur ab, Seattle wird Sie verwöhnen.«
Sie kehrten in ihr Hotel zurück. In Seattle war es erst kurz vor sechs Uhr abends, aber sie hatten sich noch nicht an die Westküstenzeit angepasst und waren hungrig. Sie gingen in ein Restaurant im Hotel, das »Golden Lion«, das

mit seinen schweren Holztäfelungen und den roten und goldenen Stoffen an Indien zur Kolonialzeit erinnerte. Weil sie immer noch in ihren Flitterwochen waren, bestellten sie das Sekt-Dinner. Valerie hatte noch nie Perlhuhnbrust oder überhaupt etwas gegessen, das unter einer Glasglocke serviert wurde, und fand das Essen köstlich. Und diesmal zwang sie sich, ebenso viel zu trinken wie Jack, nachdem der Keller die Flasche entkorkt hatte. Sie fürchtete, dass ihr vielleicht übel werden könnte von so viel Sekt, doch stattdessen kicherte sie auf dem ganzen Rückweg zu ihrem Zimmer. Erst als sie aufs Bett gesunken war, begann der Raum sich zu drehen.
Valerie merkte, dass Jack sie entkleidete und sich auch selbst auszog, doch sie unternahm keinerlei Anstrengung, ihm dabei zur Hand zu gehen. Sie regte sich gar nicht. Ihre Arme schienen tonnenschwer zu sein.
Dann fühlte sie Jack neben sich, nackt und begehrlich. Sie spürte seine Zunge in ihrem Mund und seine Hände auf ihrem Körper in derselben Weise wie am Abend zuvor, und sie glaubte auch zu spüren, wie er ebenso abrupt in sie eindrang. Dennoch hatte sie das Gefühl, als passiere all das jemand anderem. Es war eine andere Frau, die zuerst die Zähne zusammenbiss und dann aufschrie, und das fand sie völlig in Ordnung. Bevor er zum Ende kam, war sie schon eingeschlafen.

Der Dienstagmorgen war hell und strahlend, und nachdem der Zimmerservice ihnen ein Pancake-Frühstück serviert hatte, fuhr Jack zum Flughafen, um den Chrysler abzuholen, der über Nacht per Frachtflug eingetroffen war. Valerie blieb im Bett. Sie erinnerte sich nur ungenau an den Vorabend und hatte einen Kater. Jack hatte ihr lachend eine Bloody Mary bestellt, aber schon bei der Erwähnung des Namens drehte sich ihr beinahe der Magen um.

»Trink das«, sagte Jack, bevor er aufbrach. »Glaub mir, es hilft.«

Sie glaubte ihm tatsächlich, weshalb sie sich das Getränk dann auch in einem Zug einverleibte, nachdem sie es eine Stunde lang angestarrt hatte. Es schmeckte nicht annähernd so schlimm, wie sie befürchtet hatte, sondern sogar recht gut, und sie fühlte sich tatsächlich besser danach. Nach einer weiteren Stunde stand sie auf und ging ins Badezimmer. Ihr Kopf schmerzte ein bisschen, aber sie fühlte sich nicht so wund wie beim ersten Mal. Valerie kam zu dem Schluss, dass sie die richtige Methode gefunden hatte, wie sie die sexuellen Begegnungen ihrer Ehe durchstehen konnte.

Als Jack um kurz nach zwölf zurückkam, fand er Valerie angekleidet und gut gelaunt vor. Sie aßen eine Kleinigkeit zu Mittag, ließen sich an der Rezeption eine Stadtkarte geben und fuhren zu ihrem neuen Heim, einem möblierten Haus, das Jack in einem Viertel namens Beacon Hill ganz in der Nähe des Boeing Field ohne Besichtigung angemietet hatte.

»Wie in Boston«, sagte Valerie erfreut.

»Mit dem Unterschied, dass in Beacon Hill in Boston die Reichen leben«, erwiderte Jack. »Das hier ist ein Arbeiterviertel.«

Das Haus war einstöckig und etwa fünfundzwanzig Jahre alt. Es hatte ein Schindeldach und weiße Holzwände und stand auf einer Anhöhe an der Straße. Eine Kellergarage für ein Auto gehörte dazu. Zwischen Straße und der Veranda, die sich über die gesamte Vorderfront erstreckte, befand sich ein Steingarten. Eine Holzschaukel auf der Veranda schwang leicht im Wind hin und her und schien sie willkommen zu heißen.

Im Inneren gab es zwei Schlafzimmer, ein Badezimmer dazwischen, ein Wohnzimmer mit einem rustikalen Klinkerkamin, moosgrüne Teppiche und teils abgenutzte, aber behaglich wirkende Möbel und eine altmodische Speise- und Kühlkammer an der Nordseite der Küche, wie sie auch die O'Connors in ihrer Küche gehabt hatten, bevor Martin die Farm in Rutland modernisierte. Im Keller fanden sie eine Waschküche vor, eine eingebaute Werkbank und ein sonderbares altertümliches Gerät, von dem Jack sagte, es handle sich um einen Sägemehlofen, mit dem das Haus geheizt wurde. Hinter dem Haus war ein kleiner Garten angelegt mit einem Sandkasten, einer Rhododendronhecke, einigen jungen Pflaumenbäumen und einem knorrigen alten Kirschbaum.

Valerie fand alles wunderbar. Ihr erstes eigenes Zuhause hätte sie sich ziemlich genau so vorgestellt.

»Guten Tag.«

Valerie fuhr herum. Hinter den Rhododendren stand eine weißhaarige Frau und lächelte zu ihnen herüber.

»Guten Tag«, sagte Valerie schüchtern.

»Ich bin Virginia Halgren. Sie sind wohl die neuen Nachbarn.«

»Erst ab Freitag«, erklärte Valerie, nachdem sie sich vorgestellt hatte. »Wir wohnen noch ein paar Tage im Olympic Hotel.«

»Oh, das ist ja etwas ganz Besonderes.«

»Nun ja, wir sind sozusagen noch in den Flitterwochen«,

sagte Valerie und errötete. »Wir haben am Sonntag geheiratet.«

»Na, so was«, sagte Virginia und wandte sich um. »John, John, komm heraus«, rief sie. »Du musst unsere neuen Nachbarn kennen lernen.«

Ein großer hagerer Mann trat aus dem Haus, der einen Radmutternschlüssel und ein Bleirohr unter den Arm geklemmt hatte. »Sie sind frisch verheiratet.«

John Halgren nickte. »Nun, ich wünsche Ihnen, dass Sie ebenso glücklich werden wie Virginia und ich«, sagte er. »Und das sind wir seit nunmehr vierzig Jahren.«

Nun trat Jack aus dem Haus, und Valerie stellte ihn den Valgrens vor.

»Haben Sie ein Problem mit den Rohren?«, fragte Jack den Nachbarn und wies mit dem Kopf auf das Werkzeug.

»Kann man so sagen«, meinte John. »Man bräuchte drei Hände.«

»Ich sagte doch, ich helfe dir«, erinnerte ihn Virginia sanft.

»Vielleicht kann ich das übernehmen«, erbot sich Jack.

Eine halbe Stunde später saßen sie bei den Halgrens am Tisch, betrachteten Fotos von Sohn und Tochter und Enkeln, tranken Kaffee und aßen Virginias frisch gebackenen Streuselkuchen. Es war anheimelnd und gemütlich bei den Halgrens, die Valerie ein wenig an ihre eigenen Eltern erinnerten. Sie kam zu dem Schluss, dass es ihr in Seattle gefallen würde.

Acht Wochen später erfuhr Valerie, dass sie schwanger war. Sie schwebte förmlich aus der Praxis des Arztes und war so glückselig, dass sie beinahe vergaß, an der richtigen Station aus der Straßenbahn auszusteigen. Sie kaufte im

Spirituosenladen eine Flasche französischen Wein zum Abendessen, womit sie ihr Haushaltsgeld für diesen Monat ziemlich reduzierte, ohne es überhaupt zu merken, und lief dann die Straße entlang. Virginia Halgren jätete Unkraut in ihrem Garten, und Valerie blieb abrupt stehen, als sie die Nachbarin bemerkte.
»Ich bekomme ein Baby, Virginia!«, verkündete sie. »Ich bin schwanger.«
»Ach, wie schön«, sagte Virginia mit breitem Lächeln und kam zu ihr herunter, um sie zu umarmen. »Das ist ja wunderbar.«
»Ich habe so darauf gehofft.«
»Ich weiß.«
»Ich möchte ganz viele Kinder, zwölf vielleicht.«
Virginia lachte. »Ich hatte nur zwei, und ich muss sagen, das hat mir vollauf gereicht.«
»Ich komme aus einer großen Familie«, sagte Valerie etwas wehmütig, »und es war so schön, alles zu teilen.«
»Und Jack?«, fragte Virginia. »Kommt er auch aus einer großen Familie?«
»Nein, er war ein Einzelkind«, erwiderte Valerie. »Aber ich hoffe, dass ich viele Kinder bekomme, damit ich ihn dafür entschädigen kann, dass er damals allein war.«
Valerie lief die Treppe zum Haus hinauf, doch ihr Überschwang war etwas gedämpft.
Virginia gegenüber freudig zu sein war nicht schwer, aber Jack zu überzeugen, das würde weniger einfach sein. Denn sie wusste im Grunde genau, dass er auf Kinder keinen Wert legte. Das hatte er schon in der zweiten Woche ihrer Ehe mehr als deutlich zu verstehen gegeben. Gleich nachdem sie in ihr Haus gezogen waren und Valerie davon

sprach, dass man das zweite Schlafzimmer als Kinderzimmer benutzen könne.

»Es ist eine Sünde, Gottes Willen im Weg zu stehen«, sagte sie, unverhohlen entsetzt, als er ein Präservativ mit ins Bett brachte.

»Das meine ich nicht«, entgegnete er grinsend. »Ich bin kein praktizierender Katholik.«

Valerie hatte an diesem Abend mehrere Gläser Sekt getrunken, um ihren Einzug zu feiern, und sie dachte, er meine es nicht ernst, und ließ das Thema vorerst fallen. Doch am nächsten Morgen, als sie nüchtern war, schnitt sie es erneut an.

»Wir können uns jetzt keine Familie leisten«, sagte Jack beim Frühstück. »Vielleicht ziemlich lange nicht. Na und? Uns beiden geht's doch gut zusammen, oder?«

Valerie sah ihn bestürzt an. »Jack, ich *will* aber Kinder, viele Kinder, so viele wie möglich.«

»Hör mal zu«, erwiderte er aufgebracht. »Ich verdiene nicht mal vier Dollar die Stunde. Davon können wir beide gerade mal leben. In ein paar Jahren vielleicht ...«

»Viele Ehepaare haben weniger Geld als wir und legen sich trotzdem Kinder zu«, erwiderte Valerie.

Das machte Jack wütend. »Du hast doch keine Ahnung«, fuhr er sie an. »Wir können uns erst Kinder leisten, wenn ich es sage. Und jetzt merk dir das endlich mit deinem Spatzenhirn.« Er lief türknallend aus dem Haus, ließ den Motor des Chrysler aufheulen und raste davon in Richtung Boeing Field.

Bis zum Abend hatte er sich beruhigt, aber seine Meinung änderte er nicht, nur seine Taktik. »Schau dir doch deine Schwester Marianne an«, sagte er beim Abendessen. »Tom-

my und sie haben keine Kinder, aber sie sind trotzdem glücklich miteinander.«
Doch mit dieser Taktik erreichte er rein gar nichts, denn Valerie wusste, wie sehr ihre Schwester darunter litt, kinderlos zu sein, und dass sie und Tommy am liebsten ein ganzes Haus voller Kinder hätten.
Doch das spielte jetzt auch keine Rolle mehr, denn diese Auseinandersetzung war Schnee von gestern. Offenbar hatten diese paar Mal, bei denen Jack Präservative benutzt hatte, nicht ausgereicht, um Gott im Weg zu stehen. Sie würden nun eine Familie gründen, ob es Jack gefiel oder nicht.

Zwei Stunden später lag das Wohnzimmer in sanftem Kerzenschein. Der Tisch war mit dem guten Geschirr und den feinen Kristallgläsern gedeckt, die sie zur Hochzeit bekommen hatten, Valerie trug ihr schönstes Kleid, der Braten war aufgeschnitten, die Kartoffeln gebacken, die grünen Bohnen gebuttert und der französische Rotwein eingeschenkt. Die Zeit war gekommen.
Jack Marshs Weinglas verharrte auf halbem Weg zu seinem Mund. »Du bist was?«
»Schwanger«, wiederholte Valerie. »Wir bekommen ein Kind.«
Das Kristallglas fiel ihm aus der Hand und zersplitterte am Tellerrand, die rote Flüssigkeit breitete sich auf dem weißen Tischtuch aus wie Blut ... das Blut seiner Mutter.

Valeries Hände lagen in ihrem Schoß, und sie zerrte und zog an einem Taschentuch. Ihr Magen fühlte sich verknotet an, und Tränen standen in ihren Augen, als sie Pater

Anthony ansah. »Ich weiß nicht, was ich tun soll«, schluchzte sie.

»Beruhige dich, mein Kind«, sagte der hagere Gemeindepriester besänftigend. »So schlimm ist es doch gewiss nicht.«

»Er ist seit drei Tagen nicht zu Hause gewesen, Pater«, schluchzte sie tränenüberströmt. »Er will unser Kind nicht.«

Pater Anthony, der aussah, als bestünde er unter seiner schwarzen Soutane nur aus Haut und Knochen, stützte sich auf den betagten Eichentisch in seinem kleinen Arbeitsraum in der Pfarrei, als brauche er etwas, das ihn aufrecht hielt, und lächelte die junge Frau vor ihm gütig an. »Aber gewiss will er es, Kind. Manche Männer müssen sich erst an den Gedanken gewöhnen, das ist alles. Für Frauen ist das so viel selbstverständlicher.«

»Sie verstehen nicht«, murmelte Valerie. »Er wollte ... nun, er ... ich meine, manchmal, wissen Sie, benutzte er ... etwas ... damit ich nicht schwanger wurde.«

Pater Anthony sah sie stirnrunzelnd an. »Aber das ist eine Sünde vor Gott, Kind.«

»Er ist kein praktizierender Katholik, Pater.«

»Aber bevor ihr geheiratet habt, bevor ihr von einem Priester getraut wurdet ...«

»Oh, sicher, er hat eingewilligt, dass unsere Kinder katholisch erzogen werden, wenn wir Kinder bekämen«, sagte Valerie hastig. »Aber ich dachte, es ginge nach Gottes Willen, nicht nach seinem.«

»Gott obsiegt am Ende immer«, murmelte der Priester. »Du wirst dieses Kind bekommen, Valerie, und Jack wird ihm ein guter Vater sein. In jeder Ehe gilt es Hindernisse

zu überwinden. Der Herr legt sie uns in den Weg, um uns zu prüfen. Doch mit Hilfe der Kirche wirst du sie bewältigen. Denn indem ihr Jesus liebt, liebt ihr auch euch.«
»Aber wo ist er dann seit drei Tagen?«, rief Valerie verzweifelt aus. »Ich habe alle Leute angerufen, die wir kennen, und das sind hier noch nicht so viele. Er war nicht bei der Arbeit. Niemand hat ihn gesehen.«
»Er braucht Zeit zum Nachdenken, Valerie«, erwiderte der Pater mit Nachdruck. »Dann wird er nach Hause kommen, du wirst sehen.«
Valerie seufzte. »Ja, Pater«, murmelte sie folgsam, »gewiss haben Sie Recht. Ich danke Ihnen.«
Sie erhob sich, trat hinaus in den Regen. Es war März, und seit zwei Tagen regnete es ohne Unterlass. Die nasse Kälte drang einem in die Knochen, und Jack hatte keinen warmen Mantel dabei, nur die Kleider, die er vor drei Tagen abends getragen hatte. Valerie fragte sich, ob er irgendwo tot in einem Straßengraben lag, mit weit aufgerissenen Augen und offenem Mund, in den der Regen tropfte.
Sie hatte nicht gewusst, wie er die Nachricht von dem Kind aufnehmen würde. Einerseits hatte sie gehofft, dass er sich freuen würde, andererseits hatte sie damit gerechnet, dass er wütend sein würde. Auf die lastende Stille, die nach ihrer Eröffnung eintrat, war sie nicht gefasst gewesen. Jack saß einfach stocksteif da und starrte sie an, eine Ewigkeit, wie ihr schien. Dann stand er wortlos auf, ging aus dem Haus, stieg in seinen Wagen und fuhr weg.
Valerie hastete durch den Regen nach Hause. Ihr drohte erneut übel zu werden, was täglich vorkam, seit sie schwanger war. Sie fragte sich, was sie tun würde, wenn Pater Anthony nicht Recht behielt und Jack nicht zurückkam.

Wieder einmal wurde ihr nur allzu deutlich bewusst, dass sie mit einem Mann verheiratet war, den sie kaum kannte. Sie wusste wenig über seine Gedanken und Reaktionen. Sie fragte sich, ob das bei anderen Ehepaaren auch so war, und dann stellte sich unwillkürlich die nächste Frage ein: Wie kamen sie dann mit ihrem Leben zurecht?

Ihre Geschwister schienen sich alle von Anfang an recht wohl zu fühlen in ihren Partnerschaften, und ihre Brüder und Schwager hatten sich alle sehr darüber gefreut, Vater zu werden. Warum konnte Jack das nicht so empfinden? Er hatte mit dem Großziehen der Kinder doch ohnehin nicht viel zu tun. Es war die Lebensaufgabe der Frauen, den Nachwuchs heranzuziehen. Valerie verfügte nicht über eine künstlerische Ader oder geschäftliche Interessen und hatte kein Interesse an einer Berufslaufbahn außer Haus. Sie war zur Mutter erzogen worden. Jack mochte ausgefüllt sein mit seiner Arbeit an den Flugzeugen, doch Valerie würde niemals ein erfülltes Leben ohne Kinder haben können.

Der Wind peitschte Valerie ins Gesicht, und als sie um die Ecke auf die Hudson Street bog, kniff sie die Augen zusammen wegen des Wetters und bemerkte deshalb den Chrysler auf ihrer Zufahrt nicht, bevor sie fast dagegenstieß. Im strömenden Regen blieb sie wie angewurzelt stehen und rieb sich die Augen, um sicherzugehen, dass sie sich nicht täuschte. Sie träumte nicht. Der Wagen war tatsächlich da, und Jack stand auf der Veranda. Sie rannten aufeinander zu. In der Mitte des Wegs trafen sie sich. Jack zog Valerie in seine Arme, und sie hielten sich fest. Sie wurden nass bis auf die Haut, doch das kümmerte sie nicht.

»Es tut mir leid!«, riefen beide wie aus einem Mund.

»Ich brauchte Zeit zum Nachdenken«, sagte Jack.
»Ich weiß«, entgegnete Valerie.
»Es kam so überraschend.«
»Es wird alles gut«, sagte Valerie. »Ich weiß es.«
Jack nahm sie auf die Arme und trug sie ins Haus.

5

John Marsh junior, kurz JJ genannt, kam im Oktober 1956 zur Welt, Rosemary Marsh knapp ein Jahr später. Bei beiden Schwangerschaften gab es Probleme, und Valerie hätte fast beide Kinder verloren. Doch dann kamen sie gesund zur Welt, und die Geburten hatten noch einen erfreulichen Nebeneffekt für Valerie: Wenn sie jetzt Sex hatte mit Jack – was allerdings noch immer nicht zu ihren Lieblingsbeschäftigungen gehörte –, waren die Schmerzen, die sie früher empfunden hatte, fast verschwunden, und sie brauchte keinen Alkohol mehr, um es durchzustehen.
Valerie war ganz und gar in ihrem Element als Mutter. Wirklich Kinder zu haben war noch viel schöner, als davon zu träumen. Sie freute sich auf jeden einzelnen Moment mit JJ und Rosemary, ob sie die beiden nun fütterte, badete oder ihnen etwas beibrachte. Sogar das Windelwechseln machte ihr Spaß. Kinder großzuziehen war tatsächlich ihre Berufung.
Am meisten Stolz empfand sie, wenn Jack und sie, sofern das Wetter es zuließ, Sonntagnachmittags in Beacon Hill spazieren gingen, beide mit einem Kinderwagen vor sich, und die Nachbarn herauskamen und ihre Kleinen bewunderten.

Valerie konnte es kaum erwarten, ein drittes Kind zu bekommen, und war tatsächlich auch bald wieder schwanger.

Doch diesmal währte die Freude nicht lange, denn sie hatte eine Fehlgeburt, wegen der sie in eine schwere Depression stürzte, die den ganzen Winter über bis in den Frühling andauerte. Nichts konnte ihren Schmerz und ihre Schuldgefühle lindern, während sie sich fragte, was sie getan hatte, um Gottes Zorn derart zu erregen. Sie konnte nicht glauben, dass ihr Körper sie grundlos so im Stich gelassen hatte, wie Virginia ihr immer wieder sagte. Valerie war ungeduldig mit den Kindern, schaffte es oft morgens nicht aufzustehen und schlief viel. In seiner Verzweiflung bat Jack seine Schwägerin Marianne, ihnen doch einen Besuch abzustatten.

»Ich bin froh, dass ich mal weg kann«, sagte Marianne zu Jack, als er sie am Flughafen abholte. »Tommy macht mich zurzeit fast verrückt.«

Sie schickte Jack zur Arbeit, inspizierte dann Haus und Garten und betrachtete die beiden schlafenden Babys im Kinderzimmer. Dann ging sie in die Küche, machte ein Tablett mit zwei Schalen Suppe und Crackern zurecht, trug es ins Schlafzimmer und weckte ihre Schwester auf.

Valerie traute ihren Augen kaum. »Wie kommst du denn hierher?«, rief sie aus.

»Jack hat das eingefädelt«, antwortete ihre Schwester. »Hat er dir nichts davon gesagt?«

Valerie schüttelte den Kopf. »Der Liebe«, murmelte sie. »Kein Wort hat er erwähnt.«

»Es sollte bestimmt eine Überraschung sein«, sagte Marianne lächelnd. Sie stellte das Tablett auf den Nachttisch, reichte ihrer Schwester eine Schale Suppe und nahm sich die andere.

»Tommy kann zurzeit tagaus, tagein an nichts anderes denken als den ›Irischen Italiener‹«, sagte sie. »Ich habe allmählich den Eindruck, dass es ein schwerer Fehler war von Paps, ihm das Geld zu leihen, mit dem er Mr. Bertolli das Restaurant abkaufen konnte.«

Valerie musste unwillkürlich grinsen. »Du meinst, es war kein Witz? Er will das Restaurant wirklich ›Der irische Italiener‹ nennen?«

»Tja, ursprünglich mag es ein Witz gewesen sein, aber irgendwann blieb es im Kopf hängen.« Marianne zuckte die Schultern. »Den Gästen gefällt's.«

Der Besitzer des Restaurants, in dem Tommy gearbeitet hatte, war nicht mehr jung. Er hatte Tommy das Lokal verkauft und war mit seiner Frau nach Florida gezogen. Tommy war im siebten Himmel. Er hatte immer davon geträumt, ein eigenes Restaurant zu haben. Und nun war er wild entschlossen, es zum beliebtesten Lokal der Stadt zu machen.

»Es ist so was wie sein Kind geworden«, sagte Marianne mit einem traurigen kleinen Seufzer. »Ein Ersatz für die Kinder, die wir nie bekommen konnten, nehme ich an.«

Marianne und Tommy waren seit neun Jahren verheiratet, und die Ärzte konnten ihnen bislang nicht erklären, weshalb sie keine Kinder bekamen. Valerie fühlte sich plötzlich selbstsüchtig. Sie dachte an die beiden Kleinen, die nebenan friedlich schlummerten, und nicht mehr an das Kind, das sie verloren hatte, und ihre Schwester tat ihr aufrichtig leid.

»Ich wüsste nicht, was ich ohne JJ und Rosemary anfangen sollte«, sagte sie leise. »Sie sind mein Lebensinhalt.«

»Und Jack?«, fragte Marianne.
»Jack verbringt mehr Zeit bei seinen Freunden von der Arbeit als bei uns. Sie gehen fast jeden Abend zusammen in die Bar. Manchmal kommt er erst gegen ein oder zwei Uhr nachts nach Hause. Ich kann es ihm wohl nicht übel nehmen. Ich war nicht viel für ihn da in letzter Zeit, da ich ja ständig schwanger war und zuletzt so niedergeschlagen wegen der Fehlgeburt.«
»Da musst du dir was einfallen lassen, Val. Du kannst deine Ehe nicht so vernachlässigen.«
Valerie blickte unbehaglich auf die Bettdecke. »Um ehrlich zu sein, ich bin gerne schwanger.«
Marianne betrachtete ihre Schwester prüfend, die sie noch nie so blass und dünn gesehen hatte wie jetzt. »Soweit ich weiß, war dir bei beiden Schwangerschaften fast die gesamte Zeit übel. Von der letzten ganz zu schweigen. Was kann einem daran gefallen? Vielleicht solltest du deinem Körper eine Pause gönnen und es einfach genießen, mit Jack zusammen zu sein.«
Dasselbe hatte der Arzt Valerie nach der Fehlgeburt auch geraten. Valerie blickte zur Decke auf. »Wenn man davon nicht Kinder bekäme, könnte ich es nicht ertragen«, flüsterte sie.
Marianne schnaubte. »Nun komm schon, Val, wir leben im Jahre 1958 und nicht im Mittelalter, und es geht hier um deine Gesundheit. Also denk einmal zuerst an dich und dann an die Kirche.«
»Du verstehst mich falsch«, sagte Valerie, bevor sie sich bremsen konnte. »Wenn ich schwanger bin ... lässt Jack mich in Ruhe.«
Marianne war einen Moment lang versucht, sich einzu-

reden, dass sie sich verhört hatte, doch natürlich war dem nicht so. Sie zog ihren Stuhl näher ans Bett und betrachtete ihre jüngere Schwester forschend, bevor sie sprach. »Hast du mit Jack darüber gesprochen?«
Valerie schüttelte den Kopf. »Wieso?«
»Weil er dein Mann ist und weil Sex euch beiden Spaß machen soll«, antwortete Marianne, »und das scheint hier nicht der Fall zu sein.«
»Aber Jack kann nichts dafür«, sagte Valerie hastig. »Der Fehler liegt bei mir. Ich bin eben eine dieser Frauen, denen es nicht so viel Spaß macht.« Das Wort selbst sprach sie nicht aus, aber sie wäre trotzdem am liebsten im Erdboden versunken vor Scham. Sie hatte das niemals jemandem erzählen wollen.
Doch ihre Schwester hatte kein Mitleid, sondern brach in lautes Gelächter aus. »Was soll das heißen – dass du dich für frigide hältst? Wieso das denn? Hat Jack das gesagt?«
»Nein, natürlich nicht«, erwiderte Valerie, die sich nun völlig erbärmlich fühlte. »Es ist nur so, dass ... nun ja, ich habe schon in der Hochzeitsnacht gemerkt, dass was nicht stimmt mit mir. Und ich habe von Frauen gehört, die ... na ja, ich meine, du weißt schon, die niemals ... also, die keinen ...«
»Orgasmus haben«, vollendete Marianne für sie den Satz.
Valerie zuckte zusammen. »Ja.«
»Soll ich dir mal was über diese Frauen erzählen, Val?«, fragte ihre Schwester. »Neunzig Prozent von denen sind nicht frigide, sondern haben einfach keine Ahnung. Sie haben keinen Orgasmus, weil deren Männer nicht wissen, wie sie ihre Frauen befriedigen können. Und das wissen sie

deshalb nicht, weil es den Frauen zu peinlich ist, darüber zu sprechen.«
Valerie starrte ihre Schwester mit aufgerissenen Augen an. »Woher weißt du das?«
»Nun, ich höre auch das eine oder andere.«
Valerie wusste, dass sie dieses Gespräch mit keinem anderen Menschen auf der Welt hätte führen können, nicht einmal mit ihrem Arzt und schon gar nicht mit ihrem Priester. »Hast du dabei auch erfahren, warum es so wehtut?«, fragte sie.
»Natürlich«, antwortete Marianne. »Es tut weh, weil du noch nicht bereit bist. Frauen müssen erregt sein, mehr als Männer, und deshalb gibt es das Vorspiel. Wenn eine Frau nicht genügend Vorspiel bekommt, ist sie innen trocken, und dann tut es weh.«
»Oh.« Valerie stiegen vor Erleichterung Tränen in die Augen, und Marianne ergriff die Hand ihrer Schwester.
»Und die ganze Zeit konntest du mit niemandem darüber sprechen?« Valerie schüttelte den Kopf. »Nun, jetzt kannst du's«, sagte Marianne entschieden. »Ich bleibe drei Wochen hier.«

Als Marianne Santini nach Boston zurückflog, ließ sie Valerie als neuen Menschen zurück, vollständig wiederhergestellt und bereit, das Leben anzupacken.
Valerie war gar nicht bewusst gewesen, wie einsam sie seit ihrer Heirat gewesen war, wie sehr es ihr gefehlt hatte, sich jemandem anzuvertrauen. Virginia Halgren war sehr nett zu ihr, brachte immer etwas Selbstgebackenes vorbei und bot an, mit den Kindern behilflich zu sein. Dennoch war es etwas anderes, mit jemandem sprechen zu können, dem

man wirklich nahe ist und dem man sich anvertrauen kann.

In den drei Wochen, in denen Marianne bei ihnen wohnte, sprachen die beiden Schwestern über alles: Sex, Geld, die neueste Mode, Kinder und das Leben mit einem Menschen, den man nicht wirklich verstehen kann. Von ihrer Schwester ermutigt, entschloss sich Valerie, mit Jack zu reden, an dem Abend, nachdem der Arzt sein Okay zur Wiederaufnahme der ehelichen Beziehung gegeben hatte. Als Jack ins Bett kam, sichtlich animiert, sagte sie vorsichtig: »Jack, schläfst du gerne mit mir?«

»Klar«, antwortete er und zupfte an ihrem Nachthemd. »Wenn's nicht so wäre, würd ich's nicht machen.«

»Das nehme ich auch an«, sagte sie und entfernte sich ein wenig von ihm. »Aber nicht alle Frauen sind gleich, oder? Ich meine, du hast bestimmt schon mal eine Frau gekannt, die, na ja, besser dabei war als ich, und vielleicht –«

Jack ließ ihr Nachthemd los. »Was soll dieses Gerede von anderen Frauen?«, wollte er wissen.

»Na ja, es ist eigentlich nichts«, sagte Valerie. »Ich dachte nur –«

»Was dachtest du?«, fuhr er sie an, während seine Erektion nachließ. »Was gibt's denn da zu denken?«

Valerie war verwirrt über seine Heftigkeit. »Was ist los? Warum bist du plötzlich so wütend? Ich wollte nur –«

Er rückte von ihr ab. »Was wolltest du nur? Mir nachspionieren? Und, was hast du Fürchterliches gefunden? Lippenstift am Taschentuch? Puderspuren auf meinem Hemd?«

Valerie riss fassungslos die Augen auf. Dieses Gespräch verlief nicht so, wie sie es geplant hatte. Sie hatte Jack nur

bitten wollen, sich anfänglich beim Sex mehr Zeit zu nehmen, wie Marianne es vorgeschlagen hatte. Doch stattdessen gestand er ihr nun offenbar, dass er ihr untreu gewesen war.
Er bemerkte ihr Entsetzen. »Schau, das ist nicht wichtig«, sagte er beruhigend. »So was passiert, wenn eine Frau schwanger ist und keinen Sex haben kann und der Mann nicht ohne auskommt, das ist alles. Es ist bedeutungslos. Es hat nichts mit uns zu tun.«
Valerie war nach Weinen zumute, aber ihre Augen fühlten sich schmerzhaft trocken an. »Ich habe nirgendwo Lippenstift gefunden«, brachte sie mühsam hervor.
Jack starrte sie an. »Verflucht.«
Valerie stand rasch auf und griff nach ihrem Morgenmantel.
»Wo willst du hin?«, fragte er alarmiert.
Sie wollte weg von ihm. Aus dem Haus rennen und fortbleiben wie er. »Ich schaue nach den Kindern«, sagte sie.
»Verflucht«, sagte er noch einmal.
Jack sah ihr nach, wie sie hinausging, und als sich die Tür hinter ihr schloss, packte er die schwere Nachttischlampe und zerschmetterte sie am Bettrahmen.
Sie hatte ihn hereingelegt. Sie hatte nichts gewusst, ihm aber ein Geständnis entlockt. Er war noch wütender auf sich selbst als auf Valerie. Es war ihm ernst gewesen, als er sagte, es sei nicht wichtig. Andere Frauen bedeuteten ihm nichts. Er suchte bei ihnen nur Erleichterung in der Zeit, in der Valerie schwanger war und er sich fürchtete, sie anzufassen.
Es ging ihr immer so schlecht, wenn sie schwanger war. Das machte ihm Angst, und diesen Zustand hasste er, weil

er sich dann so verloren, so hilflos fühlte. Beim letzten Mal war es am schlimmsten gewesen. Sie war fast gestorben, weil sie das Baby nicht verlieren wollte, und der Arzt hatte ihm unverblümt erklärt, dass die Fehlgeburt ihr wahrscheinlich das Leben gerettet hatte.

Dieser Abend hatte etwas verändert. Äußerlich betrachtet schien Valerie dieselbe zu sein wie zuvor, doch in ihrem Inneren war etwas gestorben, wie das Kind, das sie verloren hatte. Ihr Vertrauen in Jack war erschüttert, und sie hatte die Achtung vor ihm verloren. Kaum zwei Jahre waren sie verheiratet, und er hatte sie schon betrogen. Valerie war am Boden zerstört. Es machte ihr nicht mehr zu schaffen, dass sie nicht gut war im Bett. Sie wusste jetzt, dass sie nicht allein daran schuld war, dass Jack mehr Geduld hätte haben müssen. Er hätte das Problem erkennen müssen. Schließlich hatte er viel mehr Erfahrung.
Bei diesem Gedanken kamen ihr die Tränen, aus Schmerz, aber auch aus Zorn. Sie war gerade einundzwanzig Jahre alt und würde den Rest ihres Lebens mit einem Mann verbringen müssen, mit dem sie verheiratet war, den sie aber nicht mehr als ihren persönlichen Helden betrachten konnte. Sie würde seine Kleider waschen, sein Essen kochen, das Bett mit ihm teilen und seine Kinder großziehen, aber sie würde nie mehr dasselbe für ihn empfinden können wie an dem Tag, als sie vor Gott gelobt hatten, sich zu lieben, zu achten und einander treu zu sein, solange sie lebten.
Sie sprachen nie wieder über dieses Thema. Falls Jack seine Abstecher in die Betten anderer Frauen fortsetzte, so wollte Valerie nichts davon wissen. Wenn er sich zu ihr

legte, verweigerte sie sich nicht und bemühte sich, so gut es ging, ihn zu erfreuen, aber sie versuchte nie mehr, ihn zum Vorspiel zu überreden, damit sie beide Befriedigung fanden. Im August war sie wieder schwanger. Sie wartete bis Mitte Oktober, bevor sie es Jack mitteilte.

Er war entsetzt. Er hatte darauf bestanden, Kondome zu benutzen. Jack wusste, dass Valerie das verabscheute, weil sie noch mehr Kinder wollte, aber er konnte nicht anders. Seine Geburt hatte seine Mutter das Leben gekostet, und das würde er nie vergessen können. Er versuchte, Valerie zu einem verlässlicheren Verhütungsmittel als Kondome zu überreden, aber auf diesem Ohr war sie taub.

»Das ist gegen den Willen Gottes«, sagte sie nur.

Es schien ihr selbst oder auch Gott einerlei zu sein, dass sie dabei ihr Leben aufs Spiel setzte. Aber Jack war es nicht einerlei. Er wusste, dass er es nicht überleben würde, wenn ihr etwas zustieß. Sie war für ihn das, was seine Mutter auch für seinen Vater gewesen war: sein Anker, sein Stabilisator. Ohne sie wäre alles sinnlos. Es machte ihn rasend, dass er sich so abhängig von ihr fühlte und diesen Gefühlen machtlos ausgeliefert war. Am liebsten hätte er sie deshalb gewürgt.

Er ging aus dem Haus und betrank sich. Erst nach zwei Uhr morgens kam er zurück, stolperte die Gartentreppe hinauf, trampelte ins Haus und warf die Tür hinter sich zu. Valerie hörte, wie er unten herumpolterte. Ein paar Minuten später hörte sie etwas zu Boden fallen und zerbrechen. Sie sprang aus dem Bett und eilte in die Küche.

Jack stand inmitten einer Lache aus Whisky und Glasscherben.

»Ist mir aus der Hand gefallen«, greinte er.

Valerie holte ein Handtuch. »Geh ins Bett, Jack«, sagte sie müde. »Du hast schon genug getrunken.«
Unvermittelt packte ihn die Wut. »Du sollst mir nicht vorschreiben, was ich zu tun und zu lassen habe«, schrie er sie an. »Wage es nicht!«
Valerie drehte sich zu ihm um. »Du weckst noch die Kinder«, sagte sie gleichmütig. »Willst du das?«
»Ob ich das will? Wann war dir das je wichtig, was ich will? Ich bin dir doch egal. Du willst doch nur Kinder. Kinder, Kinder und noch mehr Kinder. Nur dazu brauchst du mich.«
Valeries Magen fühlte sich flau an, und sie sehnte sich danach, sich wieder hinlegen zu können. Sie wischte die Whiskylache auf. »Das ist Unsinn, und das weißt du auch.«
Er kehrte ihr den Rücken zu und kramte in den Schränken herum. »Wo ist der Whisky?«
Valerie schüttete die Glasscherben in den Mülleimer. »Mehr ist nicht im Haus.«
»Was soll das heißen, mehr ist nicht im Haus?«, schrie er. »Ich will was zu trinken.«
Valerie legte ihm die Hand auf den Arm. »Komm ins Bett, Jack. Es ist schon spät.«
Als sie ihn berührte, fuhr er herum, holte aus und traf sie mit dem Handrücken ins Gesicht. Sie stürzte zu Boden, schmeckte Blut.
Jack beugte sich zu ihr herunter, packte sie an den Haaren und zog sie hoch. »Ich habe gesagt, du sollst mir nichts vorschreiben«, brüllte er und schlug ihr mit der anderen Hand ins Gesicht, als wolle er jede Silbe betonen. Dann trat er mehrmals zu.

Valerie verlor das Bewusstsein. Als sie wieder zu sich kam, hockte Jack in einer Ecke der Küche und schluchzte. Sie richtete sich mühsam auf. Ihre Lippe blutete, ihre Wange schmerzte, ein Auge war halb zugeschwollen und tränte, und sie konnte kaum atmen.
»Es tut mir so leid«, jammerte Jack. »O Gott, es tut mir leid. Ich weiß nicht, was in mich gefahren ist. Ich muss zu viel getrunken haben. Ich würde dir niemals im Leben wehtun, das weißt du. Ich liebe dich so. Du bist mein Leben. Ich weiß nicht, wie ich ... bitte, verzeih mir. Bitte, sag, dass du mir verzeihst.«
Valerie schleppte sich zu ihrem Mann und nahm ihn in die Arme. »Ist ja gut«, murmelte sie in sein Haar. »Ist ja alles gut.«
Umschlungen saßen sie da, und Jack gelobte wieder und wieder, dass er Valerie nie mehr wehtun wolle. Nach einer Weile gelang es ihr, ihn ins Schlafzimmer und ins Bett zu befördern. Dann schlich sie ins Badezimmer und erbrach sich.
Valerie kannte das Gefühl, geschlagen zu werden. Sie war mit einem Vater aufgewachsen, dem die Hand locker saß. Valerie war immer davon ausgegangen, dass es einen Grund gab für seine Handlungsweise – einen Verstoß gegen die Regeln, eine Lektion, die erteilt werden musste, Benehmen, das geändert werden sollte. Doch für das, was Jack ihr gerade angetan hatte, wollte ihr beim besten Willen kein Grund einfallen. Selbst wenn sie etwas getan hatte, was ihm missfiel, war sie doch kein Kind mehr, das diese Form von Disziplinierung verdient hätte, und es war demütigend, sich vorzustellen, dass ihr Mann sie als Kind betrachtete. Gewiss, er hatte sich entschuldigt und ihr ver-

sichert, dass so etwas nie wieder vorkommen würde, aber sie konnte es dennoch nicht begreifen.
Valerie kniete über der Toilette, fühlte sich hilflos und verletzlich und versuchte angestrengt, zu ergründen, was schief gelaufen war.

Am nächsten Morgen war Jack schon aufgestanden, als Valerie noch schlief, kümmerte sich um die Kinder und brachte ihr dann Kaffee und Rührei ans Bett. Valerie lächelte trotz ihrer geschwollenen Lippe und ihrer verletzten Wange, aber sie konnte keinen Bissen zu sich nehmen, konnte sich kaum bewegen, und nachts hatte eine Blutung eingesetzt. Jack fuhr sie auf dem schnellsten Wege ins Krankenhaus.
Wie durch ein Wunder verlor sie das Kind nicht. Sie hatte drei gebrochene und zwei angebrochene Rippen, aber der Fötus war unverletzt, und der Arzt gab ihr ein Mittel gegen die Blutung. Valerie nahm das als Zeichen von Gott, dass alles gut gehen würde. Dem Arzt sagte sie, sie sei auf der Gartentreppe ausgerutscht. Er äußerte sich nicht dazu. Jack sah er nicht ein Mal an. Er bandagierte Valeries Rippen, verpflasterte ihre Wange, verschrieb ihr ein leichtes Schmerzmittel und sagte ihr, sie brauche drei Wochen Bettruhe.
Auf der Heimfahrt war sie sehr still. Jack sah sie von der Seite an. Er hatte sie in eine Decke gehüllt, weil es kühl und regnerisch war, und er sah nur ihr Gesicht. Sie hatte die Augen geschlossen, und er hoffte, dass sie schlief. Doch als er in die Hudson Street einbog und auf ihr Haus zufuhr, sagte sie plötzlich mit klarer Stimme: »Ich habe mir überlegt, dass ich für eine Weile nach Hause fahren möchte, nach Rutland.«

Jacks Herz schien stillzustehen. »Du meinst, du verlässt mich?«

Sie sah ihn überrascht an. »Nein, Jack, ich verlasse dich nicht«, erwiderte sie. »Du bist mein Mann. Ich werde mich nur eine Weile nicht um die Kinder kümmern können, und Marianne kann ich nicht schon wieder herbitten. Und du weißt, meine Eltern haben sich gewünscht, dass wir sie besuchen kommen. Es wäre ein günstiger Zeitpunkt.«

»Und wenn ich nicht will, dass du fährst?«, fragte Jack trotzig.

Sie sah ihn gleichmütig an. »Dann fahre ich natürlich nicht«, sagte sie.

Jack wusste, dass er sie davon abhalten konnte. Er musste es nur sagen. Die Worte lagen ihm auf der Zunge, doch er sprach sie nicht aus. Denn im Grunde wusste er, dass es ein Segen für ihn sein würde, wenn er sie, entstellt und verpflastert, wie sie war, eine ständige Erinnerung an seine Tat, nicht ständig sehen müsste.

»Also gut«, sagte er mit gleichgültigem Schulterzucken, »dann fahr eben.«

Er buchte Flüge für sie in einer Federal-Airlines-Maschine zwei Tage später, packte die Koffer und fuhr Valerie und die Kinder zum Flughafen. Dort trug er JJ und Rosemary ins Flugzeug, schnallte sie auf ihren Sitzen an, küsste Valerie zum Abschied und plauderte dann mit dem Bodenpersonal, bis die Maschine abflog. Anschließend ging er in eine nahe gelegene Bar, wo er sich oft mit seinen Freunden von der Arbeit traf. Es war Sonntag und wenig Betrieb dort. Jack fing ein Gespräch mit einer der Kellnerinnen an, die er kannte, einer großen vollbusigen Brünetten Mitte dreißig, und lehnte nicht ab, als sie ihn zu sich nach Hause einlud.

Martin und Charlotte O'Connor holten ihre Tochter am Sonntagabend vom Flughafen in Burlington ab. Sie waren entsetzt, als sie ihre genähte Lippe, die verpflasterte Wange und das blaue Auge sahen, und bemerkten verstört, dass sie zusammenzuckte, als sie umarmt wurde.
Valerie erzählte ihnen, sie sei die Gartentreppe hinuntergefallen, und die Eltern stellten ihr keine Fragen zu diesem Thema. Aus irgendeinem Grund hatte Valerie das Gefühl, Jack beschützen zu müssen, und es war ihr wichtig, dass ihre Familie weiterhin eine gute Meinung von ihm behielt. Außerdem schien ihr das alles schon so weit entfernt zu sein, dass es ihr gar nicht vorkam, als lüge sie. Dennoch war sie froh, als sich die Eltern schließlich mehr auf JJ und Rosemary konzentrierten, und sie nutzte die Fahrt nach Rutland zum Schlafen.
Valerie fühlte sich, als sei sie wieder ein Kind, in ihrem alten Zimmer mit der Rosentapete und dem Federbett aus ihrer Jugendzeit. Ihre Mutter umsorgte sie, ihre Geschwister verwöhnten sie, und ihr Vater beobachtete das Geschehen aus einiger Entfernung. Doch natürlich war ihre Kindheit unwiderruflich beendet.
Sie war froh, dass sie im Bett liegen und dem Baby in ihrem Bauch Ruhe gönnen konnte. Sie schlief viel. Charlotte versorgte sie mit kräftigenden Suppen und gesunden Omeletts, mit frisch gebackenem Brot, selbst gemachtem Apfelmus und Pancakes mit Ahornsirup. Sie kämmte ihrer Tochter das Haar und erneuerte das Pflaster auf der Wange. Valeries Schwestern Cecilia und Elizabeth kamen nach

Hause und kümmerten sich um JJ und Rosemary. Ihre Brüder Marty und Kevin erzählten ihr alberne Witze, über die sie so lachen musste, dass ihre Rippen schmerzten. Und ihr Vater setzte sich in den Schaukelstuhl neben ihrem Bett und las ihr aus *Alice im Wunderland* vor. Alles war so vertraut und behaglich. Valerie fühlte sich geborgen und beschützt im Schoß ihrer Familie.

Nach ein paar Tagen kam es ihr vor, als wäre sie nie weg gewesen. Doch in den ruhigen Momenten, wenn sie allein war, wurde ihr sehr wohl bewusst, dass sie nicht mehr zu Hause lebte, und sie dachte an Jack und versuchte zu begreifen, was geschehen war.

Schließlich waren ihre Lippe und ihre Wange geheilt, ebenso ihre gebrochenen Rippen. Die Übelkeit, unter der sie während ihrer Schwangerschaften immer litt, ließ nach, und ihre Wangen bekamen wieder Farbe. Sie konnte mit Martin kleine Spaziergänge auf den Wiesen hinter dem Haus machen und mit Charlotte in die Stadt fahren. Mitte November fühlte sie sich stark genug, sich wenigstens zeitweilig wieder allein um ihre Kinder zu kümmern.

»Du brauchst was Neues zum Anziehen«, verkündete ihre Mutter, als sie fand, dass Valerie kräftig genug wirkte für einen Ausflug. »Ich dachte, wir fahren für ein paar Tage nach Boston und kaufen die Läden leer.«

»Die Kinder könnten ein paar neue Sachen brauchen«, sagte Valerie, »aber ich kann es mir nicht leisten, etwas für mich zu kaufen.«

»Ich habe mich nicht deutlich genug ausgedrückt«, sagte Charlotte. »Paps und ich wollen dir etwas spendieren.«

Valerie war begeistert. Sie liebte Boston, und dort würde sie auch Marianne treffen können.

»Ich hab gehört, du hattest einen bösen Unfall«, sagte Marianne, sobald Charlotte nach der anstrengenden Fahrt mit zwei kleinen Kindern eingeschlafen war und die beiden jungen Frauen allein waren. »War das vor oder nach eurem Gespräch?«
Valerie zwang sich zu einem Lachen. »Du meinst, ob ich entflammt vor Leidenschaft die Gartentreppe runtergefallen bin?«
Marianne betrachtete ihre jüngere Schwester prüfend, während Valerie förmlich die Luft anhielt. Von all ihren Geschwistern war Marianne ihr immer am vertrautesten gewesen; ihr konnte man nicht viel vormachen. Valerie spürte, wie ihr künstliches Lächeln allmählich erstarb, doch da zuckte ihre Schwester die Schultern und grinste.
»Ja, so in etwa.«
»Nein«, sagte Valerie wahrheitsgemäß. »Ich habe es noch nicht geschafft, mit Jack darüber zu reden. Irgendwie hat es sich nicht ergeben.«
»Und nun bist du wieder schwanger.«
»So ist es.«
Marianne gluckste. »Seine Kondome taugen wohl nicht viel, wie?«
Valerie kicherte. »Sieht so aus.«
Sie blieben bis zu dem Samstag vor Thanksgiving in Boston und kauften fast die Läden leer. Nach ihrer Rückkehr nach Rutland gab es den ersten heftigen Schneefall des Jahres; in sechsunddreißig Stunden fielen über dreißig Zentimeter. JJ und Rosemary waren begeistert. Sie drückten die Nasen am Fenster platt und sahen zu, wie die dicken Flocken vom Himmel taumelten und die Wiesen, die Zufahrt, den Weg zum Haus und sogar Charlottes Gemüse-

garten unter einer weißen Decke verschwinden ließen. Als die Sonne herauskam, packte Valerie die Kinder in Schneeanzüge, die sie von ihren Cousins leihen konnten, und sie spielten den ganzen Nachmittag draußen, unter der Aufsicht des kugelrunden Schneemanns mit den Knopfaugen, den ihr Onkel Kevin für sie gebaut hatte. Valerie sah ihnen vom Schlafzimmer aus zu und lächelte. Sie erinnerte sich an die Schneemänner ihrer Kindheit, die damals auch von Kevin gebaut worden waren. Der Kreis des Lebens, dachte sie, was für ein Wunder er doch ist.

Am Tag vor Thanksgiving stieg Valerie schon morgens beim Aufwachen der köstliche Duft von Kürbis und Pasteten und Pekan-Pie in die Nase, Leckereien, die Charlotte noch in dem altmodischen Ofen buk, von dem sie sich keinesfalls trennen wollte. Sie war der festen Überzeugung, dass der moderne Herd, den Martin ihr kaufen wollte, ihr Backwerk verderben würde.

Valerie rekelte sich und lächelte. Es war eine Wohltat und ein Luxus, ausschlafen zu können. Später würde sie ihrer Mutter bei der Zubereitung der traditionellen Esskastanienfüllung, der frischen Moosbeeren-Puddings und des Succotash zur Hand gehen. Am Tag darauf würde sie den Truthahn mit Sud beträufeln, während er briet, den Gemüsesalat vorbereiten, die heißen Muffins mit Butter bestreichen, Spitzendecken auf die Tische legen und das gute Geschirr decken, das nur bei besonderen Gelegenheiten zum Einsatz kam. Dann würde sie JJ seinen kleinen blauen Anzug und Rosemary ihr hübsches rosa Kleidchen anziehen und zusehen, wie sie ihr erstes Thanksgiving in der Familie erlebten.

Marianne und Tommy konnten leider nicht kommen, weil

sie im »Irischen Italiener« gebraucht wurden. Und Valeries Bruder Hugh war beim Militär und derzeit in Deutschland stationiert. Doch alle anderen würden kommen. Bis auf Jack natürlich.
Valerie kuschelte sich unter ihre Decke und sah sich in dem Zimmer um, das für sie Wärme und Geborgenheit bedeutete. Sie wusste, dass sie früher oder später nach Seattle zurückkehren musste. Wenn Jack sie anrief, verlangte er zusehends drängender nach ihr. Valerie versicherte ihm jedes Mal, wie sehr sie und die Kinder ihn vermissten, was auch der Wahrheit entsprach, doch sie mochte sich nicht festlegen, für welchen Termin er ihre Flüge reservieren sollte.
»Das Haus ist so leer ohne euch«, sagte Jack, wobei er tunlichst nicht zur Sprache brachte, dass er sich dort kaum aufhielt.
Valerie erwiderte, ihre Genesung ginge nur langsam voran, und da setzte er ihr nicht weiter zu.
Valerie sah aus dem Fenster. Die Äste der Kiefern an der Zufahrt und am Haus hingen, von Schnee beladen, schwer herab und glitzerten in der Morgensonne. Bald war Dezember, die schönste Zeit in den Bergen von Vermont. Valerie hätte Weihnachten zu gerne mit Rosemary und JJ hier verbracht, denn dieses Fest war immer wunderschön in Rutland. Im Grunde wäre sie am liebsten für immer hier geblieben. Doch es war sinnlos, sich Dinge zu wünschen, die nicht möglich waren. Seattle war ihre Gegenwart, Rutland ihre Vergangenheit, eine Vergangenheit, mit der sie immer wieder in Kontakt treten, in die sie aber nie mehr zurückkehren konnte. Bei diesem Gedanken stiegen ihr Tränen in die Augen. Sie wischte sie ungeduldig fort.

Eine Woche später kehrte sie mit den Kindern und dem ungeborenen Baby im Bauch nach Seattle zurück.

Im Mai 1959 bekamen die Marshs eine zweite Tochter, doch das kleine Mädchen kam mit einem schwachen Herzen zur Welt, dem es kaum gelang, den kleinen Körper mit ausreichend Blut zu versorgen. Die Ärzte im Swedish Hospital, die um das Leben des Kindes kämpften, waren nicht sicher, ob es durchkommen würde. Jack geriet in helle Aufregung, brachte JJ und Rosemary bei den Halgrens unter, meldete sich bei der Arbeit ab und fuhr sofort ins Krankenhaus.
»Ich will meine Tochter sehen«, sagte er zu der Dienst habenden Schwester, nachdem er an Valeries Bett gestanden und zugesehen hatte, wie sie sich in den Schlaf weinte.
Die Schwester gab ihm einen grünen Kittel und einen Mundschutz und führte ihn zu einem Brutkasten in einer Ecke der Kinderstation. Das Kind war mit Schläuchen und Kabeln verbunden, die außerhalb des Kastens an piepsende Monitore angeschlossen waren. Jack starrte auf das winzige Wesen in dem durchsichtigen Kasten. Die Kleine hatte bei der Geburt nur fünf Pfund gewogen und nahm nicht zu. Er fühlte sich furchtbar hilflos und fragte sich unwillkürlich, ob die Verletzungen, die er Valerie zugefügt hatte, nicht doch dem Kind geschadet hatten.
»Hallo, Kleines«, raunte er, »ich bin dein Papa, weißt du. Dir geht's nicht besonders, wie? Aber mach dir keine Sorgen, ich bin jetzt da, und ich sorge dafür, dass dir nichts zustößt, das verspreche ich dir.«
Er zog sich einen Stuhl heran und ließ sich neben dem Brutkasten nieder. »Wird sie durchkommen?«, fragte er

die Ärzte und Schwestern und Techniker, die Schläuche und Monitore überprüften. »Wird mein Baby am Leben bleiben?«
Die Techniker zuckten die Schultern, die Schwestern lächelten, und die Ärzte sagten ihm, es sei zu früh für Voraussagen.
Schuldgeplagt harrte Jack drei Tage lang neben seiner Tochter aus. Er sah nur ab und zu nach Valerie und ging zur Toilette; ansonsten hielt er Wache bei der Kleinen. Manchmal döste er eine Weile, doch meist sprach er auf das kleine Wesen ein, das in dem Kasten um sein Leben rang, und weigerte sich, Valeries wütenden Protesten zum Trotz, einen Priester in die Nähe der Kleinen zu lassen. Er hatte das Gefühl, solange es ihm gelänge, den Priester mit seinen letzten Sakramenten von ihr fern zu halten, würde sie am Leben bleiben.
Er beruhigte sie, wenn sie unruhig war, redete ihr gut zu, wenn sie erschöpft schien, und bemühte sich nach Kräften, ihr Leben einzuhauchen. Wenn ihm nichts mehr einfiel, was er sagen könnte, erzählte er von sich, von seinem Vater und den Frauen und seiner Kindheit in Kansas City. Diesem kleinen Mädchen erzählte er viel mehr, als Valerie je von ihm erfahren hatte. Und wenn er dieses Thema erschöpft hatte, sprach er über seine Zeit in Korea und seine Liebe zu Flugzeugen und berichtete ihr von seinem Alltagsleben. Es war ihm einerlei, dass sie ihn nicht verstehen konnte. Der Klang seiner Stimme schien sie zu beruhigen, deshalb sprach er immer weiter.
Als er sich weigerte, in die Cafeteria zu gehen, begannen die Schwestern, ihm Essen zu bringen. Wenn die Schicht wechselte, gaben sie sich gegenseitig Anweisungen.

»Gib auf ihn Acht, er vergisst sich selbst völlig wegen des Kindes.«
»Ein hingebungsvoller Vater.«
»Wenn dieses Kind am Leben bleibt, dann ist das sein Verdienst, nicht der Gottes.«
Die Ärzte wussten, dass die ersten zweiundsiebzig Stunden entscheidend waren, und warteten angespannt.
Die Kleine überstand den Krisenpunkt, und die Ärzte entspannten sich und kamen überein, dass sie wohl überleben würde. Jack wankte erschöpft zu Valerie, um ihr die guten Neuigkeiten zu eröffnen, und sie sah die Tränen in seinen Augen.
»Sie haben sie gewogen, sie hat fast dreißig Gramm zugenommen«, verkündete er stolz.
Sie gaben der Kleinen den Namen Ellen. Sie musste noch einen Monat zur Überwachung im Krankenhaus bleiben. Valerie besuchte sie jeden Tag, und Jack schaute jeden Abend auf dem Heimweg von der Arbeit bei ihr vorbei.
»Sie wird niemals so kräftig werden wie JJ oder Rosemary«, sagte der Arzt an dem Tag, als sie Ellen mit nach Hause nehmen durften. »Sie wird schwächer und nicht so lebhaft sein, aber das macht nichts. Sie macht einen zufriedenen Eindruck und wird ihren Weg schon finden.«
Noch Wochen danach, wenn Valerie nachts erwachte, lag Jack so gut wie nie neben ihr.
Sie fand ihn dann im Kinderzimmer, wo er sich über Ellens Wiege beugte, um sich zu versichern, dass es ihr gut ging.
Fünf Monate später erlitt Valerie wieder eine Fehlgeburt, diesmal jedoch zu Anfang der Schwangerschaft, und sie erholte sich wesentlich schneller davon.

Virginia nahm sich der Kinder an und kümmerte sich ebenso fürsorglich um sie wie Charlotte. An einem Donnerstag kam Jack strahlend von der Arbeit nach Hause.
»Ich hab ein paar Tage frei«, verkündete er. Er hatte darum gebeten und bekam diese Zeit nicht bezahlt, aber das musste Valerie nicht wissen. »Wir fahren an die Küste. Ist alles schon organisiert.«
»Aber Ellen ist nicht kräftig genug für so eine Reise«, wandte Valerie ein.
»Ellen muss auch nicht reisen«, erwiderte Jack. »Ich habe schon mit den Halgrens gesprochen. Sie kümmern sich um die Kinder.«
Valerie öffnete den Mund, um vorzubringen, dass das zu viel verlangt sei von den Nachbarn und dass sie ohnehin nicht mal ein paar Stunden ohne ihre Kinder sein könne, von Tagen ganz zu schweigen, doch dann entschied sie sich, nichts zu sagen, weil ihr die Vorstellung, ein paar Tage völlig unbeschwert ohne Verpflichtungen am Meer zu sein, wie der Himmel auf Erden vorkam.
Und so fühlte es sich dann auch an. Mitte Januar war in dem Küstenort Ocean Shores Off-Saison, weshalb man günstigere Unterkünfte und einen leeren Strand vorfand. Sie kamen in einem Häuschen unweit vom Strand unter. Obwohl es stürmisch war und große Wellen über den Strand rollten, regnete es in den vier Tagen, die sie dort verbrachten, nur ein einziges Mal.
Valerie saß, in einen dicken Mantel gehüllt, stundenlang am Strand, ließ sich von der feinen Gischt besprühen, ihre Haut und ihre Seele reinigen, und sah Jack dabei zu, wie er den Seevögeln altes Brot aus der Bäckerei fütterte. Einen Teil der Krumen schüttete er in den Sand, den Rest warf er

in die Luft und lachte, als die Möwen sich zankten und sie im Flug erhaschten.

»Warum machst du das?«, fragte ihn Valerie.

»Damit die kleinen Vögel auch was abkriegen«, antwortete er. »Die Möwen sind gierig und frech, die fressen sonst alles.«

Wenn sie lange genug am Strand gewesen waren, spazierten sie in die Stadt und schlenderten durch malerische Trödelläden und schicke Boutiquen. Abends probierten sie die Restaurants durch, und danach kehrten sie in ihr Häuschen zurück, Jack machte Feuer im Kamin, und sie machten es sich zusammen auf dem Sofa gemütlich und hörten im Radio Musik. Manchmal plauderten sie, aber sie hatten keinen Sex. Der Arzt hatte es noch untersagt. Doch sie schliefen eng umschlungen ein. Valerie kamen diese Tage fast vor wie die Zeit in jenem Sommer in Boston, als sie sich kennen lernten und ineinander verliebten.

»Wir haben nicht viel Zeit gehabt für uns, nicht wahr«, sagte Valerie, »mit den Kindern und allem.«

»Nein«, sagte Jack, »hatten wir wirklich nicht.«

Sie kamen von ihrem Kurzurlaub erfrischt und erholt zurück und nahmen sich vor, so oft wie möglich nach Ocean Shores zurückzukehren. Doch als Ellen ein Jahr alt wurde und Valerie erfuhr, dass sie wieder schwanger war, eröffnete ihr Jack, dass sie nach Kalifornien ziehen würden.

»Ich bin nach San Francisco versetzt worden«, erklärte er. »Federal vergrößert dort die Niederlassung, und ich werde ein Team leiten.«

Valeries Augen leuchteten vor Stolz. »Du bist befördert worden«, rief sie aus und fiel ihm um den Hals. »Wie wunderbar.«

»Na ja, freu dich nicht zu sehr«, sagte er, insgeheim geschmeichelt über ihre Begeisterung. »Es gibt auch einen Nachteil. Ich werde abends arbeiten müssen.«
»Ach, das macht nichts«, sagte Valerie munter. »Wir kommen schon zurecht.«
»Auf jeden Fall kriege ich mehr Geld, und das können wir verdammt gut gebrauchen.«
»Wie ist Kalifornien?«, fragte Valerie.
Jack, der noch nie dort gewesen war, zuckte die Schultern. »Südkalifornien bedeutet Filmstars und Swimmingpools so groß wie Häuser. Nordkalifornien bedeutet kaltes Wasser und freies Denken.«
Binnen eines Monats hatten sie ihre Sachen gepackt und waren bereit zum Aufbruch. Der Vermieter entließ sie problemlos aus ihrem Vertrag für das Haus, und die wenigen Möbel, die sie angeschafft hatten, wurden Richtung Süden verschifft zu einem Haus mit fünf Schlafzimmern in einer kleinen Stadt an der Küste von San Mateo, eine halbe Stunde Fahrzeit vom Flughafen von San Francisco entfernt. Jack hatte das Haus gekauft, nachdem er zwei Tage wie ein Besessener gesucht hatte. Möbel hatte er aus dem Katalog von Sears Roebuck bestellt. Es passte ihm gar nicht, dass er pendeln musste, er hätte lieber näher am Flughafen gewohnt, doch in dieser Gegend waren die Preise zu hoch, und es gab nur wenige geeignete Häuser zur Miete. Martin gab ihnen das Geld für die Anzahlung. Marianne und Tommy, denen es finanziell gut ging mit ihrem Restaurant, bestanden darauf, die Möbel zu bezahlen.
Obwohl Seattle für Valerie nie zur Heimat geworden war, hatte sie sich in diesen vier Jahren doch mit der Stadt angefreundet, und der Abschied fiel ihr schwer. Die Halgrens

hatten ihr so nahe gestanden wie Verwandte, sie hatten in einer ruhigen Gegend gewohnt, und das Klima war, abgesehen vom vielen Regen, angenehm gewesen.
»Meldet euch mal«, sagte Virginia und umarmte Valerie und die Kinder. »Und kommt uns mal besuchen, wenn ihr könnt.«
»Schickt ab und zu ein paar Fotos«, ergänzte John.
»O ja, bitte«, sagte Virginia. »Wir möchten zu gerne sehen, wie die Kinder heranwachsen.«
Valerie nickte. »Das mach ich, versprochen.«
Sie verließen die Stadt auf demselben Weg, auf dem sie damals gekommen waren, auf der Route 99, die am Boeing Field und am Sea-Tac Airport vorüberführte. Der Mount Rainier, mit einer frühlingshaften Schneehaube, ragte erst vor ihnen und dann hinter ihnen auf. Drei Stunden später waren sie schon in Oregon.

TEIL ZWEI
1962

1

Der Apriltag brachte kaum Wärme für die Küste von San Mateo, diesen Streifen Land zwischen Meer und Bergen, auf dem eine Reihe kleinerer Städte angesiedelt waren. Im Norden lag Montara, im Süden Moss Beach und El Granada, und der südlichste Ort war Half Moon Bay, benannt nach der Bucht, an der er gelegen war.
Die Sonne glitzerte auf dem Wasser des Princeton Harbor von El Granada, wo eine Hand voll Fischerboote lagen, doch sie konnte die Fischer, die dort mit ihren Netzen beschäftigt waren, nicht vor dem harschen Wind schützen, der das Meer aufpeitschte und die Schiffe zum Schlingern brachte. Vom Fischfang konnte man an dieser Küste nur schlecht leben, auch zur Lachssaison, aber ein paar zähe Burschen ließ sich nicht beirren und erwirtschafteten dort ein kärgliches Dasein, bevor sie ihre Schiffe an ihre Söhne oder Enkel vererbten.
Die modernen Zeiten hatten diesen entlegenen, zwischen Meer und Bergen eingeklemmten Küstenstreifen am Pazifik, etwa dreißig Kilometer unterhalb von San Francisco, nahezu übersehen. Früher hatten hier Milchkühe gegrast, man hatte Granit abgebaut, bis die Steinbrüche nichts mehr hergaben, und die Holzindustrie hatte prosperiert,

bis das kommerzielle Bäumeschlachten per Gesetz untersagt wurde. Nun lebte die Region von der Landwirtschaft. Der Boden war fruchtbar, auf ihm gedieh fast alles. Im Laufe der Jahre war man vom Anbau von Kartoffeln und Senf zu Rosenkohl und Kürbis übergegangen.

In vergangener Zeit hatte die schwer zugängliche Gegend einen natürlichen Schutzraum für die hier angesiedelten Ureinwohner, die Costanoa-Indianer, gebildet, bis Gaspar de Portola mit seinen Spaniern anrückte. Danach fanden dort die so genannten Californios, die Mexikaner, die Portola gefolgt waren, Schutz vor geschäftstüchtigen Europäern und landhungrigen Angloamerikanern. In jüngerer Zeit hatten sich gerne Rumschmuggler dort versteckt, die von Südamerika in den Norden gesegelt waren.

Als um die Jahrhundertwende in der Region Eisenbahnstrecken entstanden, ließ man dieses Stück Land außer Acht, und auch die Landerschließung nach dem Goldrausch, der 1849 begann, erstreckte sich nicht bis dorthin. Deshalb befand sich die kleine Küstengemeinde 1962 noch etwa im selben Zustand wie fünfzig oder hundert Jahre zuvor.

Die Fischer beendeten ihre morgendlichen Arbeiten, sprangen von ihren Booten und wanderten über den alten Pier zum Restaurant »Gray Whale«, wo sie sich die Hände an einem heißen Becher Kaffee wärmen konnten, während sie auf ihr Mittagessen warteten.

Unterdessen lag Valerie Marsh in ebendiesem Restaurant flach auf dem Boden. Sie wusste, dass sie sich dort befand, weil sie die unebenen Holzdielen durch ihre dünne Kellnerinnenuniform spürte, aber sie konnte sich nicht mehr erinnern, weshalb sie dort lag. Sie schlug die Augen auf.

Sie sah die wuchtigen Deckenbalken im »Gray Whale«, dekoriert mit Fischernetzen, in denen Muschelschalen schimmerten. Die grauen Wände, an denen Fotos von Fischerbooten und ihren stolz lächelnden Besitzern hingen, und die massiven hölzernen Beine von Kapitänsstühlen, die man zu runden Tischen zusammengefügt hatte, die dunklen stillen Sitznischen, die besonders von den Touristen bevorzugt wurden, die lange geschwungene Bar mit den Spiegeln im Hintergrund. Und sie roch den tröstlichen Duft von gebackenem Fisch und Fritten, von frischem Brot und Bier, Bratspeck und Kaffee.
Doch sie lag hier auf dem Boden inmitten von Glas- und Geschirrscherben und Wasser. Lillian McAllister, die andere Kellnerin, die mittags arbeitete, und Leo Garvey, der Koch und Wirt, beugten sich über sie, auch einige Gäste; um diese Uhrzeit war hier viel los. *O Gott,* dachte Valerie entsetzt, *was ist nur passiert?*
»Ist alles in Ordnung mit dir, Schätzchen?«, fragte Lil besorgt.
Valerie dachte nach. »Ich denke schon«, sagte sie langsam. »Was hab ich denn gemacht?«
»Du bist einfach umgekippt«, sagte Leo, der ziemlich aufgelöst wirkte. »Hast uns halb zu Tode erschreckt.«
»Helft ihr doch hoch«, sagte jemand.
»Sie braucht ein Glas Wasser«, sagte eine andere Stimme.
Valerie versuchte, sich aufzusetzen, aber ein stechender Schmerz im Unterleib hinderte sie daran.
»Was ist?«, fragte Lil.
»Weiß nicht«, keuchte Valerie. »Da hat was wehgetan.«
»Das Baby?«
»Zu früh.«

»Leo, den Arzt«, rief Lil. »Ruf ihren Arzt an. Die Nummer steht in dem Register am Telefon.«

»Weiß ich«, erwiderte Leo. »Ich weiß, wo sie steht.« Er rang verzweifelt seine großen Hände, dann wischte er sie an seiner Schürze ab und eilte zum Telefon.

»Val«, befahl Lil, »du rührst dich nicht, bis Leo den Arzt geholt hat.«

Aber Valerie hatte nicht die Absicht, mitten im Restaurant herumzuliegen und Aufsehen zu erregen. Sie versuchte, sich noch einmal aufzusetzen, und diesmal war der Schmerz weniger heftig, und es gelang ihr mit Hilfe von zwei Stammgästen, den Fischern Jim und Old Billy, auf die Beine zu kommen. Sie führten Valerie vorsichtig zu einer unbesetzten Nische im hinteren Teil des Restaurants. Jemand brachte ihr ein Glas Wasser, das sie dankbar entgegennahm und austrank.

Leo kehrte vom Telefon zurück. »Doc Wheeler sagt, wir sollen sie sofort ins Krankenhaus bringen«, berichtete er atemlos.

»Gut, ich fahre sie«, sagte Lil.

»Wieso du?«, entgegnete Leo, der Valerie unbedingt selbst fahren wollte.

Aber Lil war schneller als er. »Wer soll es denn sonst machen?«, erwiderte sie. »Du kannst doch jetzt nicht weg, zur Mittagszeit. Du kannst statt meiner bedienen, aber ich kann dich nicht in der Küche ersetzen.«

Leo seufzte und fischte seine Autoschlüssel aus der Tasche. »Okay, okay, nimm den Chevy«, sagte er und reichte Lil die Schlüssel. »Aber fahr vorsichtig, verstanden?«

»Na klar, Leo«, erwiderte Lil und grinste. »Was dachtest du denn? Dass ich deine kostbare Karre zu Schrott fahre?«

»Der Wagen ist mir egal«, schimpfte Leo. »Ich mache mir nur Sorgen um Val.«

Sie geleiteten Valerie zum Auto, wobei Leo sie trotz ihrer Proteste fast trug, und halfen ihr in den schimmernden schwarzen Chevy, der vor dem Restaurant geparkt war.

»Denk dran, Lil, pass auf die Schlaglöcher auf.«

»Ich weiß, ich weiß, Leo. Ihr passiert schon nichts.« Lil stieg ein und startete den Motor. »Ruf Donna an, sie soll für mich einspringen«, rief sie. Donna war die dritte Bedienung, die für Leo arbeitete.

»Mach ich«, sagte Leo. Dann kam ihm ein Gedanke. »Soll ich Jack Bescheid sagen?«

Valerie dachte kurz nach. »Nein«, sagte sie dann, »ich möchte nicht, dass er sich Sorgen macht. Erst mal abwarten.«

»Sobald ihr was wisst, rufst du mich an«, sagte Leo zu Lil.

»Mach ich«, versicherte ihm Lil und stieß aus der Parklücke. »Er ist in dich verliebt, weißt du«, sagte sie zu Valerie, als sie auf die Autobahn Richtung Norden fuhren.

Valerie lächelte trotz ihrer Schmerzen. »Leo liebt alle seine Mädchen.«

»Mag schon sein«, räumte Lil ein. »Aber dich am meisten.«

Richard Wheeler, Gynäkologe und Geburtshelfer, wartete schon mit einem Rollstuhl in der Eingangshalle. Dann chauffierte er Valerie ins Behandlungszimmer.

Diese Region, von der aus man nur über den berüchtigten Devils Slide nach San Francisco und über eine schmale gewundene Bergstraße zum erschlosseneren Teil der San Mateo Peninsula gelangen konnte, konnte sich glücklich schätzen, über eine Klinik wie St. Hilda's Hospital zu verfügen.

Das Hospital, ein adrettes zweistöckiges Gebäude mit einem großen Innenhof, war einstmals ein Kloster gewesen und lag auf einer Anhöhe mit Blick aufs Meer. Es wurde von den Sisters of Hope unterhalten, die sich bemühten, so viel moderne Ausstattung anzuschaffen, wie ihr kleiner Orden es sich leisten konnte. Um die Gärten kümmerten sich freiwillige Hilfskräfte, eine Gruppe in der Gemeinde höchst angesehener Frauen. Bis Leo Garveys Frau drei Jahre zuvor an Krebs starb, war sie Vorsitzende dieser Organisation gewesen.

Lil wanderte unruhig in dem kleinen Wartezimmer auf und ab. Valerie war im siebten Monat schwanger. Sie hätte gar nicht mehr arbeiten, geschweige denn volle Teller herumtragen, Tische abräumen und schwere Tabletts heben sollen. Sie war nie besonders kräftig gewesen, zumindest nicht, seit Lil sie kannte. Seit zwei Jahren, als die Marshs an die Küste gezogen waren, arbeitete Valerie nun im »Gray Whale«.

Diese junge Frau hatte etwas an sich, das Lil anrührte und sie dazu veranlasste, sich um Valerie zu kümmern. Es lag nicht nur daran, dass sie so zart und so jung war. Lil wusste, dass Leo ebenso empfand wie sie. Sie hatten Valerie beide schon vor Monaten gesagt, dass sie aufhören sollte zu arbeiten. Sie sah nicht gesund aus, nicht so, wie werdende Mütter aussehen sollten.

Aber Valerie hatte behauptet, es ginge ihr gut und sie wollte weiter arbeiten. Außerdem bräuchten sie das Geld, sagte sie. Leo gab schließlich nach. Doch innerhalb der letzten sechs Wochen war sie zusehends schmaler und blasser geworden, und die Schatten unter ihren Augen wurden immer dunkler. Und nun war sie zusammengeklappt, und Lil sorgte sich um sie.

Im Behandlungsraum kam Dr. Wheeler zum Ende seiner Untersuchung. »Gut, Val, dies war Ihr letzter Arbeitstag«, sagte er, die Hände in die schmalen Hüften gestützt, und blickte durch seine randlose Brille auf Valerie herunter. »Und versuchen Sie erst gar nicht, mir zu widersprechen. Wenn Sie dieses Kind behalten wollen, und das nehme ich doch an, dann gehen Sie jetzt nach Hause, legen sich ins Bett und bleiben da, bis das Kind kommt.«

»Aber das geht nicht«, protestierte Valerie. »Wir brauchen das Geld. Wenn ich nicht arbeite, muss Jack eine zweite Schicht übernehmen, und er wird ... nun, er ...« Die Worte wollten ihr nicht über die Lippen kommen.

»Ich sagte Bett«, erwiderte Dr. Wheeler entschieden. »Sie brauchen Ruhe, absolute Ruhe. Sie sollen nichts tun außer schlafen und essen.« Er fuhr sich durch sein kurz geschnittenes blondes Haar. »Wenn Sie wollen, rede ich mit Jack.«

»O nein«, sagte Valerie rasch. »Bitte, ich sage es ihm selbst.« Sie blickte zur Decke, Tränen in den Augen. »Ich will dieses Kind ...«

»Dann schlage ich vor, dass Sie genau das tun, was ich gesagt habe, und so Gott will, bekommen Sie es dann auch. Und wo wir gerade dabei sind«, fügte er hinzu, »sollten Sie sich darüber im Klaren sein, dass dieses Kind Ihr letztes war.«

Valerie sah ihn trotzig an. »Aber ...«

»Ersparen Sie mir die Widerrede«, sagte er und gab ihr eine Spritze gegen die Krämpfe. »Ich weiß, dass Sie Katholikin sind. Und ich weiß, dass Geburtenkontrolle als Tod-

sünde gilt. Aber fünf Kinder und zwei Fehlgeburten in sechs Jahren ist zu viel. Sie sind nicht kräftig genug für solche Strapazen, an einer weiteren Schwangerschaft würden Sie vermutlich sterben. Nach der Geburt dieses Kindes werde ich Ihnen die neue Anti-Baby-Pille verschreiben.«
»Ich soll die Pille nehmen?«, keuchte Valerie entsetzt. »Das kann ich nicht.«
Wheeler sah sie scharf an. »Wenn die Kinder, die Sie schon haben, auch nur ein Wörtchen mitzureden hätten«, sagte er mit Nachdruck, »würden sie wohl lieber eine lebende Mutter haben als eine, die an einer weiteren Schwangerschaft stirbt. Was sagen Sie dazu?«
Valerie wurde das Herz schwer. Ihr letztes Kind? Jack würde das egal sein, das wusste sie. Er hatte ja zunächst gar keine Kinder haben wollen. Aber für Valerie war die Vorstellung schlimm. Sie war eines von neun Geschwistern und hatte immer gehofft, selbst mindestens auch so viele Kinder zu bekommen. Aber sie widersprach dem Arzt nicht. Sie war zu erschöpft.
»Wie soll ich das Pater Bernaldo erklären?«, sagte sie nur.
»Ich arbeite zwar in einem katholischen Krankenhaus«, sagte Wheeler, »aber ich bin zuständig für Ihr körperliches Befinden. Fragen der Seele müssen Sie mit Gott klären.«
Valerie war sehr still, als Lil sie über die holprigen Straßen von El Granada chauffierte, eine der kleinen Ortschaften an dem Küstenstreifen. In ihrem Haus an der Delgada Road herrschte ein fürchterliches Durcheinander wie immer, wenn Valerie von der Arbeit nach Hause kam. Aber sie war zu schwach, um etwas dagegen zu unternehmen, und viel zu erschöpft, um deshalb peinlich berührt zu sein.

Jack war in der Küche damit beschäftigt, die beiden jüngeren Kinder mit Sandwiches mit Erdnussbutter und Gelee zu füttern, weshalb Lil Valerie nach oben brachte und ihr beim Ausziehen und Zubettgehen behilflich war.

Dankbar sank Valerie ins Bett; bis zu diesem Moment hatte sie gar nicht gemerkt, wie müde sie war. In dem hochgeschlossenen langärmeligen rosa Nachthemd kam sie Lil eher vor wie ein kleines Mädchen als wie eine schwangere Mutter von vier Kindern.

Lil wusste, wie es sich anfühlte, eine Familie zu versorgen und gleichzeitig arbeiten zu gehen. Sie hatte selbst zwei Kinder. Ihr Mann war gestorben, als das Kleinere erst zwei Jahre alt war, und Lil hatte sie allein großziehen müssen. Doch ihre Kinder waren wesentlich älter als die von Valerie und kamen nun gut zurecht. Dieser Gedanke brachte Lil auf eine Idee.

»Val, ich werd dir meine Judy schicken. Sie ist jetzt sechzehn und hilft schon seit Jahren im Haushalt mit, und sie macht das sehr gut.«

»Aber, Lil ...«

»Kein Aber. Das steht fest. Ich weiß gar nicht, weshalb ich nicht schon vor Monaten darauf gekommen bin. Sie kommt um halb drei aus der Schule, dann kann sie gegen drei hier sei. Sie kann aufräumen, die Wäsche machen, sich um die Kinder kümmern, ihnen Abendessen kochen, sie zu Bett bringen und immer noch rechtzeitig wieder zu Hause sein, um ihre Hausaufgaben zu erledigen.«

»Das ist furchtbar lieb von dir, Lil, wirklich«, erwiderte Valerie, »aber wir könnten das auf keinen Fall ...«

»Ich sagte doch schon: kein Aber. Und natürlich könnt ihr. Und wenn du dir Sorgen machst wegen Geld: vergiss es.

Judy würde sowieso kein Geld nehmen. Sie mag dich und die Kinder. Sie macht das gerne umsonst. Außerdem kann sie dabei Erfahrungen sammeln, die ihr irgendwann von Nutzen sein werden.«
»Das ist aber nicht in Ordnung so.«
»Doch, ist es. Und ich hätte schon früher darauf kommen müssen, aber besser spät als nie. Jetzt haben wir das eingefädelt. Und damit basta. Du ruhst dich jetzt schön aus, wie der Arzt gesagt hat.«
Valerie lächelte. Sie wusste, dass man gegen Lillian McAllister keine Chance hatte, wenn sie einmal etwas entschieden hatte. Außerdem fehlte ihr ohnehin die Kraft, sich zur Wehr zu setzen. Ihr Bett war so schön weich und warm. Sie versuchte, wach zu bleiben, aber ihre Lider waren entsetzlich schwer.
Jack Marsh tauchte in der Tür auf. »Was ist los?«, fragte er.
»Sie ist bei der Arbeit zusammengeklappt«, antwortete Lil.
»Ist alles in Ordnung mit ihr?«
Lil nickte. »Aber Doc Wheeler sagt, sie muss im Bett bleiben, bis das Baby kommt. Sie darf sich nicht bücken, nicht anstrengen und nichts heben.«
Sie blickte Jack Marsh prüfend an, doch er äußerte sich nicht dazu. Lil wusste nicht genau, womit sie gerechnet hatte, aber irgendetwas an dem Mann irritierte sie. Gewiss, er sah gut aus mit seinem muskulösen Körper und den schwarzen Haaren und diesen eigenartigen gelben Augen – vielleicht zu gut. Solchen Männern konnte man selten über den Weg trauen. Vielleicht lag es aber auch daran, wie er sie ansah, als könne er sie mit Blicken ausziehen.

Oder es war etwas anderes, das sich unter der Oberfläche verbarg, das sie nicht benennen konnte, das ihr aber Unbehagen einflößte.

»Ich schicke Ihnen meine Judy als Hilfe«, sagte Lil zu ihm. »Sie kommt dann gegen drei Uhr.«

Wieder blieb die Reaktion aus. Er zuckte nur die Schultern und ging hinaus. Lil drehte sich zu Valerie um, und erst da merkte sie, wie Recht Doc Wheeler hatte. Die Kleine glich eher einer Leiche als einer werdenden Mutter. Sie musste schon vor Monaten ihre letzten Kraftreserven aufgebraucht haben. Ihr Gesicht war beinahe so weiß wie die Kissen, und ihre Augen lagen tief in den Höhlen. Lil deckte sie behutsam zu und schlich auf Zehenspitzen aus dem Zimmer. Doch sie hätte nicht so vorsichtig sein müssen. Valerie war schon längst eingeschlafen.

2

Valerie erwachte schlagartig. Draußen schien es heller Tag zu sein, aber sie hatte keine Ahnung, wie viel Uhr es war. Sie konnte sich nur noch daran erinnern, wie Lil sie ausgezogen und ihr ins Nachthemd geholfen hatte. Offenbar war sie eingeschlafen, kaum dass ihr Kopf das Kissen berührte. Sie schaute auf die Uhr auf dem Nachttisch. Es war Viertel nach fünf.
Valerie gähnte und lächelte. Sie hatte nur knapp drei Stunden geschlafen, fühlte sich aber erstaunlich ausgeruht. Für diese Zeit des Tages war es still im Haus. Normalerweise tobten die Kinder nach ihrem Mittagsschlaf lärmend durchs Haus. Und Valerie, die von der Arbeit nach Hause kam, musste sich dann ums Putzen, Waschen, Bügeln und Kochen kümmern und konnte nicht dafür sorgen, dass die Kinder ruhiger spielten.
Sie fuhr hoch und merkte dabei, dass ihre Glieder sich sonderbar steif anfühlten und schmerzten. Viertel nach fünf! Jack war seit drei bei der Arbeit. Wer schaute nach den Kindern? Wie als Antwort auf ihre Frage öffnete sich die Schlafzimmertür einen Spalt, und ein sommersprossiges Mädchen spähte herein.
»Ah, gut, Sie sind wach«, sagte Judy McAllister munter.

»Sie haben bestimmt schrecklichen Hunger. Bleiben Sie im Bett. Ich komme gleich mit einem Tablett.«
Die Tür schloss sich wieder, bevor Valerie nach den Kindern fragen konnte. Sie erinnerte sich undeutlich daran, dass Lil erwähnt hatte, sie wolle ihre Tochter herschicken; offenbar hatte sie damit nicht lange gezögert. Valerie ließ sich in ihr Kissen zurücksinken. Das letzte Mal, als ein Arzt ihr Bettruhe verordnet hatte, hatte sie Ellen erwartet und war zu ihren Eltern nach Rutland gefahren. Sie dachte daran, wie sie damals verwöhnt wurde und wie viel stärker und belastbarer sie sich nach dieser Zeit gefühlt hatte. Sie war Lil McAllister von Herzen dankbar. Es war ein Segen, Judy hier zu haben.
Vielleicht hatte Dr. Wheeler Recht. Vielleicht war es unklug gewesen, in so kurzer Zeit so oft schwanger zu werden. Tatsächlich war sie mit jeder Geburt schwächer und antriebloser geworden. Doch sie hätte auf keines ihrer Kinder verzichten mögen.
Nachdem das vierte Kind zur Welt gekommen war, ihre Tochter Priscilla, hatte sie versucht, mit ihrem Seelsorger, dem kleinen runden Pater Bernaldo von der Gemeindekirche in Half Moon Bay, über die Situation zu sprechen. Sie hoffte, er würde ihr sagen, dass sie sich nun eine Weile Zeit lassen sollte. Doch er hatte nur die Hände aneinander gelegt und sie aufgefordert, ihre Pflicht zu erfüllen.
Nun war ihr die Sache aus der Hand genommen worden. Dr. Wheeler würde durchsetzen, was er für richtig hielt, das wusste sie, ungeachtet ihrer Einwände. Und sie würde für den Rest ihres Ehelebens Jacks Gelüste befriedigen müssen, ohne dafür belohnt zu werden. Valerie seufzte und zuckte dann die Schultern. Mit Gottes Hilfe würde das

Kind, das sie erwartete, gesund zur Welt kommen, und dann würde sie eben ihre fünf Kinder lieben und nähren, so wie sie es gerne mit zehn getan hätte.
Sie legte sich bequemer hin. Im Grunde war sie wirklich so erschöpft, dass eine Zeit ohne Schwangerschaften ihr gut tun würde. Sie hoffte, dass Pater Bernaldo ihr für diese Anwandlung von Selbstsucht keine allzu harte Buße auferlegen würde.
Die Tür öffnete sich erneut, und Judy kam mit einem großen Tablett herein. Sie glich einen Moment lang so sehr ihrer Mutter, wenn sie im »Gray Whale« bediente, dass Valerie unwillkürlich lächeln musste.
»Die Kinder?«, fragte sie, als das Mädchen im Zimmer war.
»Oh, keine Sorge.« Judy grinste. »Ich hab Zeitungspapier auf dem Fußboden in der Küche ausgebreitet und jedes mit einem Bein an den Tisch gebunden, und sie bemalen sich gegenseitig mit Fingerfarben.«
»Gegenseitig?«
»Na ja, genau genommen bemalen JJ, Rosemary und Ellen Priscilla, und sie ist ganz begeistert über so viel Aufmerksamkeit.«
»Mit Fingerfarben?«
»Ja. Hab ich mit Lebensmittelfarbe gemacht. Ist völlig harmlos und lässt sich überall wieder rauswaschen.«
Ja, dachte Valerie, Judy war tatsächlich ein Segen.
Das Mädchen stellte das Tablett vorsichtig auf dem Bett ab. »Es gibt pochierte Eier, Würstchen, Bratkartoffeln, Toast, Orangensaft und Milch«, sagte sie. »Ich weiß, dass die Frühstückszeit schon länger vorbei ist, aber ich dachte, das macht Ihnen bestimmt nichts aus.«

Das Essen roch köstlich, und Valerie merkte, dass sie furchtbaren Hunger hatte. »Nein«, sagte sie und griff schon zur Gabel, »überhaupt nicht.« Sie aß begierig und trank große Schlucke Orangensaft. »Erstaunlich, was man nach einem kleinen Nickerchen für einen Appetit entwickeln kann.«
Judy lachte. »Ein kleines Nickerchen? So würde ich siebenundzwanzig Stunden nicht nennen.«
Valerie blinzelte. »Siebenundzwanzig Stunden?«, fragte sie verwirrt. »Wie meinst du das? Es ist noch nicht mal halb sechs. Ich bin gegen zwei eingeschlafen.«
»Ja, aber gestern«, erwiderte Judy.
Valerie sah sie verdattert an. »Heute ist Dienstag?«, fragte sie entgeistert. »Ich habe einen ganzen Tag geschlafen?«
»Jawohl«, antwortete Judy, die schon wieder zur Tür gegangen war. »Heute Morgen begann Mam sich Sorgen zu machen und rief Dr. Wheeler an. Aber der meinte, sie sollten ruhig so lange schlafen, wie Sie können.«
»Ich kann's nicht fassen.«
»Jedenfalls müssen Sie ziemlich müde gewesen sein«, sagte Judy.
Valeries Gabel, beladen mit Rührei und Bratkartoffeln, verharrte auf halbem Weg zu ihrem Mund. Dienstag? Sie hatte einen ganzen Tag geschlafen? Ausgeschlossen. Sie hatte sonst einen leichten Schlaf, wachte immer auf, wenn Jack nach Mitternacht ins Bett ging, und dann frühmorgens, bevor die Kinder aufstanden. So war sie im Bilde, was im Haus geschah, und konnte falls nötig handeln. Nur am Montagnachmittag und heute hatte das nicht funktioniert. Valerie war verunsichert. Sie fragte sich, was alles passiert sein mochte, während sie geschlafen hatte. Doch

bevor sie Judy danach fragen konnte, überlegte sie es sich anders.
»Kein Wunder, dass ich solchen Hunger habe«, sagte sie nur und genoss das Essen. Es schmeckte köstlich. Die Welt konnte warten.

Valerie war noch nicht sicher, ob sie die entlegene Gegend an der Küste mochte, wo sie nun lebten. Das Haus an der Delgada Road gefiel ihr gut. Von außen wirkte es wie zwei Häuser mit zwei spitzen Dächern, die miteinander verbunden waren. Es war geräumig und hatte viele Fenster. In dem großen Garten dahinter wuchsen viele Kiefern, die sie an Rutland erinnerten.
In ihrem ersten Sommer dort hatte Jack an der Rückfront des Hauses eine Veranda gebaut. Im Frühjahr darauf legte er eine Art Terrasse an, die er durch eine Treppe aus Rotholz mit dem Flur im zweiten Stock verband. Sie war mit einem kleinen Tor gesichert, damit die Kinder nicht hinunterfielen. Von der Terrasse führte eine massive Leiter zu dem flachen Teil des Dachs zwischen den beiden spitzen Dächern. Valerie dachte sich, dass man diesen Teil eines Tages auch in eine Terrasse zum Sonnenbaden erweitern konnte.
Im Schatten der Kiefern im Garten gediehen nicht viele Pflanzen, aber seitlich vom Haus wuchs hohes Pampasgras und davor wilder Mohn und Eukalyptusbäume. Valerie stattete das Haus mit vielen blühenden Topfpflanzen aus und legte sich auf dem Fensterbrett in der Küche in Töpfen einen kleinen Kräutergarten an.
Der breite Sandstrand, leicht zu erreichen, indem man die Avenida del Oro entlangging und den Coast Highway

überquerte, schmiegte sich an die Bucht, die der Stadt ihren Namen gegeben hatte. Die Kinder spielten gerne dort in der sanften Brandung, während Valerie den Strand entlangspazierte und nach ungewöhnlichen Muscheln und angespülten Glasstücken Ausschau hielt.
Doch sie fühlte sich oft einsam. Jack war zwar viel zu Hause, aber dann bastelte er häufig in der Garage herum oder saß im Wohnzimmer im Sessel und las Technikhandbücher. Die wenigen Nachbarn, die Valerie bislang kennen gelernt hatte, waren höflich, aber nicht herzlich; jemandem wie Virginia Halgren war sie bislang nicht begegnet.
Als sie vor knapp zwei Jahren hergezogen waren, hatte Valerie angenommen, dass sie wie bislang bei den Kindern zu Hause bleiben würde. Doch trotz Martins großzügigem Geldgeschenk hatten sie Mühe, die hohen Raten zu bezahlen, vor allem, da nun ein viertes Kind unterwegs war und Jacks Lohnerhöhung für die gestiegenen Lebenshaltungskosten verbraucht wurde.
»Ich kann eine Doppelschicht arbeiten«, bot Jack an, als sich deutlich abzeichnete, dass sie ein zusätzliches Einkommen benötigten, um zurechtzukommen, »oder mir hier in der Gegend einen zusätzlichen Teilzeitjob suchen.«
Doch Valerie schüttelte den Kopf. »Du arbeitest schon so viel«, sagte sie. »Ich könnte mir doch auch einen Job suchen.«
Jack war alles andere als begeistert. »Ich kann meine Familie ernähren. Ich werde nicht zulassen, dass jemand behauptet, ich müsse meine Frau arbeiten schicken.«
»Viele Frauen arbeiten nebenbei, Jack«, erklärte Valerie. »Das ist doch keine Schande. Außerdem kennen wir hier niemanden, dessen Meinung uns wichtig wäre, oder?«

»Und was ist mit deiner Familie?«

»Na ja«, antwortete Valerie sinnend und lächelte, »wir müssen es ihnen ja nicht unbedingt erzählen, wenn wir nicht wollen.«

Jack gab nach. »Aber es wäre nur eine Lösung auf Zeit, verstehst du, bis wir finanziell über den Berg sind.«

»Natürlich«, versicherte ihm Valerie.

Valeries Erfahrung mit der Arbeitswelt bestand bislang aus Sommerjobs in einer Eisdiele. Aber sie war intelligent, hübsch und fleißig und hielt es nicht für allzu schwierig, Arbeit zu finden. Sie stellte sich in den Restaurants an der Küste vor, aber niemand brauchte eine Kellnerin. Sie hinterließ Namen und Adresse. Sie sprach mit Ladenbesitzern, doch nirgendwo gab es eine freie Stelle. Sie hinterließ ihre Telefonnummer. Sie kontaktierte Ärzte, Zahnärzte und Immobilienmakler, aber dort wurden Sekretärinnen gesucht, die sechzig Wörter in der Minute tippen konnten. Sie setzte eine Anzeige in die Lokalzeitung und wartete ab.

Dann, Ende Juli, verließ eine Frau namens LouAnne Briggs Half Moon Bay, um in Portland in Oregon zu heiraten und ein neues Leben zu beginnen. Leo Garvey war damit um eine Kellnerin ärmer. Und so kam Valerie ins »Gray Whale«.

Mit Leo, Lil, Donna, der dritten Kellnerin, Miguel, dem Tellerwäscher, und den Stammgästen fand Valerie in dem Restaurant eine Art zweite Familie für sich. Sie musste hart arbeiten, doch das machte ihr nichts aus. Sie freute sich darauf, morgens aufzustehen und aus dem Haus zu kommen. Sie zog die Kinder an, machte ihnen Frühstück, bereitete ihre Pausenbrote zu, kochte etwas für Jack und war

um sieben Uhr am Hafen. Sie sagte Leo nicht, dass sie schwanger war, weil sie fürchtete, er würde sie dann nicht einstellen. Doch als er am Ende ihrer ersten Arbeitswoche dahinter kam, war es ihm einerlei, denn er hatte sich schon ein bisschen in Valerie verguckt.
Sie arbeitete bis zum November, und als Priscilla am elften auf die Welt kam, schickte Leo Blumen und eine silberne Rassel, und Lil brachte ihr eine schöne Decke für den Kinderwagen, die sie selbst gestrickt hatte.
»Das war bestimmt seine eigene Rassel, als er ein Baby war«, sagte Lil und betrachtete sie. »Sie haben keine Kinder bekommen, seine Frau und er. Er muss sie all die Jahre aufbewahrt haben und hat nun eine gute Verwendung dafür gefunden.«
Valeries Lohn und die Essensreste, die Leo ihr immer mit nach Hause gab, erleichterten den Marshs das Leben, und als Valerie sich im neuen Jahr von der Geburt erholt hatte, ließ Jack sie bereitwillig wieder arbeiten gehen. Valerie liebte das geräuschvolle Restaurant, das Geschirrklappern, den Geruch von frischem Fisch. Sie hörte lächelnd zu, wenn die Stammgäste sich über den extremen Seegang oder die magere Lachsausbeute beklagten und Leo sich über die Politik des Präsidenten ereiferte.
»Schaut euch nur dieses Fiasko in der Schweinebucht an«, verkündete er an einem Mittwoch im April des Jahres 1961 und schlug verärgert mit der Faust auf die Zeitung. »Dick Nixon hätte uns nicht in so eine Lage gebracht.«
»Da hast du wohl Recht«, pflichtete der Fischer Jim ihm bei und vergaß den Lachs vorübergehend. »Dieser Kennedy ist mir auch einen Zacken zu jung und übermütig.«
»Kann schon sein«, mischte sich der alte Billy mit zahn-

losem Grinsen ein, »aber er hat jedenfalls 'ne hübsche Frau.«

Jetzt, ein Jahr später, aß Valerie ihren Toast und trank den letzten Schluck Milch und versuchte, sich auszurechnen, wie hoch die Einbußen wegen Dr. Wheelers Anordnung für ihre Familie sein würden. Das »Gray Whale« war ein beliebtes Restaurant, und wenn Leo auch kaum mehr als den Mindestlohn bezahlte, so trug Valerie doch gute Trinkgelder und jeden Tag ein großes Essenspaket mit nach Hause. Es würde sich bemerkbar machen, wenn das alles wegfiel.

Nachdem Judy das Tablett abgetragen hatte, ließ sie die Kinder ins Schlafzimmer.

»Hier sind ein paar kleine Leute, die gerne wissen möchten, ob es ihrer Mama gut geht«, sagte sie.

Valerie sah ihre Kinder an. Für gewöhnlich waren sie lebhaft und laut, aber nun standen sie still am Fußende ihres Bettes und starrten sie mit großen Augen an. Sie lächelte und breitete die Arme aus, und sie sprangen quietschend aufs Bett. »O Priscilla, du bist aber hübsch bemalt«, rief Valerie, und ihre jüngste Tochter strahlte. »Lasst mal sehen«, sagte sie und betrachtete die Hände der anderen, »ich würde sagen, JJ hat deine Arme bemalt, Rosemary dein Gesicht und Ellen deine Beine. Hab ich Recht?«

Die Kinder kicherten und kugelten auf dem Bett umher, bis Judy sie zum Abendessen holte.

»Keine Sorge«, versprach sie ihnen, als die Kleinen sich nicht so recht von ihrer Mutter trennen wollten, »nach dem Essen dürft ihr in der Wanne spielen, dann zieht ihr eure Pyjamas an und dürft Mami noch gute Nacht sagen, okay?«

Das schien sie zu beruhigen, und sie trotten brav hinaus. Valerie schlief ein, sobald sich die Tür hinter ihnen geschlossen hatte. Sie wachte kurz nach sieben auf, gerade rechtzeitig, um den Kindern gute Nacht zu sagen. Dann erwachte sie wieder viel später, als Jack hereinkam und an die Deckentruhe am Fußende des Bettes stieß.
»Verdammtes Ding«, fluchte er.
Valerie knipste, ein Lächeln auf dem Gesicht, ihre Nachttischlampe an, das sofort erstarb, als sie ihren Mann sah. Seine Kleider waren unordentlich und rochen nach Motorenöl, und er war betrunken. Sie wünschte sich auf der Stelle, dass sie kein Licht gemacht, sondern sich schlafend gestellt hätte. In ihren sechs Ehejahren war Jack vielleicht ein Dutzend Mal so betrunken gewesen, und meist hatte sie etwas Falsches gesagt und dafür bezahlt. Fünfmal war sie dabei im Krankenhaus gelandet, wo sie kommentarlos von den Ärzten behandelt wurde, während sie versuchte, ihnen weiszumachen, dass sie tollpatschig sei.
Wenn Jack nüchtern war und den Schaden sah, den er angerichtet hatte, weinte er jedes Mal und gelobte hoch und heilig, ihr nie wieder wehzutun. Sie hätte ihm gerne geglaubt, wusste es aber inzwischen besser. Dennoch sagte sie sich, dass er kein böser Mann war, sondern nur ab und an Probleme hatte, und dass sie nun einmal seine Frau war, in guten wie in schlechten Zeiten.
»So, du bist endlich wach«, sagte er und starrte sie aus blutunterlaufenen Augen an. »Wurde auch langsam Zeit. Manche Leute haben nichts Besseres zu tun, als den ganzen Tag im Bett rumzuliegen, was?«
Valerie wollte nichts sagen, sondern nur weiterschlafen.
»Der Arzt meinte, ich bräuchte Ruhe, Jack.«

»Ja, und ich brauche eine Frau, verflucht noch mal«, schrie er. Er hatte furchtbare Angst ausgestanden, als sie so lange schlief, hatte gefürchtet, dass sie nie mehr aufwachen, ihn auf diese Art verlassen würde. Sie hatte ausgesehen wie tot, als Lil sie am Montagnachmittag nach Hause brachte. Er hatte oft nach ihr gesehen in der Stunde bevor er zur Arbeit aufbrechen musste. Sie war so reglos und bleich und schien kaum zu atmen. Diese verdammten Kinder brachten sie um.
Er zweifelte keine Sekunde daran, dass sie bei einer Geburt sterben würde. So wie er seine Mutter das Leben gekostet hatte. Er hätte sehr gut ohne Kinder auskommen können. Aber nicht ohne Valerie.
Als seine Schicht um Mitternacht zu Ende war, fürchtete Jack sich davor, nach Hause zu fahren, sie noch immer bewusstlos im Bett vorzufinden, sich neben ihren kalten steifen Leib zu legen. Stattdessen ging er in den Hangar, die Bar an der Route 101 in der Nähe des Flughafens, wo auch seine Kollegen sich abends einfanden. Ein paar von ihnen waren da, und er trank mit jedem von ihnen, bis Scotty, der Besitzer der Bar, das Licht ausschaltete und ihn nach Hause schickte.
Dann fuhr auch Jack nach Hause, sehr langsam, denn die Straße durch die Berge war eng und kurvig. Zu Hause stieg er die Treppe hinauf, von Schritt zu Schritt angstvoller, denn er wollte die Tür zum Schlafzimmer nicht öffnen, nicht das Licht anschalten, nicht seine Frau sehen, die im siebten Monat schwanger war und wegen ihm sterben würde.
Sie war wach. Er meinte sogar, sie lächeln zu sehen. Jack war so unendlich erleichtert, dass ihm Tränen in die Augen

traten, doch er wollte unter keinen Umständen, dass sie ihn so schwächlich erlebte. Er war schließlich der Herr im Haus, und er musste stark sein.

»Ich arbeite acht bis zehn Stunden am Tag, und wenn ich heimkomme, hätte ich vielleicht gerne mal eine Tasse Kaffee oder so«, sagte er mit schleppender Stimme, »und dann bekomme ich zu hören, dass du Ruhe brauchst.«

Valerie sah ihn an. »Gut, Jack«, sagte sie, »dann werde ich nach unten gehen und Kaffee für dich kochen, wenn du das möchtest.«

Sie stand mühsam auf und zog ihren Bademantel über.

»Und vielleicht möchte ich mich auch unterhalten.«

»Dann werde ich ein Glas Milch trinken«, sagte Valerie, »und wir werden uns in der Küche unterhalten.« Sie ging hinaus, und Jack holte sie an der Treppe ein.

»Vielleicht will ich nicht nach unten«, fuhr er sie an. »Vielleicht will ich den Kaffee hier oben. Im Bett.«

»Dann werde ich ihn hochbringen.«

Er packte sie am Arm und verdrehte ihn. »Du machst alles, was ich sage, ja?«

»Ja, Jack.«

»Und wieso haben wir dann einen Stall voller Kinder, die dich umbringen? Wieso hörst du mir dann nicht zu, wenn ich sage, jetzt ist Schluss?«

»Lass uns nicht hier darüber reden, Jack«, sagte Valerie, die nicht wollte, dass die Kinder aufwachten und die Szene miterlebten. »Komm mit nach unten.«

»Ich will nicht nach unten«, schrie er. »Ich will, dass du mir hier antwortest.«

Valerie riss sich los und schickte sich an, die Treppe hinunterzugehen, hoffte, dass er ihr folgen würde. Beiden ent-

ging, dass der sechsjährige JJ die Zimmertür öffnete und in den Flur hinausspähte.
»So, du willst mich also stehen lassen?« Jack wollte sich auf sie stürzen. Valerie schrie erschrocken auf, und JJ schrie los. Jack fuhr herum, als er JJ hörte, und dabei traf er Valerie mit dem Ellbogen an der Schläfe. Das war keine Absicht, doch sie verlor das Gleichgewicht, stürzte kopfüber die Treppe hinunter und landete reglos auf dem Boden.
»Mami«, schrie JJ.
»Val«, keuchte Jack.
Doch Valerie konnte sie beide nicht mehr hören.

Das Licht im Operationssaal des St.-Hilda-Krankenhauses brannte bis in die Morgenstunden. Dr. Wheeler war seit achtundzwanzig Jahren als Geburtshelfer im Einsatz an der Küste und hatte vielen Kindern den Weg ins Leben ermöglicht, wobei bei einigen Geburten leider die Mutter ihr Leben verlor. Er war jedoch äußerst entschlossen, dass dies jetzt nicht geschehen dürfe.
Valerie kam kurz zu sich, als man sie an der Notaufnahme aus Jacks Wagen hob, auf eine Trage legte und eilig zu Dr. Wheeler beförderte.
»Retten Sie mein Baby«, flüsterte sie und umklammerte seine Hand. »Bitte retten Sie mein Baby.«
»Ich werde auch Sie retten«, versicherte ihr Dr. Wheeler. »Halten Sie durch.«
»Sie ist die Treppe runtergefallen«, sagte Jack.
Der Arzt seufzte. Valerie war schon mehrmals bei ihm gelandet, während sie schwanger war: mit einer ausgerenkten Schulter, einem gebrochenen Handgelenk und einer Knochenverletzung an der Wange. Er hielt sie nicht für

tollpatschig, sondern für tapfer und zäh. Und er wusste, dass er sich, Valeries Worte und ihres katholischen Glaubens ungeachtet, diesmal für die Mutter entscheiden würde, falls es darauf ankommen sollte.
Sie hatte zahlreiche Prellungen und Brüche und schwere Blutungen. Dr. Wheeler kamen mehrmals Zweifel, ob er trotz des unermüdlichen Einsatzes eines hervorragenden Assistenzarztes und vier erfahrener Schwestern imstande sein würde, sein Versprechen zu halten. Doch im Morgengrauen des vierten Aprils, eines Mittwochs, waren Mutter und Kind am Leben, was einem Wunder gleichkam, und Wheeler gelang es, die Blutungen zu stoppen und das Kind per Kaiserschnitt zu entbinden. Zuletzt entfernte er den zerfetzten Uterus. Valerie Marsh würde nun nicht die Pille schlucken müssen. Sie konnte keine Kinder mehr bekommen.
Das Kind, ein Junge, brachte kaum drei Pfund auf die Waage. St. Hilda verfügte nicht über Brutkästen, und Dr. Wheeler sah sofort, dass für die weitere Behandlung der beiden Spezialisten vonnöten waren. Direkt nach der Operation wurden Mutter und Kind eilig ins Stanford University Hospital in Palo Alto verlegt, wo man über die modernsten Geräte verfügte.
Und dort hatte Jack Marsh, inzwischen ausgenüchtert und verängstigter als je zuvor, zum ersten Mal in seinem Leben eine Unterredung mit Gott.
Die Ärzte sagten ihm, dass Mutter und Kind nur eine fünfzigprozentige Überlebenschance hatten. Man ließ einen Arzt kommen, der auf Frühgeburten spezialisiert war, sowie einen Chirurgen der Orthopädie und einen Neurologen für Valerie, die alle sehr ernst blickten. Jack wanderte

indessen rastlos auf dem Flur auf und ab. Man sagte ihm, dass die Operation sich über Stunden erstrecken könne. Daraufhin ging er in die Kinderstation und blickte durch die Glastrennwand auf den Brutkasten, in dem sein Sohn lag. Man versicherte ihm, dass für sein Kind alles Menschenmögliche getan wurde.

Jack dachte daran, wie Ellen mit all diesen Drähten und Schläuchen an ihrem winzigen Körper in so einem Glaskasten gelegen hatte. Doch sein Sohn war noch viel kleiner als Ellen damals und mit doppelt so vielen Gerätschaften verbunden. Er hätte gerne neben ihm Wache gehalten wie damals bei Ellen, doch das war ihm nicht möglich. Er war es nicht wert. Stattdessen ging er in die Kapelle, setzte sich in dem menschenleeren stillen Raum auf eine Bank und begann zu weinen.

»Gott, hilf mir«, flehte er. »Als Ellen zu früh geboren wurde, konnte ich mir noch sagen, dass ich keine Schuld daran trug, weil es so lange ... danach war. Aber diesmal weiß ich es. Und JJ weiß es. Wenn die beiden sterben, habe ich sie umgebracht. Alle beide.«

Valerie lag zwölf Tage im Koma. Becken, Schlüsselbein und fünf Rippen waren gebrochen, und sie hatte einen Schädelbasisbruch. Sie musste dreimal operiert werden.

Wie durch ein Wunder war das Baby unverletzt geblieben, doch mit sieben Monaten hatte der Kleine keine hohe Überlebenschance. Er hatte Gelbsucht und Wasser in der Lunge und Atemstörungen. Die Ärzte mussten zweimal sein Blut austauschen. Zu guter Letzt begann er eigenständig zu atmen. Die Schwestern überwachten seinen Herzschlag rund um die Uhr. Er wurde intravenös ernährt, und man achtete darauf, dass die Luft in seinem Brutkasten sehr warm und feucht war.

Mutter und Sohn blieben am Leben. Als Valerie am Nachmittag des dreizehnten Tages die Augen aufschlug, erblickte sie als Erstes Richard Wheeler. Obwohl der Arzt gar nicht in diesem Krankenhaus tätig war, hatte er sich häufig hier aufgehalten. Neben ihm stand ein großer Mann mit kurzen blonden Haaren und einer Hornbrille. Er trug einen weißen Arztkittel.
»Wenn Sie beide keine Engel sind, lebe ich wohl noch«, murmelte Valerie, was eher eine Frage als eine Feststellung war.
Wheeler lächelte und wies auf den Mann neben sich. »Das hier ist auf jeden Fall ein Engel, aber Sie leben tatsächlich noch.«
»Mein Kind?«
»Lebt auch und hält sich bis jetzt wacker«, versicherte ihr Dr. Wheeler.
»Wo bin ich?«, fragte Valerie, als sie den unbekannten Raum wahrnahm.
Der Mann in dem Arztkittel setzte sie ins Bild. Sie nickte, doch ihre Lider fühlten sich schwer an, und ihr Kopf schmerzte. Sie hatte eine Infusion am rechten Arm. Valerie griff mit der linken Hand an ihre Schläfe und erstarrte. Ihre Haare waren verschwunden, sie ertastete nur einen Verband.
»Sie wachsen wieder nach«, sagte Dr. Wheeler beruhigend, als er ihr Entsetzen sah.
Ihr Arm sank aufs Bett. »Erzählen Sie.«
»Sie wurden am vierten April eingeliefert«, sagte der ande-

re Arzt. »Heute haben wir den sechzehnten April. Sie hatten einen schlimmen Sturz und Blutungen. Ihr Mann brachte sie ins St.-Hilda-Krankenhaus, wo Dr. Wheeler Ihr Kind entband. Dann brachte man Sie zur Operation hierher. Ihr Kind kann hier von einem speziellen Team für Frühgeburten betreut werden. Ich bin Dr. Andrew Maldarone. Ich habe Sie operiert und kann Ihre Fragen beantworten und Ihnen alles genau erklären, wenn Sie wieder kräftiger sind. Vorerst möchte ich Ihnen nur sagen, dass alles in Ordnung kommen wird. Und Dr. Huber, der Kinderarzt, sagte mir, dass Ihr Sohn sich auch gut entwickelt.«
»Ein Junge?«, murmelte Valerie und lächelte. »Ich habe noch einen Jungen bekommen. Wie schön. Dann ist JJ nicht mehr allein.«
Sie schloss die Augen und schlief wieder ein, das Lächeln noch auf den Lippen.
»Wird sie wirklich wieder in Ordnung kommen?«, fragte Dr. Wheeler, als die beiden Ärzte auf Valerie blickten, die unter ihrem Laken kaum mehr zu sein schien als ein Häuflein gebrochener Knochen, die von durchscheinender Haut zusammengehalten wurden.
Maldarone nickte. »Sie war ziemlich übel dran, aber ich denke, dass sie über eine große innere Kraft verfügt, die sie am Leben hält.«

Früh am nächsten Morgen kam Jack. Er blieb in der Tür stehen, drehte seine Mütze in den Händen und starrte auf seine Füße. Er wusste nicht, was Valerie tun oder sagen würde, aber er hatte jedenfalls alles verdient.
»Es tut mir leid«, flüsterte er. »O Gott, es tut mir so leid.«

»Ist schon gut, Jack«, sagte Valerie matt. »Ich bin die Treppe runtergefallen, weiter nichts.«
»Ich dachte, ich hätte euch beide umgebracht.«
»Wie du siehst, ist das nicht so«, erwiderte Valerie. *Diesmal nicht*, lag ihr auf der Zunge, doch sie sprach die Worte nicht aus.
»Ich habe einen Priester geholt«, sagte Jack. »Er hat euch beiden den letzten Segen gegeben ... für alle Fälle, weißt du.«
Hinterher war Jack immer liebevoll und fürsorglich. Doch diese Entscheidung fand Valerie erstaunlich. »Danke«, murmelte sie.
Er entspannte sich ein bisschen und kam ein Stück näher. »Lil hat Judy erlaubt, ein paar Tage nicht zur Schule zu gehen, damit sie sich um die Kinder kümmern kann, und jetzt ist Marianne da.«
Valerie nickte. Dann entstand ein Schweigen, und Jack dachte, dass sie wieder eingeschlafen sei. Doch dann sagte sie: »Hast du ihn gesehen?«
»Ja«, antwortete Jack, »er ist furchtbar winzig, aber sie sagen, er sei ein Kämpfer.«
»Ich will ihn sehen«, sagte Valerie. »Ich will meinen Sohn sehen.«
Jack eilte hinaus, um eine Schwester zu holen. Als er ihre Erlaubnis eingeholt hatte, kehrte er mit einem Rollstuhl zurück. Vorsichtig, wenn auch etwas ungeschickt, half er Valerie aus dem Bett und in den Rollstuhl, den er mit einer Hand schob, während er mit der anderen die Infusion festhielt.
Die Schwester umhüllte Valerie mit einem grünen Kittel und gab ihr einen Mundschutz. Jack schob sie so nahe an

den Brutkasten heran, wie es die vielen Geräte erlaubten. Und Valerie erblickte zum ersten Mal ihren Sohn. Er war winzig und hatte eine durchscheinende Haut, aber er hatte den Mund weit aufgerissen und fuchtelte mit seinen kleinen Fäusten wild umher, so weit die vielen Schläuche an seinem Körper es zuließen.
»Siehst du?«, sagte Jack und lächelte hinter seinem Mundschutz. »Siehst du, was für ein Kämpfer er ist?«
Valerie lächelte auch und betrachtete prüfend den Verlauf jedes einzelnen Schlauchs und Kabels zu den Geräten, fragte sich, was die blinkenden Zahlen und das Piepsen zu bedeuten hatten. Schließlich fiel ihr Blick auf die kleine blaue Karte am Fuße des Brutkastens. *Baby Marsh* stand darauf.
»Er braucht einen Namen, Jack«, sagte sie. »Er ist zwei Wochen alt, er braucht einen Namen.«
»Ich weiß«, erwiderte Jack. »Sie haben mich schon danach gefragt, aber ich wollte unbedingt warten, bis du ihm einen Namen gibst.«
»Also gut, dann wird er die Namen von zwei Engeln tragen«, sagte Valerie mit einem Lächeln, dessen Bedeutung ihr Mann nicht erfassen konnte. »Willkommen auf dieser Welt, Richard Andrew Marsh.«
Und als hätte er sie gehört, lag der kleine Junge plötzlich ganz still und drehte den Kopf in ihre Richtung.

TEIL DREI
1967

1

Der heiße Santa-Ana-Wind fegte von Süden heran, wehte über die Berge und die Küste und ließ dunstige Hitze zurück. Der Oktober, jener Monat, in dem sich in anderen Teilen des Landes die Blätter rostrot färbten und nachts der erste Frost kam, brachte hier in Nordkalifornien strahlendes Sommerwetter. Der Himmel leuchtete blau und wolkenlos, man legte sich in die Sonne und ging sparsam mit dem Wasser um, das reichen musste bis zur Regenzeit im Winter, in der die sandfarbenen Hügel üppig und grün wurden, die Wasserreservoirs Nachschub bekamen und die unbefestigten Straßen sich in Schlammpisten verwandelten. Das Thermometer stieg auf über dreißig Grad, Kinder schwänzten die Schule, auf den Feldern wuchsen die Kürbisse heran, und der Geruch von reifem Rosenkohl lag in der Luft. Die Leute grillten und badeten ihre Hunde, waren viel draußen und lächelten etwas freigiebiger als gewöhnlich.
»Ist dieses Wetter nicht unglaublich?«, fragten sie einander.
Valerie Marsh war mit Unkrautjäten auf dem Rasen vor dem Haus beschäftigt, als eines Morgens eine Frau die Zufahrt entlangschlenderte und ihr die Hand hinstreckte.

»Hallo«, sagte sie. »Connie Gilchrist. Ich bin Ihre künftige Nachbarin.«

Valerie richtete sich auf. »Hallo«, erwiderte sie zurückhaltend, »Valerie Marsh.«

»Schön, Sie kennen zu lernen«, sagte Connie freundlich, ihr noch immer die Hand hinhaltend.

Valerie wischte sich hastig die Hände an ihrer Bluse ab und schüttelte der Frau die Hand. »Bauen Sie das Haus vorn an der Ecke?« Es gab nur drei Häuser an diesem Abschnitt der Delgada Road, und Valerie wusste, dass keines von ihnen zum Verkauf stand.

»Ganz genau.«

»Das müsste doch bald fertig sein, nicht wahr?«

»Zur nächsten Eiszeit, schätze ich mal«, antwortete die Frau und verdrehte die Augen.

Valerie musste unwillkürlich lachen. »Den Eindruck hatte ich auch, aber ich hätte mich nie dazu geäußert.«

»Ob ich vielleicht mal bei Ihnen telefonieren dürfte?«, fragte die künftige Nachbarin. »Der Fliesenleger hätte schon vor einer Stunde hier sein sollen, und ich muss um zwölf wieder in der Stadt sein.«

»Natürlich«, antwortete Valerie und geleitete die Frau ins Haus. Das Telefon stand auf einem kleinen Tisch im Flur. Connie Gilchrist eilte darauf zu wie ein Hund, der einen Knochen ergattert hat, und Valerie beobachtete die neue Nachbarin aus einiger Distanz möglichst unauffällig.

Sie schien etwa zehn Jahre älter zu sein als Valerie, die immer noch aussah wie ein Schulmädchen, obwohl sie mittlerweile fast dreißig Jahre alt war. Connie Gilchrist war größer und nicht so schmal gebaut, und in ihrem kurz geschnittenen brünetten Haar zeigten sich die ersten silber-

nen Strähnen. Sie wirkte auf eine unangestrengte Art attraktiv. Zu einem grauen Kostüm trug sie eine rosa Bluse und dezentes Make-up. Ohne die Bluse, die dem Outfit eine sanfte Note verlieh, hätte das graue Kostüm zu streng gewirkt. Der elegante Eindruck wurde ergänzt durch wenige edle Schmuckstücke.
Valerie blickte unwillkürlich an ihrer formlosen Jeans und ihrem verwaschenen Hemd herunter und strich sich mit der Hand über ihren zerzausten Pferdeschwanz. Sie fragte sich, was für ein Leben Frauen wie Connie Gilchrist wohl führten und wie ihre Welt aussah.
Connie legte entnervt auf und wandte sich Valerie zu. »Seine Frau sagt, er sei schon vor einer Stunde losgefahren und hätte vorher nur eine Kleinigkeit erledigen müssen.« Sie seufzte. »Mir wird wohl nichts anderes übrig bleiben, als auf ihn zu warten, schätze ich. Das habe ich nun davon, dass ich mit Firmen arbeite, die nur aus einem Mann bestehen.«
»Sie können gerne hier warten, wenn Sie möchten«, sagte Valerie spontan.
Connie lächelte. Das Lächeln wirkte warm, offen und aufrichtig. »Danke schön«, sagte sie, »das wäre wirklich nett. Im Haus gibt es keine Sitzgelegenheiten, und im Auto ist es zu heiß, selbst wenn man die Fenster offen lässt.« Sie sah sich um. »Hübsch haben Sie es hier«, sagte sie nach einem Blick auf Wohnzimmer, Essnische und den sichtbaren Teil der Küche. »Sehr gemütlich. Wie lange wohnen Sie schon hier?«
»Seit sieben Jahren«, antwortete Valerie und dachte, dass ihr Haus auf eine kultivierte Frau wie Connie wohl ziemlich schäbig wirken musste. »Wir wollen schon lange mal

streichen und die Möbel neu beziehen, aber irgendwie kommt es nie dazu.«
»Mir gefällt es so«, erwiderte Connie, und das hörte sich so aufrichtig an, dass Valerie die Flecken auf dem Sofa, die Buntstiftkritzeleien an den Wänden und die Spielsachen am Boden vergaß.
»Möchten Sie ein Glas Eistee?«, fragte sie.
»O ja, gerne«, antwortete Connie. »Aber ob ich wohl vorher mal Ihre Toilette benutzen dürfte? Der Klempner war auch noch nicht bei mir.«
Valerie zeigte ihrem Gast die Gästetoilette unter der Treppe und eilte dann in die Küche, wo sie frische Sets auf den Tisch legte, eine Zitrone aufschnitt und ein frisch gebackenes Bananenbrot vom Kühlgitter nahm. Sie war froh, dass sie den Tee heute früh schon zubereitet hatte, anstatt wie sonst bis abends zu warten.
»Ich habe mich bereits gefragt, was hier so gut riecht«, sagte Connie, als sie hereinkam und das Bananenbrot entdeckte. »Backen Sie immer selbst?«
»Natürlich«, meinte Valerie und goss Tee ein. »Sie nicht?«
Connie lachte und ließ sich auf dem Stuhl nieder, auf den Valerie wies, dem einzigen, bei dem der Plastikbezug noch unversehrt war. »Ich würde nicht mal einen Kuchen zustande kriegen, wenn ich kurz vorm Verhungern wäre.«
Valerie sah sie verblüfft an. Alle Frauen, die sie kannte, angefangen von ihrer Mutter und ihren Schwestern bis zu Virginia Halgren und den Frauen aus der Kirchengemeinde von Half Moon Bay, buken selbst. »In eine Bäckerei zu gehen ist für mich Luxus«, sagte sie.
Connie biss in ein Stück Bananenbrot. »Glauben Sie mir«, sagte sie, »*das* hier ist Luxus.«

»Könnte ich Sie mal was fragen?«, erkundigte sich Valerie.
»Sicher.«
»Na ja, das ist eine ziemlich ländliche Gegend hier. Ich meine, hier leben hauptsächlich Arbeiter, Farmer, Pendler, die es sich nicht leisten können, auf der anderen Bergseite oder in San Francisco zu wohnen. Wieso baut sich jemand wie Sie hier ein Haus?«
Connie grinste. »Sie meinen, ich passe nicht hierher?« Valerie wirkte peinlich berührt, und Connie beugte sich zu ihr vor. »Lassen Sie sich nicht von meinem beeindruckenden Outfit täuschen. Unter diesen schicken Klamotten verbirgt sich eine Bergarbeitertochter aus Minnesota, die nach Höherem strebt.«
Valerie blieb der Mund offen stehen. »Meinem Vater gehört ein Steinbruch in Vermont«, sagte sie.
»Damit sind Sie mir sozial überlegen«, bemerkte Connie. »Mein Vater hat es nur bis zum Vorarbeiter gebracht.«
»Und wieso sind Sie dann so kultiviert?«, platzte Valerie heraus.
Connie zuckte die Schultern. »Meine Eltern wollten, dass ihre Kinder es einmal besser haben würden. Mein Vater gelobte, dass keines von uns jemals unter Tage landen sollte. Ich habe vier Brüder und eine Schwester, und ich kann Ihnen versichern: Das war nicht einfach für meine Eltern. Mein Vater schob Doppelschichten, und meine Mutter schrubbte für andere Leute die Böden und wusch ihre Wäsche, aber sie haben uns allen ein Studium ermöglicht.«
»Ich bin das Jüngste von neun Kindern«, sagte Valerie. »Ich habe drei Schwestern und fünf Brüder, und keiner von uns hat studiert. Meine Brüder hätten studieren können, wenn sie gewollt hätten, aber mein Vater sagte immer,

für Mädchen, die ohnehin heiraten und eine Familie versorgen würden, sei ein Studium Verschwendung. Er hatte wahrscheinlich Recht. Meine Schwestern und ich haben alle gleich nach der Schule geheiratet.«
»Es ist nie zu spät, wissen Sie«, erklärte Connie.
»Ach du liebe Güte, nein«, sagte Valerie erschrocken. »Ich könnte doch in meinem Alter nicht mehr studieren. Ich muss fünf Kinder großziehen. Außerdem: Weshalb sollte ich das tun? Ich bin ziemlich dumm.« Jack hatte ihr das häufig genug gesagt.
Connie betrachtete die junge Frau ihr gegenüber nachdenklich. »Ich habe, glaube ich, Ihre Frage nicht beantwortet«, sagte sie. »Ich baue hier ein Haus, weil ich Immobilienmaklerin bin und diese Gegend für entwicklungsfähig halte.«
»Das ist ja aufregend«, rief Valerie aus.
»Mein Mann und ich hatten fünfzehn Jahre lang ein gemeinsames Unternehmen in San Francisco, aber in zwei Monaten wird er mein Exmann sein und mir meinen Anteil der Firma abkaufen. Ich wollte nicht in der Stadt bleiben. Deshalb habe ich mir das Umland angeschaut und kam zu dem Schluss, dass die beste Gegend für eine eigene Firma diese Region hier an der Küste ist. Und man lernt eine Gegend am besten kennen, wenn man dort lebt.« Connie verzog reuevoll das Gesicht. »Das dachte ich zumindest, bis ich mir meinen Bauunternehmer ausgesucht hatte.«
Valerie wusste nicht recht, was sie sagen sollte. Von einer Kinderärztin in Seattle abgesehen, hatte sie noch nie eine berufstätige Frau kennen gelernt, geschweige denn sich mit einer in ihrer Küche unterhalten. »Das mit Ihrer Ehe tut mir leid«, sagte sie schließlich.

»Nicht nötig, mir tut's nicht leid«, entgegnete Connie. »Wenn zwei Menschen sich gegenseitig mehr Schaden zufügen, als hilfreich füreinander zu sein, ist es besser, sie gehen getrennte Wege. Außerdem bin ich so zu einer wunderbaren Stieftochter gekommen, und das bedeutet mir viel.«
Einer geschiedenen Frau war Valerie auch noch nie begegnet.

Im November begannen die Regenfälle. In den ersten Wochen war jeder an der Küste froh darüber. Man musste nicht mehr Wasser sparen. Statt sieben Minuten konnte man genüsslich und ausgiebig duschen. Man konnte seine Kleider bedenkenlos häufiger waschen und musste sie nicht mehrmals tragen. Es war keine Sünde mehr, wenn man Wasser vergeudete. Aber wenn man in einer Klimazone lebt, in der es nur Trockenzeit oder Regenzeit gibt, ist die Vorfreude auf das andere Wetter manchmal schöner als die Wirklichkeit.
Anfang Dezember quollen die Wasserreservoirs über, unbefestigte Straßen wie die Delgada und die Del Oro Road verwandelten sich in reißende Flüsse, Dächer, die in jedem Frühjahr neu gedeckt wurden, wurden undicht, der Devils Slide war überschwemmt, weshalb die Pendler Umwege in Kauf nehmen mussten, und die Geranien in den Rotholzkästen, die Valerie liebevoll gehegt hatte, gingen ein.
»Wir brauchen den Regen ja«, murmelten Gestalten in Öljacken mit Gummistiefeln an den Füßen, wenn sie aneinander vorüberhasteten. »Aber wieso kommt immer alles auf einmal?«, lautete dann die Antwort, und alle sehnten sich wieder nach den trockenen Sommertagen.

»I'm dreaming of a wet Christmas«, witzelte ein DJ in einem regionalen Radiosender.
Die Marshs kauften ihren Weihnachtsbaum zwei Wochen vor dem Fest und ließen ihn drei Tage lang zum Trocknen in der Garage stehen, bevor sie ihn ins Haus brachten. Valerie hatte sich im Lauf der Jahre an die verregneten Festtage gewöhnt, sehnte sich aber immer wieder nach den romantisch verschneiten Weihnachtstagen in Vermont. Abends erzählte sie den Kindern zum Einschlafen Geschichten von Schneeballschlachten und Schlittenfahrten und heißem Apfelmost mit einem Schuss Ahornsirup, den ihre Mutter ihnen zum Aufwärmen gab, wenn sie aus der Kälte hereinkamen.
»Was ist Schnee?«, wollte Ricky wissen.
»Schnee ist so ähnlich wie Regen«, erklärte Valerie. »Wenn die Luft aber so kalt ist, dass die Regentropfen gefrieren, während sie vom Himmel fallen, sind sie weiß, wenn sie am Boden ankommen.«
»Hab ich schon mal Schnee gesehen?«, fragte Priscilla.
»Nein, du nicht«, antwortete ihre Mutter. »Aber JJ und Rosemary. Das ist schon lange her, da waren sie noch ganz klein, kleiner als du jetzt.«
Aber am meisten vermisste Valerie um diese Jahreszeit ihre Familie. Jedes Jahr fragten ihre Eltern, ob sie denn nicht Weihnachten kommen könne, aber Jack bekam um diese Zeit nie Urlaub, und für Valerie kam es nicht in Frage, ihn über die Feiertage allein zu lassen.
»Fahrt doch ruhig«, sagte er und dachte dabei an irgendein blondes oder brünettes Mädchen vom Bodenpersonal, mit dem er sich anfreunden könnte. Seine sexuellen Bedürfnisse befriedigte Jack so gut wie nie mehr zu Hause. Seit

ihrer Totaloperation nach Rickys Geburt hatte Valerie es aufgegeben, noch Interesse an Sex zu heucheln. Jetzt, da Jack sich endlich nicht mehr sorgen musste, ob er nach dem Sex noch weitere hungrige Mäuler stopfen musste, zeigte seine Frau ihm die kalte Schulter.

Sicher, allzu versessen darauf war sie nie gewesen, rief er sich in Erinnerung, aber sie war wenigstens bereit, ihn zu befriedigen, wenn er sich auf ihre Bettseite begab. Und wenn grade keine andere Frau in Reichweite war, die ihn interessierte, war das immer noch besser als nichts. Jetzt musste er jedes Mal seine ganzen Überredungskünste aufbringen, wenn er seine ehelichen Rechte in Anspruch nehmen wollte, und meist war es dann die Mühe nicht wert.

»Wir fahren nicht ohne dich«, sagte Valerie entschieden. »Die Feiertage sind Familienzeit, da sollst du nicht allein sein.«

Ihr war bewusst, dass sie keine Freunde gefunden hatten, mit denen er vielleicht feiern konnte. Jack hatte ein paar Kumpel bei der Arbeit, mit denen er am Feierabend gerne in die Bar ging, aber sie waren mit niemandem enger befreundet, und für Valeries Bekannte hatte Jack sich nie interessiert.

Jack arbeitete schon seit einiger Zeit nicht mehr abends, sondern leitete die Wartungsmannschaft, die tagsüber im Einsatz war. Diese Position war weniger das Ergebnis einer Beförderung als einer Etatkürzung. 1966 trieb ein langer Streik Federal Airlines fast in den Ruin. Das Unternehmen musste fünfzehn Prozent seiner Mitarbeiter entlassen, darunter zwei Drittel von Jacks Nachtmannschaft, und den Flugbetrieb um zehn Prozent reduzieren. Was für Jack bedeutete, dass er jetzt mehr Verantwortung trug und länger arbeiten musste, aber zwölf Prozent weniger Lohn als vorher bekam.

»Wir denken, dass Sie bereit sind für einen Schritt nach oben, Marsh«, teilte ihm sein Chef mit.

Jack wartete schon seit vier Jahren darauf. Seit dem Streik wurden Posten unter dem Gesichtspunkt vergeben, wie lange man der Firma angehörte, und Tug Hurley, der ehemalige Chef der Tagesmannschaft, war sieben Jahre länger dabei als er.

»Die Lohnkürzung ist nur vorübergehend, Marsh«, versicherte sein Chef, als Jack das Thema vorsichtig anschnitt. »Wir müssen alle den Gürtel ein bisschen enger schnallen, bis die Firma wieder auf die Beine kommt. Aber wir werden das schaffen.« Er schlug Jack auf den Rücken. »Wir werden im Handumdrehen wieder ganz oben sein, weil wir über Spitzenmitarbeiter wie Sie verfügen.« Der Mann fühlte sich etwas unbehaglich. Etwas an dem unbeirrten Blick aus den gelben Augen seines Gegenübers war ihm unangenehm. Dieser Marsh schien zu wissen, dass bei der Geschäftsführung nicht von Kürzungen die Rede war. »Außerdem zählen Sie noch zu den Glücklichen, wissen Sie«, sagte der Chef, nun mit leicht vorwurfsvollem Unterton. »Sie haben immerhin noch Arbeit.«

Jack lächelte versöhnlich. Er versicherte seinem Chef, dass er diese spannende Herausforderung zu schätzen wisse und dass die Lohnerhöhung warten könne. Als er im Regen nach Hause fuhr, hielt er unterwegs an und kaufte eine Flasche Bourbon.

»Sie haben Hurley rausgeschmissen, weil er zu viel verdient hat«, berichtete er Valerie, als er nach Hause kam. Er war tropfnass und hatte ein Drittel der Flasche ausgetrun-

ken. »Mir haben sie den Job gegeben, weil sie mich billig haben konnten. Beförderung? Ein Witz. Die wollten nur jemanden, der für miese Bezahlung schuftet.«
Valerie trug das Essen für die Kinder auf. »Es hätte auch passieren können, dass sie dich entlassen«, erwiderte sie, stellte einen Teller ab und trat zu ihm, um ihm den nassen Regenmantel abzunehmen.
»Was weißt du denn schon«, knurrte er, ließ sich auf einen Stuhl fallen, schüttete Bourbon in ein Glas und trank es auf einen Zug aus. Die Kinder starrten ihn stumm an.
Valerie zuckte die Schultern. »Vermutlich nichts«, sagte sie dann ruhig und bückte sich, um ihm die nassen Schuhe auszuziehen, »nur, dass du schon lange bei Federal bist und sie dich eigentlich immer fair behandelt haben. Vielleicht wollen sie jetzt dafür entschädigt werden.«
Jack wusste, dass die Firma all die Jahre immer gut mit ihm umgegangen war, aber es passte ihm nicht, nun übervorteilt zu werden. Er wusste, dass er dem Unternehmen wahrscheinlich diese Loyalität schuldig war, aber es war ihm zuwider, wenn Valerie Recht hatte. Er holte aus, und sein rechter Fuß traf sie in den Unterleib, woraufhin sie gegen den Kühlschrank stürzte. »Ich schulde denen gar nichts«, schrie er. »Die sind schon genug von mir entschädigt worden.«
Der elfjährige JJ sprang auf und rannte zu seiner Mutter.
»Weg da«, befahl Jack, »sie braucht deine Hilfe nicht.«
»Alles in Ordnung, JJ«, japste Valerie, sobald sie atmen konnte. »Bin nur etwas kurzatmig. Setz dich wieder.«
JJ rührte sich nicht von der Stelle.
»Ich sagte, weg da«, brüllte Jack und richtete sich drohend auf. »Setz dich und iss auf.«

Valerie streckte die Hand aus, um JJ wegzuschieben, doch zu spät. Jack schlug den Jungen ins Gesicht. »Wenn ich dir auftrage, etwas zu tun, Junge, dann tust du es. Ich sag es nicht zweimal.«

JJ stolperte zum Tisch und sank auf seinen Stuhl. Von seiner Lippe tropfte Blut auf sein Schweinekotelett. Valerie rappelte sich auf, holte rasch ein feuchtes Handtuch und hielt es JJ an die Lippe, bis sie nicht mehr blutete. Die anderen Kinder saßen da wie erstarrt.

»Esst«, befahl Jack.

»Ich hab keinen Hunger«, sagte die zehnjährige Rosemary.

»Ich schufte wie ein Pferd, damit Essen auf diesen Tisch kommt, und davon werdet ihr nichts vergeuden. Sonst stopf ich es euch in den Hals.«

Hastig begannen die Kinder zu essen, und Jack beobachtete sie dabei. JJ gelang es, seine Erbsen, den Kartoffelbrei und das Apfelmus hinunterzuwürgen, aber das blutgefleckte Fleisch rührte er nicht an.

»Alles«, bellte sein Vater. JJ schlang das Kotelett hinunter.

»Und jetzt ab ins Bett«, befahl Jack, als die fünf Teller leer waren. Die Kinder liefen so schnell aus der Küche, wie ihre Beine sie trugen.

Jack setzte sich an den Tisch und goss sich noch ein Glas Bourbon ein. Valerie trug sein Essen auf, ließ sich ihm gegenüber nieder und wartete, bis seine Wut verraucht war. Sie verschwand immer so plötzlich, wie sie aufgetaucht war. Valerie war mit den Vorzeichen vertraut. Seine Augen funkelten dann nicht mehr, er sackte in sich zusammen und wurde von Reue geplagt. Und er konnte sich nie erinnern, was ihn eigentlich aus der Fassung gebracht hatte.

Sie wusste, dass er sie nicht treten und auch JJ nicht schlagen wollte. Die Spannung, die sich in ihm angestaut hatte, brachte ihn dazu, unvermittelt gewalttätig zu werden, der Druck und der Alkohol. Valerie wusste, dass er sich später bei JJ entschuldigen und ihn irgendwie dafür entschädigen würde.
Jack schnitt sein Kotelett und führte die Gabel zum Mund. Mechanisch aß er Fleisch, Kartoffelpüree, die Erbsen, das Apfelmus, bis sein Teller leer war. Valerie hatte eines seiner Leibgerichte gekocht, um seine Beförderung zu feiern, aber er schmeckte kaum, was er aß. Das Essen diente ihm lediglich dazu, seine Schuldgefühle zu verdrängen und die Angst zu zähmen. Den Whisky rührte er nicht mehr an. Jetzt brauchte er keinen Alkohol mehr, sondern Vergebung. Er musste wissen, dass sie ihn nicht verließ.
»Es tut mir leid«, sagte er schließlich. »Ich weiß nicht, was in mich gefahren ist.«
»Ich weiß«, entgegnete Valerie.
»Ich werde es wieder gutmachen.«
»Ist nicht wichtig.«
»Sag, dass du mir verzeihst.«
»Ich verzeihe dir.«
»Sag, dass du mich nicht verlässt.«
Die Szene lief immer gleich ab. Valerie kannte sie in- und auswendig. »Ich verlasse dich nicht, Jack, du bist mein Mann«, sagte sie müde. In guten wie in schlechten Zeiten ... bis dass der Tod uns scheidet.
»Ich wollte dir nicht wehtun.«
»Es war mein Fehler. Du warst gereizt, und ich hätte dich nicht ärgern dürfen«, sagte Valerie, obwohl sie wusste, dass ihn in diesen Situationen alles aus der Fassung brachte.

»Ich war gereizt wegen der Lohnkürzung. Aber das hätte ich nicht an dir auslassen dürfen.«

»Ich bin daran gewöhnt, Jack«, sagte sie. »Aber du solltest die Kinder da raushalten. Sie haben nichts getan, und sie verstehen es nicht.«

»Ich weiß, ich weiß«, stöhnte Jack. »Ich werde es wieder gutmachen. Ich weiß nur nicht, wie wir zurechtkommen sollen mit weniger Geld.«

»Ich werd mal mit Leo reden«, sagte Valerie. »Vielleicht kann ich ein paar Stunden zusätzlich arbeiten.«

»Aber du arbeitest schon an fünf Tagen die Woche.«

»Nur mittags. Vielleicht kann ich ein paar Mal schon morgens kommen.«

Jack begann zu weinen. »Du solltest das nur vorübergehend machen«, schluchzte er. »Das geht jetzt schon sieben Jahre so, und du solltest doch nur vorübergehend arbeiten.«

»Mir macht das nichts«, erwiderte Valerie. »Ich arbeite gerne.«

Tatsächlich war der »Gray Whale« inzwischen wie eine Art zweites Zuhause für sie. Sie fühlte sich dort geschätzt und geborgen, und Leo, Lil, Donna, Miguel und die Stammgäste waren wie eine Familie. Sie hatte nichts dagegen, sich noch häufiger dort aufzuhalten.

»Was bin ich denn für ein Mann, wenn ich nicht einmal meine Familie ernähren kann?«, jammerte Jack und griff zur Whiskyflasche.

JJ erbrach sein Abendessen, und Valerie hielt ihm den Kopf und wischte ihm das Gesicht mit einem feuchten Waschlappen ab.

»Wenn ich größer bin«, keuchte er, »werde ich dich vor ihm beschützen.« Sie umarmte ihn, trotz der Schmerzen im Bauch, weil sie nicht wollte, dass er die Tränen in ihren Augen sah. Ich sollte *dich* beschützen, dachte sie.
JJ schämte sich wegen des Erbrochenen, aber Valerie sagte ihm, er solle sich keine Gedanken darüber machen. Sie brachte ihn zu Bett, sang ihm ein Gutenachtlied, was ihre Mutter früher immer gesungen hatte, und strich ihm über den Kopf, bis er eingeschlafen war.
Rosemary half ihr im Badezimmer beim Saubermachen. »Ich glaube, einer von JJs Zähnen ist locker«, sagte sie zu ihrer Mutter.
Valerie blickte erschrocken auf. »Er hat nichts davon gesagt.«
Rosemary zuckte die Schultern. »Weil er wusste, dass du dann mit ihm zum Zahnarzt gehen würdest, aber wir haben doch kein Geld dafür.«
Valerie sank auf den Rand der Badewanne, drückte sich das blutige Handtuch vors Gesicht und weinte, wie sie seit Jahren nicht mehr geweint hatte. Sie war an allem schuld. Wenn es ihr nur endlich gelingen würde, nichts mehr zu tun, was Jack so reizte. Sie musste dahinter kommen, was sie falsch machte. Sie waren seit fast zwölf Jahren verheiratet, lange genug, um es herauszufinden, aber sie wusste es immer noch nicht. Denn es schien jedes Mal etwas anderes zu sein, das ihn aus der Fassung brachte, sodass sie es nicht von vornherein vermeiden konnte.
Jack war kein schlechter Mensch, das wusste sie, und meist war er gut zu ihr und den Kindern. Er sorgte dafür, dass sie ein Dach über dem Kopf und zu essen hatten. Er kaufte ihnen Kleidung, wenn sie welche brauchten. Er vergaß nie

einen Geburtstag und gab sich immer viel Mühe mit den Festen wie Weihnachten, Halloween, Thanksgiving und Ostern.

Wenn sie am Wochenende im »Gray Whale« arbeitete, machte er manchmal Ausflüge mit den Kindern. Und vor drei Jahren, als Ricky zwei Jahre alt war und sie sich allmählich von ihren Verletzungen erholt hatte, willigte er ein, dass sie mit den Kindern nach Rutland fuhr, um ihre Familie zu besuchen.

Wenn er wieder eine seiner Anwandlungen gehabt hatte, wie Valerie diese Ausbrüche nannte, bereute er es danach grundsätzlich und überreichte ihr am nächsten Tag schuldbewusst ein teures Geschenk. Doch inzwischen kamen die Anwandlungen immer häufiger vor. Er schien so unter Druck zu stehen, dass bereits winzige Reaktionen ihrerseits sie auslösten. Und er ließ seine Wut nicht mehr nur an ihr aus, sondern auch an den Kindern.

Valerie hatte keinerlei Einfluss auf ihn, wenn er in Rage war, und sie konnte natürlich auch niemanden um Hilfe bitten, niemandem davon erzählen. Was im Haus vorging, hatte im Haus zu bleiben, das wusste sie. Doch irgendwie musste sie einen Weg finden, ihre Kinder zu beschützen.

Jack zu verlassen kam nicht in Frage, das verbot die Kirche. Außerdem wusste sie nicht, wie er sich verhalten würde, wenn sie versuchte, ihn zu verlassen. Würde er sie einfach gehen lassen? Das kam ihr eher unwahrscheinlich vor. Sie schauderte ein wenig. Vorerst konnte sie sich nur bemühen, die Kinder zu schützen, so gut es ging. Das war keine grundsätzliche Lösung, was Valerie wusste, aber es war besser als nichts, und bis ihr etwas anderes einfiel, musste sie mit diesem Plan auskommen.

Rosemary setzte sich zu ihr. »Weine doch nicht, Mama«, sagte die Zehnjährige ernsthaft. »Alles wird gut, weißt du. Wird es doch immer.«

Valerie ließ das Handtuch sinken und starrte ihre älteste Tochter an. Dann nahm sie Rosemary in die Arme und wiegte sie wie ein Baby, weil Rosemary nicht so schnell erwachsen werden sollte und weil sie nicht wusste, was sie darauf erwidern sollte.

Es dauerte lange an diesem Abend, bis die Kinder einschlafen konnten. Die achtjährige Ellen wollte nicht aufhören zu beten. Sie kniete auf dem Boden und weigerte sich, ins Bett zu gehen.

»Ich kann noch nicht schlafen, Mama«, flüsterte sie feierlich. »Ich bin noch nicht fertig mit meinen Gebeten. Ich habe noch nicht für Papas Seele gebetet.«

Ricky hatte einen Schluckauf, was in letzter Zeit sehr häufig vorkam. Der Arzt hatte Valerie gesagt, mit Rickys Verdauung sei alles in Ordnung, es habe wohl eher mit einer psychischen Belastung zu tun und würde von selbst wieder aufhören.

Valerie las Priscilla eine Gutenachtgeschichte vor. »Ich möchte auch wissen, wie der Prinz und die Prinzessin glücklich sind bis an ihr Lebensende«, sagte die Siebenjährige.

Es war schon nach neun, als Valerie endlich nach unten gehen und die Küche aufräumen konnte. Jack war nicht zu sehen, aber die Whiskyflasche auf dem Küchentisch war leer. Sie suchte nicht nach ihm, sondern spülte das Geschirr und beschloss danach, ein Blech Brownies zu backen, die sie den Kindern am nächsten Tag in ihr Lunchpaket stecken wollte.

Um Mitternacht schleppte sie sich müde nach oben. Jack schlief fest, wie sie gehofft hatte. Er lag vollständig bekleidet auf dem Bett und schnarchte laut. Auf dem Teppich neben dem Bett, wo er das Glas hatte fallen lassen, war ein Whiskyfleck. Valerie ging auf Zehenspitzen hinaus und zog die Tür leise hinter sich zu. Einen Moment lang stand sie unentschlossen im Flur, dann sah sie nach den Kindern. JJ hatte seine Decke weggestrampelt. Rosemary lag auf dem Bauch und umklammerte ihr Kissen. Ellen hatte noch im Schlaf ihren Rosenkranz in der Hand. Sie schliefen alle, bis auf Ricky. Er starrte mit weit aufgerissenen Augen an die Decke.

»Was machst du?«, flüsterte Valerie.

»Ich schaue nach Monstermann«, gab der Fünfjährige zur Antwort. »Er kommt, wenn ich schlafe. Wenn ich wach bleibe, kriegt er mich nicht.«

Valerie setzte zu ihm. »Deshalb bin ich ja da«, sagte sie beruhigend. »Um dafür zu sorgen, dass dir nichts Böses geschieht in der Nacht.«

»Ich passe lieber trotzdem auf«, erwiderte Ricky nach einer kurzen Pause. »Vielleicht ist er zu stark für dich.« Schluckauf.

Valerie nahm ihn in die Arme und lehnte sich an das Kopfbrett aus solidem Ahornholz. »Na gut«, sagte sie, »dann schauen wir zusammen.«

An dieser Stelle fand Jack seine Frau am nächsten Morgen, nachdem er beim Aufwachen festgestellt hatte, dass sie fort war.

»Er hatte Angst, die Augen zuzumachen«, erklärte Valerie. »Ich weiß nicht, weshalb. Und dann sind wir wohl beide eingeschlafen.«

Ihr Rücken tat weh von der unbequemen Sitzhaltung, und ihr Bauch schmerzte von dem Tritt, aber mit Hilfe eines heißen Bades und drei Aspirin gelang es ihr irgendwie, die Kinder zur Schule zu schicken, ein Imbisspaket für Jack zurechtzumachen und das Haus aufzuräumen. Dann zog sie einen Regenmantel über ihre Kellnerinnenuniform, schlüpfte in Gummistiefel, damit ihre weißen Schuhe nicht schmutzig wurden, und marschierte durch den Schlamm zum »Gray Whale«.

Das Restaurant hatte sich kaum verändert, seit Valerie begonnen hatte dort zu arbeiten. Die Fotos an den Wänden waren ein bisschen vergilbter, Leo Garvey etwas dicker und grauhaariger, und die Stammgäste kamen meist zeitiger und blieben länger als früher. Doch das Essen war noch immer frisch und herzhaft.

»Der Fisch, den ihr heute hier esst, ist gestern Nacht noch im Meer geschwommen«, sagte Leo oft stolz.

Als Valerie hereinkam, loderte ein Feuer im Kamin. Das war etwas Neues. Den Kamin gab es seit jeher, doch er war bis letztes Jahr zugenagelt gewesen.

»Mit gutem reichlichem Essen kommt man heute nicht mehr weit als Wirt«, hatte Leo erklärt, als er den Kamin in Betrieb nahm. »Wenn man die Touristen anlocken will, die man heutzutage braucht, muss man was bieten, was sie ›Am-bi-ente‹ nennen.«

Das Feuer schuf eine behagliche Atmosphäre im Raum. Für gewöhnlich nutzte Leo den Kamin nur am Wochenende, wenn viele Touristen anrückten, aber an diesem Tag wollte er damit das bekämpfen, was Lil McAllister den »Tropfentrübsinn« nannte.

»Schon wieder Dauerregen«, grummelte Leo, als er Vale-

rie einen Becher mit dampfendem Kaffee reichte. »Erstaunlich, dass ihr nicht schon weggespült seid da an eurem Hang.«
»Ich bete jeden Tag«, erwiderte Valerie und zog Stiefel und Regenmantel aus. Leo sagte ihr, sie solle sich an den Kamin setzen und erst einmal in Ruhe ihren Kaffee trinken.
»An solchen Tagen muss man sich von innen und außen wärmen«, erklärte er.
Valerie lächelte. In diesem verwitterten alten Haus fühlte sie sich wohl, geschützt vor Kälte, Hunger, Schmerzen. Sie trank ihren Kaffee aus, stellte den Becher in die riesige Spüle und nahm eine saubere Schürze vom Regal.
Lil kam aus der Toilette. »Ich hab Dünnpfiff, der einfach nicht aufhören will«, raunte sie.
»Geh doch nach Hause«, erwiderte Valerie. »Ich komme schon zurecht.«
Lil zuckte die Schultern. »Wenn ich das mache, kommt Leo vielleicht auf die Idee, dass es auch ohne mich geht.«
Valerie lachte. »Das würde er niemals zugeben, selbst wenn es so sein sollte.«
»Das ist es ja«, entgegnete Lil. »Er hat deutlich weniger Kundschaft, er braucht uns gar nicht mehr alle drei. Er beschäftigt uns nur weiter, weil er ein weiches Herz hat. Meistens bezahlt er uns aus eigener Tasche.« Sie bemerkte Valeries bestürzten Gesichtsausdruck. »Was ist los?«
»Nichts«, antwortete Valerie.
»Das stimmt doch nicht«, erwiderte Lil.
»Na ja, Jack muss für eine Weile Lohneinbußen hinnehmen, wegen dem Streik, weißt du, und ich wollte Leo eigentlich fragen, ob ich ein paar Stunden mehr arbeiten kann. Aber es ist nicht so wichtig.«

»Das macht er bestimmt, wenn du ihn fragst.«
»Ich werde ihn aber nicht fragen.« Valerie nagte an ihrer Unterlippe. Sie musste sich etwas anderes einfallen lassen, beschloss sie. Abends würde sie in die Zeitung schauen.
»Bevor ich's vergesse«, sagte Lil, nahm zwei Speisekarten und wandte sich einem älteren Paar am Eingang zu. »Debby hat heute Nachmittag einen Zahnarzttermin. Ich hab ihr gesagt, es wäre okay, wenn sie Ricky auf dem Weg hier absetzt.«
»Ja, sicher«, sagte Valerie. Debby McAllister, Lils andere Tochter, setzte die Tätigkeit ihrer älteren Schwester fort. Judy McAllister war inzwischen selbst verheiratet und hatte ein kleines Kind.
Debby war achtzehn, hatte gerade ihr Studium an der San Francisco State University begonnen und war die Erste aus der Familie, die studierte. »Ich will eine Ausbildung, bevor ich Kinder bekomme«, sagte sie. Sie konnte ebenso gut mit den Kindern umgehen wie Judy und richtete es so ein, dass sie Ricky nach der Schule vom Kindergarten abholen und sich an den Tagen um ihn kümmern konnte, an denen Valerie im »Gray Whale« arbeitete.
Debby weigerte sich ebenso hartnäckig wie Judy, von den Marshs Geld anzunehmen. Das hatte Valerie bei Judy von Anfang an zu schaffen gemacht, bis das Mädchen ihre Verlobung bekannt gab. In dem Moment wusste Valerie, wie sie sich für Judys Hilfe erkenntlich zeigen konnte. Sie hatte nicht umsonst das Geschick ihrer Mutter im Umgang mit Nadel und Faden geerbt. Sie erbot sich, Judys Hochzeitskleid zu nähen.
»Such dir einfach einen Schnitt aus«, sagte sie zu Judy, »und einen Stoff.«

Judys Augen strahlten, und Valerie wusste, dass diese Geste dem Mädchen mehr bedeutete als Geld. Das Kleid wurde ein Prachtstück, meterweise Organdy und Spitzen mit echten Perlen und einer Schleppe, so lang wie die halbe Kirche.
»Wenn du heiratest«, versprach Valerie Debby, »nähe ich dir dein Kleid auch.«
Debby brachte Ricky auf ihrem Weg nach Half Moon Bay um halb zwei ins Restaurant. Sie zog ihm seinen kleinen gelben Regenmantel aus und setzte ihn mit seinem Lieblingsmalbuch und seinen Stiften in eine freie Nische. Dort würde er sich beschäftigen, bis Valerie gehen konnte.
»Hier ist noch eine Nachricht von der Lehrerin«, sagte Debby und reichte Valerie einen ordentlich gefalteten Zettel.
Valerie steckte ihn ein. Sie wollte ihn später lesen. Sämtliche Marsh-Kinder waren bei Doris Hesperia in der Vorschule gewesen, aber Ricky war der Erste, bei dem sie es nötig fand, mit den Eltern in Kontakt zu treten. Dies war schon die vierte Mitteilung innerhalb von vier Monaten. Valerie kannte den Inhalt, auch ohne sie gelesen zu haben: Ihr Sohn stört den Ablauf des Unterrichts.
Miss Hesperia forderte eine strenge Disziplin von den Kindern, und Ricky kam oft nicht mit. Wenn er sich mit einer Sache beschäftigte, gab er sie ungern auf, um etwas anderes anzufangen. Dagegen wurde er ungeduldig, wenn er mit einer Sache fertig war und noch nichts Neues anfangen durfte. Wenn Valerie eine solche Nachricht bekam, sprach sie mit Ricky darüber, erklärte dem kleinen Jungen, dass man in der Schule vieles lernte, unter anderem auch, die Anweisungen des Lehrers zu befolgen. Er schien alles

zu verstehen, und dann lief eine Weile alles glatt, bis schließlich die nächste Nachricht eintraf.
Es war wohl mal wieder Zeit für ein Gespräch, dachte Valerie müde, als sie zwei Stammgästen eine Portion Fischsuppe brachte. Erst eine Stunde später fiel ihr die Nachricht wieder ein. Das Restaurant hatte sich geleert, und ihre Schicht war fast zu Ende, als sie die Nachricht aus der Tasche zog und sie las. Und kreidebleich wurde.
Ricky hatte sich geprügelt, stand da. Er hatte ein anderes Kind in die Rippen getreten und dann so brutal ins Gesicht geschlagen, dass dieses Kind ins Krankenhaus gebracht und genäht werden musste. Ein Elternteil solle sich bitte bei Miss Hesperia melden, um dieses inakzeptable Verhalten zu besprechen.
Valerie ging zu der Nische im hinteren Teil des Restaurants. Sie hatte eine Gänsehaut bekommen und zitterte so heftig, dass ihre Zähne fast aufeinander schlugen. Ricky war so mit seinem Bild beschäftigt, dass er gar nicht aufblickte.
»Weißt du, was auf diesem Zettel von Miss Hesperia steht?«, fragte Valerie ihren Sohn.
»Hm.«
»Und was?«
»Dass ich Freddy Pruitt getreten hab«, antwortete Ricky. »Und ihn dann gehauen.«
»Ganz genau. Und warum, um Himmels willen, tust du so was?«
Ricky zuckte die Schultern. »Weil er mir den Ball geben sollte und es nicht gemacht hat.«
Valerie sank auf die Bank ihm gegenüber. »Ich dachte, Freddy sei dein Freund.«

»Ja, ist er ja auch.«

»Du kannst doch nicht deine Freunde verprügeln, nur weil sie nicht machen, was du willst.«

Da blickte Ricky seine Mutter mit den gelben Augen, die denen seines Vaters so sehr glichen, ernsthaft an. »Mach dir keine Sorgen, Mama, wird alles wieder gut«, sagte der Fünfjährige leichthin. »Morgen bring ich Freddy ein Geschenk.«

Valerie hielt Ricky fest an der Hand und ging mit ihm die Delgada Road entlang. Ihr Herz pochte laut, aber nicht von dem Marsch. Sie musste Jack erzählen, was vorgefallen war, und ihm die Nachricht von Doris Hesperia zeigen. Das ließ sich wohl nicht vermeiden, und Valerie war sicher, wie Jack reagieren würde. Er würde wütend werden, und wahrscheinlich würde Ricky den Gürtel zu spüren bekommen. Aber der Junge trug keine Schuld, das war ihr bewusst. Sie schauderte. Von wem lernten Kinder, wenn nicht von ihren Eltern?

Sobald sie im Haus waren, rief Valerie Miss Hesperia an, die begreiflicherweise ziemlich außer sich war. »Es kommt alles in Ordnung mit dem anderen Jungen«, berichtete die Lehrerin. »Er ist nicht so schlimm verletzt, wie wir zuerst befürchteten, aber das ändert natürlich nichts an Rickys Verhalten.«

»Gewiss nicht«, pflichtete Valerie ihr bei. »Ich bin sehr froh, dass Freddy nicht ernsthaft verletzt wurde.«

»Ich kann mir Rickys Benehmen nicht erklären«, sagte Miss Hesperia, und Valerie sah sie vor sich, wie sie entnervt die Hände rang. »Er ist so ein entzückender kleiner Bursche. Schauen Sie ihn doch an, er sieht aus wie ein Engelchen. Und man sollte meinen, dass er sich besonders bemühen würde, mit seinen Klassenkameraden gut auszukommen, weil er so viel kleiner ist als die anderen. Ich verstehe das einfach nicht.«

»Ich rede mit ihm«, versicherte ihr Valerie.

»So kann es auf keinen Fall weitergehen«, sagte Miss Hesperia.

»Natürlich nicht«, erwiderte Valerie. »Sie haben völlig Recht.«

»Ich hoffe, Sie können in den Weihnachtsferien etwas ausrichten«, sagte die Lehrerin. »Aber ich kann Ihnen nicht sagen, was wir tun werden, wenn er nach den Ferien weiterhin gewalttätiges Verhalten an den Tag legt.«

»Ich verspreche Ihnen, dass es nicht wieder vorkommen wird«, entgegnete Valerie, wobei sie sich fragte, wie sie ein solches Versprechen wohl halten sollte. Dann legte sie auf und wandte sich zu Ricky. »Freddy geht es soweit gut«, sagte sie. Dann beugte sie sich zu ihrem Sohn hinunter und nahm ihn bei den Schultern. »Ich muss das deinem Vater erzählen, und er wird über deine Strafe entscheiden, aber zuerst möchte ich dir noch etwas sagen. Du darfst nie wieder jemanden schlagen, aus welchen Gründen auch immer. Schlagen ist böse.«

»Papa schlägt auch«, erwiderte Ricky ernsthaft.

Valerie schloss gequält die Augen. Dann strich sie Ricky über die Wange. »Was in diesem Haus geschieht, hat nichts damit zu tun, was außerhalb passiert«, sagte sie sanft. »In der Familie geht man manchmal anders miteinander um als mit anderen Menschen. Manchmal gefällt uns nicht, wie wir behandelt werden, aber ... wir verzeihen es, weil wir uns lieben. Aber außerhalb der Familie darf man sich

nicht so benehmen, denn die anderen verstehen das nicht.«
Ricky trat von einem Fuß auf den anderen und schaute an Valerie vorbei auf irgendetwas hinter ihr.
»Verstehst du, was ich gesagt habe?« Der Junge sah sie wieder an und nickte. Valerie seufzte und richtete sich auf. »Dann geh und wasch dir die Hände, ich mach dir etwas zu essen.«
Ricky polterte nach oben ins Badezimmer, und Valerie ging in die Küche. JJ saß am Küchentisch bei einem Glas Milch und einem Erdnussbutter-Sandwich mit Marmelade. Er kaute sehr vorsichtig, um seine aufgeplatzte Lippe und den losen Zahn zu schonen.
»Hallo, Schatz«, sagte Valerie und strich ihm über das Haar. »Morgen Nachmittag um drei hast du einen Termin beim Zahnarzt. Du kannst nach der Schule mit dem Rad hinfahren.« JJ nickte. »Wo sind die Mädchen?«
»Rosemary ist bei einer Freundin. Ellen und Priscilla sind oben. Ich hab Sandwiches für sie gemacht.«
»Danke, Liebling. Das werd ich jetzt auch für deinen Bruder machen.« Sie griff nach Brot und Erdnussbutter. JJ sorgte seit zwei Jahren dafür, dass seine Schwestern an den Tagen, an denen Valerie arbeitete, sicher nach Hause kamen.
»Ich hab dich telefonieren hören«, sagte JJ. »Ging es um das, was Ricky gemacht hat?«
Valerie nickte. »Woher weißt du denn davon?«
»Ach, das weiß inzwischen jeder«, erwiderte JJ. »So was spricht sich schnell rum.«
Valerie seufzte. »Ich werde wohl Freddys Mutter anrufen und mich entschuldigen müssen.«

»Freddy Pruitt ist eine Memme. Genau wie sein älterer Bruder.«
»Das ist keine Entschuldigung«, sagte Valerie streng. Aber JJ zuckte nur die Schultern. »Ich hoffe sehr, dass du dich nicht prügelst, mit Memmen oder sonstwem«, fügte Valerie hinzu.
»Nein, Mama«, sagte er fügsam.
Valerie setzte zu weiteren Äußerungen an, doch in diesem Moment kam Ricky in die Küche. Er trug seine Basecap von den Boston Red Sox, die er letzte Weihnachten von seinem Onkel Tommy bekommen hatte. Sie war sein größter Schatz. Ricky setzte sich zu seinem Bruder auf die Bank, und Valerie stellte ihm sein Sandwich hin.
»Warum trägst'n die Kappe, Zwerg?«, sagte JJ und rückte sie zurecht.
»Ich schenk sie morgen Freddy Pruitt«, antwortete Ricky und seufzte. »Ich wollte sie noch einmal selbst anhaben.«
»Gute Idee«, sagte JJ.
»Er wollte mir den Fußball nicht geben«, erklärte Ricky.
»Obwohl du ihn mindestens einmal ganz freundlich darum gebeten hast.«
Valerie starrte ihre beiden Söhne an, verblüfft über das Gespräch. Dann goss sie Ricky ein Glas Milch ein und stellte es auf den Tisch.
»Ich hab ziemlich fest zugetreten«, berichtete Ricky.
»Ja, hab ich schon gehört.« Die beiden Brüder grinsten sich an. Sie waren sich über etwas einig, wovon ihre Mutter ausgeschlossen blieb. Ein Fünfjähriger und ein Elfjähriger, die sich wie Erwachsene unterhielten. Valerie war verwirrt. Wo waren ihre Kinder geblieben? Wann waren aus ihren Jungen zwei kleine Männer geworden?

Spontan entschloss sie sich, zum Abendessen Spaghetti zu kochen. Das aßen alle gerne, und damit war sie wenigstens in dieser Hinsicht an diesem Abend entlastet. Mit etwas Glück würde es ihr gelingen, dass die Kinder schon gegessen hatten, wenn Jack nach Hause kam. Sie begann die Fleischklößchen für die Soße vorzubereiten, während Ricky sein Sandwich aufaß und sich den Milchschnurrbart am Hemdärmel abwischte, als seine Mutter gerade nicht hinschaute.
»Komm mit in mein Zimmer, Kleiner«, sagte JJ. »Du darfst dir meine Baseballkarten anschauen.«
»Klasse«, rief Ricky aus, und die beiden flitzten hinaus.
Valerie lächelte. JJ war ein Segen. Er würde dafür sorgen, dass Ricky eine ganze Weile beschäftigt war. So war er wenigstens abgelenkt, bis das Unvermeidliche passieren würde.

Jack kam früh nach Hause. Bestürzt hörte Valerie, wie die Tür aufgeschlossen wurde und zufiel, dann seine schweren Schritte im Flur, und schon stand er in der Küche, breit grinsend. Er marschierte zu ihr, umarmte sie stürmisch und drückte ihr einen feuchten Kuss auf die Lippen. Zumindest war er nüchtern, dachte Valerie, hatte offenbar den Feierabendabstecher in die Bar ausgelassen. Das war ein Segen.
Wenn er nichts getrunken hatte, war er einigermaßen vernünftig, obwohl er sich im Moment ziemlich sonderbar benahm.
»Was ist los?«, fragte Valerie.
»Fang an zu packen«, sagte er.
Valerie sah ihn verständnislos an. »Was soll ich packen?«

»Die Koffer natürlich«, antwortete Jack. »Die Marshs verbringen Weihnachten in Vermont.«
»Vermont?«, echote Valerie begriffsstutzig.
»Von San Francisco nach Burlington mit dem Federal-Airlines-Flug 386, von Burlington nach Rutland mit einem Fahrzeug der Familie O'Connor, hoffe ich doch. Übermorgen geht's los.«
Valerie traute ihren Ohren kaum. »Wir fahren über Weihnachten nach Hause?«, flüsterte sie. Was sie sich so viele Jahre gewünscht hatte, wurde nun Wirklichkeit? »Aber deine Arbeit – wie ist das möglich?«
Jack zuckte die Schultern. »Ich hab dem Chef einfach gesagt, wenn er mir schon bei einer Beförderung den Lohn kürzt, könnte er mir wenigstens über Weihnachten Urlaub geben, damit ich mit meiner Familie wegfahren kann.«
In Wirklichkeit war sein Chef von allein darauf gekommen, ihm diese Tage als Ausgleich anzubieten, aber das war schließlich nicht wichtig. So war Valerie glücklich, und die Kinder hatten eine schöne Zeit. Und sie schaute ihn nun tatsächlich an wie ein Hündchen. Hätte sie einen Schwanz gehabt, so hätte sie jetzt bestimmt damit gewedelt. Und nun liefen ihr auch noch Tränen über die Wangen.
»Nun werd um Himmels willen nicht rührselig«, sagte er, aber innerlich war er stolz wie ein Hahn.
Valerie wischte sich die Tränen aus dem Gesicht und lächelte. Sie war vor drei Jahren zum letzten Mal in Rutland gewesen, und Weihnachten hatte sie dort schon eine halbe Ewigkeit nicht mehr verbracht, wie ihr schien. Manchmal war Jack so wunderbar, dass sie fast ... fast alles andere vergessen konnte.

»Ich muss einfach«, brachte sie hervor und umarmte ihn heftig, hoffte, dass nichts diesen wunderbaren Moment stören würde. »Das ist so eine schöne Überraschung.«
»So soll's auch sein«, erwiderte Jack. »Sagen wir's doch gleich den Kindern.«
Schlagartig musste Valerie wieder an Ricky denken. Sie seufzte und löste sich von Jack. »Ich muss dir vorher noch etwas erzählen«, sagte sie.
Als Jack sich die Geschichte mit Freddy Pruitt anhörte, fragte er sich, was schon dabei sein sollte. Sein Junge hatte also einen anderen verdroschen. Na und? Das machten Jungs doch immer. Aber wenn man Valerie sah, konnte man glauben, die Welt ginge unter.
»Und was soll ich nun tun?«, fragte Jack, als sie zu reden aufhörte.
Valerie sah ihn ungläubig an. »Ich ... ich dachte, du würdest dich aufregen.«
»Na ja, begeistert bin ich nicht über die Sache«, räumte Jack ein, »aber ich finde es auch nicht so schlimm. Du hast ja gesagt, dass der Sohn der Pruitts nicht übel verletzt ist, also haben wir keine Krankenhausrechnungen zu befürchten oder so was. Mir scheint das eine typische Schulhofkeilerei gewesen zu sein.«
»Na ja, aber wir sollten die Pruitts wohl wenigstens anrufen und uns entschuldigen, oder?«
Jack zuckte die Schultern. »Weil Ricky den kleinen Rabauken fertig gemacht hat? Ich würd da nichts unternehmen.«
»O Jack, Freddy Pruitt ist kein Rabauke, und das weißt du auch. Er ist eher eine dickliche Memme.« Valerie biss sich auf die Lippe, als ihr dieser Ausdruck entfuhr.

»Na, dann gibt's doch erst recht keinen Anlass für Entschuldigungen«, sagte Jack und grinste in sich hinein. Ein Winzling wie Ricky, der eine doppelt so schwere Memme fertig machte. Konnte dem Kleinen nicht schaden.
»Bitte«, drängte Valerie, »seine Lehrerin ist völlig außer sich. Sie hat angedeutet, dass er von der Schule fliegt, wenn so etwas noch einmal vorkommt.«
»Du meinst, Miss Hysteria?«
Manchmal war er schlimmer als die Kinder, dachte Valerie und unterdrückte ein Kichern. »Wir sollten wirklich die Eltern anrufen«, sagte sie.
»Na gut, na gut«, gab Jack nach. »Ich werd die verfluchten Eltern anrufen. Ich werd ihnen sagen, was für ein Scheißglück sie hatten, dass mein Junge ihrer Memme nicht den Schädel eingeschlagen hat.«
Valerie zuckte innerlich zusammen wegen seiner Ausdrucksweise, aber sie hielt den Mund. Sie gab ihm die Telefonnummer der Pruitts, und er stapfte hinaus in den Flur, um anzurufen. Er wählte die Nummer, und Valerie schlich auf Zehenspitzen zur Tür, um zu horchen.
»... Ihnen sagen, wie leid uns das tut«, hörte sie Jack ausgesucht höflich sagen. »Ja, gewiss, ohne jeden Grund ... gibt keinerlei Entschuldigung dafür ... absolut untragbar. Natürlich sind die kleinen Verletzungen weniger wichtig als die seelischen. Sie können sicher sein, dass das Strafmaß der Tat angemessen sein wird ... o ja, ganz sicher. Und vielen Dank für Ihr Verständnis und Ihre Großzügigkeit in dieser Sache ... gewiss ... Ihnen auch ein frohes Weihnachtsfest.«
Valerie musste unwillkürlich kichern. Sie wusste, dass diese Reaktion nicht richtig war, dass Rickys Verhalten mehr

als nur beunruhigend war und Beachtung verdiente. Aber sie fuhr über Weihnachten nach Hause, und auch die Keilerei mit Freddy Pruitt konnte ihr die Vorfreude nicht verderben. Als Jack breit grinsend in die Küche geschlendert kam, lachte Valerie lauthals. »Du warst unmöglich«, rief sie. »Du solltest dich schämen.«
»Hey«, widersprach Jack, »ich hab denen genau das erzählt, was sie hören wollten. Was ist so schlimm daran?«
»Dass du kein Wort davon ehrlich gemeint hast«, antwortete Valerie.
Sie aßen alle gemeinsam zu Abend, und die Stimmung war gut. Jack unterhielt die Familie mit witzigen Geschichten über die Flugzeuge, an denen er arbeitete, und über seine Kollegen, und die Kinder redeten aufgeregt über den letzten Schultag und die Fahrt nach Rutland. Erst als die Spaghetti und die Fleischklößchen aufgegessen waren und sie auf den Nachtisch warteten, beugte sich Jack sich über den Tisch, um mit Ricky zu sprechen.
»Wenn du dich wieder mal in die Klemme bringst«, sagte er leichthin, »dann sorg dafür, dass dich keiner raushauen muss.«
Der Junge sah ihn verwirrt an.
»Das versteht er nicht, Jack«, murmelte Valerie.
»Dann muss ich deutlicher werden. Falls ich mich noch mal bei jemandem für dein Benehmen entschuldigen muss, ziehe ich dir die Ohren lang. Hast du das kapiert?«
Ricky nickte heftig und duckte sich.
Valerie stellte den Apfelauflauf auf den Tisch.

2

Sie blieben zehn Tage in Rutland, und für alle war es war eine zauberhafte Zeit, mit schneebedeckten Bergen, vielen Geschenken und einer Familie, die inzwischen aus über hundert Angehörigen bestand.
Die Marsh-Kinder kannten keine Winterkälte und besaßen kaum warme Kleidung. Valerie durchsuchte verzweifelt ihre Schränke nach dicken Pullovern und Socken, Wolljacken und Rollkragenpullovern, die vor der Kälte in Rutland schützen konnten.
»Ach, du Dummerchen«, sagte ihre Mutter am nächsten Tag am Telefon. »Wir haben bestimmt ganz viele Sachen zum Anziehen für die Kinder. Ich sag es deinen Geschwistern, dann bekommen wir kartonweise Kleider.«
»Ich kann's noch gar nicht glauben, Mam«, sagte Valerie aufgeregt. »Wir kommen an Weihnachten nach Hause, nach so vielen Jahren.«
»Ich werde es wohl auch erst glauben, wenn ich dich mit eigenen Augen sehe«, erwiderte Charlotte. »Ich kann es kaum erwarten. Die Kinder müssen ja inzwischen groß geworden sein.«
Sie mussten um vier Uhr aufstehen, weil sie um halb acht abflogen, und draußen war es noch dunkel.

»Es ist noch nicht mal hell«, klagte Priscilla, als Valerie sie aufweckte.
»Wusstest du nicht, dass alle großen Abenteuer nachts beginnen?«, erwiderte ihre Mutter.
Es gab Porridge zum Frühstück, aber die Kinder waren zu aufgeregt, um viel zu essen. Ihr Leben lang hatten sie Geschichten über Weihnachten in Neuengland gehört, und nun würden sie es selbst erleben.
»Wird es so schön, wie du immer erzählst?«, fragte Ellen.
»Noch schöner«, versprach ihr Valerie.
Sie hatten nur drei Koffer; der größte enthielt die Weihnachtsgeschenke. Außer Unterwäsche gab es kaum etwas einzupacken; die warmen Sachen hatten sie alle schon angezogen.
Der Flug kam allen endlos vor. Es gab Zwischenlandungen in Denver und in Chicago, und als sie endlich in Burlington eintrafen, war es kurz vor acht Uhr abends. JJ und Rosemary waren noch wach, und Ellen schlug ab und zu die Augen auf, aber die beiden kleineren Kinder schliefen tief und fest. Valerie trug Priscilla aus dem Flugzeug, Jack nahm Ricky auf die Arme. Ellen stolperte gähnend die Gangway herunter. »Ich sehe Opa«, schrie JJ und rannte an den anderen vorbei, dicht gefolgt von Rosemary.
»Ja, hallo!«, rief Martin O'Connor und umarmte die beiden Kinder. »Ist das schön, euch zu sehen.« Charlotte nahm Ellen in den Arm, und dann fielen sich wechselweise alle um den Hals, während Martin sie in Richtung Gepäckabholung lenkte.
»Du musst bist ja einen halben Meter gewachsen, seit ich dich zum letzten Mal gesehen habe, JJ«, rief die Großmutter. »Und Rosemary bestimmt dreißig Zentimeter.«

»Und du hast mehr graue Haare bekommen, Oma«, erwiderte JJ und grinste.
Charlotte lachte. »Ja, so ist es wohl«, sagte sie. »So ist es.«
»Bin ich auch gewachsen?«, fragte Ellen und zupfte die Großmutter am Ärmel.
Charlotte schaute zu dem strohblonden Mädchen hinunter. »Ganz bestimmt«, antwortete sie. »Und du wirst immer hübscher.«
»Ich auch, Oma?«, wollte Rosemary sofort wissen.
»Du liebe Güte, natürlich, Rosemary. Du bist bildhübsch.«
Priscilla und Ricky verschliefen das ganze Tohuwabohu.
»Wir sind mit dem Kombi gefahren«, erklärte Charlotte, als sie das Gepäck abgeholt hatten, »damit alle reinpassen und ich auch mitkommen konnte.«
»Wir haben nicht viel Gepäck«, sagte Valerie. »Ich fürchte, wir hatten nicht allzu viel, was wir einpacken konnten.«
»Und das ist gut so«, sagte Martin. »Warte mal ab, was auf euch wartet. Das Haus sieht aus wie ein Kleiderladen.«
Jack sprach wenig auf der Fahrt nach Rutland, aber Valerie war so aufgeregt, dass sie gar nicht mehr aufhören konnte zu reden. Sie stellte so viele Fragen nach allen in der Familie, dass Charlotte mit den Antworten kaum nachkam. Im Handumdrehen bogen sie durch das Tor der O'Connors und fuhren die verschneite Zufahrt zwischen den hohen Kiefern entlang, die wie gezuckert aussahen und im Schein ihrer bunten Lichterketten glitzerten. Weiter hinten erstrahlte das liebevoll dekorierte Haus. An der Tür hing ein großer Kranz mit Kiefernzapfen, Stechpalmen und einer roten Samtschleife, in den Fenstern flackerten Charlottes besonders haltbare Duftkerzen, und überall funkelten Lichterketten.

Valerie stockte der Atem. Der Anblick war so zauberhaft wie in ihrer Erinnerung. Sie sah nach hinten, um mit den Kindern zu sprechen, doch die waren alle eingeschlafen, gemütlich eingekuschelt zwischen Kissen und Decken, die Charlotte fürsorglicherweise mitgebracht hatte.
»Es war ein langer Tag für sie«, sagte Charlotte, als könne sie Valeries Gedanken lesen. »Sie können das auch morgen noch genießen.«
Valerie lächelte. Ihre Kinder sahen so rührend aus, wie sie schliefen. »Ich möchte aber, dass sie keinen Moment versäumen.«
»Bis morgen Abend haben wir ganz bestimmt noch mehr Schnee«, sagte Martin. »Die Kinder werden Spaß haben.«
Sie trugen alle fünf Kinder ins Haus, die Mädchen in ein Zimmer, die Jungen in ein anderes, zogen sie rasch aus und legten sie in die Betten, die Charlotte mit Wärmflaschen vorbereitet hatte. Keines der Kinder wachte auf.
»Jack und dir habe ich natürlich dein altes Zimmer gegeben«, sagte Charlotte, öffnete ihnen die Tür und legte noch eine Wärmflasche in eines der Betten. »Möchtet ihr etwas essen oder trinken?«
Valerie warf einen Blick auf Jack, doch der beäugte bereits das Bett. »Danke, wir brauchen jetzt nichts, Mam.«
»Ganz bestimmt?«
Es war elf Uhr abends in Rutland, und Valeries Eltern hätten normalerweise schon seit einer Stunde geschlafen. Aber Valerie war trotz der langen Fahrt zu aufgeregt, um schon ins Bett zu gehen.
»Geh ruhig schlafen«, sagte sie zu Charlotte. »Jack geht bestimmt auch gleich ins Bett, aber wenn du nichts dagegen hast, bleibe ich noch ein bisschen auf.«

»Zieh das hier an, wenn du runtergehst«, sagte Charlotte kurz darauf, als sie Valerie einen dicken Morgenmantel und warme Pantoffeln durch die Tür reichte. »Du sollst dir ja nichts holen an deinem ersten Abend zu Hause.«
Valerie lächelte. Sie hatte schon lange keine Sachen von ihrer Mutter mehr getragen. Sie zog ihr Kleid aus und schlüpfte in den Morgenmantel. Er roch nach Verbena, Charlottes Lieblingsduft, und Valerie fühlte sich, als halte ihre Mutter sie in Armen. Dann zog sie die bequemen Pantoffeln an und wandte sich zu Jack um. Wie erwartet lag er schon im Bett, hatte einen Arm über die Augen gelegt, um sie vor dem Licht zu schützen. Der Tag war für ihn anstrengend gewesen; er hatte die Familie zum Flughafen und in die Maschine befördert, sich um das Gepäck gekümmert, die Kinder auf dem langen Flug beschäftigt. Er hatte sich seinen Schlaf wahrlich verdient. Valerie machte das Licht aus und schloss leise die Tür hinter sich.
Valerie hörte, wie sich ihre Eltern im anderen Teil des Hauses bereit machten, um ins Bett zu gehen. An diesen Geräuschen hatte sich seit ihrer Kindheit nichts geändert. Es war ein erstaunliches Gefühl für sie, dass sie so leicht in ihr altes Leben zurückfand – als ziehe sie einfach einen behaglichen Morgenmantel über. Was ich auch tue und wie alt ich auch sein mag, dachte sie, als sie, die Hand auf dem Geländer, die breite Holztreppe hinunterging, in diesem Haus werde ich immer Kind bleiben. Dieser Gedanke war eigenartig tröstlich.
Sie streifte durch die Räume im Erdgeschoss, berührte die Gegenstände, sah sich um, gab sich ihren Erinnerungen hin und landete schließlich im hinteren Wohnzimmer, wo Kartons voller Kleidungsstücke an der Wand standen.

Valerie ging in die Hocke und sah die Sachen einzeln durch, suchte warme Hemden, dicke Hosen, Wollröcke und -pullover, lange Unterhosen, Schneeanzüge und Stiefel heraus, genug, um einen ganzen Eskimostamm zu versorgen. Sie prüfte die Größen und sortierte die Kleider auf Stapel. Sogar für sie und Jack fand sich etwas. Dafür hatte man seine Familie, dachte Valerie mit einer Spur von Bitterkeit, um einander zu helfen, zu teilen, füreinander da zu sein. Das fehlte ihr so sehr. Mit einem Seufzer stand sie auf und brachte die Sachen nach oben, legte den Kindern jeweils einen Stapel ans Bett, damit sie morgen früh gleich etwas anzuziehen hatten. Dann warf sie einen Blick in ihr Zimmer. Jack schlief fest. Sie schloss leise die Tür und tappte wieder nach unten.

Dort wanderte sie in die Speisekammer, weil sie plötzlich Lust auf heiße Schokolade bekam. In der großen altmodischen Küche hatte sich wenig verändert, alles stand am selben Platz wie früher. Valerie setzte Wasser auf, nahm den Kessel von der Flamme, bevor er zu pfeifen begann, und mischte in einem großen weißen Becher Kakao, Milch, Zucker und Wasser.

Sie hielt den Becher ein Weilchen in den Händen und wärmte sich daran. Dann ging sie ins Wohnzimmer, machte es sich in einem der großen Sessel bequem und legte sich eine von Charlottes Wolldecken um. Das flackernde Kerzenlicht spiegelte sich in den Fenstern, und die glühenden Holzscheite im Kamin knackten ab und zu, wenn ein kalter Windstoß in den Kamin fuhr. Es wurde langsam still im Haus, und die alte Standuhr auf dem Treppenabsatz schlug Mitternacht.

So viele Erinnerungen waren für Valerie mit diesem Ort

verbunden, schöne und schwere Zeiten, Lachen und Tränen. Ihre ganze Kindheit, ihre Jugend und ihr Heranwachsen zur Frau hatte sich in diesen Räumen abgespielt. Diese Wände hatten Geheimnisse gehört, Wünsche und Träume und Traurigkeit. In diesem knarrenden, zugigen, behaglichen alten Haus, wo man jedes Husten, jede zufallende Tür, jedes Spülen der Toilette hörte, hatte Valerie alle Entscheidungen ihres Lebens getroffen, mit Charlottes Segen und Martins Zustimmung. Und alles in allem hatte sie eigentlich die richtigen Entscheidungen getroffen. Abgesehen von einer, vielleicht.
Ich glaube nicht, dass du mit ihm glücklich wirst, Flachskopf, hörte sie ihren Vater vor so vielen Jahren sagen.

Wie Martin vorhergesagt hatte, schneite es in der Nacht, und als die Kinder morgens die Nasen an das große Fenster im oberen Flur drückten, funkelte die Sonne grell auf einer makellosen weißen Schneedecke.
»Ist das Schnee?«, fragte Ellen.
»Ja, das ist Schnee«, antwortete JJ.
»Woher weißt du das?«, erkundigte sich Priscilla.
»Weil ich mich dran erinnern kann«, erklärte JJ.
»War der gestern Abend auch schon da?«, wollte Ricky wissen.
»Weiß ich nicht«, musste JJ zugeben. »Ich hab geschlafen, als wir angekommen sind.«
»Ich auch«, sagte Ellen.
»Ihr habt alle geschlafen«, sagte Valerie, die zu ihnen trat und sie umarmte. Sie erkannte ihre Kinder kaum wieder in den unbekannten Sachen.
»Gehören uns die Kleider jetzt?«, fragte Rosemary und

drehte sich begeistert. Sie trug einen karierten Wollrock, eine Bluse mit Stehkragen und einen dicken roten Pullover. »Ihr könnt sie tragen, solange wir hier sind«, erklärte Valerie. »In Kalifornien brauchen wir sie nicht.«
»Aber die sind so schön.«
»Sind die gespendet?«, fragte Ellen.
»Nein, Schatz«, antwortete Valerie, »die gehören euren Cousins und Cousinen. Wir haben sie uns geliehen.«
»Kenne ich meine Cousins?«, fragte Ricky.
»Ein paar«, sagte Valerie. »Aber du kannst dich wahrscheinlich nicht an sie erinnern, weil du zu klein warst.«
»Ich erinnere mich noch«, sagte JJ, »von unserem letzten Besuch.«
»Ich auch«, fügte Rosemary hinzu.
»Ich nicht«, sagte Priscilla.
»Das macht nichts«, versicherte ihr Valerie. »Ihr seht sie ja bald wieder.«
»Wir sind wohl eine große Familie«, sinnierte JJ, »wenn wir so viele Kleider bekommen haben.«
»O ja«, erwiderte Valerie, »eine sehr große Familie sogar.«
»Wie groß?«, erkundigte sich Ricky.
»Na, wollen wir mal sehen«, überlegte Valerie. »Ihr habt fünf Onkel und drei Tanten. Sieben von ihnen sind verheiratet, und sie haben zusammen zweiunddreißig Kinder.«
»Das macht siebenundvierzig«, sagte JJ, der unter Zuhilfenahme seiner Finger angestrengt rechnete.
»Und dazu kommen noch die Großeltern und wir sieben, das heißt, sechsundfünfzig. Wenn man jetzt noch meine Tanten und Onkel und Cousins und Cousinen und deren Kinder dazuzählt, werden wir an Weihnachten über hundert Leute sein.«

»Passen die denn alle ins Haus?«, fragte Ellen.
Valerie lachte. »Irgendwie hat es immer geklappt.«
»Mannomann«, sagte JJ, »über hundert Leute, die mit uns verwandt sind.«
»Ich weiß, das kann man sich schwer vorstellen, weil wir so weit weg wohnen, aber ihr werdet ja sehen.«
»Und wer ist nicht verheiratet?«, wollte Rosemary wissen.
»Euer Onkel Patrick«, sagte Valerie stolz.
»Warum nicht?«
»Weil er Priester ist«, erklärte ihre Mutter. Vier der Kinder starrten sie mit großen Augen an; Ellen sah am erstauntesten aus.
»Können wir rausgehen in den Schnee?«, fragte Priscilla, die den Blick nicht von dem glitzernden weißen Wunder wenden konnte.
»Natürlich, wenn wir Omas leckeres Frühstück gegessen haben«, antwortete Valerie. Sie blickte in die Runde. »Hat denn niemand Hunger?«
»Doch, ich«, sagte JJ sofort.
»Ich auch«, meldete sich Ricky.
Sie polterten nach unten, folgten den verlockenden Gerüchen ins Esszimmer. Auf dem großen Tisch standen Krüge mit Milch und Orangensaft, Körbe mit warmen Brötchen, diverse Marmeladen, Töpfe mit Ahornsirup. Martin und Jack saßen schon am Tisch und tranken Kaffee.
Jack sah in dem karierten Flanellhemd und dem grauen Wollpulli mit Lederflicken am Ellbogen wie ein Mann vom Land aus.
Valerie zeigte den Kindern ihre Plätze und schenkte ihnen Milch und Orangensaft ein. Charlotte hatte sie aus der Küche hinausgeschickt, als sie helfen wollte.

»Dafür ist auch später noch Zeit«, hatte ihre Mutter gesagt. »Heute hast du Urlaub.«
Valerie fügte sich dem Wunsch ihrer Mutter, aber untätig blieb sie deshalb noch lange nicht. Sie nahm die Kaffeekanne vom Sideboard und schenkte den Männern nach. Dann goss sie für sich und ihre Mutter Kaffee ein, stellte die Kanne zurück auf die Wärmeplatte und ließ sich am Tisch nieder.
»Euer Paps und ich waren heute Morgen schon draußen«, berichtete Martin den Kindern.
»Und ich muss euch sagen, es war so kalt, dass mir fast die Nase abgefallen ist«, fügte Jack hinzu.
Die Kinder kicherten. Sie kannten keine extreme Kälte.
»Und wir haben einen schönen Christbaum geholt«, fuhr Martin fort. »So einen schönen hatten wir jahrelang nicht mehr. Heute Nachmittag bringen wir ihn her.«
»Wir wollten noch auf euch warten«, sagte Charlotte, die gerade mit zwei gewaltigen Platten durch die Küchentür kam, auf denen sich Berge von Rühreiern, Bratkartoffeln, Speck, Würstchen und Buttermilch-Pancakes türmten. »Die Kinder sollen doch nichts versäumen.«
Valerie lächelte. Den Baum zu schmücken war seit jeher ein großes Ereignis in ihrer Familie, beinahe so wichtig wie das Weihnachtsfest selbst.
»Möchte jemand Weizenbrei?«, fragte Charlotte.
Die Kinder, die hungrig das dampfende Essen auf den Platten beäugten, schüttelten alle rasch den Kopf. Valerie tat es ihnen gleich und sah Jack und ihren Vater an.
»Wir haben uns schon zwei Schalen zu Gemüte geführt«, berichtete Martin. »Wir brauchten was Warmes im Bauch, bevor wir auf den Berg geklettert sind.«

Jack zwinkerte ihr zu, und Valerie unterdrückte ein Lächeln. Jack fand Weizenbrei abscheulich.
»Keine weiteren Abnehmer, Mam«, sagte sie.
Charlotte setzte sich auf ihren Platz. Als habe er auf dieses Zeichen gewartet, griff JJ nach den Pancakes. Valerie, die zwischen ihm und Ricky saß, packte seine Hand noch rechtzeitig und zog sie auf seinen Schoß.
»Heiliger Vater«, sagte Charlotte, faltete die Hände und schloss die Augen, »wir danken die für diese Speise. Amen.«
Dann lächelte sie alle herzlich an und reichte die Platten herum.
Drei Augenpaare betrachteten JJ amüsiert. Der Junge wurde puterrot. Etwas zu verpatzen war schon schlimm genug, aber wenn seine Schwestern zusahen, wurde es noch übler.
»Tut mir leid, Ma«, flüsterte er beschämt. »Ich hab's vergessen.«
»Macht nichts, Schatz«, murmelte Valerie beruhigend. »Beim nächsten Mal denkst du dran.«
Falls ihre Eltern den Vorfall bemerkt hatten, brachten sie ihn jedenfalls nicht zur Sprache. Valerie wollte nicht, dass ihre Kinder wie eine Horde Heiden wirkten, aber ein Tischgebet wurde bei ihnen zu Hause tatsächlich nie gesprochen. Jack duldete sämtliche religiösen Bräuche, die Valerie mit in die Ehe gebracht hatte, aber er weigerte sich, Gott zu danken.
»Nicht Gott hat dieses Essen auf den Tisch gebracht«, hatte er einmal wütend verkündet, »sondern ich.«
Valerie war entsetzt über diese Gotteslästerung, aber sie hatte ihn nie umstimmen können. Eine Zeit lang hatte sie stumm ein Gebet gesprochen, bis es ihr nicht mehr ganz so verwerflich erschien, ohne Dank zu essen.

Die Kinder aßen, als hätten sie eine Woche lang nichts bekommen. »Das macht die Winterluft«, bemerkte Martin und nahm sich zum dritten Mal Pancakes und Würstchen. »Der Körper braucht mehr Treibstoff, um mit der Kälte zurechtzukommen.«
JJ fand diese Vorstellung faszinierend. »Wie ein Auto, das bergauf fährt«, sagte er.
»Autos essen aber nicht«, wandte Priscilla ein.
»Doch, sicher«, widersprach ihr Bruder.
»Stimmt das, Opa?«, fragte Priscilla. »Essen Autos so wie Menschen?«
Martin kratzte sich am Kopf. »Nun ja, das Prinzip ist das gleiche«, antwortete er. »Ein Körper braucht einen Treibstoff namens Essen, ein Auto einen Treibstoff namens Benzin.«
»Kann ich meine Milch in den Tank schütten?«, erkundigte sich Ricky.
»Nein«, sagte Valerie, »deine Milch gehört in deinen Bauch.«
Im Handumdrehen leerten sich Platten und Krüge, und am Ende waren alle angenehm gesättigt.
»Dürfen wir jetzt den Schnee angucken?«, fragte Ellen schüchtern, als Martin seine Pfeife und seinen Tabakbeutel zum Vorschein brachte, was auf das Ende der Mahlzeit hinwies.
»Au ja, dürfen wir?«, rief auch Priscilla.
»Ja.« Valerie lächelte. »Aber zuerst müsst ihr eure Schneeanzüge anziehen.«
Die Kinder sprangen von ihren Stühlen und rannten nach oben, um in Windeseile in ihre Schneekleidung zu schlüpfen. »Rosemary, hilf bitte Ellen und Priscilla, und JJ, du

hilfst Ricky«, rief Valerie ihnen nach. »Und vergesst die Stiefel nicht.«

»Es ist so schön, euch alle hier zu haben«, sagte Charlotte. »Jack, ich kann dir gar nicht sagen, wie glücklich ich bin, dass ihr es einrichten konntet.«

»Na ja, Weihnachten wäre dieses Jahr ein bisschen mager ausgefallen, wegen dem Streik«, sagte Jack leicht entschuldigend. »Aber da wir ja umsonst fliegen können, dachte ich mir, das wäre das schönste Geschenk für alle.«

»Da hast du recht daran getan, mein Junge«, sagte Martin herzlich. Über die Jahre hatte er seinen Frieden gemacht mit Valeries Ehemann. Jack war zwar nicht gerade gottesfürchtig, aber offenbar verlässlich und fleißig, und er schien Frau und Kinder versorgen zu können. Natürlich hätte Martin die Lage besser einschätzen können, wenn die Familie nicht so weit weg gewesen wäre.

Wegen der räumlichen Distanz konnte Martin seine Begegnungen mit Jack in den zwölf Jahren seit der Hochzeit an einer Hand abzählen. Zweimal war sein Schwiegersohn geschäftlich im Osten gewesen und hatte Valerie und die Kinder am Sonntag in Rutland abgesetzt und am nächsten Donnerstag wieder abgeholt. Einmal waren Martin und Charlotte nach Kalifornien geflogen, damals, als Valerie die Treppe hinuntergestürzt war und Ricky zu früh zur Welt kam und man fürchten musste, dass beide sterben würden. Nur dreimal in zwölf Jahren, aber Jack war höflich und respektvoll, und zu guter Letzt musste Martin vor sich selbst zugeben, dass er vielleicht zu Anfang ein vorschnelles Urteil gefällt hatte.

Valerie stand auf und wollte den Tisch abräumen, doch ihr Vater hielt sie davon ab. »Ihr beide geht mit den Kindern raus«, sagte er. »Sobald ich meine Pfeife zu Ende geraucht habe, helfe ich deiner Mutter beim Abräumen.« Valerie starrte ihn fassungslos an. »Du wusstest nicht, dass ich auch einen Teller abspülen kann, wie?«, sagte Martin grinsend. »Tja, ich schätze, mit ein, zwei Überraschungen kann ich immer noch aufwarten. Und nun lauft, bevor ich es mir anders überlege.«

»Danke, Paps«, sagte Valerie und umarmte ihren Vater. Damals, als sie mit JJ und Rosemary nach Hause gekommen war, um sich zu erholen, war sie zu schwach gewesen, um nach draußen zu gehen. Diesmal wollte sie den Schnee nicht versäumen.

Als die Kinder herunterkamen, überprüfte Valerie, ob auch jedes seinen Schneeanzug richtig zugemacht hatte, ob alle Stiefel, Wollmützen und dicke Handschuhe trugen. Sie selbst hatte eine Skihose und eine Jacke von ihrer Schwester Elizabeth angezogen, und Jack steckte in einer Daunenjacke von Valeries ältestem Bruder Marty.

»Sind wir startklar?«, fragte Jack.

»Wir sind startklar«, antworteten alle im Chor.

»JJ, geh zur Tür«, befahl Jack. JJ begab sich eilends zur Haustür. »JJ, die Hand an den Riegel.« Die Mädchen kicherten, und Jack sah sie gespielter Strenge an. »JJ, Tür öffnen.« Der Junge zog die schwere Tür auf, und Jack sprang mit lautem Geheul über die Schwelle und hechtete kopfüber in die nächsten Schneeberg, den er mit Martin aufgehäuft hatte, als sie den Weg freischaufelten. Die Kinder schrien vor Begeisterung, rannten zu ihm und zerrten an seinen Beinen, bis er wieder auftauchte, schwankend wie Frankenstein, schielend und mit klappernden Zähnen. »Muss falsch abgebogen sein«, meinte er.

Valerie lächelte, als sie die Tür hinter sich zuzog, und schüttelte den Kopf. Manchmal kam es ihr vor, als hätte sie sechs Kinder statt fünf. Das machte ihr zwar nichts aus, aber sie dachte schon, dass das Leben leichter wäre, wenn Eltern etwas weniger kindisch waren.

Die Mädchen und sie verbrachten den Vormittag damit, aufregende Muster in die weiße Schneedecke zu zeichnen und ihren Atemwolken zuzusehen. Jack und die Jungen machten eine Schneeballschlacht, dann bauten sie alle zusammen einen Schneemann, eine hoch aufragende, etwas schiefe Gestalt mit Haaren aus Heu, Pflaumenaugen, einer Möhrennase und einem Apfel als Mund. Martin spendete eine Maiskolbenpfeife, Charlotte kramte eine rote Bommelmütze hervor, und Jack formte zwei dicke Arme und gab dem Schneemann eine Schaufel statt eines Besens in die Hand.

»Ist doch praktischer«, meinte er.

Die O'Connors kamen heraus, um das Kunstwerk zu bewundern. »Hätte Kevin nicht besser hingekriegt«, verkündete Martin, und Valerie erklärte Jack und den Kindern, dass dies ein großes Kompliment war.

»Wenn es so kalt bleibt«, meinte Charlotte, »kann der prächtige Bursche noch unsere Gäste empfangen.«

Zwei Stunden später trafen die ersten Familienmitglieder ein. Valerie hatte gerade nach dem Mittagessen die Küche aufgeräumt – diesmal hatte sie sich nicht von ihrer Mutter vertreiben lassen –, als auch schon Marianne und Tommy in ihrem glänzenden neuen Lincoln Continental vorfuhren.

»Wir hätten eigentlich gar nicht kommen können, weißt du, weil immer so viel los ist im Restaurant und Tommy den meisten Angestellten über Weihnachten frei gibt«, berichtete Marianne, nachdem sie Schwester und Schwager umarmt und alle Kinder zweimal geküsst hatte. »Aber dann haben wir gehört, dass ihr hier seid.«

»Es scheint ja gut zu laufen bei euch«, sagte Valerie mit Blick auf den Lincoln.

Marianne zuckte die Schultern. »Wofür sollen wir unser Geld sonst ausgeben?«, erwiderte sie.

Die Santinis hatten sich offenbar nach zweiundzwanzig Jahren Ehe mit ihrer Kinderlosigkeit abgefunden. »Wenn Gott gewollt hätte, dass ich Mutter werde«, sagte Marianne inzwischen, »dann hätte er mir Kinder gegeben.«

Zumindest hatte er ihr Tommy gegeben, dachte Valerie, und das war schon eine Menge wert. Marianne betete ihren Mann an, und der große wuchtige Italiener vergötterte sogar den Boden, den seine Frau betrat. Wenn man die beiden sah, merkte man sofort, dass sie kein bisschen weniger verliebt waren als an ihrem Hochzeitstag. Vielleicht sogar eher mehr, dachte Valerie wehmütig.

»Ich freue mich so, dass ihr kommen konntet«, sagte sie.

»Tommy hat das Restaurant einfach zugemacht«, erklärte Marianne. »Zum ersten Mal in zehn Jahren. Hat allen übers Wochenende frei gegeben. Sagte, wie kann er denn von seinen Angestellten erwarten, dass sie über Weihnachten arbeiten, wenn der Boss verschwindet?« Sie kicherte. »Und dann hat er einen Zettel ins Fenster gehängt – ›Bin feiern – Dienstag zurück‹.«

Als Nächstes trafen Valeries Bruder Hugh und seine Familie aus Fort Bragg in North Carolina ein. Martin hatte auch sie vom Flughafen in Burlington abgeholt.

»Ich bin Artillerieausbilder«, erklärte Hugh JJ, als der Junge die Bänder und Streifen an seiner Uniform bewunderte.

»Ich trag dieses ganze Lametta, um die Soldaten so zu beeindrucken, dass sie mir zuhören.«
»Glaub das nur nicht, JJ«, sagte Martin stolz. »Dein Onkel Hugh hat jede dieser Auszeichnungen verdient. Er war im Korea-Krieg wie dein Vater. Ist ziemlich schwer verwundet worden. Deine Oma und ich haben uns fast zu Tode geängstigt. Und dann, als hätte das nicht gereicht, haben sie ihn noch nach Deutschland geschickt, damit er dort auch noch die Roten bekämpfe. Und als er dort war, hat er im Alleingang Hunderte von Menschen gerettet, die im Osten Deutschlands gefangen gehalten wurden.«
Hugh O'Connor lachte. »Wenn ich mal einen Presseagenten brauche, weiß ich schon, wen ich nehme, Paps.« Er sah seinen Neffen an. »Glaub ihm kein Wort«, sagte er zu dem Jungen. »Ich erinnere mich hauptsächlich daran, dass ich während meiner Zeit in Deutschland versucht habe, deine Tante Hilde zu überreden, mich zu heiraten.«
Hildegard O'Connor lächelte JJ zu. »Das fand natürlich erst statt, nachdem er mich aus dem Osten gerettet hatte«, sagte sie mit starkem deutschem Akzent.
Valerie sah ihren Bruder an. Mit seiner adretten Uniform, den hellen Haaren, der sonnengebräunten Haut und seinen sympathischen Gesichtszügen hätte er auf Plakaten für die Armee werben können.
Als Letzter von außerhalb traf Valeries jüngster Bruder Patrick ein, im schwarzen Anzug mit weißem Kragen. Man hatte sich in seiner Gemeinde in Worcester in Massuchusetts bereit erklärt, über die Feiertage auf ihn zu verzichten, wenn er im Gegenzug Pater Joseph, dem alten Priester von St. Stephen, nach Kräften behilflich war. In einigen Jahren sollte Patrick die Pfarrei von Rutland übernehmen.

Valerie hatte ihren Bruder noch nie im Priesterornat gesehen. Er sah größer aus, als sie ihn in Erinnerung hatte, und magerer. Seine Wangenknochen wirkten spitz, und seine dunklen Augen lagen tief in den Höhlen. »Ich bin so stolz auf dich«, flüsterte sie, als sie ihn umarmte.

Die Kinder zeigten sich schüchtern, als sie Patrick vorgestellt wurden, vor allem Ellen, die sich hinter ihrer Mutter versteckte.

»Priester sind sehr ehrfurchtgebietend für sie«, erklärte Valerie. »Sie haben noch nie einen aus der Nähe gesehen.«

Patrick lächelte Ellen ermutigend an. »Magst du mich vielleicht umarmen, wenn ich verspreche, nicht zu beißen?«, fragte er sanft.

Ellen überlegte, dann nickte sie langsam. Patrick beugte sich zu ihr, und als das kleine Mädchen ihm vorsichtig die Arme um den Hals legte, hob er sie hoch. »Wir beiden werden uns bestimmt noch besser kennen lernen«, raunte er ihr zu.

»Mensch, freu ich mich, dass Patrick über Weihnachten hier sein kann«, sagte Marianne später, »damit er mal was Gutes zu essen kriegt.«

Sie saßen an diesem Abend zu vierzehnt am Tisch. Die Marsh-Kinder durften am Essen teilnehmen, aber die zweijährigen Zwillinge von Hugh und Hilde waren schon früher gefüttert worden und schliefen nun.

Während des Essens unterhielten sich alle lebhaft. Charlotte hatte sich selbst übertroffen und trug einen großen Braten auf, einen Bohneneintopf, der von allen überschwänglich gelobt wurde, cremiges Kartoffelpüree und ihre Spezialbratensoße. Martin sorgte dafür, dass der Wein nicht ausging. Er brachte einen Beaujolais aus seinem

Weinkeller, den Valerie so weich wie Obstsaft fand; sie ließ sich häufig nachschenken.

Obwohl Valerie und Hilde sich nicht allzu gut kannten, plauderten sie so angeregt über die Kinder, als seien sie alte Freundinnen. Martin und Tommy unterhielten sich über die Notwendigkeit von verlässlichen Angestellten, und Marianne neckte Patrick, der die Mahlzeit mit einem fünfminütigen Segen verzögert hatte.

»Nur weil du die Lust hinauszögerst, mein lieber Bruder, müssen wir das doch nicht alle tun.«

»Marianne!«, rief Charlotte indigniert.

Jack und Hugh unterhielten sich über das Leben bei der Armee.

»Du kannst etwas richtig machen oder falsch oder so, wie die Armee es will«, sagte Hugh trocken. »Solange du Letzteres tust, sorgt man für dich vom ersten bis zum letzten Moment deines Lebens.«

»Man hat mich nach dem Korea-Krieg gebeten, bei der Armee zu bleiben«, sagte Jack, dem seine unbefriedigende Situation in seinem gegenwärtigen Job wieder deutlich vor Augen stand. »Vielleicht hätte ich das tun sollen.«

»Tja, da bist du nicht auf Rosen gebettet, glaube mir«, erwiderte Hugh.

»Ach, zum Teufel, da hat man es jedenfalls besser, als wenn man sich als Angestellter durchschlagen muss«, erwiderte Jack, »jedenfalls solange sie einen nicht nach Vietnam schicken.«

Hugh ließ seine Gabel sinken und räusperte sich. »Tja, so wie's aussieht ...«, sagte er, ohne den Satz zu beenden.

Alle verstummten. Valerie sah, dass Hilde krampfhaft ihr Weinglas umklammerte.

Martin blickte seinen Sohn an. »Wir dachten, du seist in Fort Bragg stationiert.«

Hugh zuckte die Schultern. »War ich auch für eine Weile. Aber wenn du dich bei der Armee auf eines verlassen kannst, dann darauf, dass du wieder versetzt wirst.«

»Bist du nicht zu alt dafür?«, fragte Marianne. »Du bist zweiunddreißig, um Himmels willen. Und hast Frau und Kinder.«

»Das spielt keine Rolle, wenn man Karriere machen will«, erwiderte Hugh. Er blickte in die bestürzten Gesichter seiner Familie. »Es war ohnehin nur eine Frage der Zeit«, sagte er beschwichtigend.

»Wann?«, fragte Martin.

»Etwa in einem Monat.«

»Werden sie dich an die Front schicken?«, fragte Charlotte.

»Auf keinen Fall«, antwortete ihr Sohn und lächelte. »Ich bin nur Ausbilder.« Er beschloss, dass es unsinnig war, ihr zu sagen, dass es eine solch ausschließliche Funktion in diesem Krieg nicht gab. Ihre Unterlippe zitterte ohnehin schon. »Na komm schon, Ma«, sagte er beruhigend. »Du kennst mich doch. Ich bin aus zähem Stoff wie alle O'Connors. Wenn die Nordkoreaner mich nicht kaputtgekriegt haben, schaffen die Nordvietnamesen das auch nicht.«

Hilde, die an die gezackte Narbe am Unterleib ihres Mannes dachte, Überbleibsel eines koreanischen Granatsplitters, leerte ihr Weinglas in einem Zug.

»Ich finde das nicht gerecht«, wandte Charlotte ein. »Du hast schon so viel geleistet.«

»Ist es auch nicht«, pflichtete Tommy ihr bei. »Wenn ihr mich fragt, haben wir in dem Land überhaupt nichts zu suchen. Nur ein weiterer Bürgerkrieg, in den wir uns einmischen.«

»Unser Land vertritt die Werte der Freiheit«, widersprach Martin. »Wir müssen die rote Gefahr bekämpfen, wo sie sich zeigt.«

Tommy verzichtete auf eine Erwiderung.

»Solange ich diese Uniform trage«, sagte Hugh, der die Ansichten seines Vaters teilte, zu seinem Schwager, »muss ich machen, was man mir aufträgt.«

Patrick sah seinen Bruder an. »Was immer du tust, Hugh«, sagte er ruhig, »du wirst es gut machen.«

»Es ist so schön, euch alle hier zu haben«, warf nun Charlotte ein, um das Thema zu wechseln. Sie hatte nichts dafür übrig, Dinge zu erörtern, die nicht zu ändern waren. Das sollte man lieber Gott überlassen. »Dein Vater und ich sind hier ziemlich einsam.«

»Ma, das sagst du jedes Jahr«, erwiderte Hugh grinsend.

»Ich weiß«, erwiderte Charlotte munter. »Aber in diesem Jahr wird uns auch noch das große Glück zuteil, dass Valerie mit ihrer Familie bei uns sein kann.«

Nach dem Essen versammelten sich alle im Wohnzimmer. Weitere Familienmitglieder fanden sich ein, und die Marsh-Kinder wurden ihren Tanten, Onkeln, Cousins und Cousinen vorgestellt. Marty und Kevin, die in Rutland lebten, trafen mitsamt Ehefrauen und Kindern ein, die schon im Teenageralter waren. Der sechsundvierzigjährige Marty war seinem Vater wie aus dem Gesicht geschnitten und hatte auch schon wie Martin eine Glatze; Kevin dagegen hatte einen dichten hellblonden Haarschopf und glich der Mutter.

»Es schneit wieder, und nicht zu knapp«, verkündete Marty, als sie aus der Kälte hereingestapft kamen. Er umarmte Valerie, schlug Jack herzlich auf die Schulter und beugte sich hinunter, um den Kindern übers Haar zu streichen. »Sieht aus, als bekämen wir wirklich weiße Weihnachten.«
»Wie Mama uns versprochen hat«, sagte JJ.
»Ich hab da eine recht eindrucksvolle Gestalt im Vorgarten bemerkt«, sagte Kevin. »Sieht aus, als sei jetzt jemand anderer hier der Hauptschneemannbauer.«
Die Kinder kicherten hinter vorgehaltener Hand.
»Mein Gott«, flüsterte Kevins Frau Betty Valerie zu, als niemand sie hören konnte, »ist dein Mann vielleicht sexy. Du hast wirklich Glück, meine Liebe. Ich werde ja schon scharf, wenn ich den nur anschaue. Wie schaffst du es nur, ihn jemals wieder aus dem Bett zu lassen?« Sie grinste und gab ihr typisches schrilles Gekicher von sich. Betty galt bei allen als verwegenste Frau der Familie.
Valerie wurde rot bis unter die Haarspitzen. Einerseits wollte sie dieses Bild von ehelichen Freuden nicht trüben; andererseits wusste sie, dass sie wohl ersticken würde an der Antwort, die Betty offenbar erwartete.
»Leider«, antwortete sie und hoffte, dass sie möglichst locker klang, »finden wir mit Jacks Arbeit, den fünf Kindern und dem Haushalt nicht so viel Zeit füreinander, wie wir es gerne hätten.«
»Dann sieh zu, dass du ihn an der kurzen Leine hältst«, murmelte Betty und zwinkerte ihr zu. »Sonst sucht er sich womöglich ein Bett, das ihm uneingeschränkt zur Verfügung steht.«
Valeries Miene veränderte sich nicht, und sie sagte kein Wort.

Als Nächstes traf Cecilia O'Connor Paxton mit Mann und Anhang ein. Cecilia glich keinem der beiden Eltern, aber jemand hatte einmal gesagt, sie sähe einer Großtante aus Milwaukee ähnlich.

»Elizabeth lässt ausrichten, wir sollen nicht warten«, sagte sie etwas atemlos. »Der Boiler scheint kaputt zu sein. Sie kommen, sobald es geht.«

»Dann lasst uns loslegen«, sagte Martin.

»Kommt Danny denn nicht?«, erkundigte sich Valerie nach ihrem fünften Bruder.

»Bridget fühlt sich nicht wohl«, antwortete Marty; die Frau ihres Bruders war mit dem fünften Kind schwanger. »Aber sie meinten, morgen kämen sie auf jeden Fall.«

»Das ist seit zwölf Jahren das erste Mal, dass er beim Christbaumschmücken nicht dabei ist«, sagte Charlotte wehmütig.

»Na komm schon, Ma«, meinte Valerie aufmunternd, »dafür bin ich zum ersten Mal seit zwölf Jahren wieder dabei.«

Wie immer begannen sie mit den Lichterketten, die durch die Äste des Baums gezogen wurden. Marty und Jack waren auf einer Seite im Einsatz, Kevin und Tommy auf der anderen, und alle gaben sich gegenseitig Ratschläge.

»Die beiden da sind zu dicht zusammen.«

»Nein, jetzt hier eine blaue.«

»Die gelbe höher und weiter nach links.«

»Nein, zu hoch, und weiter nach rechts.«

»Nicht so straff ziehen, locker lassen.«

»Zieh sie straff, sonst reicht sie nicht bis zum Boden.«

Schließlich war das Werk vollendet, und Jack befestigte überall die losen Enden.

»Fertig?«, rief Martin hinter dem Baum hervor.
»Fertig«, antwortete Jack.
»Moment noch«, schrie Marianne und lief zum Tisch, um die beiden Lampen auszuschalten. »Gut – jetzt.«
Martin stellte die Stromverbindung her, und Hunderte von kleinen Lichtern strahlten auf und erhellten den Raum. Die Marsh-Kinder hielten vor Entzücken den Atem an. Sie hatten zu Hause natürlich auch einen Weihnachtsbaum, aber so einen prachtvollen hatten sie noch nie gesehen.
In diesem Augenblick kamen Elizabeth O'Connor Hennessy und ihre Familie hereingeeilt. »Oh, guter Moment«, sagte sie, »den anstrengenden Teil haben wir verpasst.«
»Lasst uns weitermachen«, sagte Martin O'Connor, diese Bemerkung seiner Tochter geflissentlich überhörend.
Hugh und Patrick verschwanden im Keller und kehrten mit Kisten voller Christbaumschmuck zurück, der über die Jahrzehnte gesammelt und liebevoll aufbewahrt worden war. Dies war der schönste Teil des Baumschmückens. Bei jedem einzelnen Stück wurde seine Geschichte erzählt. Die mundgeblasenen Glasglocken hatte Charlottes Großmutter vor über hundert Jahren aus Irland mitgebracht, und das Rentier hatte Martins Vater geschnitzt, als sein Schiff in den New Yorker Hafen einfuhr und bei Ellis Island ankerte. Den Weihnachtsstern hatte Elizabeth in der Schule gebastelt, in dem Jahr, in dem sie die Rolle der Kuh bei der Geburt Christi gespielt hatte, und die Zirkustiere hatte Kevin in jenem Sommer bemalt, als er versuchte, auszureißen und zum Zirkus zu gehen. Den kleinen Schlitten hatte Charlotte in Quebec gekauft, als sie eingeschneit waren und drei Tage länger bleiben mussten als geplant, die weiße Taube hatten sie in Boston in einem Antiquitä-

tenladen erstanden, und danach fanden sie Cecilia nicht mehr und mussten sie suchen, den kleinen Hummel-Schäfer hatte Hugh aus Deutschland geschickt und so fort.

Als alle Figuren aufgehängt waren, öffnete Martin den Karton, in dem die schimmernden Silberkugeln verwahrt wurden, auf denen jeweils ein Name eines Familienmitglieds mit seinem Geburtsdatum eingraviert war. Die Marsh-Kinder durften ihre eigenen Kugeln aus dem Karton nehmen und an den Baum hängen.

Jack stand etwas abseits und sah zu. Er verbrachte Weihnachten zum zweiten Mal bei den O'Connors; zum ersten Mal war er in dem Monat vor ihrer Hochzeit dabei gewesen. Auch jetzt staunte er wieder über das innige Verhältnis der Familienmitglieder zueinander und die große gemeinsame Geschichte dieser Familie. Sein eigener Vater war Waise gewesen, und von der Geschichte seiner Mutter hatte Jack nur die trostlose Farm in Iowa und die lieblosen mürrischen Großeltern erlebt. Er fragte sich, wie es sich wohl anfühlen mochte, wenn man Brüder und Schwestern, Tanten, Onkel, Cousins und Cousinen hatte. Zum Glück würden seine Kinder in den Genuss einer solchen Familie kommen, auch wenn ihm das nicht vergönnt gewesen war. Jack sehnte sich nach einem Ort, den er als sein Zuhause hätte betrachten können. Valerie trat zu ihm. Sie blickte zu ihm auf und lächelte. Dann hakte sie sich bei ihm unter, und es kam ihm beinahe vor, als hätte sie seine Gedanken erraten.

Als alle Kisten bis auf eine ausgeräumt waren, hängten sie Schmuck aus Brotteig auf, den Cecilia gemacht hatte, und aufgefädelte Moosbeeren und Popcorn von Elizabeth. Dann kam das Silberlametta an die Reihe. Und als der

Baum prachtvoll glitzerte und funkelte, öffnete Charlotte die letzte Schachtel. Darin lag ein wunderschöner goldener Engel mit filigranen Flügeln und einem kristallenen Heiligenschein. Valeries Kinder betrachteten ihn mit großen Augen.

»So sieht bestimmt ein echter Engel im Himmel aus«, hauchte Ellen. Die anderen lächelten.

Elizabeth beugte sich zu Valerie und Jack. »Wenn man ihnen zuschaut«, flüsterte sie, »kommt es einem vor, als sähe man alles zum ersten Mal.«

Martin hatte dieses kostbare Stück in New York bei Tiffany gekauft und es seiner Frau eine Woche nach Marvins Geburt zu Weihnachten geschenkt. Seither durfte ihn Jahr für Jahr das jüngste Mitglied der Familie auf die Baumspitze stecken.

»Na komm, Ricky«, rief Hugh, dessen kleine Kinder schon schliefen, »hoch mit dir.« Und bevor der Junge merkte, wie ihm geschah, saß er, den kostbaren Engel in Händen, auf den breiten Schultern seines Onkels. Aller Augen ruhten auf ihm, als er ganz langsam den Engel auf die Spitze des Baumes setzte. Der kristallene Heiligenschein berührte beinahe die Zimmerdecke.

»Prima«, rief Hugh und wirbelte Ricky durch die Luft, bevor er ihn wieder absetzte. Alle applaudierten begeistert und umarmten Ricky der Reihe nach. Der kleine Junge hatte sich noch nie so wichtig gefühlt.

»Lasst uns einen Kreis bilden«, sagte Charlotte, und alle fassten sich an den Händen, während Patrick das Vaterunser vorbetete und alle ihm nachsprachen.

»Neues Jahr, neuer Baum«, sagte Hugh danach.

Die alte Standuhr schlug elf.

»Gütiger Himmel«, sagte Valerie. »Ich habe gar nicht gemerkt, dass es schon so spät ist.« Sie rief die Kinder zu sich. »Sagt allen gute Nacht«, wies sie an, »und dann ab ins Bett mit euch.«
»Noch nicht«, protestierten sie.
»Können wir nicht noch fünf Minuten länger aufbleiben?«
»Es ist schon sehr spät«, antwortete Valerie.
»Aber wir sind doch keine Babys mehr«, widersprachen die Kinder.
»Die Babys sind auch seit sieben im Bett«, erwiderte ihre Mutter.
»Wir wollen noch den Baum anschauen.«
»Der ist morgen auch noch da.«
»Wir wollen noch mit Onkel Kevin plaudern und mit Tante Cecilia und Cousin Billy.«
»Die sind morgen auch noch da.«
Marianne trat zu ihrer Schwester. »Lass mich mal«, sagte sie. Mit gespieltem Zorn wandte sie sich zu den Kleinen. »Wer zuletzt im Badezimmer ist, muss sich zweimal die Zähne putzen.«
Die Kinder flitzten zur Treppe.
»Das hat sie mit uns auch immer gemacht«, sagte Patrick grinsend.
»Und es hat immer funktioniert«, fügte Hugh hinzu.
Die Familienmitglieder, die in der Stadt wohnten, verabschiedeten sich nun. Alle umarmten sich herzlich und verabredeten sich für den nächsten Tag.
Die anderen ließen sich auf Sofas und Sesseln am knisternden Kaminfeuer nieder. Martin brachte das große Gefäß mit seinem berühmten Punsch, stellte es auf dem

Tischchen neben Valerie ab und füllte jedem ein Glas voll.
»Auf den Baum«, sagte er.
»Auf den Baum«, wiederholten alle und betrachteten zufrieden ihr Werk.
»In Bragg gibt es einen Colonel, der Irish Mist für seinen Grog nimmt statt Baileys«, berichtete Hugh seinem Vater. »Der steigt einem mächtig zu Kopf.«
»Ist mir auch schon zu Ohren gekommen«, sagte Martin und nickte. »Aber ich bevorzuge die dezente Variante.«
»Oh, der ist auch dezent«, erwiderte Hugh. »Der Rausch schleicht sich an.«
»Ich bin mit Baileys immer sehr zufrieden«, sagte sein Vater.
»Ich dachte nur, du hättest vielleicht Lust, irgendwann mal was Neues auszuprobieren«, antwortete Hugh.
»Mein Punsch wird seit über vierzig Jahren von allen gelobt«, entgegnete sein Vater. »Wieso sollte ich ihn verändern?«
Hilde stieß ihren Gatten mit dem Ellbogen an. »Dasselbe hätte mein Vater auch gesagt.«
»Bei uns im Restaurant bieten wir auch Irish Mist an«, schaltete sich Tommy ein. »Ich habe ein paar Kunden, die ganz versessen darauf sind.«
»Ich finde diesen cremigen Geschmack aber auch besser«, meinte Patrick.
Binnen kurzem erörterten alle bis auf Valerie, die zu diesem Thema keine Meinung hatte, die Vorzüge und Nachteile von Baileys Irish Cream und Irish Mist.
»Irish Cream«, verkündete Marianne, als sie zu der Runde stieß, »und damit reicht's jetzt auch.« Sie hatte es geschafft, die Kinder im Handumdrehen ins Bett zu befördern, in-

dem sie ihnen am nächsten Morgen ein Abenteuer im Wald versprach, wenn sie schnell einschliefen.

Valerie kuschelte sich in ihren Sessel, lauschte den Gesprächen, hüllte sich in die Stimmen ihrer Verwandten wie am Abend zuvor in die Wolldecke ihrer Mutter und trank in kleinen Schlucken ihren Punsch. Patrick hatte Recht, dachte sie. Irish Cream schmeckte wirklich sehr cremig. Dieser Geschmack sagte ihr so zu, dass sie sich jedes Mal auch selbst nachschenkte, wenn sie jemand anderem nachgoss. Bald war ihr Gesicht gerötet, ihre Augen funkelten, und sie kicherte häufig. Ihr Vater meinte, vielleicht bekäme ihr der Punsch doch nicht so gut, da sie doch beim Abendessen schon so viel Wein getrunken hätte, aber Valerie lächelte ihn nur wohlwollend an. Es verhielt sich ganz anders. Zum ersten Mal seit einer Ewigkeit war sie an Weihnachten zu Hause, und das war viel berauschender als Alkohol.

In all den Jahren hatte sie ihr Leben mit Jack als ein Dasein im Exil empfunden. Als sie nun hier behaglich im Sessel saß, ein bisschen beschwipst vielleicht, wurde ihr bewusst, dass sie damit Recht gehabt hatte. Sie musste irgendetwas getan haben, beschloss sie, um Gott schrecklich zu verärgern, sodass er sie zur Strafe auf die andere Seite der Welt verbannt hatte. Außerhalb dieses gemütlichen Raums wogte das Meer der Einsamkeit.

»So ging Kain hinweg von dem Angesicht des Herrn und wohnte im Lande Nod«, zitierte sie, merkte aber nicht mehr, dass sie gesprochen hatte und dass ihr Tränen übers Gesicht liefen.

Das Gespräch im Raum verstummte schlagartig, und acht Augenpaare blickten auf Valerie. Sie fragte sich, wieso alle sie ansahen. Wussten sie von ihrer Sünde? Wenn sie danach fragte, würde man sie ihr sagen, sodass sie büßen und in den Schoß der Familie zurückkehren konnte?

Valerie erinnerte sich nur noch daran, dass Martin sich über sie beugte, ihr die Punschtasse aus der Hand nahm und sie prüfend ansah, mit diesem Blick, der immer schon unter die Oberfläche schauen konnte.

»Etwas stimmt nicht«, sagte er kurz darauf im Schlafzimmer zu seiner Frau. Sie hatten sich von der Runde verabschiedet, und Jack hatte seine Frau nach oben getragen.

»Das denke ich schon seit Jahren«, erwiderte Charlotte und legte sich ins Bett.

»Hast du mit ihr gesprochen?«, fragte Martin.

Charlotte schüttelte den Kopf. »Ich mische mich nicht gerne ein.«

»Was sollen wir dann machen?«

»Sie ist erwachsen«, hielt Charlotte ihm vor Augen. »Sie muss ihren Weg allein gehen, wie die anderen auch.«

»Ja, aber sie ist nicht wie die anderen«, murmelte Martin und legte sich zu seiner Frau. »Sie war immer schon verletzlicher.«

»Dann versuch du ihr zu helfen, wenn du kannst«, sagte Charlotte und schaltete das Licht aus.

Valerie erwachte erst nach elf Uhr morgens, als ihre Mutter mit einem Tomatensaft-Tonic in ihr Zimmer kam.

»Was ist los?«, fragte Valerie. Das Sprechen verursachte kleine Schmerzexplosionen hinter ihren Augäpfeln.

»Trink das«, antwortete Charlotte milde. Valerie schüttete folgsam das Getränk hinunter und rümpfte die Nase. »Und jetzt schlage ich vor, du nimmst ein heißes Bad und isst etwas«, fuhr Charlotte fort.

»Wo sind die Kinder?«, fragte Valerie.
»Oh, keine Sorge«, antwortete ihre Mutter beim Hinausgehen. »Tommy und Marianne machen mit ihnen eine Schnitzeljagd im Wald.«
Valerie stöhnte, als sie sich mühsam aufrichtete. Sie fragte sich, wann Jack wohl aufgestanden war und weshalb sie so lange geschlafen hatte und so scheußliche Kopfschmerzen hatte.
Sie stolperte ins Badezimmer, stieg vorsichtig in die Wanne und drehte das heiße Wasser so weit auf, wie sie es ertragen konnte. Die Spiegel beschlugen vom Dampf, und ihre Haut wurde rot. Ihre Mutter hatte Recht, das Bad tat ihr gut. Valerie lag eine volle halbe Stunde im heißen Wasser, dann stieg sie aus der Wanne und hüllte sich in ein Handtuch. Sie hatte einen unangenehmen Geschmack im Mund, aber ihr Kopf fühlte sich besser an.
Als Valerie sich warm angezogen hatte und in die Küche trat, fand sie die Vorstellung, etwas zu essen, tatsächlich verlockend. Sie setzte sich an den lackierten Holztisch in der Mitte und sah zu, wie Charlotte eine Portion Weizenbrei in eine Schale schöpfte und Muskatnuss und warme Milch hinzugab.
»Es gibt noch Nachschub«, sagte Charlotte, als sie ihrer Tochter die Schale hinstellte. Sie wusste, dass Valerie dieses Gericht liebte.
»Wo sind denn alle?«, erkundigte sich Valerie, die spürte, dass es ungewöhnlich ruhig war im Haus.
»Die Schnitzeljäger sind noch draußen«, berichtete Charlotte. »Hugh und Hilde sind mit den Kleinen zu Kevin gefahren. Patrick ist in St. Stephen's. Jack ist irgendwo. Und dein Vater wartet auf dich in der Bibliothek.«

Valerie wurde flau im Magen. Das konnte nur bedeuten, dass sie am Vorabend etwas ganz Ungehöriges angestellt und damit das Missfallen ihres Vaters erregt hatte. Ihr Kopf dröhnte, als sie versuchte, sich daran zu erinnern, aber sie wusste nicht einmal mehr, wie sie ins Bett gekommen war.
Martin war der verlässliche Fels ihrer Kindheit, seine Regeln galten ihr als Leitfaden, seine Disziplin hatte für sie den Kontakt zur Wirklichkeit hergestellt. Noch heute zitterte sie beim Gedanken daran, womöglich seinen Zorn erregt zu haben, wie sie es all die Jahre getan hatte, die sie unter seinem Dach lebte. Sie trug die leere Schale zur Spüle, lehnte eine zweite Portion ab. Valerie wusste, dass er sie nicht mehr wie früher bestrafen würde, aber es war dennoch sinnlos, sich vor dem Unvermeidlichen zu drücken.
Er antwortete sofort, als sie an die schwere Holztür klopfte. Wie Valerie erwartet hatte, saß ihr Vater in seinem ausladenden Ledersessel am Fenster. Einen Moment lang war ihr danach zumute, sich auf seinen Schoß zu flüchten. Sie setzte sich in einen kleinen Sessel vor ihm.
»Wie geht es dir heute Morgen?«, fragte er freundlich.
»Ich schäme mich«, antwortete Valerie mit gesenktem Kopf.
»Wofür denn?«, fragte Martin.
»Für das ... was ich gestern Abend getan habe.«
»Soweit ich weiß«, entgegnete ihr Vater, »hast du gestern Abend lediglich etwas zu viel Weihnachtspunsch getrunken und aus der Bibel zitiert.«
Valerie blickte auf. Sie sah Sorge in den wissenden Augen ihres Vaters, keinen Zorn, und schüttelte verwirrt den Kopf. »Ich dachte, du wolltest mich sehen, weil du wütend

auf mich bist. Ich dachte, ich hätte irgendetwas Furchtbares getan.«

»Wie kommst du denn darauf?«, sagte er und legte seine großen Pranken auf ihre Hände.

»Aber wieso ...«, begann Valerie und verstummte dann.

»Wieso ich dich sprechen wollte?« Sie nickte. »Weil deine Mutter und ich uns Sorgen um dich machen und dir helfen wollen, wenn wir können. Jedes Mal, wenn wir dich sehen, bist du dünner und angespannter. Ich denke, Pater Joseph würde das als äußere Anzeichen eines heftigen inneren Kampfs deuten.«

Valerie erstarrte innerlich, und ihrem Vater entging ihre Reaktion nicht. »Wenn er wirklich darüber Bescheid wüsste«, sagte sie leichthin, »würde er es wahrscheinlich Kinder großziehen nennen.«

»Deine Mutter war nicht so angespannt«, entgegnete Martin, »und deine Schwestern sind es auch nicht.«

Valerie zog ihre Hände zurück und hielt sich an den Armlehnen des Sessels fest. »Vielleicht bin ich eben einfach nicht so gut als Mutter wie sie.«

Martin betrachtete sie mit Besorgnis. Charlotte und er waren nie neugierig gewesen und hatten sich nie in Valeries Leben eingemischt. Sie war immer freiwillig zu ihnen gekommen, wenn sie Probleme hatte. Nun war durch Zeit und die räumliche Entfernung eine gewisse Distanz entstanden. »Bist du glücklich, Flachskopf?«, fragte Martin schließlich.

Valerie merkte, dass sie diese Frage seit zwölf Jahren gemieden und gefürchtet und sich innerlich dagegen gewappnet hatte. Sie wusste, dass sie im Grunde nur den Mund aufmachen und alles herauslassen musste – Jacks

Gewalttätigkeit, ihr Versagen als Ehefrau und Mutter, das Grauen und die Angst dieser zwölf Jahre. Wenn sie das tat, wäre sie danach befreit, aber auch verdammt. Denn sie würde gegen Martins Hauptregel verstoßen, und das würde er ihr nie verzeihen.

Deshalb richtete sie sich auf und sah ihn mit undurchdringlicher Miene an. »Was für eine dumme Frage«, erwiderte sie munter. »Schau mich doch an. Ich habe den Mann, den ich mir ausgesucht habe, fünf großartige Kinder, ein schönes Zuhause, ausreichend Geld, Gesundheit und Glauben. Warum sollte ich wohl nicht glücklich sein?«

Dann hielt sie den Atem an, rechnete damit, dass Martin ihr widersprechen würde, wie er es immer getan hatte, wenn er den Fehler in ihrer Aussage entdeckt hatte. Doch ihr Vater betrachtete sie nur weiterhin mit diesem besorgten Blick und schwieg. Nach einer Weile wusste Valerie, dass die Unterredung beendet war. Die Abdrücke ihrer Fingernägel in den Sessellehnen sah man noch lange nachdem sie den Raum verlassen hatte.

Alle Mitglieder der Familie Marsh nahmen von ihrem Aufenthalt in Rutland etwas mit nach Hause, das sie den anderen nicht mitteilten, sondern ganz für sich behielten.

Valerie genoss noch im Nachhinein die Geborgenheit im Schoße ihrer Familie.

Jack sah sich schmerzhafter denn je mit der Tatsache konfrontiert, wie leer seine eigene Kindheit und wie ungeliebt er gewesen war.

JJ musste immer wieder an seinen Onkel Hugh denken, Hauptmann der Armee, der in seiner Uniform so stolz und beeindruckend aussah.

Rosemary erinnerte sich an ihren Cousin Billy, der sie in den kleinen Schrank unter der Treppe gezogen und ihr die Zunge in den Mund gesteckt hatte.
Ellen sah im Geiste immer wieder das stille frohe Gesicht ihres Onkels Patrick vor sich und durchlebte aufs Neue die überwältigende Weihnachtsmesse in St. Stephen.
Priscilla hatte noch nie zuvor erlebt, dass so viele Menschen sie liebkosten und sich mit ihr beschäftigten.
Und Ricky zehrte noch immer von dem großartigsten Moment seines jungen Lebens, als ihm die Aufmerksamkeit von allen Erwachsenen galt.
Es regnete, als sie wieder an der Delgada Road ankamen. Das Haus roch muffig, und sie entdeckten drei undichte Stellen im Dach, die Jack erst ausbessern konnte, wenn es zu regnen aufhörte. Sie stellten drei große Eimer unter die Löcher.
Valerie kehrte in den »Gray Whale« zurück. Leo strahlte und umarmte sie väterlich. »Schau doch nur«, rief er aus, »deine Wangen sind rosig, deine Augen funkeln, und deine Mama hat es sogar geschafft, dass du ein paar Pfunde zulegst.«
Valerie lachte. »Sonst hätte sie mich nicht gehen lassen.«
»Du hast uns gefehlt, Schätzchen«, sagte Lil. »War's denn schön?«
»Ihr habt mir auch gefehlt«, erwiderte Valerie. »Und, ja, es war wunderschön.« Sie wandte sich zu Leo. »Vielen Dank noch mal, dass du mir so kurzfristig frei gegeben hast.«
»Keine Sorge«, versicherte ihr Leo, »wir sind gut klargekommen.« Dann räusperte er sich und warf Lil einen raschen Blick zu. »Aber wenn du noch einen Moment Zeit hättest, würde ich gerne mal mit dir darüber reden, ob du

vielleicht samstags und sonntags beim Frühstück aushelfen könntest.«

Valerie sah Lil an und dann wieder Leo. »Ich hätte nichts dagegen«, sagte sie langsam, »aber –«

»Ich weiß, dass du nicht mehr so viel arbeiten wolltest«, unterbrach sie Leo, »aber am Wochenende ist jetzt immer ziemlich viel los, und Lil hier wird auch nicht jünger.«

»Wer wird das schon?«, warf Lil ein.

»Und Donna will keinesfalls mehr arbeiten«, fügte Leo hinzu.

Valerie fragte sich, ob die Idee tatsächlich von Leo stammte oder ob Lil ihm von Jacks Lohnkürzung berichtet hatte.

»Brauchst du mich denn wirklich, Leo?«, fragte sie. »Oder hat Lil dir von meinen Problemen erzählt?«

Leo sah sie mit einem Pokergesicht an. »Was für Probleme solltest du denn wohl haben?«, fragte er. »Lil hat mir auch nicht gesagt, dass sie Hilfe braucht, wenn du das meinst, aber ich hab schließlich Augen im Kopf. Ich sehe, dass sie zu viel arbeitet.«

Valerie wollte widersprechen, wollte Leo sagen, dass er schon so viel für sie getan hatte, aber sie wusste, dass sie Jack durch das zusätzliche Einkommen sehr entlasten konnte, und alles, was Jack entlastete, erleichterte ihr das Leben zu Hause. »Sagen wir, ich springe so lange ein, wie du mich brauchst«, sagte sie schließlich.

Als sie Jack darüber informierte, nickte er mit verbissener Miene. »Nur bis ich meine Lohnerhöhung kriege«, sagte er, »dann hörst du wieder auf.«

Kurz nach Neujahr bekam Gina Kahulani, eine Federal-Airlines-Stewardess aus Honolulu, die San-Francisco-Stre-

cke zugeteilt. Sie hatte hüftlanges schimmerndes schwarzes Haar, polynesische Augen und stramme kleine Brüste, die nicht schlaff waren von jahrelangem Stillen. Sie landete jeden Dienstagabend um acht Uhr in San Francisco und flog donnerstags um acht Uhr morgens wieder ab. Wie alle Flugbegleiter von Federal Airlines wohnte sie in einem Hotel gleich gegenüber vom Flughafen.
Nach drei Tagen hatte Jack ein Auge auf sie geworfen, und nach weiteren zwei Tagen reagierte sie darauf. Anfang Februar blieb er jeden Dienstag- und Mittwochabend länger bei der Arbeit und traf sich kurz nach acht mit Gina in der Hotellobby. Sie badeten ausgiebig zusammen, bevor sie ins Bett gingen, und duschten danach gemeinsam. Zwischendrin bestellten sie sich etwas vom Zimmerservice. Gegen Mitternacht, wenn sie es mindestens zweimal getrieben hatten, zog Jack sich an und fuhr nach Hause.
»Ich kann ein bisschen was dazuverdienen, indem ich Überstunden mache«, sagte er Valerie und wich dabei ihrem Blick aus. »Das können wir gut gebrauchen.«
Valerie schwieg. Je später er nach Hause kam und je weniger Zeit er mit den Kindern verbrachte, desto einfacher gestaltete sich das Leben für sie. Und wenn es spät und er müde war, blieb er meist auch auf seiner Seite des Bettes. Sie verweigerte sich ihm natürlich nie. Sie war schließlich seine Frau, er hatte gewisse Rechte. Aber wenn er nach Mitternacht auftauchte, wollte er immer sofort schlafen. Deshalb äußerte sich Valerie nicht zu diesem Thema. Auch nicht, als ihr auffiel, dass seine Hemden nach einem fremden Parfüm rochen und auf seinen Taschentüchern Lippenstiftflecken auftauchten.

3

Mitte Januar zog Connie Gilchrist in ihr neues Haus an der Delgada Street, Ecke del Oro.
Gegen Mittag hielt ein riesiger Möbelwagen auf der Zufahrt, der erst nach acht Uhr abends wieder abfuhr. Valerie beobachtete fasziniert durchs Fenster, wie zwei Männer und eine rothaarige Frau unermüdlich arbeiteten. Sie fragte sich, wo wohl all die Sofas, Stühle, Tische und Kommoden, die ins Haus geschleppt wurden, hinpassen würden, und sie konnte sich nicht vorstellen, wieso eine Person so viele Kleiderboxen brauchte. Dann überlegte sie sich mit Blick auf die rothaarige Frau, dass Connie Gilchrist vielleicht doch nicht allein dort einzog.
»O doch, und ob ich hier allein leben werde«, erklärte Connie am nächsten Morgen, als Valerie mit einem frisch gebackenen Apfel-Pie schüchtern an ihre Tür klopfte. »Ich bin von zu Hause in ein Studentenwohnheim gezogen, wo ich mir mit drei Mädchen das Zimmer teilen musste. Dann wieder nach Hause, als meine Mutter krank wurde, und schließlich zu meinem Mann. Ich habe meine Mutter gepflegt, bis sie starb, und habe mich dann um meinen Vater gekümmert, bis er wieder geheiratet hat. Danach habe ich die Tochter meines Mannes großgezogen, und um ehrlich

zu sein, ein Stück weit auch ihn selbst. Ich finde, ich habe es mir ehrlich verdient, eine Weile allein zu sein, finden Sie nicht?«

»Ach so«, murmelte Valerie. Sie war noch nie auf den Gedanken gekommen, dass eine Frau freiwillig allein leben könnte.

Connie lachte. »Jetzt hab ich Sie schockiert, wie? Kommen Sie doch rein, damit wir den Kuchen essen können, bevor Sie ihn fallen lassen. Wenn ich schon einen schlechten Einfluss auf Sie ausübe, dann wenigstens nicht zwischen Tür und Angel.«

Valerie betrat das Haus.

Es war wunderschön gestaltet und eingerichtet. Man bewegte sich auf drei Ebenen, es gab ungewöhnliche Winkel und Ausblicke, und alle Räume gingen ineinander über. Die Außenwände bestanden weitgehend aus Fenstern, die Innenwände waren weiß gestrichen, und die Böden waren entweder mit weichem weißem Teppichboden ausgelegt oder bestanden aus weißen Kacheln, sodass die Möbel aus Walnussholz wie auf Wolken zu schweben schienen. Die Polstermöbel waren mit rauchblauen oder burgunderroten Stoffen bezogen. Valerie dachte mit einem Seufzer an die beliebig zusammengewürfelten Eichen- und Ahornholzmöbel in Braun-, Rost- und Senfgelbtönen in den voll gestellten Räumen bei sich zu Hause.

»Hier werden sicher keine Kinder leben«, stellte sie fest.

»Nein«, erwiderte Connie, »das ist nicht beabsichtigt.«

»Meinen Sie nicht, dass Sie sich einsam fühlen werden?«, fragte Valerie. »Von außen hätte ich gar nicht gedacht, dass das Haus so groß ist.«

»Ist es auch nicht«, antwortete Connie. »Es ist sogar kleiner als Ihres. Das liegt an der Architektur. Alles wirkt größer. Es sind nur sechs Zimmer, aber sie gehen ineinander über, und die Fenster und das Weiß lassen alles weiter und großzügiger erscheinen. Ich kriege Zustände in engen Räumen.« Sie kicherte. »Mein Vater wusste das nicht, aber ich wäre auf keinen Fall unter Tage gelandet.«

Im Schlafzimmer stand das größte Bett, das Valerie je gesehen hatte, und ein Schrank, der so geräumig wie Priscillas ganzes Zimmer und mit Kleidern angefüllt war.

»Ich habe außerhalb eines Kaufhauses noch nie so viele Kleider auf einmal gesehen«, staunte Valerie.

»Eine meiner Schwächen«, gab Connie zu. »Das rührt wohl daher, weil ich als Kind gar nichts hatte. Ich besaß ein gutes und ein normales Kleid. Das gute Kleid trug ich zum Kirchgang, mit dem normalen ging ich zur Schule. Meine Mutter wusch und bügelte es jeden Abend. Und die reichen Kinder hänselten mich jeden Tag deshalb. Als ich wuchs, nähte meine Mutter unten Stoffstreifen dran. Als ich Brüste bekam, machte sie Abnäher aus anderem Material dazu. Heutzutage kann ich ein ganzes Jahr lang jeden Tag etwas anderes tragen, wenn mir danach zumute ist.«

Sie gingen durch die Küche ins Badezimmer, das zweimal so groß war wie Valeries Küche. Zu einer riesigen Badewanne führten Stufen hinunter, es gab zwei Waschbecken, und alle Installationen waren altrosa.

»In Ihr Bett würde meine ganze Familie passen«, sagte Valerie verblüfft, »und wir könnten uns alle im Bad bewegen, ohne uns zu berühren.«

»Ich habe ja nicht gesagt, dass ich *ständig* allein sein will«, sagte Connie mit einem schelmischen Zwinkern.

Valerie sah sie verdattert an und war nicht sicher, ob sie

sich verhört hatte, aber sie hätte diese kultivierte Frau niemals gefragt, ob sie sich vielleicht einen Liebhaber zulegen wollte.

Das zweite Schlafzimmer hatte Connie als Büro eingerichtet, mit Schreibtisch, Aktenschränken und Telefon. An zwei Wänden standen Regale, die vom Boden bis zur Decke reichten, voll gestellt mit Büchern. Als Valerie sie betrachtete, fiel ihr etwas auf. »Nirgendwo stehen Kisten«, sagte sie. »Sie sind gestern erst eingezogen, und alles ist schon am richtigen Ort. Wie haben Sie das geschafft?«

»Das verdanke ich Rita«, erklärte Connie lächelnd, »meiner Haushälterin. Sie ist der bestorganisierte Mensch unter der Sonne. Ohne sie wäre ich verloren. Sie war gestern den ganzen Tag hier und hat allen, auch mir, gesagt, was wir tun sollen.«

Die rothaarige Frau, dachte Valerie. Sie hatte in ihrem ganzen Leben noch nie jemanden kennen gelernt, der Hauspersonal beschäftigte.

»Rita kam zweimal die Woche zu mir und meinem Mann, zehn Jahre. Sie mag uns sehr. Jetzt arbeitet sie einen Tag in der Woche für mich und einen für meinen Exmann. Sind geschiedene Eheleute nicht zivilisiert heutzutage? Man teilt sich sogar die Haushälterin.«

Dazu wusste Valerie nichts zu sagen. Sie kannte sich nicht aus mit Scheidungen. »Sie haben viele Bücher«, sagte sie schließlich.

»Bedienen Sie sich«, sagte Connie.

»Ich hab in meiner Jugend gelesen, aber das ist lange her«, gestand Valerie. »Ich hab seit Ewigkeiten kein Buch mehr in der Hand gehabt.«

»Weshalb denn nicht?«

»Ich weiß nicht«, antwortete Valerie. »Ich hatte wohl immer zu viel zu tun.«
Connie zog ein Buch aus dem Regal und reichte es Valerie. »Es ist nie zu spät, um das zu ändern«, sagte sie.
Valerie betrachtete das Cover. *Eine Geschichte aus zwei Städten* von Charles Dickens. »Ist das nicht der Mann, der auch über Ebenezer Scrooge geschrieben hat?«, fragte sie.
»Richtig.«
Valerie hatte *Ein Weihnachtslied* nie gelesen, aber der Film hatte ihr gefallen. Sie klemmte sich das Buch unter den Arm.
Sie gingen wieder nach oben in die Küche, und Connie setzte Wasser auf. »Kaffee oder Tee?«, fragte sie.
»Kaffee, bitte, wenn es nicht zu viel Mühe macht«, antwortete Valerie.
»Gar keine Mühe.« Connie steckte einen Filter in die Kaffeemaschine, gab Kaffeepulver hinein und wandte sich dann dem Kuchen zu. »Der sieht ja großartig aus«, sagte sie, als sie ihn aufzuschneiden begann.
»Nichts Besonderes«, sagte Valerie, »nur Apfelmus.«
Connie gluckste. »Glauben Sie mir«, sagte sie, »für jemanden, der aus der Tiefkühltruhe lebt, ist das etwas ganz Besonderes.«
Valerie errötete stolz.
Connie erkundigte sich nach den Nachbarn, und Valerie berichtete, was sie wusste. »Tut mir leid, viel kann ich Ihnen nicht erzählen über die Leute«, sagte sie. »Sie bleiben ziemlich unter sich. Aber eines steht fest: Sie sollten sich für die Regenzeit ein Paar Gummistiefel zulegen, sonst machen Sie sich Ihre schönen Schuhe kaputt.«
»Uuh«, entgegnete Connie und verzog das Gesicht. »Ich

habe das Grundstück hier im Sommer gekauft. Wenn ich gewusst hätte, dass es sich sechs Monate im Jahr in ein Schlammloch verwandelt, hätte es mir wohl noch anders überlegt.«

Valerie empfahl Connie Dr. Wheeler, falls sie mal einen Arzt brauchte, und Dr. Albert Gold, falls sie auf einen Zahnarzt vor Ort Wert legte.

»Ist dieser Dr. Gold der beste Zahnarzt von Half Moon Bay?«, erkundigte sich Connie, weil ihr in der Tat demnächst eine Behandlung bevorstand. »Ich stehe nicht auf allzu gutem Fuß mit Zahnärzten.«

»Das könnte man wohl so sagen«, antwortete Valerie. »Er ist nämlich der einzige in Half Moon Bay.«

Connie grinste. »Eine einzigartige Empfehlung«, bemerkte sie.

Valerie lachte. Dieser Spruch hätte auch von ihrem Vater stammen können. »Wir haben auch ein Krankenhaus hier«, fügte sie hinzu. »Zwei meiner Kinder kamen dort zur Welt.«

»Bislang bin ich ohne Krankenhäuser ausgekommen, danke sehr«, erwiderte Connie und zog eine Grimasse. »Wie steht's mit Supermärkten? Ohne Supermärkte kann ich nicht leben.«

Valerie dachte angestrengt nach. »Na ja, ein paar Straßen weiter gibt es einen Tante-Emma-Laden, und noch einen größeren in Half Moon Bay, aber ich glaube, Sie haben sich da eher was anderes vorgestellt.«

Connie zuckte mit den Schultern. »Kann man dort Lebensmittel kaufen?«

»Natürlich«, antwortete Valerie und kicherte.

»Dann hab ich mir wohl schon so was vorgestellt.«

Sie erörterten die Einkaufsmöglichkeiten von Half Moon Bay, sprachen über das Wetter und den Strand und das Rotwild in den Bergen und zuletzt über das Büro, das Connie einrichten wollte. Bevor sie es sich versahen, hatten sie beide zwei Tassen Kaffee getrunken und drei Stück Kuchen gegessen.
»Ach, das tut mir leid«, sagte Valerie verlegen, als sie das bemerkte. »Der Kuchen sollte doch für Sie sein.«
Etwas an Valerie Marsh erinnerte Connie Gilchrist an sie selbst, wie sie vor Ewigkeiten gewesen war ... eine gewisse Naivität vielleicht und das mangelnde Bewusstsein dafür, wer sie war und über welche Fähigkeiten sie verfügte. Diese junge Frau brauchte eindeutig Unterstützung.
»Hören Sie«, sagte Connie, »wenn wir gute Nachbarinnen werden wollen, müssen wir was gegen dieses ewige Entschuldigen unternehmen. Ich kann nicht gut mit Schuldgefühlen umgehen, weder mit meinen eigenen noch mit denen anderer.«
»Entschuldigung«, sagte Valerie, ohne nachzudenken.
Connie lachte lauthals. »Sie sind aber echt gut darin.«
Valerie widersprach ihr nicht.

Eine Woche später gab Valerie Connie *Eine Geschichte aus zwei Städten* zurück. »Es war wunderbar«, sagte sie mit leuchtenden Augen. »Ich habe mich in einem anderen Land und einer anderen Zeit aufgehalten und mich in andere Menschen hineinversetzt. Und ich habe ganz viel über die Französische Revolution gelernt, was ich nicht wusste.«
»Auf mich hat das Buch auch einen starken Eindruck gemacht«, sagte Connie. »Und, meinst du, du findest jetzt öfter Zeit zum Lesen?«

Valerie lächelte. Ihre Nachbarin mochte nach außen hin etwas schroff wirken, aber Valerie spürte, dass sie ein guter Mensch war. »Wäre es in Ordnung, wenn ich mir was Neues ausleihen würde?«, fragte sie.
Connie erwiderte ihr Lächeln. »Meine Bücher sind deine Bücher«, antwortete sie.
Danach trafen die beiden sich öfter. Sie tranken Kaffee in Connies schöner Frühstücksnische, oder Valerie schaute auf dem Weg zur Arbeit kurz vorbei, um ein Buch zurückzubringen und sich ein neues auszuleihen. Einmal fuhren sie gemeinsam nach Half Moon Bay, wo Valerie Connie den Ladeninhabern dort vorstellte; danach fuhren sie zu dem Haus, das Connie für ihre Firma gekauft hatte, und überprüften, wie weit die Umbauarbeiten vorangeschritten waren.
Als Debbie sich einmal um die Kinder kümmern konnte, nahm Connie Valerie mit nach San Mateo, um Büromöbel zu kaufen. Sie fragte Valerie vor jedem Stück nach ihrer Meinung, bevor sie es anschaffte. Danach statteten sie den Kaufhäusern in Palo Alto einen Besuch ab. Valerie konnte es sich nicht leisten, dort etwas zu kaufen, aber sie sah Connie zu, wie sie ein elegantes Outfit nach dem anderen anprobierte. »Was hältst du davon?«, fragte Connie und spazierte in leuchtendem Blau vor Valerie auf und ab. Zu Anfang hatte Valerie wahllos alles gut gefunden, doch nach einer Weile fiel ihr auf, dass mancher Stil und manche Farbe besser zu Connie passten als andere.
»Das gefällt mir«, sagte sie, überrascht von sich selbst. »Kräftige Farben stehen dir besser als blasse.«
Connie lächelte begeistert. »Du lernst dazu«, sagte sie. »Und jetzt sag mir, was dir am besten steht.«

»Lieber Himmel, ich weiß nicht«, antwortete Valerie. Daraufhin zog Connie einen ganzen Kleiderständer in die Garderobe und hielt unterschiedliche Farben vor Valeries Gesicht, bis deutlich wurde, dass zu ihrer hellen Haut und ihren blonden Haaren Pastelltöne am besten aussahen.
An einem Abend Mitte Februar, als Jack Überstunden machte, erbot sich Valerie, Connie das Backen beizubringen. JJ beaufsichtigte seine jüngeren Geschwister, und Valerie marschierte über das leere Grundstück, das zwischen ihrem Haus und Connies Haus lag. »Wir fangen mit was ganz Einfachem an«, sagte sie, »mit Brownies.«
Connie erwies sich als äußerst ungeschickt beim Abmessen der Zutaten. Bald war der weiße Küchenfußboden mit braunen Flecken übersät, in Connies braunen Haaren klebte Zucker, und Valerie fischte kleine Stückchen Eierschale aus der Schüssel.
»Können wir nicht irgendeinen Fertigkuchen backen?«, fragte Connie entnervt.
»Doch, sicher«, erwiderte Valerie, »aber da musst du auch Zutaten mischen. Und schmecken tut er nicht annähernd so gut.«
An einem Dienstagmorgen Mitte März öffnete Connie ihrer Nachbarin die Tür, eine gefährlich wirkende Schere in der Hand. »Heute ist der große Tag«, verkündete sie.
Sie bugsierte die verdatterte Valerie ins Badezimmer, drückte sie auf einen Stuhl und drehte sie, damit sie in den Spiegel schauen konnte. So tapsig sich Connie mit Küchengeräten anstellte, so geschickt war sie im Umgang mit der Haarschneideschere. Im Nu lag Valeries fransiger Pferdeschwanz auf dem Boden, und ihr Haar fiel locker und weich um ihr Gesicht.

»Das sieht ja toll aus«, rief Valerie, drehte den Kopf hin und her und genoss die Bewegung ihrer Haare.
Connie betrachtete ihr Werk im Spiegel. »Ist noch nicht fertig«, sagte sie, und die gefährliche Schere begann wieder zu klappern, bis Valerie unversehens Ponyfransen in die Stirn fielen. »Na bitte, so sollte es aussehen«, verkündete Connie zufrieden. Sie legte die Schere weg und griff nach einer Dose mit Rouge. »Jetzt noch ein bisschen Farbe, und du bist bereit fürs Cover von *Vogue*.«
Valerie benutzte selten Make-up, höchstens einmal einen blassrosa Lippenstift und ein klein bisschen Wimperntusche zum Ausgehen. Connie machte sich ans Werk. Sie war über eine halbe Stunde beschäftigt, trug ein helles Rosa auf Valeries Wangen auf und einen Lidschatten, der aus Hellblau und einem Violettton bestand. »Ich habe leider nur schwarze Wimperntusche«, sagte sie und trug etwas davon auf Valeries blonde Wimpern auf. »Du solltest eigentlich braune benutzen, aber so hast du jedenfalls mal eine Ahnung, wie es aussehen soll.« Zuletzt zog sie Valeries Lippen mit einem hellrosa Lippenstift nach. »Und, was sagst du?«, fragte sie schließlich.
Valerie starrte sich verblüfft im Spiegel an und drehte den Kopf hin und her, um sich von allen Seiten zu bewundern. »Ich kann gar nicht glauben, dass ich das sein soll«, flüsterte sie. Sie war sogar ziemlich verlegen. Nicht einmal bei ihrer Hochzeit war sie so zurechtgemacht gewesen. »Aber ich werde nie lernen, das selbst zu machen.«
»Schau mal, wenn ich lernen kann, Brownies zu backen, dann lernst du auch, dich selbst zu schminken«, erwiderte Connie.
Valerie schwebte wie auf Wolken. Leo traten die Augen

aus dem Kopf, als sie im »Gray Whale« erschien. »Du siehst ja umwerfend aus«, stammelte er. »Was hast du denn mit dir angestellt?«
Lil umarmte Valerie herzlich. »Schau nur, wie hübsch du bist«, murmelte sie.
Und einige Stammgäste lächelten Valerie schüchtern an und gaben ein besonders großes Trinkgeld.
JJ strahlte, als sie zu Hause durch die Tür kam. »Wow, Mam, was ist denn mit dir passiert?«, fragte er.
»Die Haare sind sehr hübsch so, Mama«, sagte Rosemary.
»Ich kann mich nicht erinnern, dass du dich schon mal angemalt hast«, meinte Ellen ernsthaft.
»Warum hast du dich angemalt?«, wollte Priscilla wissen.
»Du siehst gar nicht aus wie meine Mama«, jammerte Ricky und begann zu hicksen.
Jack, der schon um acht Uhr nach Hause kam, weil Gina Kahulanis Flug von Honolulu gestrichen worden war, bemerkte keine Veränderung an seiner Frau.

Ende März hörten die schweren Regenfälle auf. Die Sonne schien, und die schlammige Erde wurde wieder trocken. Valerie fasste einen Frühjahrsputz in Auge, um den muffigen Geruch aus dem Haus zu vertreiben, der sich während der Regenzeit immer einstellte. Jack fasste eine Versetzung nach Honolulu ins Auge, damit er fünf Abende in der Woche mit Gina Kahulani verbringen konnte und nicht nur zwei.
Seit Korea war er keiner Frau wie ihr begegnet. Sie verfügte über Begabungen, wie er sie nur von Asiatinnen kannte. Keine amerikanische Frau – und er hatte über die Jahre mit etlichen geschlafen – hatte ihm jemals solche

Lust verschafft. Zu Beginn der Liaison waren sie immer alle willig gewesen, ihm zu gefallen, doch er hatte bald gemerkt, dass sie sich mit Liebeskunst nicht auskannten. Außerdem hatte er sich gelangweilt, wenn sie nach kurzer Zeit mehr auf ihre eigene Befriedigung achteten als auf seine. Diese Beziehungen waren deshalb nur von kurzer Dauer.

Mit Gina war alles anders. Sie wurde im Laufe der Zeit immer leidenschaftlicher und ersann ständig neue Methoden, ihn zur Ekstase zu treiben und seinen Höhepunkt so lange hinauszuzögern, bis er schon zu schluchzen begann.

»Gott, bist du gut«, sagte er ihr.

»Ich stamme von einer langen Reihe von Hedonisten ab«, sagte sie dann.

Jack hatte keine Ahnung, was das bedeutete, aber er konnte nicht genug bekommen von Gina.

Honolulu sollte leichter erreichbar werden, und Federal Airlines wollte diverse Routen in den Pazifikraum und den Fernen Osten anlegen, die den Flugverkehr nach Hawaii in den nächsten Jahren verdreifachen würden. Das Unternehmen würde erfahrene Leute auf die Inseln schicken müssen, und Jack war sicher, dass er gute Karten hätte, dabei zu sein, wenn er um Versetzung bat.

Valerie würde natürlich einen Anfall kriegen, daran zweifelte er keine Minute. Kalifornien war für sie schon zu weit entfernt von ihrer Familie. Aber den Kindern würde es dort bestimmt gefallen, mit dem Sand und dem Meer und der Tropensonne. Und wahrscheinlich würde sich auch Valerie im Laufe der Zeit daran gewöhnen und sich vielleicht sogar dort wohl fühlen.

Er liebte seine Frau schließlich und wollte sie glücklich

sehen, solange das seinen eigenen Wünschen nicht im Weg stand. Und was er sich wünschte, war mehr Zeit mit Gina Kahulani.
Der Plan war perfekt. Frau und Familie würde er in einem Bungalow am Strand unterbringen, und seine laszive polynesische Geliebte würde ihn nach der Arbeit in ihrem eleganten Apartment mit Aussicht auf Diamond Head erwarten, von dem sie ihm so viel erzählt hatte.
»Ich habe nachgedacht«, sagte er an einem Mittwochabend in Ginas Hotelzimmer, als sie eine Pause einlegten und sich über einen Berg Hühnerschenkel hermachten, »wie toll das wäre, wenn wir zusammen in Honolulu sein könnten, nicht hier.«
»Sicher, Schatz«, sagte Gina und kaute genüsslich ein knuspriges Hühnerbein.
»Nein, ganz im Ernst«, sagte Jack, legte das Stück Huhn beiseite und rollte sich auf dem Bett zu ihr.
»Du meinst, deine Frau wäre so verrückt, dich allein nach Honolulu reisen zu lassen?«
»Ich rede nicht von Urlaub«, sagte Jack, »sondern von einer Versetzung.«
Ginas Hühnerbein fiel ihr aus der Hand und hinterließ einen Fettfleck auf der Bettwäsche, und die verführerischen polynesischen Augen sahen einen Moment sehr groß aus, dann aber wieder so verführerisch wie immer. »Guter Scherz, und ich bin wahrhaftig darauf hereingefallen.«
»Ich meine das nicht als Scherz«, erwiderte Jack, »mir ist es absolut ernst damit. Dann hätten wir an fünf Abenden die Woche Zeit füreinander und nicht nur an zwei.«
»Mir gefällt es so, wie es ist«, sagte Gina. Ihre Stimme klang sanft, und Jack entging der leicht angespannte Unterton.

»Ich bin mit zwei Abenden die Woche zufrieden. Du etwa nicht?«

Jack, träge an die Kissen gelehnt, überhörte die unterschwellige Warnung. »Ja, klar, Süße, zwei Abende sind fein, aber fünf wären grandios.«

»Gewiss«, erwiderte sie im selben sanften Tonfall, »aber dazu wird es nicht kommen.«

»Warum nicht? Ich bin lange genug bei der Firma. Sie würden mich bestimmt versetzen.«

Gina hatte sich an das Kopfbrett des Betts gelehnt. Jetzt zog sie die Knie an, schuf Distanz zwischen ihnen. »Jack, es ist nett, dich hier in Frisco zu treffen, aber zu Hause habe ich Besseres zu tun.«

Jack grinste. »Anderes vielleicht, aber nicht besser.«

»Besser«, wiederholte Gina.

Jack runzelte die Stirn. Er war nie auf die Idee gekommen, dass sie auf den Inseln jemanden hatte. Er hatte einfach angenommen, dass sie nur ihm zur Verfügung stand. »Hey, ich hab nichts dagegen, eine Weile zu teilen«, sagte er und sagte sich, dass dieser Zustand bestimmt nicht lange anhalten würde.

»Du verstehst nicht richtig«, erwiderte Gina.

»Was verstehe ich nicht?«

»Du bist jemand, mit dem ich meine Aufenthalte hier verbringe, mehr nicht.«

»Aber das versuche ich dir doch gerade zu sagen«, insistierte Jack. »Das kann sich jetzt alles ändern.«

»Du kapierst es einfach nicht, wie?«

»Was?«

Gina seufzte. »Ich will dich in Hawaii nicht sehen.«

»Aber ...«

Sie stieg aus dem Bett. »Und genau genommen«, erklärte sie, »habe ich gerade beschlossen, dass ich dich auch hier nicht mehr sehen möchte.«
Jack lächelte ungläubig. »Du willst doch damit nicht sagen, dass du mir den Laufpass gibst, wie?«, sagte er in scherzhaftem Tonfall.
»Doch, genau das«, lautete die Antwort.
Das Lächeln auf Jacks Gesicht erstarb. Plötzlich war er sich nicht mehr sicher, was hier gespielt wurde. Frauen machten nicht Schluss mit ihm. Er war es, der gelangweilt oder angeödet war und mit *ihnen* Schluss machte.
»Du meinst das nicht ernst, oder?«, fragte er angespannt.
»Doch, Jack. Wir hatten eine prima Zeit, aber die ist jetzt zu Ende.«
»Warum? Warum denn nur?«
Sie seufzte. »Weil ich in meinem Leben keine Schwierigkeiten gebrauchen kann.«
»Und das bin für dich, nichts als eine Schwierigkeit?« Sein Herz raste, und er spürte, dass sein Gesicht rot anlief.
»Du warst keine Schwierigkeit, sondern ein Zeitvertreib.«
»Das kann ich einfach nicht glauben. Wir waren doch so fantastisch zusammen.«
Gina sah ihn unumwunden an. »Ich war fantastisch«, erwiderte sie gleichmütig. »Du warst lediglich ... okay.«
»Was soll das heißen?« Er schrie jetzt beinahe.
»Es heißt, dass ich unter Sex noch was anderes verstehe als eine Zunge in einem Loch und einen Schwanz im anderen.«
Er sehnte sich danach, sie zu schlagen, um diesen verachtungsvollen Gesichtsausdruck verschwinden zu lassen, ihr die Zunge herauszureißen. Doch das brachte er nicht fer-

tig. Er begehrte sie zu sehr. »Und der Typ in Honolulu?«, fragte er dumpf. »Ist der so ein Star?«
Sie lächelte, und ihr Blick ging in die Ferne. »Er spielt auf mir wie auf einer Geige«, sagte sie schwärmerisch, »einer Stradivari.«
Jack konnte es nicht ertragen. »Bitte«, flehte er, »wirf mich nicht raus. Ich brauche dich.« Er konnte selbst kaum glauben, was er da sagte. »Gib mir noch eine Chance. Ich komme nicht nach Hawaii, ich verspreche es dir. Ich bleibe hier, und wir machen weiter wie bisher. Nein, noch besser. Sag mir einfach, was du möchtest, und ich tue es. Was immer du willst.«
»Geh nach Hause zu deiner Frau«, sagte Gina ruhig. »Sieh zu, dass du mit ihr zurechtkommst.«
Wie benommen fuhr Jack nach Hause und geriet dabei auf der Bergstraße zweimal auf die falsche Straßenseite. Er hatte Glück, dass um diese Uhrzeit nicht viele Leute unterwegs waren und er von keinem Streifenwagen gesichtet wurde. Das Radio stellte er auf einen Rock-and-Roll-Sender ein und drehte auf volle Lautstärke. Er wollte nicht an diese letzte Viertelstunde mit Gina denken. Angefleht hatte er sie und sogar geweint, hatte sich komplett erniedrigt. Doch es war alles vergebens gewesen. Sie stand mit verschränkten Armen da wie eine Statue. Schließlich blieb ihm nichts anderes übrig, als sich gedemütigt seine Kleider überzuziehen und hinauszustolpern. Er wusste nicht einmal mehr, wie er zu seinem Wagen gefunden hatte, geschweige denn, wie er es geschafft hatte, auf die Autobahn zu kommen.
Er verfluchte seine Idee mit Hawaii. Wäre er nicht so gierig gewesen, hätte er nicht versucht, ein größeres Stück

vom Paradies zu ergattern, würde er sich immer noch in ihrem Bett wälzen, aufs Höchste erregt, und wäre nicht unterwegs zu seiner abgetakelten Frau. Als er an Valerie und an Gina dachte, stöhnte er vor Qual laut auf.
Es war erst elf Uhr, als er auf der Zufahrt vor seinem Haus hielt. Im Haus war es dunkel, als er aufschloss; nur im Flur brannte die kleine Lampe, die Valerie immer für ihn einschaltete. Er stapfte in die Küche und holte den Bourbon aus dem Schrank. Dann setzte er sich an den Tisch und trank die halbe Flasche aus, ohne sich ein Glas zu holen. Er spürte, wie die Wärme sich in ihm ausbreitete, und nach einem Weilchen wurde er ruhig, war wieder Herr seiner selbst und spürte seine Erschöpfung. Schwerfällig stolperte er die Treppe hinauf. Er wollte nur noch in einen tiefen Schlaf sinken, der ihm Vergessen brachte.
Valerie war kaum auszumachen unter ihrer Decke. Sie wachte nicht auf, als er sich auszog und ins Bett stieg. Er schlüpfte unter die Decke, schloss die Augen und wartete auf den gnädigen Schlaf. Doch er wollte sich nicht einstellen, und stattdessen sah er Gina, nackt und verheißungsvoll, wie sie verführerisch vor ihm tanzte und ihn erregte. Jack schlug die Augen auf und versuchte, etwas Konkretes im Zimmer zu erkennen, den Stuhl, die Kommode, die Brokatvorhänge an den Fenstern. Doch es war sinnlos. Die polynesische Schönheit wollte nicht verschwinden, sie hockte am Fußende des Bettes, verlockend, und in ihren Mandelaugen lag der blanke Hohn.
»Lass das!«, raunte Jack heiser. Er ballte die Fäuste und biss die Zähne aufeinander, und sein ganzer Körper begann zu zittern. Ginas kehliges Lachen klang ihm in den Ohren. Er konnte es nicht ertragen. Er griff nach ihr, zog sie an den

Haaren zu sich her, wobei er sich wunderte, dass ihr dickes Haar sich plötzlich so seidig anfühlte. Dann zwang er ihre Beine auseinander und drang in sie ein.
Valerie war im Halbschlaf, als er über sie herfiel. Sie hatte keine Ahnung, was geschah, und schrie. Jack hielt ihr den Mund zu, erstickte die Laute. Als sie um Luft rang, nahm er die Hand weg. Als sie flehte, dass er aufhören solle, schlug er ihr ins Gesicht.
»O ja«, knurrte er, »jetzt bettelst du, nicht wahr, du Schlampe? Wollen wir doch mal sehen, wie es *dir* gefällt!« Seine Hand schloss sich um ihren Hals, und er stieß so hart in sie, wie es ging.
Je mehr sie sich wand, desto brutaler wurde er. »Du Fotze!«, schrie er. »Du Hure!« Wieder und wieder, ohne Unterlass.

Valerie fühlte sich außerstande, sich zu rühren. Jack lag laut schnarchend auf ihr. Ihr Unterleib fühlte sich taub an. Ihre linke Gesichtshälfte schmerzte, und ihre Nase schien geschwollen zu sein. Ihr Hals war wund. Graues Morgenlicht sickerte durch die Vorhänge. Sie schaute vielleicht zum hundertsten Mal auf die Uhr, die auf dem Nachttisch stand. Es war schon nach halb sieben. Sie wusste, dass sie aufstehen musste, das Frühstück und die Lunchpakete für die Kinder machen und sie zur Schule schicken. Jack musste auch aufstehen. Um acht Uhr musste er am Flughafen sein.
Doch Valerie hatte keine Kraft mehr, um Jack von sich herunterzuwälzen. Sie lag unter ihm und starrte an die Decke, versuchte, wie schon die ganze Nacht, zu begreifen, was geschehen war. Aber sie fand einfach keine Erklärung dafür. Das Wort, das ihr immer wieder in den Sinn kam, war

Vergewaltigung, doch das war absurd. Ein Ehemann konnte seine Frau nicht vergewaltigen. Er machte nur Gebrauch von seinen ehelichen Rechten. Doch so hatte Jack sich noch nie benommen. Als versuche er vorsätzlich, ihr wehzutun, indem er sie schlug und würgte und ihr all diese schrecklichen Schimpfwörter an den Kopf warf.
Er roch nach Alkohol, hatte also bestimmt etwas getrunken, aber er hatte keinen Vollrausch. Er hatte sich eher verhalten, als sei er ... das einzige Wort, das ihr einfiel, war ... *verrückt*. Aber das war natürlich ausgeschlossen, denn sie konnte keinesfalls die letzten zwölf Jahre ihres Lebens mit einem Geistesgestörten zugebracht haben.
Sonst hatte er sie immer geschlagen, wenn sie ihn irgendwie provoziert hatte oder seinen Zorn heraufbeschwor, indem sie sich respektlos verhielt. Noch nie war es vorgekommen, dass er sie unvermittelt und grundlos schlug.
Sie sah auf die Uhr. Es war zehn vor sieben. Die Kinder waren bestimmt schon wach und warteten auf sie. Jack schlief fest. Normalerweise hätte sie seinen Namen gesagt und ihn sachte wachgerüttelt. Doch an diesem Tag fühlte sie sich dazu außerstande.
Valerie hielt den Atem an, zog behutsam einen Zipfel der Decke zu sich heran und hielt ihn vorsichtig an Jacks Nase. Er schnarchte und schüttelte den Kopf. Sie wartete ab. Schließlich rollte er von ihr herunter, ohne die Augen zu öffnen.
Valerie atmete wieder und stand rasch auf. Sie zog einen Morgenmantel über und war schon damit beschäftigt, die Lunchboxen zu füllen, als JJ herunterkam.
Er blieb in der Küchentür stehen und starrte sie an.
»Hallo, Schatz«, flötete Valerie, »bin ein bisschen spät dran

heute Morgen. Habe verschlafen. Zum Frühstück gibt's heute nur Cornflakes. Hoffe, das macht dir nichts aus.«
Die Reaktion blieb aus. Als Valerie aufschaute und den Gesichtsausdruck ihres Sohnes sah, wusste sie sofort, was los war. Sie hatte kein Licht gemacht im Badezimmer, als sie aufstand, und sich nicht die Zähne geputzt und nicht in den Spiegel gesehen. Als sie JJs Blick bemerkte, wurde ihr klar, was für einen Eindruck sie machte.
»Es ist nichts«, murmelte sie, »komm frühstücken.«
Sie lief rasch nach oben ins Badezimmer. Erleichtert sah sie, dass Jack noch schlief. Sie ging ins Badezimmer und zog die Tür leise hinter sich zu. Als sie Licht einschaltete und in den Spiegel sah, keuchte sie vor Schreck. Auf ihrer Schläfe zeichnete sich ein Bluterguss ab, ihre Nase war doppelt so groß wie gewöhnlich, getrocknetes Blut klebte im Mundwinkel, und ihr Hals war durch rote Druckspuren verunstaltet. Valerie benutzte ein Make-up von Connie für Gesicht und Hals und trug etwas Rouge auf die Wangen auf. Dann zog sie einen Rollkragenpullover über ihr Nachthemd.
Als sie in die Küche zurückkam, saßen die anderen Kinder am Tisch und starrten vor sich hin. Sie aßen hastig, ohne wie sonst zu plaudern. Ricky löffelte Cheerios und hickste immer wieder. Valerie wusste, was die Kinder empfanden. An solchen Tagen war es besser, wenn man so schnell wie möglich in die Schule kam.
Sie reichte jedem Kind mit einem Lächeln seine Lunchbox und umarmte sie alle zum Abschied. Als sie losliefen, blieb sie in der Tür stehen und sah ihnen nach.
Ellen hatte den Arm um Priscilla gelegt. Rosemary ging allein. JJ hielt Ricky an der Hand. Als sie zur Ecke kamen

und auf die Del Oro einbogen, schloss Valerie die Tür und ging nach oben, um Jack zu wecken.

»Wieso, zum Teufel, hast du mich nicht früher geweckt?«, raunzte er, als er die Uhrzeit sah. »Es ist schon halb acht. Dank dir komme ich zu spät zur Arbeit.«

»Ich habe es versucht«, antwortete Valerie, »aber du bist nicht aufgewacht.«

»Ach, weg da«, knurrte er und lief ins Badezimmer.

Valerie verzog sich in die Kinderzimmer, machte Betten und räumte auf, bis sie hörte, wie Jack die Haustür hinter sich zuknallte und kurz darauf röhrend die Delgada entlangraste. Dann überkam sie plötzlich ein Zittern. Sie verstand nicht, was letzte Nacht geschehen war und weshalb Jack sich heute Morgen nicht reuevoll benahm, wie es sonst immer der Fall war nach einem seiner Anfälle. Doch sie spürte, dass sich etwas verändert hatte und dass nicht sie der Auslöser von Jacks Wut gewesen war, sondern irgendetwas anderes.

Valerie wünschte sich inständig, mit jemandem sprechen zu können, der ihr erklären konnte, wie man eine bessere Ehefrau wurde. Sie hatte versucht, mit ihrem Priester zu reden, aber Pater Bernardo hatte nur die Hände gefaltet und zum Himmel aufgeblickt.

»Gott prüft jeden von uns auf seine Art«, hatte er gesagt, »und wenn du dich seiner Liebe würdig erweisen willst, mein Kind, musst du dich mehr bemühen, eine gute Ehefrau zu sein.«

Sie sprach das Thema nie wieder an.

Gerne hätte sie Connie danach gefragt, was man tun konnte, um eine bessere Ehefrau zu werden. Connie war so klug und kultiviert, und sie würde das bestimmt wissen, obwohl

sie geschieden war. Doch natürlich kam es nicht in Frage, Connie zu erzählen, was bei ihr zu Hause vorging. Sie konnte es niemandem anvertrauen.
Doch an dem gestrigen Abend war etwas anders gewesen, und Valerie wusste, dass sie begreifen musste, was. Denn wenn Jack so über sie herfallen konnte, ohne dass sie auch nur das Geringste getan hatte, wusste sie nicht mehr, wohin das noch führen konnte.

Zum ersten Mal nach einem seiner Anfälle kam Jack an diesem Abend ohne Geschenk nach Hause, und er verlor auch kein Wort über sein Verhalten. Doch er wirkte nicht mehr wütend, nur verschlossen.
Die Kinder waren verwirrt. Nach solchen Vorkommnissen war ihr Vater gewöhnlich sehr fröhlich, und sie verstanden nicht, weshalb es diesmal nicht so war. Stumm nahmen sie ihr Abendessen zu sich und verdrückten sich, so rasch es ging.
Valerie achtete auf die üblichen Anzeichen, doch diesmal war alles anders. Jack aß ziemlich wortlos zu Abend, setzte sich eine Weile hinters Haus und ging früh zu Bett. Valerie besserte ein paar Sachen aus, denn sie legte keinen Wert darauf, ihm Gesellschaft zu leisten, weshalb sie nicht mitbekam, dass er sich in den Schlaf weinte.
Seine sonderbare Stimmung hielt auch in der nächsten Woche an. Am schlimmsten erging es ihm am Dienstag, als er wusste, dass Gina in der Stadt war. Er blieb bis acht in der Arbeit und ging dann zu dem Flugsteig, an dem sie ankommen würde. Als sie herauskam, versteckte er sich hinter einer Säule. Sie trug ihre braune Uniform, die seinem Blick nichts verbergen konnte, und scherzte mit dem

Kopiloten, stieß dieses kehlige erotische Lachen aus, das Jack so gut kannte. Er litt furchtbar. Er folgte den beiden heimlich durchs Terminal und stellte fest, dass Gina allein in den Bus stieg, aber das tröstete ihn wenig. Er wusste, dass Gina Kahulani nicht lange allein sein würde.

Sein Körper sehnte sich so entsetzlich nach ihr, dass er unwillkürlich laut aufstöhnte und einige Leute sich nach ihm umdrehten. Hastig verzog er sich in eine Toilette, schloss sich in eine Kabine ein und verfluchte sich für seine Schwäche. Er fühlte sich erbärmlich, weil sie ihn zu so einem Waschlappen gemacht hatte. Diese Frau war es nicht wert, dass er sich so erniedrigte, und es gab zu viele Fische im Meer, um einem nachzuweinen, der entkommen war. Die kleine Blondine mit dem reizenden texanischen Akzent, die bei der Gepäckabfertigung arbeitete, warf ihm zum Beispiel schon eine ganze Weile eindeutige Blicke zu.

Jack verließ das Flughafengebäude und ging über den Parkplatz zu dem Pontiac, den er inzwischen fuhr. Auf der Autobahn drückte er das Gaspedal durch. Sollen mich doch die Bullen erwischen, dachte er. Er hatte den Pontiac eigenhändig getuned und wusste, wie schnell er werden konnte. Sollte man ihn doch anhalten und ihm einem Strafzettel verpassen, er hatte nichts Besseres verdient.

Doch an diesem Abend legte die Polizei wohl keinen Wert darauf, jemanden zu bestrafen, denn er wurde nicht verfolgt. Als Jack auf die Route 92 Richtung Half Moon Bay einbog, hielt er sich wieder an die Geschwindigkeitsbeschränkung, und als er zu Hause ankam, hatte er sich einigermaßen beruhigt.

»Nächste Woche hat Ricky Geburtstag«, brachte Valerie vorsichtig vor, als sie zu Bett gingen. »Wenn du nicht län-

ger arbeiten musst, könnten wir vielleicht eine kleine Feier für ihn machen.«
»Ich muss nicht länger arbeiten«, erwiderte Jack, hoch erfreut darüber, dass es wenigstens noch einen Menschen auf der Welt gab, der von ihm abhängig war.
Valerie lud spontan Connie zu dem Fest ein. »Ich fürchte, wir machen ein ziemlich hemmungsloses Aufhebens von Geburtstagen«, sagte sie. »Vor allem dürfen sich die Kinder aussuchen, was sie zu Abend essen wollen. Manchmal kommt dabei etwas Vernünftiges heraus, und manchmal nicht. Dieses Jahr hat Ricky sich Spaghetti und Hot Dogs gewünscht.«
»Zwei Lieblingsspeisen von mir«, sagte Connie diplomatisch, obwohl sie noch nie beides zusammen gegessen hatte. »Ich freu mich darauf.«
Von den Halgrens in Seattle abgesehen, lud Valerie zum ersten Mal Gäste zu ihnen nach Hause ein.

Am Nachmittag von Rickys Geburtstag wurde Martin Luther King in Memphis, Tennessee, erschossen. Weinend kam Ricky vom Kindergarten nach Hause gelaufen. »Martin Lukerting ist heute totgegangen«, schluchzte er.
»Ich weiß, Schätzchen, ich weiß«, sagte Valerie beruhigend. »Er war ein guter Mann, und er wird der Welt fehlen.«
»Alle haben gesagt, sie wollen nicht Geburtstag feiern an so einem Tag«, schluchzte Ricky.
Valerie nahm den Jungen in den Arm und tröstete ihn und versicherte ihm, dass Martin Luther King ein großartiger Mann war, der ganz und gar nichts dagegen hätte, wenn ein Junge wie Ricky an diesem Tag geboren war.

»Und keiner wollte meine Muffins essen«, weinte Ricky. »Und Miss Hesperia hat gesagt, ein Fest wäre un-un-un-unpassend.«
Valerie hatte für die Geburtstagsfeier im Kindergarten Schokoladenmuffins gebacken.
»Das macht doch nichts«, sagte sie und trocknete Rickys Tränen. »Die richtige Party findet doch erst heute Abend statt, nicht wahr?«
Das tröstete Ricky ein wenig. »Krieg ich dann auch meinen roten Laster?«
Valerie lächelte. »Nun, wir werden ja sehen.« Sie nahm ihn an der Hand und ging mit ihm die Küche, um ihm etwas zu essen zu machen.
Die Geburtstagsfeier wurde sehr schön. Valerie hatte für diesen besonderen Anlass das Esszimmer mit bunten Girlanden und Ballons dekoriert. Ricky fühlte sich äußerst wichtig als Geburtstagskind und durfte auf den Schultern seines Vaters zu seinem Ehrenplatz am Kopfende des Tisches reiten. Über den vielen Geschenken vergaß er seinen Kummer.
Von seinen Eltern bekam er den roten Mülllaster mit all den Einzelteilen, den er sich gewünscht hatte, und Valerie hatte Mühe, ihn davon abzuhalten, sofort damit zum Sandkasten zu laufen. Er war auch zu aufgeregt, viel von seinen Spaghetti und den Hot Dogs zu essen, schaffte es aber wenigstens, zwei Stücke von seinem Schokoladen-Geburtstagskuchen zu verspeisen. Natürlich erst, nachdem er sich etwas gewünscht und mit etwas Unterstützung von JJ alle Kerzen ausgepustet hatte.
»Ich bin doch erst sechs«, fragte er verwundert, »wieso hab ich dann sieben Kerzen ausgepustet?«

»Die siebte war zum Reinwachsen«, antwortete Valerie.
»Oh, gut«, sagte Ricky. »Ich hab mir nämlich gewünscht, dass ich schon bald so groß bin wie JJ.«
»Man darf doch nicht sagen, was man sich gewünscht hat«, raunte ihm JJ zu, »sonst geht es nicht in Erfüllung.«
Ricky sah völlig niedergeschmettert aus.
»Macht nichts«, sagte Valerie schnell, »Gott wird dich erhören.« Sie lächelte ihn liebevoll an.
Dr. Wheeler und diverse Spezialisten vom Stanford University Hospital hatten ihr gesagt, dass Ricky keine volle Körpergröße erreichen würde, weil er zu früh geboren war. Damals war Valerie überglücklich gewesen, dass er am Leben blieb, und hatte die Äußerungen nicht weiter beachtet. Jetzt überragten ihn all seine Geschwister, im Kindergarten war er der Kleinste, und Jack nannte ihn unentwegt »Zwerg«. Ricky war erst sechs Jahre alt, aber er nahm sich dieses Thema schon zu Herzen. Valerie hätte alles darum gegeben, wenn sie ihn im Schlaf hätte ein wenig größer zaubern können.
»Keine Sorge, Zwerg«, sagte Jack leichthin, und Valerie zuckte zusammen, »iss immer schön deine Vitamine, und eines Tages nimmst du es mit den Besten auf, glaube mir.« Ricky strahlte. Und sein Vater blickte zu Connie Gilchrist hinüber und zwinkerte.
Connie, die ihm gegenüber am Tischende saß, war verblüfft über diese Geste, die sie nur als Flirtversuch auslegen konnte. Sie war Jack ein paar Mal begegnet, seit sie in ihr neues Haus gezogen war, aber nur im Vorübergehen. Jetzt, da sie ihn aus der Nähe betrachten konnte, fand sie ihn attraktiv und charmant, aber zu selbstbezogen für ihren Geschmack. Am meisten faszinierte sie jedoch die

Tatsache, dass er sie den ganzen Abend lang mit Lächeln, kleinen Gesten und scheinbar zufälligen Berührungen zu umgarnen versuchte. Und zwar keineswegs unauffällig. Er flirtete mit ihr in Anwesenheit seiner Frau, so als sei sie gar nicht vorhanden.
Jack fühlte sich äußerst unbehaglich. Noch nie hatte er sich in Anwesenheit einer Frau so unwohl gefühlt. Er hatte sein ganzes Arsenal aufgefahren, um diese Connie Gilchrist zu beeindrucken, hatte sein entwaffnendstes Lächeln aufgesetzt, seinen Charme spielen lassen und witzige Bemerkungen gemacht. Doch sie zeigte keineswegs die Reaktion, die er von anderen Frauen gewohnt war. Ihre grauen Augen blieben uninteressiert. Es kam ihm beinahe vor, als könne sie direkt in seine Seele schauen, und er fühlte sich entblößt.
Er wusste, dass seine Frau diese Person anbetete. Seit einer Ewigkeit, wie ihm schien – obwohl es sich tatsächlich nur um drei Monate handelte –, hörte er nur Connie dies und Connie das, als sei sie einer verfluchten Göttin begegnet oder etwas Ähnlichem.
Connie hatte Valerie eine neue Frisur gemacht. Connie hatte ihr beigebracht, wie man sich schminkt. Connie ermunterte sie, mehr auf ihr Äußeres zu achten. Connie zeigte ihr, wie sie ihre Garderobe besser nutzen konnte, was das auch immer heißen mochte. Connie forderte sie dazu auf, ihren Geist wach zu halten. Connie hatte sie wieder zum Lesen gebracht. Als sei seine Frau irgendein verdammtes Projekt. Jack fragte sich beklommen, worüber die beiden wohl noch redeten, außer über Kleider und Bücher. Er fragte sich, wie viel Connie über ihn wusste.
Als hätte sie seine Gedanken gelesen, schaute Connie in

diesem Moment auf und musterte ihn mit diesen kühlen grauen Augen.
Jack ließ sich ein drittes Stück Geburtstagskuchen geben. Erstaunt und erfreut legte Valerie ihm noch ein Stück auf den Teller. Von einem gelegentlichen Eis abgesehen, lag Jack nicht viel an Süßem, und Valerie bildete sich nicht ein, dass es etwas mit ihren Backkünsten zu tun hatte. Sie buk diesen Schokoladenkuchen jedes Mal, wenn eines der Kinder Geburtstag hatte; nur Ellen wünschte sich immer einen weißen Kuchen. Valerie fragte sich, ob Jacks Verhalten wohl etwas mit Connies Anwesenheit zu tun hatte. Ihr fiel unweigerlich auf, wie aufmerksam er Connie gegenüber war.
Jack fand den Kuchen grässlich süß, und ihm wurde fast übel davon, aber er aß ihn dennoch. Er wollte sich beschäftigen, damit er Connie Gilchrist nicht ansehen musste. Nicht, dass sie kein erfreulicher Anblick gewesen wäre. Sie war scharf, das stand außer Zweifel, und er ließ sich von ihrer abweisenden Art nicht täuschen. Er wusste, dass in ihr eine Glut war, die man nur entfachen musste, doch seine Bemühungen waren vergeblich.
Es gab wenige Frauen, die Jack nicht haben konnte, und er war sicher, dass diese hier keine Ausnahme war. Doch während er schamlos mit ihr flirtete, sagte er sich, dass sie zu eingenommen von ihrer Intelligenz und Unabhängigkeit war, anstatt zu wissen, wo sie hingehörte ... in sein Bett nämlich, wenn sie sich nicht gar zu dumm anstellte. Und weshalb auch nicht? Er hatte zurzeit niemanden an der Hand.
Aber sie weigerte sich, auf irgendetwas einzusteigen, und ihre Gleichgültigkeit veranlasste ihn nur dazu, sich noch

mehr ins Zeug zu legen, mehr als je zuvor. Allmählich fiel ihm aber nichts mehr ein. Er rieb wie aus Versehen sein Bein an ihrem. Keine Reaktion. Als er es noch einmal probierte, passierte wieder nichts. Doch beim dritten Mal kam eine Antwort. Während Connie in aller Seelenruhe ein Stück Kuchen zum Mund führte, bohrte sie ihm ihren Absatz in den Fuß. Er zog hastig sein Bein weg und versuchte angestrengt, kein schmerzverzerrtes Gesicht zu machen.

Natürlich war Valerie daran schuld. Wenn sie die Frau ans andere Tischende gesetzt hätte und nicht förmlich auf seinen Schoß, wäre es nicht zu dieser Situation gekommen. Connie Gilchrist hätte ihn nicht abblitzen lassen, und er hätte sich keine Sorgen machen müssen, dass sie sein Unbehagen, seine Scham ... womöglich seine Erektion bemerkte, gegen die er nichts unternehmen konnte.

Connie aß den letzten Bissen Kuchen und stellte fest, dass ihr die Serviette vom Schoß gefallen war. Sie bückte sich, um sie aufzuheben, und blickte in Jacks schreckgeweitete Augen, als sie wieder hochkam. Er schaute sofort weg, doch seine Verlegenheit war ihr nicht entgangen.

Im nächsten Moment stand er wortlos auf und lief hinaus.

4

Jack lehnte sich ans Ende der Theke an der Gepäckausgabe. Er wartete auf Marcy. Die grünäugige Blondine aus Texas war noch mit einem Kunden befasst, einem kahlköpfigen Knaben in einem grellbunten Hawaii-Hemd, dessen Gepäck in San Antonio statt in San Francisco gelandet war. Als der Mann hereinkam, hatte er sich lauthals beklagt, doch inzwischen säuselte er nur noch, denn Marcy hatte sich gelegentlich etwas weiter vorgebeugt als nötig, um ein Formular zu suchen, und ihn immer wieder liebreizend angelächelt.
Sie war ein Profi, dachte sich Jack und grinste in sich hinein. Purer Honig. Gott, was für ein mieser Job, sich den lieben langen Tag mit übellaunigen Idioten wie diesem herumzuschlagen. Er sah zu, wie sie dem Glatzkopf dabei behilflich war, die Formulare auszufüllen, wobei sie sich über den Tresen beugte und ihre Brüste scheinbar zufällig seinen Arm streiften. Sehr wohlgeformte große Brüste. Dem Kahlkopf traten fast die Augen aus dem Schädel. Und in seiner Hose bewegte sich auch etwas. Jack hätte beinahe gejohlt.
»Danke schön, Mr. Hilliard«, sagte Marcy zuckersüß, als die Papiere ausgefüllt waren. »Morgen Nachmittag haben

Sie Ihr Gepäck wieder. Ich möchte mich noch einmal für diese Ungelegenheit entschuldigen. Ich weiß, wie unangenehm es ist, wenn man nicht bei sich hat, was man braucht.« Es gelang ihr, gleichzeitig zu lächeln und ein Schmollmündchen zu machen.
»Sagen Sie nichts mehr, junge Dame«, erwiderte der Kahlkopf atemlos. »Sie haben mich auf ganzer Linie entschädigt. Ich hätte nichts dagegen, mein Gepäck noch einmal zu verlieren, wenn ich dann Ihnen davon berichten dürfte.«
Mit einem besonders hübschen Augenaufschlag antwortete Marcy: »Das ist aber wirklich sehr nett von Ihnen, Mr. Hilliard.«
»Wissen Sie, ich könnte noch viel netter sein«, sagte der Kahlkopf nun eifrig. »Möchten Sie nicht vielleicht, ähm, mit mir zu Abend essen?«
»Ich glaube, da müsste ich erst mal den Burschen da drüben fragen«, antwortete Marcy und wies auf Jack.
Der machte den Mund auf und schloss ihn wieder. Er hatte nicht die Absicht, ihr Spielchen mitzumachen. Sie hatten ja noch gar nichts miteinander. Aber Marcy schien seine Unterstützung nicht zu benötigen. Nach einem kurzen Blick auf Jack zog der Kahlkopf hastig den Rückzug an.
»Tut mir leid, dass es nicht schneller ging«, sagte Marcy und warf einen Blick auf ihre Uhr. Es war beinahe sieben. »Und danke, dass Sie hier geblieben sind. Manchmal sind diese Typen etwas schwierig, da ist es immer nett, wenn man Unterstützung hat.«
»Ich finde, Sie haben das gut hingekriegt«, erwiderte Jack bewundernd. »Mir scheint, Sie kommen spielend mit allem zurecht.«

»Na ja«, sagte Marcy und warf ihr Haar in den Nacken, »wollen wir das mal ausprobieren?«
»Wie wär's mit Abendessen?«, fragte Jack.
Marcy hakte sich bei ihm unter und bugsierte ihn Richtung Tür. »Das Wichtigste zuerst«, sagte sie.
Jack grinste. Das klang viel versprechend. Seit ein paar Wochen spazierte er regelmäßig bei der Gepäckausgabe vorbei und zwinkerte Marcy zu, wenn sie in seine Richtung schaute, woraufhin sie immer lächelte. Er hatte niemanden entdeckt, der sie nach der Arbeit abholte. Dann hatte er festgestellt, dass sie montags, dienstags und freitags immer allein in einem Restaurant zu Abend aß und dabei in einem Buch las, um nicht angesprochen zu werden.
An einem Dienstag sagte er Valerie, er müsse länger arbeiten. Dann folgte er Marcy in das Restaurant und schaffte es, zeitgleich wie sie an ihrem bevorzugten Tisch aufzutauchen.
»Was machen Sie denn hier?«, fragten sie beide gleichzeitig.
»Meine Frau hat heute Besuch von ihren Freundinnen«, erklärte Jack.
»Meine Mitbewohnerin ist Stewardess«, erklärte Marcy, »und ich kann nicht kochen. Wenn sie unterwegs ist, esse ich auswärts.«
»Wollen wir das nicht gemeinsam tun?«, schlug Jack vor.
»Warum nicht«, erwiderte Marcy.
Zu Anfang unterhielten sie sich über Arbeit, Reisen und Familie, dann gingen sie zu privaten Themen über. Jack verschwieg seine Frau und seine Familie niemals in solchen Situationen, weil er auf diese Art die Mädchen, die mehr von ihm wollten, sofort entmutigen konnte. Doch an der

Art, wie Marcy sich zu ihm beugte und ihm zuhörte, merkte er ihr Interesse. Sie hatte ein verschmitztes Lächeln und ein helles Lachen und überall die richtigen Rundungen. Aus der Nähe stellte er fest, dass sie feine Fältchen um die Augen hatte und wahrscheinlich älter war, als sie wirkte, doch das spielte keine Rolle für ihn. Sie hätte auch eine Papiertüte über dem Kopf haben können, wenn es nach ihm ging.
Und nun, drei Tage später, folgte er ihrem blauen Chevy Nova durch die Straßen von San Mateo zu dem Apartment, das sie mit einer Stewardess bewohnte, die sich zum Glück gerade auf dem Weg nach Chicago befand.
»Und was ist das nun mit deiner Frau?«, fragte Marcy, als sie gemeinsam über den Parkplatz gingen. »Hat sie wirklich nichts gegen deine außerhäuslichen Aktivitäten?«
Jack zuckte die Schultern. »Sie ist meine Frau, aber deshalb bin ich nicht ihr Eigentum. Sie weiß, dass sie für den Rest ihres Lebens meine Frau sein wird, und nur das ist ihr wichtig.«
»Und was ist dir wichtig?«
Jack sah sie mit seinem Schlafzimmerblick an. »Lustvolle Begegnungen«, sagte er mit rauer Stimme.
Er folgte Marcy in ihre kleine Wohnung mit zwei Schlafzimmern im Parterre eines umgebauten Einfamilienhauses. Marcys Zimmer war stilistisch ein Alptraum, ein Durcheinander aus alten Möbeln, Orangenkisten, einem Schaukelstuhl, einem Westernsattel, einem großen Plüschgorilla und einem Messingbett mit rosa Satinwäsche. Doch Jack achtete kaum darauf. Er zerrte Marcy schon die braune Uniform vom Leib, als sie noch in der Tür standen.
»Nur keine Hast«, sagte Marcy und ließ sich Zeit, um sein

Hemd aufzuknöpfen und seinen Gürtel zu öffnen. »Wir haben es nicht eilig.«

Doch Jack hatte es durchaus eilig. Er zog ihr BH und Höschen aus, drückte sie aufs Bett und entledigte sich rasch seiner Kleider.

»Du bist ein scharfer Bursche, Jack Marsh, das kann man wohl sagen«, bemerkte Marcy und betrachtete ihn mit Wohlgefallen.

Jack legte sich auf sie, noch bevor sie das letzte Wort gesprochen hatte. Er küsste sie wild, drang in sie ein, und als er spürte, wie sie sich ihm entgegenbäumte, ergoss er sich in sie. Dann schlief er ein, den Kopf zwischen ihren Brüsten, und wachte erst auf, als sie sich unter ihm bewegte.

»Was ist?«, fragte er schläfrig.

»Du hast deinen Spaß gehabt«, säuselte sie, »und was ist nun mit mir?«

»Du bist schon scharf auf den zweiten Gang, was?«, murmelte er und strich mit seinen Bartstoppeln über ihre Nippel. »Das find ich toll.«

»Den zweiten meinte ich nicht«, versetzte sie, »sondern den ersten.«

Er gähnte. »Haben wir das nicht gerade erledigt?«

Die grünen Augen sahen ihn scharf an. »Ich muss ins Bad«, sagte Marcy dann. Er rollte von ihr herunter, und sie stieg aus dem Bett, ging ins Badezimmer und schloss die Tür hinter sich. Eine Viertelstunde später kam sie wieder heraus, in einem rosa Seidenkimono. Jack war wieder eingeschlafen.

»Wach auf, Cowboy«, sagte sie und klatschte ihm auf den nackten Hintern. »Ab in die Prärie.« Sie hob seine Kleider vom Boden auf.

Jack setzte sich auf und reckte sich. »Ist doch noch früh«, sagte er. »Wieso machst du uns nicht was zu essen? Und danach fällt uns bestimmt noch was ein, was wir tun können.«

Marcy schüttelte den Kopf und reichte ihm seine Kleider. »Danke, ich verzichte. Bin ziemlich erledigt.«

Jack grinste, als er sich anzog. »Hab ich dich geschafft, hm?«

Sie reichte ihm wortlos seine Schuhe. Als er angezogen war, geleitete ihn sie zur Wohnungstür.

»Tschüs dann«, sagte sie.

Er trat auf den Flur. »Wie wär's mit Montag?«, fragte er. Sie war nicht gerade das Tollste gewesen, was er je in puncto Sex erlebt hatte, aber vorerst konnte man damit auskommen.

»Eher nicht.«

»Dann am Dienstag?«

»Nein, Dienstag auch nicht. Gar nicht, genauer gesagt.«

Jack runzelte die Stirn. »Was ist das, eine Abfuhr?«

»Könnte man so sagen«, antwortete sie gleichmütig.

»Hast du jemand anderen?«

»Nein, zurzeit nicht.«

»Was soll das dann?«

Marcy zuckte die Schultern. »Offen gestanden war es nicht besonders amüsant, und das muss ich nicht noch mal haben.«

Jack spürte, wie ihm das Blut zu Kopf stieg. »Ich hab keine Klagen gehört«, sagte er verdrossen.

»Dafür hatte ich keine Zeit«, erwiderte sie. »Weder dafür noch für was anderes. Und ich bin offen gestanden zu alt für Badezimmernummern.«

»Wie meinst du das?«

Sie betrachtete ihn einen Moment und fragte sich, ob er tatsächlich so naiv war, wie es schien. Dann beschloss sie, dass das keine Rolle spielte. »Jack, du hast einiges zu bieten – du bist nicht dumm, siehst gut aus, hast einen tollen Körper –, aber du weißt mit alldem nichts anzufangen. So sieht's aus.«

»Also Moment mal, du bist auch nicht gerade so superheiß, weißt du«, erwiderte er.

Marcy seufzte. »Gina Kahulani hatte Recht«, sagte sie. Jack kam es vor, als habe ihm jemand die Faust in die Magengrube gedroschen. Er trat einen Schritt zurück, konnte den Schlag nicht abwehren. Marcy lächelte bedauernd. »Eine Fluggesellschaft ist wie ein Goldfischglas«, sagte sie. »Da gibt es keine Geheimnisse.«

»Aber ... warum?«, brachte er mühsam hervor.

Marcy zuckte mit den Schultern. »Ich wollte mich wohl selbst davon überzeugen.« Ihren bedauernden Unterton hielt Jack fälschlich für Verachtung, und sein Gesicht lief puterrot an. Marcy legte keinen Wert darauf, herauszufinden, was das bedeutete. Sie schloss leise, aber nachdrücklich ihre Wohnungstür und schob von innen den Riegel vor. So ein toll aussehender Mann, dachte sie. Was für eine Verschwendung.

Im Zwielicht stolperte Jack die Straße entlang. Sein Kopf dröhnte, und ihm war speiübel. Er musste sich zweimal im Rinnstein übergeben, bevor er zu seinem Wagen kam. Ein Goldfischglas, hatte sie gesagt. Keine Geheimnisse. Ihre Worte hallten in seinem Kopf wider. Gina, dieses Biest, hatte ihn zum Gespött der ganzen Fluggesellschaft gemacht. Sie hatte ihn nicht nur erniedrigt, sondern sie wollte auch noch, dass jede weibliche Angestellte hinter vorgehaltener Hand kicherte, wenn er vorbeiging. Und seine Kumpel, die ihn immer aufzogen und »toller Hecht« nannten, würden die nun auch hinter seinem Rücken über ihn lachen?

Jack stieg in den Pontiac und ließ den Kopf aufs Lenkrad sinken. Vielleicht hätte er Marcy dafür dankbar sein sollen, dass sie ihm die Meinung gesagt hatte, aber er hätte ihr am liebsten den Hals umgedreht. Ein langes Stöhnen entfuhr ihm, und seine Zähne schlugen aufeinander. Dann begannen seine Schultern zu beben. Er weinte wie als kleiner Junge, wenn eine der Frauen ihm sagte, dass sie fortgehen würde.

Plötzlich klopfte es heftig ans Fenster, und Jack blickte erschrocken auf. Ein Polizist in Uniform stand da und leuchtete ihm mit einer Taschenlampe direkt ins Gesicht. Jack blinzelte.

»Alles in Ordnung, Sir?«, fragte der Polizist.

Jack nickte.

»Ganz bestimmt?«

Jack wischte sich übers Gesicht und öffnete das Fenster.

»Alles in Ordnung, Officer. Ich habe mich nur nicht recht wohl gefühlt und wollte ein paar Minuten warten, bis ich nach Hause fahre.«

»Wohnen Sie hier in der Gegend, Sir?«

»Nein, Sir. Ich habe einen Freund besucht.«

»Kann ich mal Ihren Führerschein und die Wagenpapiere sehen?«

Jack nahm die Papiere aus dem Handschuhfach und reichte sie durchs Fenster. Der Polizist betrachtete sie und verglich das Foto auf dem Führerschein mit Jacks Gesicht.

»Haben Sie Alkohol getrunken, Mr. Marsh?«, fragte er.
»Nein«, antwortete Jack wahrheitsgetreu.
»Brauchen Sie ärztliche Hilfe?«
»Nein, danke.«
»Dann würde ich vorschlagen«, sagte der Polizist freundlich und gab Jack die Papiere zurück, »dass Sie losfahren, sobald Sie sich wieder besser fühlen.«
»Ja, Sir«, sagte Jack.
Im Rückspiegel sah er, wie der Polizist sich entfernte und dann noch einmal zurückschaute zu dem Pontiac. Jack hätte lieber noch eine Weile im Auto gesessen, aber er wollte nicht in Schwierigkeiten kommen. Er startete den Motor. Der Polizist beobachtete ihn immer noch. Jack fuhr los und bog an der nächsten Ecke links ab. Er kannte sich in dieser Gegend nicht aus, und es dauerte eine ganze Weile, bis er die Zufahrt zur Autobahn fand. Dann hielt er sich streng an die Geschwindigkeitsbegrenzungen.
Valerie saß im Wohnzimmer und las, als er hereinkam. Sie schaute auf, aber er stapfte wortlos an ihr vorbei nach oben. Vielleicht würde sie denken, er sei betrunken, und sich von ihm fern halten. Das wäre ihm nur recht, er wollte niemanden sehen. Er ließ sich angezogen aufs Bett fallen und zog sich ein Kissen über den Kopf.
Marcy und Gina konnte er aus dem Weg gehen, das war kein Problem. Aber konnte er seinen Kumpeln bei der Arbeit je wieder unter die Augen treten? Jack schauderte beim bloßen Gedanken daran. Vor allem, da er sich jedes Mal mit seiner Eroberung gebrüstet hatte.
»Wie machst du das nur?«, hatten die Jungs immer wissen wollen. »Die Frauen fliegen ja auf dich wie Motten aufs Licht.«

Er hatte die Jungs zappeln lassen. War Ginas Gerede nun auch zu ihnen gedrungen? Und Marcy? Er stöhnte gequält.

Der einzige Lichtblick, falls man in diesem grässlichen Schlamassel überhaupt davon sprechen konnte, bestand in der Tatsache, dass es Freitag war und ihm somit noch zwei volle Tage blieben, bevor er wieder am Flughafen auftauchen musste. In dieser Zeit konnte er sich eine Strategie ausdenken. Wenn er seinen Grips anstrengte, würde ihm bestimmt etwas einfallen.

Und dann wusste er auf einmal die Antwort, die so einfach war, dass er sich wunderte, weshalb er nicht gleich darauf gekommen war. Er würde um eine Versetzung bitten. Nicht nach Honolulu natürlich – überall, bloß nicht dorthin. Irgendwo in den Osten, vielleicht sogar nach Boston. Valerie würde sich darüber freuen. Damit wäre sie auch dem entnervenden Einfluss dieser Connie Gilchrist entzogen. Joey Santini war immer noch in Boston, mit dem könnte er herumziehen wie in alten Tagen. Je länger Jack über diese Idee nachsann, desto besser gefiel sie ihm. Über der Erinnerung an die schäbige kleine Bar am Scully Square, wo sie immer Frauen aufgegabelt hatten, schlief er ein.

Jack riss heftig an den Dachschindeln auf der Ostseite des Dachs. Seit es aufgehört hatte zu regnen, verlangte Valerie, dass er die neuen Löcher dicht machte. Damit sie endlich Ruhe gab und er sie außerdem nicht sehen musste, schleppte er seinen Werkzeugkasten und das Material gleich nach dem Frühstück aufs Dach.

Es war ein warmer Tag Ende April. Der Himmel strahlte blau, die Luft roch nach Kiefern und Jasmin, und Eichelhäher hüpften in den Bäumen herum. Doch Jack hatte kein Auge für die Schönheit der Natur. Er ließ seine gesamte Frustration an den störrischen Dachschindeln aus. Mit jeder Bewegung des Stemmeisens fetzte er die Haut von Gina Kahulanis makellosem karamellbraunem Körper und stach Marcy die spöttischen Augen aus.

Kurz nach neun Uhr morgens war er mit einem vagen Gefühl des Grauens erwacht. Etwas bohrte sich in seine Lenden. Wie gerädert blickte er um sich und stellte fest, dass er angezogen auf dem Bett lag. Als er seinen Schlüsselbund aus der Tasche holte, ließ der Schmerz nach, aber mitnichten das Grauen. Benommen fragte er sich, wieso sein Magen gurgelte und er noch angezogen war. Er fragte sich, wie viel Uhr es war, was für ein Wochentag. Valerie schien jedenfalls schon aufgestanden zu sein.

Dann fiel es ihm wieder ein. Samstag, der Tag nach Freitag. Die ganze grässliche Geschichte mit Marcy stand ihm wieder vor Augen, und er war schlagartig hellwach. Vor dem Fenster hörte er die Kinder lachen, und er ärgerte sich, dass sie so fröhlich waren.

Er stand auf und tappte ins Badezimmer, stellte sich unter die Dusche und drehte das heiße Wasser auf, um seine Muskeln zu entspannen. Am Vorabend war er sicher gewesen, dass man ihn versetzen würde. Nun, bei Tageslicht, fühlte er sich weniger zuversichtlich. Federal Airlines baute derzeit nur die Strecke nach Honolulu aus; das hieß, wenn nicht eine andere Stadt zufällig einen neuen Chef für die Wartungsmannschaft suchte, musste er bleiben, wo er war.

Valerie klopfte an die Badezimmertür. »Telefon«, rief sie. »Wer ist dran?«, rief Jack.

»Hat sie nicht gesagt«, antwortete Valerie.
Eine Frau? Jack wickelte rasch ein Handtuch um sich und ging an den zweiten Apparat im oberen Flur. Er hatte keine Ahnung, welche Frau ihn an einem Samstagmorgen zu Hause anrufen sollte. Er griff nach dem Hörer.
»Tut mir leid, dass ich dich zu Hause anrufen muss, aber ich habe deine Brieftasche in meinem Zimmer auf dem Boden gefunden«, sagte Marcy ohne weitere Umschweife. »Ich wollte dir nur Bescheid sagen, falls du sie vermisst.« Was er noch nicht getan hatte. »Muss dir aus der Tasche gerutscht sein, als du, nun ja, du weißt schon.« Allerdings. »Du kannst sie am Montagmorgen an der Gepäckausgabe abholen«, fügte sie hinzu und legte auf.
Jack stand da, den Hörer in der Hand. Allein ihre Stimme führte dazu, dass er weiche Knie bekam und ihm übel wurde. Er schaffte es gerade noch rechtzeitig ins Badezimmer, um sich über der Toilette zu erbrechen.
Valerie öffnete die Tür einen Spalt. »Was ist los?«, fragte sie. »Fehlt dir was?«
»Raus«, knurrte er und trat die Tür zu. Das fehlte ihm gerade noch, dass seine Frau ihn kotzen sah wie ein Baby, wegen einer Frau, die ihn zum Narren gemacht hatte. Er spülte, richtete sich erschöpft auf und putzte sich die Zähne, um den üblen Geschmack loszuwerden.
Die Vorstellung, Marcy wieder sehen zu müssen, war grauenvoll. Er war wütend auf sich selbst, weil er nicht auf seine Brieftasche aufgepasst hatte. Er war wütend auf Marcy, die ihn nun zu sich kommandierte, um sie abzuholen. Und er war wütend auf sie, weil sie ihn zu einem sabbernden Jammerlappen gemacht hatte.
Diese Wut nutzte er nun, um die Dachschindeln zu be-

zwingen. JJ hatte angeboten, ihm zu helfen, aber Jack hatte abgewinkt. Man brauchte doppelt so lange für eine solche Arbeit, wenn man jemanden anweisen musste, vor allem, wenn der Betreffende erst elf Jahre alt war. Außerdem wollte er allein sein.

Unten saß Ellen in der Schaukel auf der hinteren Terrasse, die Jack angelegt hatte, und las in einem dicken schwarzen Buch, das eine Bibel zu sein schien. Rosemary hängte Wäsche an die Leine, die Jack zwischen zwei dünnen Kiefern gespannt hatte. Ricky spielte versunken mit seinem roten Laster und schaffte eine Ladung Sand nach der anderen vom Sandkasten auf den Betonboden der Veranda.

Jack war bereits seit mehreren Stunden an der Arbeit. Sein Hemd war schweißnass und klebte ihm am Rücken, seine feuchten Jeans rieben sich an den Schenkeln, und er fluchte über die Hitze und die störrischen Schindeln.

Valerie bereitete in der Küche das Mittagessen zu. Wenn JJ von der Post zurückkam, würde es fertig sein. Sie hatte ihn gebeten, ein paar Briefe für sie zur Post zu bringen, und er war vergnügt nach Half Moon Bay losgeradelt.

Sie wünschte sich, dass Jack verständnisvoller mit JJ umgehen würde. Anstatt ihn einfach abzuweisen, hätte er den Jungen dafür loben sollen, dass er ihm überhaupt helfen wollte.

Jack konnte so lieb mit den Kindern sein; er zeigte ihnen interessante Orte, brachten ihnen allerhand bei, machte Scherze und lachte mit ihnen. Valerie runzelte die Stirn, als sie Brotscheiben mit einem Hauch Senf bestrich. Irgendetwas stimmte wieder nicht mit ihm. Die Anzeichen waren nicht zu übersehen – wie er gestern Abend hereingestapft kam, wortlos zu Bett ging und heute Morgen übellaunig

war, von dem Erbrechen ganz zu schweigen. Er hatte sich zwar nicht an ihr vergriffen, aber davon abgesehen, verhielt er sich genau wie vor einem Monat. Deshalb war sie völlig verblüfft, als Jack nach dem Frühstück verkündete, dass er an diesem Tag das Dach ausbessern wollte. Angesichts seiner Stimmung hatte sie mit allem, nur nicht damit gerechnet.
»Papa spricht mit sich selbst«, berichtete Priscilla, die gerade hereinkam.
»Er muss schwer arbeiten da oben«, erwiderte Valerie und griff nach der Mayonnaise. »Und es ist sehr heiß auf dem Dach.«
»Vielleicht können wir was Nettes für ihn tun«, sagte das kleine Mädchen, »damit er bessere Laune bekommt.«
»Gute Idee«, pflichtete Valerie ihr bei, »was möchtest du denn machen?«
Priscilla überlegte. »Ich weiß«, sagte sie dann. »Wir können ihm doch eine schöne kühle Limonade machen.«
Valerie lächelte. »Prima. Wir machen gleich einen ganzen Krug und trinken den Rest zum Mittagessen.« Sie stellte das Mayonnaiseglas ab und suchte die Zutaten für Limonade zusammen.
»Kann ich dir helfen?«, fragte Priscilla.
»Natürlich.« Valerie schnitt die Zitronen in zwei Hälften und zeigte Priscilla, wie sie die Früchte auspressen und den Saft in den großen Krug schütten konnte. Sie selbst gab Zucker, Wasser, Eiswürfel und etwas Minze hinzu, ihr Spezialrezept.
»Darf ich umrühren?«, bat Priscilla.
Valerie reichte ihr einen Kochlöffel. »Du darfst«, sagte sie und öffnete den Hängeschrank mit den Gläsern.

»Für Papa ein ganz großes Glas«, ordnete Priscilla an und rührte eifrig.
»Zu Befehl, Ma'am.«
Priscilla kicherte vergnügt, als Valerie die Limonade in das größte Glas goss, das sie finden konnte.
»Und vergiss nicht: Du musst auf dem flachen Teil des Daches bleiben, und achte darauf, dass du nicht über etwas stolperst«, ermahnte Valerie ihre Tochter und umarmte sie.
Priscilla nickte ernsthaft und hielt das Glas mit beiden Händen fest. Wer weiß, dachte Valerie, vielleicht verbesserte sich Jacks Laune, wenn man etwas Besonderes für ihn tat. Allerdings nur, falls man mit einem Glas Limonade wirklich etwas ausrichten konnte.
Sie schaute auf die Küchenuhr. Es war kurz nach zwölf. JJ würde gleich zurückkommen. Valerie seufzte und wandte sich wieder der Mayonnaise zu. Wenn Jack ihr doch nur sagen würde, was ihn beschäftigte, damit sie ihm helfen könnte. Sie erinnerte sich, dass es ihr manchmal vor ihrer Hochzeit gelungen war, mit ihm über seine Sorgen zu sprechen. Doch nun schienen sie nur noch gemeinsam unter einem Dach zu wohnen, und es schien ihm nichts mehr zu bedeuten, mit ihr wichtige Dinge zu besprechen. Dabei wusste sie inzwischen so viel mehr als damals und konnte nicht begreifen, weshalb Jack das nicht merkte.
Priscilla trat mit der Limonade auf die Terrasse hinaus und stieg die Holzleiter hinauf, wobei sie das Glas jedes Mal auf der Sprosse über ihr abstellte. Sie brauchte ein Weilchen, bis sie auf dem Dach ankam, aber sie hatte nicht einen Tropfen verschüttet.
Zufrieden betrat das siebenjährige Mädchen den flachen

Teil des Daches, auf dem ihre Geschwister und sie manchmal spielen durften. Aber ihr Vater hielt sich gerade auf dem schrägen Teil des Dachs auf.

Priscilla wusste, dass sie den nicht betreten durfte und ihre Mutter ihr das gerade noch einmal in Erinnerung gerufen hatte, doch sie dachte nicht daran, sondern trat über den Rand und rutschte langsam nach unten.

»Mama schickt dir was zu trinken«, sagte sie zu Jack, als sie in seiner Nähe war.

Er nahm ihr wortlos das Glas aus der Hand und trank es auf einen Zug aus.

»Kann ich dir helfen?«, fragte Priscilla.

»Nein«, antwortete Jack mürrisch.

»Wenn ich dir helfen könnte, müsstest du nicht so schwer arbeiten«, wandte seine Tochter ein.

Jack hielt ihr das leere Glas hin. »Ich brauche keine Hilfe«, knurrte er. »Und nun verschwinde, bevor du was durcheinander bringst.« Er griff wieder nach dem Stemmeisen und wandte sich seiner Arbeit zu. Priscilla hatte er im nächsten Moment vergessen.

Priscilla blieb noch ein Weilchen stehen und sah zu, wie ihr Vater die Reihe Schindeln ablöste und dabei vor Anstrengung grunzte. Ab und an griff er hinter sich und tastete nach einem der Werkzeuge, die hinter ihm lagen. Dem Mädchen wurde plötzlich klar, dass sie ihrem Vater doch helfen konnte. Wenn seine Werkzeuge ordentlich im Kasten lägen, würde er sie besser finden können. Sie stellte das Glas ab und legte die Werkzeuge möglichst geräuschlos dahin zurück, wo sie hingehörten. Wenn sie das ganz leise machte, dachte sie, würde es noch eine größere Überraschung für ihn werden.

Jack wischte sich mit dem Unterarm den Schweiß von der Stirn und stemmte die letzte Schindel hoch. Das beschädigte Stück Dachpappe darunter musste entfernt werden. Er tastete hinter sich nach dem Messer, das er dort abgelegt hatte, aber er fand es nicht. Ärgerlich drehte er sich um. Priscilla legte es gerade in den Werkzeugkasten.
»Was, zum Teufel, machst du da?«, fuhr er sie an.
»Ich lege dein Werkzeug in den Kasten, damit du es leichter findest«, sagte sie stolz und griff nach dem Hammer.
Er starrte sie aufgebracht an. »Wenn ich gewollt hätte, dass sie in dem verfluchten Kasten liegen, hätte ich sie da reingetan.«
Priscilla sah ihren Vater mit aufgerissenen Augen an. »Ich wollte dir doch nur helfen«, flüsterte sie, und ihre Unterlippe begann zu zittern.
»Ich hab doch gesagt, ich brauche deine Hilfe nicht, oder? Leg den Hammer dahin zurück, wo er lag«, befahl er. Verwirrt ließ das kleine Mädchen ihn in den Werkzeugkasten fallen. »Verdammt, nicht dahin«, brüllte er und holte aus. Priscilla wollte sich nur ducken, doch stattdessen tat sie genau das, wovor ihre Mutter sie gewarnt hatte: Sie stolperte über einen Haufen loser Schindeln, verlor das Gleichgewicht und stürzte kopfüber an ihrem Vater vorbei den schrägen Teil des Dachs hinunter. Jack griff nach ihr, doch er bekam sie nicht mehr zu fassen. Entsetzt sah er, wie sie über den Dachrand fiel und hinunterstürzte auf den Betonboden.
In der Küche griff Valerie gerade nach einem Päckchen Wurst, als sie den Aufprall hörte. Später musste sie immer wieder daran denken, dass dieses Geräusch so leise gewesen war. Doch sie wusste, dass es etwas zu bedeuten hatte.

Sie wusste nicht, weshalb, aber sie schien eine Ewigkeit zu brauchen, um zur Tür zu kommen und auf die Terrasse hinauszutreten und den Kopf zu drehen und das kleine Mädchen, das eben noch so vergnügt gewesen war, schrecklich reglos dort auf dem Boden liegen zu sehen. Wie aus weiter Ferne hörte sie jemanden schreien, markerschütternd, fast unmenschlich, ein wildes Klagen, das an- und abschwoll und kein Ende nahm. Jahre schienen vergangen zu sein, als ihr klar wurde, dass sie selbst diesen Schrei ausstieß.

Connie Gilchrist, die gerade in ihrer sonnendurchfluteten Frühstücksnische an ihrem ersten freien Samstag seit über einem Jahr genüsslich einen Brunch zu sich nahm, hörte den Schrei. Binnen Sekunden war sie zur Tür hinaus und die Straße entlanggerannt, rannte durchs Gebüsch am Gartenrand der Marshs und zur Terrasse. Was sie dort sah, erschien ihr wie eine Reihe einzelner Fotografien, die zusammen eine grauenvolle Szene ergaben.

Priscilla lag auf dem Boden, ihr kleiner Körper war sonderbar verdreht, und Blut sickerte aus einer Wunde auf ihrer Stirn. Valerie stand vor der Küchentür, und der entsetzliche Schrei, der aus ihrem Mund drang, wirkte wie losgelöst von ihrem Körper. Ellens Lippen bewegten sich, als zitiere sie etwas aus der Bibel auf ihrem Schoß. Rosemary, in nasse Laken verheddert, kniff die Augen zu. Jack starrte fassungslos vom Dach herunter auf das reglose Kind am Boden. Und Ricky, der seinem Vater so ähnlich sah, umklammerte seinen roten Mülllaster und wimmerte und zitterte, während das Blut seiner Schwester in den Sandhaufen zu seinen Füßen sickerte.

TEIL VIER
1974

1

Ricky drückte sich an die Hauswand und hielt den Atem an, als ein Auto die Del Oro Road entlangfuhr und schließlich auf der Delgada verschwand. Es war ziemlich dunkel, und er glaubte nicht, dass man ihn gesehen hatte, trotz der Scheinwerfer, doch er wollte kein Risiko eingehen. Er wartete eine halbe Ewigkeit, wie ihm schien, in der kühlen Februarnacht, bis er sicher war, dass der Wagen nicht zurückkam. Dann hob er den Schraubenzieher auf, den er hatte fallen lassen, und wandte sich wieder der Glasschiebetür vor Connie Gilchrists Schlafzimmer zu.

Connie Gilchrist war nicht nur eine Nachbarin, sie war auch die Freundin seiner Mutter, und Ricky war in ihrem Haus ein und aus gegangen, seit er sechs Jahre alt war. Er kannte jede Ecke, jedes Möbelstück und jeden Schlupfwinkel. Er wusste auch, dass heute Mittwoch war und Connie sich am Mittwochabend immer in San Francisco mit ihrer Stieftochter zum Abendessen traf und erst gegen Mitternacht wieder zu Hause sein würde. Jetzt war es halb elf. Er hatte noch ausreichend Zeit.

Er setzte den Schraubendreher noch einmal an, das leichte Schloss gab nach, und Ricky schob die Tür ein Stück zur Seite, um sich hindurchzuschlängeln.

Es war still im Haus, und die weißen Wände leuchteten sogar im Dunkeln. Ricky nahm dennoch die Taschenlampe aus seiner Windjacke und schaltete sie ein. Er stand vor dem großen begehbaren Kleiderschrank. Er lächelte und betrat den Raum, huschte an den Kleidern, Jacken und Blusen vorbei, die so frisch dufteten wie Connie, vorbei an den Regalen voller Schuhen und Pullovern, zu dem Weidenkorb, der ganz hinten im letzten Regal stand.
Ricky war nicht groß genug, um ihn zu erreichen. Er hielt Ausschau nach der kleinen Trittleiter, die er hier gesehen hatte, und zog sie vor das Regal. Doch selbst wenn er auf der obersten Stufe stand, musste er sich mit seinen ein Meter fünfunddreißig noch auf die Zehenspitzen stellen und mächtig strecken, um den Korb zu erreichen. Er war schwerer, als er aussah, und Ricky umklammerte ihn krampfhaft, als er die Trittleiter vorsichtig wieder herunterstieg. Dann stellte er den Korb auf den Boden, klappte den Deckel auf, schob eine Schicht bunter Seidenschals beiseite und nahm die rechteckige Wildlederschachtel heraus, in der Connie Gilchrist ihren Schmuck aufbewahrte.
Sie ließ sich leicht aufklappen, da Connie sie nicht abschloss, und Ricky leuchtete mit der Taschenlampe hinein. Glitzernde Armbänder und Ketten aus Gold lagen darin und diverse Ringe mit farbigen Steinen.
In zwei Monaten wurde Ricky zwölf Jahre alt. Er wusste, dass durchsichtige Steine Diamanten waren, rote Steine waren Rubine, blaue Saphire und grüne Smaragde, und er hatte im Kino und Fernsehen genügend Filme gesehen, um zu wissen, dass sie wertvoll waren, aber er hatte keine genaue Vorstellung von ihrem Preis. Er nahm nicht alles, nur so viele von den auffallenderen Stücken, wie er in den

Taschen seiner Jeans und seiner Windjacke unterbringen konnte.

Dann ging er zu dem Nachttisch an Connies Bett und holte aus der obersten Tasche die Geldscheine heraus, die sie dort für Notfälle aufbewahrte, was er häufig gesehen hatte. Er zählte hastig und stellte fest, dass er etwa hundert Dollar in der Hand hielt. Ein Schauer lief ihm über den Rücken. Ricky hatte noch nie in seinem Leben so viel Geld auf einmal gesehen, geschweige denn in der Hand gehalten. Er stopfte die Scheine zu dem Schmuck in seine Taschen.

Er wusste, dass Connie auch in der Keksdose in der Küche, der kleinen Holzkiste auf dem Bücherregal in ihrem Büro, in der Wildlederjacke im Schrank Geld aufbewahrte, aber er beschloss, dass er genug hatte. Außerdem wurde es allmählich spät. Womöglich blieb Connie ausgerechnet an diesem Mittwochabend nicht bis Mitternacht. Oder sein Vater kam früher nach Hause als sonst.

Ricky ging kein Risiko ein. Er schlüpfte durch den Spalt in der Glasschiebetür wieder hinaus, schlich nach hinten und eilte über das unbebaute Grundstück zum Haus seiner Eltern hinüber.

Vorsichtig näherte er sich und stellte sich auf die Zehenspitzen, um durchs Küchenfenster zu spähen. Nur in der Diele brannte Licht, sonst war alles dunkel im Haus. Sein Vater war also noch nicht nach Hause gekommen. Ricky atmete erleichtert auf. Seine Mutter hatte demnach auch den Kissenberg unter seiner Bettdecke nicht genauer in Augenschein genommen, bevor sie schlafen ging. Davon war er ausgegangen. Seine Mutter war zurzeit bei vielem nachlässig geworden.

Er schlich die Außentreppe hinauf und betrat den Flur im zweiten Stock. Dann schloss er die Außentür hinter sich ab. Kein Laut war zu hören. Ricky wartete, bis seine Augen sich an die Dunkelheit gewöhnt hatten. Er durfte auf keinen Fall irgendwo anstoßen und jemanden aufwecken.
Als er alles gut erkennen konnte, huschte er den Flur entlang. Und erst als er in seinem Zimmer angekommen war und das Licht einschaltete, um sicherzugehen, dass er auch allein war, merkte er, dass sein Mund sich trocken anfühlte und sein Herz wie verrückt pochte. Außerdem hatte er ein flaues Gefühl im Magen. Als er an seiner Kommode vorbeiging, sah er sich im Spiegel. Sein Gesicht war gerötet, die Augen leuchteten, und er grinste breit.
»Ich wusste, dass du es schaffst«, sagte der Junge zu seinem Spiegelbild. »Mit links.« Er schnippte mit den Fingern und boxte in die Luft. »War doch 'ne Kleinigkeit.«
Er hielt sich nicht mit dem Gedanken auf, dass er gerade etwas Schlimmes getan hatte, da er nicht die Absicht hatte, sein Vergehen dem Gemeindepriester zu beichten. Es war ihm auch einerlei, wie Connie wohl zumute war, wenn sie den Diebstahl bemerkte. Ricky dachte einzig und allein daran, wie vorsichtig er gewesen war, wie schlau er alles geplant und wie geschickt er es ausgeführt hatte. Niemand würde den Einbruch mit ihm in Verbindung bringen können. Seine Mutter würde schwören, dass er zur Tatzeit zu Hause im Bett gelegen hatte. Ricky kicherte. Es war so einfach gewesen, dass er kaum glauben konnte, damit davongekommen zu sein. Doch genau so war es. Und er fühlte sich, als sei er eins achtzig groß.
Die Ärzte hatten ihm versprochen, dass er noch wachsen würde, er müsse nur etwas Geduld haben. Doch geduldig

zu sein, gehörte nicht zu Rickys Stärken. Natürlich wuchs er jeden Sommer zwei bis drei Zentimeter, das konnte man an den schwarzen Strichen in der Schranktür sehen. Aber JJ war eben in diesem Alter schon dreißig Zentimeter größer gewesen, Rosemary und Ellen blickten immer noch auf ihn herunter, und es war einfach peinlich, der Kleinste in der Klasse zu sein.

Jedes Jahr, wenn Dr. Wheeler Ricky untersuchte, seine Brust abhörte, ihm in den Hals sah und ihn impfte, bekam der Junge dasselbe zu hören: Wenn er brav sein Gemüse aufaß und sich aufrecht hielt, würde Mutter Natur schon für den Rest sorgen.

Als er acht Jahre alt wurde, beschloss Ricky, sich einen Alternativplan zurechtzulegen. Gemäß der Redensart, dass Angriff die beste Verteidigung ist, begann er, mit harten Bandagen zu kämpfen, um seine Körpergröße auszugleichen. Er steckte sein Revier ab, ging einer Auseinandersetzung nie aus dem Weg und kämpfte auch mit unfairen Mitteln, damit niemand auf die Idee kam, ihn nicht ernst zu nehmen.

Noch in der Grundschule kapierten die schlauen Kinder, dass sie lieber einen weiten Bogen um ihn machen sollten, und die weniger schlauen waren gezeichnet von ihren Lektionen.

»Ein wahrhaftiger Jimmy Cagney, was?«, bemerkte der Rektor der Highschool, als er Ricky zum ersten Mal begegnete, und blickte wenig erfreut auf den Sechstklässler hinunter.

»Ich hab mich nur verteidigt, Sir«, erwiderte Ricky mit Unschuldsmiene und fragte sich, wer wohl Jimmy Cagney war. »Und ich fühl mich auch ganz mies deshalb. Der andere

Junge war doppelt so groß wie ich, wissen Sie, da dachte ich mir, dem kann ich doch sowieso nicht wehtun.«

Der Rektor musste einräumen, dass diese Möglichkeit bestand. Chris Rodriguez, der andere Junge, der an der Prügelei beteiligt gewesen war, überragte Ricky um einen Kopf, war mindestens zwanzig Pfund schwerer und als Rowdy schulbekannt. Und nun stand da dieser adrette Junge vor ihm, der sich gerade hielt, offensichtlich gute Manieren hatte, wie ein Messdiener aussah und ihn aus seinen sonderbaren gelben Augen reuevoll anblickte. Eventuell hatte die Lehrerin, die den Vorfall schilderte, etwas durcheinander gebracht.

»Erzähl mir genau, wie die Auseinandersetzung anfing«, forderte der Rektor den Jungen auf.

»Es handelte sich um ein Missverständnis, Sir«, antwortete der Junge höflich. »Ich hatte etwas nicht verstanden, was er sagte, und als ich ihn bat, verstand er mich nicht, und danach ging alles so schnell ...«

Der Rowdy hatte ihn »Süßer« genannt, und andere Schüler hatten das gehört und gelacht.

»Nun ja, vielleicht hat Mrs. Pruitt etwas überreagiert«, räumte der Rektor widerstrebend ein, »und falsche Rückschlüsse gezogen.«

»Ja, Sir«, erwiderte Ricky artig. Mrs. Pruitt hatte natürlich nicht überreagiert. Und sie hatte auch nicht vergessen, was Ricky mit ihrem Schwächling von einem Sohn, Freddy, im Kindergarten angestellt hatte.

»Ich möchte an der Schule jedenfalls keine solchen Missverständnisse mehr haben.«

»Jawohl, Sir«, antwortete Ricky.

Die Oberlippe von Chris Rodriguez musste mit sechs

Stichen genäht werden. Tags darauf entschuldigte sich Ricky bei ihm und brachte ihm ein Stück Apfeltorte frisch aus dem Ofen. Er hatte darauf geachtet, dass dieses Stück für Chris doppelt so groß war wie sein eigenes.

»Hey, Marsh«, brachte Chris wegen seiner genähten Lippe nur mühsam hervor, »zeigst du mir, wie du das gemacht hast?«

Die beiden Jungen freundeten sich an. Sie übten Boxen auf dem Schulhof. Sie spielten in derselben Fußballmannschaft. Sie aßen mittags zusammen. Es dauerte nicht lange, bis Ricky auffiel, dass Chris regelmäßig nur ein Stück Obst zum Lunch dabei hatte.

»Ich esse morgens ganz viel«, sagte Chris dazu mit einem Schulterzucken, aber er wich Rickys Blick aus. »Damit ich mittags nicht so hungrig bin.«

Ricky hörte sich um und fand heraus, dass Chris' Vater arbeitslos war und die Familie Rodriguez von dem Putzfrauenlohn von Chris' Mutter lebte.

Ricky war noch nie einem Menschen begegnet, der nicht genug zu essen hatte. Eines Abends schützte er Magenschmerzen vor und ließ das Abendessen aus, um zu testen, wie es sich anfühlte, Hunger zu haben. Um elf Uhr abends schlich er dann nach unten und holte sich ein Stück Brathuhn und ein dickes Stück Beerenkuchen aus dem Kühlschrank.

Trotz Dr. Wheelers Ermahnungen war Ricky ein schlechter Esser, und seine Mutter machte sich Sorgen um seine Gesundheit. Als der Junge plötzlich nach doppelten Portionen für seinen Schul-Lunch verlangte, freute sie sich darüber. Falls sie sich je wunderte, weshalb er dennoch nicht zunahm, fragte sie jedenfalls nie danach.

»Meine Mutter hält mich wohl für King Kong«, sagte Ricky eines Tages klagend zu Chris. »Davon schaff ich nicht mal die Hälfte.«
Chris spähte in die braune Papiertüte, in der sich zwei dicke Brote mit Fleischklößchen, zwei Tüten Chips, Trauben, sechs große selbst gebackene Schokoladen-Cookies und zwei Dosen Mineralwasser befanden.
»Wow«, sagte er andächtig.
»Hör mal«, sagte Ricky, »ich weiß, du hast nicht so großen Hunger, aber tu mir doch bitte den Gefallen und hilf mir damit. Ich hätte ein echt schlechtes Gefühl, das Zeug wegzuwerfen.«
Chris, dessen Magen vernehmlich knurrte, zögerte. »Tja ...«
»Na, lass nur«, erwiderte Ricky. »Ich frag Denny Henderson. Der ist wie ein Schwein – der isst alles.«
»Nein, nein«, sagte Chris hastig, »ich helf dir schon.«
Ricky strahlte. »Danke, Mann. Ich bin dir was schuldig.«
Chris verschlang eineinhalb Brote, beide Tüten Chips, fast alle Trauben und sämtliche Kekse. Ricky hatte nichts dagegen einzuwenden. Er kam mit dem Wasser und einem halben Brot aus, bis er wieder zu Hause war.
»Ich hatte wohl mehr Hunger, als ich dachte«, meinte Chris und grinste verlegen.
»Zum Glück«, sagte Ricky, »ich nämlich nicht.«
Danach waren die beiden unzertrennlich. Sie verspeisten jeden Tag Rickys Lunch an einem großen runden Tisch, der in der Mitte des Raums stand und den sie ganz für sich in Anspruch nahmen. Niemand wagte es, ihn den beiden streitig zu machen. Sie erfanden Witze und lachten lauthals. Sie sprangen füreinander ein und deckten sich gegen-

seitig, wenn einer etwas ausgefressen hatte. Mit Chris' Größe und Rickys Schnelligkeit bildeten sie ein unschlagbares Gespann.

Chris' größter Schatz war ein Dreigangrad, das sein Vater ihm geschenkt hatte, bevor er arbeitslos wurde, und am Wochenende legte Chris damit die sechs Kilometer von Half Moon Bay nach El Granada zurück. Meist kam er gerade rechtzeitig zum Mittagessen bei den Marshs. Danach radelten die beiden Jungen in den Hügeln hinter dem Haus herum und schossen mit Rickys Kleinkalibergewehr auf Vögel oder Kaninchen. Oder sie fuhren zum Hafen und warteten auf die Fischerboote. Wenn sie lange genug warteten, gaben ihnen die Männer immer ein, zwei Fische von ihrem Fang ab.

Ihre Jagdbeute und die Fische nahm Chris dann mit nach Hause.

»Zwei davon gehören dir, weißt du«, sagte Chris, als die Fischer ihnen einmal vier große Schnapper zugeworfen hatten.

»Igitt. Bei uns mag keiner Fisch«, erwiderte Ricky. »Nimm sie bloß alle mit.«

Chris entfuhr ein vernehmlicher Seufzer der Erleichterung. Er hatte noch drei Schwestern.

Dann radelten sie zu Ricky zurück, wo Valerie immer einen Snack auftischte, der fast so reichhaltig war wie eine ganze Mahlzeit. Danach, wenn er es nicht länger hinauszögern konnte, stieg Chris wieder auf sein Rad und fuhr nach Half Moon Bay zurück, und Ricky winkte ihm nach, bis er nicht mehr zu sehen war.

Zum ersten Mal in seinem Leben hatte Ricky einen Freund. Keine Verwandten, sondern jemanden, der nicht aus sei-

ner Familie stammte, der keine falschen Fragen stellte und ihn wirklich zu mögen schien. Er war nicht mehr einsam.
Ricky hörte, wie ein Wagen auf die Zufahrt einbog. Hastig knipste er das Licht aus, schlüpfte angezogen unter die Bettdecke und schob die Kissen zur Seite. Sein Vater kam die Treppe heraufgestapft, und Ricky hielt die Luft an, bis er an seiner Tür vorbeigegangen war. Er hatte es gerade noch rechtzeitig geschafft, das Licht auszuschalten. Sein Vater würde nicht ins Zimmer kommen oder sich am nächsten Tag fragen, weshalb sein Sohn nach Mitternacht noch wach gewesen war.
Ricky zog sich im Dunkeln aus, legte seine Kleider zusammen und schob sie unter das Kopfkissen. Mit einem Schlag war er sehr erschöpft. Die Sachen würde er morgen früh sortieren, sagte er sich, bevor er sie JJ gab.

2

Valerie kam niemals vollständig über den Tod ihrer Tochter hinweg. Ein Teil ihres Geistes schien sich für immer verschlossen zu haben, und sie verlor sich häufig in ihren Gedanken. Sie begann etwas zu sagen und beendete den Satz nicht, oder sie lachte und fing dann plötzlich an zu weinen. Manchmal vergaß sie auch, dass Priscilla tot war.
»Ich weiß, ich habe versprochen, euch Haferkekse für den Lunch morgen zu backen«, sagte sie eines Abends beim Essen, drei Jahre nach dem tragischen Unfall. So wurde das Ereignis in der Familie bezeichnet: als »der tragische Unfall« oder einfach als »der Unfall«. »Aber ich komme leider mit der Zeit nicht hin. Ich muss Priscillas Kommunionskleid noch fertig nähen.«
Die Kinder starrten sie entsetzt an. Dann beugte sich JJ vor und tätschelte seiner Mutter die Hand, als sei nicht er, sondern sie das Kind.
»Nein, Mam«, sagte er sanft, »du hast es doch gestern fertig genäht, weißt du nicht mehr?«
Valerie blickte ihn unsicher an. »Ach wirklich?«, sagte sie. »Bist du auch ganz sicher?«
»Ja, Mam, du hast es uns allen gezeigt. Es ist wunderhübsch geworden.«

»Oh«, erwiderte Valerie gedankenverloren, »und wo habe ich es hingetan?«
»Es ist im Schrank im rosa Zimmer, Ma«, sagte JJ.
Das Kleid hing tatsächlich, in eine Plastikhülle verpackt, im Schrank in dem rosa Zimmer, in dem Priscilla mit Ellen gewohnt hatte. Es war nicht fertig genäht worden, aber das spielte keine Rolle, denn JJ wusste, dass seine Mutter nicht nachsehen würde.
»Dann ist es ja gut«, sagte Valerie.
Die Kinder sahen sich an, und sie dachten alle dasselbe: das Sanatorium. Wenn Valerie solche Aussetzer hatte, führten sie das immer auf das Sanatorium zurück.
Valerie war das Zeitgefühl abhanden gekommen. Eine ganze Woche mochte vergangen sein, doch sie glaubte, es sei nur eine Stunde gewesen. Oder eine Stunde verging, und sie merkte irgendwann, dass ein ganzes Jahr hinter ihr lag.
Die O'Connors waren sofort am Tag nach Priscillas Tod angereist. Sie versuchten zu begreifen, was geschehen war, anhand der Aussagen der Kinder und Jacks unzusammenhängenden Äußerungen, wenn er gerade nicht weinte.
Valerie sprach kein einziges Wort.
Charlotte übernahm den Haushalt. Martin arrangierte die Trauerfeier und das Begräbnis und machte Aussagen bei der Polizei und informierte die Zeitung. Das Wetter war strahlend schön, die Blumen blühten, die Vögel zwitscherten, und Valerie starrte reglos ins Leere.
Die O'Connors warteten nur so lange, bis Priscillas Tod offiziell als Unfall erklärt worden war, dann nahmen sie ihre Tochter und die Enkelkinder mit nach Vermont, obwohl sie noch zwei Monate Schule hatten. Niemand erhob Ein-

wände dagegen. Jack erklärte den Leuten vom »Gray Whale« die Lage, die natürlich vollstes Verständnis hatten. Jack allerdings bekam nicht frei, doch das war allen egal.
Valerie wurde in ihrem alten Zimmer untergebracht, doch sie schien nicht zu merken, wo sie sich befand. Ezra Carnes, der schon drei Generationen von O'Connors behandelt hatte, kam jeden Tag.
»Lassen Sie ihr Zeit«, sagte er. »Sie steht unter Schock. Ihre Seele kommt noch nicht damit zurecht.«
Die Kinder spähten durch die Tür auf ihre Mutter, doch nur JJ wagte sich näher heran.
»Schläft Mama?«, fragte Ellen.
»In gewisser Weise, ja«, antwortete Dr. Carnes.
»Aber wie kann sie denn mit offenen Augen schlafen?«, flüsterte Rosemary JJ zu.
Charlotte kümmerte sich um die Kinder, indem sie ihnen kleine Aufgaben zuteilte, mit ihnen spielte und ihre Lieblingsgerichte für sie kochte.
Und die anderen Familienmitglieder erschienen auch regelmäßig und sorgten dafür, dass die Kinder den ganzen Tag beschäftigt waren, bis sie abends erschöpft ins Bett sanken.
Rosemary und Ellen bekamen eigene Zimmer, aber Ricky wurde von Charlotte klugerweise in dem gemütlichen Eckzimmer bei JJ untergebracht. Im Dunkeln seinen großen Bruder bei sich zu haben, war wohltuend für ihn, vor allem, wenn die Alpträume kamen.
Ricky hatte sie zum ersten Mal in El Granada bekommen, zwei Tage nach dem Unfall. Er schlief bei JJ in dem Doppelstockbett, weil sein Zimmer für die Großeltern gebraucht wurde, und wachte nachts schreiend auf.

»Ich bin e-e-e-ertrunken«, stammelte er, als JJ die Leiter zum oberen Bett hochkletterte. »I-i-n rotem Wasser.«
»Mach die Augen auf«, wies JJ ihn an. Ricky gehorchte.
»Und, siehst du hier irgendwo rotes Wasser?«
Ricky schüttelte verstört den Kopf. »Aber unter dem Bett?«, sagte er.
JJ blickte hinunter. »Nein, nirgendwo ist rotes Wasser zu sehen.«
»Und draußen vor dem Fenster?«
JJ tappte zum Fenster und öffnete es bis zum Anschlag. »Ich sehe nur Gras«, verkündete er.
»Dann ist es wohl weg«, räumte Ricky ein.
»Es war nur ein Traum, Kleiner«, sagte JJ beruhigend.
»Kommt der wieder?«
»Wie wär's, wenn du zu mir ins Bett kriechst, und wenn er noch mal wiederkommt, verscheuch ich ihn.«
Ricky kletterte die Leiter hinunter und kroch in das untere Bett. »Ich hab gelogen«, murmelte er. »Ich bin gar nicht in rotem Wasser ertrunken – das war Cillys Blut.«
»Ich weiß, keine Sorge, ich pass auf dich auf«, sagte JJ.
Ricky kuschelte sich unter die Decke und schlief beruhigt wieder ein, weil er wusste, dass sein großer Bruder ihn beschützte. Drei Wochen lang hatte er jede Nacht einen ähnlichen Alptraum. Als die Alpträume verschwunden waren, begann das Bettnässen. Auch darum kümmerte sich JJ.
»Du sagst aber niemandem was, ja?«, bat ihn Ricky.
»Großmama muss es aber wissen«, antwortete JJ. »Sie muss die Laken und die Schlafanzüge waschen.«
»Okay«, willigte der kleine Junge ein. »Aber sonst niemand, versprochen?«
»Versprochen«, erwiderte JJ.

Martin hatte einen halben Tag herumtelefoniert und war von einem Büro zum anderen verwiesen worden, bis es ihm gelang, die Kinder an derselben Schule unterzubringen, auf die auch ihre Cousins und Cousinen gingen. Charlotte und er wollten ihnen auf diesem Weg die Umstellung erleichtern.

Die Mädchen gewöhnten sich rasch an die neue Umgebung. Ellen war ein stilles folgsames Kind; in dieser Hinsicht glich sie ihrer Mutter. Sie hielt sich an alle Regeln und war unauffällig. Rosemary war keine gute Schülerin, aber sehr hübsch, und sie genoss es, Bekanntschaft mit neuen Jungen zu machen.

Ricky dagegen blieb unberechenbar. Am einen Tag nahm er lebhaften Anteil am Unterricht; am nächsten tauchte er in eine Traumwelt ab und zeigte sich aggressiv gegenüber jedem, der ihn störte. Er konnte sich nicht konzentrieren und brachte schlechte Leistungen. Die Lehrer waren nachsichtig ihm gegenüber, ebenso wie seine Großeltern, und führten sein Verhalten auf den Schock zurück, den er durch den Tod seiner Schwester erlitten hatte. Sie wollten ihm so viel Zeit lassen, wie er brauchte, und niemand konnte ihnen sagen, dass er sich schon seit dem Kindergarten so verhielt.

JJ tat sich am schwersten mit der Umstellung. Er war in Half Moon Bay ein sehr guter Schüler gewesen, bewältigte aber jetzt die Anforderungen der sechsten Klasse nicht mehr.

»Das haben wir bei uns noch nicht durchgenommen«, sagte er immer wieder. Oder: »So weit waren wir noch nicht mit diesem Thema.«

Nach einem Monat stattete Martin der Schule einen

Besuch ab und sorgte dafür, dass JJ zweimal die Woche zu Hause Nachhilfe bekam.

In Martins Haus lebten nun wieder viele Kinder, doch da er nur vorübergehend für sie verantwortlich war, legte er weniger Wert auf Disziplin als auf Gespräche. Wenn es jedoch notwendig war, zeigte er sich streng wie eh und je.

»Großvater ist streng, aber gerecht«, sagte JJ zu Rosemary und rieb sich den Hintern, nachdem sein Großvater ihn dabei ertappt hatte, dass er zu Charlotte frech war. »Er schlägt einen nicht ohne Grund.«

»Und vor allem ist er nicht betrunken dabei«, ergänzte Rosemary.

»Und es gibt keine dämlichen Geschenke«, bemerkte JJ.

»Ich mag Geschenke«, äußerte Ricky, der die Unterhaltung mitgehört hatte.

»Ich auch«, sagte sein Bruder. »Aber ich will sie lieber zu Weihnachten und zum Geburtstag kriegen, wie andere Kinder auch.«

Unterdessen lag Valerie im Bett und starrte an die Decke. Charlotte fütterte sie, wusch sie und geleitete sie zur Toilette. Ab und an glaubte sie eine Reaktion zu bemerken, die jedoch so schnell wieder verschwand, dass sie nicht sicher sein konnte.

Als Charlotte und die Kinder eines Nachmittags Anfang Juni nach Hause kamen, war Valerie verschwunden.

»Was soll das heißen, verschwunden?«, fragte Charlotte, als JJ in die Küche gerannt kam und Bericht erstattete.

»Sie ist nicht in ihrem Bett«, antwortete der Junge.

»Hast du im Badezimmer nachgesehen?«

JJ nickte. »Da ist sie auch nicht. Ehrlich, Großmutter.«

Alle durchsuchten das ganze Haus, zuerst noch in Ruhe,

dann zunehmend hektischer. Schließlich entdeckten sie Valerie auf dem Dachboden, wo sie eine Lumpenpuppe aus ihrer Kindheit umklammerte, sich wiegte und irgendeine Melodie summte.
Zwei Wochen später verschwand sie während eines Gewitters. Martin fand sie, wie sie nackt über die Felder hinter dem Haus streifte.
Die O'Connors beriefen eine große Familienkonferenz ein. Sogar Marianne kam eigens aus Boston angereist. Nur Hugh konnte nicht daran teilnehmen, weil er noch immer in Vietnam war.
Die Kinder sollten nicht dabei sein, aber JJ und Rosemary lauschten an der Wohnzimmertür. JJ hatte keine Gewissensbisse deshalb. Sie sprachen schließlich über seine Mutter.
Die Unterredung dauerte bis spät in die Nacht; es wurde gestritten, geweint, verzweifelt nach einer Lösung gesucht. Am nächsten Morgen weckte Martin Jack, der sich abends in den Schlaf getrunken hatte. Das Gespräch war kurz. Der Vater sprach, der Ehemann hörte zu. Dann suchte Martin Dr. Carnes auf, und drei Tage später brachten die beiden Valerie in ein Privatsanatorium südlich von Burlington.
Dort blieb sie fast ein ganzes Jahr.

3

Als Ricky erwachte, schmerzte sein Nacken, weil er auf dem harten Bündel, das unter seinem Kopfkissen lag, geschlafen hatte. Es war noch dunkel draußen, kurz vor sechs Uhr morgens. Er fragte sich, wieso das Kissen so hart war. Dann fiel es ihm wieder ein. Er setzte sich auf, machte Licht, nahm seine Beute aus seinen Kleidern und häufte sie auf seinem Bett auf. Dann starrte er darauf und versuchte das Hochgefühl der letzten Nacht wieder heraufzubeschwören.
Dies war nicht sein erster Diebstahl. Er hatte seiner Mutter schon mehrmals Geld gestohlen, um sich etwas zu kaufen, was er sich sonst nicht hätte leisten können. Er wusste, dass sie es nicht bemerken würde. Aus der Garderobe eines Klassenkameraden hatte er einen handgestrickten Pullover geklaut, der ihm gefiel. Jetzt lag er in einer Papiertüte im Schrank, weil er ihn natürlich nicht anziehen konnte. Ricky hatte auch aus Läden im Ort Limonade und Süßigkeiten mitgehen lassen; er war geschickt und wurde nie erwischt.
Doch all das zählte nichts im Vergleich zu dem, was nun vor ihm lag. Das hier war ein großer Coup, kein Kinderkram. Ricky rieb sich den steifen Nacken. Er spürte seine

Aufregung im Bauch. Hierfür konnte man ins Gefängnis kommen. Er fragte sich, in welches Gefängnis man Zwölfjährige steckte. Das wusste er nicht, und er kannte auch niemanden, den er danach fragen konnte. Ricky nahm sich vor, das in Erfahrung zu bringen. Nicht weil er glaubte, dass er in Kürze dort landen würde – dafür war er zu schlau –, sondern weil er immer gerne wusste, womit er zu rechnen hatte.
»Je mehr du weißt, desto schlauer stellst du's an«, pflegte er zu sagen.
Er zog sein T-Shirt aus, legte es auf das Bett und platzierte den Schmuck und den größten Teil des Geldes darauf. Dann tappte er zufrieden mit seinem Bündel in JJs Zimmer.
Sein Bruder schlief noch. Ricky rüttelte ihn wach.
»Was ist los?«, fragte JJ.
»Nichts«, antwortete Ricky, »ich wollte dir nur das hier geben.« Er legte das Bündel aufs Bett.
»Was ist das?«
Ricky zuckte die Schultern. »Ein Abschiedsgeschenk.«
»Ein Abschieds...?« JJ sah seinen Bruder scharf an. »Wovon redest du da?«
»Du haust doch ab, oder?«
JJ sank auf sein Kissen zurück. »Woher weißt du das?«
»Hab Augen.«
»Weiß es sonst noch jemand?«
»Nein«, antwortete Ricky. »Rosemary hat nur Jungen im Kopf, Ellen nur ihre Bibel, Ma kapiert ja nichts mehr, und Pa ... kriegt besser sowieso nichts mit.«
»Verrätst du mich?«
»Na, dann hätte ich's wohl schon getan«, erwiderte Ricky.

JJ wies mit dem Kopf auf das Bündel. »Was ist das?«
»Mach's auf.«
JJ schlug das T-Shirt auf. »Was, zum Teufel?«, fragte er entgeistert. »Wo ist dieses Zeug her?«
»Von irgendwo«, erwiderte Ricky.
»Was soll das heißen?«
»Das kann dir doch egal sein. Damit kommst du überall hin, oder? Damit kannst du abhauen.«
»Du hast das gestohlen, nicht? Großer Gott, natürlich!«
»Na und?«
»Warum hast du das bloß gemacht?«
»Es ist für dich«, gab Ricky zur Antwort, »damit du hier verschwinden kannst, bevor er dich umbringt.«
JJs Miene verdüsterte sich. »Keine Sorge, er bringt mich schon nicht um.«
»Dann bringst du ihn um.«
»Wär das so schlimm?«
Ricky dachte nach. »Ja«, sagte er schließlich, »wäre es schon. Mir ist es lieber, du haust ab, als dass du den Rest deines Lebens im Knast sitzt.«
JJ war nun siebzehn Jahre alt und so groß wie sein Vater, wenn auch nicht so massig.
In den Jahren seit Priscillas Tod war Jack zusehends aggressiver und JJ immer kräftiger geworden. Er spielte Football im Uniteam und arbeitete am Wochenende im Sägewerk. Wenn der Vater seine Wut an der Mutter und den kleineren Kindern auslassen wollte, musste er erst einmal an seinem ältesten Sohn vorbei, der dafür die schlimmsten Schläge einsteckte.
Wie beispielsweise vor einem Monat, kurz nachdem Valerie und die Kinder von einem glücklichen Weihnachtsfest

in Vermont zurückkehrten. Eine Woche lang schien Jack froh zu sein, dass sie wieder da waren. Dann kam er eines Abends spät nach Hause und machte Valerie Vorwürfe, weil sie mit dem Essen nicht auf ihn gewartet hatte. Er schubste sie gerade grob durch die Küche, als JJ hereinkam.

»Lass sie in Frieden, Pa«, sagte der Junge. »Als du um acht noch nicht zu Hause warst, hat sie gedacht, du kämst heute gar nicht.«

»Keiner hat dich gefragt«, versetzte Jack.

»Du musst sie nicht schlagen«, entgegnete der Junge. »Wenn du was zu essen willst, brauchst du nur zu fragen.«

Jack fuhr herum. »Wag es nicht, mir vorzuschreiben, was ich in meinem eigenen Haus zu tun habe.« Er ließ Valerie los und trat auf seinen Sohn zu. »Für was hältst du dich?«

»Ich bin dein Sohn, Pa«, erwiderte JJ gleichmütig und trat zwischen Jack und Valerie. »Ich sage nur, wenn du sie in Ruhe lässt, macht sie dir zu essen, was immer du haben willst.«

»So hast du meinen Sohn großgezogen?«, brüllte Jack nun Valerie an. »Dass er seinem Vater Vorschriften macht?«

»Er meint das nicht so, Jack«, erwiderte Valerie.

»Ich lass dich in dein Kuhkaff gehen mit den Kindern, und hinterher wenden sie sich gegen mich?«

»Nein, gewiss nicht, Jack«, versuchte Valerie ihn zu beruhigen.

»Ich wende mich nicht gegen dich, Pa«, sagte JJ. »Ich werde nur nicht zulassen, dass du Ma schlägst.«

»Aus dem Weg«, schrie Jack und versuchte, um JJ herumzugreifen. Doch der rührte sich nicht vom Fleck. »Hast du mich gehört, Junge? Aus dem Weg, hab ich gesagt.«

»Ich hab dich gehört, Pa«, antwortete der Junge, blieb jedoch stehen.

Die Schläge, die für Valerie bestimmt waren, hagelten nun auf JJ nieder. Der Junge wehrte sich nicht und schrie nicht. Er schützte lediglich seine Mutter.

Danach versorgte Valerie seine Platzwunden und flehte ihn an, sich nie wieder einzumischen. »Wenn du dich ihm widersetzt, machst du alles nur noch schlimmer«, sagte sie.

»Was soll denn noch schlimmer werden, Ma?«, erwiderte JJ. »Er ist doch ohnehin so gut wie nie zu Hause. Und wenn, dann nur, um uns zu verprügeln. Man sollte glauben, dass er sich ändern würde, nachdem er schon Cilla umgebracht hat, aber er wird erst aufhören, wenn er uns alle getötet hat.«

»JJ«, rief Valerie aus, »sag das nie wieder. Priscillas Tod war ein Unfall, hörst du? Ein tragischer Unfall!«

»Schon gut, Ma, schon gut«, sagte JJ besänftigend. Er wusste, wie wenig belastbar sie war, auch nach all den Jahren noch. »Reg dich nicht auf. Es tut mir leid.«

»Dein Vater war ebenso verzweifelt darüber wie wir«, sagte sie unter Tränen. »Er hat nur eine andere Art zu trauern, das ist alles.«

»Sicher, Ma«, entgegnete JJ, doch er wusste, dass nicht Trauer seinen Vater zu diesem Verhalten veranlasste, sondern Schuld. Und das war etwas ganz anderes.

»Ich weiß, dass du das nicht verstehen kannst«, sagte Valerie. »Das gelingt nicht einmal mir immer. Du musst mir einfach glauben, dass dein Vater uns liebt und dass er sich nur so verhält, weil er fürchtet, uns zu verlieren. Setz ihm also bitte nicht zu. Es ist nicht wichtig, was er mit mir macht. Aber es ist mir wichtig, was er mit dir macht.«

Nein, JJ verstand seinen Vater tatsächlich nicht. Seiner Mutter mochte es einerlei sein, was er mit ihr machte, aber JJ war es nicht egal, und er wollte nicht als Punchingball seines Vaters fungieren. Deshalb schleppte er die schweren Holzbündel und kämpfte beim Football mit den wuchtigen Linebackers und wurde immer kräftiger.
Bis zu dem Abend vor zwei Tagen, als deutlich wurde, dass er nun stark genug war.

Seit Valeries Sanatoriumsaufenthalt flogen die Kinder und sie jedes Jahr für einen Monat im Sommer und zwei Wochen an Weihnachten nach Vermont. Jack war natürlich immer eingeladen, kam aber selten mit. Er hatte das Gefühl, dass die O'Connors genau wussten, was auf dem Dach vorgefallen war, und ihm die Schuld an Priscillas Tod gaben. Deshalb blieb er lieber allein zu Hause, trank bis zur Besinnungslosigkeit und gab sich seinen Schuldgefühlen hin.
»Ich fände es gar nicht so übel, wenn Papa mitkäme«, sagte Rosemary einmal zu JJ, als ihr Flugzeug zur Startbahn rollte. »In Vermont ist er immer viel netter als in Kalifornien.«
»Muss er ja sein«, erwiderte JJ, »sonst würde ihm Großvater die Visage polieren.« Martin war der einzige Mensch, von dem JJ wusste, dass er keine Angst vor Jack hatte.
Valerie hatte das Gespräch mitgehört. »Sprich nicht schlecht über deinen Vater, JJ«, sagte sie. »Er macht alles, so gut er kann.«
Wenn Jack seine Familie zum Flughafen brachte und sich verabschiedete, fragte er sich jedes Mal, ob sie diesmal nicht zurückkommen würden. Er war sicher, dass es eines

Tages so weit sein würde. Mit einem flauen Gefühl im Magen erwartete er den Anruf, bei dem ihm Valerie sagen würde, dass sie ihn verließ – wie die Frauen, die ihn als Kind verlassen hatten. Er wusste nicht, was er dann tun würde.

Die eineinhalb Jahre nach Priscillas Tod, als Valerie im Sanatorium war und die Kinder bei den Großeltern lebten, waren die schlimmste Zeit seines Lebens gewesen. Wenn Jack abends von der Arbeit nach Hause kam, saß er im Dunkeln in dem leeren Haus und trank einen Dreiviertelliter Bourbon direkt aus der Flasche. Im Dunkeln spürte er weniger, wie allein er war. Er musste die anklagenden Augen nicht sehen.

Morgens zwang er sich, aufzustehen und zur Arbeit zu gehen, und sobald seine Schicht zu Ende war, fuhr er wieder nach Hause. Er fing an, bestimmte Aufgaben bei der Arbeit nicht mehr zu erledigen, weil er sich nicht mehr konzentrieren konnte; nur Kleinigkeiten, sagte er sich. Er traf sich nicht mehr mit seinen Kumpeln zum Trinken. Er stellte nicht mehr den Frauen nach. Er saß einfach nur zu Hause. Das Haus war sein Gefängnis geworden. Jack fand, dass er nichts anderes verdient hatte.

Wenn er daran gedacht hatte, einzukaufen, machte er sich etwas zu essen, aber meistens saß er nur mit dem Whisky im Wohnzimmer und wartete darauf, bis der Schmerz nachließ und er ins Bett taumeln konnte.

An zwei Tagen in der Woche erledigte Jack Arbeiten am Haus. Er besserte das Dach aus, obwohl er es kaum ertragen konnte, sich dort oben aufzuhalten. Er baute eine kleine Ziegelmauer um Valeries Gemüsegarten und bemühte sich, die Pflanzen am Leben zu halten. Er räumte die Garage auf, mietete einen Teppichreiniger und säuberte die Böden, putzte die Fenster, strich die Wände und fragte sich dabei ständig, ob Valerie und die Kinder wohl das Ergebnis seiner Bemühungen noch sehen würden.

Sie kamen zurück. Und kaum hatten sie ihren Alltag wieder begonnen, kehrte auch Jack zu seinen alten Gewohnheiten zurück. Er traf sich wieder mit seinen Saufkumpanen und fing eine Affäre mit einer Kellnerin namens Kate an, die in der Flughafenbar arbeitete. Sie war verwitwet, älter als er und keine Schönheit, doch sie ließ ihn zwei- oder dreimal die Woche spüren, dass er ihr Held im Bett war.

Eine Zeit lang hatte Valerie darauf bestanden, dass die Kinder zum Abendessen auch für Jack deckten, obwohl sie nicht wussten, ob er rechtzeitig da sein würde. Meist bekamen sie ihn nicht zu Gesicht.

Auch wenn sie zweimal im Jahr nach ihren Aufenthalten in Rutland zurückkamen, pflegte Jack eine Weile vor Dankbarkeit förmlich auf Knien zu liegen. Sobald er sicher war, dass alles beim Alten blieb, benahm er sich wie immer.

Beinahe ein Monat war vergangen, seit er einen Wutanfall bekommen hatte und JJ schlug, weil er ihm widersprochen hatte. Es hatte keinen konkreten Auslöser für diesen Vorfall gegeben, außer vielleicht Jacks Verunsicherung. Die Kellnerin war noch immer nett zu ihm, und bei der Arbeit war alles in Ordnung.

Bis zu diesem Dienstag.

Außer starken Winden gab es vier geologische Vorgaben, die den Flugverkehr von San Francisco bestimmten: San Bruno Mountain im Westen, Mount Tamalpais im Norden, Mount Diablo im Osten und die San Francisco Bay im

Süden. Die Flugzeuge mussten das Dreieck umfliegen, über San Jose drehen und dann übers Wasser die Hauptlandebahn ansteuern.
An jenem Dienstag näherte sich eine Boeing 727 von Osten, unterhalb des Mount Diablo, flog im Süden einen großen Bogen, drehte zügig über San José ab, hielt sich in Richtung Norden und stürzte fünfzehn Meter vor der Landebahn ins Meer.
Die Federal-Airlines-Maschine 921 war um zehn nach zwei Uhr mittags mit hundertsiebenunddreißig Passagieren an Bord und einer achtköpfigen Crew in Chicago abgeflogen. Eine Viertelstunde später meldete sich der Pilot über Funk beim Tower.
»Tower, hier Federal 921. Ich habe irgendein Problem.«
»Um was für ein Problem handelt es sich, 921?«, fragte der Fluglotse.
»Um ehrlich zu sein, weiß ich es nicht genau«, antwortete der Pilot. »Irgendetwas stimmt einfach nicht.«
»Können Sie es nicht genauer sagen, 921?«
»Im Moment noch nicht, Tower. Ich weiß, dass Ihnen das keine Hilfe ist, aber ich habe noch keine konkrete Ursache gefunden. Irgendwas fühlt sich einfach sonderbar an.«
»Was wollen Sie tun, 921?«
Captain Bill Taggart war seit über zwanzig Jahren Pilot bei Federal Airlines. Davor hatte er bei der Luftwaffe mehr als tausend Flugstunden im Zweiten Weltkrieg und im Koreakrieg absolviert. Er war enorm erfahren und kannte sich auch mit der Boeing 727 bestens aus.
»Tut mir leid, Tower«, sagte er zögernd. »Ich weiß es nicht, aber ich melde mich wieder.«
»Ende, 921.«

Der Fluglotse gab der Boeing noch die Landekoordinaten durch und begann alle anderen Flüge umzuleiten. Dann alarmierte er routinemäßig den Wasserrettungsdienst und die Sanitäter. Dieser Maßnahme war es zu verdanken, dass die Mehrheit der Passagiere gerettet werden konnte.
Achtundneunzig Personen wurden bei dem Absturz verletzt und in nahe gelegene Krankenhäuser transportiert; die Hälfte von ihnen war schwer verletzt. Dreiunddreißig Menschen kamen ums Leben, unter ihnen auch Captain Bill Taggart.
Sofort wurde eine polizeiliche Untersuchung eingeleitet. Drei Stunden später trafen auch die Verantwortlichen von Federal Airlines aus Seattle ein. Das gesamte Personal von der Wartungsmannschaft musste vor Ort bleiben.

Als Jack nach Hause kam, war die Küche bereits aufgeräumt, und Valerie lag im Bett. In der Diele brannte noch Licht, in allen unteren Räumen war es dunkel. Die Kinder schliefen schon oder erledigten noch Hausaufgaben in ihren Zimmern.
JJ war in seinem Zimmer, hörte die Haustür zufallen und schaute überrascht auf seine Nachttischuhr. Es war zwanzig nach zehn. Wenn sein Vater abends nach Hause kam, war er entweder pünktlich zum Abendessen da oder erschien erst nach Mitternacht. Dass er um diese Uhrzeit heimkam, war außergewöhnlich, und JJ hatte einen speziellen Sinn fürs Ungewöhnliche entwickelt.
Und tatsächlich hörte er, dass sein Vater betrunken die Treppe hinaufstolperte und die Tür zum Schlafzimmer fast aus den Angeln riss. JJ stand vom Schreibtisch auf und öffnete lautlos die Tür einen Spalt. Gegenüber sah er Ricky

ebenfalls aus seinem Zimmer spähen. JJ bedeutete ihm, wieder reinzugehen, und wartete, bis sein Bruder sich zurückgezogen hatte. Dann trat er auf den Flur hinaus und schlich auf Zehenspitzen zum Schlafzimmer, wo die Tür noch immer offen stand. Dort drückte er sich an die Wand.
»Ich arbeite mir den Arsch ab für diese verfluchte Familie«, schrie Jack. »Ist es zu viel verlangt, dass ein Essen auf dem Tisch steht, wenn ich nach Hause komme?«
»Tut mir leid, Jack«, hörte JJ seine Mutter antworten. »Wenn du bis sechs nicht da bist, isst du ja gewöhnlich nicht zu Hause.«
Das stimmte. Normalerweise verbrachte Jack zwei bis drei Abende pro Woche mit Kate und wäre auch heute bei ihr gewesen, wenn es nicht zum Absturz der Maschine gekommen wäre. Doch heute war ihm das einerlei. Nach dem Verhör durch das FBI war ihm ohnehin nicht mehr nach Sex zumute. Er hatte in der Flughafenbar sechs Gläser Whisky getrunken und war direkt nach Hause gefahren.
»Nun, wie du siehst, bin ich sehr wohl hier«, erwiderte er. »Steh auf, faule Schlampe. In zehn Minuten will ich ein Essen. Und zwar was Gutes, nicht deinen üblichen Schrott aus der Dose.«
Valerie litt seit anderthalb Tagen unter einer schweren Migräne. Ihr Kopf schmerzte und pochte, und ihr war schwindlig und übel. Die Kinder hatten das Abendessen gemacht und das Geschirr abgespült. Sie hatten ihre Mutter ins Bett geschickt und ihr Suppe, Cracker, Pudding und Tee gebracht.
Schon beim bloßen Gedanken daran aufzustehen wurde Valerie übel, aber sie sagte sich, dass es jetzt klüger war,

gegen die Migräne anzukämpfen. Mit einem Seufzer schlug sie die Bettdecke beiseite und richtete sich auf.

»Ich kann dir was zu essen machen, Pa«, sagte JJ von der Tür her.

Jack fuhr herum. »Seit wann bist du eine Hausfrau?«, knurrte er.

»Ich kann kochen«, sagte der Teenager ruhig.

»Ganz bestimmt«, erwiderte sein Vater höhnisch. »Und nähen kannst du wohl auch.« Er wandte sich wieder Valerie zu. »Du hast noch genau neun Minuten«, knurrte er und wandte sich Richtung Badezimmer.

»Ma geht's nicht gut«, sagte JJ. »Sie sollte im Bett bleiben. Ich mach dir ein paar Burger und Pommes frites.« Im Gefrierfach befanden sich immer Hamburger und Fritten. Wenn er die in die Pfanne warf, war das Essen im Handumdrehen fertig.

Jack blinzelte, als er langsam seinen Gürtel aus der Hose zog. »In letzter Zeit bist du ordentlich vorlaut, Junge. Ich hab, verdammt noch mal, die Schnauze voll davon, dass du mir vorschreibst, was ich tun und lassen soll.« Er wickelte das Ende des Gürtels um seine Hand und trat auf JJ zu. »Ich glaub, ich muss dir mal beibringen, wer hier das Sagen hat.« Die Gürtelschnalle sauste durch die Luft und traf den Jungen unterm Arm, riss den Stoff seines Hemds auf. JJ spürte den Schmerz, als er gegen den Türrahmen taumelte, sah das Blut, das ihm quer über die Brust spritzte, und die Augen seines Vaters. Doch der Junge zuckte nicht einmal mit der Wimper.

»Ich bin hier der Boss, vergiss das nie wieder.« Jack holte wieder aus. Diesmal zielte die Schnalle auf JJs Unterleib, doch der Junge rührte sich nicht vom Fleck.

»Keiner hat an meiner Autorität zu zweifeln oder an der Qualität meiner Arbeit ...« Er wickelte den Gürtel wieder um die Hand.

»Jack, hör auf«, schrie Valerie und rappelte sich mühsam auf. »Lass ihn in Ruhe. Ich bin doch schon aufgestanden, schau. Ich mach dir sofort dein Essen.«

Jack fuhr herum und holte aus, und die Gürtelschnalle traf Valerie im Gesicht. Mit einem Schmerzensschrei fiel sie zurück aufs Bett. Er stürzte sich auf sie, den Gürtel schwingend.

Jetzt rührte sich JJ. Mit zwei Schritten war er bei seiner Mutter und stellte sich vor sie. Und dann, ohne zu zögern, ballte er die Faust und schlug seinen Vater mit voller Kraft auf die Luftröhre

Jack traten die Augen aus dem Kopf, er fasste sich mit beiden Händen an den Hals und sank mit einem würgenden Laut zu Boden.

»O Gott, JJ«, schrie Valerie entsetzt, »du hast ihn umgebracht!«

»Nein, Ma, ich hab ihn nur bewusstlos geschlagen. Nach einer Weile wird er wieder zu sich kommen.«

Seine Mutter sank auf den Rand des Betts und starrte auf ihren reglosen Gatten. »Was hast du uns angetan?«, jammerte sie. »Was hast du uns angetan?«

JJ überlegte rasch. »Hilf mir, ihn auszuziehen«, sagte er. »Wir legen ihn ins Bett. Er ist betrunken, vielleicht kommt er erst morgen früh wieder zu sich.«

Sie zogen Jack mühsam die Kleider aus und hievten ihn ins Bett. Er war viel schwerer als eine Ladung Holz, dachte JJ, aber wenigstens wehrte er sich nicht wie ein Linebacker. Als Jack schließlich im Bett lag, schlang Valerie die Arme

um ihren Sohn, und sie hielten sich fest, als hätten sie gerade ein Erdbeben überlebt.
Beide sahen Ricky nicht, der im Flur stand und um die Ecke spähte und dessen kleiner Körper von einem Schluckauf geschüttelt wurde.

Jack wachte tatsächlich erst am nächsten Morgen auf, und zwar ohne sich an die Geschehnisse des vorherigen Abends genau erinnern zu können. Nur das Verhör durch die FBI-Leute hatte er noch deutlich vor Augen. Die Polizei würde die abgestürzte Maschine präzise untersuchen, jeden einzelnen Knopf und Riegel. Der Vogel würde so lange auseinander genommen und wieder zusammengesetzt werden, bis die Ursache des Unglücks gefunden war.
Jacks Mannschaft hatte diese Maschine gewartet, und er hatte sie zum Abflug freigegeben. Da die Crew, die mit ihr gelandet war, nichts Außergewöhnliches vermeldet hatte, verzichtete Jack auf seine übliche genaue Untersuchung und hakte die Checkliste einfach ab. Er hatte gerade eine 707 in der Werkstatt mit einem Leck im Tank, das er nicht finden konnte. Das erschien ihm vorrangig. Wenn sich nun natürlich herausstellte, dass die Maschine wegen mangelnder Qualität der Wartungsarbeiten abgestürzt war, war er dran. Jack sprang hastig aus dem Bett; er musste unbedingt früh am Flughafen sein, um seinen Mitarbeitern die richtige Geschichte einzuimpfen.
JJ hatte sich nachts aus dem Haus geschlichen, kurz nachdem seine Mutter ihn ins Bett geschickt hatte. Er nahm eine Decke und seine dickste Jacke mit und verbrachte die Nacht im Wald hinter dem Haus der Marshs in einem Eukalyptushain. Dort blieb er, bis er wusste, dass sein Vater

zur Arbeit gefahren war und er in sein Zimmer zurückkehren konnte. Wegen der Kälte und seiner Schmerzen konnte JJ kaum ein Auge zutun. Stattdessen schmiedete er Pläne.

Es war klar, dass sein Vater und er nicht mehr unter einem Dach leben konnten. JJ wusste, dass sie früher oder später wieder aneinander geraten würden, und dann war sein Vater vielleicht nicht so vom Alkohol betäubt. Jack brachte zwanzig Kilo mehr auf die Waage als sein Sohn, und JJ bildete sich nicht ein, dass es ein fairer Kampf sein würde.

Von seiner Arbeit beim Holzlager hatte er sich hundertdreizehn Dollar gespart, um sich ein Motorrad zu kaufen. Achtunddreißig Dollar standen ihm noch zu von der Vorwoche; die konnte er sich am Donnerstagnachmittag abholen. JJ wusste nicht genau, wie weit er mit hunderteinundfünfzig Dollar kommen würde, aber er wusste auch noch nicht, was er tun wollte.

Allerdings spukte ihm eine Idee im Kopf herum, seit er mit elf Jahren seinen Onkel Hugh in seiner Uniform gesehen hatte. Jack hatte auch mit seinen Heldentaten als Pilot während des Korea-Krieges geprahlt, aber einen Mann in Uniform zu sehen, mit all diesen kleinen bunten Streifen, die sie Lametta nannten, war noch viel beeindruckender.

Für JJs Freunde kam ein Soldat allerdings gleich hinter den Bullen, wie man heutzutage die Polizisten nannte. Einige seiner Klassenkameraden waren im letzten Jahr sogar eigens nach San Francisco gefahren, um Veteranen, die aus dem Vietnam-Krieg nach Hause zurückkehrten, mit Tomaten zu bewerfen. JJ hatte sich ihnen nicht angeschlossen. Sein Onkel Hugh war auch in Vietnam, und es wäre ihm vorgekommen, als bewerfe er *ihn* mit Tomaten.

Er wünschte, er könnte Hugh nach der Armee fragen, sich erkundigen, ob Hugh ihn für geeignet halten würde, doch das ging natürlich nicht. JJ hatte keine Ahnung, wo sein Onkel sich gerade aufhielt. Außerdem sollte niemand erfahren, wohin er gegangen war, für den Fall, dass sein Vater ihn suchen ließ.
JJ war beinahe ein Mann und doch noch ein Junge. Tränen rannen ihm aus den Augen, als er auf seinem Bett lag und daran dachte, dass er seine Mutter und seine Geschwister verlassen musste. Es waren Tränen der Trauer und der Angst. Dort draußen wartete die riesige Welt auf ihn, in der er von nun an ganz allein sein würde.

Im nächsten Jahr hatte er mit dem Studium beginnen wollen. Er war ein guter Schüler und hatte ein Stipendium für die University of California in Berkeley bekommen. Jetzt musste er zusehen, wie er allein durchkam, und zwar nicht nur ohne ein Studium, sondern auch ohne Schulabschluss. JJ steckte das Geld in seine Brieftasche, verstaute den Schmuck und seine Kleider in einem Matchsack und schrieb eine Nachricht für seine Mutter. Nachmittags um kurz nach zwei Uhr holte er seinen Scheck im Holzlager ab, löste ihn auf der Bank ein, hob seine Ersparnisse ab und verschwand.

Valerie starrte annähernd fünf Minuten lang in den Schrank, bevor sie die Hand ausstreckte und die Bourbonflasche herausnahm. Vom Weihnachtspunsch ihres Vaters abgesehen, hatte sie noch nie etwas Stärkeres getrunken als Wein und Sekt, aber heute musste sie eine Ausnahme machen.

Ihr Sohn, ihr Erstgeborener, ihr tapferer junger Beschützer, war verschwunden. Der Zettel, den sie seit dem frühen Morgen mit sich herumtrug, war durch die Tränen unlesbar geworden, doch sie hatte sich die Worte eingeprägt.

»Ich glaube, du weißt, dass ich nicht hier bleiben kann, Ma. Beim nächsten Mal wird er mich umbringen oder ich ihn. Mach dir keine Sorgen um mich, ich werde zurechtkommen, und vielleicht läuft ohne mich sowieso alles besser. Gib gut auf dich Acht. Dein dich liebender Sohn JJ.«

Valerie saß stundenlang auf seinem Bett und weinte, umklammerte sein Kopfkissen. Dieser Verlust war für sie in vielerlei Hinsicht noch schlimmer als Priscillas Tod. Priscilla war durch einen Unfall zu Tode gekommen, man hatte nichts dagegen tun können, doch JJ hatte diese Entscheidung aus freien Stücken getroffen.
Valerie nahm es ihm nicht übel, sondern gab sich selbst die Schuld daran. Sie warf sich vor, dass sie nicht stark genug war, um ihn so zu schützen, wie es eine Mutter tun sollte. Und sie hatte Angst um ihn, denn er war noch so jung und musste sich nun allein dort draußen in der Welt zurechtfinden. Sie wusste nicht, was aus ihm werden würde.
Sie schaute auf die Flasche, die bereits halb leer war, und sagte sich, dass es Jack bestimmt nicht auffallen würde, wenn ein paar Schlucke fehlten. Sie goss sich eine ordentliche Portion von der braunen Flüssigkeit ein. Beim ersten Schluck verzog sie das Gesicht. Der Whisky schmeckte scharf und sauer und brannte in der Kehle. Doch er wärmte sie von Kopf bis Fuß, und der zweite Schluck schmeckte schon besser.

Valerie ging mit Glas und Flasche ins Wohnzimmer und setzte sich aufs Sofa. Auf dem Tisch lag ein Fotoalbum mit Bildern von den Kindern. Sie schlug es auf. Eine Stunde später war die Bourbonflasche leer, und Valerie blätterte die letzte Seite des Albums um.
Als Ellen um halb vier Uhr nachmittags aus der Schule kam, fand sie ihre Mutter betrunken auf dem Sofa vor. In der Hand hielt sie ein tränenbeflecktes Foto von JJ.
Valerie erbrach sich, als Ellen sie wachrüttelte, und noch zwei weitere Male, als das Mädchen sie nach oben brachte. Dann begann sie zu schluchzen. Ellen zog ihrer Mutter die stinkenden Sachen aus und brachte sie zu Bett. Sie holte einen feuchten Waschlappen, wusch Valerie das Gesicht und setzte sich zu ihr. Dann summte sie Valeries Lieblingskirchenlied, bis die Mutter die Augen schloss und nicht mehr weinte.
Sie nannten Ellen immer das »Schattenkind«, weil sie anwesend war, aber nie auffiel. Ellen war ein stilles sanftes Mädchen, das in sich selbst zu ruhen und wenig von anderen Menschen zu brauchen schien. Sie hatte es schon vermocht, jemanden zu trösten und zu beruhigen, bevor sie noch richtig laufen und sprechen konnte. Und nun übernahm Ellen die Aufgabe, Jack von JJ zu berichten, nachdem sie sich die Geschichte aus Valeries Gelalle und ein paar Informationen von Ricky zusammengereimt hatte.
Die Untersuchung des Absturzes der Boeing war in vollem Gange. Experten von der Fluggesellschaft und der Regierung schwärmten überall herum und steckten ihre Nase in alles. Jack verließ das Flughafengelände, sobald er konnte. Er war zu angespannt, um mit seinen Kumpeln in die Bar zu gehen, und Kate arbeitete donnerstagabends. Auf der

Heimfahrt beschloss er, mit Valerie ins Kino zu gehen. *Calahan* lief gerade, und den Film wollte er gerne sehen. Doch als er nach Hause kam, lag seine Frau im Bett und schlief.
»Was ist denn jetzt schon wieder mit deiner Mutter los?«, fragte er Ellen.
Ellen war damit beschäftigt, Valeries Erbrochenes vom Teppich im Wohnzimmer zu entfernen. Die leere Bourbonflasche hatte sie schon verschwinden lassen. »Mama hat heute eine schlimme Nachricht bekommen, Pa.«
Jack seufzte. Auf schlimme Nachrichten legte er keinerlei Wert. »Steht sie wieder auf, um Essen zu machen?« Sie mussten früh essen, wenn sie noch rechtzeitig ins Kino kommen wollten.
»JJ ist weg, Pa«, sagte Ellen.
Jack blickte sie verständnislos an. »Was hat das mit dem Abendessen zu tun?«
»Er ist weg – für immer. Er kommt nie mehr nach Hause. Mama ist völlig außer sich.«
»Was soll das heißen?« Jack war abgelenkt und hörte nicht richtig zu.
»Ich rede von JJ«, sagte Ellen geduldig. »Er ist von zu Hause weggelaufen. Er hat Mama eine Nachricht hinterlassen, in der stand, dass sie sich keine Sorgen um ihn machen soll.«
»Scheiße«, sagte Jack. Ellen zuckte zusammen. »Wo will er denn hin?«
»Hat er niemandem gesagt.«
»Warum macht er denn so was?«
Ellen zuckte die Schultern und schwieg. Sie war ein gehorsames Mädchen, aber nicht dumm. Ricky hatte ihr alles erzählt, was Jack mit seinem Gürtel gemacht hatte und er

mit seiner Faust. Wenn ihr Vater das nicht verstand, sagte sie sich, war es nicht ihre Aufgabe, ihn aufzuklären.
Rosemary machte an diesem Tag das Abendessen, einen Auflauf aus Resten eines Tunfischsalats mit Makkaroni und Gemüse. Valerie kam nicht herunter.
Niemand am Tisch sprach oder sah den anderen an. JJs Platz blieb leer.
Nach dem Essen flüchtete Rosemary sofort zu einer Freundin, unter dem Vorwand, Hausaufgaben machen zu müssen, und Ellen verzog sich auf ihr Zimmer zu ihrer Bibel. Ricky erledigte ohne Klagen den Abwasch. Jack blieb am Tisch sitzen und starrte in seine Kaffeetasse.
»Weißt du, wohin dein Bruder will?«, fragte er schließlich.
»Nein«, log Ricky.
»Du hast nicht einmal einen Verdacht?«
»Nein.«
Jack runzelte die Stirn. »Warum hat er das bloß getan?«
Weil er es satt hatte, zu Brei geschlagen zu werden, dachte Ricky, *und weil er dich umbringen wollte, du blöder Drecksack.*
Valerie wachte auf, als Jack nach elf Uhr ins Zimmer kam.
»Wie viel Uhr ist es?«, fragte sie und blinzelte.
»Spät«, antwortete Jack und stieg ins Bett, »schlaf weiter.«
Wenn er irgendetwas anderes im Sinn gehabt hätte, wäre ihm nach einem Blick auf sie die Lust vergangen.
»Ich fühle mich schrecklich«, sagte Valerie.
»Du siehst auch nicht grade toll aus.«
»Haben die Kinder es dir erzählt?«
»Ja.«
»Was sollen wir tun?«
»Tun?«, wiederholte Jack. Was meinte sie damit? »Jetzt schlafen wir erst mal.«

»Aber wir müssen ihn doch finden«, wandte Valerie ein. »Er ist zu jung, um sich allein durchzuschlagen.«
»Nicht jünger als ich damals«, erwiderte Jack.
Valerie begann zu schluchzen. »Mein Baby ist weg. Mein Baby ist weg. O Gott, wo ist mein Baby?«
Jack machte das Licht aus und kehrte ihr den Rücken zu. Nachdem er eine Stunde lang ihr Gejammer angehört hatte, schlief er ein.
Am nächsten Morgen hatte Valerie rasende Kopfschmerzen, konnte kaum aus den Augen schauen und fühlte sich wie zerschlagen. Sobald Jack zur Arbeit gefahren und die Kinder zur Schule gegangen waren, brach sie auf und kaufte eine Flasche Bourbon.

4

Rosemary rang die Hände im Schoß, als sie – mehrere Stunden zu früh für ihren Termin – im Wartezimmer saß und die Frauen beobachtete, die durch die undurchsichtige Glastür gingen und wieder herauskamen. Ältere Frauen und sehr junge Frauen, dick oder dünn, blond oder dunkelhaarig, groß oder klein – sie waren alle aus demselben Grund hier.
Eine ging weinend durch die Glastür und kam lächelnd wieder heraus. Eine andere ging lächelnd hinein und kam weinend heraus. Zwei sahen ängstlich aus, als sie durch die Tür traten, und erleichtert, als sie zurückkehrten. Doch die meisten wirkten angespannt, als sie hinter der Tür verschwanden, und elend, als sie wieder auftauchten.
Rosemary fragte sich, wie sie selbst wohl wirkte. Sie fühlte sich jedenfalls ängstlich, angespannt und elend und sagte sich, dass es wohl ein Fehler gewesen war, das allein auf sich zu nehmen. Ihre Mutter, die so labil war, hätte sie natürlich nicht begleiten können. Auch nicht ihre Schwester Ellen, die entsetzt gewesen wäre und gleich zu beten begonnen hätte. Aber da Benny nicht mitkommen konnte, hätte sie vielleicht eine Freundin bitten können.
Betsy Barth, zum Beispiel, ihre beste Freundin seit der

zweiten Klasse. Betsy wohnte mit ihrer Mutter und ihrem Halbbruder an der Avenida del Oro. Weder ihren eigenen Vater noch den ihres Halbbruders hatte sie je zu Gesicht bekommen.

Die beiden Mädchen hatten sich zum ersten Mal gemeinsam betrunken, ihre erste Zigarette zusammen geraucht ... und den ersten Joint. Sie schwänzten an denselben Tagen die Schule, bekamen im selben Monat zum ersten Mal ihre Periode, kauften ihre ersten BHs gemeinsam und gingen zusammen mit den dürren Dobson-Zwillingen baden, deren Pimmel im kalten Wasser so schrumpften, dass sie fast nicht mehr zu sehen waren.

Binnen weniger Tage hatten sie beide mit dreizehn Jahren zum ersten Mal Sex. Beim zweiten Mal waren sie dabei sogar zusammen, unter einer Decke auf der Rückbank eines Ford Pick-up, wiederum in Gesellschaft der Dobson-Zwillinge. Hinterher versicherten sie sich kichernd, dass es nichts ausmachte, wenn man die beiden nicht unterscheiden konnte.

Zum ersten Mal in den neun Jahren ihrer Freundschaft hatte Rosemary nun eine Erfahrung gemacht, die Betsy nicht hatte. Rosemary wusste, dass ihre Freundin sie liebend gerne an diesem Tag begleitet hätte. Aber Betsy konnte den Mund nicht halten, und dann hätte binnen kurzem die ganze Schule Bescheid gewusst.

»Miss Gilchrist?«

Rosemary war es im Grunde einerlei, aber etwas veranlasste sie doch dazu, diese Sache vorerst für sich zu behalten.

»Miss Gilchrist?«, wiederholte nun die Krankenschwester, die vor ihr stand. Rosemary schaute verwirrt auf, weil sie den falschen Namen vergessen hatte, den sie zusammen mit einer erfundenen Adresse bei ihrem ersten Termin in der Klinik angegeben hatte.

»Frau Doktor erwartet Sie.«

Rosemary nickte und stand auf. Ihre Beine fühlten sich plötzlich bleiern an. Sie wusste nicht mehr, weshalb sie Connies Namen angegeben hatte. Er war ihr einfach so herausgerutscht, als man sie fragte. *Katholische Schuldgefühle*, dachte sie. *Wenn ich unter einem anderen Namen auftrete, dann tue ich das hier gar nicht wirklich.*

Dr. Obadiyah war eine magere Frau mit grauen Haaren, einer Nickelbrille und langen dünnen Fingern. Sie hatte Rosemary bei ihrem ersten Termin untersucht und mit ihr die Optionen durchgesprochen. Rosemary hatte getan, als höre sie aufmerksam zu, aber sie hatte ihre Entscheidung schon getroffen. Welche Optionen hatte schon eine Sechzehnjährige in ihrer Situation?

Sie ließ ihre Handtasche und ihre Kleider in der kleinen Kabine zurück, zu der sie von der Krankenschwester geführt wurde, und zog den dünnen weißen Kittel über, den man ihr reichte. Dann legte sie sich auf den langen Tisch in der Mitte des Raums und platzierte ihre Beine in die Chromhalterungen.

»Ich gebe Ihnen etwas, das Sie schläfrig machen wird«, sagte Dr. Obadiyah freundlich und legte ihr rasch eine Infusion am Handrücken. »Demerol. Wenn Sie entspannt sind, bekommen Sie eine lokale Betäubung, die dafür sorgen wird, dass Sie von dem Vorgang wenig spüren.«

Das erlebte Rosemary allerdings anders. Vor Schmerz rannen ihr Tränen aus den Augen, als die Ärztin ihre Scheide erst so weit dehnte, dass Rosemary glaubte, in Stücke gerissen zu werden, und dann begann, ihr Inneres auszuscha-

ben. Als wäre das nicht schon beängstigend genug, stand neben ihr auch noch eine riesige gurgelnde Maschine mit einem Schlauch, die, einem gigantischen Staubsauger gleich, alles aufsaugte. Rosemary biss sich auf die Unterlippe, um nicht vor Grauen zu schreien.
Nach einer Ewigkeit legte Dr. Obadiyah ihre Instrumente beiseite und schaltete die gurgelnde Maschine ab. Mit einem schmalen Lächeln blickte sie auf Rosemary herab.
»Das war's«, verkündete sie.
»Es ist vorbei?«, fragte Rosemary.
»Alles vorbei«, bestätigte die Krankenschwester, entfernte die Infusion und half Rosemary, sich aufzurichten. »Sie können sich jetzt anziehen, dann bringe ich Sie zur Tagesstation. Da können Sie sich ausruhen, bis die Wirkung des Mittels nachlässt.«
Rosemary glitt von dem Tisch, doch sie war so schwach, dass die Krankenschwester sie zu der Kabine führen musste. Rosemarys Inneres fühlte sich heiß und wund an.
Die Schwester wartete, während Rosemary sich ankleidete und in ihre Sandalen schlüpfte, und führte sie dann einen Gang entlang zu einem Raum, in dem zwölf Betten an der Wand standen. Sieben waren belegt.
»Suchen Sie sich eines aus«, raunte die Schwester.
Rosemary entschied sich für das Bett neben der Tür. Auf der großen Wanduhr war es fünfzehn Minuten nach zwei; erstaunlicherweise hatte die ganze grässliche Angelegenheit nur eine Viertelstunde gedauert.
Die Schwester breitete eine Decke über Rosemary, und das Mädchen schlief ein mit dem Gedanken an Benny Ruiz. Benny war fünfundzwanzig und bei weitem der klügste, erotischste, am tollsten aussehende und reifste Mann, den

Rosemary je kennen gelernt hatte. Seit einem Jahr trafen sie sich heimlich. Rosemary fand ihn umwerfend und gefährlich, der Altersunterschied machte ihn interessanter, und sie war bis über beide Ohren in ihn verliebt. Anfang Juni, als ihre Periode zwei Wochen überfällig war, hatte sie ihm davon erzählt.

»Na ja, Süße«, hatte er lässig gesagt, »kein Problem, wenn du schwanger bist. Überlass das mir, ich kümmere mich darum.«

»Du meinst, wir heiraten?«, fragte sie aufgeregt.

Benny legte den Kopf in den Nacken und lachte. »Ich soll mich für den Rest meines Lebens an dich binden, nur weil du was im Bauch hast? So macht man das heutzutage nicht mehr. Wir leben im Jahre 1974. Da sieht man das lockerer.«

»Du meinst, du willst mich nicht heiraten?«, fragte Rosemary, der plötzlich die Kehle eng wurde.

»Süße, wir wollen nichts ausschließen«, antwortete Benny gewandt, denn sie war minderjährig, und er wusste, dass er deshalb Probleme kriegen konnte. »Heiraten ist immer eine Möglichkeit. Aber das macht man dann, wenn man sich binden *will* – nicht, wenn man *muss*.«

»Du hast wohl Recht«, erwiderte Rosemary, die ihn nun besser verstehen konnte, »aber ich dachte ...«

»Lass das einfach mit dem Denken, okay? Das übernehme ich. Und danach kommst du mit mir nach Los Angeles.«

»Im Ernst?«, rief sie strahlend. »Du nimmst mich mit?«

»Warum nicht?«

»Gehen wir dann auch mal nach Disneyland?« Rosemary hatte von den Wundern des berühmten Vergnügungsparks gehört und sich immer gewünscht, sie einmal mit eigenen Augen zu sehen.

»Sicher, was immer du willst.«
Rosemary fiel Benny um den Hals. »Vor allem bei dir sein will ich«, raunte sie.
Benny strich über ihr T-Shirt. »O ja, Süße?«, murmelte er. »Magst du mir zeigen, wie sehr?«
Rosemary kicherte. Er schien nie genug zu bekommen. »Meinst du, wir sollen?«, fragte sie, als er den Reißverschluss ihrer Jeans aufzog und die Hand in ihr Höschen steckte. »Ich meine, na ja, du weißt ja ...«
»Ist ja wohl schon passiert«, antwortete er und küsste ihren Hals.
Benny sagte ihr, was sie tun solle wegen des Babys. Zuerst weigerte sie sich, aus Angst und weil sie noch einen Rest katholischer Gewissensbisse verspürte, doch Benny machte ihr klar, dass es keine andere Lösung gab. Er gab ihr die Adresse einer Klinik in San Francisco und sagte ihr, wie sie dorthin kam und was sie dort tun solle.
Er entschuldigte sich, weil er an dem betreffenden Tag arbeiten musste, aber er zog ein dickes Bündel Geldscheine aus der Tasche, zählte fünfhundert Dollar in Zwanzigern ab und reichte es ihr lässig. Für Rosemary stellte so viel Geld ein Vermögen dar. »Und von dem Rest«, sagte Benny, »kaufst du dir was Hübsches zum Anziehen für LA.«
Benny arbeitete als Automechaniker in einer Werkstatt in der Stadt. Rosemary wusste zwar, dass man mit dieser Arbeit recht gut verdienen konnte, gewiss aber nicht so viel, wie Benny regelmäßig ausgab. Er führte sie in teure Restaurants aus, war immer modisch gekleidet und fuhr eine neue Corvette.
»Was machst du noch nebenbei?«, fragte sie ihn einen Monat nachdem sie sich kennen gelernt hatten.

»Süße, sollte ich Wert darauf legen, dass alle Welt über meine Geschäfte Bescheid weiß«, antwortete er ihr, »dann werd ich's dir sagen.«
Sie sprach das Thema nie wieder an.
»Miss Gilchrist?« Die Schwester rüttelte sie sachte an der Schulter. Rosemary schlug die Augen auf. »Sie können jetzt nach Hause gehen, wenn Sie möchten.«
»Wie lange habe ich geschlafen?«
»Fast zwei Stunden«, antwortete die Schwester lächelnd. »Wir haben alle zehn Minuten Ihren Puls und Ihren Blutdruck gemessen, aber Sie sind nicht aufgewacht. Manche Menschen reagieren stärker auf eine Betäubung als andere.«
Rosemary fuhr erschrocken hoch. Ihr war immer noch ein wenig schwindlig, doch sie achtete nicht darauf. Sie war um fünf Uhr mit Benny an der Werkstatt verabredet. Er konnte es nicht leiden, wenn sie sich verspätete. Sie musste sich beeilen.
Die Sprechstundenhilfe gab ihr für eine Woche Antibiotika mit und einen Merkzettel, falls Probleme auftraten. Dann hastete Rosemary hinaus in die gleißende Augustsonne.
Zwei Minuten nach fünf war sie an der Werkstatt. Benny war nirgendwo zu sehen.
»Er ist nicht da«, sagte der Besitzer, als er sie sah.
»Sie meinen, er ist schon losgefahren?«, erwiderte Rosemary. »Aber ich war hier mit ihm verabredet.«
»Nein, ich meine, er ist überhaupt nicht mehr da. Hat aufgehört. Gekündigt.«
Rosemary schüttelte verwirrt den Kopf. »Er wollte doch erst in zwei Wochen abreisen.«

Der Besitzer zuckte die Schultern. »Ich weiß nichts weiter. Er sagte, er hätte einen Job in Los Angeles.«

Rosemary wandte sich ab. Sie verstand nicht, was passiert war.

Sie hatte Benny erst am Abend vorher gesehen, und er hatte nichts davon gesagt, dass er seine Pläne ändern wollte. Aber vielleicht hatte er noch nichts davon gewusst; wenn er das erst heute Morgen beschlossen hatte, konnte er es ihr natürlich nicht mehr mitteilen.

So musste es gewesen sein, beschloss Rosemary. Er konnte ja nicht wissen, dass sie den ganzen Tag nicht zur Schule gehen würde. Vermutlich hatte er sie dort gesucht. Vielleicht hatte er bei Betsy eine Nachricht hinterlassen.

»Nein, Benny war heute nicht an der Schule«, sagte Betsy eine Stunde später am Telefon. »Du auch nicht, und das fand ich ziemlich sonderbar.«

»Ich hatte einen Arzttermin«, erklärte Rosemary knapp. »Bist du ganz sicher, dass Benny nicht an der Schule war?«

»Absolut«, antwortete Betsy und kicherte. »So was wie den übersieht man doch nicht.« Rosemary war sich im Klaren darüber, dass Betsy vermutlich keine Gelegenheit auslassen würde, um ihr Benny auszuspannen. »Was ist los? Habt ihr beiden Zoff?«

»Ach, Unsinn«, erwiderte Rosemary, »wir haben uns nur verpasst.« Sie legte auf und rief bei Bennys Vermieterin an.

»Er hat heute Morgen seine Sachen gepackt und ist abgereist«, berichtete die. »Hat die Miete für letzte Woche bezahlt und gesagt, er kommt nicht wieder. Nein, er hat keine Nachricht für Sie hinterlassen.«

»Hat er Ihnen vielleicht gesagt, wohin er wollte?«, fragte Rosemary drängend. »Hat er eine Adresse hinterlassen? Eine Telefonnummer?«
»Nein, nichts von alledem.«
»Trotzdem vielen Dank.«
»Warten Sie«, sagte die Frau plötzlich. »Er hat irgendwas von einem Freund in LA, erwähnt, den er besuchen wollte.«
»Ein Freund?«, wiederholte Rosemary aufgeregt.
»Aber die Adresse hat er nicht gesagt, nur den Namen.«
»Können Sie sich daran erinnern? Bitte, es ist sehr wichtig.«
»Angelo«, antwortete die Vermieterin. »Ja, ich bin sicher, Angelo.«
»Angelo?«, sagte Rosemary. »War das der Vor- oder der Nachname?«
»Das weiß ich nicht«, entgegnete die Frau. »›Muss meinem Freund Angelo in LA einen Besuch abstatten‹, hat er gesagt. Weiter nichts.«
Das war nicht gerade hilfreich, aber immerhin besser als gar kein Anhaltspunkt. Rosemary wollte nicht herumsitzen und auf Benny warten, dabei würde sie verrückt werden. Nein, sie würde Benny überraschen. Sie warf einen Blick in ihre Geldbörse. Sie hatte noch zweihundert Dollar übrig von dem Geld, das Benny ihr für die Klinik gegeben hatte. Davon konnte sie eine Busfahrkarte kaufen, und falls es nicht für den ganzen Weg nach Los Angeles reichte, würde sie den Rest der Strecke trampen.
Rosemary war noch nie in Los Angeles gewesen. Sie wusste nichts über die Stadt und hatte nicht die geringste Ahnung, wie sie dort jemanden namens Angelo finden sollte.

Doch das war ihr einerlei. Ihr blieb keine andere Wahl. Sie konnte nicht mehr leben ohne Benny.

Zu Hause packte sie einen kleinen Koffer und wartete, bis alle zu schlafen schienen. Dann schlich sie aus dem Zimmer, stieß dabei aber mit Ricky zusammen, der gerade aus dem Bad kam.

»Schsch!«, sagte sie und legte den Finger an die Lippen.

Ihr kleiner Bruder blickte auf den Koffer. »Du auch?«, flüsterte er.

»Unsinn«, raunte Rosemary, »ich bringe nur ein paar Sachen zu Betsy rüber. Du weißt doch, was Mam davon hält, wenn wir Kleider verschenken, die nicht völlig abgetragen sind.«

»Klar«, erwiderte Ricky, als sie sich zum Gehen wandte. »Viel Glück.«

Er war der Letzte, der Rosemary gesehen hatte, bevor sie in den Trailways-Bus stieg und in den Straßen von Los Angeles verschwand, auf den Tag genau fünf Monate nachdem ihr Bruder JJ von zu Hause verschwunden war.

Diesmal zuckte Jack nicht nur mit den Schultern. Er suchte monatelang nach ihr, verbrachte seinen Urlaub damit, mit ihren Freundinnen zu reden, mit den regionalen Zeitungen, der Polizei, sogar mit dem FBI, doch vergeblich. Rosemary blieb verschwunden, und ihr Vater hatte keine Ahnung, wo er nach ihr suchen sollte.

5

Da war etwas, das Valerie erledigen musste, doch sie konnte sich nicht genau erinnern, was es war. Hatte sie vergessen, für Jack Frühstück zu machen? Waren die Kinder zu spät dran für die Schule? Hatte sie Connie versprochen, ihr bei etwas zu helfen?
Valerie schlug die Augen auf, eines nach dem anderen. Das machte sie jetzt immer so, seit Rosemary verschwunden war. Wenn sie sich die Welt nur in kleinen Portionen zumutete, konnte der Schmerz sie nicht so schnell heimsuchen. Doch das geschah trotzdem, und Valerie fuhr hoch. Sie war nicht in ihrem Zimmer, nicht in ihrem Bett. Jemand hatte sie mitten in der Nacht an einen fremden Ort verschleppt. Sie schaute aus dem Fenster, doch dort sah sie nur eine Ziegelmauer. Auch die Geräusche, die an ihr Ohr drangen – Stimmengemurmel und ab und an ein vorbeifahrendes Auto –, waren ihr nicht vertraut. Ihr Herz begann wie wild zu hämmern.
Marianne Santini spähte durch die Tür. »O prima, du bist wach«, rief sie. »Die Kinder dachten schon, du würdest den ganzen Tag schlafen.«
Valerie blickte ihre Schwester verstört an. »Wo bin ich?«, wimmerte sie.

Marianne holte tief Luft und eilte zu ihrer Schwester. »Du bist in Sicherheit«, sagte sie beruhigend, setzte sich auf den Bettrand und nahm Valeries Hand. »Du bist in unserem neuen Haus in Boston.«

Valerie starrte sie verständnislos an.

»Tommy und ich haben dieses alte Backsteinhaus letzten August gekauft«, fuhr Marianne fort. »An der Marlboro Street in Back Bay. Ich habe es dir geschrieben, weißt du nicht mehr? Du hast zurückgeschrieben, dass du es gerne sehen würdest, wenn du an Weihnachten im Osten bist.«

Valerie nickte langsam.

»Mam und Paps haben dich und die Kinder gestern in Rutland in den Zug gesetzt, und wir haben euch am Bahnhof abgeholt. Wir haben zusammen Silvester gefeiert. Wir haben jetzt das Jahr 1975. Ihr bleibt ein paar Tage bei uns, bevor ihr wieder zurückfliegt nach Kalifornien.«

Nun kehrte die Erinnerung zurück. »Ich bin irgendwie durcheinander gekommen«, sagte Valerie matt und ließ sich auf ihr Kissen zurücksinken.

Ihre Schwester lächelte. »Macht doch nichts.«

»Meine Medizin?«

Marianne griff nach der Pillenflasche und dem Wasserglas auf dem Nachttisch. »Hier.« Vermutlich war ihre Schwester wegen der Medikamente die ganze Zeit in diesem Dämmerzustand. Marianne fragte sich, ob es sinnvoll war, ihr so eine hohe Dosis zu verschreiben.

Valerie schluckte die Pillen.

»So ist's gut«, sagte Marianne. »Fühlst du dich gut genug, um aufzustehen?«

»Natürlich werd ich aufstehen«, erwiderte Valerie. »Ich kann ja nicht den ganzen Tag im Bett bleiben, ich habe zu

viel zu tun. Die Kinder brauchen ihr Frühstück, und Jack sein ...« Einen Moment konnte sie sich nicht erinnern, was Jack brauchte. Dann fiel ihr ein, dass Jack zu Hause in El Granada war, sie dagegen in Boston, und sie biss sich auf die Lippe.
»Nichts zu erledigen heute«, sagte Marianne munter. »Du hast heute Ruhetag. Außerdem steht Tommy schon in der Küche und macht Frühstück. Beziehungsweise eher Brunch, so spät ist es schon. Und wenn wir gegessen haben, gehen wir mit den Kindern Eis laufen. Wie klingt das?«
»Prima«, erwiderte Valerie.
»Das Badezimmer ist die zweite Tür rechts im Flur draußen«, sagte Marianne. »Komm einfach runter, wenn du dich danach fühlst.«
Sie zog leise die Tür hinter sich zu und ging drei Stockwerke nach unten in ihre im Country-Stil renovierte Küche.
Ihr Haus war früher stilvoll und elegant gewesen, bis es zwanzig Jahre lang als Studentenwohnheim für eine Uni gedient hatte, die es nun nicht mehr gab. Als die Santinis das Haus kauften, war es in einem entsetzlichen Zustand, aber Tommy hatte unzählige Onkel und Cousins im Baugewerbe, die sich monatelang mit dem Gebäude befassten. Auch Marianne fand, dass es ihnen beinahe gelungen war, dem Haus seine ursprüngliche Schönheit wiederzugeben.
»O Tommy«, rief sie, als sie in die Küche kam, »ich kann es kaum ertragen. Wir müssen doch irgendetwas tun können. Valerie ist in einem entsetzlichen Zustand.«
»Wieso?«, erwiderte Tommy. »Gestern Abend wirkte sie doch ganz normal.«
»Ja, nicht wahr? Ich habe auch nicht verstanden, wovor

Mam und Paps uns warnen wollten. Ich dachte, sie übertreiben. Aber als ich jetzt bei ihr war, hatte sie keine Ahnung, wo sie war. Ich war mir nicht mal sicher, ob sie *mich* wirklich erkannt hat.«
»Ganz bestimmt, Schatz«, erwiderte Tommy, »aber sie kennt das Haus noch nicht. Sie war vermutlich nur ein bisschen verschlafen oder so.«
»Es liegt an diesen verdammten Pillen, ich schwör es dir«, entgegnete Marianne. »Die machen sie so benebelt, dass sie gar nichts mehr kapiert.«
»Meinten die Ärzte denn nicht, dass sie diese Medikamente wegen ihrer Depressionen nehmen muss?«
»Ja, aber sie wird dabei zum Zombie.«
»Ein Zombie wird mit Rum und Fruchtsaft gemacht«, erklärte Ricky unvermittelt von der Tür.
»Und du kennst dich mit Cocktails aus, junger Mann?«, fragte sein Onkel.
Ricky grinste. »Bestimmt besser, als du glaubst.«
»Wo ist Ellen?«, fragte Marianne.
»Weiß nicht«, antwortete der Junge mit einem Schulterzucken. »Betet wahrscheinlich irgendwo.«
»Betet?«
»Klar. Sie macht kaum was anderes.«
Marianne seufzte, als sie daran dachte, was aus der Familie ihrer Schwester geworden war. Priscilla war tot, JJ und Rosemary verschwunden, und Jack – nun, Marianne hegte schwer wiegende Zweifel an Jacks Fähigkeiten als Ehemann und Vater. Aber Ellen und Ricky waren noch da, und um ihretwillen musste Valeries Zustand besser werden. Irgendwie musste man zu ihr durchdringen.
»Ich hab gar nicht gemerkt, dass die Küche so weit unten

ist«, sagte Valerie, als sie eine Viertelstunde später hereinkam. »Oder dass ich so weit oben geschlafen habe.«
»Guten Morgen, Liebes«, sagte Tommy strahlend und umarmte sie liebevoll. »Wie wär's mit einer schönen Tasse Kaffee?«
Valerie nickte. »Was haben wir heute vor?«
Marianne schaute rasch von ihrer Schwester zu ihrem Mann und wieder zurück zu Valerie. »Ich glaube, die Kinder würden gerne Schlittschuh laufen«, sagte sie. »Wenn dir das zu anstrengend ist, könnten wir natürlich auch –«
»Mir geht's gut«, fiel Valerie ihr ins Wort. »Schlittschuh laufen finde ich wunderbar.« Tommy reichte ihr einen Becher mit dampfendem Kaffee, und sie lächelte dankbar und trank einen Schluck. »Ist heute Sonntag?«, fragte sie.
»Nein«, antwortete Marianne. »Mittwoch.«
»Oh.« Valerie trank noch einen Schluck. »Weshalb ist Tommy dann nicht im Restaurant?«
»Ma, es ist Neujahr«, sagte Ricky. »Heute ist Feiertag.«
»Oh«, erwiderte seine Mutter vage, »stimmt. Das hab ich ganz vergessen.«
»Das Essen ist fertig«, verkündete Tommy. »Ruf deine Schwester, Ricky.«
Tommy hatte Berge von Rührei, Würstchen und Bratkartoffeln gemacht, und Marianne brachte noch knusprige warme Brötchen und Gebäck mit Käse, Pflaumen oder Äpfeln.
Ricky aß, bis er nicht mehr konnte. Ellen nahm nur eine Höflichkeitsportion zu sich. Valerie stocherte in dem Essen herum.
»Wenn du nicht mehr isst«, flüsterte Marianne ihr zu, »ist Tommy gekränkt.«

»Das möchte ich nicht«, raunte Valerie und zwang sich, ein paar Bissen zu essen.

Als sie später zum Fluss aufbrachen, war die Luft draußen frisch und kalt. Es war schon nach ein Uhr; Ricky und Ellen warteten seit über einer Stunde, in dicke Mäntel, leuchtend gelbe Mützen und zwei Paar Socken verpackt. Ihre geliehenen Schlittschuhe trugen sie über der Schulter, wie sie es bei ihren Cousins und Cousinen in Rutland abgeguckt hatten. Als Kind konnte Valerie sehr gut Schlittschuh laufen. Als Jüngste in der Familie hatte sie schnell lernen müssen, sich auf den Beinen zu halten.

Als sie zu dem zugefrorenen Teil des Flusses kamen, waren dort schon etliche Leute unterwegs. Die Kinder schnürten rasch ihre Schlittschuhe zu und liefen aufs Eis.

»Ricky, Ellen«, rief Valerie ihnen nach. »Ich möchte nicht, dass ihr allein fahrt. Wartet auf uns.«

»Aber du hast doch noch nicht mal deine Schlittschuhe an«, beklagte sich Ricky.

»Dauert nur ein paar Minuten«, erwiderte seine Mutter und begann mit dem Zuschnüren.

»Och, Mama!«

»Ist okay«, sagte Tommy. Er erhob sich und stapfte zum Ufer. »Ich hab sie schon an. Ich fahre mit ihnen.«

Valerie und Marianne sahen dem wuchtigen Mann und den Kindern nach, wie sie übers Eis davonglitten.

»Er sollte selbst zehn Kinder haben«, sagte Marianne und seufzte.

Als die beiden Schwestern aufs Eis kamen, fuhren sie Arm in Arm zwischen den anderen Leuten hindurch. Marianne war zwar um einiges größer als Valerie, aber sie fanden auf Anhieb denselben Rhythmus.

»Weißt du noch, wie wir das als Kinder gemacht haben?«, sagte Marianne.
»Natürlich«, erwiderte Valerie. »Deshalb bin ich so froh, dass die Kinder auch die Gelegenheit dazu haben.«
In diesem Moment wirkte sie beinahe wie früher. Als Marianne ihre Schwester anschaute, sah sie, dass ihre Wangen rot waren, ihre Augen glänzten und dass ein Lächeln auf ihren Lippen lag.

Ricky wurde allmählich ungeduldig. Seit fast einer Stunde war er nun mit seiner Schwester und seinem Onkel unterwegs und konnte es kaum erwarten, allein loszuflitzen. Schlittschuh fahren machte nur Spaß, wenn man rasen konnte und einem der Wind um die Ohren pfiff.
Fünf Minuten später bekam er Gelegenheit dazu, denn ein älterer Junge, der mit seinen Freunden auf dem Eis Fangen spielte, rutschte aus und kollidierte mit Tommy, der der Länge nach aufs Eis schlug.
»Alles in Ordnung, Onkel Tommy?«, fragte Ellen.
»Glaube schon«, keuchte Tommy. Doch als Ricky ihm aufhelfen wollte, fasste sich Tommy in den Nacken und verzog das Gesicht. »Vielleicht sollte ich lieber ein Weilchen ausruhen.«
»Ich geh mit dir«, sagte Ellen, nahm ihren Onkel am Arm und begleitete ihn Richtung Ufer.
»Ich bleib noch ein bisschen hier«, äußerte Ricky beiläufig und wartete auf einen Widerspruch. Als keiner kam, schaute er sich um, ob seine Mutter und seine Tante irgendwo zu sehen waren. Er entdeckte sie nirgendwo, woraufhin er so schnell er konnte übers Eis davonlief, flussabwärts, wo nicht so viele Leute zu sehen waren.

Es fühlte sich umwerfend an, so schnell übers Eis zu gleiten, fast so als fliege er. Ricky war noch nie auf einem Fluss Schlittschuh gelaufen und stellte fest, dass man hier hervorragend beschleunigen konnte. Es ging viel leichter, als wenn man Kurven fahren musste. Er sank in die Knie, beugte sich vor und verschränkte die Hände hinterm Rücken, wie er es früher bei JJ gesehen hatte. Er schaute nicht mehr zurück.
Ein paar Eisläufer tauchten vor ihm auf, dann waren sie hinter ihm. Sie hatten versucht, ihm etwas zuzurufen, aber er drehte sich nicht um. Die Eisfläche vor ihm war glatt, weiß und leer. Niemand versperrte ihm den Weg. Er war frei, nichts konnte ihn aufhalten.
Zuerst konnte er das Geräusch nicht deuten. Als er es verstand, war es schon zu spät. Das Knacken wurde zum Krachen. Ein schwarzes Loch tat sich vor ihm auf, und er stürzte kopfüber ins tiefe eiskalte Wasser des Charles.
Immer tiefer sank er, hinabgezogen von seinem schweren Mantel und den Schlittschuhen. Faulig schmeckendes, eisiges Wasser drang ihm in Mund, Nase, Augen, Ohren. In panischer Angst schlug Ricky um sich und versuchte, sich von den Schlittschuhen zu befreien. Er hatte noch seine dicken Handschuhe an, versuchte, die Schnürsenkel der Schuhe zu lösen, doch es gelang ihm nicht. Das stinkende Wasser in seinen Lungen schien ihn zu ersticken.
Plötzlich war er frei. Er spürte, wie er nach oben stieg, und tastete schwach nach dem dämmrigen Licht über ihm. Wieso dauerte es so lange? Seine Lunge brannte, und sein Herz schlug so heftig, dass er glaubte, es müsse ihm jeden Moment aus der Brust springen.
Ricky glaubte, dass er es nicht schaffen würde, dass er ster-

ben musste. Er fragte sich, wie es sich wohl anfühlte, tot zu sein. Was seine Mutter und der Priester ihm über das Leben nach dem Tod erzählt hatten, hielt er für Blödsinn. Doch jetzt dachte er, dass es vielleicht doch ganz schön wäre, vor allem, wenn man es warm und gemütlich haben konnte.
Ein sonderbares Hochgefühl überkam ihn, und er lächelte. Seine Beine spürte er nicht mehr, und auch die Arme wurden zusehends gefühllos, aber das machte ihm nichts aus. Das dämmrige Licht verschwand, und er dachte, dass es angenehm wäre, zu schlafen.
In dem Moment, in dem er das Bewusstsein verlor, tauchte sein Kopf mit der gelben Mütze über Wasser auf.

Valerie konnte sich nicht erinnern, wann sie sich zuletzt so wohl gefühlt hatte. Der Himmel strahlte in leuchtendem Blau, das Eis unter ihren Füßen war glatt und fest, und um sie her sah sie nur fröhliche Menschen.
Das letzte Jahr war so traurig gewesen. Schreckliche Dinge hatten sich ereignet: der schlimme Flugzeugabsturz, bei dem so viele Menschen ums Leben gekommen waren, der Einbruch in Connies Haus. Valerie versuchte, all das zu vergessen, denn es hatte keinen Sinn zu grübeln. Wenn es Gottes Wille war, dass sie nicht glücklich war auf Erden, dann musste sie das hinnehmen. Sie hatte keine Wahl.
Pillen und Alkohol halfen ihr dabei. Damit gelang es ihr, den Schmerz auf Abstand zu halten. Alles wirkte ein wenig verschwommen, und sie hörte immer diese leise Melodie. Das Lied war ihr vertraut, vielleicht aus der Kirche, aber sie konnte es nicht benennen. Was nicht schlimm war, denn sie hörte es immer, wenn der Schmerz ihr zu nahe

rückte. Doch an einem Tag wie diesem konnte nichts Böses geschehen, und deshalb lächelte Valerie.
Auch Marianne lächelte. Es war wohltuend, Valerie zur Abwechslung einmal froh zu erleben.
»Oh, schau mal«, sagte sie und deutete flussabwärts. »Da ist irgendwas los.«
Valerie blickte in dieselbe Richtung. Ein ganzer Schwarm Eisläufer drängte sich dort. »Was mag das sein?«
»Keine Ahnung«, erwiderte Marianne. »Wir können ja mal hinfahren.« Sie liefen los. »Oje«, rief Marianne, als sie näher kamen, »ich glaube, da ist jemand durchs Eis gebrochen.«
»Das ist ja schrecklich«, sagte Valerie, die nichts Genaues erkennen konnte.
»Ja«, fuhr Marianne fort, »dort drüben ist ein Loch im Eis. Da ist vermutlich jemand reingestürzt, der nicht wusste, dass man nicht so weit flussabwärts fahren darf. Damit muss man hier rechnen, das Eis kann brüchig sein.«
Doch Valerie hörte nicht mehr zu. Sie hatte eine gelbe Mütze auf dem Wasser gesichtet, und ihre Mutterinstinkte schlugen Alarm.
»Das ist mein Sohn!«, schrie sie. »Das ist mein Sohn!«
Sie hätte nicht erklären können, weshalb sie wusste, dass Ricky und nicht Ellen eingebrochen war. Sie wusste es einfach.
Die Leute wichen beiseite, um ihr Platz zu machen. Sie hätte sich selbst ins Wasser gestürzt, als sie die Stelle erreichte, wenn nicht jemand sie davon abgehalten hätte.
»Nicht doch, Ma'am«, sagte ein Mann und packte sie fest am Arm. »Es wird alles gut. Sehen Sie die Jungs da drüben? Die haben ihn schon.«

Valerie sah, wie mehrere junge Männer Ricky aus dem Wasser zogen. Jemand hatte einen Krankenwagen gerufen, und die Sanitäter rollten eine Trage übers Eis.

»Ich fahre mit Ricky«, sagte Valerie zu Marianne.

»Natürlich«, erwiderte ihre Schwester. »Ich suche Tommy und Ellen, dann kommen wir ins Krankenhaus.«

Die Sanitäter halfen Valerie in den Wagen, setzten sie zu Ricky, schalteten die Sirene ein und rasten los. Als Valerie ihren Sohn ansah, begannen ihr Tränen übers Gesicht zu laufen. Er war ganz blau im Gesicht.

Der Sanitäter, der ihn betreute, bemerkte ihre Reaktion. »Keine Sorge, Ma'am«, sagte er beruhigend, »ich glaube, wir haben ihn noch rechtzeitig erwischt.«

In diesem Moment schlug Ricky die Augen auf und erkannte seine Mutter. »Hey, Ma«, brachte er zähneklappernd hervor, »wieso weinst du?«

Valerie lächelte ihn unter Tränen an. »Weil du mich ganz schön erschreckt hast.«

»Was hab ich denn getan?«, fragte Ricky.

»Getan?«, rief sie. »Du bist auf dem Fluss durchs Eis gebrochen, erinnerst du dich nicht mehr?«

Ricky runzelte die Stirn und dachte angestrengt nach. »Ich bin ins Wasser gesunken«, sagte er schließlich, als die Erinnerung zurückkehrte. »Irgendwas hat mich festgehalten und nicht losgelassen. Aber dann ließ es doch los, und etwas hat mich hochgezogen.« Sein Blick war unstet. »Ich glaube, es war JJ.«

»Nein, Schatz, JJ war es nicht«, erwiderte Valerie. »Es waren ein paar andere große Jungs.«

Ricky dämmerte weg, aber er lächelte. »JJ«, murmelte er, als er einschlief.

»Wer ist JJ?«, fragte der Sanitäter.

»Sein großer Bruder«, antwortete Valerie. »Er ist letztes Jahr von zu Hause ausgerissen, und wir haben nichts mehr von ihm gehört. Er und Ricky standen sich sehr nahe.«

Der Sanitäter nickte. »Glaub daran, Ricky«, sagte er, als der Krankenwagen vor der Notaufnahme hielt. »Jemand gibt auf dich Acht, da hast du ganz Recht.«

Die Türen wurden aufgerissen, und als die Trage aus dem Wagen gezogen wurden, griff Valerie nach dem Fläschchen in ihrer Tasche. Sie schluckte schnell zwei Pillen statt einer, der normalen Menge, und wartete auf das warme verschwommene Gefühl. Sie konnte nicht länger darüber nachdenken, dass sie um ein Haar noch ein Kind verloren hätte.

6

Ricky betrachtete seinen Unfall als das Ereignis, das ihn unsterblich gemacht hatte. Er hatte überlebt, obwohl er den Umständen nach eigentlich hätte sterben müssen, und damit war er unbesiegbar. Er blieb eine Woche im Krankenhaus in Boston, bis seine Lunge wieder normal funktionierte, die Bronchitis verschwunden war und die Ärzte sicher waren, dass er keine Zehen oder Finger verlieren würde. Ricky wartete auf JJ, doch er kam nicht. Seine Mutter sagte ihm immer wieder, dass es andere junge Männer gewesen waren, die ihm das Leben gerettet hatten, aber Ricky war nicht ihrer Meinung. Wenn JJ nicht selbst gekommen war, dann hatte er diese Jungs geschickt. Ricky wollte sich bei seinem Bruder bedanken, aber er wusste nicht, wo er war. Nicht genau jedenfalls.
Acht Monate nachdem er von zu Hause weggegangen war, hatte JJ Ricky einen Brief geschickt, adressiert an Chris Rodriguez' Adresse. Der Poststempel war aus Alabama, aber JJ hatte keinen Absender angegeben. Er schrieb, dass er am Tag nach seinem achtzehnten Geburtstag der Armee beigetreten sei, dass es ihm gut ging und dass Valerie sich keine Sorgen machen solle.
Seine Mutter weinte eine Woche lang, auch aus Erleichte-

rung darüber, dass JJ noch am Leben war. Jack reckte das Kinn vor und sagte lediglich: »Vielleicht macht die Armee ja einen Mann aus ihm.«

Am Tag nachdem er aus Boston zurückkam, erstattete Ricky seinem Freund Chris Bericht über sein Abenteuer.

»Ich war erledigt, Mann«, erklärte er seinem Freund, der gespannt lauschte. »Ich hab's gemerkt. Erst wurden meine Beine gefühllos, dann meine Arme, dann mein Hirn. Ich bin auf Trip gegangen, weißt du, wie wenn wir Acid schlucken. Ich meine, alles war warm und hell, und ich war in diesem Garten, wo die Blumen so groß waren wie Bäume, und der Rasen war wie Samt, und ich hörte immer dieses Lied, aber ich weiß nicht, was es war.«

»O Mann«, sagte sein Freund, die Augen weit aufgerissen.

»Dann kamen diese Typen und zogen mich raus und quetschten mir auf den Rippen rum, bis ich das ganze Wasser wieder ausgespien hab. Die haben alles versaut.«

»Hört sich aber an, als hätten sie dir das Leben gerettet«, sagte Chris.

»Ja, schätze schon«, gab Ricky grinsend zu. »Aber ich war tot, Mann. Ich war unterwegs ins Jenseits. Der Wahnsinnstrip, sag ich dir.«

»Als du nach den Ferien nicht in der Schule warst, haben sich alle gefragt, was wohl los ist mit dir«, berichtete Chris. »Aber auf so was wär natürlich keiner gekommen. Wart's ab, bis die das zu hören kriegen.«

Eine Woche lang genoss Ricky die Bewunderung seiner Schulfreunde in vollen Zügen. Erbitterte Feinde von ihm schenkten ihm Joints. Mädchen, die ihn wegen seiner Körpergröße immer ausgelacht hatten, machten ihm schöne Augen. Lehrer, die für gewöhnlich nicht mit ihm zurechtkamen, baten ihn, seine Geschichte vor der Klasse zu erzählen. Dann fragte ihn eines Tages ein Achtklässler beim Lunch, wieso Ricky wohl so dämlich war, auf dünnem Eis zu fahren, und Ricky antwortete damit, dass er dem Jungen das Nasenbein brach. Die friedliche Phase war beendet. Er wurde für drei Tage der Schule verwiesen, mit dem Hinweis, sich zu bessern.

Ricky ging dazu über, nachts durch die Gegend zu stromern. Er hatte Angst vor dem Einschlafen, weil er dann vom Ertrinken träumte und morgens in einem nassen Bett aufwachte, was ihm nicht nur entsetzlich peinlich war, sondern auch nicht zum Bild von seiner Unsterblichkeit passte.

Er wartete regelmäßig, bis es still war im Haus, und schlich dann hinaus. Niemand bemerkte es. Seine Mutter bekam wegen ihrer Pillen und dem Alkohol nicht viel mit und lag überdies um neun Uhr im Bett. Und sein Vater schaute nie nach Ricky, wenn das Licht in seinem Zimmer aus war.

Wenn Ricky sich durch die obere Außentür davonschlich und bis zum Morgengrauen durch die Straßen wanderte, fühlte er sich wie berauscht. Und nebenbei konnte er sich auch ein gutes Bild von den Lebensgewohnheiten seiner Nachbarn machen. Die Monroes an der Isabelle Street gingen jeden Samstagabend aus, aufgedonnert, als seien sie zu einer Krönungsfeier eingeladen. Bei den Edisons an der Portola war es um acht Uhr abends immer dunkel. Die Pomadas an der del Oro arbeiteten Nachtschicht und gingen immer kurz vor zehn aus dem Haus. Und die Cooks an der Ecke der Francisco kamen selten vor dem Morgengrauen heim, und zwar meistens getrennt.

Am Samstag nach seinem dreizehnten Geburtstag knackte Ricky das Schloss an der Hintertür der Monroes und ließ

Schmuck, zwei silberne Kerzenhalter, eine teuer wirkende Kamera und sechzehn Dollar mitgehen, die er in einer Keksdose in der Küche fand. Er stopfte die Sachen in einen Kissenbezug, den er von zu Hause mitgenommen hatte, und schwang ihn über die Schulter, als er sich auf den Heimweg machte.
»Wie der verfluchte Weihnachtsmann«, murmelte er grinsend vor sich hin.
Doch leider empfand er nicht mehr dasselbe Hochgefühl wie bei dem Einbruch in Connies Haus im Vorjahr. Das war richtig aufregend und auch ein bisschen gefährlich gewesen, weil er sich ständig gefragt hatte, ob er geschnappt würde. Jetzt wusste er schon, dass so ein Einbruch nicht schwer war. Und überdies war er ja unsterblich.
Zwei Tage später schwänzte Ricky die Schule und brachte die Kerzenleuchter und die Kamera zu einem Pfandleiher in San Mateo, von dem Chris ihm erzählt hatte. Sein Freund war mit seinem Vater einmal in diesem Laden gewesen, als eine der Schwestern krank war und sie kein Geld hatten. Sein Vater hatte dem Mann einen Goldring gebracht und dafür genug Geld bekommen, um die Medikamente bezahlen zu können.
Der Laden war düster und roch nach altem Schweiß und Zigarrenrauch. Ricky trat zu der Theke, hinter der ein grauhaariger Mann mit Brille stand, und legte Kerzenleuchter und Kamera ab.
»Können Sie mir etwas Geld für diese Sachen geben, Sir?«, sagte er bittend. »Meine Mama ist schwer krank, und wir haben kein Geld für Arznei.«
Der Pfandleiher betrachtete die Ware und grunzte. »Wo ist dein Vater, Junge?«

»Er ... er ist tot, Sir, ich muss mich ganz allein um meine Mutter kümmern.«

Der Mann betrachtete Ricky prüfend. Dieser Junge sah wie ein Engel aus, dachte er, und musste so viel Verantwortung übernehmen, obwohl er noch so klein war. Außerdem konnte er die Kerzenleuchter für fünfundachtzig weiterverkaufen, und die Kamera würde gut hundertfünfzig einbringen.

»Nun«, sagte er, »da es deiner Mama so schlecht geht, würde ich dir, sagen wir mal, fünfunddreißig geben für alles.«

»Danke, Sir«, erwiderte Ricky ernsthaft.

In der Woche darauf brachte er dem Pfandleiher den Schmuck der Monroes.

»Geht es deiner Mutter besser?«, erkundigte sich der Mann.

»Ein bisschen«, antwortete Ricky leise, »danke der Nachfrage.«

Als das Schuljahr sich dem Ende zuneigte, fragte Marvin Mandelbaum nicht mehr nach Rickys Mutter, und er wollte auch nicht wissen, woher die wertvollen Gegenstände kamen, die ihm der Junge brachte. Das Geschäft lief gut seit ein paar Monaten, und Marvin, der zwei Exfrauen und fünf Kinder zu versorgen hatte, dachte nicht im Traum daran, einem geschenkten Gaul ins Maul zu schauen.

Während des Sommers fuhr Ricky mehrmals pro Woche mit dem Bus nach San Mateo und verbrachte den Nachmittag bei Mandelbaum. Wenn wenig los war, ging Marvin mit ihm ins Hinterzimmer, öffnete den großen Wandsafe und zeigte ihm, nach welchen Dingen er Ausschau halten sollte.

»Es gibt gute Sachen und *gute* Sachen«, pflegte er zu sagen. »Du musst lernen, die zu unterscheiden.«

»Wenn ich das schaffe«, sagte Ricky, »zahlen Sie mir dann einen anständigen Anteil?«

Marvin kniff ihn ins Ohr. »Nicht so vorlaut, Bürschchen. Lern erst mal etwas, dann können wir übers Geschäft reden.«

»Geht in Ordnung«, erwiderte Ricky grinsend. »Also, bringen Sie's mir bei.«

Marvin war ein geduldiger Lehrer, der edlen Schmuck und Kunstwerke wirklich zu schätzen wusste. »Siehst du diesen Stempel hier am Boden?«, sagte er und hielt dem Jungen einen silbernen Gegenstand unter die Nase. »Das ist ein Feingehaltsstempel. Bei Silber musst du darauf und auf das Wort ›Sterling‹ achten oder auf die Zahl 925.«

»Ich hab aber nicht die Zeit für so genaue Untersuchungen«, wandte Ricky ein.

»Dann sorg dafür, dass du sie hast«, erwiderte Marvin. »Und wenn es echtes Gold ist«, sagte er und legte dem Jungen ein Armband in die Hand, »muss an der Innenseite vierzehn oder achtzehn Karat stehen. Siehst du diesen Stempel hier, 14K?«

»Was ist mit Edelsteinen?«, fragte Ricky.

»Die kannst du mit einer Taschenlampe nicht so gut beurteilen. Kümmer dich nicht darum. Wenn sie in Gold gefasst sind, sind sie in jedem Fall wertvoll.«

Als Ricky fünfzehn wurde und sein Arbeitsgebiet ausgedehnt hatte, wusste er so viel über Gold, Silber und wertvollen Schmuck wie Marvin Mandelbaum. Und in der Schachtel, die er in der untersten Schublade seines Schreibtischs versteckt hatte, begannen sich die Dollarscheine zu häufen.

TEIL FÜNF
1978

1

Valerie stand im Haus ihrer Eltern auf der Veranda und blickte auf den Rasen und die von Bäumen gesäumte Zufahrt.

Es war Anfang Juni; seit langer Zeit hatte sie sich nicht mehr im Frühjahr in Vermont aufgehalten. In den letzten zehn Jahren war sie jeweils zwei Wochen an Weihnachten und einen Monat im Sommer mit den Kindern in Rutland gewesen, damit sie die Freuden einer großen Familie erleben konnten. Doch das war nun für immer vorüber, und Valerie wusste, dass sie nie wieder hierher kommen würde.

Vor fünf Wochen war ihr Vater an einem Herzinfarkt gestorben, der ihn ereilte, während er den Rasen mähte, auf den Valerie nun blickte. Im einen Moment stand er hinter dem Rasenmäher, im nächsten sank er vornüber und starb mit achtundsiebzig Jahren. Zwei Wochen später erkrankte Valeries Mutter an einer Lungenentzündung. Vor zwei Tagen, vier Tage vor ihrem zweiundsiebzigsten Geburtstag und zehn Tage vor ihrem dreiundfünfzigsten Hochzeitstag, war auch sie gestorben.

»So ist das manchmal«, sagte der Arzt. »Wenn zwei Menschen so lange zusammen sind wie Martin und Charlotte, gehen sie meist auch gemeinsam oder kurz nacheinander.«

Es gab ein Testament. Martin hatte stets darauf geachtet, dass seine Angelegenheiten geordnet waren. Er besaß diverse Aktien, die unter den neun Kindern aufgeteilt wurden, und ein paar Schmuckstücke, darunter eine Kamee, die Valerie immer geliebt hatte.

»Und du hast bestimmt gedacht, Ma hätte das nicht gewusst«, sagte Marianne lächelnd, als sie die Kamee ihrer Schwester umband.

Den Steinbruch vermachte Martin Marty und Kevin. Das war gerecht, denn sie betrieben ihn schon seit Jahren. Sie bekamen auch das Haus, was ebenso gerecht war, denn Elizabeth, Cecilia und Danny lebten zwar auch in Vermont, doch nur Marty und Kevin waren in Rutland geblieben. Patrick war zurückgekehrt und hatte die Pfarrstelle von Pater Joseph übernommen, wohnte aber im Pfarrhaus von St. Stephen, Marianne hatte sich in Boston angesiedelt, und Hugh war in North Carolina stationiert.

Die Geschwister beriefen ein Familientreffen ein und beschlossen gemeinsam, das Haus zu verkaufen. Alle weinten, wussten aber zugleich, dass es die beste Lösung war. Das Haus war riesig und im Unterhalt zu aufwändig für jeden von ihnen.

»Soll sich jemand anderer den Kopf zerbrechen wegen des undichten Dachs, der schiefen Veranda und diesem antiquierten Herd, den Ma immer unbedingt behalten wollte«, meinte Kevin.

Als sie daran dachte, seufzte Valerie und strich mit der Hand über das Verandageländer. Dieses Haus war so viel mehr gewesen als nur ein Dach, eine Veranda oder ein

Herd, und es machte sie traurig, dass es nun so betrachtet wurde. In den ersten achtzehn Jahren ihres Lebens war es ihr Kokon gewesen, in den folgenden dreiundzwanzig ihr Zufluchtsort.
Sie ging nach oben in ihr altes Zimmer und nahm wieder einmal eine kleine grüne Pille.

2

Ricky lehnte sich an eine Düne und sah zu, wie sein Freund auf dem nagelneuen Surfboard über eine Welle glitt. Am Strand wirbelte der Wind eine Menge Sand auf, machte jedoch die Wellen nicht größer. Half Moon Bay war als Surfparadies noch nie berühmt gewesen, aber die Sonne schien, es hatte um die fünfundzwanzig Grad im Oktober, und Chris war das einerlei.

Die beiden schwänzten die Schule an diesem Tag nach Chris' siebzehntem Geburtstag und hatten sich mit ein paar Dosen Bier, Keksen und einem Päckchen Gras von ihrem einheimischen Dealer zum Strand aufgemacht. Chris stürzte sich sofort in die Wellen, aber Ricky blieb am Strand sitzen und drehte ein paar Joints, wobei er mit den flatternden Papierchen und dem umherfliegenden Sand kämpfte.

Die Liebe zum Ozean war das Einzige, was die beiden Jungen nicht teilen konnten. Das lag nicht nur daran, dass Ricky nie schwimmen gelernt hatte, sondern vor allem daran, dass er sich seit seiner dramatischen Rettung aus dem Charles River vor vier Jahren vor Wasser fürchtete. Und der Glaube an seine Unsterblichkeit verlangte auch danach, das Schicksal nicht herauszufordern.

Ricky blickte nach links und rechts und versicherte sich, dass um diese Zeit des Tages noch niemand am Strand unterwegs war. Dann lehnte er sich entspannt zurück, zündete seinen Joint an, sog den beißenden Rauch in die Lunge und hielt so lange wie möglich die Luft an. Von Gras wurde man zwar nur ein bisschen entspannt, aber man kam leicht ran, und es war groß in Mode.
Eine Linie Koks dagegen brachte einen echten Kick. Aber Kokain kostete viel Geld, und er lebte in einem kleinen Städtchen. Wenn es sich herumsprach, dass er regelmäßig kokste, würde bestimmt irgendwann jemand die falschen Fragen stellen, und Ricky wollte nicht, dass sich jemand überlegte, wie er an das Geld kam. Nicht einmal seinem besten Freund Chris hatte Ricky erzählt, womit er sich mehrmals im Monat nachts beschäftigte. Die beiden standen sich zwar sehr nahe, hatten aber auch immer ihre Privatsphäre bewahrt. Und was Ricky als seine Privatsache erachtete, ging niemand anderen etwas an. Außer Marvin Mandelbaum natürlich. Ricky hatte einen Großteil des Geldes gespart, das er sich in den letzten Jahren als Laufbursche für den Pfandleiher erarbeitet hatte; in der Woche zuvor hatte er knapp viertausend Dollar gezählt.
Der sechzehnjährige Junge zog wieder an seinem Joint und sann müßig darüber nach, wie weit er mit dreitausendachthundertsiebzig Dollar wohl kommen würde und wohin er überhaupt wollte. Auf beide Fragen wusste er keine klare Antwort.
Er hatte gewiss nicht die Absicht, es seinem Bruder gleichzutun und zur Armee zu gehen, so sehr JJ in seinen unregelmäßig eintreffenden Briefen auch davon schwärmen mochte. Dieser ganze patriotische Schwachsinn war etwas

für Idioten. Er hätte Rosemary folgen können, hatte aber keine Ahnung, wo sie sich aufhielt. Seit sie wenige Monate nach JJ verschwunden war, hatte niemand je wieder von ihr gehört. Und Ellen zu folgen war das Letzte, was ihm in den Sinn käme.

Chris redete immer vom Ozean. Seit sein Vater Arbeit auf einem Fischerboot bekommen und seinen Sohn ein paar Mal mitgenommen hatte, wollte Chris unbedingt zur See fahren.

»Eines Tages«, sagte er zu Ricky, »werd ich mein eigenes Boot haben und davonsegeln.«

»Wohin denn?«, fragte Ricky. Er dachte an die mexikanischen Hafenstädte, in denen man für einen Pappenstiel haufenweise gutes Marihuana bekam, und überlegte, dass man vermutlich hier an der Küste ein Vermögen damit verdienen konnte.

»An keinen bestimmten Ort«, sagte Chris.

»Und wieso willst du das dann?«

»Weil es Spaß macht, da draußen zu sein, Mann, auch ohne Ziel.«

Die sieben Weltmeere zu befahren, fand Ricky nicht verlockend, solange kein Profit dabei heraussprang. Es machte ihm Spaß, Geld anzuhäufen; es auszugeben, fand er weniger spannend. Was ihn lockte, war der Kick, die Aufregung, die er empfand, wenn er es beschaffte.

Wenn er nachts nicht seinen Geschäften nachging, saß Ricky gerne auf seinem Bett und zählte sein Geld. Die Decke klappte er beiseite, damit er sein Vermögen jederzeit verstecken konnte, falls jemand hereinkam. Er ordnete die Banknoten nach Wert und stellte befriedigt fest, dass die Bündel von Monat zu Monat dicker wurden.

In die Häuser in der näheren Umgebung brach er nun seit drei Jahren ein, und er hatte beschlossen, damit jetzt aufzuhören. Er fand es nicht mehr spannend, und außerdem war die Ausbeute mager. Manchmal hatte er zwei- oder dreimal in dieselben Häuser einbrechen müssen und jedes Mal weniger nach Hause gebracht. Ricky sagte sich, dass es an der Zeit war, sich in einer anderen Richtung umzutun und auch den Mittelsmann loszuwerden. Fast alles, was er durch seine Einbrüche ergatterte, ging durch die Hände von Marvin Mandelbaum, der es unter Wert verkaufte und seinen Anteil kassierte, sodass für Ricky am Ende nur ein Bruchteil des ursprünglichen Wertes übrig blieb. Und das, obwohl er das ganze Risiko trug. Er wollte sich nicht mehr mit Perlringen und Silberbabylöffeln abgegeben, sondern an das große Geld kommen. Und er wusste auch schon, wie. Er hatte einen Monat lang darüber nachgedacht, und heute wollte er seinen Plan in die Tat umsetzen.
»Wow«, rief Chris, der mit seinem Surfboard unter dem Arm aus dem Wasser kam, »das ist echt super. Tausend Dank, Mann.«
Ricky zuckte die Schultern. »Ich hab dir ja gesagt, ich kann nichts damit anfangen«, log er.
»Aber deine Eltern sind doch bestimmt sauer, wenn du dein Geburtstagsgeschenk einfach weggibst.«
»Nein, die haben nichts dagegen.« Ricky hatte das Surfboard von seinem eigenen Geld gekauft. Chris redete schon seit zwei Jahren davon, dass er sich eines wünschte, und seine Eltern konnten sich ein solches Geschenk nicht leisten.
»Meinst du, ich sollte deshalb was zu ihnen sagen?«, fragte Chris. »Mich bedanken, meine ich?«

»Nein, nein«, antwortete Ricky hastig. »Lass das bloß. Das wär ihnen superpeinlich.«
»Okay«, sagte Chris erleichtert. Er legte keinen großen Wert darauf, mit Rickys Eltern zu reden. Die Mutter war meist so abwesend, dass Chris nicht sicher war, ob sie überhaupt hörte, was man sagte, und der Vater war selten zu Hause und wirkte überdies düster.
»Willst du 'nen Zug?«, fragte Ricky.
»Ja, klar.« Chris schälte sich aus seinem Neoprenanzug und ließ sich in den Sand fallen.
Den Anzug hatte er mit dem Surfboard bekommen und sich keine Gedanken über die Größe gemacht. Ricky war zwar inzwischen fast eins siebzig, Chris aber schon über eins achtzig.
Ricky hatte es aufgegeben, auf Wunder zu warten. Er wusste, dass er nicht so groß werden würde wie sein Bruder JJ, hatte sich aber damit abgefunden. Wenigstens war er nicht mehr der Kleinste an der Schule und konnte inzwischen immerhin auf diverse Mädchen hinunterblicken.
Chris nahm drei tiefe Züge, bevor er den Joint zurückgab. »Gehst du am Samstagabend zu Nancy Thalers Geburtstag?«, fragte er, als könne er Rickys Gedanken lesen.
Ricky grinste. Nancy Thaler war ein Mädchen, auf das er in letzter Zeit sehr häufig hinuntergeblickt hatte. »Klarer Fall«, sagte er, »ich hab eine Spezialeinladung gekriegt.«
»Tolle Sache«, gluckste Chris.
Die Thalers wohnten in einem schönen kleinen Cottage am Strand in Moss Beach. Und als Nancy Ricky aufgeregt flüsternd und mit Augenaufschlag zu ihrem Geburtstag einlud, schlug sie auch noch vor, dass man doch mal an einem entlegenen Strand gemeinsam spazieren gehen

könnte. Schon ihr Atem an seinem Ohr sorgte dafür, dass Ricky nicht mehr gut gehen konnte, als er sich abwandte.
Nancy war eine Klasse unter ihm, sah jedoch für ihr Alter sehr reif aus. Sie war schlank und blond und hatte volle Lippen und große Brüste, und vor allem mit Letzteren beschäftigte sich Ricky seit einiger Zeit häufig in Gedanken. Auch als er jetzt wieder daran dachte, musste er rasch seine Liegeposition ändern.
»Du glaubst wohl, sie lässt dich ran, was?«, fragte Chris mit wissendem Grinsen.
»Schon möglich«, erwiderte Ricky zwinkernd.
Die beiden hatten über die Jahre allerhand ausprobiert; sie hatten kichernd eine zerlesene Ausgabe von *Joy of Sex* studiert, die sie in einem der hinteren Regale in der Bücherei entdeckt hatten, in den Hügeln hinter Rickys Haus gemeinsam Hefte mit nackten Frauen betrachtet und Berichte über ihre heranwachsenden Schwestern ausgetauscht. Mit zehn Jahren hatten sie zum ersten Mal masturbiert, sich mit elf an jedem Mädchen gerieben, das nicht schnell genug das Weite suchte, und mit zwölf Zungenküsse mit Mädchen getauscht, die es wagten, ihnen näher zu kommen. Nun waren sie sechzehn, waren aber noch mit keinem Mädchen richtig zusammen gewesen. Bei Chris lag das daran, dass seine Freundin Theresa Hoyt wild entschlossen war, zu warten, bis sie einen Ehering am Finger hatte. Bei Ricky handelte es sich eher um einen Mangel an Gelegenheit.
Und nun machte Nancy Thaler Ricky Avancen, seit er im Sommer so gewachsen war und sie nun überragte. Am Samstagabend wollte er sich davon überzeugen, ob sie es ernst meinte.

»Nancy Thaler macht einen nur heiß«, erklärte Chris. »Ich wette, du darfst höchstens mal anfassen.«
Ricky zuckte die Schultern. »Bei den Möpsen würde sich das auch schon lohnen«, meinte er. Aber er hatte nicht vor, es dabei zu belassen.
»Ich kann dir nur sagen, dass es schon fast jeder an der Schule probiert hat«, berichtete Chris, »und sie hat alle abblitzen lassen.«
»*Ich* hab es noch nicht probiert«, entgegnete Ricky nur und zog ein letztes Mal an dem Joint.

3

Jack Marsh war nun achtundvierzig Jahre alt. Wenn er sich morgens im Spiegel betrachtete, sah er, dass das Alter seiner Attraktivität bislang nichts anhaben konnte. Die Fältchen um seine gelben Augen unterstrichen nur ihren speziellen Reiz, die Silbersträhnen in seinen schwarzen Haaren verliehen ihm eine Aura von Reife, und durch seine schwere Arbeit war er körperlich in guter Form.
Umso peinlicher war es ihm, dass er an einem Montag Mitte Oktober einem Arzt von seiner Impotenz berichten musste.
»Es besteht kein Anlass zur Sorge«, sagte Dr. Henry Haas nach der Untersuchung. »Es handelt sich wohl eher um eine vorübergehende Schwäche, die von selbst vergehen wird.«
»Wann?«, fragte Jack knapp und zog sich wieder an.
»Wenn der psychische Stresszustand, der dafür verantwortlich ist, vorbei ist«, antwortete der Arzt ruhig.
Jack blickte den Mann irritiert an. Er konnte keinerlei Zusammenhang sehen zwischen einem Stresszustand und seiner Unfähigkeit, körperlich zu funktionieren, was für ihn früher so selbstverständlich gewesen war wie Pissen.
»Was?«, sagte er.

»Meine Untersuchung hat ergeben, dass es keinerlei körperliche Ursachen gibt für Ihr Problem«, erklärte Haas.
Jack blinzelte verwirrt den großen hageren Mann an, dessen Namen er sich aus dem Telefonbuch herausgesucht hatte, weil er mit seinem Problem nicht zu einem Arzt gehen wollte, der ihn kannte. »Sie wollen mir sagen, dass ich ihn nicht mehr hochkriege wegen irgendwas in meinem Kopf?«
»So ähnlich, ja.«
»Tja, können Sie mir nicht eine Pille oder eine Spritze oder so was geben, um das zu reparieren?«
Henry Haas war Urologe mit dreißigjähriger Berufserfahrung. Es verblüffte und erheiterte ihn immer wieder aufs Neue, wie viele seiner männlichen Patienten außerstande waren, die nahe liegende Verbindung zwischen Gehirn und Körper zu sehen.
»Setzen Sie sich doch, Mr. Marsh«, sagte er freundlich.
Jack ließ sich schwer in den Polstersessel fallen. »Ich nehme, was Sie haben, Doc. Ich will, dass diese Sache schnell wieder aufhört.« Er zwinkerte Haas zu. »Es stört mich wirklich bei meiner Freizeitgestaltung.«
»Seit wann leiden Sie unter der Impotenz?«, fragte der Arzt.
Der Patient wirkte peinlich berührt. »Ähm, nun ja, so etwa seit einem Jahr immer mal wieder«, sagte er unbehaglich. In Wirklichkeit handelte es sich eher um zwei Jahre. »Aber zuerst passierte es nicht jedes Mal, nur ab und zu, und ich dachte, es würde von selbst wieder weggehen, wissen Sie, wie ein Virus oder so. So war's auch manchmal, aber dann ist es wieder passiert, und jetzt ist es dauernd so und hört nicht mehr auf.«

»Haben Sie eine außergewöhnliche Stressbelastung gehabt in dieser Zeit?«, erkundigte sich Haas. »Beruflich oder privat?«

Außergewöhnliche Stressbelastung? Jack dachte nach. Wann hatte es je keinen Stress gegeben in seinem Leben? Er konnte sich nicht erinnern, jemals eine Zeit erlebt zu haben, in der ihn nicht irgendetwas unter Druck setzte. Bis das FBI mangels gegenteiliger Beweise entschied, dass es sich beim Absturz des Fluges 921 wohl um menschliches Versagen seitens des Piloten gehandelt hatte, war über ein Jahr vergangen. Erst nach über einem Jahr waren Jack und seine Crew aus dem Schneider. Schon allein diese Sache verursachte enormen Stress. Aber das war ja nicht alles.

Kate, seine Geliebte, war nach acht Jahren, in denen sie auf unkomplizierte Art die meisten seiner Bedürfnisse befriedigen konnte, nach Denver gezogen, weil ihr Sohn mit seiner Familie nun dort lebte und sie ihre Enkel öfter sehen wollte.

Und Valerie schwand vor seinen Augen dahin. Das liebreizende Mädchen vom Land, das ihn vor der Welt beschützen sollte, konnte nicht einmal mehr sich selbst schützen. Morgens starrte sie ihn mit glasigen Augen verständnislos an, wenn er aus dem Haus ging, abends war sie meist betrunken. Es gab keine saubere Wäsche, kein Essen, das Haus war ein einziges Chaos. Meist trat sie nicht einmal mehr zu ihrer Schicht im »Gray Whale« an. Und letzte Woche merkte er endgültig, wie schlimm es um sie stand, denn da schaffte sie es nicht einmal mehr aufzustehen, um am Sonntag zur Kirche zu gehen.

Jack graute nun jeden Abend davor, nach Hause zu kommen. Es war so leer und still dort. Obwohl Valerie noch da

war und gelegentlich auch Ricky, fand Jack es so schlimm wie direkt nach Priscillas Tod, als alle außer ihm in Vermont waren und ihn allein seinen Schuldgefühlen und seinem Elend überließen. Aber damals waren sie wenigstens zurückgekommen.
Dann waren auch noch Rosemary und JJ verschwunden ... die vermutlich auch tot waren. Und Ellen hätte es von ihm aus auch sein können. Das dumme Mädchen war doch letztes Jahr nach ihrem Highschool-Abschluss wirklich und wahrhaftig in so ein verfluchtes Kloster gegangen.
»Heutzutage gehen Frauen nicht ins Kloster, sondern sie hauen daraus ab«, hatte er zu ihr gesagt.
»Aber es ist das, was ich tun möchte, Daddy«, hatte Ellen auf ihre sanfte heitere Art geantwortet. »Das habe ich mir schon immer gewünscht.«
Das stimmte. Seit Ellen lesen konnte, hatte man sie selten ohne ihre Bibel gesehen. Im Religionsunterricht war sie die Beste gewesen, und selbst Jack musste zugeben, dass sie immer schon diese entrückte Ausstrahlung hatte, als gehöre sie nicht in die gewöhnliche Welt, zwischen normale Menschen.
Er wollte sie von dieser Entscheidung abbringen, aber er wusste, dass er es nicht konnte. Sie war volljährig, und Valerie bestärkte sie natürlich, strahlte ausnahmsweise, als sei die Tatsache, dass ihre Tochter ein Leben in Armut und Keuschheit zubringen würde, eine Art Segen.
Jack erinnerte sich noch lebhaft an die Umstände von Ellens Geburt, an seine lange Wache neben ihrem Brutkasten. Sollte das alles umsonst gewesen sein? Damit sie nun ein Leben in einer Art Gefängnis verbrachte?
Er hatte nie über seine Kinder nachgedacht, sondern war

davon ausgegangen, dass sie immer da sein würden. Waren Kinder denn nicht schließlich dafür da, um sich um die Eltern zu kümmern, wenn sie selbst es nicht mehr konnten?

In den letzten drei Jahren hatte Ellen sich um alles gekümmert, hatte Valerie versorgt, Essen auf den Tisch gebracht und Jack jeden Tag ein frisches Hemd hingelegt. Doch nun war sie nicht mehr da. Vier von Jacks fünf Kindern waren verschwunden, und er wusste, dass Ricky es ihnen in Bälde gleichtun würde. Valerie war im Grunde genommen ebenfalls abwesend, und wie erging es nun ihm, mit fast fünfzig Jahren? Mehr als vor allem anderen fürchtete Jack sich davor, verlassen zu werden.

»Ja«, sagte er knurrig zu dem Arzt, »man könnte wohl sagen, dass ich eine außergewöhnliche Stressbelastung habe in meinem Leben.«

Dr. Haas kritzelte etwas auf einen Block, riss das oberste Blatt ab und reichte es Jack. »Hier sind Name und Telefonnummer von jemandem, der Ihnen bestimmt helfen kann«, sagte er.

Jack blickte auf den Zettel. »Ist das ein Spezialist für so was?«

»Kann man so sagen«, antwortete Haas. »Er ist Psychiater.«

Jack fuhr hoch. »Ich soll zu so einem Psychofritzen gehen?«

»Die Zeiten von Voodoo und Wunderheilern sind vorüber, Mr. Marsh«, antwortete der Arzt gelassen. »Wenn Sie Ihr Problem loswerden wollen, kann dieser Mann Ihnen dabei helfen. Er ist einer der besten Therapeuten in der Gegend, und ich empfehle ihn meinen Patienten schon seit Jahren.

Und er hat eine hohe Erfolgsquote, möchte ich noch hinzufügen.«
Jack stopfte den Zettel in die Tasche, murmelte ein Abschiedswort und ging. Scheiße, er brauchte doch keinen Seelenklempner, sagte er sich, nur die richtige Frau. Nachdem Kate weggezogen war, hatte er es hier und da mit anderen probiert, aber die Frauen, die ihm gefielen, waren alle jung und verwöhnt und erwarteten, dass er sich aufführte wie ein verdammter Zirkusakrobat. Woraufhin sein Problem sich natürlich verschlimmerte.
Valerie gab es auch noch, das wusste er, aber bei ihr kam er sich vor, als bumse er eine Leiche. Sie lag nur da mit geschlossenen Augen, als wolle sie sagen, »tu, was nötig ist«. Unter diesen Umständen würde er natürlich unter Garantie gar nichts mehr tun.
Jedenfalls würde kein Psychoheini in seinem Kopf herumkramen und ihm Fragen stellen, die er nicht beantworten wollte, und Dinge ansprechen, über die Jack nicht einmal nachdenken wollte. Er warf den Zettel mit dem Namen des Psychiaters in den erstbesten Abfalleimer, an dem er auf dem Weg zu seinen Saufkumpanen vorbeikam.

4

Ricky zog seine schwere Harley-Davidson aus dem Gebüsch am Haus hervor, in dem er sie immer versteckte, und schob sie die Zufahrt hinunter. Es war kurz nach halb elf. Seine Mutter lag im Bett, und sein Vater war wie üblich nicht zu Hause. Dennoch schob er das Motorrad vorsichtshalber ein paar Straßen weiter. Dann stieg er auf und startete den Motor.
Vor zwei Jahren hatte er seinen Eltern gesagt, er habe einen Teilzeitjob in einem Laden in San Mateo bekommen, wo er für einen Mr. Mandelbaum Botengänge machte und Sachen erledigte, für Taschengeld, denn er war noch minderjährig und durfte offiziell nichts verdienen. Damit war erklärt, wo er sich während der Schulzeit an den Samstagen und während der Ferien an den Wochentagen aufhielt. Und auch die Anschaffung einiger Dinge wie der alten Bomberjacke aus Leder, die er immer trug, auch sonntags zur Messe, wenn es seiner Mutter gelang, sich selbst und ihn dorthin zu befördern, und das gebrauchte Motorrad. Den Eltern hatte er gesagt, das Motorrad habe zweihundert Dollar gekostet. Tatsächlich hatte er zwölfhundert dafür bezahlt, aber seine Eltern überprüften seine Aussagen nicht.

Ricky raste die Delgada und die Alhambra entlang und bog auf die Route 1 ein. Um diese Uhrzeit war kaum jemand unterwegs, und so fuhr er unbehelligt und unbemerkt Richtung Norden nach Pazifica. Er liebte es, die schwere Maschine unter sich zu spüren, diese Kraft, die er unter Kontrolle hatte. Und er liebte das Gefühl, damit überallhin fahren zu können.

Er hatte sich diese Bar schon vor drei Wochen ausgesucht, war mehrmals hingegangen, um jede Einzelheit herauszufinden, jeden Weg, jede mögliche Tücke. Auch den Abend hatte er mit Bedacht gewählt – Montag, weil es da Football im Fernsehen gab. Die Vistamar Bar hatte zu Beginn der Saison einen dieser Großbildschirme angeschafft, und am Montag Abend war nun dort immer der Teufel los. Wenn Ricky nach Pazifica kam, war das Spiel zu Ende und die Kasse voll, und die Gäste wären inzwischen verschwunden.

Die Sterne funkelten über ihm, und eine silbrige Mondsichel stand am Himmel. Es war weder besonders warm noch kühl, aber Ricky merkte es ohnehin nicht. Er trug seine Bomberjacke. In der rechten Tasche spürte er das Gewicht der Browning, die er Marvin vor zwei Wochen abgekauft hatte.

»Was willst du denn mit der?«, fragte der alte Mann, als Ricky die Pistole aus der Vitrine nahm und das Geld dafür hinblätterte. »Du brichst doch nirgendwo ein, wo jemand zu Hause ist.«

»Man weiß nie, was passieren kann«, erwiderte der Teenager beiläufig. »Ich bin lieber gut vorbereitet.«

»Kannst du denn mit dem Ding umgehen?«

Ricky zuckte die Schultern. »Ich kann mit einer .22er schießen. So groß kann der Unterschied nicht sein.«

Munition für die Browning war nicht dabei, aber Marvin versprach, welche aufzutreiben. Das war Ricky relativ egal, denn er hatte nicht die Absicht, die Waffe zu laden. Er brauchte nur etwas, das Furcht erregend aussah, wenn er in die Bar ging.

Außerdem hatte er sich für diesen Anlass Cowboystiefel mit fünf Zentimeter hohen Absätzen zugelegt, die ihn größer erscheinen ließen, und einen Rollkragenpullover, den er sich übers Gesicht ziehen konnte. Mit beiden Requisiten hatte er eine Woche lang geübt, bis er in den Stiefel gehen konnte, ohne zu stolpern, und nicht mehr erstickt klang, wenn er durch den Pullover sprach.

Als Ricky zum Devils Slide kam, der schmalen Straße am Meer zwischen den Küstengemeinden und Pazifica, gab er Vollgas und raste durch die gefährlichen Kurven, als sei die Straße schnurgerade.

»Hey, schaut alle her!«, schrie er den Felsen zu.

Zehn Minuten nach elf hielt er auf dem Parkplatz der Vistamar Bar. Wie er erwartet hatte, waren die Gäste inzwischen allesamt verschwunden, und der Barkeeper spülte allein die Gläser.

Ricky parkte die Harley so, dass man sie von innen nicht sehen konnte, und marschierte zur Tür. Er befand sich in einem Zustand höchster Erregung, spürte förmlich seine Nerven kribbeln.

So gut hatte er sich nicht mehr gefühlt seit seinem Einbruch bei Connie Gilchrist. Er stieß die Tür auf und betrat die Bar.

Der Fernseher war ausgeschaltet, und nur der Tresen war noch beleuchtet. Ed Costello, der Barkeeper, hatte einen langen Tag gehabt und wollte schnell nach Hause. Seine

Frau war Stewardess bei United Airlines und flog in diesem Monat die Strecke nach Tokio. Sie hatten sich seit anderthalb Wochen nur an zwei Tagen sehen können, und heute Abend hatten sie zum ersten Mal seit einer Woche Gelegenheit für ein Schäferstündchen, das er um keinen Preis versäumen wollte. Er drehte sich nicht einmal um, als die Tür aufging.
»Tut mir leid, wir haben schon geschlossen«, rief er über die Schulter.
»Macht nichts«, erwiderte eine gedämpfte Stimme, »ich will nichts zu trinken.«
Costello lief plötzlich ein Schauer über den Rücken, und ihm wurde flau im Magen. Er drehte sich langsam um und blickte in den Lauf einer gemein aussehenden Pistole.
»Scheiße«, murmelte er vor sich hin, weil er schon seit fünf Jahren hier arbeitete und noch nie überfallen worden war.
»Nimm ganz langsam die Scheine aus der Kasse«, sagte der Typ mit der Knarre, »und steck sie hier rein.« Ricky schob eine kleine Ledertasche mit Schulterriemen über den Tresen. »Und die Hände und Füße immer schön in Sichtweite.« Ricky musste ein Kichern unterdrücken. Den Satz hatte er in *Hawaii fünf null* gehört.
Costello leistete keinen Widerstand. Er stopfte die Einnahmen des Abends in die Tasche. *Wenn ich ihm gebe, was er will*, sagte sich der Barkeeper, *wird er wieder abhauen.* Der Umsatz war gut gewesen an diesem Abend, Costello wusste, dass mindestens tausend Dollar in der Kasse sein mussten. Der Besitzer würde ausflippen, aber, zum Teufel, es war schließlich bloß Geld, beschloss Costello für sich. Er würde hier nicht den Helden mimen und sein Leben aufs Spiel setzen. Außerdem konnte er den Gedanken nicht er-

tragen, dass er womöglich nie wieder seine Frau in den Armen halten würde. Er war nur etwa zehn Zentimeter vom Alarmknopf entfernt, ignorierte ihn aber.
Als die Kasse leer war, schnappte sich Ricky die Tasche und hängte sie sich quer um, wie Frauen es manchmal mit ihren Handtaschen machten.
»Steig auf den Tresen«, befahl er Costello, »und leg dich aufs Gesicht.« Der Barkeeper gehorchte. »Ich hau jetzt hier ab, und du wirst dich fünf Minuten lang nicht rühren. Fünf Minuten, schön mitzählen, Freund. Wenn du dich vorher rührst, wird dir mein Kumpel draußen ein hübsches Loch in die Birne pusten.« Das klang wie ein Satz aus einem Charles-Bronson-Film.
Der Barkeeper glaubte nicht eine Sekunde daran, dass draußen tatsächlich jemand wartete, aber er rührte sich trotzdem mindestens fünf Minuten lang nicht von der Stelle. Eine halbe Stunde später, als die Polizei von Pazifica eintraf und ihn nach einer Personenbeschreibung fragte, konnte Costello sich nur an die Pistole erinnern, die groß, schwarz und gemein ausgesehen hatte.
Ricky lachte den ganzen Heimweg vor sich hin. Er hatte gesehen, wie die Scheine in der Tasche verschwanden, und wusste, dass es ziemlich viele waren. Als er später auf seinem Bett saß, das Geld zählte und wie immer auf kleine Häufchen legte, wurde ihm klar, dass er an diesem Abend auf einen Schlag mehr eingenommen hatte, als wenn er ein halbes Jahr für Marvin Mandelbaum arbeitete, und von seiner Beute musste er nicht einen Dollar abgeben. Und das Beste daran war, dass er das Ding mit einer ungeladenen Pistole abgezogen hatte.

Ricky war tagelang in Hochstimmung. Er konnte kaum fassen, dass er es wirklich geschafft hatte und Marvin Mandelbaum losgeworden war. Elfhundert Kröten für einen Einsatz von zehn Minuten, und sie gehörten alle ihm. Wenn er so weitermachte, sagte er sich, konnte er mit einundzwanzig Jahren Millionär sein. Er spazierte die gesamte Woche mit einem idiotischen Grinsen auf dem Gesicht durch die Gegend. Chris unterstellte ihm, dass er auf Koks liefe, aber Ricky schüttelte nur den Kopf und grinste weiter.
»Ich hab's«, erklärte Chris, als sie am Samstagnachmittag unter einem Eukalyptusbaum in den Hügeln hinter dem Haus der Marshs saßen und Tunfisch-Sandwiches aßen. »Es ist wegen Nancy Thalers Party heute Abend – oder genauer gesagt, der Privatparty, die du dir da erhoffst.«
»Genau«, erwiderte Ricky, und das war tatsächlich nicht vollständig gelogen.
Er hatte in letzter Zeit sehr oft an Nancy Thaler gedacht, auch als er sich an diesem Tag morgens duschte. Als er sich dann abends für die Party fertig machte, saubere Jeans und ein T-Shirt anzog, betete er im Stillen, dass er das Richtige tun würde, wenn es so weit war. Vor Chris den Coolen zu mimen oder sich allein seinen Fantasien hinzugeben war eine Sache, aber die Sache mit einem echten lebenden Mädchen durchzuziehen war etwas anderes. Im letzten Moment entschied er sich gegen seine Sneakers und zog stattdessen die Cowboystiefel an, weil er sich sagte, dass er ruhig ein bisschen größer wirken könnte. Außerdem erinnerten sie ihn an sein Hochgefühl vom Montagabend.
Um halb neun röhrte er mit seiner Harley die Zufahrt der Thalers hinauf und hinterließ eine breite Schneise im Kies. Die Party hatte vor einer Stunde angefangen.

An die zwanzig Gleichaltrige waren schon eingetroffen, und als Nancy ihm nach dem Klingeln öffnete, hörte Ricky von drinnen Gelächter und den Sound von Led Zeppelin. Wahrscheinlich hatte Nancy im Flur bereits auf ihn gewartet, sagte sich Ricky.

»Hi«, sagte sie und strahlte ihn an. Sie trug eine Rüschenbluse und einen langen geblümten Rock. »Ich dachte schon, du kommst vielleicht gar nicht«, fügte Nancy hinzu. »Schön, dass du da bist.«

»Ja«, erwiderte Ricky, »find ich auch.« Gott, er konnte nicht fassen, wie er daherredete. Er bohrte seine Stiefelabsätze in den dicken Teppichboden, wünschte sich, anderswo zu sein, und fragte sich, was aus seinem Hochgefühl und seinem Selbstvertrauen geworden war.

»Möchtest du was trinken?«, fragte Nancy, hakte sich bei ihm ein und lenkte ihn Richtung Wohnzimmer. »Es gibt Bier, und Denny Henderson hat eine Flasche Wodka mitgebracht.«

Ricky klopfte auf seine Bomberjacke. »Nein, danke«, sagte er, »ich hab ein bisschen Gras für später dabei.« Er sah sich um. »Wo sind deine Eltern?«

»Hinterm Berg«, sagte Nancy und lächelte bedeutungsvoll. Damit war San Mateo gemeint. »Zum Essen und Doppelprogramm im Kino.«

Ricky grinste sie an. »Klingt viel versprechend«, murmelt er und hoffte, dass er sich welterfahren und nicht ängstlich anhörte.

»Hey, Mann«, rief Chris, »wird Zeit, dass du endlich auftauchst.«

Er hatte den Arm um eine hübsche Rothaarige gelegt. Theresa Hoyt war jünger als er, und die beiden gingen seit

sechs Monaten miteinander. Chris kam bei älteren Mädchen gut an, weil er so groß war. Ein Mädchen aus der Klasse über ihnen hatte ihn sogar letztes Jahr zum Abschlussball eingeladen. Aber nun war Chris mit Theresa zusammen. Stolz ließ er den Arm über ihre Schulter hängen und streifte dabei ab und an wie zufällig ihre Brust.
Ricky zog eine Augenbraue hoch. »Sieht nicht aus, als hättest du mich schrecklich vermisst«, sagte er zu seinem Freund.
»Hey, Marsh«, rief Denny Henderson, »was machst du denn bei gewöhnlichen Sterblichen wie uns?«
Denny Henderson war schon in der sechsten Klasse dick gewesen, aber nun war er monströs fett und kam auf Ricky zugewatschelt. Außer bei Chris war Ricky bei seinen Altersgenossen nicht sonderlich beliebt, aber man respektierte ihn und wusste, dass er einen in Ruhe ließ, wenn man ihm nicht querkam. Mit dieser Regelung konnten alle leben.
»Ab und an muss man ja mal beim Fußvolk nach dem Rechten sehen«, sagte Ricky zu dem fettleibigen Jungen.
Denny grölte vor Lachen, wobei sein Bauch wackelte wie Pudding. »Das hat's noch nie gegeben, weißt du«, erklärte er Nancy, »dass Marsh sich bei einer Party blicken lässt. Hat er noch nie gemacht, soweit ich weiß.«
»Dann fühle ich mich geehrt«, sagte Nancy mit süßem Augenaufschlag und drängte sich an Ricky.
Der wünschte sich, dass seine Bomberjacke lang genug wäre, um die entstandene Wölbung in seiner engen Jeans zu verbergen. Er beugte sich vor und verschränkte die Hände so lässig wie möglich vor dem Unterleib.
Es klingelte wieder, und Nancy eilte zur Haustür. Ricky

nutzte diese Situation, ging zu einem Sessel, ließ sich erleichtert hineinsinken und schlug die Beine übereinander. Dann holte er einen Joint aus der Jackentasche.
Ein älterer Junge tauchte vor ihm auf. »Taugt das Zeug da was, Mann?«
»Acapulco Gold«, antwortete Ricky. Er zündete den Joint an und nahm einen tiefen Zug, bevor er ihn dem Jungen reichte.
»Cool«, sagte der und verschwand mitsamt dem Joint, was Ricky nicht weiter beunruhigte, denn er hatte noch einigen Vorrat dabei.
Von seinem Sitzplatz aus konnte Ricky das Geschehen der Party gut verfolgen. Er sah, wer mit wem anbandelte, wer wen ignorierte und wer versuchte, Aufmerksamkeit zu erregen. Ihm selbst lag nichts an Menschenansammlungen wie diesen, er war lieber mit einem anderen Menschen allein. Er kannte die Leute auf der Party, aber er wusste nicht, was er mit ihnen reden sollte. Ricky war an diesem Abend nur hergekommen, weil Nancy Thaler ihm durch die Blume mitgeteilt hatte, dass sie sich auf Sex einlassen würde. Den ganzen anderen Mist nahm er nur in Kauf, weil er wissen wollte, ob sie es ernst meinte.
Es war schon fast elf, als sie zu ihm kam und vorschlug, doch einen Spaziergang am Strand zu machen. Ricky erhob sich und folgte ihr über die Veranda zu einem Weg, der zum Meer führte. Er hatte inzwischen drei Joints geraucht, und seine Nervosität war wie weggeblasen.
Die Sterne glitzerten heller als je zuvor, das Plätschern der Wellen klang verführerischer denn je, das Nebelhorn vom Pillar Point hörte sich so klangvoll an wie noch nie, und Nancy Thaler war das schönste Mädchen der Welt mit

ihrem blonden Haar, ihrer Pfirsichhaut und ihren strahlenden Augen, die im Mondlicht glitzerten.

Ricky merkte, wie sich zwischen seinen Beinen etwas regte. Ohne ein weiteres Wort zog er sie an sich.

»Was«, sagte sie und kicherte nervös, »kein bisschen Smalltalk vorher?«

»Nein«, sagte er, presste seine Lippen auf die ihren und drängte ihr die Zunge in den Mund, wobei er hoffte, dass er dabei möglichst draufgängerisch wirkte. Nancy schmeckte nach Guacamole, was er nicht leiden konnte, doch er beschloss, es zu ignorieren.

Sie entzog sich ihm, aber nur, um ihn ein Stück weiter zuziehen, damit sie vom Haus aus nicht gesehen werden konnten. Dann trat sie zu ihm, und diesmal war es ihre Zunge, die auf Erkundungstour ging.

»Jetzt kannst du jedenfalls nicht mehr behaupten, du seist sechzehn und noch nie geküsst worden«, keuchte er, als sie sich schließlich voneinander lösten.

Er sah ihre Zähne im Mondlicht aufblitzen. »Ich habe mir immer gesagt, wenn ich mit sechzehn noch keinen Sex hatte, dann müsse es passieren, und zwar hoppla.«

»Heißt das, dass ich der Erwählte bin?« Ricky konnte sein Glück immer noch nicht fassen. Da präsentierte sie sich quasi auf dem Silbertablett, ohne dass er sich irgendwie bemühen musste.

»Das bist du«, sagte sie mit kehliger Stimme. »Es sei denn, du hast ein Problem damit.«

»O nein, gar nicht«, erwiderte er hastig. Für den Fall, dass sie ihn ausgesucht hatte, weil sie ihn für besonders erfahren hielt, sprach er rasch ein stummes Gebet mit der Bitte, alles richtig zu machen.

Sie schälte ihn aus seiner Bomberjacke. »Bisschen warm dafür, oder?«, fragte sie kokett.
»Ja«, gab er zu. Er beugte sich vor und zog ihr die Rüschenbluse aus. Sie trug keinen BH, und Ricky rang nach Luft. Ihre vollen Brüste glänzten im Mondlicht.
»Du darfst sie anfassen«, sagte sie einladend und bog sich ihm entgegen.
Ricky streckte vorsichtig die Hände aus. Sein Herz schlug wie wild, und sein Mund wurde trocken. Ihre Brüste fühlten sich wie warme Alabasterkugeln an, so glatt und fest, dass sie sich kaum bewegten, als er sie berührte. Die dunklen Knöpfe darauf drängten sich lockend in seine Hände.
»Hübsch«, brachte er mühsam hervor.
»Hübsch?«, erwiderte sie. »Die sind perfekt.«
»Natürlich«, korrigierte Ricky hastig, »das meinte ich.«
Nancy griff in seine Haare und schob seinen Kopf sachte nach unten, bis seine Lippen eine Brust berührten. Ricky spürte einen heftigen Druck zwischen den Beinen. Er saugte ein wenig an ihrer Brust und spürte, dass der Nippel in seinem Mund anschwoll und hart wurde. Der Druck zwischen seinen Beinen wuchs sich zu einem regelrechten Schmerz aus, und er sank keuchend auf die Knie.
»Nicht aufhören«, sagte sie drängend und hielt seinen Kopf fest. Er saugte weiter an dem Marmorknopf.
Er spürte, wie sie an seinem T-Shirt zog, und löste sich kurz von ihr, um es auszuziehen. Dann öffnete Nancy ihren Rock, der auf den Boden sank. Sie trug kein Höschen.
Ricky hielt es nicht mehr aus. Er zog sie mit sich in den Sand, rollte sie auf den Rücken und zerrte an seinem Reißverschluss, bis er das Teil befreit hatte, das so sehr nach ihr verlangte.

»Wow«, kommentierte sie mit rauer Stimme.
Er rollte sich auf sie, tastete zwischen ihren Beinen herum, bis er die Stelle gefunden hatte, die er für die Richtige hielt und versuchte, in sie einzudringen.
»Nicht da!«, zischte Nancy.
Ricky erstarrte. O Scheiße, dachte er bestürzt, wie viele Möglichkeiten gab es denn, und wieso war er nur so beschissen blöde, jetzt die falsche zu erwischen? Er wünschte sich inständig, dass er in der Anatomiestunde besser aufgepasst hätte. Zum Teufel, schließlich war er mit drei Schwestern groß geworden, oder etwa nicht? Wie dämlich konnte man sich denn anstellen? Jetzt wusste sie, dass er ein idiotischer Versager war. Und damit nicht genug, sie würde es bestimmt in der ganzen Schule herumerzählen.
»Ich will es beim ersten Mal ganz normal«, raunte Nancy ihm zu. »Die anderen Sachen sind eher was für später.«
Ricky atmete erleichtert aus. Sie war so unschuldig, dass sie seinen Patzer nicht mal richtig bemerkte. Okay, er hatte eine zweite Chance bekommen, und die würde er nun auch nutzen. Er tastete suchend nach einer anderen Möglichkeit, und als er eine fand, erforschte er sie mit dem Finger und wartete auf eine Reaktion. Nancy stöhnte. Ricky grinste und tauchte ein.
Es war im Nu vorbei, und er schrie auf, weil es noch länger dauern sollte. Einen unglaublichen Moment lang hatte er eine Stelle gespürt, die so weich und schmeichelnd und aufregend war, dass er sich nicht mehr zurückhalten konnte. Es fühlte sich viel besser an als seine Höhepunkte in der Dusche, wo er sich immer ein bisschen schlecht vorkam und froh war, wenn er aufhören konnte, weil er fürchtete, Gott oder seine Mutter könnten ins Badezimmer schauen.

Er blickte auf Nancy hinunter. Er hatte fast vergessen, wer sie war, doch nun spürte er eine innige Zärtlichkeit für sie. Sie starrte ihn bestürzt an. »Es ist nicht passiert«, sagte sie.
»Was meinst du?«
»Ich meine, es ist nicht passiert. Ich bin nicht gekommen.«
»Warum denn nicht?«, fragte Ricky.
»Weiß ich nicht«, antwortete sie. »Woher soll ich das wissen? Hast du alles richtig gemacht?«
»Na klar«, erwiderte er, überlegte aber, was er vielleicht falsch gemacht hatte.
»Na, dann mach's noch mal«, sagte Nancy.
»Geht nicht«, antwortete er zögernd und äußerst verlegen. »Ich meine, nicht sofort.«
»Warum nicht?«
Ricky schluckte. »Ich weiß nicht«, sagte er, nun furchtbar beschämt. »Geht einfach nicht.«
Nancy begann zu weinen. »Stimmt etwas nicht mit mir?«
»Das glaube ich nicht«, sagte Ricky, hoffte jedoch inständig, dass es sich so verhielt. »Für mich hat sich alles richtig angefühlt.« Er griff ihr zwischen die Beine. Sie erbebte. »Siehst du, dieses Gefühl hattest du doch, oder?«
»Hm-hm.«
»Dann ist alles in Ordnung bei dir.«
»Fass mich weiter an«, schlug sie vor.
Ricky zuckte die Schultern und begann, sie an dieser Stelle vorsichtig zu streicheln.
»Fester«, ordnete Nancy an und spreizte die Beine weiter. »Reib fester.«
Ricky kam ihrem Wunsch nach, und nach einer Weile begann sie zu stöhnen.

»Oooh! Da«, rief sie plötzlich, »das ist die richtige Stelle. Mach da weiter!«

Ricky streichelte sie, bis sie sich förmlich vor ihm wand. Als er an sich herunterblickte, stellte er erstaunt fest, dass er wieder bereit war. Er rollte sich auf sie, drang in sie ein und bearbeitete sie heftig, wobei er daran denken musste, dass er wahrscheinlich einen absurden Anblick bot. Nancy schrie plötzlich auf, ihr ganzer Körper hob sich ihm entgegen, zuckte, und sank dann in sich zusammen. Ricky machte weiter, bis er zum Höhepunkt kam. Es dauerte länger als beim ersten Mal und fühlte sich noch besser an.

»Das war toll«, raunte Nancy nach einer Weile. »Meine Hände und Füße fühlen sich ganz kribbelig an.«

»Herzlichen Glückwunsch zum Geburtstag«, murmelte Ricky.

Nancy kicherte. »Wann ist denn dein Geburtstag?«, fragte sie kokett. »Vielleicht können wir's da ja auch machen.«

»Im April.«

»Oh«, sagte sie enttäuscht, »so lange will ich nicht warten.«

»Gut«, murmelte er. Er fühlte sich locker und entspannt und drückte sein Gesicht zwischen ihre fantastischen Brüste.

»Wag es ja nicht einzuschlafen«, sagte sie.

Er bewegte sich. »Mach ich schon nicht.«

»Weißt du, warum ich mich für dich entschieden habe?«, sagte sie.

Ricky hatte keine Ahnung. »Weil ich aussehe wie Robert Redford?«

Nancy johlte. »Du siehst kein bisschen aus wie Robert Redford, du Dummchen.«

»Warum denn dann?«

»Weil ich für mein erstes Mal jemanden haben wollte, der weiß, was er tut.«

»Ach ja?«, brachte Ricky mühsam hervor.

»Ja«, bekräftigte Nancy, »ich hab diesen ganzen Quatsch von wegen Liebe und Zusammenleben, den meine Eltern ständig verzapfen, nie geglaubt. Haben dir deine auch so 'n Zeug erzählt?«

»Klar«, sagte Ricky. Er hatte in seinem gesamten Leben noch nie das Wort »Sex« aus dem Mund seiner Mutter gehört oder auch nur irgendetwas Ähnliches.

»Zum Glück hast du auch nicht hingehört«, sagte Nancy und kicherte.

Nach einer Weile legten sie noch einmal los, rollten im Sand herum, bis sie beide völlig erschöpft und verschwitzt waren und Sand an ihrer Haut klebte. Um ihn loszuwerden, liefen sie ins Meer, aber das Wasser war so kalt, dass sie es nur ein paar Sekunden aushielten.

»Uuuuh, ich friere«, sagte Nancy schnatternd, als sie wieder am Strand standen.

»Hüpf auf und ab«, riet Ricky. Sie hüpften beide, wobei Ricky auffiel, dass Nancys Brüste sich kaum bewegten. Als sie aufgewärmt und trocken waren, zogen sie sich an und gingen zurück zum Haus der Thalers.

Ricky fühlte sich wie im siebten Himmel. Bei jedem Mal war es besser geworden. Es war natürlich lästig, dass er auf Nancy achten musste, aber ihm war durchaus klar, dass Charme und gutes Aussehen im Dunkeln nicht genügten. Wenn ein Mädchen nicht wusste, wie sie zu ihrem Vergnügen kam, musste er es eben für sie erledigen. Sonst wurde man nicht mehr rangelassen. Und da er nun wusste, wie

Sex mit Nancy sich anfühlte, wollte er unbedingt wieder rangelassen werden.
Es war schon nach Mitternacht. Die anderen waren nach Hause gegangen und Nancys Eltern auf dem Heimweg.
Ricky verabschiedete sich mit einem ausgedehnten Kuss und versprach Nancy, dass sie sich bald wiedersehen würden. Er preschte mit seiner Maschine den Kiesweg entlang und raste auf die El Granada. Der Wind kühlte sein Gesicht, und Ricky überlegte, was er toller gefunden hatte – dreimal Sex mit Nancy Thaler heute Nacht oder den Überfall auf die Vistamar Bar in Pazifica am Montag.
Er fühlte sich jedenfalls gigantisch, saß aufrecht auf seiner Harley und jagte die Maschine durch die Kurven. Er hatte fast fünftausend Dollar für harte Zeiten und ein Mädchen, das ihm jederzeit zur Verfügung stand. Die fünftausend würden reichen, bis er mehr brauchte. Nancy Thaler würde ihm genügen, bis er eine andere wollte.
Ricky grinste. Er konnte sein Glück immer noch nicht fassen. Das Leben war ein Riesenschwindel, fand er. Solange man den anderen immer um eine Nasenlänge voraus war, kam man mit so gut wie allem davon. Er war erst sechzehn Jahre alt und die Welt gehörte ihm.

5

Ein Tag glich dem anderen. Das Haus war so still, die Welt so verschwommen, dass Valerie die Tage nicht mehr unterscheiden konnte. Manchmal schien es nicht einmal einen Grund zu geben, morgens aufzustehen. Jack ging frühmorgens aus dem Haus und kam erst spät zurück. Ricky verschwand kurz nach seinem Vater und tauchte wieder auf, wann ihm der Sinn danach stand. Und inzwischen waren nicht nur Priscilla, JJ und Rosemary verschwunden, sondern auch noch Ellen.

Valerie musste nicht mehr kochen. Weder Jack noch Ricky frühstückten zu Hause, Jack war so gut wie nie zum Abendessen da, Ricky schien immer anderswo zu essen, und sie selbst hatte kaum Hunger. Im Haus machte sie sauber, wenn es ihr gerade einfiel, und die Wäsche, für die sie früher halbe Tage gebraucht hatte, ließ sich jetzt in einem Tag erledigen ... wenn sie daran dachte.

Wenn es Valerie schließlich gelang aufzustehen, gelegentlich auch zu duschen und sich anzuziehen, ging sie hinunter in die Küche und holte den Bourbon unter der Spüle hervor, wo Jack nie danach suchen würde. Sie goss sich eine Kaffeetasse voll, setzte sich an den Tisch und trank, manchmal stundenlang, bis die Flasche leer war. Dann nahm sie ihre Handtasche, ging die Avenida del Oro entlang zum Coast Highway und fuhr mit dem Bus nach Half Moon Bay, um sich eine neue Flasche zu kaufen. Sie musste Jack dankbar sein für den Bourbon. Wäre er nicht immer im Haus gewesen, hätte sie ihn nie getrunken und wäre niemals in den Genuss dieser wohligen Ruhe gekommen, die er ihr ermöglichte. Sie musste Jack für vieles dankbar sein.

Durch den Bourbon und die Pillen wurde das Leben beinahe erträglich. Dr. Wheeler hatte ihr die Pillen verschrieben, weil sie nicht mehr einschlafen konnte. Aber sie brauchte nicht nur dabei Hilfe, sondern auch beim Aufwachen ... beim Atmen ... dabei, den Tag durchzustehen, ohne nachzudenken.

»Das Haus ist so entsetzlich leer und still«, sagte sie zu dem Arzt. »Ich horche immer auf das Türklappen, wann JJ nach Hause kommt, oder auf Priscillas Husten. Das ist sonderbar, weil ich doch weiß, dass sie beide nicht mehr da sind.«

Manchmal vergaß sie, zu ihrer Mittagsschicht im »Gray Whale« zu gehen. Sie arbeitete jetzt nur noch viermal die Woche, aber die Tage glichen sich so sehr, dass sie manchmal nicht wusste, an welchem sie arbeiten musste und an welchem sie frei hatte.

Leo verlor nie ein Wort darüber, sondern bat Donna einzuspringen, wann immer es nötig war. Und er bezahlte Valerie weiter, ob sie zur Arbeit erschien oder nicht. Das merkte sie alles gar nicht. Es gelang ihr nur noch, auf zweierlei zu achten – den Whisky und die Pillen.

Sie konnte nicht nur die Tage nicht mehr unterscheiden, sondern manchmal auch die Jahre nicht. In Nordkalifornien glichen sich die Jahreszeiten sehr. Doch am achtzehnten Dezember wurde ihr bewusst, was für ein Tag das war. An diesem Tag hätte sie mit den Kindern nach Rutland fahren sollen, um Weihnachten mit ihrer Familie zu verbringen. Aber sie war hier, und bis auf Ricky waren alle Kinder verschwunden, und sie hatte nicht die leiseste Ahnung, was sie an Weihnachten tun sollte. Sie dachte angestrengt nach. Sie musste Ricky fragen, ob er zu Hause sein würde. Sie musste Jack fragen, ob er ein Weihnachtsessen haben wollte. Aus irgendeinem Grund bekam sie Kopfschmerzen bei der Vorstellung, ein großes Essen zu kochen.

Valerie schaute in den Arzneischrank. Das Fläschchen mit den kleinen grünen Pillen war beinahe leer.

»Guten Morgen, Mrs. Marsh«, sagte Dennis Murphy, als Valerie die Apotheke betrat. »Wie geht es Ihnen heute?«
»Gut, danke, Mr. Murphy«, antwortete Valerie mit einem vagen Lächeln.
»Meine Frau und ich sehen Sie ja gar nicht mehr sonntags in der Kirche«, sagte der Apotheker. »Sie waren doch sonst immer da, ich hoffe, es ist alles in Ordnung?«
Valerie runzelte die Stirn. »Meine Güte, habe ich die Messe verpasst?«, murmelte sie. »Das wollte ich nicht. Ich kann mich nicht recht erinnern. Wahrscheinlich ging es mir nicht gut.«
»Sie haben gewiss große Pläne für die Feiertage, nicht?«, fragte Dennis Murphy. »Vor ein paar Monaten meinten Sie doch, Sie würden dieses Jahr zum ersten Mal seit langer Zeit hier sein.«
»Zum ersten Mal seit zehn Jahren, Mr. Murphy«, erwiderte

Valerie und hoffte, dass sie sich dabei munter anhörte. »Aber ich bin noch nicht sehr weit mit meinen Plänen, fürchte ich. Habe allerdings eine furchtbar lange Liste in der Tasche.«

»Na, dann wollen Sie gewiss Ihre Arznei, ich hole sie Ihnen rasch«, entgegnete der Apotheker.

»Danke, Mr. Murphy«, murmelte Valerie. Er war ein freundlicher, lieber, gütiger Mann, dachte sie. Und ohne zu verstehen, weshalb, beneidete sie plötzlich Mr. Murphys Frau.

6

Ricky saß am Rand des Parkplatzes lässig auf seiner Harley, beobachtete das Geschehen und wartete. Den Kragen seiner Bomberjacke hatte er hochgeschlagen, denn es war ein kühler Januarabend.
Es war fast halb zwölf, aber immer noch hielten sich Kunden in dem Spirituosenladen auf. Wahrscheinlich kauften die alle noch schnell für morgen ein, sagte er sich. Morgen war der Superbowl-Sonntag. Doch das kümmerte ihn nicht. Er wusste, dass der Laden bis zwei Uhr nachts offen hatte, und je mehr Umsatz gemacht wurde, desto mehr würde in der Kasse sein.
Er hatte dieses Geschäft mit Bedacht gewählt, ebenso wie die Bar in Pazifica im Oktober und die Tankstelle mit dem kleinen Laden am Highway 1, die er sich am Thanksgiving-Wochenende vorgenommen hatte. Beide Male hatte er mindestens einen Tausender ergattert. Heute Abend rechnete er mit der doppelten Summe.
Ricky behielt den Daly City Discount Liquor Mart schon seit Weihnachten im Auge. Er war für seine Zwecke perfekt gelegen, in einem kleinen Einkaufszentrum vor dem Highway. Das chinesische Restaurant, der kleine Lebensmittelladen, die Reinigung, der Papierwarenladen und der

Schönheitssalon, die sich auch noch in dem einstöckigen L-förmigen Gebäude befanden, schlossen um zehn Uhr abends. Der Spirituosenladen lag an einem Ende, hatte einen Haupt- und einen Hintereingang und war übersichtlich. Ein Angestellter war dort am Abend allein. Als es in dem Laden um neun Uhr vor Kunden wimmelte, war Ricky hineingegangen, um sich davon zu überzeugen.
Scheinwerferlicht streifte die Harley, als ein Streifenwagen auf den Parkplatz fuhr. Ricky fuhr zusammen, duckte sich und senkte den Kopf. Zwei Polizisten stiegen aus dem Wagen. Der eine war lang und dünn und hatte dichtes blondes Haar, der andere war kleiner und untersetzt und hatte eine beginnende Glatze. Die beiden dehnten einen Moment ihre Muskeln, dann traten sie durch die Doppelglastür ins hell erleuchtete Innere des Ladens. Ricky beobachtete die beiden durch die Fenster. Sie schlenderten umher und kauften schließlich ein Sechserpack Bier und etwas, das nach einer Flasche Whisky aussah. Als sie bezahlten, lachten sie über irgendeine Äußerung des Angestellten, dann gingen sie mit ihren Papiertüten hinaus, stiegen in den Streifenwagen und fuhren davon.
Ricky atmete erleichtert auf. Wenn die beiden eine Stunde später aufgekreuzt wären, wenn er seinen Coup abzog? Er klopfte mit den Knöcheln auf den Lenker.
Marsh, du hast echt Schwein, sagte er sich.
Er wartete, bis auch der letzte Wagen vom Parkplatz gefahren und eine halbe Stunde lang kein neuer aufgetaucht war.
Um Viertel vor eins stieg er von der Harley, marschierte über den Parkplatz, tastete in seiner rechten Jackentasche nach der Browning und streifte die Ledertasche von der

Schulter. Vor der Glastür zog er sich den Rollkragen übers Gesicht.
Der Angestellte saß hinter dem Tresen und las in einem Taschenbuch. Er schaute nicht einmal auf, als Ricky hereinkam.
»Gutes Buch?«, fragte Ricky.
»Geht so«, antwortete der Mann und gähnte, »aber es hilft einem, die Zeit –« Er blickte in den Lauf der Browning. »Großer Gott«, keuchte er und ließ das Buch fallen.
»Mach, was man dir sagt, dann passiert keinem was«, sagte Ricky.
Der Mann nickte.
»Mach die Kasse leer, nur Scheine, bitte.« Ricky warf die Ledertasche über den Tresen. »Pack sie hier rein.«
José Alia war ein Teilzeitangestellter, der zwanzig Stunden pro Woche hier arbeitete, um sich während seines Studiums über Wasser halten zu können. Es gab keinerlei Extras, kein Urlaubsgeld und nur den Mindestlohn, aber einen besseren Job hatte er nicht gefunden. Sein Boss war ein netter Kerl, zog José aber regelmäßig sämtliche Verluste durch Bruch oder Diebstahl von seinem Lohn ab. Wenn er das ersetzen musste, was sich momentan in der Kasse befand, würde José ein Jahr lang umsonst arbeiten müssen.
Der Laden befand sich in einem Stadtteil, der Josés Einschätzung nach zu fünfundneunzig Prozent aus Arbeitern bestand und zu hundert Prozent aus Alkoholikern. Morgen Nachmittag würde hier jeder Fernseher etwa vier Stunden lang laufen, und in jeder Hand würde sich ein alkoholisches Getränk befinden. Den ganzen Tag über war im Laden Hochbetrieb gewesen, und obwohl die Getränke

hier günstig waren, mussten sich an die dreitausend Dollar in der Kasse befinden.

»Hey, Mann«, jammerte José, »lass das doch sein. Es ist gesetzwidrig.« Wenn er gestresst war, wurde sein Akzent stärker.

Ricky richtete die Browning auf die Augen des jungen Mannes. »Ach ja?«

»Dem Boss tut das hier nicht weh«, argumentierte José. »Aber ich muss es ersetzen.«

»Pech«, erwiderte Ricky, »bitte um 'ne Lohnerhöhung.«

»Soll das ein Witz sein, Mister?«

»Sieht es so aus?«

José blickte auf die Waffe und in die sonderbaren gelben Augen seines Gegenübers und wusste, dass es sich nicht um einen Witz handelte. Er seufzte und bewegte sich langsam Richtung Kasse. Er hatte immerhin versucht, den Typen zur Vernunft zu bringen. Nun lag es nicht mehr bei ihm. Mit dem rechten Zeigefinger drückte er den Knopf, der die Kasse öffnete, mit dem linken Fuß den stummen Alarmknopf am Boden.

José zählte die Sekunden, während er die Scheine aus der Kasse nahm und sie in die Ledertasche steckte. Um den Prozess zu verzögern, ließ er zweimal Scheine fallen und bückte sich, um sie wieder aufzuheben. Gelbauge zuckte nicht mit der Wimper. Als er im Kopf bei einer Minute fünfundfünfzig Sekunden angelangt war, verstaute José den Rest des Geldes in der Tasche.

»Hier hast du's, Mann. Ich hoffe, es macht dich glücklich.«

Ricky nahm die Tasche in Empfang und hängte sie um. »Worauf du wetten kannst«, sagte er grinsend. Er wandte

sich zur Tür und ging darauf zu. Dann sah er den klapperdürren und den stämmigen Polizisten, die mit grimmiger Miene und gezogenen Waffen draußen warteten. Er fuhr herum, doch da stand José, der seinerseits mit einem kurzläufigen Revolver auf Rickys Brust zielte.
José Alia zuckte die Schultern. »Ich hab versucht, es dir klarzumachen, Mann«, sagte er ruhig. »Es ist gesetzwidrig.«

Tom Starwood lehnte sich auf seinem betagten alten Holzstuhl so weit zurück, dass er knarrte, und blickte aus dem Fenster seines Büros im dritten Stock. Er hatte die letzten beiden Stunden damit zugebracht, den Bewährungsbericht eines gewissen Ricky Marsh zu studieren, und nun war ihm nach Weinen zumute. Er nahm seine Brille ab und rieb sich erschöpft die Augen und den Nasenrücken.
Er hatte in den letzten sechs Jahren, seit er als Verteidiger für jugendliche Straftäter im Einsatz war, viele solcher Berichte gelesen, und dieser war weder besser noch schlimmer als die anderen, das war ihm durchaus bewusst. Aber etwas an dieser Geschichte ging ihm nahe.
»Lass dich bloß nie gefühlsmäßig auf diese Kids ein«, hatte ihm sein Mentor, der Mann, für den er arbeitete, gleich zu Anfang gesagt. »Sonst bricht dir jedes Mal das Herz.«
In diesen sechs Jahren passierte genau das nun zum zweiten Mal. Tom Starwood konnte sich nicht dagegen wehren. Er starrte auf das Foto in dem Bericht, auf den schmalen Körper, das engelsgleiche Gesicht, die eindringlichen Augen dieses Jungen und spürte das vertraute Ziehen in seinem Inneren. Dieser Junge erinnerte ihn an Jeremy.
In der kommenden Woche wäre Jeremy dreiundzwanzig

geworden, doch seit sechs Jahren verbrachte Tom regelmäßig einen Teil des achten Februar neben einem Grab auf einem trostlosen Friedhof in Colma und fragte sich, wieso alles so gekommen war.

Dem Polizeibericht zufolge starb Jeremy Starwood an einer Überdosis Kokain und Alkohol, doch sein schuldgeplagter Vater wusste, dass der Junge eigentlich daran gestorben war, dass seine Eltern ihn vernachlässigt hatten.

Toms Frau hatte die Familie verlassen, als Jeremy fünf Jahre alt war. Eines Morgens war sie einfach verschwunden, während ihr Sohn im Kindergarten war und ihr Mann bei der Arbeit. Zurück blieben schmutziges Geschirr in der Spüle und ein Berg Wäsche. Tom wusste, weshalb sie das getan hatte. Wegen seinem Beruf – er war damals Polizist. Darüber hatten sie sich immer wieder gestritten – über ihre Ängste und seine Gleichgültigkeit. Tom suchte monatelang nach ihr, doch ohne Erfolg. Weder er noch Jeremy sahen sie jemals wieder.

Ausgerechnet ihr Verschwinden veranlasste Tom nun dazu, tatsächlich seinen Beruf an den Nagel zu hängen. Als seine Frau noch da war, hatte er es sich erlauben können, selbstsüchtig zu sein, aber als allein erziehender Vater bei der Polizei zu arbeiten, das war verantwortungslos. Wenn ihm irgendetwas zustieß, wäre Jeremy ganz allein. Tom hatte keine Verwandten mehr und wusste kaum etwas über die Familie seiner Frau.

Die beiden zogen in eine kleinere Wohnung in einer billigen Gegend, und Tom arbeitete bei einer Tankstelle, weil die Arbeit nicht schwer war und er damals kaum Qualifikationen zu bieten hatte. Vier Monate später ging er noch einmal zur Schule. Er hatte zwei Jahre studiert, bevor er zur Polizei ging. Um den Abschluss zu schaffen, brauchte er sechzig weitere Scheine, und dann wollte er Jura studieren.

»Wieso wollen Sie Anwalt werden, Mr. Starwood?«, fragte man ihn bei der Anmeldung.

»Weil ich Menschen helfen möchte«, antwortete Tom. »Ich kann nicht mehr als Polizist arbeiten, ich ziehe meinen Sohn allein groß, und bei der Justiz zu arbeiten, scheint mir die beste Alternative.«

Er wurde an der Uni aufgenommen und bekam sogar finanzielle Unterstützung. Vier Abende die Woche machte er rasch Abendessen für Jeremy, bat eine Nachbarin, ab und an nach dem Jungen zu sehen, falls er krank wurde oder so, und fuhr mit seinem alten Chevy los.

Acht anstrengende Jahre tankte Tom tagsüber sieben Stunden Autos voll und studierte zwölf Jahre lang. Für seinen Sohn fand er wenig Zeit. Irgendwann nahm er noch zusätzlich einen Job als Bartender in South City an, um alle Rechnungen bezahlen zu können.

Manchmal half Jeremy ihm beim Lernen, hielt ihm sein Buch, während Tom Prüfungsfragen büffelte. Sonntagnachmittags gingen die beiden manchmal zusammen in den Park und spielten ein Weilchen Baseball. Doch das war die Ausnahme. Meist blieb der Junge sich selbst überlassen.

Im Juni 1968 machte Tom seinen Abschluss, als Fünftbester seines Jahrgangs. Eine angesehene Anwaltskanzlei in San Francisco stellte ihn sofort ein und zahlte ihm ein Anfangsgehalt, das höher war als alles, was er in den vergangenen acht Jahren insgesamt zur Verfügung gehabt hatte. Er kaufte sich einen neuen Oldsmobile und einen dreiteiligen

Anzug und begann vierzehn Stunden am Tag zu arbeiten. Er machte sich so gut, dass ihn die Kanzlei nach ein paar Jahren beförderte und ihm wichtige auswärtige Projekte übertrug. Es war auch kein Geheimnis, dass man dort plante, ihn irgendwann zum Partner zu machen.

Jeremy war inzwischen ein Teenager und konnte auf sich selbst aufpassen. Davon ging Tom jedenfalls aus. Er kam nie auf die Idee, einmal nachzufragen. Sie zogen in ein schönes Haus in Westlake, und zu Jeremys sechzehntem Geburtstag schenkte Tom ihm einen gebrauchten Ford. Aber er erkundigte sich nie danach, was der Junge so trieb, wenn er abends damit wegfuhr. Jungs in diesem Alter brauchen ihr Privatleben, sagte er sich. Das fand er normal. Als Jugendlicher hatte er sich das jedenfalls gewünscht und nicht bekommen.

Tom hatte keine Ahnung, wie wenig er über seinen Sohn wusste, bis zu einem kalten Tag im Februar, als er einen Anruf von der Polizei in Daly City bekam.

Nachdem er sich zwei Monate lang ständig betrunken und eine schwere Lungenentzündung überstanden hatte, während der er fünfzehn Pfund abnahm, verließ Tom die Kanzlei in gegenseitigem Einverständnis und begann als Strafverteidiger für Jugendliche zu arbeiten. Er war zu beschäftigt gewesen, um seinen eigenen Sohn zu retten. Nun wollte er sein Leben wenigstens dafür einsetzen, die Söhne anderer Leute zu retten.

Es klopfte an seiner Tür, und Tom schaute auf. Mary Elizabeth Battaglia kam herein, die Bewährungshelferin, die Ricky betreute.

»Hast du den Bericht über Marsh gelesen?«, erkundigte sie sich.

Tom nickte. »Bin gerade fertig damit.«

»Ich kann den nicht nach Hause schicken. Wir haben es hier mit bewaffnetem Raubüberfall zu tun. Damit würde man einen prekären Präzedenzfall schaffen.«

»Stimmt«, pflichtete Tom ihr bei. Er hatte erwogen, sie genau darum zu bitten, machte sich jedoch keine großen Hoffnungen.

»Tut mir auch leid«, fügte Mary Elizabeth hinzu. »Scheint ein ganz netter Junge zu sein. Er ist recht klug, höflich und sieht aus wie ein Engel. Manchmal fragt man sich, in welchem Zustand die Welt ist, wenn so einer hier landet, oder?«

»Allerdings«, sagte Tom, aber er stellte sich diese Frage nicht wirklich, denn er kannte die Antwort bereits.

»Ich werde mich vorerst weiter für Haft und sechs Monate in einer Erziehungsanstalt aussprechen«, sagte Mary. »Ich bin mir sicher, dass der Richter sich darauf einlassen wird.«

»Okay«, sagte Tom, »danke, Mel.« Das war eine klassische Strafe für eine erste kriminelle Handlung dieser Art; etwas anderes zu erhoffen wäre Unsinn gewesen.

»Mittagessen?«, fragte Mel. Sie aßen öfter zusammen. Mel war eine attraktive Frau Anfang vierzig, ein bisschen schwer gebaut. Sie trug gerne streng geschnittene Kostüme und schlichte Blusen.

»Geht heute leider nicht«, antwortete Tom. »Ich muss mit dem Jungen reden, ihm klarmachen, was ihn erwartet, und dann muss ich zusehen, dass ich einen Teil von diesem Mist hier loswerde.« Er wies auf einen Aktenstapel. »Morgen vielleicht.«

»Kein Problem«, erwiderte Mel leichthin. »Wir sehen uns beim Prozess.« Sie winkte ihm zu und ging hinaus.

7

Connie Gilchrist zog ihre Haustür zu, steckte den Schlüssel für die Alarmanlage ins Schloss und wartete, bis das kleine rote Licht aufleuchtete. Nach dem zweiten Einbruch hatte sie sich eine Alarmanlage mit Sirene installieren und einen telefonischen Notruf zum Sheriff legen lassen. Und sie hatte dafür gesorgt, dass Ricky Marsh über die Neuerungen Bescheid wusste.

Sie konnte es nicht beweisen, aber Connie war sich sicher, dass sie den Einbrecher kannte, denn all ihre Geheimplätze waren geplündert, aber sonst nichts angerührt worden. Man musste kein Genie sein, um daraus zu folgern, dass der Dieb genau gewusst hatte, an welchen Stellen er welche Beute finden würde.

Valerie war entsetzt gewesen, als Connie ihr von den Ereignissen erzählte, und angesichts ihrer labilen Konstitution hatte Connie es nie übers Herz gebracht, ihr von dem Verdacht zu berichten. Sie traf lediglich ihre Sicherheitsvorkehrungen und hielt den Mund, als auch noch in andere Häuser eingebrochen wurde.

Doch dann hörten die Einbrüche so plötzlich auf, wie sie begonnen hatten. Mehrere Monate lang fragte Connie sich, weshalb. Dann hörte sie von dem Raubüberfall auf

den Spirituosenladen und wusste, weshalb. Sie griff zum Telefon.
»Jack kümmert sich um alles«, sagte Valerie weinerlich. »Ich bin ja so froh, dass Jack sich um alles kümmert.«
Als Connie nun das Haus verließ und die Delgada entlangmarschierte, hatte sie eine Mission. Sie hatte fast drei Jahre gebraucht, um sich einen Plan auszudenken, und gestern Abend hatte sie einen Anruf bekommen, der sie mit einem geeigneten Plan ausstattete.
Sie ging Valeries Zufahrt entlang, stieg die Treppe hinauf und klingelte an der Tür. Nichts rührte sich. Connie drückte noch einmal auf die Klingel, aber niemand kam zur Tür. Sie runzelte die Stirn und schaute auf ihre Uhr. Es war erst kurz nach acht Uhr morgens. Sie wusste, dass Valerie nie vor dieser Zeit aus dem Haus ging. Sie erledigte meist morgens die Wäsche oder ihre sonstige Hausarbeit. Vermutlich hörte sie die Klingel nicht.
Connie drehte den Türknauf. Das Haus war wie immer unverschlossen, und sie ging hinein und betrat das Wohnzimmer, wo Valerie zu ihrer Verblüffung mit einem Kaffeebecher in Händen vor dem Fernseher saß, in dem ein Zeichentrickfilm lief.
»Val?«, fragte Connie vorsichtig.
Valerie blickte auf. »Ach, hallo«, sagte sie dumpf.
»Was machst du?«
Valerie zuckte die Schultern und trank einen großen Schluck aus ihrem Becher. »Warte darauf, dass meine Serien anfangen«, antwortete sie. Ihre Worte klangen undeutlich.
»Oh«, sagte Connie. Sie wusste, dass die erste Serie für Erwachsene frühestens in zwei Stunden lief. Die Maklerin

biss sich auf die Lippe. Was war nur aus der reizenden schüchternen hübschen Frau geworden, mit der sie sich vor ein paar Jahren angefreundet hatte? Das schöne blonde Haar wirkte stumpf, die blauen Augen waren glanzlos und von schwarzen Schatten umgeben, das Gesicht sah teigig und aufgequollen aus.

»Möchtest du Kaffee?«, fragte Valerie unvermittelt.

»Nein, danke«, antwortete Connie.

Valerie kicherte. »Würde dir wohl sowieso nicht schmecken«, raunte sie verschwörerisch. »Schmeckt schrecklich, aber mir geht's damit so ... gut.« Sie drehte den Becher um. »Leer. Ich hol mir noch was.«

Connie sah zu, wie Valerie sich mühsam aufrappelte und in die Küche schlurfte, wo sie sich ein Drittel des Bechers mit frischem Kaffee füllte und den Rest aus der Bourbon-Flasche auf dem Tresen auffüllte. Dann schüttelte sie ein paar Pillen aus einem Fläschchen, schluckte sie, trank und blickte zu Connie herüber.

»Ich wollte immer ein Haus voller Kinder«, sagte sie, und Tränen traten ihr in die Augen. »Und nun sind alle weg. Priscilla ist tot, und Rosemary und JJ könnten auch tot sein. Sogar Ellen ist davongelaufen, Gott möge mir vergeben, wenn ich das sage. Und nun darf Ricky nicht mehr nach Hause, und es ist alles meine Schuld.«

Connie ging rasch zu Valerie hinüber, die heftig zu schluchzen begann. Der Kaffeebecher fiel zu Boden und zersprang.

»Oje, ich muss das aufwischen«, rief Valerie. »Niemand soll das sehen.«

»Nein, lass das«, sagte Connie zu ihr. »Niemand sieht es jetzt. Du kommst mit.«

Sie zerrte Valerie aus der Küche, die Treppe hinauf und ins

Badezimmer. Dort drehte sie das kalte Wasser in der Dusche auf und schob den Kopf ihrer Freundin unter den Strahl.

Valerie kreischte und versuchte, sich loszureißen, aber Connie hielt sie fest, bis sie beide durchnässt waren und Valerie nur noch mit den Zähnen klapperte, statt sich zur Wehr zu setzen. Erst dann stellte Connie das Wasser ab und hüllte ihre Freundin in einen Frotteebademantel.

»Weshalb hast du das getan?«, wollte Valerie wissen.

Connie zuckte die Schultern. »Weiß nicht. Hab ich mal in einem Film gesehen.«

»Du verstehst das nicht«, sagte Valerie. »Es ist alles viel leichter zu ertragen, wenn ... es so verschwommen ist.«

Connie sah sie scharf an. »Aber du brauchst immer höhere Dosen, damit es verschwommen bleibt, nicht wahr?«, fragte sie, doch sie kannte die Antwort bereits. »Vor einem Jahr hast du zwei Pillen am Tag genommen, vor einem halben Jahr acht. Und wie viele sind es jetzt – zwölf, vierzehn?«

»Der Arzt meinte, ich dürfte sie nehmen.«

»Hat er auch gesagt, dass du sie mit einem Liter Bourbon runterspülen sollst?«

Valerie blickte Connie indigniert an. »So viel trinke ich nicht.«

»Ach ja?«, erwiderte Connie. »Und was glaubst du wohl, wie viel zusammenkommt, wenn du dir einen Schuss in den Kaffee gibst und in deinen Orangensaft und dann noch was mittags und zum Abendessen und vorm Zubettgehen?«

»Woher weißt du das?«, murmelte Valerie und lief vor Scham rot an.

»Nun, ich hab Augen im Kopf«, entgegnete Connie.

Valerie begann zu weinen. »Meinst du, die Kinder wussten es auch?«

»Sie haben hier gelebt, Val.«

»Sind sie deshalb alle fort?«

»Ich weiß nicht«, antwortete Connie sanft. »Aber wie lange willst du noch so weitermachen? Ich weiß, dass du in den letzten Jahren schlimme Verluste zu verkraften hattest, aber meinst du nicht, du solltest mal wieder zu dir kommen?«

»Du meinst, keine Pillen mehr nehmen?«, rief Valerie panisch aus.

»Ja, und mit dem Trinken aufhören.«

»Aber das kann ich nicht«, erwiderte Valerie. »Das brauche ich, um den Tag durchzustehen.«

»Nein«, widersprach Connie, »was du brauchst, ist die Notbremse, bevor dein Leben völlig vor die Hunde geht. Kinder werden erwachsen und gehen aus dem Haus, Val. Vielleicht sind deine gegangen, bevor du bereit dafür warst, aber das kommt eben manchmal vor. Außerdem wird Ricky auch nicht ewig in dieser Einrichtung bleiben, und er wird dich brauchen, wenn er nach Hause kommt.«

Valerie wiegte den Kopf hin und her. »Er braucht mich nicht mehr«, entgegnete sie. »Schon seit Jahren nicht.«

»Nun, dieser Meinung bin ich nicht, aber ich will jetzt nicht mit dir darüber diskutieren, weil ich dich brauche, und das ist vielleicht vorerst genug.«

»Wie meinst du das?«

»Meine Stieftochter hat mich gestern Abend angerufen. Sie heiratet Ende August«, verkündete Connie. »Und sie wünscht sich das tollste Hochzeitskleid, das es je gegeben hat. Ich habe ihr gesagt, dass ich die genau die Frau kenne, die es für sie nähen kann.«

Valerie starrte sie mit offenem Mund an. »Oh, aber ich habe seit Jahren nichts mehr genäht«, sagte sie.
»Dann wird es Zeit, meinst du nicht?«
Valerie blickte auf ihre zitternden Hände. »Ich könnte nicht mal mehr eine Nadel halten, glaube ich.«
»Das ist wie Fahrradfahren«, erklärte Connie. »Das vergisst man nie mehr, wenn man es einmal konnte.«
»Na ja«, meinte Valerie, »vielleicht könnte ich mich mit ihr treffen und hören, was sie sich vorstellt. Dann könnte ich es mir immer noch mal überlegen.«
Connie lächelte. »Das ist doch immerhin ein Anfang, oder nicht?«

8

Der offizielle Name der Einrichtung lautete »Hale House«, von den Insassen wurde es jedoch »Höllenhaus« genannt. Das dreistöckige, in einem abscheulichen Grün gestrichene Holzgebäude befand sich in einer heruntergekommenen Gegend am Rand von Martinez. Und würde für Ricky Marsh, der dort mit etwa dreißig Jugendlichen zwischen zwölf und siebzehn Jahren untergebracht war, für sechs Monate sein Zuhause sein.

Die beiden Polizisten, die Ricky in dem Spirituosenladen verhaftet hatten, brachten ihn auf direktem Wege zum Revier, wo man ihn fotografierte, ihm die Fingerabdrücke abnahm und ihn in eine Einzelzelle sperrte. In seinem ganzen Leben hatte Ricky sich noch nie so gefürchtet, aber als jemand auftauchte, um seine Aussage zu Protokoll zu nehmen, hatte er sich bereits einen Plan zurechtgelegt.

»Ich habe das Geld so nötig gebraucht«, jammerte er, und es gelang ihm sogar, ein paar Tränen abzusondern. »Meine Mutter ist krank, und sie kann nicht arbeiten und so, und mein Dad hat nicht genug Geld, um ihr Medizin zu kaufen.«

Bei Marvin Mandelbaum hatte diese Geschichte ganz gut gewirkt, sagte sich Ricky. Vielleicht funktionierte es hier auch. Die Wahrheit wäre wahrscheinlich noch sinnvoller gewesen, dass nämlich seine Mutter eine verwahrloste Trinkerin war und sein Vater ein gewalttätiger Trinker. Aber das konnte er natürlich nicht erzählen.

»Meine Geschwister sind alle erwachsen und aus dem Haus, und nur ich kann noch helfen. Ich weiß, dass es schlimm war, was ich getan hab, Sir, aber ich wusste mir nicht mehr anders zu helfen.«

Der Polizeibeamte hatte selbst eine kranke Mutter. Er nickte, konnte dem Jungen aber nicht helfen. Am nächsten Morgen wurde Ricky in das Jugendgefängnis gebracht und in einen Raum mit vergitterten Fenstern gesteckt, in dem sich außer ihm ein pickliger Dreizehnjähriger befand, der seinen Stiefvater ermordet hatte.

»Ich hab ihn mit der Gartenschere von meiner Mutter erstochen«, berichtete der Junge teilnahmslos, als Ricky sich erkundigte. »Ich hab geschworen, wenn der Drecksskerl noch einmal nachts in mein Bett kommt und versucht, mir den Schwanz in den Arsch zu stecken, stech ich ihn ab. Und so war's dann auch.«

Ricky sah offenbar ziemlich erschüttert aus, denn der Junge lachte.

»Was hast du denn geglaubt, was dich hier erwartet, Mann«, sagte er und zeigte auf den trostlosen Raum, »ein Scheiß-Ferienlager, oder was?«

Am Dienstag wurde gegen Ricky Anklage erhoben. Am Mittwoch gab es eine Anhörung, zu der ein Pflichtverteidiger namens Starwood erschien, der ihn vertreten sollte. Wegen der Schwere der Anklage und der Tatsache, dass Ricky eine Waffe benutzt hatte, wurde beschlossen, dass er in Haft bleiben sollte, bis Mary Elizabeth Battaglia, die Bewährungshelferin, ihre Untersuchungen abgeschlossen hatte.

Ricky hatte nichts dagegen einzuwenden. Sein Vater musste mitten an einem Arbeitstag im Gerichtssaal erscheinen, und als Ricky seinen Gesichtsausdruck sah, sagte er sich, dass es in der Jugendanstalt wohl besser gehen würde als zu Hause.

Fünf Tage später bekannte sich Ricky auf Anweisung von Tom Starwood bei der Anklageerhebung des Raubüberfalls für schuldig; der Staatsanwalt hatte sich im Gegenzug bereit erklärt, die Anklage wegen Schusswaffenbesitzes fallen zu lassen. Diese Abmachung hatte Starwood ausgehandelt, der Ricky versicherte, dass es sich dabei um die beste Lösung handelte.

An diesem Montag wurde der picklige Junge aus seiner Zelle zur Beobachtung in die Psychiatrie überwiesen und durch einen mürrischen Fünfzehnjährigen ersetzt, der wegen Kokainbesitz verhaftet worden war.

»Schon das dritte Mal«, sagte der Junge. »Diesmal lande ich garantiert in der Jugendstrafanstalt. Das ist echter Knast, Mann, da sitzt du wirklich.«

Am fünfzehnten Februar wurde Ricky gemäß richterlicher Anordnung für sechs Monate nach Hale House verlegt, wie es in der Absprache mit Tom Starwood vorgesehen war.

»Ist ein Countryclub im Vergleich mit der Bude, in der ich lande«, sagte ihm sein Zelleninsasse.

Ricky dagegen fand, dass es sich bei Hale House durchaus nicht um einen Countryclub handelte. Das Zimmer im zweiten Stock, in dem er mit zwei weiteren Jungen schlafen sollte, war nur wenig größer als sein Zimmer zu Hause. Es standen drei Betten und drei Schränke darin, und dazwischen konnte man kaum mehr aufrecht stehen. Aber es gab keine Gitter an den Fenstern und keine Schlösser an den Türen, und sofern Ricky sich an seine Bewährungsauflagen und die Regeln des Hauses hielt, konnte er kommen und gehen, wie es ihm beliebte.

Seine Zimmergenossen waren beide siebzehn und bereits zum zweiten Mal verurteilt. Den dunkelhaarigen, Eddie Melendez, hatte man geschnappt, als er Haschisch verkaufte. Der rothaarige, Patrick Clark, hatte eine Tankstelle überfallen.

»Herrgott, ich hatte alles im Griff«, berichtete Patrick am ersten Abend. »Lief alles wie geschmiert, und dann kommt ein verfluchter Bulle angefahren, weil er pissen muss. Scheiß-Pech.«

»Rauchst du Dope?«, fragte Eddie.

Ricky nickte. »Klar. Kommt man hier an was ran?«

»Geht immer irgendwie«, antwortete Patrick.

»Dealst du auch?«, wollte Eddie von Ricky wissen.

»Nein«, erwiderte Ricky. »Ich rauch nur.«

»Echt 'n Jammer, Mann. Kannste 'n Haufen Geld mit machen. Ich hab früher auch Tankstellen und Schnapsläden überfallen, aber dann war mir das zu blöde. Jetzt hab ich einen Super-Handel im Westen von Watsonville laufen.«

»Und wieso sitzt du dann hier, wenn es so super läuft?«, fragte Ricky.

Eddie zuckte die Schultern. »Einer meiner Pusher hat den Mund nicht halten können. Verschissener Sechstklässler. Den nehm ich mir vor, wenn ich hier rauskomm.«

»Und was ist mit dir?«, sagte Patrick. »Wieso sitzt du hier, wenn du so viel weißt?«

»So viel war's wohl auch nicht«, antwortete Ricky und

grinste. »Aber nächstes Mal bin ich schlauer.« Patrick und Eddie erwiderten das Grinsen.

Es klopfte an der Tür. »Licht aus«, rief die Fluraufsicht. Patricks Bett stand direkt neben dem Lichtschalter. Er drückte darauf, und es wurde dunkel im Raum. Ricky lag mit offenen Augen in der fremdem Umgebung. Es war ihm ernst damit, dass er nächstes Mal schlauer sein wollte. Vier Jahre lang hatte er es gut gehabt. Er war umsichtig gewesen, hatte nie überstürzt gehandelt, alles genau geplant, jede Möglichkeit im Voraus bedacht. Die sechstausend Dollar in seinem Zimmer waren Beweis seiner Fähigkeiten. Dennoch hatte man ihn jetzt hier mit einer Truppe von Nieten eingebuchtet, und er verstand überhaupt nicht, wieso es dazu gekommen war.

Ricky drückte sein Gesicht ins Kissen und ließ die Tränen kommen, zum ersten Mal, seit die Polizisten ihn geschnappt hatten. Er merkte nicht, dass das Bettgestell bebte von seinem Schluchzen. Erst jetzt spürte Ricky, dass er sich fürchtete, dass er ganz allein und überdies hilflos war.

»Na komm schon, Mann«, hörte er Eddies Stimme beruhigend aus der Dunkelheit. »Die erste Nacht ist immer am übelsten.«

Eddie war derjenige, der Ricky zeigte, wie man aus dem Fenster klettern, am Dach entlangrutschen und sich an der Regenrinne nach unten hangeln konnte. Eddie brachte ihn zu dem Dealer, bei dem sie Dope bekamen. Eddie suchte auch die leeren Häuser, in die sie einbrachen, um sich zu besorgen, was sie brauchten.

Nach einem Monat fand Ricky, dass es in Hale House trotz des strengen Alltags, der aus Schule, Freizeit, Pflichten und Gesprächen bestand, gar nicht so übel war.

9

Im Oktober 1979, zwei Monate nachdem Ricky aus Hale House entlassen worden war, wurde Chris Rodriguez' Vater bei einem furchtbaren Unwetter, das eine Stunde lang an der Pazifikküste wütete, von Bord gespült und ertrank. Trotz der Proteste seiner Mutter brach Chris die Schule ab und begann als Fischsortierer am Hafen zu arbeiten, in der Hoffnung, dass ihn eines Tages einer der Fischer in seine Mannschaft aufnehmen würde.

Ricky hatte nie großes Interesse an der Schule gezeigt. Im Höllenhaus hatte er am Unterricht teilgenommen, weil es Pflicht war, aber als er wieder zu Hause wohnte, fand er die Schule lästig. Man behandelte ihn in der Schule nun auch anders. Ein paar Schüler schienen mächtig Respekt vor ihm zu haben, doch die Mehrheit – und auch die Lehrer – traten ihm mit kaum verhohlener Verachtung entgegen. Alle gingen ihm aus dem Weg, von Chris abgesehen, der sein Freund blieb. Nancy Thalers Eltern hatten dem Mädchen verboten, jemals wieder ein Wort mit Ricky zu wechseln.

Gelangweilt, ruhelos und einsam brach auch Ricky die Schule ab und arbeitete mit Chris am Hafen. Er musste von früh bis spät für einen Hungerlohn schuften. Wenn er nach Hause kam, war er so erschöpft, dass er meist nicht einmal seine stinkenden Kleider auszog, bevor er ins Bett sank.

Er arbeitete in diesem Job fünf Wochen, denn mittlerweile waren die Fischer dahinter gekommen, dass er aussortierte Fische zum Schleuderpreis an Restaurantbesitzer verhökerte, die es nicht so genau damit nahmen. Leo Garvey vom »Gray Whale« verriet ihn. Die Fischer machten sich nicht die Mühe, Ricky anzuzeigen, sondern verjagten ihn vom Hafen. Und da sie wussten, dass Chris mit ihm befreundet war, feuerten sie auch Chris.

»Mann, ich brauchte diesen Job«, sagte Chris anklagend, als sie den Hafen verließen. »Und nicht nur das – da hätte ich vielleicht auch auf eines der Boote kommen können. Meine Schwestern brauchen Schuhe. Meine Mutter braucht einen Mantel. Und ich hab ein tolles Mädchen, dem ich ab und an mal eine Cola spendieren will. Was soll ich jetzt machen?«

»Ach, Scheiße«, erwiderte Ricky verächtlich, »das war doch die reinste Sklavenarbeit da.«

»Mag sein«, erwiderte Chris, »aber es war wenigstens ehrliche Sklavenarbeit – nur du musstest das ja versauen.«

Ricky zuckte die Schultern. »Ich versteh sowieso nicht, weshalb du noch Fischer werden willst, nach dem, was mit deinem Vater passiert ist.«

»Weil es so ist. Ob du das nun verstehst oder nicht.«

»Dann hast du nicht alle Tassen im Schrank.« Chris' Begeisterung für den Ozean hatte der Tod seines Vaters keinen Abbruch getan. Er war fasziniert davon, zur See zu fahren, und Ricky konnte diese Gefühle nicht nachvollziehen.

»Das war's jetzt, Marsh. Ich hab zu dir gehalten, auch in

der Zeit, als du die Nachbarn bestohlen und Verkäufern Knarren vor die Nase gehalten hast, weil wir schon so lange Kumpel sind und mir das was bedeutet und du außerdem nur dir selbst Schaden zugefügt hast. Aber jetzt hast du mir und meiner Familie geschadet. Deshalb hau ich jetzt ab.«

Ricky war verblüfft. Der Überfall auf den Spirituosenladen hatte in der Zeitung gestanden, aber niemand hatte ihn je mit den Einbrüchen in Verbindung gebracht. »Woher weißt du das mit den Nachbarn?«, fragte er.

Chris wiegte den Kopf hin und her. »Das wussten alle hier, aber du hast damit aufgehört, bevor es jemand beweisen konnte.«

»Mann, ich will verflucht sein.«

»Ja«, sagte Chris, »so, wie du es treibst, bist du das auch bald.« Er kehrte seinem alten Freund den Rücken zu und machte sich zu Fuß auf den sechs Kilometer langen Heimweg.

Als Ricky ihm nachsah, spürte er ein sonderbar hohles Gefühl in der Magengrube. Chris war sein erster und einziger Freund. Der einzige Mensch, dem er sich wenigstens zum Teil anvertraut hatte. Chris hatte sich auch mal eine Prügelei geliefert, die Schule geschwänzt, Dope geraucht oder ab und an irgendwelchen harmlosen Unfug gemacht, aber beide Jungen hatten immer gewusst, wo die Grenze war. Nun hatte Ricky diese Grenze überschritten.

Der Siebzehnjährige reckte das Kinn vor und machte sich auf den Heimweg. Na und, sagte er sich. Er brauchte niemanden, nicht einmal Chris Rodriguez. Er würde prima allein zurechtkommen, wie immer. Doch das hohle Gefühl wollte nicht verschwinden.

Als er zu Hause ankam, schloss er sich in seinem Zimmer ein, holte seine Geldschachtel aus dem Versteck, zählte fünftausend Dollar ab – dann war nicht mehr viel übrig – und packte sie ordentlich ein. Nach dem Abendessen fuhr er mit der Harley nach Half Moon Bay, stellte das Motorrad zwei Straßen vom Haus der Rodriguez entfernt ab und ging den Rest des Wegs zu Fuß. Er legte das Päckchen vor die Haustür, klingelte und sauste dann über die Straße, wo er sich hinter einem Baum versteckte.

Mrs. Rodriguez kam heraus, blickte in alle Richtungen, entdeckte schließlich das Päckchen zu ihren Füßen und hob es auf. Ricky hatte es an Chris adressiert, und er wusste, dass seine Mutter es ihm gleich bringen würde.

Knapp eine Minute später kam Chris mit dem aufgerissenen Päckchen in der Hand zur Tür geschossen. Ricky drückte sich an den Baum und hielt die Luft an, doch er wusste, dass man ihn im Schatten nicht sehen konnte.

Chris blickte die Straße auf und ab, hielt nach der Harley Ausschau. Er wusste, dass sie irgendwo sein musste, wusste, woher dieses Geld stammte. Sein Gewissen riet ihm, es zurückzugeben, aber der Gedanke an Mutter und Schwestern veranlasste ihn dazu, es zu behalten. Ricky sah das Mienenspiel seines Freundes, und ihm war klar, wie die Sache ausgehen würde. Nach einer Weile drehte Chris sich um und ging ins Haus.

Ricky fuhr langsam zurück. Diese Angelegenheit hatte er erledigt. Nun musste er die erstaunliche Information verarbeiten, die er von Chris bekommen hatte. Es machte ihm nicht viel aus, dass die Leute in der Stadt Bescheid wussten über die Einbrüche. Was ihm viel mehr zu denken gab, war die Tatsache, dass er demnach Fehler gemacht und irgendwelche Spuren hinterlassen haben musste, obwohl er sich doch für so schlau gehalten hatte.

Er würde dahinter kommen müssen, was er falsch gemacht hatte, so wie er auch den Grund für den Patzer im Schnapsladen herausgefunden hatte.

Im Moment wollte er zwar keine Hauseinbrüche mehr machen, das war Kinderkram, aber für alle Fälle wollte er Bescheid wissen.

Nach einem Monat im Höllenhaus war er hinter die Sache mit der Alarmanlage gekommen. Patrick hatte ihn auf die richtige Spur gesetzt. »Diese Firmen, die Alarmanlagen herstellen und in kleinen Unternehmen wie deinem Schnapsladen installieren, verdienen sich blöde damit. Du musst nur noch auf einen Knopf treten, und zack, in zwei Minuten stehen die Cops auf der Matte.«

»Scheiße«, sagte Ricky verblüfft, »ich hatte nicht den Hauch einer Chance.«

»Du hast es geschnallt.«

»Aber so ein verdammtes System muss man doch außer Kraft setzen können.«

»Klar«, bestätigte Patrick. »Du musst die Kabel finden. So was wird meist erst angebracht, wenn ein Gebäude fertig ist, die Kabel müssen also irgendwo an den Außenwänden sein. Und dann brauchst du sie nur durchzuschneiden. Aber du musst aufpassen, dass du nicht die Stromleitungen erwischst, sonst wirst du gebrutzelt.«

Ricky stand nun vor einer Entscheidung. Er konnte wieder zur Schule gehen und ein Leben führen wie ein Chorknabe. Aber schon beim bloßen Gedanken daran drehte sich ihm der Magen um. Die Zeit im Höllenhaus hatte ihm gereicht, als er seinem Verteidiger, der Bewährungshelferin und den

Justizleuten weismachen musste, dass er sein Verbrechen aufrichtig bereute.

Außerdem war es zu Hause inzwischen unerträglich geworden. Sein Vater ließ sich nicht öfter blicken als vorher, aber seine Mutter hatte plötzlich mit dem Trinken und den Pillen aufgehört. Und seit er wieder im Haus lebte, hing sie ihm nun ständig auf der Pelle.

»Wo gehst du hin, Schatz?«

»Wann kommst du zurück?«

»Wo kann ich dich erreichen?«

Sicher, er war das einzige Kind, das noch im Haus lebte, und sie wollte dafür sorgen, dass ihm nichts zustieß, aber dafür konnte er schließlich nichts. Und wie ein Heiliger zu leben, war absolut nicht sein Ding.

Blieb der zweite Weg. Da er nun für Chris gesorgt und damit seine Rücklagen beinahe aufgebraucht hatte, musste er zusehen, wie er wieder an Geld kam.

Zwei Tage nachdem man ihn am Hafen gefeuert hatte, fuhr Ricky zu Marvin Mandelbaum. Sein einstiger Mentor hatte einen Herzinfarkt gehabt, während Ricky im Höllenhaus war, und seine Haut sah fast genauso weiß aus wie seine Haare.

»Hey, Kleiner«, begrüßte ihn Marvin, »lange nicht gesehen. Was treibst du so dieser Tage?«

»Nicht viel«, antwortete Ricky, »das Leben ist ziemlich langweilig.«

Der alte Mann seufzte. »Ich weiß, was du meinst. Die Geschäfte laufen nicht mal mehr halb so gut, seit du mir nichts mehr bringst.«

»Ging nicht anders, Marvin«, erwiderte Ricky. »War mir alles zu heiß geworden.«

»Verstehe. Ich hab irgendwas über dich gelesen vor 'ner Weile.«

Ricky zuckte die Schultern. »Ich hab nicht recht aufgepasst.«

Marvin lachte. »Hast dich wohl 'n bisschen übernommen, was.«

»Schon möglich.« Ricky grinste. Es brachte nichts, mit den beiden Überfällen anzugeben, die er durchgezogen hatte, bevor er geschnappt wurde.

»Und, was führt dich hierher?«

»Die Bullen haben mir die Browning abgenommen«, sagte Ricky. »Ich brauche Ersatz.«

Marvin wiegte den Kopf hin und her. »Bei deinem Tempo, Kleiner, leb ich womöglich länger als du.«

Ricky suchte sich einen .38er Smith & Wesson aus. Der Revolver war handlich und leicht und gefiel ihm.

»Wie viel Munition willst du?«

»Gar keine.«

»Hör mal, Kleiner, ich will dir mal was über Knarren erzählen«, sagte Marvin. »Das sind keine Spielsachen. Die sind echt. Wenn du die auf jemanden richtest, solltest du auch bereit sein abzudrücken. Und dann solltest du auch was in der Kammer haben. Dieser kleine Rat kann dir eines Tages das Leben retten.«

Ricky debattierte nicht mit dem alten Mann, sondern kaufte eine Schachtel Patronen.

Die Glocke über der Ladentür klingelte, als Ricky hinausging. »Pass auf dich auf, Marvin«, sagte er beim Hinausgehen. »Ich will nicht deine Todesanzeige in der Zeitung sehen.«

»Das gilt auch für dich«, erwiderte Marvin Mandelbaum.

In der ersten Dezemberwoche überfiel Ricky einen Lebensmittelladen. Diesmal sorgte er dafür, dass er mit seinem Smith & Wesson zwischen dem Verkäufer und dem Alarmknopf stand. Seine Cowboystiefel und der Rollkragenpullover kamen auch wieder zum Einsatz, und die ganze Sache lief wie am Schnürchen. Der Verkäufer konnte sich nur noch an den Revolver und die gelben Augen des Räubers erinnern.

»Sahen aus wie bei einer Katze«, berichtete er.

Zwei Tage vor Weihnachten nahm Ricky sich einen Plattenladen in San Mateo vor. Zuvor hatte er drei Tage lang an den Außenwänden nach den Kabeln der Alarmanlage gesucht, bis er dahinter kam, dass es keine gab. Aber ein Polizist, der schon Dienstschluss hatte, kam herein, um noch schnell ein paar Geschenke zu kaufen. In seiner Verwirrung berührte Ricky den Abzug des Revolvers, den er eigentlich fallen lassen wollte. Die Kugel traf den Polizisten in die Schulter.

Trotz seiner Bemühungen gelang es Tom Starwood diesmal nicht, Ricky vor dem Jugendknast zu bewahren. Er führte Mary Elizabeth Battaglia zum Mittagessen und zum Abendessen aus und ging sogar mit ihr ins Bett, aber sie wurde nicht weich.

»Es ist zu seinem eigenen Besten, Tom«, sagte sie. »Hale House hat offenbar gar nichts gefruchtet. Es ist sinnlos, ihn noch mal dahin zu schicken. Vielleicht berappelt er sich unter härteren Bedingungen.«

»Er ist kein schlechter Kerl, Mel«, erwiderte Tom mit Nachdruck. »Ich weiß es einfach. Man muss ihn nur mal in Ruhe lassen.«

Mary Elizabeth schüttelte den Kopf. »Selbst wenn ich deiner Meinung wäre – was ich eher nicht bin –, würde sich die Staatsanwaltschaft niemals darauf einlassen. Und der Richter auch nicht. Dein Junge hat einen Polizisten verletzt, Tom.«

»Das wollte er doch gar nicht«, erklärte Starwood. »Er ist in Panik geraten, und der Schuss hat sich gelöst. Das hat er mir so erzählt, und ich glaube ihm.«

»Das weiß ich«, sagte Mary Elizabeth sanft.

Ricky wurde in eine Strafanstalt außerhalb von Placerville gebracht, in einem Sondertransporter der Polizei, der auf der Route 50 an Sacramento vorbeifuhr und schließlich vor einem dicken Stahltor in einer hohen Betonmauer anhielt. Das Tor öffnete sich gerade weit genug, um den Wagen einzulassen, und fiel dann wieder zu. Ricky und zwei andere Jungen wurden nach der vierstündigen Fahrt aus dem Wagen gescheucht und mussten sich auf einem der betonierten Wege aufstellen, die eine große Grasfläche durchzogen.

»Ich bin Warden Magnuson«, sagte der schmale, leicht gebückte Mann, der breitbeinig und mit hinter dem Rücken verschränkten Händen vor ihnen stand, als der Wagen davonfuhr. »Damit ihr wisst, dass ihr am richtigen Ort angekommen seid: Das hier ist die Bolton-Erziehungsanstalt für Jungen, eine Einrichtung des Strafvollzugs von Kalifornien. Ihr seid hier, weil vom Gericht beschlossen wurde, dass ihr für eine bestimmte Zeit aus der Gesellschaft entfernt werden sollt. Und meine Aufgabe ist es, dafür zu sorgen, dass ihr wieder gesellschaftsfähig seid, wenn ihr entlassen werdet.«

Ohne den Kopf zu bewegen, versuchte Ricky aus den Augenwinkeln zu erkennen, wie der Ort aussah, der sein Zuhause sein würde, bis der Staat und Warden Magnuson beschlossen, ihn wieder freizulassen.

Dass man ihn aus der Gesellschaft entfernt hatte, ließ sich nicht übersehen. Die Mauern, die das Gelände umgaben, waren mindestens vier Meter hoch und gekrönt von dichten Stacheldrahtrollen. Davor befanden sich niedrige Gebäude, und überall wanderten uniformierte bewaffnete Wachen umher.

Ricky dachte daran, dass er sich noch vor zwei Monaten darüber geärgert hatte, wenn seine Mutter seine Freiheit einschränkte. In der Ferne konnte er zwar noch die Berge erkennen, doch hier drinnen brach ihm jetzt schon der Schweiß aus, weil er sich eingeengt fühlte.

»Es gibt Regeln hier«, fuhr der Aufseher fort, »die ihr befolgen, und Zeitpläne, die ihr einhalten werdet. Das ist nicht schwer. Arbeitet fleißig, passt auf im Unterricht, lernt einen Beruf, dreht keine krummen Dinger, dann könnt ihr eure Zeit leicht verkürzen. Macht ihr Stress, könnt ihr zuschauen, wie die Kalender ausgewechselt werden.«

Warden Magnuson war nicht viel größer als Ricky, aber er strahlte Macht und Autorität aus.

»Keine Drogen, kein Alkohol, und das Gelände wird lediglich in Begleitung einer Eskorte verlassen. Ihr dürft dreimal im Monat zu Hause anrufen, und bei guter Führung könnt ihr einmal im Monat am Wochenende Besuch bekommen.«

Ricky hörte die beiden anderen Jungen seufzen, doch ihm machte an diesen Aussagen nichts zu schaffen. In den sechs Monaten im Höllenhaus hatte er nur ein einziges Mal Besuch bekommen, von seiner Mutter. Sie war in dem Monat aufgekreuzt, als sie das Trinken aufgegeben hatte, einen

Monat bevor er entlassen wurde, und sie hatte die ganze Zeit nur zitternd und weinend vor ihm gesessen.

»Eure Daten werden jetzt aufgenommen, dann wird man euch euer Zimmer zeigen und eure Kleidung geben, und danach könnt ihr pünktlich zum Abendessen erscheinen. Viel Glück.«

Der Aufseher wandte sich ab und marschierte davon.

Noch bevor Ricky die Jeans und das graue Sweatshirt angezogen hatte, die man ihm aushändigte, bevor er sein Bett gemacht und seine wenigen Habseligkeiten in dem grünen Metallschrank eingeschlossen hatte, der sein Bett von dem nächsten in dem langen Schlafsaal trennte, wusste er, dass er irgendwie flüchten musste.

Er brauchte vier Monate, um seinen Plan in die Tat umzusetzen, und er befand sich genau siebenunddreißig Minuten auf freiem Fuß. Als man ihn zurückbrachte, wurde er in einer Einzelzelle einquartiert, in der sich lediglich ein Bett, ein Schrank, ein Waschbecken und eine Toilette befanden, die man auch als Stuhl benutzen konnte. Durch ein Fenster in der Tür konnten die Wachen jeden Winkel des Raums überblicken.

»Wieso ist das passiert?«, fragte Tom Starwood, als man ihn herzitierte.

Ricky sah seinen Anwalt mit großen Augen an. »Meine Mam hat mich diesen Monat nicht besucht«, verkündete er im aufrichtigsten Tonfall, den er zustande brachte. »Sie sagte, sie sei krank und könne nicht kommen, und ich habe mir Sorgen um sie gemacht. Ich durfte nicht anrufen und wollte mich davon überzeugen, dass alles in Ordnung ist.«

Starwood nickte. »Ich dachte mir schon so was«, sagte er. »Ich werd zusehen, dass das in deine Akte kommt.«

»Jetzt sperren sie mich hier ewig ein, oder? Obwohl ich einen guten Grund hatte.«
»Nicht, wenn es nach mir geht«, erwiderte der Anwalt fest. »Allerdings nur, wenn du mir versprichst, dass du dich von jetzt an strikt an alle Regeln hältst.«
Ricky nickte heftig. Was blieb ihm anderes übrig? Sie hatten ihn geschnappt, bevor er auch nur ein Mal richtig frische Luft atmen konnte. Jetzt würden sie ihn mit Argusaugen beobachten; er konnte froh sein, wenn er noch unbeaufsichtigt pinkeln durfte.

TEIL SECHS
1982

1

Um zwei Uhr nachts waren die Straßen von Watsonville verlassen. Ricky fuhr von der Route 152 ab und fuhr auf Nebenstraßen zu dem Waldstück, in dem Eddie Melendez in einem ausrangierten Autobus lebte.

In den sechs Monaten in Hale House und den zwei Jahren in der Strafanstalt bei Placerville hatte ihm sein Motorrad am meisten gefehlt. Dieses Hochgefühl, wenn er Gas gab und die Straße entlangbrauste, wenn der Wind ihm die Haare zauste und auf den Wangen brannte, das war für ihn Freiheit.

Die asphaltierte Straße hörte plötzlich auf. Ricky hielt einen Moment an, um sich zu orientieren, und bog dann links auf einen unbefestigten Weg ein, wie Eddie es ihm geschildert hatte.

Ricky wurde kurz nach seinem zwanzigsten Geburtstag aus der Haft entlassen.

In den zwei Jahren und zwei Monaten, die er in der Strafanstalt zubrachte, hatte er drei Besucher: seine Mutter, die einmal im Monat kam, seinen Anwalt, der sich alle paar Wochen blicken ließ, und Eddie Melendez, der seinen einstigen Wohngenossen in den letzten drei Monaten in Haft zweimal besuchte.

»Ich hab einen Typen getroffen, der von einem anderen gehört hat, dass du hier bist«, sagte Eddie.
Eine Woche nach seiner Entlassung machte sich Ricky auf nach Watsonville. Der unbefestigte Weg endete an einem dichten Hain aus Eukalyptusbäumen, unter denen ein rostiger gelber Schulbus stand. Ricky stellte den Motor ab und stieg von der Harley. In diesem Moment öffnete sich quietschend die vordere Tür des Busses, und Eddie trat heraus.
»Hey, Mann, sieht aus, als hättest du's geschafft.«
»Klar doch, kein Problem.«
»Und wie fühlt man sich so in Freiheit?«
Ricky fragte sich, ob Eddie die Haft oder sein Zuhause meinte und beschloss, dass er selbst eigentlich keinen Unterschied erkennen konnte.
Er atmete tief ein. »Frei«, sagte er.
Eddie nickte. »Cool.«
»Weißt du, manchmal hab ich gedacht, dass ich nie wieder Luft kriegen würde.«
»Versteh ich.«
»Hätte auch nicht gedacht, dass wir mal wieder zusammen wohnen werden.«
»So ist das Leben. Man weiß nie, was passiert.«
»Wo, zum Teufel, hast du dieses Teil aufgetrieben?«, erkundigte sich Ricky und betrachtete den Bus.
»Stand einfach am Straßenrand, und ich dachte mir, keiner außer mir kann was damit anfangen.«
»Ich fass es nicht«, sagte Ricky und gluckste amüsiert. »Du hast einen Scheiß-Schulbus geklaut?«
»Ich war nie in so 'nem Ding, bis ich mit dieser Schüssel hier davonkutschiert bin.«

»Ich hab da schon öfter dringesessen«, erwiderte Ricky, »aber ich hätte mich schlappgelacht, wenn mir einer gesagt hätte, dass ich mal in einem wohne.«
»Tja, was sagt man dazu?«, sagte Eddie und machte eine einladende Handbewegung. »Kann losgehen.«

2

Valerie gelang es gerade noch, bei der Bank vorbeizugehen, bevor sie an diesem Tag den Laden aufmachte. Sie hatte einen Scheck über tausend Dollar in der Tasche und wollte ihn rasch einzahlen.

Ein eigenes Unternehmen zu betreiben erwies sich als nicht so einfach, wie Connie Gilchrist es dargestellt hatte, als die beiden diesen Plan vor anderthalb Jahren ausheckten. Es wurde vor allem dann schwierig, wenn das Honorar von den Kunden noch ausstand, Valerie aber ihre Lieferanten bezahlen musste. Da waren Geschick, viel Selbstvertrauen und dann und wann auch ein Gebet vonnöten. Mehr als einmal hatte Valerie sich schon gefragt, wie sie sich nur darauf einlassen konnte.

Sie hatte ein Jahr gebraucht, um einen einzigen Tag durchzuhalten, ohne sich mit Alkohol und Pillen zu betäuben. Ein Jahr, in dem Connie sie im Arm hielt, wenn das Zittern zu schlimm wurde, sie tröstete, wenn sie in Tränen ausbrach, und sie aufmunterte, wenn der Mut sie zu verlassen drohte. Oft machte Valerie zwei Schritte vor und einen zurück. Und manchmal gab es auch Tage oder gar ganze Wochen, in denen sie nur rückwärts ging und sich keinerlei Fortschritte abzeichneten.

Um sich selbst zu stärken, hatte sie begonnen, mit ihrem Spiegelbild zu sprechen, denn außer Connie gab es niemanden, mit dem sie reden konnte.

Nach den ersten beiden Monaten sagte sie zu ihrem Spiegelbild: »Ich glaube, ich wollte wirklich sterben. Aber ich konnte mir nicht das Leben nehmen, weil das eine Todsünde ist und ich dann in die Hölle kommen würde.«

Im fünften Monat gestand sie dem Spiegelbild: »Vielleicht habe ich insgeheim gehofft, dass Jack mich umbringen würde, damit es endlich vorbei ist mit dem Schmerz und den Schuldgefühlen. Aber als er das nicht tat, dachte ich, der Whisky und die Pillen könnten es erledigen.«

»Ich will nicht sterben«, verkündete sie nach acht Monaten. »Warum nicht?«, erkundigte sich das Spiegelbild. »Weil ich jetzt weiß, dass ich leben kann trotz allem, was geschehen ist«, gab Valerie zur Antwort. »Ich glaubte, Gott hätte mich verlassen, weil ich meine Kinder nicht schützen konnte. Ich glaubte, er bestrafe mich, weil ich schwach sei, und nehme sie mir deshalb eines nach dem anderen weg.«

Sie lächelte das Spiegelbild traurig an. »Doch in Wirklichkeit hat Er mir nie die Schuld gegeben – ich selbst habe das getan. Und weil ich mich vor Ihm fürchtete, habe ich Ihn verloren. Jetzt weiß ich, dass ich nicht daran schuld war, zumindest nicht allein. Und Gott prüfte mich nur, prüfte meinen Mut und meinen Glauben.«

»Ich glaube, dass Jack psychisch krank ist«, sagte Valerie am Ende des Jahres zum Spiegel. »Früher habe ich das nicht sehen können, aber jetzt sehe ich es. Ich hätte ihn niemals heiraten dürfen. Aber ich war unreif und impulsiv und bildete mir ein, das Richtige zu tun.« Sie seufzte. »Und ich war sehr verliebt.«

Im November 1980 stand Valerie vor ihrem Spiegel und kicherte aufgeregt. »Ich eröffne ein Geschäft«, sagte sie. »Ich fertige Hochzeitskleider an.«

Connie war auf diese Idee verfallen, als sie das Kleid sah, das Valerie für ihre Stieftochter geschneidert hatte. »Du kannst in meinem Gebäude einen Laden aufmachen«, sagte sie. »Es liegt ideal, mitten in Half Moon Bay. Die zweite Etage ruft geradezu nach dir. Und ich verzichte auf die Miete, bis du anständig Umsatz machst.« Was ursprünglich nur als Ablenkung gedacht war, um Valerie aus ihrer Depression zu befreien, hatte sich zu etwas weit Ernsthafterem entwickelt.

Valerie brauchte zwei Wochen, um sich zu entscheiden. Die Entscheidung wurde ihr durch zwei Aufträge von Mädchen erleichtert, die Brautjungfern bei Connies Stieftochter gewesen waren und auch in Kürze heiraten würden.

»Kannst du dir das vorstellen?«, sagte Valerie aufgeregt zu Connie. »Ich als Geschäftsfrau?«

»Und ob ich das kann«, erwiderte Connie. »Ich glaube, du kannst das hervorragend. Was hat Jack dazu gesagt?«

Valerie zuckte die Schultern. »Hatte keine Gelegenheit, viel zu sagen. Ich habe ihn nicht gefragt, sondern ihn einfach vor vollendete Tatsachen gestellt.«

Das stimmte nicht ganz. Als Valerie schließlich den Mut fand, Jack von ihrem Geschäft für Brautkleider zu berichten, lachte er.

»Was verstehst du denn schon von einem Geschäft?«, sagte er. »Rein gar nichts.«

»Ich kann es lernen«, erwiderte Valerie.

»Lernen?«, erwiderte Jack, plötzlich verunsichert. »Wenn

du das lernen kannst, wieso hast du dann nie gelernt, eine anständige Ehefrau zu sein?«

Vielleicht wäre ich eine bessere Ehefrau geworden, wenn du ein besserer Ehemann gewesen wärst, dachte Valerie, doch das sprach sie natürlich nicht aus.

»Ich eröffne ein Geschäft, Mr. Murphy«, berichtete Valerie dem Apotheker.
»O ja?«, sagte Dennis Murphy und sah sie erfreut an. »Wie schön. Was für ein Geschäft ist es denn?«
»Ich werde Hochzeitskleider schneidern und verkaufen.«
»Das klingt ja großartig.«
»Um ehrlich zu sein, ist mir ein bisschen mulmig zumute.«
Dennis sah sich in der Apotheke um. »Ich kenne dieses Gefühl«, sagte er. »Wenn es Ihnen vielleicht hilft, mit jemandem zu sprechen, der diesen Weg auch gegangen ist, schauen Sie doch einfach hier vorbei. Und wenn meine Frau und ich von jungen Damen hören, die zum Traualtar schreiten wollen, werden wir Sie natürlich empfehlen.«
Im Mai 1981 konnte Valerie Connie die Ladenmiete bezahlen.

Die Bankangestellte, ein reizendes rothaariges Mädchen mit Sommersprossen, reichte ihrer Kundin eine Quittung. »Die Geschäfte laufen wohl gut, Mrs. Marsh«, sagte sie strahlend.
»Nun, Theresa, Geschäftsfrau zu sein ist erheblich anstrengender, als ich erwartet habe«, antwortete Valerie, »aber ich mache Fortschritte.«
»Sie nähen auch das Kleid für Nancy Thaler, nicht wahr?«

»Ja«, erwiderte Valerie seufzend, »ihr Kleid und die Kleider für ihre Brautjungfern.«
»Ich weiß«, sagte Theresa. »Meine Cousine ist eine der Brautjungfern.«
Nancy hatte im Vorjahr ihren Schulabschluss gemacht und in der Herrenabteilung bei Nordstrom in der Stanford Mall in Palo Alto zu arbeiten begonnen. Einen Monat später lernte sie einen Jungen aus Hillsborough kennen und heiratete ihn, sehr zur Freude ihrer Eltern, in der zweiten Juniwoche.
»Normalerweise schneidere ich nur das Brautkleid, aber Nancy hatte sich für die Mädchen auch etwas Besonderes vorgestellt, das sie nirgendwo sonst finden konnte.«
Theresa blickte sich hastig um, dann beugte sie sich vor und sagte leise: »Sie hätten wohl keine Zeit, um dasselbe auch für mich zu machen, oder?«
»Theresa, ist es so weit mit dir und Chris Rodriguez?«, rief Valerie aus. Das Mädchen nickte. »Ich dachte, er würde es nie mehr schaffen, die Frage zu stellen.«
»Das dachte ich allmählich auch«, erwiderte Theresa kichernd und streckte ihre linke Hand durch den Schalter. Ein winziger runder Diamant, kaum größer als ein Stecknadelkopf, glitzerte an ihrem Finger.
»Wie hübsch«, sagte Valerie. »Offenbar läuft es gut für Chris mit der Werkstatt.«
»Er ist der geborene Mechaniker«, sagte Theresa stolz. »Ich weiß, dass er lieber Fischer geworden wäre, aber ich bin furchtbar froh, dass er nicht dort draußen auf dem Meer ist.«
»Steht euer Termin schon fest?«
»September. Am Labor-Day-Wochenende.«

Valerie holte ihren Terminkalender hervor, den sie nun immer bei sich trug, und blätterte ihn durch. Für die nächsten sechzehn Monate war sie ausgebucht. Nur sechzig Prozent der Highschool-Abgängerinnen in dieser Region studierten, aber neunzig Prozent heirateten. Sie sah Theresa an. Das Mädchen glühte förmlich vor Vorfreude, und Chris war schon als Kind bei ihnen ein- und ausgegangen.
»Könnt ihr abends mal vorbeikommen zum Maßnehmen?«, fragte Valerie.
»Natürlich, wann es Ihnen passt.«
»Wie viele Brautjungfern wirst du haben?«
»Sechs. Wie Nancy.«
Valerie überlegte rasch. Sie hatte für Nancy Thalers Hochzeit eigens eine zusätzliche Schneiderin einstellen müssen. Wenn sie diesen Auftrag annahm, brauchte sie wohl noch eine zweite. »Ihr müsstet alle innerhalb der nächsten zwei Wochen zum Maßnehmen vorbeikommen.«

So ging es nun schon seit vierzehn Monaten. Jemand sah eines von Valeries Kleidern oder kannte ein Mädchen, das eines tragen würde, und wollte sofort auch so ein Modell. Aber inzwischen kamen die Aufträge auch von außerhalb, sogar aus teuren Wohnorten wie Hillsborough, Woodside, Palo Alto und Atherton.
»Das Rezept für ein erfolgreiches Unternehmen besteht darin, eine Lücke zu finden und sie zu füllen«, hatte Connie damals gesagt. »Und was ist die eine Sache, die du besser kannst als jeder hier in der Gegend?«
Connie hatte Recht behalten. Seit einem Jahr fertigte Valerie nun Hochzeitskleider an, nach Mustern, Fotos oder Bildern aus ihrer Fantasie.

»Du musst nur beschreiben können, was du willst«, sagte eine Braut zur anderen, »Mrs. Marsh kriegt es hin.«
Weil Valeries Geschäft klein und jedes Kleid ein Unikat war, mussten die Preise höher sein als in den Kaufhäusern. Doch ihre Kundinnen schien das nicht zu stören.
»Eine Frau will ja nur einmal heiraten im Leben«, sagte Lil McAllister zu Valerie am Tag der Geschäftseröffnung. »Und für das Kleid, das sie haben möchte, ist sie auch bereit, viel auszugeben.«
Lil wusste Bescheid, denn ihre beiden Töchter hatten in Vals Originalkleidern geheiratet.
»Arbeite doch bei mir, Lil«, hatte Valerie sie am Ende des ersten Jahres gebeten. »Ich habe viele Aufträge und werde mit der Arbeit allein nicht mehr fertig.«
Lil war im Sommer gestürzt und hatte sich die Hüfte gebrochen. Der Bruch war erst nach sechs Monaten verheilt, und sie behielt eine Behinderung zurück. Die schweren Tabletts im »Gray Whale« konnte sie nicht mehr schleppen. Leo zahlte ihr weiterhin den Lohn und ließ sie in der Küche mitarbeiten, aber Lil wusste, dass er sich das eigentlich nicht leisten konnte.
»Aber was soll ich dir denn schon nützen?«, sagte sie damals zu Valerie. »Ich bin eine völlige Niete als Schneiderin.«
»Aber du kannst Muster schneiden, oder? Und heften. Wenn du mir bei den Vorarbeiten hilfst, komme ich mit dem Rest schneller voran.«
Lil hatte zugesagt, und seit der Auftrag von Nancy Thaler gekommen war, half nun auch ihre älteste Tochter Judy im Laden aus. Val konnte ihr nicht viel zahlen, aber das war Judy einerlei. Sie und ihr Mann hatten vier Kinder zu

ernähren, und sie freute sich über jedes zusätzliche Einkommen.
So hatte Leo Garvey nun sowohl Valerie als auch Lil verloren; allerdings kamen die beiden mindestens zweimal im Monat vorbei, aßen in einer der hinteren Nischen seine berühmten Fischstäbchen mit Pommes frites und plauderten mit den Stammgästen. Doch das war natürlich nicht dasselbe wie früher. Etwa zu der Zeit, als Judy für Valerie zu arbeiten begann, beschloss Leo, dass es an der Zeit war, den Kochlöffel beiseite zu legen und den »Gray Whale« zu verkaufen.

Valerie parkte ihren Dodge Dart hinter Connies Gebäude und betrat ihren Laden durch den Hintereingang. Ein eigenes Auto zu besitzen, war auch etwas vollkommen Neues für sie, doch sie brauchte nun eines. Sie hatte den Gebrauchtwagen von ihren eigenen Einkünften gekauft, und falls Jack etwas dagegen einzuwenden hatte, ließ er es jedenfalls nicht verlauten.
Sechs Kleiderpuppen standen geduldig in dem Geschäft im zweiten Stock, in Brautkleider in diversen Stadien der Fertigstellung gekleidet. Valerie lächelte. Es war immer wieder aufregend, wenn sie vor ihren Modellen stand, hier und da zupfte und darüber nachsann, ob sie irgendwo einen Faltenwurf verändern oder das Dekolleté erweitern sollte. Zum Nähen und Anbringen der kleinen Perlchen musste sie gut sehen können, doch ihre Entwürfe konnte sie mit geschlossenen Augen machen. Oft blieb sie bis spät in die Nacht wach, um Ideen aufzuzeichnen, die ihr keine Ruhe ließen.
Jetzt, wo sie den ganzen Tag und häufig auch abends

arbeitete, kam Jack immer direkt nach der Arbeit nach Hause.

Er saß still am Küchentisch, während Valerie kochte, und folgte ihr nach dem Abwasch in Ellens altes Zimmer. Valerie hatte es zu ihrem Büro gemacht, und dort sah er ihr bei der Arbeit zu.

Am Wochenende beschäftigte er sich mit kleineren Reparaturen am Haus, arbeitete im Garten oder schaute sich Sportsendungen im Fernsehen an. Er trank immer noch viel, aber seit Valeries Einstieg ins Geschäftsleben war er nie mehr gewalttätig geworden.

Ausgerechnet jetzt schien er zum ersten Mal in sechsundzwanzig Jahren Ehe keine Affäre zu haben. Jetzt, da die Kinder aus dem Haus waren und Valerie kaum Zeit für ihn hatte, begann Jack auf ein häusliches Leben Wert zu legen. Doch Valerie kam diese Situation eher vor wie die Ruhe vor dem Sturm. Unwillkürlich wartete sie, beobachtete ihn, weil sie wusste, dass der straff angespannte Knoten irgendwann platzen würde.

Was auch geschah – fünf Tage nach Rickys Rückkehr aus der Strafanstalt. In diesen Tagen umsorgte Valerie ihren Jungen ständig, kochte ihm seine Lieblingsmahlzeiten, kaufte ihm neue Sachen zum Anziehen, arbeitete weniger, um möglichst viel Zeit mit ihm verbringen zu können. Ricky dagegen schlief viel, lag in der Badewanne, aß ständig, konsumierte den besten Bourbon seines Vaters und lag in der Sonne.

Am Sonntagabend beim Essen sagte Jack: »Du hast in dieser Knastschule deinen Highschool-Abschluss gemacht, nicht wahr?«

»Hm«, antwortete Ricky. »Und?«

»Soweit ich sehe, sitzt du nur faul auf deinem Arsch herum, seit du nach Hause gekommen bist.«
Ricky streckte sich und gähnte. »Ich muss mich wieder akklimatisieren«, sagte er; dieses Wort war eine der Lieblingsvokabeln von Warden Magnuson gewesen.
»Und wie lange soll das wohl dauern?«, fragte Jack.
Der Zwanzigjährige, der es häufig mit der Polizei zu tun gehabt, sämtliche Regeln im Höllenhaus missachtet und sich in der Strafanstalt durchgeschlagen hatte, fürchtete seinen Vater nicht mehr.
»Was ist los, Paps?«, erwiderte er. »Macht dir die Konkurrenz zu schaffen?«
Der Küchentisch wurde mit einer Bewegung leer gefegt, Teller, Spaghetti, Fleischklößchen flogen in alle Richtungen. Jack sprang auf, packte Ricky am Kragen und riss ihn von seinem Stuhl hoch.
»Was für 'ne Konkurrenz, du Ratte?«, knurrte er. »Ich schufte Tag für Tag da draußen und verdiene mir ehrlich mein Geld. Deine Mutter hat ein eigenes Geschäft. Beide besitzen wir nicht einen Cent, den wir nicht selbst verdient haben, und beide werden wir keinen Schmarotzer durchfüttern. Also, Großmaul, besorg dir einen Job – oder sieh zu, dass du hier wegkommst.«
Als Valerie endlich die Tomatensoße von den Wänden gewischt hatte, saß Ricky in seinem Zimmer und hatte die Tür verriegelt, und Jack hatte eine halbe Flasche Bourbon intus.
»Wag es nicht, ihn in Schutz zu nehmen«, sagte er drohend, als Valerie ins Schlafzimmer kam und sich wortlos auszog. »Er taugt nichts und hat noch nie was getaugt, und das weißt du auch.«

»Was er auch ist, was er auch getan hat«, erwiderte Valerie, »so ist er doch immer noch unser Sohn.«

Jack warf sein Glas in ihre Richtung, und es zerbrach am Spiegel über dem Frisiertisch. »Immer sind sie wichtiger«, brüllte er. »Sie hauen ab, sie verstecken sich in verfluchten Klöstern, sie kommen in den Knast, aber trotzdem sind sie immer wichtiger. Und ich? Wann kümmerst du dich mal um mich? Wann bin ich endlich mal dran?«

»Hör auf zu schreien, Jack«, sagte Valerie scharf. »Willst du, dass die ganze Nachbarschaft dich hört?«

»Das interessiert mich einen Dreck! Sollen die doch hören, was sie wollen.« Er stürmte zum Fenster und riss es auf. »Hört ihr mich, Nachbarn?«, brüllte er. »Wollt ihr alles hören über meine wohl geratenen Kinder und meine wunderbare Frau?«

Valerie trat vor ihn und schloss ruhig das Fenster. »Das reicht, Jack«, sagte sie. »Geh zu Bett.«

Er packte sie an den Haaren und riss sie herum, schleuderte sie gegen den schweren Kleiderschrank. »Ich gehe ins Bett, wann ich will«, brüllte er, »und keine Minute früher.«

Valerie spürte einen stechenden Schmerz in der Seite, aber sie richtete sich zu ihrer vollen Größe auf und entwand sich seinem Griff. »Wenn du dich noch ein einziges Mal an mir vergreifst«, sagte sie ruhig, »verlasse ich dich.«

Jack, der die Hand zum Schlag erhoben hatte, erstarrte. Seit sechsundzwanzig Jahren fürchtete er, dass sie das eines Tages sagen würde, dass es irgendwann so weit sein würde, und nun, da es geschehen war, kam es ihm vor, als klaffe der Boden vor ihm auf und er stürze in einen schwarzen bodenlosen Sumpf der Selbstverachtung.

Valerie blickte auf das zitternde Bündel zu ihren Füßen, das einen Moment zuvor noch ein bedrohlicher rasender Stier gewesen war. Sie suchte in sich nach all den aufrichtigen herzlichen Gefühlen für Jack, die einmal da gewesen waren, doch sie entdeckte nur noch Mitleid. Sie ließ ihn liegen und ging zu Bett.
Am nächsten Tag packte Ricky seine Sachen in einen Matchsack, küsste seine Mutter, sagte, dass er sich bei ihr melden würde, stieg auf sein Motorrad und fuhr davon zu einem Ort, über den er nichts sagen wollte. Jack verlor kein Wort über seinen Ausbruch, Rickys Verschwinden oder Valeries Drohung, kam aber abends mit einem großen Blumenstrauß nach Hause.
Valerie war sein Verhalten einerlei, denn sie wusste nun, dass sie auf sich selbst aufpassen konnte, und in ein paar Jahren würde sie auch finanziell auf eigenen Beinen stehen können. Was sie sich jedoch nicht erklären konnte, war, weshalb erst die Zerstörung eines Traums dazu führte, dass sie emotional befreit war.

Valerie schaltete das Licht im Geschäft ein, hängte ihren Mantel auf und schloss die Ladentür auf. Lil und Judy würden gleich hier sein, und um halb zehn würden Nancy Thaler und ihre sechs Brautjungfern zur letzten Anprobe kommen. Das Geschäft florierte.
Nach Rickys Verschwinden nahm Jack seine Gewohnheit wieder auf, erst gegen Mitternacht nach Hause zu kommen. Er tröstete sich mit einer neuen Bedienung aus dem Hangar, von der er noch vor kurzem fand, dass sie den Aufwand nicht lohne. Er sah mit seinen zweiundfünfzig Jahren immer noch blendend aus und hatte freie Auswahl an ver-

fügbaren Frauen. Die Kellnerin, Cindy Soundso, war dreiundzwanzig.
Da Valerie nun wusste, dass sie auch ohne ihre Ehe leben konnte, ließ sie das kalt. Sie genoss sogar die Ruhe zu Hause. Jetzt, da Jack wusste, dass sie stark genug war, um ihn zu verlassen, bemühte er sich, ihr aus dem Weg zu gehen.

3

An einem Donnerstagabend, drei Tage nachdem Ricky in den Schulbus gezogen war, stellte Eddie Melendez ihn seinem Boss vor, einem Kolumbianer mit gelben Zähnen und Mundgeruch. Der Boss trug ein schwarzes Seidenhemd und jede Menge Goldketten. Er wurde Gaucho genannt und galt als einflussreiches Mitglied der südamerikanischen Mafia.
»Nun, Ricky«, sagte Gaucho, eine Zigarette im Mundwinkel. »Eddie hier sagt mir, du willst mit von der Partie sein.«
»Will ich«, bestätigte Ricky.
»Hast du dir schon ein Revier ausgesucht?«
»Ich dachte an den Ort, wo ich herkomme. Ein paar Meilen weiter an der Küste, Half Moon Bay.«
Gauchos Augen wurden etwas größer. »Kennst du da zufällig einen Typen namens Inigo Herrera?«
»Sie meinen den Hausmeister an der Mittelschule?«, erwiderte Ricky. »Klar, das ist der Kontakt vor Ort.«
»Hast du schon von ihm gekauft?«
»Ja, als ich noch jünger war. Da gab's keinen anderen.«
Ein breites Grinsen trat auf Gauchos ausdrucksloses Gesicht. »Okay, Ricky, ich gebe dir Half Moon Bay. Ich besor-

ge den Stoff, sag dir, wie viel ich dafür will, du kriegst die Differenz. Eddie hier erklärt dir alles. Und dann irgendwann hast du vielleicht Señor Herrera aus dem Geschäft verdrängt, *comprende?*«
»Klar«, sagte Ricky. Der Hausmeister war ein fetter träger Trottel. »Ist 'n Kinderspiel.«
Er überschlug schon die Summen und kam zu dem Schluss, dass er locker fünfhundert die Woche absahnen konnte.
»Erst mal sondierst du das Gelände«, erklärte Eddie, als er seinen klapprigen Wagen zum Bus zurückkutschierte. »Du checkst, was umgesetzt wird, wer wie oft und wie viel kauft. Dann gehst du weiter runter.«
»Was meinst du damit?«
»Wenn du die Siebtklässler am Haken hast, nimmst du dir die sechsten Klassen vor, dann die fünften und die vierten, oder sogar die dritten.«
»Du willst, dass ich mich an Grundschüler ranmache?«, fragte Ricky. Die Vorstellung war ihm ziemlich unangenehm.
»Auf jeden Fall.«
»Aber die haben doch keine Kohle.«
»Deshalb verschenkst du auch erst was. Zwei-, dreimal vielleicht, bis die Kids drauf sind. Dann sagst du ihnen, dass es nichts mehr umsonst gibt. Glaub mir, sie werden sich was einfallen lassen, um an die Kohle zu kommen.«
»Scheiße, Eddie, wieso sollen wir uns kleine Kinder vorknöpfen?«
»Weil es ein anderer macht, wenn wir's nicht tun«, erklärte Eddie. Er steuerte den Wagen auf die Lichtung, parkte hinter dem Bus und stieg aus. »Lust auf 'n Bier?«
»Klar«, antwortete Ricky, »aber ich muss erst mal pinkeln.«

Mit einer Taschenlampe ausgerüstet, marschierte Ricky zwanzig Meter weit in den Wald zu dem primitiven Klo, das Eddie sich dort aus Abfallholz gezimmert hatte. Ricky pinkelte in die ausgehobene Grube und fragte sich, wieso er sich so unwohl fühlte bei der Vorstellung, kleinen Kindern Gras zu verhökern. Er hatte schließlich auch schon mit zehn Jahren angefangen zu rauchen.
Eddie hatte den kleinen Elektroofen in Gang gesetzt, als Ricky in den Bus zurückkam. Bis auf den Fahrersitz hatte Eddie alles aus dem Inneren entfernt und Stromkabel zu einem Generator auf dem Dach gelegt. Aber allzu warm wurde es nicht in dem Bus.
Wenn er nichts Sauberes mehr zum Anziehen hatte, fuhr Eddie entweder in den Waschsalon in der Stadt oder wusch ein paar Sachen im Fluss.
»Kommst du echt klar hier?«, fragte Ricky zähneklappernd, als er zum ersten Mal in dem eiskalten Flusswasser gebadet und dann einen Eimer voll zum Bus geschleppt hatte.
»Du meinst, ich sollte anders leben?«, beantwortete Eddie die Frage mit einer Frage. »Scheiße, Mann, Geld bedeutet mir nicht viel. Ein Dach ohne Löcher, ein Hemd ohne Löcher und genug zu essen, mehr brauch ich nicht. Wer würde denn auch glauben, dass mich einer in einer Limousine rumchauffiert?«
»Wieso denn nicht?«
»Meine Leute sind in der dritten Generation Wanderarbeiter«, erklärte Eddie. »Die folgen der Ernte wie ein Hund dem Herrchen. Illegale Einwanderer, helfen hier und da beim Pflücken, und dann verhungern sie entweder oder werden über die Grenze zurückgescheucht, wenn's keine

Arbeit mehr gibt. Mann, dieser Ort ist das Paradies im Vergleich mit anderen, wo ich schon gewohnt hab.«
Was er jedoch nicht sagte, war, dass er beinahe alles, was er einnahm, an seine Mutter nach Hermosillo schickte.
Es gab Welten, von denen er nichts wusste, merkte Ricky. Ob es nun das Paradies war oder nicht – er beklagte sich jedenfalls nie wieder über die Lebensumstände.
»Fang, Mann«, rief Eddie und warf seinem Kumpel ein Dos Equis zu.
»Danke.« Ricky setzte sich vor den Ofen, machte die Flasche auf und trank einen großen Schluck.
»Jemand hat ein Gerücht in die Welt gesetzt, dass mexikanisches Bier aus Pisse gemacht wird«, sagte Eddie. »Glaub das bloß nicht. Nur zur Hälfte.«
Ricky hielt inne und spuckte Bier auf sein Hemd. Eddie johlte. »Du musst Vertrauen haben, Mann, verstehst du? Ohne Vertrauen geht gar nichts.«
Am Montagmorgen fuhr Ricky schon früh mit der Harley nach Half Moon Bay. Der Zufall wollte es, dass Inigo Herrera gerade mit Mop und Eimer aus dem Gebäude trat, als Ricky an der Mittelschule eintraf.
»Hey, Amigo«, begrüßte Herrera, »hast dich ja lange nicht blicken lassen.« Er hatte einen buschigen Schnurrbart und eine breite Lücke zwischen den Schneidezähnen.
»War unartig«, erklärte Ricky, »bin in den letzten Jahren öfter mit der Justiz zusammengerückt.«
»Ach ja?« Der Hausmeister grinste. »Hast du gesessen?«
»Die Jugendnummer«, antwortete Ricky schulterzuckend.
»Und was machst du jetzt?«, fragte Herrera.
»Im Moment versuche ich gerade, bisschen Gras aufzutreiben«, erklärte Ricky. »Hast du was?«

Herrera raunte: »Acapulco und ein bisschen Maui.«
»Hm.« Ricky überlegte. »Okay, ich nehm Maui für 'n Zehner.«
Herrera blickte sich um und bedeutet Ricky, ihm zu folgen.
»Da müssen wir an meinen Schrank.« Sie gingen ins Schulgebäude zum Hausmeisterraum.
»Und, wie laufen die Geschäfte?«, erkundigte sich Ricky beiläufig. »Bist du eingebrochen, nachdem ich weg war?«
Herrera lachte. »Und wie! Brauchte drei neue Jungs, bis ich dich ersetzt hatte.«
»Nur drei?« Ricky gluckste. »Ich dachte, ich wär wenigstens für sechs gut.«
»Hat mein Boss auch gedacht.« Herrera lachte und stieß Ricky den Ellbogen in die Rippen.
»Also hast du wahrscheinlich jetzt zwölf an der Angel.«
»Hat 'n Weilchen gedauert«, gab Herrera zu, »aber inzwischen läuft es ziemlich gut. In so einer kleinen Stadt ist nichts los, denkt man, aber ich sage dir, das ist eine Goldgrube.«
Nach zwei weiteren Tagen hatte Ricky in Erfahrung gebracht, dass Herrera immer noch der einzige Dealer in der Stadt war und sowohl Mittelschule als auch Highschool fest im Griff hatte. Daraus folgerte Ricky, dass er sich beim Alter seiner Kunden weiter nach unten orientieren musste. Die Gewissensbisse waren nur noch von kurzer Dauer. Es gab drei Grundschulen in der Gegend; er nahm sich als Erstes die nördlichste vor.
Am darauf folgenden Donnerstag fand er sich rechtzeitig zu Schulschluss dort ein. Das Gelände betrat er nicht, sondern saß auf seiner Harley vor dem Ausgang und zog ab und an einem Joint, damit der Geruch zu den Schülern

hinüberwehte. Einige warfen ihm neugierige Blicke zu. Er wartete, bis sie von selbst kamen. Und das taten sie auch bald.

Gaucho hatte ihm ein Pfund Marihuana zur Verfügung gestellt, und Ricky verteilte ein Viertel davon in Tütchen, die er für fünf Dollar verhökern wollte, und rollte aus dem Rest Joints.

Eddie riet ihm, alles zu verschenken, aber Ricky hatte andere Pläne. Er verschenkte die Joints, behielt jedoch die Tütchen. Sein Produkt war so verlockend, dass am Ende der zweiten Woche bereits diverse Fünftklässler bereit waren, ihre Sparschweine zu zerschlagen oder sich an den Handtaschen ihrer Mütter zu vergreifen. Mit den Tüten verdiente er köstliche dreihundert Dollar, von denen Gaucho keine Ahnung hatte.

Ricky legte wöchentliche Liefertermine fest, brachte einigen der schlaueren Kids bei, wie sie ihre Klassenkameraden anturnen konnten, und nahm sich die nächste Grundschule vor, bei er noch erfolgreicher war. Nach knapp einem Monat hatte er den Markt der Zehn- bis Zwölfjährigen im Griff. Er unterbot Inigo Herreras Preise, indem er Oregano unter das Marihuana mischte. Den Zehn- und Elfjährigen fiel der Unterschied nicht auf. Die Tütchen für vier und acht Dollar fanden reißenden Absatz.

Eines Tages stellte Herrera Ricky zur Rede. »Ich hab gehört, du bist in mein Geschäft eingestiegen«, sagte er.

Ricky zuckte die Schultern. »Ich will dich nicht verdrängen«, sagte er und sah ihn dabei vollkommen aufrichtig an. »Aber du hast selbst gesagt, das sei eine Goldmine hier, und ich dachte mir, dann sei auch Platz für uns beide.«

Herrera schaute ihn aus zusammengekniffenen Augen an. »Das wird mein Boss nicht gerne hören.«
»Sag ihm, ich werd ihn in Kontakt bringen mit *meinem* Boss«, schlug Ricky gerissen vor. »Dann können sie das unter sich ausmachen.«
Herrera kratzte sich am Kopf. »Okay, Ricky, ich lass dich rein, aber nur wenn du mir sagst, wieso du dein Zeug einen Dollar billiger verkaufen kannst?«
»Mir macht es nichts aus, wenn ich zu Anfang weniger Profit mache, bis die Geschäfte laufen«, antwortete Ricky.
Bald kauften wegen des günstigen Preises auch die älteren Geschwister seiner Kunden bei ihm. Ohne jemals auch nur den Fuß in die Mittelschule und die Highschool zu setzen, zog Ricky nach und nach die Hälfte von Herreras Kundschaft ab. Mitte Juni gab ihm Gaucho vier Pfund Marihuana pro Woche.
»Du gibst mir drei Riesen«, sagte er seinem Zögling, »der Rest gehört dir.«
Bis zu den Sommerferien hatte Ricky es geschafft, über tausend Dollar die Woche einzunehmen.
»Ich weiß nicht, wieso ich nicht schon früher eingestiegen bin«, erklärte er Eddie stolz, warf Dollarscheine in die Luft und sah zu, wie sie herunterflatterten. »Ist doch ein Kinderspiel.«
»Hab ich dir doch gesagt«, erwiderte Eddie grinsend. »Hab ich's dir nicht gesagt?«
»Ich hätte gleich auf dich hören sollen«, meinte Ricky kichernd. »Hätte ich mir zwei Jahre Knast ersparen können.« Sie saßen im hinteren Teil des Busses auf ihren Matratzen, und Ricky musste daran denken, wie er zu Hause immer sein Geld auf dem Bett gezählt hatte.

»Ausgaben einschränken, Risiko verringern, sage ich immer«, sagte Eddie.
Ein Schweigen entstand. »Ich werd ausziehen«, meinte Ricky leise.
»Dachte ich mir schon«, entgegnete Eddie.
»Ich muss was Eigenes in der Gegend haben. Außerdem wird's Zeit. Ich hab dir schon lange genug auf der Pelle gehockt.«
»Und, was machst du?«
»Hab ein Auge auf einen Wohnwagen geworfen«, sagte Ricky. »Steht in El Granada, aber nicht auf der Seite, wo meine Eltern wohnen. Ist kotzgrün und fällt fast auseinander, aber ich denk, ich kann ihn irgendwie aufmöbeln. Du weißt schon, so wie du's hier gemacht hast.«
Eddie gluckste. »Ich dachte, du fandest es ätzend hier, Mann.«
Ricky grinste. »Tja, hab mich wohl irgendwie daran gewöhnt. Das Teil steht jedenfalls auf einem leeren Grundstück, und der Besitzer hat daneben ein Haus. Er meint, ich kann ihn haben für zweihundert im Monat. Will sogar 'ne Stromleitung legen und n' Wasserfass aufstellen.«
»Klingt anständig.«
»Und es ist einsam dort. Nicht so wie hier, aber doch abgelegen genug, dass ich mich um meine Geschäfte kümmern kann.«
»Hast du Herrera schon rausgekickt?«, erkundigte sich Eddie.
»Bald«, versicherte ihm Ricky und zwinkerte verschwörerisch. »Wart's ab, Ende des Sommers ist der Typ Geschichte.«

In der Highschool fand im Juli und August Förderunterricht statt, in der Mittelschule gab es ein Zeltlager, in der Grundschule wurden allerhand Freizeitprogramme angeboten, von Schwimmunterricht über Tennismatches bis zu Fußballspielen. Die Aktivitäten wurden von einigen wenigen Lehrern betreut. Ricky sah sich die Termine an und sorgte dafür, dass er in der ersten Juliwoche Inigo Herrera über den Weg lief.
»Könntest du mir einen großen Gefallen tun?«, sagte er zu dem massigen Mexikaner. »Ich bin ein paar Monate wegen eines Geschäfts nicht in der Stadt. Könntest du meine Kunden übernehmen, während ich weg bin?«
Herreras Schweinsäuglein leuchteten. Sein Boss hatte sich nicht begeistert über die Einbußen gezeigt. Hier bot sich nun die Chance, sich einige Kunden zurückzuholen.
»Klar«, sagte er etwas zu eifrig, »kann ich machen.«
Ricky grinste in sich hinein und holte einen Zettel aus der Tasche. »Hier sind alle nötigen Infos drauf. Ich schreibe dir eine Liste, wie viel und wie oft. Du machst Orte für die Lieferungen aus, und ich sag den Leuten Bescheid.«
Dem Mexikaner traten fast die Augen aus dem Kopf, als er die Zahlen sah, doch Ricky tat, als bemerke er es nicht.
»Mir ist schon klar, dass das wahrscheinlich Pipifax ist im Vergleich mit deinen Geschäften«, sagte er, »aber du bist schließlich auch schon länger dabei.«
Herrera zuckte die Schultern und versuchte, sich nicht anmerken zu lassen, dass er dies für den größten Fehler hielt, den Ricky je machen würde. »Ich tu das jetzt für dich, und dann kannst du mir im Gegenzug auch mal einen Gefallen erweisen.«
»Klar«, sagte Ricky und lächelte, »wir sind ja jetzt so 'ne

Art *compadres*, oder? Und *compadres* helfen sich gegenseitig, nicht?«

Ricky hatte den Mexikaner aus sicherer Entfernung beobachtet. Nach einer Woche hatte er das Gefühl, den Hausmeister so gut zu kennen wie sich selbst. Er wusste, auf welcher Strecke der Mann zur Arbeit fuhr, was er zum Mittagessen aß, wie oft er zum Klo ging, wo er seine Ware versteckte.

Während des Sommers arbeitete Herrera an zwei Tagen in der Highschool. Wenn der Hausmeister Rickys Anweisungen folgte, würde er am dritten Dienstag im Juli sieben Pfund Gras vor Ort haben. Aus Sicherheitsgründen würde er den größten Teil davon in seinem klapprigen Pick-up auf dem Parkplatz lagern und immer wieder von dort Nachschub holen müssen.

Um zehn Uhr morgens am zwanzigsten Juli ging im Polizeirevier von Half Moon Bay ein anonymer Anruf ein. Der Polizist, der ihn angenommen hatte, konnte nicht sagen, ob es sich um eine Männer- oder um eine Frauenstimme gehandelt hatte.

Die einheimische Presse bezeichnete die Aktion später reichlich übertrieben als größten Drogenfund der Region. In der Zeitung war neben dem Bericht eine großbusige Stadträtin abgebildet, die diese Gelegenheit nutzte, um eine Antidrogenkampagne zu verlangen, weil sie sich davon Wählerstimmen erhoffte.

Ricky wartete bis Mitte August und besuchte dann Inigo Herrera im Gefängnis.

»Herr im Himmel, ich hab dir vertraut«, sagte er aufgebracht zu dem Mexikaner. »Und dann gehst du her und lässt mich auffliegen.«

»Ich weiß nicht, wie das passieren konnte, Amigo«, jammerte Herrera. »Fünfzehn Jahre lang lief alles glatt.«
»Ich hab sogar in Mexiko davon gehört.«
»Du warst in Mexiko?«
»Ja«, log Ricky, »mein Boss und ich haben neue Quellen ausgekundschaftet. Ich musste ihn dort allein lassen wegen dieser Sache.«
»Tut mir echt leid, Amigo.« Herrera begann zu schluchzen. »Ich wollte dich nicht im Stich lassen.«
»Naja, vielleicht hab ich dich auch überfordert, indem ich dir mein Zeug auch noch aufgehängt habe«, räumte Ricky großzügig ein. »Vielleicht kannst du nicht wirklich was dafür.«
Herrera nickte eifrig. Er kam gar nicht auf den Gedanken, dass er nur vor wenigen Monaten der einzige Dealer weit und breit gewesen war.
»Scheiße, alle sind abgetaucht, jetzt dauert es Ewigkeiten, bis man alles wieder organisiert hat«, stöhnte Ricky. »Vielleicht sollte ich echt die Finger davon lassen und lieber Fernseher reparieren.«
»Nein, lass das bloß«, riet ihm der Mexikaner. »Du kriegst das schon wieder hin. Irgendwie wird's schon laufen. Braucht eben eine Weile.«
»Du meinst, ich soll auch abtauchen, bis Gras über die Sache gewachsen ist?«
»Genau«, bestätigte Herrera. »In ein paar Monaten kannst du wieder einsteigen.«
»Du meinst, ich schaff das wirklich?«, heuchelte Ricky Unsicherheit.
Herrera nickte. »Na klar, Amigo. Ich trau dir das zu.«
»Wenn du meinst«, sagte Ricky und seufzte dann ergeben. »Ich werd versuchen, es hinzukriegen … für uns beide.«

Im September, als die Schule wieder anfing, deckte Ricky den Bedarf sämtlicher Schüler am Ort.
Eine Woche später bekam er Besuch von Gaucho, der ihm zu seinem Erfolg gratulierte.
»Hast du gut gemacht, Junge«, sagte er und klatschte Rickys Hand ab. »Spitzenmäßig.«
Sie setzten sich in den grünen Wohnwagen und tranken Bier.
»Ich hab dir doch gesagt, der Typ bringt's«, erklärte Eddie. Er saß auf dem schäbigen Sofa, das Ricky auch als Bett diente.
»Stimmt, Eddie«, bestätigte Gaucho, »hast Recht gehabt.«
»War echt keine große Sache«, sagte Ricky bescheiden. »Der Typ hat nie kapiert, was passiert ist. War ein Kinderspiel.«
»Was es auch war, Junge, du hast es jedenfalls hingekriegt. Und das heißt, du wirst befördert, ganz nach oben. Du hast es verdient, du kriegst jetzt Auslauf.«
Ricky blickte den Kolumbianer fragend an. »Was heißt das?«
»Willst du dein ganzes Leben in dieser Bruchbude hier zubringen?«
»Teufel, nein«, antwortete Ricky.
»Dann geh aufs Ganze. Verlagere dein Revier nach San Francisco.«
»Das hatte ich mir auch schon überlegt«, erwiderte Ricky, obwohl ihm der Gedanke völlig neu war, »aber ich dachte, ich sollte vielleicht meine Position hier noch festigen, bevor ich erweitere.«
»Ist ein harter Markt, jede Menge Konkurrenz«, sagte Gaucho, »und wir brauchen da oben jemanden, auf den

wir uns verlassen können. Bis jetzt hatten wir noch nicht den Richtigen gefunden. Vielleicht bist du es.«
»Wenn du das meinst, dann ist es wohl so.« Ricky spürte, wie sich ein dämliches Grinsen auf seinem Gesicht ausbreitete, aber es war ihm einerlei. Jetzt ging es richtig los.
»Ich muss dich warnen, es kann ganz schön heiß werden, aber manchmal muss man was riskieren, um ans große Geld zu kommen.«
»Auf jeden Fall«, pflichtete Ricky ihm bei.
»Du bist klasse, Ricky«, sagte Gaucho und tätschelte ihm die Wange.
Danach unterhielten sie sich über das Vorgehen, aber Ricky hörte nur mit halbem Ohr zu. Ein kleiner Erfolg, und er machte schon Karriere? Er konnte es kaum fassen. Offenbar legte man bei Gauchos Truppe Wert auf Köpfchen. Das war Ricky nur recht – denn damit war er reichlich ausgestattet.
»Sag mal, Gaucho, meinst du wirklich, Ricky sollte schon voll einsteigen?«, fragte Eddie später, als er mit seinem Boss nach Watsonville zurückfuhr. »Er ist trotzdem noch ein Anfänger.«
»Die Sache mit Herrera hat er doch toll hingekriegt, findest du nicht?«, erwiderte der Latino.
»Herrera war ein Arsch.«
Gaucho zuckte die Schultern. »Wenn er's nicht ausprobiert, erfahren wir nicht, was er draufhat. Schau, Eddie, du bist ein schlaues Bürschchen. Du hast es geschafft, uns San José zu liefern, aber im Norden kriegen wir bislang kein Bein auf den Boden. Seit Jahren versuchen wir schon, da ranzukommen, und bislang hat es uns nichts eingebracht außer vier Amigos in Leichensäcken und drei, die in Vaca-

ville ihren Arsch platt sitzen. Wir können nicht mehr unsere Spitzenleute aufs Spiel setzen, aber rankommen müssen wir an den Markt, sonst respektiert uns keiner mehr.«
»Aber wieso Ricky?«
»Wieso nicht? Herrera aus dem Weg zu schaffen war ein Test, und den hat er prima bestanden. Wer weiß? Er ist jung und klug und eifrig. Vielleicht bringt er irgendwas zustande. Dann kriegt er seinen Anteil.«
»Und wenn nicht?«
Der Kolumbianer zuckte die Schultern. »Dann nützt er uns eh nicht viel, oder?«
Eddie runzelte die Stirn. »Du willst damit sagen, dass er auswechselbar ist.«
»Sind wir alle«, antwortete Gaucho.
An diesem und den folgenden Abenden beschäftigte sich Eddie in Gedanken immer wieder mit diesem Gespräch. Er hatte Ricky in die Organisation eingeführt, sich mit ihm angefreundet, ihn zu sich nach Hause gebracht und ihm Träume vom großen Geld und dem süßen Leben eingeredet. Und nun wollte Gaucho ihn, ohne mit der Wimper zu zucken, den Löwen zum Fraß vorwerfen.
Eddie machte sich wenig Illusionen über Rickys Erfolgschancen in San Francisco. Die würden ihn dort im Nu abservieren.
Doch Eddie glaubte an Familie und Loyalität; das waren die einzigen Werte, die ihm wirklich etwas bedeuteten. Die Leute, denen er in seinem unsteten Leben und seinen Gefühlen einen Platz eingeräumt hatte, konnte er an einer Hand abzählen. Gaucho gehörte dazu. Der Kolumbianer hatte ihm nach dem Höllenhaus Halt und Sicherheit und zum ersten Mal so etwas wie Geborgenheit gegeben. Er

gehörte zum Team, einer für alle und alle für einen, dachte Eddie.
Aber Ricky Marsh war auch ein Bestandteil seines Lebens. Für Eddie bedeutete er mehr als ein Partner oder ein Kumpel – Ricky war wie ein Bruder für ihn, und nun sagte sich Eddie immer wieder, dass man seinen Bruder nicht hintergeht.
Er warf sich auf seiner Matratze hin und her, bis sein Kopf hämmerte und sein Herz wehtat. Viermal erlebte er so das Morgengrauen. Dann wusste er, was er zu tun hatte. Gaucho war sein Boss, sein Retter, sein Mentor, sein Ernährer. Aber Ricky war sein Bruder.

4

In den Jahren, seit er die Küstenregion verlassen hatte, war Benito Ruiz – von seinen Freunden Benny genannt – vom kleinen Pusher zum großen Dealer und Kontaktmann eines südamerikanischen Drogenkartells aufgestiegen.
Nun war er für zwei Wochen nach Half Moon Bay zurückgekehrt, um sich den Jungen vorzunehmen, der seinen altgedienten Dealer – der allerdings nicht besonders schlau war – aus dem Verkehr gezogen hatte. Ruiz konnte das nicht beweisen. Der Junge hatte eine perfekte Falle gebaut, in der er auch noch selbst landete, um jeglichen Verdacht zu zerstreuen. Aber Ruiz war zu lange im Geschäft, um an einen solchen Zufall zu glauben; er witterte Verrat.
»Ich habe gehört, du bist am Labor Day schon wieder voll eingestiegen«, sagte Benny, als die beiden sich schließlich auf einer einsamen Klippe am Meer trafen. »Das muss man sich trauen.«
»Ich war ziemlich unvorsichtig«, erwiderte Ricky mit unschuldigem Lächeln. Er spürte instinktiv, dass der Mann in dem dreiteiligen Nadelstreifenanzug und dem mit Monogramm bestickten Seidenhemd jemand war, dem man besser mit Vorsicht begegnete. »Es war sehr riskant gewesen, ich hätte noch länger warten sollen.«

»Nein«, entgegnete Ruiz mit einer wegwerfenden Handbewegung. »Man soll dann zuschlagen, wenn keiner damit rechnet. Das ist okay.«

»Meinen Sie wirklich?«

»Klar. Die Cops standen herum und kratzten sich die Eier, wie?«

Ricky grinste. »So ähnlich.«

»Du bist ein ganz gerissenes Bürschchen, so viel steht fest. Ich kümmere mich ein paar Monate nicht um diese Ecke, und prompt sitzt du fest im Sattel.«

»War bestimmt nur das Glück des Dummen.« Ricky ließ sich nicht so leicht hereinlegen. Er wusste nicht genau, mit wem er es zu tun hatte und wie mächtig dieser Typ war, aber er blieb vorsichtig.

»Einen wie dich könnte ich in meiner Truppe brauchen«, meinte Ruiz beiläufig, nahm ein Zigarillo aus einem Goldetui und zündete es sich an. »Du schuldest mir zumindest einen Ersatz für Herrera.«

»Danke, aber ich gehöre schon einer anderen Organisation an.«

»Na klar. Ein Einzelgänger macht sich nicht so leicht in meinem Revier breit.«

Ricky blickte den Mann entschieden an. »Ich glaube, Sie haben die Geschichte nicht ganz richtig verstanden. Herrera und ich beliefern einfach unterschiedliche Reviere, das war alles. Ich hatte ihn sogar gebeten, meine Geschäfte eine Weile zu übernehmen.«

»Okay, Jungchen, jetzt lassen wir mal den Blödsinn, okay?«, sagte Ruiz scharf. »Wir beide wissen, was hier gelaufen ist, also Schluss mit den Spielchen. Ich halte Herrera für ein Arschloch, und es grenzt vermutlich an ein Wunder, dass

sie ihn nicht schon früher geschnappt haben. Wir müssen also nicht sentimental werden.«
»Ich dachte, er hätte für Sie gearbeitet«, wandte Ricky ein.
»Hat er, und ich kümmere mich um ihn, solange er sitzt, weil das eben so gemacht wird. Aber das heißt nicht, dass ich hier den Schwanz einziehen werde.«
»Ich habe kein Problem mit Ihnen«, erwiderte Ricky, »aber ich komme gut zurecht und lege keinen Wert auf Veränderungen.«
»Was du verdienst, ist doch Kleingeld«, entgegnete Ruiz, und ein Lächeln stahl sich auf sein Gesicht, als er merkte, dass Rickys Neugierde geweckt war. »Was fährst du so ein, fünfhundert die Woche, tausend vielleicht? Wie fändest du es, das zu verdreifachen, ohne höheres Risiko als jetzt?«
Ricky schluckte schwer. Dreitausend die Woche? Er fühlte sich Gaucho zwar verpflichtet, aber die Vorstellung von hundertfünfzig Riesen im Jahr war verführerisch.
»Und wie soll das aussehen?«, hörte er sich fragen.
»Für wen arbeitest du jetzt, Jungchen?«
Es schadete nicht, das preiszugeben. »Wird Gaucho genannt.«
»Schlechte Zähne und Mundgeruch?«
Ricky nickte. »Ja, kommt hin.«
Ruiz warf den Kopf in den Nacken und lachte. »Hab ich mir gedacht – das Wiesel.«
»Hören Sie, vergeuden Sie nicht Ihre oder meine Zeit damit, ihn schlecht zu machen«, sagte Ricky. »Ich kann mich über ihn nicht beschweren.«
»Klarer Fall, Jungchen, kein Problem. Und wenn du nicht mehr vom Leben willst als einen kotzgrünen Wohnwagen ohne fließendes Wasser, bleib ruhig bei ihm.«

»Nennen Sie mich nicht Jungchen«, fauchte Ricky, um Würde bemüht. Er fragte sich, wieso der Mann sich die Mühe gemacht hatte, ihm nachzuspionieren.
»Okay, Ricky, legen wir die Karten offen auf den Tisch«, sagte Ruiz. »Was ich dir jetzt anbiete, hätte Herrera ohnehin nie geschafft, du hast uns also vielleicht beiden einen großen Gefallen erwiesen. Du bist ein schlauer Bursche und weißt, dass das große Geld heutzutage nicht mehr mit Gras verdient wird. Meine Organisation ist in den vergangenen Jahren in den Handel mit Koks eingestiegen, und ich denke, diese Region hier ist jetzt reif dafür.«
Ricky pfiff durch die Zähne. »Sie wollen, dass ich mit Kokain deale?«, flüsterte er.
»Wieso nicht? Ist doch eine gute Idee, oder? Setzt man jemanden auf Gras an, raucht er eine Weile und lässt es irgendwann. Aber von Koks kommt man sein Leben lang nicht mehr runter.«
»Stimmt«, erwiderte Ricky, »aber wenn man mit Gras geschnappt wird, fährt man für ein oder zwei Jahre ein. Mit Koks lebenslänglich.«
»Geschnappt wird nur, wer sich blöd anstellt«, meinte Ruiz. »Ich mische bei diesem Spiel mit, seit ich dreizehn bin, und ich hab noch nie gesessen.«
»Ich muss es mir überlegen«, sagte Ricky langsam.
»Klar.« Ruiz zuckte die Schultern. »Lass dir so viel Zeit, wie du brauchst. Ich biete dir die Chance deines Lebens. Da solltest du schon ein paar Tage Zeit zum Nachdenken haben.«
Ruiz warf den Rest seines Zigarillos ins Meer und ging zu seinem Wagen. Er würde noch ein paar Tage hier sein und dem Jungen Zeit lassen. An dem schimmernden Mercedes

lehnten zwei Männer in gut sitzenden schwarzen Anzügen. Als sie Ruiz kommen sahen, riss der eine für den Boss den Wagenschlag auf, der andere setzte sich ans Steuer. Dann brauste der Wagen in einer Staubwolke davon.

Ricky sah dem Geschehen amüsiert zu. Wenn Ruiz ihn mit diesem Auftritt beeindrucken wollte, so war es ihm gelungen. Die Aussage lautete: *Ich hab ein Vermögen verdient in diesem Gewerbe, und du kannst es auch.*

Ruiz hatte Recht. Mit dem Grasrauchen hörte man irgendwann auf. Aber von Koks ließ man nie mehr die Finger. Und die Einschätzung, dass man hier in der Küste ein Vermögen damit verdienen konnte, traf vermutlich zu.

Aber Gaucho hatte ihm San Francisco angeboten, eine Nuss, die bislang noch keiner aus der Organisation knacken konnte, und diese Herausforderung lockte Ricky. Wenn er es mit den Typen aus der Großstadt aufnehmen könnte, wäre er ganz oben. Dann wäre er kein Handlanger mehr, sondern könnte sich zurücklehnen und andere für sich arbeiten lassen.

Er stieg auf die Harley und fuhr nach Hause. In seinem Kopf ging es drunter und drüber. Wofür sollte er sich entscheiden? Ricky wusste, dass er sich das sehr sorgfältig überlegen musste, denn diese Gelegenheit bot sich nur einmal.

Eddie wollte ihn heute Abend besuchen. Er hatte am Morgen überraschend angerufen und gesagt, er wolle mal mit ihm reden. Sie würden was essen, ein paar Joints rauchen, ein bisschen quatschen. Dann wollte Ricky ihn fragen, was er von Benito Ruiz und seinem Angebot hielt.

»Mach es«, sagte Eddie, »lass dir das nicht entgehen.«
»Einfach so?«, erwiderte Ricky erstaunt.
»Ja.«
»Dass du das sagen würdest, hatte ich nicht erwartet, Mann. Ich meine, willst du nicht erst mal mit mir darüber reden?«
»Nicht nötig.«
»Aber ich lasse Gaucho sitzen, der so gut zu mir war und mir jetzt eine große Chance bietet.«
Eddie blickte ihn unbehaglich an. »Schau, Mann, deshalb wollte ich heute mit dir reden.«
»Bin ganz Ohr.«
»Du bist noch nicht fit für Frisco, Mann. Da haben die ganz Großen das Sagen, nicht kleine Fische wie Gaucho, und das weiß er auch.«
Ricky runzelte die Stirn. »Und weshalb setzt er mich darauf an?«
»Weil er nichts zu verlieren hat. Du bedeutest ihm nichts. Und falls du es durch Zufall wirklich schaffen solltest, da was auf die Reihe zu kriegen, ist er der große Held.«
»Und wenn nicht?«
»Hat er nichts verloren. Muss vielleicht einen billigen Anwalt zahlen, wenn du Glück hast. Oder eine billige Beerdigung, wenn du keines hast.«
»Es gibt keine Garantien, das weiß ich, Eddie«, sagte Ricky mit etwas mehr Überzeugung, als er tatsächlich empfand. »Aber ich hab mich doch bewährt, oder? Er hat mich eingesetzt, obwohl er das nicht hätte tun müssen. Und er hat gesagt, ich sei schlau und hätte mehr auf dem Kasten.«
»Er hat dich eingesetzt, weil er Herrera abservieren wollte. Ich wusste das vorher auch nicht, aber Herrera war früher

mal bei Gaucho, bis Ruiz ihn sich gegriffen hat. Das hat Gaucho ihm nie verziehen. Er dachte sich, dass er ohnehin nichts zu verlieren hat und dass er auf diese Art Herrera bestrafen und gleichzeitig Ruiz schaden könnte.«

»Aber wird er das nicht auch mit mir machen, wenn ich aussteige?«

»Sag es Ruiz. Die beiden hassen sich ohnehin. Ihm wird schon was einfallen.«

»Und du?«, fragte Ricky. »Was wird Gaucho tun, wenn er rausfindet, dass du mir das gesagt hast?«

Eddie zuckte die Schultern. »Mich umbringen«, antwortete er.

Ricky tat in dieser Nacht kaum ein Auge zu. Sobald er einschlief, lauerten ihm Dämonen mit Seidenhemden und Goldketten auf, die Zigarre zwischen braune Zähne geklemmt, und Ricky erwachte schwitzend und zitternd wie so oft als Kind. Schließlich schaltete er die kleine Lampe an seinem Sofa ein, verscheuchte die Dämonen und dachte nach. Seine innere Stimme riet ihm dazu, Ruiz' Angebot anzunehmen, aber er wollte Eddie nicht schaden. Eddie hatte ihn bei sich aufgenommen, ihm diesen Kontakt verschafft, sich um ihn gekümmert. Er war ein echter Freund, und Ricky wollte ihn um keinen Preis hängen lassen. Er musste sich etwas anderes überlegen, eine Lösung, bei der Eddie auch von Gaucho loskam ...

Als Ricky seinen Plan ersonnen hatte, begann drei Häuser weiter der Hahn zu krähen.

Benny Ruiz war nicht schwer zu finden. Sie verabredeten sich in Muzzi's Café an der Main Street. Über dampfenden Kaffeetassen setzte Ricky Ruiz ins Bild.

»Wenn Sie mich wollen, müssen Sie auch meinen Partner Eddie nehmen«, sagte er. »Und uns beide vor Gaucho schützen.«
»Und weshalb sollte ich das tun?«, fragte Ruiz.
Ricky lehnte sich mit einem kleinen Lächeln zurück. »Weil diese Gegend allein hier Kleinkram ist, und das wissen Sie auch. Aber wenn Eddie und ich zusammenarbeiten, können wir uns das ganze San Mateo County holen. Und durch Eddies Kontakte auch noch das Santa Clara County.«
Ruiz' Augen weiteten sich. »Du meinst, er ist so gut?«
»Eddie beliefert jetzt schon San José für Gaucho. Mit einer Organisation wie Ihrer im Rücken könnten wir uns bis nach Salinas und Monterey ausdehnen.«
»Du hast Mut, das muss man dir lassen«, sagte Ruiz anerkennend. »Und wieso fragst du mich nicht nach Frisco?«
Ricky sah ihn an. »Weil ich dafür noch nicht fit genug bin«, sagte er dann langsam. »Ich sag Bescheid, wenn es so weit ist.«
Benny Ruiz lächelte. »Du bist ein schlaues Bürschchen, Ricky«, sagte er. »Ich werd es mir überlegen.«
»Was gibt es da zu überlegen?«, fragte Ricky. »Entweder Sie wollen uns oder nicht. Ich sitze nicht rum und warte, bis das Telefon klingelt. Sie müssen sich jetzt gleich entscheiden, weil ich noch andere Angebote habe.«
Benny Ruiz glaubte an seine Menschenkenntnis. »Okay, Ricky«, sagte er, »ihr seid drin, dein Freund und du.«
»Und Sie kümmern sich um Gaucho?«
Der Drogenboss grinste. »Wird mir ein Vergnügen sein«, sagte er.
Zwei Wochen später kam Gauchos Wagen südlich von

Santa Cruz von der Straße ab, raste in einen Graben und explodierte. Die Polizei fand ein Einschussloch in einem der Hinterreifen und ein weiteres im Tank, hatte aber keine Anhaltspunkte und bemühte sich auch nicht ernsthaft, die Sache aufzuklären. Wen störte es schließlich, wenn es in der Gegend einen Drogendealer weniger gab?

5

Ricky arbeitete schon zwei Jahre für Benny Ruiz, als Inigo Herrera aus der Haft entlassen wurde. In dieser Zeit hatten Eddie und er sich die Gebiete von Pazifica bis Santa Cruz an der Küste und im Inland von San José bis Salinas unter den Nagel gerissen, wie er es Ruiz versprochen hatte. Was nicht schwer gewesen war, da es Gaucho nicht mehr gab.
»Ich hör allerhand Gutes über dich«, sagte Herrera.
»Hab Glück gehabt«, sagte Ricky. »Benny hat mich reingenommen, nachdem er dich verloren hatte, und mir ziemlich freie Hand gelassen.«
»Ich finde keine Arbeit«, sagte Herrera. »Mit der Vorstrafe stellt mich keiner mehr ein. Meinst du, Benny gibt mir noch mal 'ne Chance?«
»Ich weiß es nicht«, antwortete Ricky aufrichtig. »Ich kann ihn fragen, wenn ich ihn sehe.«
»Ich hab eine Familie zu ernähren, weißt du«, sagte der Mexikaner. »Die beiden letzten Jahren waren hart für sie. Ich weiß, dass ich Mist gebaut habe, aber Benny hatte vorher ein paar anständige Jahre mit mir. Vielleicht kannst du ein gutes Wort für mich einlegen. Ich könnte dir helfen, weißt du, mit den Sachen, für die du keine Zeit hast.«

»Ich frag ihn«, versprach Ricky.
»Ich hab mich ja schwer gewundert, als ich gehört hab, dass du zu Benny übergelaufen bist«, sagte Herrera.
»Ja? Wieso?«
»Na ja, nach dem, was er mit deiner Schwester gemacht hat und so.«
Ricky runzelte die Stirn. »Meiner Schwester?«
»Ja, der hübschen. Ist schon lange her.«
»Rosemary?«
»Ja, genau der.«
Ricky lief ein Schauer über den Rücken. »Was hat er mit ihr gemacht?«
»Das weißt du nicht?«
»Quatsch nicht rum, Amigo.« Ricky sprach leise, aber die Drohung war unüberhörbar.
»Sie wurde schwanger von ihm, soweit ich weiß. Dann hat er sie sitzen lassen. Sie ist ihm nach LA gefolgt, aber er wollte sie nicht mehr und hat sie an einen Freund weitergereicht, Angelo. Der hatte da ein paar Mädchen laufen. Meinte, deine Schwester sei wie geschaffen für den Job.«
Ricky hätte den Mann am liebsten zu Brei geschlagen, aber es war sinnlos, den Überbringer schlechter Nachrichten zu ermorden.
»Bist du ganz sicher, dass die Geschichte stimmt?«, fragte er.
»Klar«, antwortete Herrera, »tut mir leid, Mann. Ich dachte, du wüsstest das.«
»Weißt du, wo meine Schwester jetzt ist?«
Der Mexikaner zuckte die Schultern. »Vor ein paar Jahren war sie noch im Gewerbe, aber in letzter Zeit hab ich nichts mehr gehört.«

»Dieser Angelo«, fragte Ricky beiläufig, »weißt du, wo ich den finden kann?«

Am nächsten Tag stieg Ricky ins Flugzeug. Angelo Sbarga war nicht schwer zu finden. Ein großer gut aussehender Typ Ende dreißig, der mit einem Oldtimer, einem rosafarbenen Cadillac-Kabrio, auf den Straßen von Los Angeles herumkutschierte.
»Was für ein Mädchen willst du?«, fragte er, als Ricky sich als Freund von Benny vorstellte.
»Er hat gesagt, er hätte mal ein Mädchen namens Rosemary gehabt«, sagte Ricky. »Sie scheint was Besonderes zu sein.«
Angelo zuckte die Schultern. »Wenn man auf ältere Modelle steht, ist sie okay.«
Er brachte Ricky zu einem Zimmer in einem schäbigen Hotel im Osten von Los Angeles und sagte ihm, er solle dort warten. Eine halbe Stunde später klopfte es an der Tür. Als Ricky öffnete, stand eine Frau vor ihm, die er nicht erkannt hätte, wenn er nicht gewusst hätte, wer sie war.
»Angelo sagte, du hättest nach mir gefragt«, sagte sie und ging an ihm vorbei. »Ich werd es gut machen. Sag mir einfach genau, was du willst, Schätzchen.«
Sie war erst knapp achtundzwanzig und sah aus wie vierzig. Ihre Haare waren glanzlos und strähnig, die Haut wirkte bleich, sogar unter der dicken Make-up-Schicht. Und sie bestand nur noch aus Haut und Knochen.
»Rosemary, erkennst du mich nicht?«, sagte Ricky.
Sie fuhr herum und musterte ihn mit blauen Augen, die früher lebhaft, jetzt aber stumpf und ausdruckslos waren.
»Müsste ich?«

»Ja, finde ich schon«, sagte er. »Ich bin dein Bruder Ricky.«
Sie starrte ihn an und stieß dann ein heiseres Lachen aus.
»Ricky? Bist du's wirklich?«
»Leibhaftig.«
»Ich fass es nicht, mein kleiner Bruder. Was treibst du denn hier?«
»Ich habe nach dir gesucht«, antwortete er.
Sie blinzelte. »Weshalb?«
»Weiß nicht«, sagte er, »vielleicht, weil du einfach so verschwunden bist und keiner wusste, was mit dir ist. Vielleicht wollte ich einfach sehen, ob es dir gut geht.«
Wieder das heisere Lachen. »Nun, wie du siehst, geht's mir blendend.« Sie setzte sich aufs Bett. »Lass dich anschauen«, sagte sie. »Meine Güte, du bist richtig erwachsen, wie? Und du lebst noch. Das heißt, der Alte hat dich nicht totgeschlagen.«
»Nein, hat er nicht.«
»Wie geht's Ma? Ich wollte immer anrufen oder schreiben, weißt du, aber irgendwie wusste ich nie, was ich sagen sollte.«
Ricky berichtete von Valeries Geschäft, von Jack, der noch immer so war wie früher, von Ellen, die Nonne geworden, und JJ, der zur Armee gegangen war. Viel gab es nicht zu erzählen.
»Und du?«, fragte Rosemary.
»Ich komm zurecht. Ich arbeite mit einem alten Freund von dir.«
»Freund von mir?«
»Ja«, sagte er und beobachtete ihr Gesicht, »Benny Ruiz.«
Ihre Miene verdüsterte sich. »Ach ja?«, meinte sie. »Nun, ich werd dir nicht sagen, dass das eine gute Idee ist.«

Ricky setzte sich zu ihr aufs Bett. »Rosie, was ist passiert?«, fragte er. Er sprach sie absichtlich mit ihrem Kindernamen an. »Warum bist du einfach so abgehauen? Ohne jemandem was zu sagen. JJ hat wenigstens eine Nachricht hinterlassen, als er verschwunden ist.«
»Ich weiß nicht«, sagte sie und seufzte. »Ist so lange her, ich kann mich nicht erinnern.«
»Ich hab gehört, du bist schwanger geworden.«
»Ach ja?«, murmelte sie. »Dann war's wohl so. Ich bin schwanger geworden, hab abgetrieben und bin Benny gefolgt, weil ich blöde war und dachte, er liebt mich. Und dann bin ich irgendwie bei Angelo gelandet. Na ja, hätte schlimmer kommen können.«
Ricky war anderer Meinung. »Brauchst du irgendwas?«, fragte er.
Sie lächelte ihn an und sah für einen kurzen Moment aus wie früher. »Mein kleiner Bruder will wissen, ob ich irgendwas brauche?«
»Ja«, sagte er, »ich habe Geld. Ich könnte für dich sorgen.«
»Sorg du mal für dich selbst«, sagte sie und tätschelte ihm die Wange. »Mach dir keine Sorgen um mich. Angelo behandelt mich anständig.« Sie sah sich in dem schmuddeligen Zimmer um. »Das hier brauchen wir ja wohl nicht«, sagte sie. »Lass uns lieber irgendwo einen Kaffee trinken gehen.«
»Okay«, sagte Ricky und erhob sich.
»Ma weiß nichts von mir, oder?«, fragte Rosemary. »Ich möchte nicht, dass sie es erfährt.«
»Nein«, versicherte Ricky seiner Schwester, »sie weiß nichts.«

»Und du sagst ihr auch nichts, ja?«
»Nein, ich sage ihr nichts.«
»Versprichst du es mir?«
»Versprochen.«
Ricky ahnte, dass Rosemary krank war, doch er wusste nicht, wie schwer. Als er aufbrach, gab er ihr seine Adresse und Telefonnummer. »Falls du dich mal melden willst«, sagte er. Dann drückte er ihr ein paar Hundert-Dollar-Scheine in die Hand. »Nimm die«, sagte er. »Betrachte sie als Spezialzahlung von Benny Ruiz.«
Zwei Monate später bekam er ein kleines Päckchen von Angelo Sbarga. Es enthielt Rosemarys wenige Habseligkeiten. Auf einem Zettel schrieb Angelo, dass Rosemary an einer Lungenentzündung, verursacht durch eine Krankheit namens Aids, gestorben war. Rickys Adresse hatte er bei ihren persönlichen Sachen gefunden.
Ricky erwog, seine Mutter davon in Kenntnis zu setzen, und entschied sich dagegen. Das war irgendwie sinnlos. Aber er wollte irgendetwas tun. Er wusste nur noch nicht, was.

Anna Morales trat buchstäblich durch Zufall in Rickys Leben. Sie überquerte gerade die Straße, als er mit seiner Harley um die Ecke bog und sie beinahe überfuhr, weil er sie zu spät sah. In letzter Sekunde wich er aus und landete mit der Harley im Straßengraben.
»Sind Sie okay?«, schrie er, rappelte sich auf und humpelte verletzt und blutend zu ihr hinüber.
»Ich schon«, antwortete sie und musterte ihn, »aber Sie ganz bestimmt nicht.«
»Ich hab Sie nicht gesehen«, erklärte er.

»Das kann ich nur hoffen«, erwiderte sie. »Sonst müsste ich ja annehmen, dass Sie mich mit Absicht überfahren wollten.«

Sie hatte große dunkle Augen, die in aufregendem Kontrast standen zu ihrem honiggelben Haar und ihrer olivfarbenen Haut. Anna war fünf Jahre jünger als Ricky, ein wenig kleiner als er und dünner, als ihm gefiel, aber irgendetwas fesselte ihn an ihr.

Sie arbeitete im St.-Hilda-Krankenhaus als Hilfsschwester und bestand darauf, dass er sich dort untersuchen ließ. Nachdem man seine Schnittverletzungen genäht und verpflastert hatte, lud er sie zum Essen ein und dann zu sich nach Hause. Eine Woche später zog sie zu ihm in den grünen Wohnwagen.

»Ich weiß, dass das hier keine Villa ist«, sagte er, »aber mir ist es nicht so wichtig, wo ich wohne.«

»Ist völlig okay«, sagte Anna. »Mir gefällt's.«

Sie kam aus einer Familie, in der Gewalt an der Tagesordnung war und es nie genug zu essen gab. Sie war das vierte von sieben Kindern, und ihre Mutter war bei der Geburt des siebten Kindes gestorben. Ihr Vater war Trinker und behielt einen Job nie länger als ein paar Monate. Die Familie lebte in einer Baracke mit zwei Zimmern südlich der Stadt, und die Kinder wurden weitgehend vom Staat großgezogen. Für Anna war der Wohnwagen durchaus eine Art von Villa.

Ricky war äußerst zufrieden mit der Situation. Wenn er abends nach Hause kam, erwartete ihn nun ein warmes Essen, er hatte saubere Kleider im Schrank und bekam morgens frischen Kaffee. Und außerdem tollen Sex, wann immer ihm der Sinn danach stand.

Anna arbeitete im Krankenhaus bei der Tagesschicht; sie brach um sieben Uhr morgens auf und kam gegen vier Uhr zurück. Ricky schlief meist bis gegen Mittag; das gehörte zu den wenigen Dingen, die er sich gönnte. Dann stand er auf, duschte, zog sich an und machte sich an die Arbeit. Gegen sieben kam er zurück. Ein- oder zweimal blieb er den ganzen Abend weg.

Anna fragte Ricky nie, wohin er ging oder was er machte. Sie vermutete, dass er mit Drogen zu tun hatte, aber sie störte sich nicht daran. Er war der Mann an ihrer Seite, und nur das zählte für sie. Dann wurde sie schwanger, und das veränderte die Lage.

»Ich muss was wissen«, sagte sie eines Abends, als sie schlafen gingen.

»Was denn?«, sagte Ricky.

»Nimmst du Drogen?«

»Wieso willst du das wissen?«, fragte er.

»Weil wir ein Kind kriegen«, sagte sie, »und ich wissen möchte, ob ich mir Sorgen machen muss.«

»Ein Kind?«, brachte Ricky mühsam hervor. »Du kriegst ein Kind?«

»Nein, *wir* kriegen es«, korrigierte sie. »Ich nehme an, das geht in Ordnung. Tut es doch, oder?«

Ricky legte nicht den geringsten Wert darauf, dass sie ein Kind bekam, aber er dachte an Rosemary und wie ihr Leben verlaufen war. Er wollte auf keinen Fall, dass Anna so etwas widerfuhr.

»Klar«, sagte er, »klar geht das in Ordnung.«

»Und?«, fragte sie. »Nimmst du Drogen?«

Ricky sah sie an. »Nein«, sagte er. »Ich hab Gras geraucht und ein bisschen gekokst, als ich jünger war, und hab wei-

ter geraucht, als ich aus der Jugendhaft kam, aber seit einigen Jahren nicht mehr. Willst du sonst noch was wissen?«
Anna schüttelte den Kopf. »Nein«, sagte sie, »mehr will ich nicht wissen.«

»Was, zum Teufel, soll ich mit einem Kind?«, beklagte sich Ricky bei Eddie. »Ich hab noch einiges vor im Leben. Außerdem will ich kein Kind in diese kaputte Welt setzen. Ach, und Scheiße, ich will an niemanden gebunden sein.«
Sie tranken Dos Equis in Eddies neuer Unterkunft, einem geräumigen Wohnwagen, den er sich statt des alten Schulbusses angeschafft und auf das Waldstück in Watsonville befördert hatte, seit es um seine Finanzen besser bestellt war.
»Du könntest es abtreiben lassen«, entgegnete Eddie.
»Stimmt, aber eben das will ich nicht.«
»Dann musst du das Beste daraus machen.«
»Es macht gar keinen Spaß mehr heimzukommen. Anna wird immer dicker, kann sich nicht mehr richtig um alles kümmern, und der Sex ist auch nicht mehr toll.«
»Was hast du erwartet, Mann?«
Ricky zuckte die Schultern. »Weiß nicht. Ich fand, Anna und ich hatten es gut, und ich dachte, wir bleiben eine Weile zusammen. Jetzt weiß ich nicht recht. Alles ist so anders.«

6

Am 16. Februar 1986 brachte Anna im St.-Hilda-Krankenhaus einen Jungen zur Welt. Er wog sieben Pfund und war kerngesund. Dr. Wheeler entsann sich, wie anders die Geburt seines Vaters in diesem Raum verlaufen war, vor fast vierundzwanzig Jahren.
Ricky war nicht da. Er war schon in den letzten vier Monaten kaum bei Anna gewesen. Weil er mehr arbeiten müsse, jetzt, da er eine Familie zu ernähren habe, behauptete er, doch Anna glaubte ihm nicht. Geld war immer genug da gewesen. Sie hoffte, dass das Baby ihn vielleicht veranlassen würde, häufiger zu Hause zu sein, doch nach einer Weile wurde ihr klar, dass er nicht für sie beide da sein würde.
Anna nannte den Jungen Justin, nach dem Märtyrer St. Justin. Sie wusste, dass es Ricky einerlei sein würde. Zwei Wochen später zog sie aus dem Wohnwagen aus und kehrte nach Hause zu ihrem Vater zurück.
Valerie besuchte sie dort, so oft sie konnte, und brachte Kleidung für den Kleinen, Spielsachen und Lebensmittel mit.
»Ricky lässt sich nicht oft blicken«, sagte Anna eines Nachmittags. Er brachte jede Woche Geld vorbei, ziemlich viel

Geld manchmal, aber er blieb nicht lange und wollte Justin nur selten sehen.
Valerie nickte. »Ich weiß«, sagte sie seufzend. »Ich glaube, er hat viel Ähnlichkeit mit seinem Vater. Hab Geduld. Ich bin sicher, dass er seinen Sohn eines Tages näher kennen lernen möchte.«
Justin war ein ausgeglichenes Kind, und Anna erholte sich schnell von der Geburt. Nach einem Monat konnte sie wieder arbeiten gehen, und sie nahm Justin mit ins Krankenhaus. Er war so bezaubernd und fröhlich, dass die anderen Schwestern sich darum zankten, wer ihn auf dem Arm halten durfte. Justin hatte das honigfarbene Haar seiner Mutter, die faszinierenden Augen seines Vaters und das Gesicht eines Engels.

Als Justin ein Jahr alt war, hatte Anna es aufgegeben, auf Ricky zu warten, und eine Beziehung mit einem Mann begonnen, der in einer Bar arbeitete. Eines Freitagnachmittags im Juni kam sie in Valeries Geschäft und fragte, ob Valerie über das Wochenende auf Justin aufpassen könne.
»Was ist los?«, fragte Valerie.
»Nichts«, versicherte ihr Anna. »Dean möchte nur übers Wochenende mit mir nach Reno fahren. Ich war noch nie dort, aber für Kinder ist es, glaube ich, nicht der richtige Ort.«
»Das stimmt«, bestätigte Valerie.
Sie freute sich sehr auf die Tage mit dem Kleinen und hörte früher mit der Arbeit auf, um im Supermarkt Babynahrung zu kaufen. Zu Hause holte sie die Wiege aus dem Keller, in der Ricky früher gelegen hatte, und kramte das Bettzeug aus dem Wäscheschrank hervor. Die Wiege stellte sie in JJs

altem Zimmer auf, weil es direkt neben ihrem Schlafzimmer lag und sie ihn hören konnte, falls er nachts schrie.
Um fünf Uhr nachmittags kam Anna und brachte Justin vorbei. Valerie fütterte und badete ihn, zog ihm seinen Schlafanzug an und spielte dann mit ihm. Sie war so fasziniert davon, wie der Kleine versuchte, eckige Klötzchen in runde Löcher zu stecken, dass sie Jack erst bemerkte, als er in der Tür stand.
»Was, zum Teufel, ist hier los?«, blaffte er sie an. »Es ist schon nach sieben. Wo ist das Essen?«
Valerie hatte nicht mit ihm gerechnet. Seit Monaten kam er freitags zum ersten Mal wieder vor Mitternacht nach Hause. Bestürzt sagte sie sich, dass dies zweierlei zu bedeuten hatte: Er hatte gerade keine Affäre, und er hatte getrunken. »Ich hab nicht gemerkt, dass es schon so spät ist«, sagte sie und nahm Justin hoch. »Wir haben Besuch, wie du siehst, und wir zwei haben uns bestens amüsiert.«
»Jetzt ist Schluss damit«, knurrte Jack, riss ihr Justin aus dem Arm und setzte ihn in die Wiege. Justin wimmerte erschrocken.
»Was tust du da?«, schrie Valerie und nahm ihren Enkel sofort wieder hoch. »Wenn du nicht richtig mit ihm umgehen kannst, dann rühr ihn nicht an.«
»Ich hab ihm nicht wehgetan«, brummte Jack.
»Aber erschreckt hast du ihn.«
»Was hat der hier überhaupt zu suchen?«
»Anna ist übers Wochenende in Reno«, erklärte Valerie, »und Justin bleibt solange bei uns.«
»Das hat mir grade noch gefehlt«, knurrte Jack. »Krieg ich jetzt hier was zu essen, oder muss ich mir jemand anderen suchen, der mir was kocht?«

»Ich hatte heute Abend nicht mit dir zum Essen gerechnet«, erwiderte Valerie. »Aber ich kann dir ein Omelett machen, wenn du möchtest.«
»Ein Omelett? Ich soll ein Omelett essen? Und wenn ich ein Steak will?«
»Dann musst du anderswo essen«, erwiderte sie.
Mit einer Bewegung warf Jack die Wiege um. Spielsachen flogen durchs Zimmer. »Es reicht wohl nicht, dass ich ständig das Nachsehen hatte wegen deiner eigenen Bälger«, brüllte er. »Und jetzt sind auch noch die von anderen wichtiger als ich?«
Valerie gab keine Antwort. Sie hielt Justin fest im Arm und wandte sich ab, um hinauszugehen. Nach zwei Schritten packte Jack sie an der Schulter, riss sie herum und drängte sie an die Wand. Er hob den Arm. Justin begann zu weinen, und Valerie umklammerte den Kleinen. »Willst du das wirklich tun, Jack?«, sagte sie und wunderte sich, wie ruhig ihre Stimme klang.
Fünf Jahre waren vergangen, seit Jack zum letzten Mal die Beherrschung verloren hatte. Fünf Jahre lang hatte er sich bemüht und sich im Bett anderer Frauen getröstet. Letzteres hatte er auch an diesem Abend vorgehabt, doch die Frau, mit der er verabredet war, hatte ihm telefonisch mitgeteilt, dass Schluss sei, weil sie einen anderen kennen gelernt habe.
Daraufhin hatte Jack sich im Hangar ein paar Bourbons einverleibt und auf Gäste gewartet. Gegen halb sechs kam eine Blondine herein. Sie ließ sich einen Drink ausgeben, lächelte über Jacks schlechte Witze und lehnte dann höflich ab, als er anbot, sie nach Hause zu bringen.
»Danke, aber mein Freund steht nicht auf Dreier«, sagte

sie. Einen Augenblick später kam ein Mann in Pilotenuniform herein, und die Blondine fiel ihm um den Hals.
Kurz nach sechs ließ sich eine großbusige Brünette auf dem Barhocker neben Jack nieder. Sie schien um die vierzig zu sein, was ihm gewöhnlich zu alt war, sah aber scharf aus, und er wurde allmählich unruhig.
Er gab ihr einen Drink aus. Ein paar Minuten redeten sie übers Wetter, sie erzählte, dass sie Lehrerin sei, er behauptete, er sei Pilot, und kam dann ohne weitere Umschweife zur Sache.
»Wenn du in der Nähe wohnst«, raunte er ihr ins Ohr, »könnten wir ordentlich Spaß zusammen haben.«
»Bestimmt«, erwiderte sie und lächelte, »aber wenn du nichts dagegen hast, bleib ich lieber noch ein Weilchen sitzen und warte auf jemanden, der eher in meinem Alter ist.«
Sie hätte ihm genauso gut den Schwanz abschneiden können. Jack hätte sie am liebsten windelweich geprügelt, aber das ging natürlich nicht, er befand sich schließlich an einem öffentlichen Ort. Stattdessen zahlte er die Rechnung, stolperte hinaus, stieg in seinen Wagen und fuhr nach Hause, mit acht Bourbons intus.
Nun stand er in JJs Zimmer, sein Enkel weinte, und seine Frau wartete darauf, dass er sie schlug, damit sie ihn endgültig verlassen konnte.
Er ließ den Arm sinken, dann ging er wortlos hinaus.
Valerie tröstete Justin, bis er sich beruhigt hatte, und setzte ihn dann mit seinem Lieblingsbär auf den Boden. »Ich stelle nur deine Wiege wieder auf, dann erzähl ich dir eine schöne Gutenachtgeschichte«, sagte sie.
Eine halbe Stunde später ging sie nach unten. Jack saß am

Küchentisch, eine Flasche Bourbon neben sich. Doch sie war noch nicht angebrochen.
»Bitte«, sagte er, als er sie sah, »bitte verlass mich nicht.«
»So kann ich nicht mehr weiterleben«, entgegnete Valerie. »Es geht einfach nicht.«
»Dann sag mir, was ich tun soll, ich mache alles«, sagte er flehentlich.
»Du brauchst Hilfe, Jack«, sagte Valerie.
»Ich such mir Hilfe«, versicherte er rasch, obwohl er keine Ahnung hatte, wovon sie sprach. »Ich mach alles, was du willst. Aber verlass mich nicht.«
»Alles?«, fragte Valerie.
»Ja, alles«, versprach er.
Drei Tage später hatte Jack seinen ersten Termin bei Dr. Roland Minter, einem Psychiater.

TEIL SIEBEN
1990

1

Valerie kam es vor, als lächle Gott zu ihr herunter und vergebe ihr alle Sünden, die sie bei ihren eigenen Kindern begangen hatte, und schenke ihr ein Wunder. Ein Wunder namens Justin. Als der vierjährige Junge im Sandkasten hinter dem Haus saß und mit seinem Lastwagen spielte, erschien es ihr, als sei Ricky zurückgekehrt, schön und unschuldig und von ihrem Versagen gänzlich unberührt.

In Justins ersten drei Lebensjahren war Anna ihm eine pflichtbewusste Mutter gewesen, die sich darum bemüht hatte, ihre Arbeit und seine Betreuung zu vereinbaren, so gut es ging. Vor einem Jahr dann hatte sie Valerie gefragt, ob sie ein paar Tage auf Justin aufpassen könne, und Valerie hatte sich nichts dabei gedacht.

»Wieder ein Wochenende in Reno?«, fragte sie lächelnd.

»Nein, Las Vegas diesmal«, antwortete Anna. »Dean hat in einem der Casinos eine Anstellung bekommen und möchte, dass ich ihm bei der Wohnungssuche helfe. Ginge das bei dir? Ich möchte Justin nicht bei meinem Vater lassen.«

Valerie freute sich so sehr, dass sie gar nicht darüber nachdachte, weshalb Dean wohl Anna brauchte, um sich eine Wohnung zu suchen.

Justin war ein fröhliches Kind, und Valerie genoss es in vollen Zügen, ihn ganz für sich allein zu haben. Sie fuhr mit ihm nach San Mateo und kaufte ihm alles, was er sich wünschte. Sie machte Ausflüge nach San Francisco, wo sie mit der Straßenbahn fuhren, und an den Strand, wo er im Sand spielen konnte. Und sie nahm ihn mit zur Arbeit, wo sich Lil und Judy begeistert auf ihn stürzten.
»Was für ein reizender Junge, Mrs. Marsh«, sagte Dennis Murphy, als Valerie eines Tages mit Justin in die Apotheke kam.
»Das ist mein Enkel«, erwiderte sie stolz. »Er ist für ein paar Tage bei uns.«
»Sieht aus wie ein Engel«, sagte Dennis.
»Er ist auch einer, Mr. Murphy«, bestätigte Valerie mit einem glücklichen Lächeln auf den Lippen, das erstarb, als ihr plötzlich einfiel, dass Dennis Murphys Frau vor einem Jahr gestorben war und dass das Paar keine Kinder gehabt hatte. »Tut mir leid, dass Sie diese schöne Erfahrung nicht machen konnten.«
»Mir auch«, antwortete er mit einem traurigen Lächeln. »Aber ich habe die Kinder hier in der Gegend heranwachsen und eigene Familien gründen sehen, und das ist tröstlich.«
»Dann«, erwiderte Valerie aus einem Impuls heraus, »werd ich mit meinem Kleinen vorbeischauen, so oft ich kann.«
Diese Zeit mit Justin war für sie wie ein Urlaub, in dem sie jeden einzelnen Moment auskostete. Sie wünschte, er möge länger andauern, und fürchtete den Moment, in dem Anna zurückkehren würde.
Doch an dem verabredeten Tag erschien Anna nicht, und sie ließ auch nichts von sich hören. Valerie wusste, dass sie

eine verantwortungsvolle junge Frau war, und begann sich Sorgen zu machen. Dann, eine Woche später, als Valerie sich ernsthaft überlegte, ob sie die Polizei einschalten sollte, kam ein Anruf von Anna.
»Ich bin in Las Vegas, mit Dean«, verkündete sie.
»Ja, ich weiß«, sagte Valerie. »Aber ich habe mir Sorgen gemacht. Du wolltest doch schon letzte Woche wieder hier sein.«
»Ich weiß, aber weißt du, ich habe hier an einem Krankenhaus Arbeit gefunden und möchte bleiben. Ich will nicht wieder zurückkommen.«
»Ach so«, sagte Valerie, der beinahe das Herz stehen blieb. Sie war froh für Justin, dass er wieder bei seiner Mutter sein konnte, aber andererseits wollte sie ihn nicht verlieren. »Soll ich ihn ins Flugzeug setzen?« Sie wollte gar nicht daran denken, ihn so lange nicht wiederzusehen.
Am anderen Ende der Leitung trat Stille ein. »Nein«, sagte Anna dann. »Meinst du, er könnte noch eine Weile bei dir bleiben?«
»Bei mir bleiben?«, fragte Valerie atemlos. »Wie lange?«
»Das weiß ich noch nicht«, sagte die Zweiundzwanzigjährige. »Weißt du, na ja, Dean ist nicht gerade scharf darauf, das Kind von einem anderen großzuziehen, und Las Vegas ist auch kein Ort, an dem Justin aufwachsen sollte. Und es wäre mir lieber, wenn er nicht zu meinem Vater müsste. Bei dir geht es ihm auf jeden Fall besser.«
Valerie hätte sich nie träumen lassen, dass sie mit zweiundfünfzig Jahren noch einmal die Chance bekommen würde, etwas besser zu machen. Sie ging zur Kirche und dankte Gott dafür, dass Er ihre Sünden vergeben und ihr dieses Geschenk gemacht hatte. Und sie gelobte sowohl dem All-

mächtigen als auch sich selbst, dass diesmal alles anders sein würde.

Valerie sorgte für so viel Geborgenheit in ihrem Haus in der Delgada Road, wie es in ihren Kräften stand.
Seit drei Jahren ging Jack regelmäßig zu seinem Psychiater. Jeden Montagabend nach der Arbeit fand er sich in Roland Minters Praxis in Redwood City ein.
Jack hatte natürlich schon von diesen Seelenklempnern gehört und war auf deren Spielchen vorbereitet. Nicht jedoch auf Roland Minter. Jack hatte einen Mann erwartet, der ihm ebenbürtig war, sah sich jedoch einem klein gewachsenen Burschen mit schütterem Haar und runder Brille gegenüber, den es nicht zu stören schien, dass Jack ihn mit einem Schlag hätte niederstrecken können. Jack hatte damit gerechnet, dass überall Urkunden und Dokumente an der Wand hängen würden, saß dann jedoch zwischen gerahmten Aquarellen von kalifornischen Landschaften. Eine Couch gab es auch nicht, sondern lediglich zwei bequeme Sessel und ein antikes Mahagonitischchen.
»Ich werde nur so viel in Ihrem Kopf herumkramen, wie Sie es wollen«, sagte Minter zur Einführung. »Reden wir einfach über das, wonach Ihnen zumute ist.«
Zuerst saß Jack nur geduckt in dem Sessel und blickte finster vor sich hin. »Bin nur hier, weil meine Frau meinte, ich muss herkommen«, sagte er.
»Wenn das so ist«, sagte der Arzt und rieb sich nachdenklich das Kinn, »wenn Sie nur wegen Ihrer Frau hier sind, werde ich Ihnen wohl kaum helfen können.«
Erst bei der dritten Sitzung hatte sich Jack so weit entspannt, dass er Minter in die Augen blicken konnte.

»Sie hat gesagt, sie verlässt mich, wenn ich nicht zu Ihnen gehe«, erklärte er.
»Was glauben Sie, warum sie das gesagt hat?«, fragte der Psychiater.
Jack blickte unbehaglich. »Sie denkt, ich hab ein Problem.«
»Haben Sie eines?«
»Woher soll ich das wissen?«
»Was meint denn Ihre Frau?«
»Dass ich zu viel trinke.«
»Ist das so?«
»Auch nicht mehr als andere.«
»Und was passiert, wenn Sie trinken?«, fragte Minter bei der vierten Sitzung.
»Ich werde betrunken«, antwortete Jack.
»Was passiert, wenn Sie betrunken sind?«
Jack wich dem Blick des Psychiaters aus. »Ich werde wütend«, murmelte er.
»Was tun Sie, wenn Sie wütend werden?«
»... ich lasse die Wut an ihr aus.«
Ganz allmählich begann Jack dem kleinen Gnom zu vertrauen, so wie er in seinem ganzen Leben bislang nur Valerie vertraut hatte, und begann die Wurzeln seiner Gewalttätigkeit zu erkennen.
Nach drei Monaten verschrieb ihm Minter ein Beruhigungsmittel gegen die Angstzustände, die zu seinen Gewaltausbrüchen führten.
»Das hilft gegen die Angstzustände, aber Sie können es nur nehmen, wenn Sie nicht mehr trinken«, sagte der Arzt.
Jack zuckte die Schultern. Er trank nicht, weil er Alkohol besonders liebte. Er trank, weil er dann weniger Angst

hatte. Wenn dieses Medikament dieselbe Wirkung hatte, brauchte er keinen Alkohol mehr.
Die Angstzustände wurden durch das Mittel tatsächlich besser, aber er fühlte sich auch ständig müde und antriebslos. »Gibt es keine andere Lösung?«, fragte Jack den Arzt. »Entweder unter Strom stehen oder völlig erledigt sein?«
»Wenn wir Ihre Themen bearbeitet haben, können Sie das Medikament vielleicht absetzen«, antwortete Minter.
Jack war noch immer bei Federal Airlines angestellt. Vor fünf Jahren hatte man ihn zum Chef der Wartungsabteilung ernannt. Seit zwei Jahren ging er regelmäßig in das neue Fitnessstudio in der Stadt, nicht zuletzt, damit er weniger Zeit zu Hause verbrachte. Doch das hatte den erfreulichen Nebeneffekt, dass er mit sechzig Jahren besser in Form war als mancher Vierzigjährige.
Den Hangar mied er jetzt, denn ihm stand nicht der Sinn danach, seinen Kumpeln beim Saufen zuzusehen. Aber Affären hatte er weiterhin und verbrachte drei oder vier Abende die Woche mit der jeweils aktuellen Liebschaft. Auch die Frauen waren im Laufe der Jahre älter geworden, und er traf jetzt häufig auf Frauen Ende vierzig oder Anfang fünfzig, die geschieden oder verwitwet waren. Wenn er sie ab und an schick ausführte, waren sie weniger anspruchsvoll, was den Sex anging, der durch das Medikament nicht besser wurde.
Manchmal fuhr Jack abends auch einfach nach Hause. Valerie schien sich tatsächlich zu freuen, wenn er heimkam, obwohl er sich nicht erklären konnte, weshalb. Meist gingen sie einander jedoch aus dem Weg. Sie interessierte sich nicht für Flugzeuge, er nicht für Brautkleider. Worüber sollten sie reden? Doch solange er sich nicht betrank

und gewalttätig wurde, war er zu Hause jederzeit willkommen.
Als Justin bei ihnen einzog, legte sich Jack zwei Liebschaften zu, eine Witwe aus Atherton und eine geschiedene Frau aus Cupertino. Das hatte er noch nie zuvor getan. Es war manchmal verwirrend, weil er sie nicht mehr auseinander halten konnte, aber auf diese Art kam er jeden Abend erst nach Hause, wenn der Junge schon schlief.
Valerie hatte Jack nicht gefragt, ob Justin auf Dauer bei ihnen bleiben könne. Sie hatte ihm einfach eines Tages mitgeteilt, dass es so war. Hätte sie ihn gefragt, dann hätte er gesagt, dass er in seinem Alter nicht den geringsten Wert darauf legte, noch einmal ein Kind großzuziehen.

Seit Justin bei ihnen lebte, kam es Valerie beinahe vor, als seien ihre eigenen Kinder zurückgekehrt. Sie umsorgte den Kleinen wie früher ihre eigenen Kinder. Justin wurde in Rickys altem Zimmer untergebracht, das sie wochenlang neu gestaltete. Sie nähte neue Vorhänge und eine Bettdecke, malte Girlanden und Luftballons an die Wände und kaufte Spielsachen, bis die Kiste überquoll.
Zur Arbeit nahm sie Justin mit und richtete ihm eine Spielecke ein. Sie ließ alle nötigen Untersuchungen beim Kinderarzt und beim Zahnarzt durchführen, und beim Friseur wurden seine Haare geschnitten. Wenn der Kleine nach seiner Mutter fragte, sagte Valerie, dass seine Mama ihn sehr lieb hätte, sich aber eine Weile nicht um ihn kümmern könne. Das schien er hinzunehmen. Falls es ihn beunruhigte, dass sie selten anrief und ihn nie besuchen kam, behielt er das für sich.
Um Justin über die Abwesenheit seiner Mutter hinwegzu-

trösten, verbrachte Valerie möglichst viel Zeit mit ihm, weshalb anderes natürlich zu kurz kam. Lil und Judy sprangen gerne ein und übernahmen mehr Arbeit, weil sie sich freuten, Valerie wieder lächeln zu sehen. Sie war so froh darüber, dass ihr Haus nicht mehr leer war.

»Oma, wieso hast du in so einem großen Haus gewohnt, als ich noch nicht da war?«, fragte Justin kurz nach seinem vierten Geburtstag.

Valerie lächelte. »Weil hier früher andere kleine Jungs und Mädchen gewohnt haben.«

»Wirklich?« Der Vierjährige sah sie mit großen Augen an. »Wer denn?«

»Na, dein Papa. Er wohnte in dem Zimmer, das jetzt deines ist. Dann dein Onkel JJ, dem gehörte das Zimmer gegenüber. Dann waren da noch Tante Rosemary und Tante Ellen, die im jetzigen Nähzimmer wohnten, und Tante Priscilla. Ihr Zimmer ist jetzt das Gästezimmer.«

»Und wo sind sie jetzt alle?«

»Sie sind groß geworden und ihrer Wege gegangen«, antwortete Valerie, und das Herz tat ihr weh dabei. »Wie alle Kinder es tun, auch du eines Tages.«

»O nein, Oma«, sagte Justin ernsthaft, »ich mache das nicht.«

»Aber natürlich«, erwiderte Valerie. »Es ist gut, groß zu werden und ein eigenes Leben zu führen. So soll es sein, und so machen es auch alle.«

Doch der kleine Junge schüttelte den Kopf. »Wenn ich groß bin, bleibe ich hier bei dir«, sagte er.

»Aber wieso denn?«

»Damit Mama und Papa wissen, wo sie mich finden«, antwortete Justin.

2

»Komm schon, Johnny, komm wieder ins Bett«, jammerte das Mädchen. »Es ist vier Uhr morgens.«
John Marsh jr., der seinen Kosenamen aus seiner Kindheit nicht mehr benutzt hatte, seit er vor sechzehn Jahren von zu Hause wegging, achtete nicht auf sie.
Es kam oft vor, dass er um diese Uhrzeit wach war. Schon in seiner Kindheit hatte er nachts wenig geschlafen, sondern oft mit dem Kissen auf dem Gesicht wach gelegen und versucht, nicht zu weinen.
In der Armee hatte sich das zu Anfang wenig geändert. Die ersten sechs Monate waren die Hölle gewesen, und manchmal waren ihm die Tränen gekommen. Einige andere Soldaten hatten ihn gnadenlos verspottet, ihn Weichling und Muttersöhnchen genannt. Eines Tages hatte JJ genug und versetzte dem Übelsten, einem wuchtigen Klotz aus Alabama, einen Faustschlag, der ihm den Unterkiefer brach. Dafür saß er einen Monat im Militärknast, aber danach verspottete ihn keiner mehr. Und er lernte es, nicht mehr zu weinen.
»Bewahr dir die Kraft und die Wut, Sohn«, hatte ihm sein Vorgesetzter gesagt, »und nutze sie sinnvoll.«
JJ nahm sich diese Worte zu Herzen. Er konzentrierte sich

auf seine Arbeit und war fleißig. Da er schnell lernte, verschaffte er sich zusehends mehr Respekt und wurde in zwei Jahren zweimal befördert, dank eines Offiziers, den er bewunderte und der ihn gefördert und unterstützt hatte. JJ stand kurz vor seiner Beförderung zum Unteroffizier, als dieser Mann eines Abends in der Dusche einen Annäherungsversuch machte.

JJ holte aus, bevor er nachdenken konnte, und brach dem Offizier die Nase.

»O Gott, tut mir so leid«, stammelte der, als er sich aufrappelte. »Ich dachte ... Sie haben doch immer ... Sie schienen ... ich scheine mich geirrt zu haben.«

»Scheint so«, erwiderte JJ.

»Bitte sagen Sie niemandem etwas«, bat ihn der Offizier flehentlich. »Die Armee ist mein Leben. Ich bin schon seit zehn Jahren dabei, aber wenn das jemand erfährt, schmeißen sie mich sofort raus.«

JJ wusste nicht, ob er hauptsächlich wütend oder peinlich berührt war, aber er ließ nie ein Wort verlauten über die Situation, nicht einmal, als wegen der gebrochenen Nase des Mannes eine offizielle Untersuchung anberaumt wurde.

»Wieso schlagen Sie einfach so einen Offizier zusammen?«, fragte ihn der ranghöhere Offizier.

»Ich glaube, es gefiel mir nicht, was er von mir wollte, Sir«, antwortete JJ.

»Was wollte er denn?«, fragte der Offizier.

JJ sah ihn unumwunden an. »Er dachte wohl, ich bin zu lange unter der Dusche«, fuhr er fort. »Er sagte, ich solle sie mit der Zahnbürste schrubben.«

Er wurde degradiert und für sechs Monate ins Militärgefängnis gesperrt. JJ wusste, dass es ihn noch übler hätte treffen können – man hätte ihn entlassen können. Ihm war nie ganz klar, weshalb das nicht passierte.

Danach sorgte er dafür, dass er nicht mehr in Schwierigkeiten geriet, indem er jeden Befehl sorgfältig ausführte und niemandem wirklich näher kam. Er sagte sich, dass es wohl besser war, nur Bekanntschaften zu haben und keine Freundschaften zu schließen. Ende der siebziger Jahre war er für zwei Jahre in Deutschland stationiert, wo er ein hübsches blondes Mädchen mit goldenen Haaren und grünen Augen kennen lernte. Seine Freizeit verbrachte er hauptsächlich mit ihr und ihrer Familie, doch als er zurückging in die USA, nahm er sie nicht mit.

Die einzigen beiden interessanten Ereignisse in seiner Zeit beim Militär waren bislang der Versuch, die Geiseln aus der amerikanischen Botschaft im Iran zu befreien, und der Einmarsch in Grenada. Obwohl er zu diesem Zeitpunkt schon neun Jahre bei der Armee war, saß er wohl an der falschen Stelle, denn er wurde an beiden Aktionen nicht beteiligt.

»Wenn das so weitergeht, komme ich überhaupt zu keinem Krieg mehr«, schrieb er seinem Bruder. »Obwohl die Befreiungsaktion eine Katastrophe war und die Grenada-Sache nichts weiter gebracht hat, war es doch immerhin etwas.«

Er hatte Ricky damals gleich geschrieben, als er der Armee beigetreten war, an die Adresse von Chris Rodriguez, und schrieb dann weiterhin regelmäßig. JJ wusste nicht, ob Ricky seine Briefe überhaupt bekam, aber er behielt diese Gewohnheit trotzdem bei, weil er darin seine Gefühle zum Ausdruck bringen konnte, ohne ein Risiko einzugehen.

Und weil er auf diesem Weg wenigstens irgendwie mit seiner Familie in Kontakt blieb.

JJ war nicht versessen darauf, in den Krieg zu ziehen, aber er wollte wenigstens die Erfahrung gemacht haben. Außerdem hatte er ein Spezialtraining bekommen und empfand die Strategie der Abschreckung zwar als sinnvoll, aber er sah es auch als enorme Verschwendung an, eine halbe Million Soldaten permanent nur in Warteposition zu halten.

1989 wurde Oberfeldwebel John Marsh jr. nach Fort Hood bei Killeen in Texas versetzt. Er fing umgehend dort eine Beziehung mit einem süßen kleinen Ding an, das auf dem Stützpunkt arbeitete. Doch nach zwei Monaten nahm sie die Beziehung für seinen Geschmack etwas zu ernst, und er wurde unruhig.

»Johnny, komm wieder ins Bett«, sagte sie mit verführerischer Stimme. »Ich bin jetzt ganz wach.«

Er gluckste und verlor keine Zeit, dieser Aufforderung nachzukommen.

Eine Woche später fuhr er mit einem Kumpel nach Temple, wo sie in eine Bar gingen.

»Was kriegt ihr, Jungs?«, wurden sie von einer Brünetten mit kehliger Stimme gefragt.

»Zwei Bier«, antwortete JJ. Die Frau war seiner Einschätzung nach etwa fünf bis zehn Jahre älter als er und früher sicher einmal hübsch gewesen. Nun sah sie aus, als wisse sie nicht mehr, wie sie den Abend durchstehen solle.

Nach drei Bier fand er sie attraktiver. Als sie ihm das vierte brachte, fragte er sie, was sie nach der Arbeit vorhabe.

»Ich geh schlafen, Soldat«, sagte sie und lachte.

Nach diesem Abend ging JJ immer wieder in die Bar, setzte sich allein an einen Tisch, trank ein Bier und versuchte, die

Frau in ein Gespräch zu verwickeln, wenn sie nicht viel zu tun hatte.

Irgendetwas fesselte ihn an ihr, ohne dass er es benennen konnte. Er erfuhr, dass sie vierzig Jahre alt und geschieden war und einen Freund hatte. Bald bemerkte er, dass irgendjemand ihr übel zusetzte, denn sie kam mehrmals mit Schnitten und Blutergüssen zur Arbeit, die sie versuchte, mit Make-up zu überdecken. JJ wollte mit ihr darüber sprechen, ihr wenigstens zu verstehen geben, dass er wusste, was hier ablief, aber er fand keine Gelegenheit dazu.

Dann beobachtete er eines Samstagabends, wie ein irr aussehender Typ in die Bar marschierte, die Frau am Arm packte und zum Hintereingang hinauszerrte. JJ konnte nicht anders, er musste ihm folgen.

Die beiden standen auf der Straße, und die Frau versuchte, dem Typen klarzumachen, dass sie kein Geld unterschlug, sondern dass nicht viel los war und sie wenig Trinkgeld bekam, aber er hörte nicht zu. Er war zu sehr damit beschäftigt, auf sie einzuschlagen.

JJ konnte sich nicht beherrschen. Bevor er noch wusste, was er tat, lag der Typ mit gebrochenem Genick auf dem Boden.

»Bist du irre?«, kreischte die Frau. »Was machst du denn da?«

»Er war ein mieses Schwein«, sagte JJ. »Der hat dich geschlagen.«

»Ja und? Und für was hältst du dich, für den Prinz auf dem weißen Pferd?«

Schluchzend sank sie auf die Knie und barg den Kopf des Typen in ihrem Schoß.

Als die Polizei kam, schilderte die Frau den Tathergang. Da

JJ sich nicht auf Militärgelände befand, konnte die Armee ihn nicht schützen. Nach fünfzehn Jahren war seine militärische Laufbahn beendet. Er wurde wegen Totschlags verurteilt, ein Jahr bevor er vielleicht wirklich in seinen ersten Krieg gezogen wäre.

3

Ricky stieg von der Honda und rannte, so schnell ihn die Beine trugen. Er hörte quietschende Reifen hinter sich, Rufe, Fußgetrappel. Im letzten Moment bog er in eine schmale Gasse ab und drückte sich an eine Hauswand.
Es war eine heiße Julinacht. Vor einer Stunde war er bei Eddie losgefahren, und obwohl er vorsichtig gewesen war, hatte ihn jemand verfolgt. Dummerweise wusste er nicht, ob es sich um das FBI handelte oder um Bennys Leute, und er konnte es nicht riskieren, das herauszufinden. Er hielt die Luft an und wartete, bis die Schritte draußen verklangen. Dann atmete er wieder.
Vier Jahre hatte er gebraucht, um seinen Plan auszutüfteln und in die Tat umzusetzen. In diesen vier Jahren war er einer der führenden Köpfe von Benny Ruiz' Organisation geworden, und Benny hatte den gesamten Westen fest im Griff. Ricky und Eddie hatten fast ganz Kalifornien erobert. Ruiz war Boss des Drogenhandels von San Diego bis San Mateo. Vor einem Jahr hatte Ricky ihm einen Vorschlag gemacht.
»Ich glaube, wir sind jetzt reif für San Francisco«, sagte er.
Benny sah ihn erstaunt an. »Bist du sicher?«
»Bin ich«, antwortete Ricky und legte den Plan im Detail

dar. Es gelang ihm, alles aussehen zu lassen wie ein Kinderspiel. »Ich hab mal mit ein paar Typen dort geredet, die bei der Konkurrenz in Schlüsselpositionen sitzen und sich mies behandelt fühlen. Die haben immer mal versucht, mich rüberzuziehen, aber ich hab ihnen gesagt, dass ich für jemanden arbeite, der mit seinen Leuten anständig umgeht. Die würden gerne wechseln. Damit kriegen wir einen Zugang.«
Ruiz verlor in San Francisco permanent Leute und Ware. Er war scharf darauf, das zu ändern und sich dort Respekt zu verschaffen.
»Du bist ein heller Kopf, Ricky«, sagte er. »Wenn das so hinhaut, wie du vorhast, bist du mein erster Mann.«
Ricky wusste, dass es klappen würde. Er hatte es bereits vorbereitet, was einfach gewesen war. Er hatte Tom Starwood angerufen.
»Ich sitze in der Klemme und will da raus«, sagte er zu dem Anwalt. »Können Sie mir helfen?«
»Worum geht's?«, erkundigte sich Starwood.
Ricky berichtete von Benny und den letzten sechs Jahren.
»Ich hab ein Kind und will nicht mehr so weiterleben«, schloss er. »Aber ich weiß, dass Ruiz mich nicht von der Angel lassen wird. Ich weiß zu viel.«
Der Anwalt kratzte sich am Kinn. »Lass mich ein paar Anrufe machen«, sagte er. »Ich melde mich bei dir.«
Zwei Tage später traf sich Ricky mit zwei Drogenfahndern.
»Ruiz hat sich in den letzten Jahren hier mächtig breit gemacht, mit einer großen Organisation, die wir gerne sprengen würden«, sagte einer von ihnen. »Wir würden nicht nein sagen, wenn wir da zum Zuge kämen.«
»Unter einer Bedingung«, entgegnete Ricky. »Ich will, dass

Ruiz einfährt. Er darf unter keinen Umständen entkommen oder von irgendwelchen Anwälten rausgehauen werden.«
»Ist das eine private Sache?«, fragte der Fahnder.
»Kann man so sagen«, antwortete Ricky. »Er hat sich immer damit gebrüstet, dass er noch nie gesessen hat. Das soll sich jetzt ändern.«
»Weshalb?«, fragte der Fahnder. »Was hat er getan?«
Ricky sah den Mann unumwunden an. »Er hat meine Schwester getötet«, sagte er leise.
Die beiden Fahnder wechselten einen Blick. »Okay, Ricky«, sagte dann der Erste, »wir sind im Geschäft.«

Zwei Monate später, während Ricky und die Fahnder noch an ihrem Plan tüftelten, starben zwei sechzehnjährige Mädchen aus Palo Alto an einer Überdosis verschnittenem Kokain.
»War das Ruiz?«, wollten die Fahnder von Ricky wissen.
»Ja«, antwortete Ricky, der wusste, dass auch Eddie dazugehörte.
»Wie, zum Teufel, konnte das passieren?«, fragte er seinen Freund ein paar Stunden später.
»Frag mich nicht«, erwiderte Eddie. »Ich mach das Zeug nicht, ich verkaufe es bloß.«
Ricky seufzte. »Wir können froh sein, wenn uns das nicht Kopf und Kragen kostet«, sagte er. Dann bat er Tom Starwood, den Fahndern klarzumachen, dass sie die Sache nicht weiter verfolgen sollten. Sie ließen sich darauf ein, waren aber danach entschlossener denn je, Ruiz auffliegen zu lassen.
Einen Monat später trafen sich Ricky und Benny Ruiz in

einem Zimmer im St. Francis Hotel mit zwei Männern, die sich als unzufriedene Mitglieder der Konkurrenzorganisation ausgaben. Das Gespräch wurde aufgezeichnet. Zwei Wochen später erschien Benny ohne Ricky in San Francisco. Die Polizei wartete bereits. Mit fünfzig Pfund Kokain und den Informationen, die sie von Ricky erhalten hatten, war es ein Leichtes, Benny Ruiz für zwanzig Jahre ins Gefängnis zu befördern. Ricky wurde nicht angeklagt.
»O Mann, Benny, ich fühl mich echt schrecklich«, sagte Ricky nach dem Prozess zu Ruiz. »Ich hab alles durchgecheckt. Ich dachte, diese Typen wären sauber.«
»Du bist reingelegt worden«, erwiderte Ruiz. »Und ich auch.«
Ricky sah den Drogendealer an. »Ich hoffe doch, du glaubst nicht, ich hätte dich auffliegen lassen oder so«, sagte er. »Du bist mein Boss.«
»Klar«, antwortete Ruiz mit einem kleinen Lächeln um die Mundwinkel. »Bis irgendwann mal.«
Eine Woche später brannte aus unerfindlichen Gründen Rickys grüner Wohnwagen ab. Er hatte Glück und hielt sich gerade nicht darin auf. Er nahm das nicht wichtig. War nur ein Aufenthaltsort gewesen. Wichtig war ihm dagegen, dass er Rache genommen hatte für Rosemary.
»Du musst doch verrückt sein, Mann«, sagte Eddie. »Wir hatten da eine echt gute Sache am Laufen. Wieso musstest du alles kaputtmachen?«
Ricky zuckte die Schultern. »Mir war einfach langweilig, glaub ich.«
»Und ich bin dann als Nächstes dran«, klagte Eddie. »Du weißt, dass es so aussieht.«
»Deshalb bin ich hier«, sagte Ricky. »Um dir zu sagen, dass

du hier abhauen sollst. Dir was Neues suchen.« Er reichte Eddie einen Zettel. »Wenn du dich irgendwo anders niedergelassen hast, geh zu diesem Typ hier. Ich hab alles für dich vorbereitet. Sag ihm, wer du bist, und dir wird's gut gehen. Er wird sich um dich kümmern.«
»Wer ist der Typ?«, fragte Eddie.
»Einer, der viel schlauer ist als Benny Ruiz«, sagte Ricky grinsend. »Glaub mir, du wirst ihn gut finden.«
»Und was machst du?«
»Für eine Weile verschwinden.«

Ricky tauchte für ein Jahr unter. Er hatte genug Geld gespart und konnte sich das leisten. Er nahm sich ein Zimmer in einem kleinen Ort namens Pescadero, etwa dreißig Kilometer von Half Moon Bay entfernt, und heuerte als Fischer auf dem Boot seines Vermieters an. Er arbeitete schwer für wenig Geld und stellte erstaunt und amüsiert fest, dass ihm die Arbeit Spaß machte. Sie war eine echte Herausforderung für ihn, weil er ja eigentlich Angst hatte vor Wasser. Ricky fragte sich, was wohl sein alter Freund Chris Rodriguez sagen würde, wenn er das wüsste.
Auf dem Boot blieb er für sich, er nahm seine Mahlzeiten in einem Restaurant ein, in dem nur Einheimische aßen, sah viel fern und kontaktierte niemanden, den er kannte, für den Fall, dass Bennys Leute immer noch hinter ihm her waren.
Als er hörte, dass Ruiz' gesamte Organisation aufgelöst worden war, wähnte er sich in Sicherheit und tauchte wieder auf. Doch er war kaum zwei Tage in Half Moon Bay, als er merkte, dass er verfolgt wurde. Er verhökerte die Harley und kaufte sich einen alten unscheinbaren Honda Accord.

Dann zog er ins Inland und nahm sich in Redwood City in einem schäbigen Hotel ein Zimmer.

Er rief die Drogenfahnder an. Sie versicherten ihm, dass Bennys Leute alle festgenommen worden waren, aber Ricky wusste, dass man sich darauf nicht verlassen konnte. Eddie gehörte auch zu Bennys Leuten, und er war auf freiem Fuß. Ricky bat das FBI um Personenschutz, obwohl er wusste, dass die Fahnder kein großes Interesse mehr an ihm hatten. Aber er hatte ihnen schließlich geholfen, einen der größten Rauschgiftringe des Landes auffliegen zu lassen. Deshalb erklärten sie ihm schließlich, sie würden so bald wie möglich jemanden schicken.

Ricky dachte eine Weile nach und traf dann eine Entscheidung. Er rief Eddie an.

»Hey, Mann, wie geht's dir?«, rief Eddie erfreut. »Komm vorbei. Du kennst meine neue Bude noch gar nicht.«

Drei Stunden später vergewisserte sich Ricky, dass er sämtliche möglichen Verfolger abgehängt hatte, und fuhr zu einem abgeschiedenen Haus in der kleinen Stadt San Martin, nördlich von Gilroy.

»Ich glaube, wir haben uns zu viel Sorgen gemacht«, sagte Eddie, als er Ricky ins Haus ließ. »Dir scheint's ja gut zu gehen, und mir auch, wie du siehst. Bennys Leute haben uns inzwischen wahrscheinlich vergessen.«

»Möglich«, sagte Ricky und sah sich in dem aufwändig ausgestatteten Haus um. »Die Geschäfte scheinen gut zu laufen.«

Eddie grinste. »Kann man so sagen. Der Typ, zu dem du mich geschickt hast, war genau so, wie du gesagt hast. Ich steh in deiner Schuld, Mann, weil du für mich gesorgt und mich nicht aufgegeben hast, als alles aufflog.«

»Das passt gut«, sagte Ricky, »denn ich brauche zweierlei.«

»Schieß los«, sagte Eddie.

Ricky zog einen Umschlag aus der Tasche, auf den er den Namen seiner Mutter geschrieben hatte. »Da drin ist ein Brief und ein Schlüssel für ein Schließfach bei einer Bank in Half Moon Bay. Ich möchte, dass mein Junge das kriegt, was da drin ist.«

»Du hältst Kontakt zu deinem Sohn?«, sagte Eddie überrascht. »Du hast doch immer gesagt, du wolltest nichts mit ihm zu tun haben.«

»Das stimmt auch«, gab Ricky zu. »Vor allem, um ihn aus der Schusslinie zu halten, wenn du weißt, was ich meine. Aber wenn mir irgendwas zustoßen sollte, wenn du in den nächsten Wochen zum Beispiel nichts von mir hörst, dann bring bitte diesen Umschlag meiner Mutter. Machst du das?«

»Auf jeden Fall«, versprach Eddie, und Ricky wusste, dass sein Freund Wort halten würde. »Und das Zweite?«

»Ich brauche eine Knarre, wenn du eine entbehren kannst«, sagte Ricky. »Zum Schutz.« Er sagte seinem Freund nichts von den Männern, die ihn verfolgten.

Er hatte ein Jahr lang in Sicherheit gelebt und keine Waffe gebraucht. Eddie verlor kein weiteres Wort darüber, sondern brachte ihm eine alte Colt Halbautomatik. Ricky lud die Waffe, sicherte sie und steckte sie in die Tasche.

»Willst du wieder rein, Mann?«, fragte Eddie. »Sag einfach Bescheid, dann läuft das.«

Ricky schüttelte den Kopf. Das Jahr in Pescadero hatte ihn auf eine Art verändert, die er selbst noch nicht verstand. Er wusste nicht, wie er den Rest seines Lebens gestalten wür-

de. Was er allerdings genau wusste, war, dass er nie wieder Kokain an Kinder verhökern wollte. Er verabschiedete sich von seinem Freund.
Knapp eine Stunde nachdem er Eddies Haus verlassen hatte fanden sie ihn wieder.
Er wartete zwanzig Minuten, an die Hauswand gepresst, bis er sicher war, dass ihm niemand auflauerte. Zu seiner Honda zurückzugehen, wagte er nicht mehr; stattdessen trampte er Richtung Norden. Er war froh, dass er die Pistole bei sich hatte. Wenn er sie brauchte, würde er sie auch benutzen, das wusste er.

Drei Tage lang trieb Ricky sich in der Gegend herum. Als er schließlich in sein Motelzimmer in Redwood City zurückkehrte, stellte er fest, dass es verwüstet worden war. Er griff sich rasch die wichtigsten Sachen und verschwand durch die Hintertür, mit einem knappen Vorsprung vor zwei Killern.
Zu Fuß schlug er sich auf kleinen Nebenstraßen bis nach Palo Alto durch, aß in Fastfood-Restaurants und schlief nur dann, wenn er sich in Sicherheit glaubte. Zweimal hätten sie ihn beinahe erwischt, doch er entkam jedes Mal. Er rief wieder bei den Fahndern an, die ihn ein weiteres Mal vertrösteten. Bei Eddie wollte er nicht anrufen, um ihn nicht in Schwierigkeiten zu bringen, und sonst kannte er niemanden, der ihm helfen konnte. Die Pistole trug er geladen in seiner Jackentasche herum.
Er fand nie Gelegenheit, sich die Killer, die ihm folgten, genauer anzusehen, aber er wusste, dass einer groß und dunkelhaarig war und dunkle Kleidung trug. Der andere war mittelgroß und hatte ein blaues Hemd an. Wenn sie

zusammen auftraten, hatte Ricky ein präzises Suchbild, doch er war nicht sicher, ob er einen der beiden erkennen würde, wenn sie getrennt auftraten.

Gegen Mitternacht stellte er fest, dass er dringend etwas zu essen brauchte. Tagsüber hatte er einen kleinen Lebensmittelladen entdeckt, den er jetzt eine halbe Stunde lang beobachtete. Niemand hatte den Laden seither betreten. Normalerweise hätte Ricky länger gewartet, aber der Hunger plagte ihn.

Hinter der Theke stand ein mittelgroßer Mann mit Brille und einer weißen Schürze über einem ausladenden Bauch.

»Kann ich Ihnen helfen?«, fragte er freundlich, mit einem leichten Akzent, den Ricky nicht zuordnen konnte.

»Was schmeckt gut?«, fragte Ricky, dem bei all den köstlichen Gerüchen das Wasser im Munde zusammenlief.

»Alles«, antwortete der Mann, »aber das Gulasch ist besonders gut.« Er rührte mit einem langen Löffel in einer großen Pfanne.

»Was ist Gulasch?«

»So eine Art Eintopf, den ich mit Fleisch, Zwiebeln und Gemüse mache und über Nudeln serviere.«

»Okay, nehm ich das«, sagte Ricky. »Und eine Pepsi.«

Der Mann nickte und begann eine Portion aus der Pfanne zu schöpfen. Ricky sah ihm so begehrlich dabei zu, dass er kaum hörte, wie die Tür aufging. Als ihm das Geräusch bewusst wurde, geriet er in Panik. Er packte die Pistole in seiner Tasche. Im Spiegel hinter der Theke sah er einen mittelgroßen Mann mit einem blauen Hemd.

Ricky zögerte nicht und dachte nicht nach. Für den Killer bot er in dieser Position ein ideales Ziel. Ricky fuhr herum, riss die Pistole heraus, entsicherte, zielte und drückte ab.

Der Mann sank mit verblüfftem Gesichtsausdruck zu Boden; sein blaues Hemd verfärbte sich rot.
»Was, zum Teufel«, rief der Ladenbesitzer, trat mit dem Fuß auf den Alarmknopf und duckte sich hinter die Theke. Wenn der Typ ihn ausrauben wollte, stellte er sich aber dämlich an.
»Sie können ruhig rauskommen«, rief Ricky. »Ich tu Ihnen nichts.«
Der Mann blieb hinter der Theke. »Was, zum Teufel, ist denn hier los?«
»Der Typ hat mich verfolgt«, erklärte Ricky, beugte sich über die Leiche und suchte nach einer Waffe. »Er wollte mich umbringen. Keine Sorge, hat nichts mit Ihnen zu tun.«
»Sie umbringen?«, rief der Mann aus und spähte über die Theke. »Wieso sollte Ned Hicks Sie umbringen wollen?«
Ricky blinzelte. »Was meinen Sie? Kennen Sie den Typ?«
»Klar doch.«
»Tja, war ein Drogendealer.«
Der Ladenbesitzer lachte. »Ein Drogendealer? Der da? Sie sind verrückt. Der arbeitet drüben im Krankenhaus, die Spätschicht. Kommt jeden Abend hier vorbei auf 'ne Tasse Kaffee.«
Ricky blieb fast das Herz stehen. Es war so schnell gegangen, und er hatte nur kurz in den Spiegel geschaut. Der Typ hatte ausgesehen wie einer der beiden, die ihn verfolgten. Hatte er den falschen Mann erschossen?
»Sind Sie sicher?«, krächzte er.
»Allerdings«, antwortete der Ladenbesitzer. »Er wohnt hier ein paar Häuser weiter. Hat eine Frau und zwei Kinder, um Himmels willen.«

Ricky sank zu Boden. Er wollte nicht mehr weglaufen. Ihm war selbst nicht klar, weshalb. Er legte sich neben den toten Mann. Ein einziger Schuss hatte ihn ins Herz getroffen, und Ricky hätte alles getan, um das rückgängig zu machen. Doch es war zu spät.
Er streckte die Hand aus und berührte die Wange des Mannes. Sie war noch warm. Ricky blickte auf die Blutlache neben dem Mann und begann zu wimmern und zu zittern wie damals, als er mit fünf Jahren auf die Leiche seiner Schwester Priscilla blickte.
Er reagierte nicht, als zwei Polizisten mit Waffen im Anschlag den Laden betraten. Er leistete keinen Widerstand, als sie ihm Handschellen anlegten und ihn verhafteten. Ihm war alles egal. Sein Leben war ohnehin vorbei.
Tom Starwood kam zu ihm. »Ich dachte, du wolltest dich bessern«, sagte er und seufzte.
»Hab ich auch gedacht«, erwiderte Ricky mit dumpfer Stimme.
»Was soll ich tun?«
»Diesen Dreckskerlen vom FBI sagen, dass das ihre Schuld ist«, sagte Ricky bitter. »Wenn sie mir jemanden geschickt hätten, wonach ich zweimal verlangt habe, wäre das hier nicht passiert.«
»Du hast um Personenschutz gebeten, und sie haben ihn dir nicht gewährt?«
Ricky nickte. »Benny hat zwei Killer auf mich angesetzt. Ich bin seit einer Woche vor denen auf der Flucht gewesen. Das hab ich den FBI-Typen erzählt, und sie sagten, sie würden mir jemanden schicken.«
Starwood seufzte wieder. Er war maßgeblich daran beteiligt gewesen, dass Ricky den Ruiz-Ring auffliegen ließ.

Mehrmals hatte er vermittelt. Er fühlte sich mit verantwortlich für diese Wendung der Dinge.

»Und du bist sicher, dass der Mann, den du erschossen hast, keiner von diesen beiden war?«

»Ja, bin ich«, antwortete Ricky mit einem gequälten Stöhnen. »Nicht genug, dass ich Kindern Kokain verkauft habe. Jetzt hab ich auch noch einen Mann erschossen, der im Krankenhaus in der Spätschicht arbeitete, um seine Familie zu ernähren.«

Tom Starwood legte los. Als Erstes nahm er sich die Drogenfahnder vor, machte ihnen Druck, weil sie Ricky nicht geholfen hatten und damit ebenso für den Tod eines Unschuldigen mit verantwortlich waren wie Ricky selbst. Ferner legte er ihnen dar, dass die beiden Fahnder, die damals die Aktion gegen Ruiz geleitet hatten, ebenso gefährdet waren wie Ricky, wenn diese Killer noch unterwegs waren.

»Drohen Sie uns?«, fragte man ihn.

»Keineswegs«, antwortete Starwood leichthin. »Ich teile Ihnen nur etwas mit, was Sie wissen sollten.«

Danach ging er zur Polizei von Palo Alto und Redwood City und tauchte bei allen Leuten auf, die ihm aus seinen über zwanzig Jahren Berufspraxis noch etwas schuldig waren. Man arbeitete einen Plan aus, und Starwood sorgte dafür, dass er von allen maßgeblichen Personen abgesegnet wurde. Dann erschien er wieder bei Ricky.

»Du kommst ins Zeugenschutzprogramm«, verkündete er.

Ricky blinzelte. »Was heißt das?«

»Das FBI nimmt dich unter die Fittiche. Du kriegst eine nagelneue Identität und wirst an einen Ort gebracht, wo dich Ruiz' Leute nicht finden werden.«

»Aber haben die vergessen, dass ich jemanden umgebracht habe?«

»Nein. Das ist auch schrecklich«, antwortete der Anwalt, »aber du warst ein Informant des FBI und musstest um dein Leben fürchten.«

»Die lassen mich einfach laufen?«

»Wie? Willst du lieber auf den Stuhl?«

»Teufel, nein«, erwiderte Ricky. »Aber ich finde auch nicht, dass ich einfach so davonkommen sollte.«

»Tust du auch nicht«, versicherte Starwood. »Schutzprogramm oder nicht, du wirst ohnehin dein Leben lang Angst vor denen haben.«

»Alaska«, sagte Ricky unvermittelt.

»Was?«

»Ich möchte, dass sie mich nach Alaska schicken.«

»Wieso denn das?«

Ricky zuckte die Schultern. »Ich will auf einem Fischerboot arbeiten.«

Eine Woche später fuhr Tom Starwood nach El Granada und klopfte an die Tür des Hauses in der Delgada Road. Valerie bat ihn verblüfft herein. Dann saßen sie bei einer Tasse Tee im Wohnzimmer, als wäre er ein Nachbar, der auf einen Schwatz vorbeischaute.

»Ich soll Ihnen von Ricky ausrichten, dass es ihm gut geht«, sagte Starwood, nachdem er ihr von den Ereignissen berichtet hatte, so weit er im Bilde war.

»Kann ich ihn nicht sehen?«, flüsterte Valerie. »Nur für einen kurzen Moment? Zum Verabschieden?«

»Nein«, antwortete Starwood, »er ist schon weg.«

»Können wir erfahren, wo er ist?«

Starwood schüttelte den Kopf. »Niemand darf das wissen. Es ist zu seinem Schutz.«
»Er hat einen Sohn«, murmelte Valerie.
Starwood nickte. »Ich weiß, er hat es mir erzählt. Es wäre besser, wenn das möglichst geheim bliebe.«
Valerie seufzte. Ricky hatte sich kaum um den Jungen gekümmert, als er noch da war. Für Justin änderte sich nicht viel. Valerie fühlte sich wie betäubt, und ihre Gedanken drehten sich im Kreis. Ricky hatte einen unschuldigen Mann getötet? Ihr Jüngster, das empfindsamste ihrer Kinder, hatte ein Leben ausgelöscht und musste deshalb verschwinden, sodass sie ihn womöglich nie mehr wiedersehen würde? Sie verstand gar nichts mehr. So sollte das Leben nicht aussehen. Sie wünschte sich inständig, dass es einen Ort in ihrem Kopf gäbe, an dem sie sich verkriechen konnte und wo die Schmerzen nicht so schlimm waren.
Zum ersten Mal seit vielen Jahren sehnte Valerie sich nach Whisky, nicht nur nach einem Glas, sondern nach vielen Gläsern, damit der Schmerz in einem dichten Nebel verschwinden würde. Das Gefühl war so stark, dass sie sich tatsächlich die Lippen leckte. Doch dann ging sie stattdessen in ihr Zimmer und sprach mit ihrem Spiegelbild.

Drei Tage später erschien Eddie Melendez in Valeries Geschäft. »Ich war ein Freund von Ricky«, stellte er sich Valerie vor. »Ich wollte Ihnen sagen, wie leid mir alles tut.«
»Danke«, murmelte Valerie.
Eddie förderte den Umschlag zu Tage, den Ricky ihm seinerzeit übergeben hatte. »Ricky hat mir gesagt, wenn ich eine Weile nichts von ihm höre, soll ich Ihnen das hier geben. Er sagte, es sei für seinen Jungen.«

Valerie blinzelte verblüfft. »Danke«, sagte sie noch einmal.
»Und vielen Dank, dass Sie hergekommen sind. Ich bin froh, dass Ricky einen Freund hatte, dem er vertrauen konnte.«
Valerie trug den Umschlag mit sich herum, bis sie den Laden schloss. Dann öffnete sie ihn und nahm die kleine Schachtel heraus.
Auf einem beiliegenden Zettel stand: »Dieser Schlüssel gehört zu einem Schließfach in der Bank von Half Moon Bay. Bitte benutze das, was drin ist, für meinen Sohn. Hab Dich lieb, Ma. Ricky.«
Valerie starrte auf diese Nachricht. Ein Bankschließfach? Die Bank war nur ein paar Häuser weiter. Sie bat Lil, sie dorthin zu begleiten, und Judy, solange auf Justin aufzupassen.
»Mein Sohn hat hier ein Schließfach«, sagte Valerie zu dem Bankangestellten. »Er hat mir eine Nachricht zukommen lassen; ich soll es öffnen.«
Der Angestellte sah in den Unterlagen nach. Tatsächlich hatte Ricky für dieses Schließfach den Namen seiner Mutter angegeben.
»Sie wussten nichts davon?«, fragte der Angestellte.
»Nein«, antwortete Valerie und unterschrieb das Formular.
Der Angestellte ging mit den beiden Frauen in den Safe, wo sie das Schließfach mit beiden Schlüsseln öffneten und die Kassette herausholten. Dann brachte er die beiden in einen Raum, wo sie allein waren, und zog sich zurück.
Zögernd, aber zugleich neugierig öffnete Valerie die Kassette und blickte auf mehr Geld, als sie je in ihrem Leben gesehen hatte. Sie begann die Bündel zu zählen und kam auf annähernd eine Viertelmillion Dollar.

»Wie ist er zu so viel Geld gekommen?«, fragte Lil, obwohl sie die Antwort bereits zu kennen glaubte.
»Weiß ich nicht«, antwortete Valerie. »Meinst du, es ist ehrlich verdient?«
Lil zuckte mit den Schultern. »Glaubst du, dass man ehrlich verdientes Geld in einem Bankschließfach aufbewahrt?«, erwiderte sie.
»Aber es ist so viel«, sagte Valerie. »Woher hat er das?«
»Ich nehme an, er hat sich auf Sachen eingelassen, aus denen man sich lieber raushalten sollte«, erwiderte Lil unumwunden und seufzte. »Vielleicht kennst du Ricky nicht so gut, wie du dachtest.«
»Ich frage mich allmählich, ob ich überhaupt etwas über ihn wusste«, murmelte Valerie.
Schweigend verließen die beiden Frauen die Bank. Valerie hatte beschlossen, das Geld in dem Schließfach zu lassen, bis sie entschieden hatte, was sie damit tun wollte.
»Ich werde Jack fragen«, sagte sie. »Er weiß bestimmt, was wir tun sollen.«
»Ruf diesen Anwalt von ihm an«, schlug Jack beim Abendessen vor. Er war zum ersten Mal seit einer Woche früher nach Hause gekommen. »Vielleicht hat er eine Idee, wie man es so verstecken kann, dass der Staat sich nicht den größten Teil als Steuern abgreift.«
»Aber willst du nicht wissen, woher es kommt?«, fragte Valerie.
Jack zuckte mit den Schultern. »Eigentlich nicht. Geld ist Geld. Ich glaube, dass es jetzt keine große Rolle mehr spielt, woher es kommt, oder?«
»Für mich ist das wichtig«, entgegnete Valerie. »Ich bin sicher, dass er es nicht auf ehrliche Weise verdient hat.«

»Wahrscheinlich nicht«, sagte Jack.
Valerie dachte nach. Sie konnte sich schon vorstellen, wie ihre Beichte am Sonntag ausfallen würde, wenn sie schmutziges Geld behielt. »Wir können es wohl niemandem zurückgeben, oder?«
»Ich wüsste nicht, wie«, sagte Jack entnervt. »Oder vielmehr, wem.«
Valerie seufzte. »Sollten wir es dann nicht wenigstens für wohltätige Zwecke spenden oder so?«
»Meinst du nicht, er hätte das selbst getan, wenn er es für wohltätige Zwecke verwenden wollte?«, knurrte Jack und beendete das Gespräch, indem er aufstand.

Tom Starwood fand eine Möglichkeit, das Geld unauffällig anzulegen. »Ich kenne jemanden aus dem Immobiliengewerbe«, erklärte er Valerie. »Er wird es für den Jungen in einen Trustfonds anlegen. Dafür fallen nicht viele Steuern an, und keiner muss was davon erfahren.«
Valerie lächelte. »Mein Enkel wird einmal studieren«, sagte sie stolz. »Er wird der Erste aus meiner Familie, der studiert.«
Pater Bernaldo berichtete sie nicht von dem Geld. Sie sagte sich, dass die Beschaffung Rickys Sünde war, nicht die ihre. Rickys Nachricht las sie so oft, dass der Zettel fast in Stücke fiel. Dann legte sie ihn in ihre Bibel.
Nun waren sie alle fort ... Priscilla, JJ, Rosemary, Ellen und jetzt auch noch Ricky. Alle waren fort. Nur Justin war ihr geblieben.

TEIL ACHT
1999

1

Justin Marsh war mit dreizehn Jahren bereits an die eins achtzig groß und überragte alle anderen in der siebten Klasse. Er war eher schlaksig als wuchtig und spielte lieber Baseball als Football. Der Basketball-Trainer der Highschool hatte auch schon ein Auge auf ihn geworfen und ihn angesprochen für seine Mannschaft, aber Justin wusste sehr genau, was er wollte: eines Tages als Shortstop für die San Francisco Giants antreten.

Seiner Großmutter hatte er noch nichts davon gesagt, weil er wusste, dass sie ihn unbedingt an der Universität sehen wollte. Doch er sagte sich, dass sie beizeiten selbst merken würde, wie gut er war und wie sehr ihm an dem Sport lag. Dann würde sie gewiss Verständnis haben für seine Pläne. Mit seiner Mutter hatte er auch noch nicht darüber gesprochen. Gelegentlich besuchte er sie in Las Vegas, doch Anna schien so beschäftigt mit ihrem Mann und ihren drei anderen Kindern, dass sie kein großes Interesse an ihm zeigte. Der einzige Mensch, dem er es wirklich gerne erzählt hätte, war sein Vater, doch Justin hatte keine Ahnung, wo der sich aufhielt.

»Du kommst eindeutig nach deinem Großvater«, stellte Valerie an Justins Geburtstag fest, als sie die Bleistiftmarkierung an seinem Schrank fünf Zentimeter höher anbringen musste als beim letzten Mal.

»Nicht nach meinem Vater?«, fragte Justin und runzelte die Stirn.

»Nein, Schatz«, antwortete Valerie. Es schmerzte sie, dass der Junge sich nicht mehr an Ricky erinnern konnte.

»Aber ich sehe ihm doch ähnlich, oder? Das hast du immer gesagt.«

»Absolut«, bestätigte Valerie. »Du hast zwar blonde Haare und er hat dunkle, aber ansonsten siehst du ihm sehr ähnlich.«

Tatsächlich hatte Justin dieselben feinen Gesichtszüge wie Ricky, dieselben leuchtenden Augen und dasselbe breite Lächeln wie sein Vater. Und er war sanftmütig. Valerie sprach viel über ihn, damit Ricky präsent war im Leben seines Sohnes.

Justin wusste, dass sein Vater Fehler gemacht hatte, aber Valerie hatte ihm auch berichtet, dass Ricky seine Schuld gegenüber der Gesellschaft abgeglichen hatte und nun versuchte, sein Leben zu ändern.

»War mein Vater ein Gauner?«, fragte Justin im Alter von sieben Jahren.

»Nicht wirklich, Schatz«, antwortete Valerie nicht ganz wahrheitsgemäß. »Er war sehr jung und ist unter den Einfluss der falschen Leute geraten.«

»War mein Vater ein Knackie«, wollte Justin mit acht wissen.

»Nein«, antwortete seine Großmutter. »Er hat einige Zeit in einer Jugendstrafanstalt zugebracht, aber das ist etwas anderes.«

Eigenartigerweise war Justins bester Freund Tony Rodriguez, der Sohn von Chris. Seit der dritten Klasse waren die beiden Jungen unzertrennlich.

»Dein Vater hat geklaut«, erzählte Tony Justin eines Tages, als sie zehn Jahre alt waren, die Schule schwänzten und mit einem Joint, den Tony aus dem Vorrat seines älteren Bruders genommen hatte, am Strand saßen. »Mein Dad hat mir erzählt, dass er alle Nachbarn ausgeraubt hat. Jedenfalls die, bei denen es was zu klauen gab. Und danach hat er einen Schnapsladen in Pazifica überfallen und ist geschnappt worden.«

»Hört sich nicht an, als sei er so 'n toller Typ«, erwiderte Justin seufzend.

»Na ja, aber mein Dad und er waren eine Weile dicke Freunde«, beruhigte ihn Tony. »Er muss schon ziemlich okay sein.«

»Echt, meinst du?«

»Ja, klar.«

»Aber wieso hat er das dann alles gemacht?«, sagte Justin. »Wegen des Geldes kann es nicht gewesen sein. Meine Großeltern haben genug.«

Tony zuckte die Schultern. »Mein Dad meint, weil es aufregend war.«

Justin sann darüber nach. »Trotzdem würde ich ihn gerne kennen lernen«, sagte er dann.

Tony zog lange an dem Joint, bevor er ihn an seinen Freund weiterreichte. »Vielleicht kommt es eines Tages dazu«, sagte er.

Valerie hatte Ricky seit neun Jahren nicht mehr gesehen. Neun lange Jahre, in denen sich so manches geändert hatte. Jack war 1997 nach dreiundvierzig Jahren Einsatz für

Federal Airlines in den Ruhestand gegangen, mit einem offiziellen Essen, einer Rente und den herzlichsten Danksagungen seiner Firma. Von dem schrecklichen Absturz 1974 abgesehen war seine Reputation makellos.
Schon seit Monaten fürchtete Valerie nun den ersten Morgen, an dem er aufwachen und keinen Grund zum Aufstehen haben würde.
»Das wird so eine große Veränderung sein, ich weiß gar nicht, wie ich damit umgehen soll«, vertraute sie Connie an. »Oder vielmehr: Ich weiß nicht, wie *er* damit umgehen wird.«
Auch Connie Gilchrist arbeitete nicht mehr. Nach ihrem neunundsechzigsten Geburtstag hatte sie ihre Firma verkauft. Sie engagierte sich aber in diversen Organisationen und klagte darüber, dass sie jetzt viel mehr zu tun habe als vorher.
»Euer Leben wird sich von Grund auf ändern«, sagte sie zu Connie. »Und es wird vermutlich eine ganze Weile dauern, bis Jack sich daran gewöhnt hat.«
Als er in den Ruhestand ging, war Jack bereits seit zehn Jahren in Behandlung bei Roland Minter. Zu Anfang hatte es ihm nicht gepasst, jeden Montagabend nach Redwood City zu diesem Termin fahren zu müssen, aber nach einem halben Jahr machte es ihm nichts mehr aus. Und nach fünf Jahren freute er sich sogar darauf. Er hätte es niemandem gesagt, aber Roland Minter war der erste Mann, mit dem Jack wirklich reden konnte.
Dennoch hielt Valerie am ersten Morgen, an dem Jack zu Hause blieb, förmlich die Luft an, als sie aufstand. Sie schlich auf Zehenspitzen durchs Zimmer und versuchte, sich so geräuschlos wie möglich anzuziehen.

»Wie viel Uhr ist es?«, fragte Jack plötzlich unvermittelt, als sie eine Kommodenschublade aufzog.
Sie war auf alles gefasst. »Acht«, sagte sie.
»Oh«, brummte er, drehte sich um und schlief weiter. Valerie atmete erleichtert aus, schüttelte über sich selbst den Kopf und segnete Roland Minter etwa zum hunderttausendsten Mal.

Als Jack bereits ein Jahr im Ruhestand war, hatte Valerie sich noch immer nicht daran gewöhnt, ihn ständig um sich zu haben. Wenn sie sich auf den Weg zu ihrem Laden machte, ging er ins Fitnessstudio. Wenn sie nach Hause kam, war er auch da. Er begleitete sie immer zum Einkaufen, unter dem Vorwand, dass er etwas beim Eisenwarenladen oder Autozubehör besorgen musste. Er sah ihr beim Kochen und Erledigen der Wäsche zu und trug ihr die vollen Körbe. Es schien ihr, als wolle er sie nicht aus den Augen lassen.
»Er kommt mir vor wie ein Hündchen«, sagte sie zu Connie. »Die ganze Zeit tappt er hinter mir her.«
»Er weiß nichts mit sich anzufangen«, antwortete Connie. »Er hat sich über seine Arbeit definiert. Und darüber, dass er ein junger kraftvoller Mann war. Jetzt weiß er nicht mehr, wer er ist und wo er hingehört.«

Jack betrachtete sich im Badezimmerspiegel und sah jemanden, den er nicht mehr wiedererkannte ... einen alten, müden, verbrauchten Mann. Einen Mann, der jeden Tag ins Fitnessstudio lief, weil er nicht wusste, wohin er sonst gehen sollte, und dort Gewichte stemmte, um sich die Illusion zu erhalten, dass er noch jung war. Nur er und sein

Trainer wussten, dass er die Gewichte jeden Monat leichter machte und sie ihm dennoch immer mehr Mühe bereiteten.

Jack hatte nicht geplant, jetzt bereits in den Ruhestand zu gehen. Er fand, dass er für Federal Airlines noch gut einige Jahre in einer beratenden Funktion hätte tätig sein können. Er hatte das den Vorgesetzten gegenüber deutlich zum Ausdruck gebracht und sich gewundert, als sie nicht auf seinen Vorschlag eingingen. Dann sagte er sich jedoch, dass er sein Leben lang hart gearbeitet und eine Erholung von der Schufterei verdient hatte. Das redete er sich etwa einen Monat lang ein, während er das Haus strich, das Dach ausbesserte, die Eingangstreppe reparierte und die Garage aufräumte. Eines Abends war er dann so ruhelos, dass er nach Pazifica fuhr, in eine Bar ging und sich zum ersten Mal, seit er bei Minter war, so betrank, dass er sich nicht mehr daran erinnern konnte, dass er mit dem Flittchen, das neben ihm saß, nach Hause ging. Er wusste nicht, wie ihm geschah, als er am nächsten Morgen neben ihr in einem fremden Bett aufwachte. Seine Augen waren gerötet, sein Kopf tat weh, ihm war übel, und er fühlte sich wieder lebendig.

Danach fuhr er zwei- bis dreimal die Woche nach Pazifica und besuchte diese Frau. Valerie schien nicht zu bemerken, dass er manchmal erst im Morgengrauen nach Hause kam. Oder es war ihr gleichgültig.

Nach einigen Jahren verlor er das Interesse an der Frau. Zumindest redete er sich das ein, als ein Körperteil wieder einmal nicht so funktionierte, wie es sollte. Er überlegte, Minter nach diesem neuen Potenzmedikament zu fragen, Viagra. Weil ihm das zu peinlich war, fuhr er gar nicht mehr nach Pazifica und hörte auf, sich einzubilden, dass er noch jung sei.

Im Januar 1999 ging auch Lil McAllister in den Ruhestand. Die letzten siebzehn Jahre hatte sie begeistert bei Val Originals gearbeitet und bereitwillig zusätzliche Aufgaben übernommen, damit Valerie mehr Zeit für Justin hatte. Doch mit achtzig Jahren beschloss sie, dass es an der Zeit war, die Nähnadel an den Haken zu hängen.
»Was soll ich nur ohne dich tun?«, fragte Valerie.
»Du wirst prima klarkommen«, sagte Lil grinsend. »Vermutlich besser als vorher. Ich bin keine gute Näherin, und das weißt du auch. Du hast mich nur all die Jahre hier behalten, damit du jemanden hast, der noch älter ist als du.«
Valerie, die nur zwei oder drei Tage die Woche gearbeitet hatte, als Justin klein war, arbeitete nun wieder Vollzeit in ihrem Betrieb.
»Jack und ich entfernen uns voneinander«, sagte sie zu Connie.
»Das kommt vor«, erwiderte die Freundin.
»Ich freue mich eigentlich darauf, wieder mehr zu arbeiten«, gestand ihr Valerie.
Lils Tochter, Judy Alvarez, eine bekannte Schneiderin, stand ihr noch zur Verfügung. Sie leitete jetzt das kleine Unternehmen zusammen mit zwei fähigen Assistentinnen. Valerie machte die Buchhaltung. Doch die jungen Frauen fragten Valerie immer wieder nach ihren Ideen, die zuerst auf Papier skizziert, dann an Puppen ausgearbeitet und schließlich von Bräuten stolz zum Traualtar getragen wurden.
»Das Geschäft läuft gut, und solange Mädchen heiraten,

wird sich daran wohl auch nichts ändern«, berichtete Valerie Connie. »Wir haben mehr zu tun denn je.«
»In meinem Alter finde ich es äußerst beruhigend, dass sich an einigen Dingen nichts ändert«, sagte Connie. »Menschen werden geboren und sterben, man muss Steuern zahlen, und Mädchen heiraten.«
Valerie war nun einundsechzig Jahre alt. Ihre Haare sahen eher grau als blond aus, sie brauchte eine Brille, ihre Finger handhabten die Nadel nicht mehr so schnell wie früher, die Fältchen um Augen und Mund verschwanden nicht mehr nach einem Lächeln, und die zusehends häufiger auftretenden Zipperlein wurden lästiger. Doch jedes Mal, wenn sie in den Spiegel schaute, war sie erstaunt, was sie dort erblickte, denn innerlich fühlte sie sich wie ein Mädchen, das noch das ganze Leben vor sich hat.
Jack sah man im Gegensatz zu seiner Frau das Alter kaum an. Er war neunundsechzig, hatte jedoch nur einige silbrige Haare. Die Fältchen um seine eindrucksvollen Augen ließen ihn eher würdevoll als gealtert wirken, und Zipperlein hatte er kaum. Dank seiner Gene, der körperlichen Arbeit, die er sein Leben lang gemacht hatte, und seiner regelmäßigen Aufenthalte im Fitnessstudio war er in glänzender Verfassung. Doch innerlich fühlte er sich alt und verbraucht.

Justin wusste schon immer, dass sein Großvater ihn nicht sonderlich mochte, aber er hatte keine Ahnung, weshalb. Seine Großmutter hatte ihm erzählt, dass Jack durch Medikamente, die er nehmen musste, etwas sonderbar sei. Doch Justin hielt das nicht für den wirklichen Grund. Seine Großmutter, die wirklich viel zu tun hatte, nahm sich

ständig die Zeit, bei seinen Elternabenden und Schulfesten und Baseballspielen zu erscheinen. Sein Großvater dagegen zeigte nicht das geringste Interesse an ihm. Außer wenn Justin zum Beispiel vergaß, den Müll rauszutragen.
»Meistens nimmt er mich gar nicht wahr«, erzählte er Tony. »Und dann plötzlich ist es, als hätte man einen Schalter in seinem Kopf umgelegt, und er schreit mich aus irgendeinem dämlichen Grund an. Als sei er schizo oder so.«
»Ich hab meine Großväter nie kennen gelernt«, sagte Tony. »Vielleicht sind die immer so.«
»Keine Ahnung«, entgegnete Justin, »aber vielleicht hatte mein Dad deshalb keine Lust mehr, hier zu bleiben.«
Auch Justin kam nur nach Hause, wenn es unbedingt notwendig war, seit sein Großvater nicht mehr arbeitete. Nach der Schule hing er lieber mit seinen Freunden ab oder machte Sport. Er kam erst zum Abendessen nach Hause und ging danach sofort in sein Zimmer, wo er Hausaufgaben erledigte, Videospiele machte oder mit Kopfhörern Musik hörte.
Von der Abwesenheit seines Vaters und dem sonderbaren Benehmen seines Großvaters abgesehen, hatte Justin wenig Grund zur Klage. Er hatte seine Baseballspiele, wohnte in einem schönen Haus – einem viel schöneren als Tony –, und seine Großmutter vergötterte ihn. In der Schule kam er gut zurecht, und er hatte immer ein bisschen Geld, das er sich mit Jobs bei Connie Gilchrist verdiente. Davon konnte er sich ab und an ein Videospiel oder ein bisschen Gras leisten, das er sich dann mit Tony teilte, der nie Geld hatte. Sie lebten in einer angenehmen Ecke des Landes, in der das Wetter gut erträglich war, wo es wenig Kriminalität

gab und man als Junge eigentlich nur in Schwierigkeiten geriet, wenn man es darauf anlegte.

Doch an einem regnerischen Montag Anfang April geschah etwas, das Justins Situation von Grund auf veränderte.

Jack bekam einen Anruf aus Roland Minters Praxis.

»Es tut mir leid, aber wir müssen Ihren Termin heute absagen, Mr. Marsh«, sagte die Sprechstundenhilfe mit erstickter Stimme. »Und alle künftigen auch. Dr. Minter ist letzte Nacht gestorben.«

»Was haben Sie gesagt?«, erwiderte Jack, der glaubte, sich verhört zu haben.

Er vernahm ein Schluchzen am anderen Ende. »Dr. Minter ist letzte Nacht gestorben«, wiederholte die Frau. »An einem Herzinfarkt, heißt es, aber er war erst fünfundfünfzig. Sie verstehen gewiss, dass hier alles etwas durcheinander ist, aber wir können bestimmt einen Termin bei einem der anderen Ärzte für Sie finden.«

Dr. Minter hatte in einer Gemeinschaftspraxis mit drei anderen Psychiatern gearbeitet.

»Ein anderer Arzt?«, sagte Jack, der spürte, wie ihn die Angst packte. »Ich will keinen anderen, verflucht. Wieso sollte ich einen anderen wollen? Minter ist mein Arzt. Ich will Minter.«

»Ja, ich weiß«, erwiderte die Frau, »aber das wird nun leider nicht mehr möglich sein.«

»Was ist los?«, fragte Valerie, die in die Küche kam und Jacks Gesichtsausdruck sah, als er auflegte.

»Minter ist tot«, sagte er.

Valerie starrte ihn mit offenem Mund an. Sie hatten nie darüber gesprochen, aber sie wusste, was Roland Minter für ihren Mann bedeutet hatte. Zehn Jahre lang war er Jacks Mentor, sein Resonanzboden, sein Rettungsanker gewesen.

Sie konnte sich nicht vorstellen, was geschehen wäre, wenn sie nicht darauf bestanden hätte, dass Jack zu einem Psychiater ging. Und sie konnte sich nicht vorstellen, was jetzt geschehen würde.

»Bist du sicher, dass da kein Irrtum vorliegt?«

»Die Sprechstundenhilfe hat gerade meinen Termin abgesagt«, murmelte er.

»Es gibt doch andere Psychiater in dieser Praxis, nicht wahr?«, sagte Valerie. »Du könntest zu einem von denen gehen.«

»Ja, klar«, sagte er mit einem rauen Lachen, als er an ihr vorbei zur Tür hinausstapfte.

Jack hatte Jahre gebraucht, um Roland Minter zu vertrauen. Lange, harte Jahre, in denen er an schmerzhafte Wunden gerührt hatte. Erst dann hatte er sich allmählich an den Gedanken gewöhnt, zu einem Psychiater zu gehen, und auch an den Mann selbst. Er hatte es nur getan, weil Valerie ihn sonst verlassen hätte. Doch das war damals. Er hatte nicht die Absicht, diese ganze Plackerei noch einmal von vorn zu beginnen.

Es gab natürlich einen Haken bei dieser Entscheidung, das war ihm bewusst. Die blauen Pillen, die er täglich gegen seine Angstzustände nahm, gab es nur auf Rezept. Ohne Minter oder einen anderen Arzt würde er sie nicht mehr bekommen. Doch das war auch in Ordnung, sagte sich Jack, er brauchte die Dinger ohnehin nicht mehr. Er hatte sie nur genommen, weil Minter es wollte und weil Valerie ihn dann in Ruhe ließ. In all diesen Jahren hatte er doch schließlich genug gelernt, um ohne die Pillen auszukommen, nicht wahr?

Der Abstieg in die Hölle begann ganz langsam, kaum merklich. Die Stimmungsschwankungen, die in den Jahren bei Minter verschwunden waren, kehrten zurück. Jacks Reizbarkeit wurde wieder schlimmer, auf Wutausbrüche folgten Depressionen.
»Jack«, sagte Valerie nach zwei Monaten, »du musst dir einen neuen Arzt suchen.«
»Wen denn, einen Minter-Klon?«, erwiderte er. »Wieso? Mir geht's prächtig. Ich hab mich nie besser gefühlt. Dieser Dreck, den ich die ganzen Jahre geschluckt hab, hat mich nur betäubt. Ich war die ganze Zeit nicht richtig klar im Kopf. Jetzt bin ich es wieder.«
»Nein, bist du nicht«, entgegnete Valerie ruhig. »Du fällst zurück in deine alten Gewohnheiten. Ich merke es, selbst wenn es dir nicht auffallen sollte.«
»Na und? Ich war völlig in Ordnung, bis ihr angefangen habt, an meinem Kopf herumzudoktern, du und Minter.«
Eines Nachmittags Mitte Juni fand Valerie Jack schnarchend auf dem Bett vor, neben dem eine leere Flasche Bourbon lag. Danach bemühte er sich nicht mehr, dem Alkohol fernzubleiben. Zu jeder Tages- oder Nachtzeit saß er mit der Whiskyflasche am Küchentisch, im Wohnzimmer oder auf der Veranda und trank bis zur Bewusstlosigkeit. Das war immer noch angenehmer, als der Tatsache ins Auge zu blicken, dass er alt und nutzlos war.

Etwas hatte sich verändert. Justin spürte es, wusste aber nicht genau, was es war. Er merkte nur, dass seine Groß-

mutter fortwährend angespannt und sein Großvater ständig wütend war.
Er überlegte, ob er irgendetwas getan hatte, das sie geärgert hatte. Dann hätte er sich entschuldigen können, und alles wäre wie früher gewesen. Als ihm nichts Derartiges einfiel, sprach er mit seiner Großmutter darüber.
»Geht es um irgendwas, das ich getan habe?«, fragte er.
»Nein, natürlich nicht«, beruhigte ihn Valerie. »Dein Großvater hat eine schlimme Nachricht bekommen und tut sich sehr schwer damit, das ist alles.«
Justin dachte über ihre Worte nach. Das schien zu stimmen, doch er fragte sich, wie lange das noch so weitergehen sollte. Denn der alte Mann regte sich inzwischen über alles auf, und Justin war immer das ideale Opfer.

An einem Dienstagnachmittag Ende Juli stellte Jack den Jungen zur Rede, als er vom Baseball nach Hause kam.
»Ich hab dir doch gesagt, du sollst diese Holzscheite wegschaffen«, blaffte er ihn an und trat so dicht an ihn heran, dass Justin seine Alkoholfahne riechen konnte.
Am Wochenende hatte Jack einen umgestürzten Baum gefällt und Justin gezeigt, wo er das Holz aufstapeln sollte.
»Ja, entschuldige«, erwiderte der Junge, »ich wollte es gestern erledigen, aber das Spiel hat zu lange gedauert. Ich mache es jetzt gleich.«
»Jetzt ist zu spät«, fuhr Jack ihn an. »Ich bin heute Morgen darüber gestolpert und hab mir fast den Hals gebrochen.«
Seine rechte Hand schoss hoch und traf den Jungen so fest im Gesicht, dass ihm Blut aus der Nase tropfte. »Wenn ich dir das nächste Mal etwas auftrage, machst du es gefälligst, verstanden?«

»Ja, Sir«, murmelte Justin verstört.
Sein Großvater hatte ihm schon oft wegen irgendetwas Vorhaltungen gemacht, aber er hatte ihn noch nie geschlagen. Er versuchte, schnell ins Badezimmer zu kommen, bevor seine Großmutter das Blut sah, doch das gelang ihm nicht.
»Was ist passiert?«, rief sie.
»Nicht weiter schlimm«, murmelte er. »Ich hab einen Baseball abgekriegt, keine Sache.« Es war ihm zuwider zu lügen, aber er hatte das Gefühl, dass es noch üblere Folgen haben konnte, wenn er die Wahrheit sagte. Er wusch sich das Gesicht, aber die aufgeplatzte Lippe ließ sich nicht verbergen.
Drei Wochen später trug er ein blaues Auge davon, weil er den sauberen Küchenboden seiner Großmutter schmutzig machte.
»Und jetzt machst du das sauber«, befahl Jack, stieß Justin zu Boden und stellte seinen Fuß auf den Rücken des Jungen.
In diesem Augenblick betrat Valerie die Küche. »Jack«, bellte sie. Noch nie hatte Justin diesen Tonfall bei ihr gehört.
Jack dagegen kannte ihn. Er hatte ihn einmal zuvor gehört, vor Jahren, als er verstand, dass sie stark genug war, ihn zu verlassen. Erschrocken fuhr er herum. Stocksteif vor Zorn stand sie da, und ihre Augen blitzten. Seine Wut verpuffte so schnell, wie sie gekommen war.
»Ich wollte dem Jungen nur was beibringen«, jammerte er.
»Was wolltest du ihm beibringen?«, fragte Valerie. »Dass er Angst haben muss vor dir?«

Jack funkelte sie erbost an, doch ihr Blick war nicht minder böse.

Die Wirkung des Alkohols, die Jack das Gefühl gab, stark zu sein, war verflogen. Er fühlte sich nur noch nackt und tappte wortlos hinaus.

2

Am letzten Samstag im September kam überraschend ein Anruf von Tom Starwood. Der einstige Pflichtverteidiger, der immer treu zu Ricky gehalten hatte, arbeitete nicht mehr für das San Mateo County, sondern hatte sich mit einer privaten Kanzlei selbstständig gemacht.
»Es gibt etwas zu berichten«, sagte er zu Valerie. »Vor drei Tagen ist Benny Ruiz im Gefängnis gestorben.«
»Und was bedeutet das?«, fragte Valerie.
»Es bedeutet, dass Ricky nach Hause kommen kann.«
Valerie stockte der Atem. »Nach Hause?«, flüsterte sie. Sie hatte so lange auf diese Nachricht gewartet, dass sie ihr nun kaum glaubhaft erschien. »Wann?«
»Nun, nicht gleich morgen, fürchte ich«, antwortete Starwood. »Zuerst müssen einige Formalitäten erledigt werden. Aber wohl in ein paar Wochen.«
»Wird er dann in Sicherheit sein hier?«
»Soweit wir das einschätzen können, ja«, sagte der Anwalt. »Von Ruiz' Organisation ist so gut wie niemand mehr übrig, und die wenigen Verbliebenen legen bestimmt keinen Wert darauf, alte Fehden zu rächen. Aber die FBI-Agenten prüfen das noch. Wenn es Zweifel gibt, werden sie kein Risiko eingehen.«

»Ich kann es kaum glauben«, flüsterte Valerie. »Es ist so lange her.«
Als sie auflegte, lag ein seliges Lächeln auf ihrem Gesicht.
»Was ist?«, fragte Jack, der gerade am Küchentisch saß und zu Mittag aß.
»Er kommt nach Hause«, sagte Valerie aufgeregt. »Ricky kommt nach Hause.«
Jack zuckte nur die Schultern und goss sich einen doppelten Bourbon zu seinem Sandwich ein.
»Dein Vater kommt nach Hause«, berichtete Valerie Justin, als er verschwitzt und schmutzig nach Hause kam. Er hatte bei Connie den Rasen gemäht und Unkraut gejätet. Der Junge sah sie mit leuchtenden Augen an. Immer schon hatte er davon geträumt, seinen Vater kennen zu lernen. Es gab so viel zu erzählen, so viele Fragen zu stellen.
»Meinst du, er will mich sehen?«
»Aber natürlich«, erwiderte Valerie, allerdings nicht ganz so überzeugt, wie sie sich anhörte. »Bestimmt will er alles über dich erfahren.«
»Wann kommt er?«
»Das weiß ich noch nicht genau«, antwortete Valerie. »Erst muss noch einiges erledigt werden. Irgendwann im Laufe der nächsten Wochen.«
»Meinst du, er will sein Zimmer wiederhaben?« Justin liebte sein Zimmer, das er als eine Art Schrein für die Giants gestaltet hatte. »Wenn er möchte, kann er es zurückbekommen.«
»Nein, wir bringen ihn im Gästezimmer unter«, sagte Valerie. Das Gästezimmer war der Raum, in dem – viel zu kurz – Priscilla gelebt hatte. »Das findet er bestimmt gut.«
Justin lief zum Telefon. »Mein Dad kommt nach Hause«,

berichtete er Tony. »Jetzt ist es wirklich so weit. Ich werd ihn endlich kennen lernen.«

Justin begann die Tage zu zählen.
Jeden Tag, wenn er aus der Schule oder dem Videoladen oder von Tony nach Hause kam, fragte er seine Großmutter als Erstes: »Hast du was gehört?«
»Noch nicht«, musste sie ihm jedes Mal antworten. Dabei war sie genauso gespannt wie er.
Justin konnte nicht genau erklären, weshalb es ihm so wichtig war, seinen Vater kennen zu lernen. Er wusste nicht, weshalb er wissen wollte, was für eine Art von Mann Ricky war, und was das ändern sollte. Er wusste nur, dass er sich danach sehnte, ihn endlich zu sehen.
Je aufgeregter Justin und Valerie wurden, desto trübsinniger wurde Jack. Er trank mehr, fluchte mehr, brüllte häufiger. Seine Frau hatte mit ihrem Geschäft und dem Enkel ohnehin kaum Zeit für ihn. Wenn Ricky jetzt auch noch nach Hause kam, würde das noch schlimmer werden. Er hatte den Jungen ohnehin nie gemocht; er taugte nichts. Oder lag es daran, dass Jack sich jedes Mal an die Umstände von Rickys Geburt erinnerte, wenn er seinen Sohn ansah?
Vier Wochen später rief Tom Starwood endlich an. Und als Justin an diesem Abend ins Haus gelaufen kam, konnte ihm seine Großmutter endlich eine andere Antwort geben.
»Dein Vater kommt nächste Woche nach Hause«, verkündete sie dem Jungen.
Von diesem Moment an begann Justin die Stunden zu zählen.

Die Boeing 727 drehte über San José und flog in nördlicher Richtung den Flughafen von San Francisco an. Ricky Marsh sah aus dem Fenster und hielt nach vertrauten Merkmalen Ausschau. Im Westen konnte er die Berge sehen und den Küstenstreifen. Dort irgendwo lagen Half Moon Bay und El Granada, im Nebel verborgen.
Ricky lächelte. Diese Berge hatte er früher als riesig empfunden; jetzt erschienen sie ihm kaum größer als Maulwurfshügel. In Alaska zu leben veränderte die Sichtweise. Er fragte sich, was sich in den zurückliegenden neun Jahren wohl noch verändert hatte.
Er war jedenfalls ein anderer geworden. Er hatte lange gebraucht, um zurechtzukommen mit seinem Leben und dem, was er angerichtet hatte. Noch immer erwachte er fast jede Nacht schweißgebadet und sah das Gesicht eines Mannes vor sich, der in der Spätschicht im Krankenhaus arbeitete, um Frau und Kinder zu ernähren. Darunter litt er mehr als unter der Angst, Benny Ruiz' Schergen könnten ihn aufspüren und umbringen. In jenen ersten einsamen Jahren in Alaska fürchtete er mehr den Zorn Gottes als die Rache der Menschen.
Er fand Arbeit auf einem Fischerboot in Kodiak, was ihm eine große Hilfe war. Er musste schwer schuften, die Netze einholen, den Fang sortieren, und man musste sehr achtsam sein, um nicht über Bord zu gehen. Ricky war nie groß, wurde aber bald sehr kräftig und muskulös und bekam sonnengebräunte ledrige Haut von dem Leben auf See. Die anderen Männer an Bord waren raue Burschen, die auch alle eine wilde Vergangenheit hatten. Sie nahmen ihn sofort in ihrer Mitte auf, brachten ihm bei, was er wissen musste, und überließen ihn dann sich selbst.

Auch sie kannten sich aus mit Albträumen.
Rickys eigentlicher Heilungsprozess begann zwei Jahre später, als Carolyn Wick als Kellnerin in einem Restaurant am Hafen anfing. Das Essen dort war nicht besonders gut, aber Ricky fand sich immer wieder in dem Restaurant ein. Kodiak war ein kleiner Ort, alles sprach sich schnell herum, und bald wusste er, dass Carolyns Mann mit seinem Boot bei einem Unwetter ums Leben gekommen war. Als die Schulden beglichen waren, war von der Versicherungssumme nicht mehr viel übrig, und Carolyn musste zwei kleine Jungen ernähren.
Sie strahlte etwas Starkes und zugleich Verletzliches aus. Carolyn war beinahe so groß wie Ricky, hatte eine liebreizende Art und ein Lächeln, das jeden Raum erhellte, sobald sie eintrat.
Außerdem hatte sie glattes blondes Haar und blaue Augen, was Ricky an seine Mutter erinnerte.
Ihre Beziehung begann mit Gesprächen über das Blue Plate Special, setzte sich fort mit Händchenhalten bei einer Tasse Kaffee nach Feierabend und schließlich damit, dass Ricky in ihr hübsches kleines Haus am Stadtrand zog.
»Mein Mann war ein anständiger Kerl, aber er war sehr streng mit den Jungen«, erzählte Carolyn. »Er stand enorm unter Druck, war abhängig vom Lachsgeschäft, manchmal schlug er die Jungen.«
»Hat er dich auch geschlagen?«, fragte Ricky.
Sie zuckte mit den Schultern. »Das machte mir nicht so viel aus. Aber bei den Jungs machte es was aus. Das sind prima Kerle.«
»Keine Sorge«, erwiderte Ricky, »ich bin bei einem Vater aufgewachsen, der geschlagen hat. Ich weiß, wie sich das

anfühlt. Ich werde weder dir noch den Jungs jemals etwas antun.«

Als Ricky zum ersten Mal in Carolyns weichem warmem Bett in ihren Armen lag, brach die ganze furchtbare Geschichte aus ihm heraus, und er weinte sich in den Schlaf. Als er zitternd und schwitzend aus dem Albtraum erwachte und sie ihn noch immer in den Armen hielt, wusste er, dass er ein Zuhause gefunden hatte.

Am meisten überraschte ihn, wie leicht es ihm fiel, die Vaterrolle zu übernehmen. Viele seiner glücklichsten Momente erlebte er mit Carolyns zwei Söhnen. Er ging mit ihnen wandern und zelten und nahm sie einmal mit Erlaubnis seines Kapitäns mit auf sein Schiff. Als er und Carolyn sich nach drei Jahren entschlossen zu heiraten – die halbe Stadt drängte sie dazu –, bestand Ricky darauf, die Jungen offiziell zu adoptieren.

»Ich heirate nicht nur eure Mutter«, sagte er ihnen, »sondern auch euch, damit wir immer zusammen sein können.«

Als Rickys Flugzeug in San Francisco gelandet war, suchte er als Erstes ein Telefon und sagte zu Hause Bescheid, dass er gut angekommen war.

Dann ging er zu Tom Starwood.

»Bist du sicher, dass alles klargeht?«, fragte er den Anwalt als Erstes.

»Auf jeden Fall«, antwortete Starwood. »Du bist in Sicherheit. Sonst hätte das FBI niemals grünes Licht gegeben.«

Ricky nickte. »Ich habe Familie, weißt du, und ich möchte nicht, dass sie irgendwie in Gefahr geraten.«

»Es ist keiner mehr übrig, der ihnen was antun könnte.«

»Gut.«

»Fährst du jetzt an die Küste?«, fragte Starwood.
»Demnächst«, antwortete Ricky und wich dem Blick des Anwalts aus. »Ich muss vorher noch ein paar Sachen erledigen.«
»Ich habe deiner Mutter versprochen, dass du heute kommst«, entgegnete Starwood.
»Ja ja, keine Sorge, ich werd auch auftauchen«, erwiderte Ricky etwas gereizt. Er hatte jetzt ein neues Leben und fand die Vorstellung, in sein altes zurückzukehren, nicht angenehm.
Starwood sah ihn prüfend an. »Du meintest nicht deine Familie hier in El Granada, nicht?«, fragte er dann leise. »Du willst nicht hier bleiben.«
Ricky schüttelte den Kopf. »Nein«, sagte er, »ich komme nur zu Besuch.«

Es gab mehr Gebäude an der Küste als früher, aber das Haus seiner Eltern hatte sich kaum verändert. Ricky fuhr mit seinem Mietwagen mehrmals die Delgada Road entlang, bevor er schließlich auf die Zufahrt einbog, den Motor abstellte und ausstieg.
Er war kaum zwei Schritte gegangen, als seine Mutter aus dem Haus gelaufen kam, gefolgt von einem hoch aufgeschossenen schlaksigen Jungen.
»Wir dachten schon, du kommst nie«, rief Valerie aus und fiel ihrem Sohn um den Hals.
»Hi, Ma«, sagte Ricky und bemühte sich, die Umarmung entsprechend herzlich zu erwidern. Die Wangen seiner Mutter waren nass vor Tränen, und er hatte vergessen, wie zart sie war. Man sah ihr das Alter an: ihr Haar war grau, die Haut fast durchscheinend.

»O mein Gott, lass dich anschauen«, rief sie und hielt ihn ein Stück von sich weg, um ihn zu betrachten. »Du hast ein bisschen zugenommen und siehst aus, als würdest du an der frischen Luft arbeiten.«
»Auf einem Fischerboot«, sagte er.
»Ein Fischerboot?«, wiederholte Valerie. »Das hätte ich nie gedacht.« Vor neun Jahren war er fortgegangen. Damals hatte er noch jungenhaft gewirkt. Nun, mit siebenunddreißig Jahren, war er zweifelsfrei ein Mann.
Er lächelte. »Manchmal ist das Leben voller Überraschungen.«
Valerie keuchte erschrocken. »Gütiger Himmel, da fällt mir ein, dass ich etwas vergessen habe.« Sie drehte sich um und winkte den schlaksigen Jungen herbei. »Da ist noch jemand, der sehr lange darauf gewartet hat, dich kennen zu lernen.«
Justin war plötzlich furchtbar schüchtern, als er dem Mann gegenüberstand, an den er so oft gedacht hatte.
Ricky runzelte die Stirn. »Das kann nicht sein«, sagte er und schüttelte den Kopf. »Das kann unmöglich Justin sein. Mein Sohn geht mir höchstens bis zum Knie. Wer ist dieser junge Mann hier?«
»Es ist in der Tat Justin«, erklärte Valerie.
»Ich fass es nicht«, murmelte Ricky. Ein breites Grinsen trat auf sein Gesicht, und er breitete die Arme aus. »Willst du da stehen bleiben wie angewurzelt oder deinen alten Paps umarmen kommen?«
Das ließ Justin sich nicht zweimal sagen. Er fiel seinem Vater um den Hals, so stürmisch, dass er ihn beinahe umwarf. Valerie betrachtete die Szene und kämpfte mit den Tränen.

»Du kommst aber nicht sehr nach mir, wie?«, sagte Ricky lachend und blickte zu seinem Sohn auf.

»O doch«, versicherte Justin mit Nachdruck. »Ich bin bestimmt genau wie du, nur ein bisschen größer.«

»Na, hoffen wir, nicht ganz genau wie ich«, sagte Ricky halblaut, eher zu sich selbst als zu seinem Sohn. »Und nun erzähl mir, weshalb du um diese Uhrzeit zu Hause bist«, sagte er. »Müsstest du nicht in der Schule sein?«

»Ich durfte heute früher gehen, um dich zu empfangen«, antwortete Justin froh. Valerie hatte das arrangiert.

»Heute scheint die Schule anders zu sein als zu meiner Zeit«, sagte Ricky grinsend.

»Oma hat dich im Gästezimmer untergebracht«, redete Justin aufgeregt weiter. »Aber du kannst dein altes Zimmer wiederhaben, wenn du willst.«

»Wo ich schlafe, ist mir nicht wichtig«, sagte Ricky. »Aber dass wir beide uns über die letzten neun Jahre unterhalten können, ist mir wichtig.«

»Am Samstag präsentieren wir unsere Projekte aus Naturwissenschaften, und meines wird vielleicht prämiert«, sagte Justin. »Kannst du kommen?«

Samstag war erst in vier Tagen, und bis dahin hatte Ricky längst wieder in Alaska sein wollen. »Das will ich auf gar keinen Fall versäumen«, sagte er. »Kommt deine Mutter auch?«

»Glaub ich eher nicht. Sie lebt in Las Vegas.«

»In Las Vegas?«

»Ja. Sie hat dort eine andere Familie.«

Obwohl er angesichts seiner eigenen Situation keinen Anlass dafür hatte, machte Ricky diese Information wütend. »Sie lebt dort und du hier?«

»Ich besuche sie manchmal, aber sie hat eben ihre andere Familie, und ich finde es nicht so toll da«, sagte Justin. »Ich bin lieber hier.«
Ricky sah seine Mutter an. »Das war mir nicht klar«, sagte er.
»Es ging alles gut«, versicherte ihm Valerie. »Bis vor kurzem jedenfalls.«
»Was soll das heißen?«
Valerie zuckte die Schultern. »Dein Vater wurde vor zwei Jahren in den Ruhestand versetzt, viel früher, als er wollte. Und vor ein paar Monaten ist dann der Psychiater gestorben, der ihm eine Stütze war. Mit beidem kommt er nicht gut zurecht.«
Ricky schüttelte den Kopf. »Und du nimmst ihn immer noch in Schutz.«
»Keiner von uns ist perfekt«, hielt sie ihm vor Augen.
»Also gut, wo steckt er?«, fragte Ricky. »Bring ich es hinter mich.«
»Im Haus.«
»Und er kann's kaum erwarten, mich zu sehen, wette ich.«
»Ich bin sicher, dass er sich auf dich freut«, sagte Valerie.
Justin durchstöberte schon den Kofferraum des Wagens. »Wo hast du denn dein ganzes Zeug?«, fragte er, als er nur auf einen Koffer stieß.
»Mehr ist nicht da«, erwiderte Ricky. »Ich reise mit leichtem Gepäck.« Dann sah er, wie sich die Freude auf dem Gesicht des Jungen in Verwirrung und schließlich in Enttäuschung verwandelte.
»Du bleibst nicht hier, wie?«
»Doch«, hörte Ricky sich sagen, »eine Weile jedenfalls. Bis

du genug von mir hast und mich rausschmeißt, zum Beispiel?«

Justin grinste. »Echt erst dann, hm?«, sagte er.

Sie gingen ins Haus, wo sich seither auch nicht viel verändert hatte, wie Ricky bemerkte.

»Jack«, rief Valerie fröhlich, »Jack, schau mal, wer da ist!«

Keine Antwort.

Valerie lächelte nervös. »Wahrscheinlich ist er im Garten und hat mich nicht gehört«, sagte sie. »Bringen wir doch erst deine Sachen nach oben, dann suchen wir ihn.«

Justin war mit Rickys Koffer schon fast im ersten Stock und schleppte ihn zu dem Zimmer am Ende des Flurs. Ricky folgte ihm und fand das Gefühl, im eigenen Heim Gast zu sein, sehr sonderbar.

»Wir lassen dich jetzt ein bisschen allein«, sagte Valerie und schob Justin zur Tür hinaus. »Komm einfach runter, wenn dir danach zumute ist.«

Wenn mir danach zumute ist, dachte Ricky, als sich die Tür leise hinter ihm schloss. Wenn es nach ihm ginge, hätte das noch sehr lange gedauert. Allmählich bekam er das Gefühl, dass es ein schrecklicher Fehler war zurückzukommen. Er gehörte nicht mehr hierher – falls das jemals so gewesen war. Alle hier hatten irgendwelche Erwartungen an ihn, und die Beziehungen waren kompliziert. Sein Leben in Kodiak war einfach und übersichtlich. Er schüttelte den Kopf und wünschte sich, er wäre dort und nicht in Kalifornien.

Eine halbe Stunde später zwang er sich dazu hinunterzugehen. Seine Mutter und Justin waren nirgendwo zu sehen, aber im Wohnzimmer saß Jack.

»Aha«, sagte der alte Mann und hob sein Glas, »der verlo-

rene Sohn kehrt zurück.« Diesen Satz hatte er irgendwo aufgeschnappt und nicht mehr vergessen. Es war drei Uhr nachmittags, und Jack war betrunken.
»Hallo, Pa«, sagte Ricky, »schön, dich zu sehen.«
»Mehr hast du nicht zu sagen nach all diesen Jahren? Wie wär's mit: ›Wie geht's dir, Pa? Was hast du so erlebt?‹«
Manches bleibt immer gleich, dachte Ricky und versuchte, seinen Ärger zu beherrschen. »Wie geht's dir, Pa? Was hast du so erlebt?«
»Na, mir geht's prima, danke der Nachfrage«, knurrte Jack. »Ich sitze hier nutzlos auf meinem Arsch. Ausrangiert haben sie mich. Zu alt, hieß es. Zu alt? Zu alt wofür, möchte ich mal wissen. Ich könnte diese Arbeit im Schlaf machen, und das wissen die auch! Weißt du, wie ich jetzt meine Tage zubringe? Ich räume hinter deiner Mutter und deinem verzogenen Sohn her! So ist das, wenn man alt wird – man muss hinter Frauen und Kindern herputzen. Wenn man alt wird, glauben alle, man taugt nur noch für so was.«
»Du bist nicht alt, Pa«, erwiderte Ricky, weil ihm nichts anderes einfiel. »Du hast noch ziemlich viel Kraft.«
»Hör gefälligst auf, mir zu erzählen, was ich bin und was ich nicht bin. Du hast keine Ahnung, hörst du?«
Ricky seufzte hörbar. »Du hast Recht, Pa«, sagte er dann. »Ich hab keine Ahnung.«
Bevor Jack etwas erwidern konnte, verließ Ricky das Wohnzimmer und ging in die Küche.
Valerie kam mit einem Arm frisch geschnittener Blumen durch die Hintertür. »Hast du schon ausgepackt?«, fragte sie strahlend, legte die Blumen ab und holte eine Vase hervor.

»Fast«, antwortete Ricky, obwohl er seinen Koffer noch nicht angerührt hatte.
Sie lächelte ihn an. »Wie schön, dass du wieder hier bist.«
»Ich hab Pa im Wohnzimmer vorgefunden«, berichtete Ricky. »Er war begeistert, mich wiederzusehen. Oder vielmehr, er wäre es gewesen, wenn er noch geradeaus schauen könnte.«
Valeries Lächeln erstarb. Sie hatte so sehr gehofft, dass Jack wenigstens bei Rickys Ankunft nüchtern sein würde. »Tut mir leid«, sagte sie.
»Bringt er so seine Tage zu – indem er rumsitzt und säuft?«
»Er trinkt nicht ständig. Manchmal geht er ins Fitnessstudio, aber nicht mehr so oft wie früher. Er hilft im Haushalt und macht Reparaturen.«
»Und *wenn* er trinkt?«
Valerie wusste, worauf er hinauswollte, und wich seinem Blick aus. »Er bemüht sich«, murmelte sie.
Ricky lief ein Schauer über den Rücken. »Hat er Justin etwas angetan?«
»Er mag den Jungen wirklich«, versicherte ihm Valerie. »Er ist nur streng mit ihm, das ist alles.«
»Erzähl mir nicht diesen Mist, Ma. Ich bin hier großgeworden, hast du das vergessen?«
»Es ist okay«, sagte Justin, der hereingekommen und das Ende der Unterhaltung mitgehört hatte. »Ich bin tough. Es macht mir nichts aus.«
Ricky sah seinen Sohn an, der fast noch ein Kind war. Er dachte an seine Jungen in Kodiak, die niemand mehr misshandelte, und er wusste, dass er etwas unternehmen musste.

»Das hier ist mein Lieblingsplatz«, sagte Justin eine Stunde später zu seinem Vater, als sie den Hügel hinter dem Haus hinaufgestiegen waren und sich unter einem dichten Blätterdach auf einem Erdhügel niedergelassen hatten. Unter ihnen sah man die Hausdächer von El Granada und dahinter die geschwungene Küste von Half Moon Bay.
Ricky lächelte traurig. Er hatte sich früher auch immer an diese Stelle verzogen, wenn die Stimmung zu Hause unerträglich wurde. »Das war früher auch mein Lieblingsort«, sagte er.
Justin sah ihn mit großen Augen an. »Du bist auch hier hochgegangen?«
»Ja, oft.«
»Das ist so komisch, weißt du«, sagte Justin glücklich. »Erst hab ich dich nicht gekannt, und nun kenne ich dich und merke, wie ähnlich ich dir bin.«
»Ich hoffe, nicht so sehr, wie du jetzt glauben magst«, entgegnete Ricky. »Ich hoffe, dass du besser klarkommst als ich. Ich hab mich in deinem Alter für furchtbar schlau gehalten, aber ich war dumm. Ich hab eine Menge dummer Sachen gemacht, die nicht nur mir geschadet haben, sondern anderen Menschen, guten Menschen, die mir nie irgendwas zuleide getan haben.«
»Aber dann hast du dich doch gebessert, oder?«
Ricky seufzte. »Ich arbeite immer noch daran.«
Sie schwiegen eine Weile, dann sprach Justin wieder. »Großvater wird immer furchtbar wütend«, gestand er seinem Vater. »Ich glaube, wegen mir. Ich glaube, er kann mich nicht leiden.«
»Dein Großvater ist schon sein ganzes Leben lang wütend«, erwiderte Ricky. »Es hat absolut nichts mit dir zu

tun.« Er schwieg einen Moment, dann sah er seinen Sohn an. »Justin, ich werde mit deiner Großmutter sprechen. Ich werde ihr sagen, dass du irgendwo anders leben musst.«
»Ich kann sie nicht allein lassen«, sagte Justin. »Sie braucht mich.«
»Du kannst aber nicht hier bleiben, weil dein Großvater sich so aufführt«, erwiderte Ricky.
»Aber jetzt, wo du hier bist, wird das schon in Ordnung kommen«, widersprach Justin. »Wir beide kommen schon mit ihm zurecht.«
Ricky holte tief Luft. »Ich lebe jetzt in Alaska«, sagte er. »Ich bin hergekommen, weil ich dich und deine Großmutter sehen und eine Weile bei euch sein wollte, aber dann werde ich wieder zurückfahren.«
Justin bemühte sich zu begreifen, was er da hörte, doch es wollte ihm nicht gelingen. »Ich dachte, du bist von hier weggegangen, weil du musstest, nicht weil du wolltest.«
»So war es auch zu Anfang. Aber ich habe neun Jahre in Alaska verbracht und mir dort ein neues Leben aufgebaut, weil ich nicht dachte, dass ich jemals zurückkehren könnte. Dort ist jetzt mein Zuhause, und dort will ich leben.«
»Ist es in Alaska schöner als hier?«, fragte Justin.
»Weniger ... kompliziert für mich«, antwortete sein Vater.
»Würde es Großmutter dort gefallen?«
»Deine Großmutter wird deinen Großvater niemals verlassen«, sagte Ricky. »Aber ich hoffe, dass du mich bald besuchen kommst. Es gibt ein paar Leute in Kodiak, die dich gerne kennen lernen würden.«
Außer seiner Zukunft als Profisportler hatte es für Justin nur einen weiteren Traum in seinem Leben gegeben: dass

sein Vater eines Tages zurückkehren und bei ihnen bleiben würde.

»Du meinst, du hast auch eine andere Familie«, sagte er tonlos.

»Eine Frau«, antwortete Ricky, »und zwei Jungen.«

»Wie meine Mutter«, entgegnete Justin, der nun mit den Tränen kämpfte. »Sind die auch wichtiger als ich?«

Ricky hatte im Grunde nie damit gerechnet, dass Anna ihren Jungen verlassen würde. Er hatte sich immer vorgestellt, dass sie einen tollen Mann heiraten würde, der Justin ein toller Vater sein konnte. Dass die Realität ganz anders ausgefallen war, erschütterte ihn. Er hätte niemals geglaubt, dass Anna abhauen und den Jungen bei seinen Eltern zurücklassen würde.

»Nein«, sagte er und legte den Arm um Justin, »sie sind nicht wichtiger.«

Um halb sieben aßen sie zu Abend. Valerie hatte ein großes Menü mit Rickys Lieblingsgerichten gekocht.

»Niemand macht den Hühner-Pie so toll wie du, Ma«, sagte Ricky anerkennend, als er sich eine dritte Portion nahm.

»Ist auch mein Lieblingsessen«, sagte Justin strahlend.

Sie bemühten sich nach Kräften, Jack zu ignorieren, der wortlos am Tisch saß und sein Essen auf dem Teller herumschob.

Als nächsten Gang gab es Apfelauflauf mit Streuseln. So sehr er Carolyn auch liebte, ihre Kochkünste konnten sich nicht mit denen seiner Mutter messen, dachte Ricky und lächelte in sich hinein. Doch als das Eis auf seinem Nachtisch zu schmelzen begann, stand Jack unvermittelt auf, holte eine volle Flasche Bourbon aus dem Schrank und stapfte hinaus.

»Geht das jeden Abend so?«, fragte Ricky.

»Nein«, behauptete Valerie, obwohl es an den meisten Abenden genau so ablief. »Ich weiß, dass er sich auf seine Art auf deine Rückkehr gefreut hat, aber er weiß einfach nicht, wie er damit umgehen soll.«

»Was macht er jetzt?«

»Trinkt und geht dann ins Bett«, antwortete Valerie.

»Sie meint, er besäuft sich und pennt dann ein«, warf Justin ein. »Ist nur zu höflich, es so auszudrücken.«

»Justin«, sagte Valerie vorwurfsvoll.

»Ma, so geht das nicht weiter«, erklärte Ricky. »Du magst dein Leben unter diesen Umständen zugebracht haben, aber Justin soll das nicht mitmachen, und das weißt du auch. Was tust du – darauf warten, bis der nächste Schuh runterfällt?«

»Er musste sich mit unerfreulichen Dingen abfinden und braucht seine Zeit, um damit zurechtzukommen«, sagte Valerie. »Aber ich bin sicher, dass es besser werden wird.«

»Und in der Zwischenzeit?«

»In der Zwischenzeit beachten wir das gar nicht.«

Ricky und Justin erledigten gemeinsam den Abwasch, dann machte Justin sich an seine Hausaufgaben.

»Ma«, sagte Ricky, sobald Justin aus der Küche gegangen war, »Justin kann nicht mehr länger hier leben, und das weißt du. Ich hatte keine Ahnung, dass Anna abhauen und ihn hier bei Pa lassen würde.«

»Ich dachte mir, dass ihr zusammenziehen könntet«, sagte Valerie. »Er wird mir fehlen, aber es wäre wohl besser so.«

»Ich werde nicht hier in Kalifornien bleiben, Ma«, sagte Ricky. »Ich habe ein Haus und eine Familie in Alaska. Ich bin nur auf Besuch hier.«
»Du hast eine Familie?«, fragte Valerie.
»Eine Frau und zwei Jungs«, antwortete Ricky. »Die ich vor einer Weile adoptiert habe. Sie sind schon groß. Der eine wird im Herbst mit dem Studium anfangen.«
»Wie schön für dich«, sagte Valerie, aufrichtig erfreut. »Aber traurig für Justin.«
»Nein«, entgegnete Ricky. »Ich muss natürlich zuerst mit Carolyn reden, aber ich denke, er sollte bei uns in Kodiak leben. Ich dachte mir, wir könnten vielleicht mal mit einem Besuch anfangen, im Sommer.«
»Das würde ihm bestimmt gefallen«, erwiderte Valerie. Sie wollte noch etwas anderes sagen, aber in diesem Moment klingelte das Telefon.
Connie war dran. »Ja, er ist hier bei mir, und er sieht toll aus und erwachsen und hat eine eigene Familie«, berichtete sie ihrer Nachbarin ohne Punkt und Komma. »Oje, wie ist denn das passiert?«, fragte sie dann. »Und wo bist du jetzt?«
»Was ist los?«, fragte Ricky.
Valerie legte die Hand auf den Hörer. »Connie ist im Badezimmer gestürzt«, flüsterte sie. »Sie hat sich womöglich verletzt. Würde es dir was ausmachen, wenn ich mal rasch rüberlaufe und ihr helfe?«
»Nein, natürlich nicht«, sagte Ricky. »Wenn du Hilfe brauchst, ruf an.«
»Ganz bestimmt?«
»Ganz bestimmt, Ma. Ich komme zurecht. Ich wollte ohnehin mal zu Hause anrufen und dann noch was mit Justin

machen.« Er lächelte. »Keine Sorge. Ich bin noch da, wenn du wiederkommst.«
»Gut, wenn du meinst.«
»Ja, meine ich. Lauf los.«
»Okay, Connie«, sagte Valerie zu ihrer Freundin. »Ich komme sofort.« Sie legte auf und sah Ricky an. »Wird nicht lange dauern«, sagte sie. »Ich will nur sichergehen, dass sie sich nicht verletzt hat. Wenn du Hunger hast, nimm dir Obst aus dem Kühlschrank. Und im Brotkasten sind frische Brownies.«
»Danke, Ma, aber ich hab so viel zu Abend gegessen, das wird eine Weile vorhalten«, erwiderte Ricky. »Auf jeden Fall ein paar Stunden.«
Sie küsste ihn und eilte zur Hintertür hinaus.
Ricky zog sich einen Stuhl an den Küchentresen, holte das Telefon heran, das vor fast vierzig Jahren hier installiert worden war, und meldete ein R-Gespräch in Kodiak an. Carolyn nahm beim ersten Klingeln ab.
»Ich dachte mir, dass du es bist«, sagte sie. »Wie läuft's?«
»Nicht so, wie ich erwartet hatte«, antwortete Ricky. »Genau genommen, völlig anders.«
Sie unterhielten sich zehn Minuten und hätten auch noch länger gesprochen, wäre Jack nicht hereingestolpert.
»Was machst du da?«, knurrte er. »Die Telefonrechnung hochtreiben, an deinem ersten Abend zu Hause?«
»Nein, Pa«, entgegnete Ricky ruhig, verabschiedete sich von Carolyn und legte auf, »das war ein R-Gespräch.«
»Ein R-Gespräch? Du bist kaum einen Tag da und musst schon jemanden anrufen?«
»Ich habe nur zu Hause angerufen, Pa. Keine große Affäre.«

»Wo ist deine Mutter?«, bellte Jack. »Ich hab Hunger. Ich will Abendessen. Wo ist sie?«
»Wir haben vor einer Stunde gegessen«, erwiderte Ricky. »Sie ist für eine Weile aus dem Haus gegangen.«
»Was soll das heißen, aus dem Haus gegangen? Sie soll gefälligst für mich da sein, damit ich was zu essen kriege, wenn ich was haben will.«
»Was möchtest du denn, Pa?«, fragte Ricky. »Ich mach dir was.«
»Ach, bist du jetzt Koch? Machst du das in Alaska? Frauenarbeit? Du siehst bestimmt hübsch aus mit Schürze.«
»Nein, Pa, ich arbeite auf einem Fischerboot in Alaska, aber ich kann gut genug kochen, um dir was zu essen zu machen. Was willst du?«
»Meine Frau will ich, verflucht!«, schrie Jack. »Ich will eine gute Frau, die sich um mich kümmert. Nicht irgendein Weichei.«
»Ich bin dein Sohn, Pa«, erwiderte Ricky leicht sarkastisch. »Wie kann ich denn da ein Weichei sein?«
»Nein, du warst nie mein Sohn«, knurrte Jack. »JJ, der war es. Der ist zur Armee gegangen, auf den konnten wir stolz sein. Du warst immer ein Mamasöhnchen. Deshalb bist du auch so missraten. Und dein Sohn ist genau wie du.«
»Worauf warst du denn so stolz bei JJ, Pa?«, erwiderte Ricky, nun zusehends gereizt. »Dass er grundlos einen anderen Soldaten zusammengeschlagen hat? Oder den Offizier verprügelte? Oder den Zivilisten umgebracht hat, der seine Freundin malträtiert hat?« JJ schrieb noch immer Briefe an die Adresse der Familie Rodriguez, wo nun nur noch Chris' Mutter wohnte. Seit zehn Jahren kamen die Briefe aus einem Gefängnis in der Nähe von Gatesville in

Texas. Chris schickte die Briefe weiter an Tom Starwood, der sie einem FBI-Mann gab. Der wiederum schickte sie an ein Postfach in Kodiak in Alaska, das auf einen gewissen James Hayes eingerichtet war. »Ist er deshalb dein Sohn, Pa? Weil er so geworden ist wie du?«
»Woher willst du das alles wissen?«, erwiderte Jack. »Du weißt gar nichts. Du hast das alles frei erfunden!«
Justin und Valerie hatten Ricky falsch informiert. Jack schlief nicht ein, wenn er betrunken war, sondern er geriet in Rage. Ricky fragte sich, was die beiden ihm noch alles verschwiegen hatten. »Gut, wenn du nichts essen möchtest«, sagte er, »geh ich jetzt nach oben.«
Doch Jack stand ihm plötzlich im Weg. »Du glaubst wohl, du kannst dich davonschleichen, ohne deine Schuld zu begleichen?«, sagte er herausfordernd. »Das kannst du vergessen. Du hast dich dein ganzes Leben lang gedrückt, Junge. Jetzt wirst du zahlen.«
»Wovon redest du, Pa?«, fragte Ricky, der Mühe hatte, sich zu beherrschen. »Ich hab keine Ahnung, was das soll.«
»Kann ich mir denken«, fuhr ihn sein Vater an. »Du brichst deiner Mutter das Herz mit deinen Untaten. Dann zeugst du ein Kind und lässt es sitzen. Lässt es einfach zurück wie Müll, den andere Leute wegräumen dürfen. Dann machst du dir oben in Alaska ein schönes Leben auf Kosten der Regierung und von Steuerzahlern wie mir, während wir uns hier abrackern müssen, dein Kind zu ernähren.«
»Ich habe reichlich Geld für meinen Sohn hinterlassen«, sagte Ricky ruhig. »Weitaus mehr als nötig für seinen Unterhalt.«
»Ja, aber deine Mutter hat es weggepackt«, sagte Jack. »Und seither ernähre ich den Bastard.«

»Du ernährst ihn?«, schrie Ricky, dem nun endgültig der Kragen platzte. »Wovon denn, du Dreckskerl? Von deiner jämmerlichen Rente, die du offenbar ohnehin versäufst?«
Nun hatte er etwas Falsches gesagt. Ricky merkte es sofort, doch es war zu spät, um es zurückzunehmen. Er sah die Wut in Jacks Gesicht und wusste, was als Nächstes geschehen würde. Doch sein Vater war langsamer als früher, und Ricky duckte sich unter dem rechten Haken weg. Aber den linken übersah er, und so traf ihn Jacks Faust mit voller Wucht in die Magengrube. Ricky krachte gegen den Küchentisch, die Stühle stürzten um. Der alte Mann hatte auch mit neunundsechzig noch mächtig Kraft.
»Nicht so alt, dass ich dir nicht geben kann, was du verdienst, du Ratte!«, brüllte Jack.
Ricky wusste, dass er genau zwei Möglichkeiten hatte. Er konnte bleiben und seinen Vater zusammenschlagen, oder er konnte gehen. Die Entscheidung fiel ihm nicht schwer. Er sagte sich, dass der alte Mann sich beruhigen würde, sobald er ihn nicht mehr sah. »Vergiss es, Pa«, sagte er. »Ich bin nicht mehr dein Punchingball. Und da du mich offenbar nicht hier haben willst, werde ich gehen.«
Bevor Jack reagieren konnte, rappelte Ricky sich auf und ging hinaus.
»Du bist nicht nur eine Ratte, sondern auch noch ein Feigling!«, schrie ihm sein Vater nach.
Ricky gab keine Antwort. Er ging aus dem Haus, stieg in seinen Mietwagen und fuhr die Delgada entlang auf die Avenida del Oro und von dort aus auf die Autobahn.
Er wollte niemanden treffen, und es zog ihn auch nicht an einen bestimmten Ort. Eine Weile fuhr er ziellos herum. Dann hielt er auf dem Parkplatz vor dem »Gray Whale« und

ging zum Hafen. Auch hier hatte sich in den letzten zwanzig Jahren wenig verändert. Ein paar Fischerboote waren dort über Nacht festgemacht. Sie schaukelten sachte auf und ab; das Wasser plätscherte, Fender rieben sich am Holz. Ricky waren diese Laute vertraut. Sie erinnerten ihn an Kodiak. Sie erinnerten ihn an zu Hause. Er setzte sich auf den Boden, lehnte sich ans Bootshaus, zog die Knie an die Brust wie früher als Junge und atmete tief die Seeluft ein.

Justin war mit seinen Hausaufgaben fertig und ging nach unten, um seinen Vater zu suchen. Stattdessen fand er seinen Großvater in der Küche vor. Am Tisch waren alle Stühle außer seinem umgeworfen, und er trank direkt aus der Flasche Whisky. Justin wusste, was das zu bedeuten hatte, und wollte sich so schnell wie möglich wieder aus dem Staub machen. Doch Jack sprang auf, bevor Justin zur Tür kam, packte den Jungen am Kragen und wirbelte ihn herum. »Ich hab dir gesagt, jetzt werden die Schulden beglichen«, knurrte er und schlug Justin an die Schläfe.
Justin, der einen Augenblick lang nur Sternchen sah, schüttelte den Kopf. »Ich weiß nicht, wovon du redest, Großvater«, sagte er.
»Was wagst du es, mir den Rücken zuzukehren!«, raunzte Jack.
»Das wollte ich nicht«, versuchte Justin zu erklären, aber er hatte die Worte kaum ausgesprochen, als sein Großvater auch schon begann, ihn mit Tritten und Schlägen zu traktieren.
»Du taugst nichts«, schrie er dabei. »Du hast noch nie was getaugt. Und wirst auch nichts taugen, egal, wo du lebst!«
Justin verstand überhaupt nicht, wovon sein Großvater re-

dete oder worüber er sich so aufregte. Der Junge war zu Boden gegangen und hob die Hände, um sich vor den Schlägen zu schützen.
Keiner von beiden sah Valerie, die von Connie zurückgekommen war. Keiner von beiden hörte ihr Keuchen.
»Jack!«, bellte sie mit dieser Stimme, die nichts mehr duldete. Doch ihr Mann hatte entweder den Verstand verloren, oder er hörte sie nicht. Valerie wollte nicht warten, um herauszufinden, um welchen Zustand es sich handelte. Sie packte den erstbesten Gegenstand, eine schwere gusseiserne Bratpfanne, und schlug sie Jack aus Leibeskräften mehrmals auf den Kopf, bis sein Schädel nachgab und ihm Blut aus Mund und Nase spritzte. Er ging in die Knie und brach auf dem Boden zusammen.
Valerie stand da und starrte auf ihren Mann, so lange, dass es ihr wie eine Ewigkeit erschien. Dann sah sie ihren Enkel an. »Ich dachte, er würde dich umbringen«, sagte sie.
»Er war besoffen und redete irgendwelches sinnlose Zeug«, schluchzte Justin und rappelte sich auf. Er hatte ein paar Kratzer und Male im Gesicht, doch das Blut stammte hauptsächlich von seinem Großvater. Justin starrte auf den reglosen Körper. »Meinst du, er ist okay?«
Bevor Valerie antworten konnte, kam Ricky herein und blieb wie angewurzelt stehen, als er Jack auf dem Boden liegen sah. »Was zum Teufel ...«
»Er wollte Justin umbringen«, sagte Valerie zu ihrem Sohn.
»Du hast ihn niedergeschlagen?«, fragte Ricky fassungslos.
Seine Mutter blickte auf die Bratpfanne, die zu ihren Füßen lag. »So ... so muss es wohl gewesen sein«, antwortete sie dann.

»Ich glaube, du solltest mal nach ihm schauen«, sagte Justin. »Er bewegt sich nicht.«
Doch Ricky brauchte das nicht zu überprüfen. »Er wird sich auch nicht mehr bewegen«, sagte er zu dem Jungen.
»O Mann«, sagte Justin und wich zurück, »und was machen wir jetzt?«
»Wir müssen wohl die Polizei rufen«, sagte Valerie. »Das müssen wir tun.«
»Lasst uns das erst durchdenken«, sagte Ricky rasch. Seine Mutter hatte Recht, sie mussten natürlich die Polizei rufen, aber was würden sie aussagen? »Bevor wir irgendwas tun, erzählt ihr mir bitte genau, was passiert ist.«
Justin und Valerie kamen dieser Aufforderung nach, so gut es ging, aber was Einzelheiten betraf, blieben sie beide ungenau. »Ich bin von Connie zurückgekommen und habe Jack gesehen«, sagte Valerie und schauderte. »Justin lag auf dem Boden, und Jack schlug auf ihn ein. Ich wollte ihn davon abhalten. Großer Gott, ich muss ihn mit der Bratpfanne geschlagen haben.« Sie runzelte die Stirn. »Aber wie denn bloß? Ich bin gar nicht so stark. Und so fest könnte ich doch nicht zugeschlagen haben ... oder?«
Sicherheitshalber trat Ricky zu dem leblosen Körper seines Vaters, prüfte die Halsschlagader und blickte unwillkürlich auf seinen Schädel. »Fest genug«, sagte er.
»O Mann«, keuchte Justin.
Ricky überlegte, ob sie der Polizei erzählen sollten, dass der alte Mann ausgerutscht und sich bei dem Sturz den Kopf verletzt habe. Doch heutzutage verfügte die Polizei über allerhand Möglichkeiten, den wirklichen Tathergang zu ermitteln. Nein, sie mussten die Wahrheit sagen. Schließlich hatte es sich um eine Art Notwehr gehandelt,

und damit würden sie vielleicht auch durchkommen. Was natürlich bedeutete, dass seine Mutter sich der Justiz stellen musste, und je nachdem, wie übel man ihr dort gesinnt war, würde der Rest ihres Lebens zerstört sein. Er seufzte.
»Hör zu, ich sollte der Polizei wohl eher erzählen, dass ich ihn niedergeschlagen habe«, sagte er.
»Nun sei aber nicht dumm, Schatz«, sagte Valerie und lächelte ihren Sohn an, ungeachtet der Lage. »Du warst doch nicht mal hier ... oder? Nein, warst du nicht, das heißt, ich war verantwortlich, und genau das werden wir der Polizei auch sagen.«
»Ma, du stehst unter Schock, du weißt doch gar nicht, was du redest«, sagte Ricky. »Glaub mir, es ist besser, wenn ich die Schuld auf mich nehme.«
Valerie wurde plötzlich ganz ruhig. »Unsinn«, sagte sie entschieden, »wir werden die Polizei nicht belügen. Das wäre eine schreckliche Tat.«
Ihr Mann war tot, und offenbar war sie diejenige, die ihn getötet hatte. Was gab es da noch weiter zu reden? Sie ging zum Telefon. Wie passend, dass Jack hier in der Küche zu Tode gekommen ist, dem Ort, der so viel Gewalt gesehen hat, dachte sie, als sie die Nummer der Polizei wählte. Sie sprach stumm ein kleines Gebet für seine Seele.
»Es tut mir so leid, Großmutter«, sagte Justin. »Das ist alles meine Schuld.«
»Nein«, erwiderte sie, »wenn irgendjemand überhaupt Schuld trägt, dann bin ich es. Weißt du, ich hätte ihn niemals heiraten dürfen. Mein Vater hat versucht, mich zu warnen, aber ich war jung, dumm und störrisch und habe nicht auf ihn gehört.«

3

Auf Valeries Anruf hin kamen zwei Streifenwagen und eine Ambulanz mit Sirenen und Blaulicht die stille Straße entlanggerast. Es war erst kurz nach acht Uhr abends, noch nicht spät, aber Valerie fragte sich unwillkürlich, was die Nachbarn wohl denken mochten.

Alle drei waren sie in der Küche stehen geblieben, wortlos und reglos wie eine Totenwache.

Sie berührten auch nichts, nicht einmal die umgestürzten Küchenstühle.

Als Valerie und Justin zur gleichen Zeit auf die Toilette gingen, trat Ricky zu seinem Vater und ging neben ihm in die Hocke. »Wer Wind sät, wird Sturm ernten, Alter«, murmelte er, obwohl Jack ihn nicht mehr hören konnte. Ricky bedauerte es nicht sonderlich, dass sein Vater tot war; er bedauerte nur, dass seine Mutter diejenige war, die ihn umgebracht hatte.

Als es an der Tür klingelte, richtete Valerie sich kerzengerade auf, Justin biss sich auf die Lippe, und Ricky ging nach vorn, um die Polizei hereinzulassen.

Mehrere Leute drängten sich in der Küche, fotografierten, untersuchten die Leiche, stellten Fragen, betrachteten den

Tatort aus sämtlichen Blickwinkeln, ließen sich Bericht erstatten.

»Mein Vater wurde oft gewalttätig, wenn er getrunken hatte«, berichtete Ricky, der sich genau überlegt hatte, was er sagen wollte. »Er hatte getrunken. Wir haben uns nie verstanden und gerieten in Streit. Ich ging aus dem Haus, weil ich dachte, er würde sich dann beruhigen, aber stattdessen hat er meinen Sohn angegriffen. Meine Mutter kam hinzu, als das geschah, und als sie ihm nicht Einhalt gebieten konnte, blieb ihr keine andere Wahl.«

»Haben Sie die Szene mit eigenen Augen gesehen?«, fragte man ihn.

»Nein, ich bin erst kurz danach zurückgekommen.«

Der Polizist wandte sich an Valerie. »Was hat sich hier abgespielt?«

»Ich weiß nicht ... ich glaube, ich habe ihn niedergeschlagen«, antwortete Valerie.

»Sie glauben das nur?«, wurde sie gefragt.

»Ich kann mich nicht richtig erinnern«, sagte sie. »Aber er ist tot, nicht wahr? Also hab ich's wohl getan.«

»Wie oft haben Sie zugeschlagen?«

»Das weiß ich nicht mehr.«

»Hatten Sie das Gefühl, dass Sie und Ihr Enkel bedroht waren?«

»Ja, das hatte ich wohl.«

Die Polizisten sahen Justin an. Er hatte diverse Male, aber keine schwereren Verletzungen. Sie betrachteten Valerie und entdeckten keinerlei Spuren von Gewalt.

»Wollten Sie ihn umbringen?«

»Natürlich nicht. Ich wollte nur verhindern, dass er meinen Enkel umbringt.«

Kurz nach halb zehn wurde die Leiche auf eine Trage gebettet und abtransportiert. Anderthalb Stunden später war die Untersuchung des Tatorts abgeschlossen.
»Wir haben möglicherweise weitere Fragen an Sie«, sagten die Polizisten. »Sie sind erreichbar?«
»Natürlich«, bestätigte Ricky.
Als die Polizisten schon fast vor der Tür waren, wandten sie sich noch einmal um. »Haben Sie einen Anwalt, Mrs. Marsh?«, fragte einer.
Valerie sah ihn erschrocken an. »Werde ich einen brauchen?«
Der Mann zuckte die Schultern. »Kann man nie wissen.«
»Meine Mutter hat einen Anwalt«, sagte Ricky.
»Wirklich?«, fragte Valerie.
»Ja«, antwortete Ricky.
Kaum waren die Streifenwagen verschwunden, kam Connie, die sich bei dem Sturz das Knie aufgeschlagen hatte, den Gartenweg entlanggehumpelt. »Was ist passiert?«, rief sie.
»Pa«, sagte Ricky nur.
»Ich hab den Krankenwagen gesehen und dachte, jemand ist krank«, sagte Connie. »Aber als ich die Streifenwagen sah, wusste ich nicht mehr, was ich denken sollte.«
»Tu mir einen Gefallen und bring Ma nach oben«, sagte Ricky. »Ich bin sicher, dass sie unter Schock steht. Sie braucht vielleicht einen Arzt. Ich möchte nicht, dass sie allein ist.«
»Natürlich«, sagte Connie sofort, nahm Valerie am Arm und führte sie ins Haus.
»Ricky macht sich zu viele Sorgen«, sagte Valerie, als sie den Flur im zweiten Stock entlanggingen. »Du solltest

nicht herumlaufen mit dem Knie. Und keine Treppen steigen. Du solltest zu Hause sein und einen Eisbeutel darauf legen. Hör nicht auf Ricky. Wie du siehst, geht es mir gut. Ich stehe nicht unter Schock. Wieso sollte ich unter Schock stehen? Ich hab doch nur meinen Mann umgebracht.«
Connie blinzelte. »Du hast – was?«
»Ich hab ihm mit der Bratpfanne den Schädel eingeschlagen«, sagte Valerie und begann unkontrolliert zu kichern. »Kannst du dir das vorstellen?«
»Nein, kann ich nicht«, antwortete Connie und fragte sich, was, um Himmels willen, sich hier heute Abend ereignet hatte. Sie kamen zum Schlafzimmer. »Komm, wir ziehen dich aus und packen dich ins Bett. Und ich bleib noch eine Weile bei dir.«
Das Kichern ließ nach, und Valerie nickte. Sie war schlagartig sehr müde. Aber als sie sich die Bluse aufknöpfen wollte, begann sie plötzlich zu würgen und schaffte es gerade noch ins Badezimmer. Als sie zehn Minuten später wieder herauskam, war sie kreidebleich im Gesicht, ihre Bluse war fleckig, und sie zitterte am ganzen Körper.
Connie drückte ihre Freundin sanft aufs Bett, zog sie aus und deckte sie zu, doch das Zittern wollte nicht aufhören. »Bin gleich wieder da«, flüsterte Connie und eilte so schnell es ihr Knie zuließ nach unten, um Ricky mitzuteilen, dass es tatsächlich eine sehr gute Idee wäre, den Arzt zu rufen.

Die Lokalzeitung druckte einen kurzen Nachruf, weiter nichts. Die Polizei rückte keine Informationen heraus. Ricky erzählte allen Neugierigen, dass Jack gestürzt und an einer Kopfverletzung gestorben sei, was ja in gewisser Weise der Wahrheit entsprach.

Man organisierte schnell die Beerdigung, deren Termin nicht öffentlich gemacht wurde. In den vierzig Jahren, die er in dieser Gegend gelebt hatte, war Jack nicht ein einziges Mal in der Kirche gewesen, aber weil er katholisch getauft war und Valerie den Priester inständig bat, machte Pater Bernaldo eine Ausnahme.

Die Trauergemeinde bestand nur aus ein paar Leuten. Doch nachmittags fanden sich Freunde und Nachbarn in Valeries Haus ein sowie Mitglieder der Kirchengemeinde, die nicht am Begräbnis teilnehmen konnten, erstaunlich viele Kundinnen von Valerie und sogar einige Freunde von Justin. Chris Rodriguez betrat zum ersten Mal seit zwanzig Jahren das Haus seines einstigen Freundes.

Ellen kam aus dem Kloster angereist. Sie sah blass und dünn aus in ihrer schwarzen Tracht, streichelte ihre Mutter, sprach mit allen und machte sich auf ihre stille Art nützlich wie schon als Kind.

Marianne traf aus Boston ein. Sie war nun Ende siebzig und seit über einem Jahrzehnt Witwe. Auch sie blieb in der Nähe ihrer Schwester, bereit, ihr zur Seite zu stehen in ihrer Trauer, die ihrer Ansicht nach irgendwann einsetzen würde.

Den ganzen Nachmittag und Abend trafen immer neue Gäste ein, die Eintöpfe, Obstsalat und Kuchen mitbrachten und Valerie ihr Beileid aussprachen. Leo Garvey kam mit einem Garnelen-Cioppino, das er zu Hause zubereitet hatte.

»Ich dachte mir schon, dass viele Leute da sein würden«, sagte er und umarmte Valerie.

Sie erwiderte die Umarmung.

Dennis Murphy, der Apotheker, brachte ein selbst geba-

ckenes Sodabrot. »Nach einem Rezept von meiner Frau«, sagte er verlegen. »Ich bin mir nicht sicher, ob es gelungen ist.«
Wie fürsorglich von ihm, dachte Valerie.
Im Haus wimmelte es nur so von Leuten, doch jeder merkte, dass sie nicht gekommen waren, um Jacks zu gedenken oder um ihn zu trauern. Kaum jemand hatte ihn gekannt. Alle waren hier, um Valerie zu unterstützen.

Eine Woche nach dem Begräbnis saß Tom Starwood mit Valerie im Wohnzimmer. »Ich will aufrichtig mit euch sein«, sagte er zu ihr und Ricky. »Ich habe keine Ahnung, wie der Staatsanwalt die Sache angehen wird.«
»Der Dreckskerl war gewalttätig«, sagte Ricky. »Er hat meine Mutter als Sandsack benutzt. Er hat meine kleine Schwester umgebracht. Es ist ein Wunder, dass er uns nicht alle umgebracht hat. Was wollen die?«
»Ricky!«, rief Valerie aus.
»Ma, er muss das wissen. Er ist unser Anwalt.«
»Das Problem ist«, sagte Starwood, »dass die Polizisten, die am besagten Abend hier die Untersuchung vornahmen, keinerlei Beweis gefunden haben, dass Sie oder Justin in Lebensgefahr waren.«
»Verstehe«, erwiderte Valerie.
»Sie sagen, dass Sie möglicherweise die Gelegenheit genutzt haben, sich eines unangenehmen Gatten zu entledigen.«
»Aber sie hat meinen Sohn verteidigt«, warf Ricky ein, »daran gibt es doch keinen Zweifel.«
Starwood zuckte die Schultern. »Das sieht der Staatsanwalt leider anders.«

»Sie meinen, die glauben nicht, dass Jack Justin umbringen wollte?«, fragte Valerie.
»Die Polizisten haben berichtet, dass Justin nur geringfügige Verletzungen hatte und Sie gar keine und dass als Tatwaffe nur die Bratpfanne vorgefunden wurde, die Sie laut Ihrer eigenen Aussage zum Einsatz gebracht haben.«
»Wie wird die Anklage lauten?«, fragte Ricky.
»Vermutlich auf Mord«, erwiderte Starwood.
Ricky sah ihn überrascht an. »Aber weshalb?«
Der Anwalt zuckte wieder mit den Schultern. »Weil sie den Tathergang so sehen.«
»Was bedeutet das?«, fragte Valerie und schaute von einem zum anderen.
»Die glauben, dass du ihn vorsätzlich getötet hast«, antwortete Ricky. »Wenn du verurteilt wirst, musst du ins Gefängnis, vielleicht für sehr lange.«
»Der Staatsanwalt glaubt, dass Jack Justin nicht umbringen wollte und ich deshalb keinen Grund hatte, ihn mit der Bratpfanne niederzuschlagen«, sagte Valerie langsam. »Aber woher wollen die das wissen? Sie waren doch nicht da und haben es nicht gesehen.«
»Und aus diesem Grund würde ich mir jetzt noch keine Gedanken über das Urteil machen«, warf Starwood ein. »Selbst wenn es zum Prozess kommt, haben wir in der Verteidigung ein ganz starkes Argument.«
»Was denn?«, fragte Valerie.
»Das so genannte Battered-Wife-Syndrom.«
»Battered-Wife-Syndrom?«, wiederholte Valerie. »Sie wollen mich verteidigen, indem Sie der Öffentlichkeit erzählen, dass mein Mann mich geschlagen hat?«
»So kann man es ausdrücken, ja«, antwortete Starwood.

»Sie und die Kinder. Ob Jack Justin nun umbringen wollte oder nicht – auf die Vergangenheit bezogen, hatten Sie guten Grund anzunehmen, dass er das wollte.«
Valerie schüttelte heftig den Kopf. »Nein.«
Starwood blinzelte. »Was wollen Sie damit sagen?«
»Ich werde nicht zulassen, dass Sie mir eine Haftstrafe ersparen, indem Sie mich und meine Familie in den Schmutz ziehen. Was in meinem Haus passiert ist, geht niemanden etwas an.«
»Ma, hör auf ihn«, warf Ricky ein. »Er weiß, was er tut.«
»Nein, weiß er nicht«, sagte Valerie und straffte sich. »Nicht, wenn dabei das geopfert werden muss, was von dieser Familie noch übrig ist.«
»Was für eine Familie? Nur ich und Justin sind noch übrig, Ellen ist im Kloster«, widersprach Ricky; JJ erwähnte er nicht. »Um Gottes willen, wenn es uns nichts ausmacht, wieso dann dir?«
»Du solltest den Namen des Herrn nicht sinnlos benutzen«, sagte Valerie mechanisch. Doch schließlich gab sie nach. Ihr blieb keine andere Wahl. Auch Marianne und Ellen drängten sie dazu.
»Ich habe in diesem Haus gelebt«, sagte Ellen mit mehr Leidenschaft, als für sie typisch war. »Wenn es sein muss, trete ich in den Zeugenstand und sage aus.«
»Du musst jetzt an dich selbst denken«, sagte Marianne zu Valerie. »Die Vergangenheit ist vorüber. Sie kann dir nicht mehr schaden. Aber wieso willst du dir die Zukunft zerstören?«

TEIL NEUN
2000

1

Vier Männer und acht Frauen gehörten zu den Geschworenen. Tom Starwood hatte sich bemüht, ältere Frauen zu finden, die ein Misshandlungsopfer dieser Altersgruppe besser verstehen konnten. Und verheiratete Männer, von denen er annahm, dass sie Gewalt gegenüber Frauen und Kindern niemals dulden würden. Er glaubte, dass er keine schlechte Wahl getroffen hatte.

Der Prozess begann am Montag, dem 5. Juni. Stuart Matheny, stellvertretender Bezirksstaatsanwalt für das County San Mateo, teilte den Geschworenen mit, Valerie O'Connor Marsh habe am 26. Oktober 1999, einem Dienstag, gegen halb acht Uhr abends ihren Mann ermordet.

»Sie werden Zeugen von der Verteidigung hören«, sagte der Staatsanwalt in seiner Ansprache, »die aussagen werden, dass Jack Marsh ein gewalttätiger Mann war. Diesen Aussagen werden wir nicht widersprechen. Sie werden Zeugenaussagen hören, denen zufolge seine Frau deshalb eine lange Leidensgeschichte hat, und auch diese Aussagen werden wir nicht anzweifeln. Ferner werden Sie Zeugenaussagen hören, denen zufolge Valerie Marsh mit einer Bratpfanne ihren Mann erschlug, um ihren Enkel zu retten, und diese Aussagen *werden* wir hinterfragen.

Schlug Jack Marsh auf seinen Enkel ein, als die Angeklagte am betreffenden Abend auf die beiden traf? Ja, vermutlich war dies der Fall.

Doch wir werden zeigen, dass der Junge nur geringfügige Verletzungen erlitt und es keinerlei Beweise dafür gibt, dass sein Leben gefährdet gewesen wäre. Ferner werden wir zeigen, dass die Angeklagte noch jahrelang bei ihrem Gatten lebte, nachdem alle Kinder aus dem Haus waren, sie finanziell unabhängig geworden war und ihn hätte verlassen können. Und wir werden zeigen, dass sie trotz besseren Wissens um die potentielle Gewalttätigkeit ihres Mannes ihren Enkel bei ihnen aufnahm und ihn damit gefährdete.

Meine Damen und Herren, aus der Beweislage wird zweifelsfrei hervorgehen, dass Valerie Marsh am Abend der Tat nicht um das Leben ihres Enkels fürchtete. Sie wollte einfach diesen gewalttätigen Mann nicht mehr ertragen und nutzte die Gelegenheit, sich seiner zu entledigen.«

Valerie saß am Tisch der Verteidigung, die Hände im Schoß gefaltet, das Gesicht völlig ausdruckslos. Sie hörte den Zeugen zu, als habe das alles nichts mit ihr zu tun, als verfolge sie lediglich eine nicht sonderlich interessante Sendung im Fernsehen.

»Jack Marsh ist an schweren Schädelverletzungen gestorben«, sagte der Gerichtsarzt aus und unterlegte seinen Vortrag mit Diagrammen und Fotografien.

»Und konnten Sie sich hinlänglich erklären«, fragte Stuart Matheny, »wie eine Frau in Valerie Marshs Alter und mit ihrer Statur einem Mann mit einer Bratpfanne solche Verletzungen zufügen konnte?«

»Ich denke, dass dazu eine gute Portion Glück und eine

vierzig Jahre lang angestaute Wut vonnöten waren«, antwortete der Arzt.
»Ist das eine medizinisch stichhaltige Aussage?«, fragte Tom Starwood den Arzt.
»Nein«, räumte der Gerichtsmediziner ein, »eine Meinung.«
»Dann sagen Sie uns doch bitte«, entgegnete der Verteidiger, »wie Ihrer Meinung nach eine Verletzung aussähe, die durch vierzig Jahre lang angestaute Angst entstand?«

»Sie machte keinen reuevollen Eindruck auf mich«, sagte einer der Polizisten aus, die nach Valeries Anruf am Tatort erschienen. »Sie wirkte nicht verstört und auch nicht besorgt um ihren Mann. Ich erinnere mich nur, dass sie mir nüchtern und sachlich vorkam.«
»Kennen Sie sich mit den Folgeerscheinungen eines Schocks aus?«, fragte Tom Starwood den Zeugen.
»Ich weiß, was das ist«, antwortete der Polizist.
»Könnten Sie es bitte den Geschworenen beschreiben?«
Der Polizist hatte zufällig einige Psychologiekurse in der Abendschule besucht. Er hatte nicht die Absicht, sich von diesem Anwalt als Trottel hinstellen zu lassen.
»Menschen, die unter Schock stehen, können katatonisch werden, das ist eine Art körperliche und seelische Starre«, erklärte der Polizist, »oder sie können sehr aufgeregt und verwirrt sein. Ein kompletter Zusammenbruch kann auch eintreten, bei dem die Betroffenen nicht mehr wahrnehmen, was um sie her vorgeht. Oder es kann zu einer echten Psychose kommen, bei der dann jeglicher Kontakt zur Realität verloren geht.«
»Ah ja«, sagte Starwood, der über die Kurse informiert war,

nachdenklich. »Sagen Sie uns doch nun bitte, ob Sie irgendeines der eben dargelegten Anzeichen am Abend der Tat bei Valerie Marsh feststellen konnten?«

»Ich bin seit etlichen Jahren mit Tötungsdelikten in der Ehe und dem Battered-Wife-Syndrom befasst«, sagte der Psychiater aus, den die Anklage einberufen hatte. »Ich zweifle keine Sekunde daran, dass Valerie Marsh nicht die Bratpfanne erhob, um ihren Enkel zu schützen, sondern um ihren Mann vorsätzlich zu ermorden.«
»Wie viel Zeit haben Sie mit meiner Klientin verbracht, bevor Sie zu dieser Einschätzung kamen?«, fragte Tom Starwood.
»Etwa anderthalb Stunden. Aber meine Berichte basieren auf eingehenden Untersuchungen dieser Themen.«
»Nun, ich gehe davon aus, dass meine Klientin einiges zu Ihrer Schlussfolgerung beigetragen hat. Würden Sie den Geschworenen deshalb bitte mitteilen, was Valerie Marsh gesagt hat, um Ihnen den Eindruck zu vermitteln, dass sie ihren Gatten vorsätzlich umgebracht hat?«
»Nichts«, antwortete der Psychiater etwas unbehaglich, »sie hat nicht ein einziges Wort gesprochen.«

Als Valerie in den Zeugenstand berufen wurde, verhielt sie sich genau so, wie Tom Starwood sie angewiesen hatte. Sie beantwortete alle Fragen so klar, wie es ihr möglich war, und sah dabei die Geschworenen an; dennoch wäre es ihr danach nicht möglich gewesen, sie auf der Straße wiederzuerkennen.
Nach Valeries Aussage teilte Stuart Matheny den Geschworenen mit, dass die Beweislage zweifellos dafür sprach, dass

Valerie Marsh nicht ihren Enkel verteidigt, sondern ihren Mann vorsätzlich ermordet habe. Danach erhob sich Tom Starwood.
»Der Staatsanwalt hat Ihnen nun eine Geschichte darüber erzählt, was sich seiner Ansicht nach am Abend des 26. Oktober in der Küche der Familie Marsh zugetragen hat«, begann er sein Schlussplädoyer. »Aber genau darum handelt es sich auch – um eine Geschichte. Denn Mr. Matheny befand sich zum betreffenden Zeitpunkt nicht an diesem Ort, und er weiß nicht wirklich, was dort vorgefallen ist. Er hat sich das Geschehen zurechtgelegt und die Fakten an passender Stelle in seine Geschichte eingefügt. Zwei Menschen jedoch hielten sich in dieser Küche auf und wissen tatsächlich, was dort geschah. Sie haben die Aussagen der beiden gehört. Justin Marsh hat Ihnen berichtet, dass sein Großvater bereits den ganzen Tag Whisky trank und am betreffenden Abend über irgendetwas in Rage geriet. Er hat Ihnen ferner berichtet, dass sein Großvater ihn mit Tritten und Schlägen traktierte, als seine Großmutter die Küche betrat. Sie haben auch von ihm gehört, dass seine Großmutter Jack Marsh anschrie, er solle sofort aufhören, doch der ignorierte sie. Und Justin Marsh hat Ihnen gesagt, dass er nicht wusste, ob sein Großvater ihn umbringen würde, dass er jedoch Angst hatte, es könne dazu kommen. Meine Damen und Herren, wenn Justin Marsh es nicht wusste, woher sollte es dann seine Großmutter wissen? Oder erst recht Mr. Matheny?«
Starwood trat ein paar Schritte auf die Geschworenen zu.
»Valerie Marsh hat Ihnen mitgeteilt, dass sie überzeugt davon war, ihr Mann werde Justin umbringen«, fuhr er fort. »Ist das so weit hergeholt, wenn man die Geschichte dieser

Familie in Betracht zieht? Valerie litt seit über vierzig Jahren unter Jacks Misshandlungen. Sie musste hilflos und entsetzt miterleben, wie er den Tod eines Kindes verursachte und die anderen aus dem Haus trieb. Sie nahm sich fest vor, Justin ein ähnliches Schicksal zu ersparen. Es gelang ihr, ihren Mann zu überreden, einen Psychiater aufzusuchen, was für einige Jahre zu einer Verbesserung ihrer Situation führte. Doch dann starb der Psychiater, und ihr Mann fiel zurück in seine alten Gewohnheiten. Als sie am Abend des 26. Oktober in die Küche kam und sah, wie ihr Mann ihren Enkel trat, auf ihn einschlug und ihn beschimpfte, hatte sie guten Grund, zu glauben, dass er den Jungen umbringen würde. Sie hat Ihnen auch gesagt, dass sie nicht daran dachte, Jack Marsh zu töten, als sie zu der Bratpfanne griff, sondern nur daran, Justin zu retten. Und im Verlaufe dieser Verhandlung ist Ihnen nicht ein einziger Beweis dafür vorgelegt worden, dass diese Schilderung des Geschehens nicht der Wahrheit entspricht.«
Der Anwalt ging langsam an der Geschworenenbank vorbei und sah jeden Einzelnen an, der dort saß.
»Sie werden sich bald zurückziehen, um das Urteil zu besprechen. Ich verlange nicht von Ihnen, dass Sie versuchen, sich in Valerie Marshs Lage zu versetzen, da ich glaube, dass dazu niemand imstande ist, der nicht denselben Misshandlungen ausgesetzt war wie sie. Ich bitte Sie nur, über Valerie Marshs Leben nachzudenken, ein Leben voller Gewalt, Heimlichkeit und Angst. Und ich möchte Sie bitten, darüber nachzudenken, was für ein Mensch Valerie Marsh ist ... eine Frau, die streng gläubig erzogen wurde, zu einer Zeit, als man von Mädchen erwartete, dass sie gehorsam sind, und von Frauen, dass sie ihrem Mann dienen,

ihn unterstützen und um jeden Preis die Familie zusammenhalten. Valerie Marsh hat sich darum über vierzig Jahre lang bemüht, nach bestem Wissen und Gewissen. Sollte die Tatsache, dass sie dabei gescheitert ist, nun gegen sie verwendet werden?«
Starwood blieb abrupt stehen und sah nun die ganze Gruppe der Geschworenen an.
»Was machen wir also mit ihr?«, fragte er mit beredtem Schulterzucken. »Schicken wir sie für den Rest ihres Lebens ins Gefängnis, weil sie zu schwach war, ihre Kinder zu schützen ... oder weil ihre Religion es ihr untersagte, sich von einem gewalttätigen Ehemann scheiden zu lassen ... oder weil sie dazu erzogen wurde, dass es ihre Pflicht sei, seine Misshandlungen ohne Klage und Kritik zu ertragen? Werden wir sie für den Rest ihres Lebens in Gefängnis schicken, weil wir wissen, dass *wir* uns auf jeden Fall anders verhalten hätten?«
Wieder sah er die Geschworenen nacheinander an. »Oder aber«, endete er mit sanfterer Stimme, »lassen wir sie nach Hause gehen, weil sie an diesem Abend guten Grund hatte, zu glauben, dass ihr Mann ihren Enkel töten würde, und weil sie sich nach dreiundvierzig Jahren endlich stark genug fühlte, sich zur Wehr zu setzen?«

2

Die Geschworenen berieten sich zwei Stunden. Als um fünf Minuten nach fünf nachmittags verkündet wurde, dass sie zu einem Urteil gekommen waren, zeigte sich niemand überraschter als Tom Starwood.
»Das ist zu früh«, raunte er Ricky zu. »Viel zu früh.«
»Was bedeutet das?« Ricky war mit Erlaubnis seines Chefs und mit Carolyns Segen am Tag vor dem Prozess aus Alaska gekommen; zum dritten Mal seit Oktober.
»Es bedeutet, dass ich den Fall nicht für so simpel gehalten hatte. Ich hatte gedacht, sie würden mehr Zeit brauchen, um die Beweislage zu erörtern und alles in Ruhe durchzugehen. Ich hatte gehofft, dass sie versuchen würden zu verstehen, was deine Mutter durchgemacht hat. Ich hatte gehofft, sie würden die Umstände bedenken.«
»Und ist das nun schlecht oder gut für uns, dass sie sich so schnell entschieden haben?«, fragte Marianne, die auch zum wiederholten Male aus Boston angereist war.
Der Anwalt wiegte den Kopf hin und her. »Ich weiß es nicht«, sagte er.

Marianne hatte das kalte Grauen gepackt, als sie den Zeugenaussagen zuhörte. Sie erinnerte sich wieder an ihre Be-

suche bei Valerie – nach der Fehlgeburt, nach Rickys Geburt – und an das Jahr, das Valerie nach Priscillas Tod im Sanatorium zubrachte. Jack war ihr immer so besorgt erschienen, und Valerie hatte ihre Ungeschicklichkeit betont, sodass ihre Schwester nie auf die Idee gekommen war, etwas anderes zu vermuten.
»War es so schlimm, wie es sich nach den Aussagen des Anwalts angehört hat?«, fragte sie Ricky.
»Schlimmer«, antwortete er.
»Konntet ihr denn niemanden um Hilfe bitten?«
»Sie hatte ihren Priester«, sagte Ellen. »Aber ich glaube, sie hat nie mit ihm darüber gesprochen. Ich glaube, sie hat mit niemandem darüber gesprochen.«
Nach jedem Verhandlungstag saß Marianne stundenlang bei ihrer Schwester und hielt ihr die Hand. »Hätten wir es doch nur gewusst«, sagte sie, »dann wäre Tommy gekommen und hätte ihn eigenhändig umgebracht.«

Valerie hatte sich in der ganzen Zeit nicht von der Stelle gerührt, saß immer noch am Tisch der Verteidigung. Tom Starwood hatte sie ebenso wie Ricky, Justin, Marianne und Ellen mehrmals gefragt, ob sie etwas brauche und ob alles in Ordnung sei.
Sie verneinte die eine Frage, bejahte die andere und lächelte alle an.
»Macht euch keine Sorgen um mich«, sagte sie. »Mir geht es gut.« Was natürlich nicht der Fall war. Alle anderen wussten das, auch wenn Valerie es selbst nicht merkte.
In der Stille vor dem Sturm saß Valerie in dem abgedunkelten menschenleeren Gerichtssaal und sann darüber nach, wer wirklich wusste, was an diesem Abend in ihr vor-

gegangen war. Denn darum ging es ja in diesem Prozess: das zu erfahren – oder aber es zu erraten.

Die Anwälte hier wussten es gewiss nicht, ebenso wenig wie der Richter, die Geschworenen, ihre Familie, ihre Freunde. Nur Valerie selbst kannte die Wahrheit, und deshalb erschien ihr diese Verhandlung so absurd. Denn hier wurde letztlich nicht darüber gesprochen, was wirklich geschehen war an diesem Abend, sondern darüber, was bewiesen werden konnte, was die Geschworenen wahrnahmen, wenn sie Valerie ansahen, was sie glaubten, wenn sie die Beweislage betrachteten. Und all das hatte gar nichts mit Valeries Gefühlen zu tun, als sie nach dieser Bratpfanne griff und damit auf ihren Mann einschlug.

Sie hatte viel Zeit gehabt, darüber nachzudenken, was sie getan hatte, acht lange Monate, während denen sie selten aus dem Haus ging und kaum mit jemandem sprach, der nicht zur Familie gehörte. Als dann der Prozess begann und die Einzelheiten an die Öffentlichkeit drangen, bemerkte sie den schockierten Gesichtsausdruck ihrer Nachbarn und der anderen Leute, denen sie im Supermarkt begegnete, wenn sie ein Mal in der Woche dort einkaufen ging.

Hat diese sanfte Frau, die wir so viele Jahre zu kennen glaubten, wirklich ihren Mann ermordet?, schienen sie sich zu fragen.

Und sie wusste, dass die Leute zu tratschen begannen, sobald sie ihnen den Rücken zukehrte. Die ganze schlimme Geschichte wusste natürlich kaum einer außer ihren Verwandten, wofür sie dankbar war, doch eine Frau, die ihren Mann umbringt, ist schon Gesprächsstoff genug.

Ihre Arbeit litt darunter. Als sich die Sache herumgespro-

chen hatte, gingen die Aufträge zurück, und sie musste eine ihrer Assistentinnen entlassen. Es war eine schwierige Zeit, doch Valerie trug niemandem etwas nach.
Eine Person jedoch schienen die Einzelheiten, die man täglich in der Regionalzeitung nachlesen konnte, aus irgendeinem Grund nicht im Mindesten zu beeindrucken: Dennis Murphy. Wenn Valerie ab und an in die Apotheke kam, war er freundlich wie eh und je. Er sprach das Thema nie direkt an, doch Valerie gewann den Eindruck, als wolle er ihr vermitteln, dass er sie verstand und ihr Verhalten in gewisser Weise sogar guthieß.
»Wie schön, Sie zu sehen, Mrs. Marsh«, pflegte er mit einem herzlichen Lächeln zu sagen. »Wie geht es Ihnen?«
»Ich bemühe mich, Mr. Murphy«, antwortete sie dann und versuchte, das Lächeln zu erwidern.
»Das ist recht, so machen wir's alle.«
»So ist es.«
Vor Prozessbeginn kam er eines Tages hinter der Theke hervor, räusperte sich und sah Valerie etwas verlegen an. »Ich möchte Ihnen nur sagen«, bemerkte er dann, »dass es eine Ehre für mich wäre, wenn ich etwas für Sie tun könnte, falls Sie etwas brauchen.«
Valerie fand seine Güte ein wenig beschämend, aber es tat ihr doch gut, zu wissen, dass es jemanden außerhalb ihres engen Familien- und Freundeskreises gab, der sie nicht verurteilte.

Allmählich kehrten die Leute in den Gerichtssaal zurück, und die Juristen nahmen ihre Plätze vor der Richterbank ein. Der Gerichtsdiener stellte sich an die Tür, die Zuschauer ließen sich auf ihren Bänken nieder. Tom Starwood

setzte sich zu Valerie an den Tisch der Verteidigung, Stuart Matheny und sein Assistent nahmen ihre Plätze auf der Seite der Staatsanwaltschaft ein. Erst als alle im Gerichtssaal sich niedergelassen hatten, trat der Richter durch die Tür links von der Richterbank und nahm seinen Platz ein.
»Die Geschworenen mögen hereinkommen«, sagte er.
Der Gerichtsdiener ging zur Tür rechts von der Richterbank und öffnete sie. Die Augen aller Anwesenden ruhten auf den acht Frauen und vier Männern, die nun eintraten und sich auf ihre Stühle setzten.
Tom Starwood musterte sie vermutlich am aufmerksamsten, versuchte an den Mienen oder Gesten zu erkennen, in welcher Stimmung sie sich befanden. Nur zwei der Geschworenen sahen Valerie an, was er als schlechtes Zeichen deutete.
»Die Geschworenen sind zu einem Urteilsspruch gekommen«, sagte der Richter.
Eine Frau Ende fünfzig erhob sich. »Ja, Euer Ehren«, sagte sie.
Der Gerichtsdiener nahm das Dokument entgegen, das sie ihm gab, und reichte es dem Richter. Der blickte darauf und gab es wieder zurück. Der Gerichtsdiener händigte es der Sprecherin der Geschworenen aus.
Völlige Stille herrschte im Saal.
»Die Angeklagte möge sich erheben.«
Valerie versuchte, sich zu erheben, aber ihre Knie gaben nach. Starwood zog sie hoch und stützte sie.
»Die Geschworenen mögen das Urteil verkünden«, sagte der Richter nun.
Starwood hielt den Atem an.
Die Frau öffnete das Dokument und räusperte sich.

»Betreffend der Anklage wegen Mordes«, sagte sie leise, aber deutlich, »befinden wir Valerie Marsh für ... nicht schuldig.«

Ein aufgeregtes Raunen lief durch den Gerichtssaal. Starwood, der immer noch den Atem anhielt, hielt Valerie weiter fest, denn sie hatten erst die Hälfte hinter sich. Die Geschworenen mochten zu dem Schluss gekommen sein, dass sie den Mord nicht geplant hatte, aber sie konnten ihn immer noch für Absicht halten.

»Betreffend der Anklage wegen Totschlags«, fuhr die Sprecherin fort, als es wieder ruhig wurde im Raum, »befinden wir die Angeklagte für ... nicht schuldig.«

Justin stieß einen Jubelschrei aus. Ricky schlug sich mit der Faust in die andere Hand. Ellen sprach ein Gebet. Marianne lächelte und nickte. Connie Gilchrist und Lil McAllister fielen sich in die Arme. Stuart Matheny sank in sich zusammen. Tom Starwood holte tief Luft und ließ Valerie los, die auf ihren Stuhl sank, so benommen, dass sie nicht einmal sicher war, ob sie das Urteil richtig gehört hatte.

»Es ist vorbei«, raunte Starwood ihr zu.

Sie schaute zu ihm auf, und er sah Tränen in ihren Augen.

»Nein, ist es nicht«, erwiderte Valerie. Sie blickte zu den Geschworenen hinüber. »Für die Geschworenen ist es vorbei, und auch für Sie, aber ich muss mich für meine Tat immer noch vor Gott verantworten.«

3

Valerie rollte sich auf die Seite und schaute auf die Uhr auf ihrem Nachttisch. Es war nach acht, sie hätte längst aufstehen müssen. Sie hatte Justin schon vor einer Stunde gehört und sich gesagt, dass sie ihm Frühstück machen müsse, doch es war ihr nicht gelungen, sich zu rühren. Jetzt war er längst zur Schule gegangen, und im Haus war es still.

Valerie zog sich die Decke über den Kopf. Es war so viel leichter, sich zu verstecken, und das tat sie seit dem Urteilsspruch vor vier Tagen. In der Zeit davor war ihr ganzes Leben in schrecklicher Genauigkeit in der Öffentlichkeit ausgebreitet worden, und Valerie wusste nicht, ob sie jemals imstande sein würde, in die Bank, den Supermarkt oder die Apotheke zu gehen. Sie wollte nicht über ihre Vergangenheit sprechen, doch die anderen würden das tun wollen. Und wenn sie nicht mit ihr selbst reden konnten, würden sie sich vermutlich hinter ihrem Rücken die Mäuler zerreißen. Sie schauderte.

Es war ihr schon schwer gefallen, mit Connie zu reden, die keinen Prozesstag versäumt und die ganze schlimme Geschichte mit angehört hatte.

»Ich wollte nicht, dass jemand das alles erfährt«, sagte Va-

lerie, als es sich nicht mehr vermeiden ließ. »Ich bin dazu erzogen worden, dass Privates privat zu bleiben hat.«
»Ich glaube, ich habe es irgendwie geahnt«, entgegnete Connie. »Vermutlich deshalb, weil du nie viel über dein Leben erzählt hat, wie man es sonst macht unter Freundinnen. Aber ich habe nie das Ausmaß begriffen. Vielleicht wollte ich es auch nicht wirklich wissen.«
»Und nun weiß es jeder«, sagte Valerie traurig. »Nun kann jeder mein Leben betrachten und darüber urteilen, ob die Leute etwas davon verstehen oder nicht. Ich glaube, das tut mir am meisten weh.«
»Die Geschworenen haben sich für dich entschieden«, hielt Connie ihr vor.
»Ja, aber ihr Urteil ist juristisch begründet, nicht moralisch.«
»Das spielt keine Rolle«, erwiderte Connie entschieden. »Du kannst dich nicht bis in alle Ewigkeit hier verstecken. Du hast ein Geschäft, das du weiterführen musst.«
»Was für ein Geschäft?«, erwiderte Valerie. »Die Kundinnen laufen doch in Scharen davon.«
»Judy sagt, du hast in der letzten Woche drei Aufträge bekommen.«
Valerie blinzelte. »Wirklich?«
»Wirklich.«
Als sie jetzt darüber nachdachte, wusste Valerie, dass Connie Recht hatte. Sie konnte sich nicht für immer im Haus verstecken. Früher oder später musste sie sich all dem stellen, was sie dort draußen erwartete. Inzwischen war es halb neun. Stöhnend schlug sie die Decke beiseite und stand auf.

»Oh, du glaubst nicht, wie froh ich bin, dass du hier bist!«, rief Judy aus, als Valerie um halb zehn ihren Laden betrat. »Ich hab zwei kranke Kinder zu Hause, das Telefon klingelt ununterbrochen, und Nicole Deavers ist völlig aufgelöst wegen ihres Ausschnitts.«
Valerie lächelte. Nicole heiratete im August. Sie gehörte zu den wenigen Kundinnen, die ihr treu geblieben waren, hatte sich aber schon zweimal umentschieden wegen des Ausschnitts an ihrem Kleid. Zuerst wollte sie ein hochgeschlossenes Kleid, dann ein tiefer dekolletiertes. Man wusste nie, was sie als Nächstes im Sinn hatte. »Ich ruf sie an«, sagte Valerie.
»Und ich hatte Connie schon gesagt, dass wir drei neue Kundinnen haben«, fuhr Judy fort. »Inzwischen sind es übrigens vier.«

Valerie verließ den Laden erst nach fünf Uhr und musste noch einiges erledigen. Sie war nicht sicher, ob sie vielleicht absichtlich so lange gewartet hatte. Zur Bank kam sie gerade noch rechtzeitig, bevor sie geschlossen wurde, und zahlte ihre Einnahmen am Automaten ein, nicht am Schalter. Dann kaufte sie im Supermarkt ein, blickte aber meist zu Boden und versuchte, die Leute, die ihr nachstarrten, zu übersehen.
Zuletzt ging sie in die Apotheke. Die kleine Glocke an der Tür klingelte munter, als Valerie eintrat.
»Oh, wie schön, Sie hier zu sehen, Mrs. Marsh«, sagte Dennis Murphy und strahlte sie herzlich an. »Was kann ich denn heute für Sie tun?«
»Justin braucht wieder sein Aknemittel, Mr. Murphy«, antwortete Valerie.

»Kommt sofort«, erwiderte Dennis Murphy und verschwand im hinteren Raum. Als er zurückkam, hielt er das Medikament und eine rote Rose in der Hand. »Etwas für Justin und etwas für Sie, wenn Sie erlauben«, sagte er verlegen. »Es ist meine erste Rose dieses Jahr, wissen Sie, und ich hatte sie heute mitgebracht, um jemandem eine Freude zu machen.«

»Oh, Mr. Murphy, vielen Dank«, murmelte Valerie, die merkte, dass sie tatsächlich errötete. Sie dachte an die Blumensträuße, die sie von Jack immer aus einem bestimmten Grund bekommen hatte, und lächelte den Apotheker an. »Sie ist wunderschön«, sagte sie.

Er war wirklich ein reizender Mann. Überdies sah er auch noch gut aus, und Valerie sann müßig darüber nach, weshalb er wohl nie wieder geheiratet hatte.

Connie hatte Valerie morgens losfahren sehen und recht ungeduldig auf ihre Rückkehr gewartet. Valerie hatte kaum auf der Zufahrt gehalten, als Connie auch schon angelaufen kam. »Und, wie schrecklich war es?«, erkundigte sie sich, als sie Valerie in die Küche folgte.

»Nicht so schrecklich, wie ich erwartet hatte«, musste Valerie zugeben. »Die meisten Leute waren eigentlich freundlich zu mir.« Ihre Augen glänzten. »Vor allem Mr. Murphy.«

»Du meinst doch nicht etwa den begehrtesten Witwer weit und breit?«, fragte Connie.

»Doch. Er hat mir sogar eine Rose geschenkt. Sagte, es sei die erste aus seinem Garten.«

»Hört, hört«, trällerte Connie. »Das gibt Stoff für mindestens zwei Spalten im Lokalblatt.«

»Was ist im Lokalblatt?«, fragte Justin, der gerade hinzukam. Er war so glücklich wie nie. In zwei Wochen war Ferienbeginn, und zwei Tage danach würde er nach Alaska fliegen, um den Sommer mit seinem Vater zu verbringen.

»Mr. Murphy von der Apotheke hat deiner Großmutter eine Rose geschenkt«, berichtete Connie.

»Eine Rose?«, sagte Justin. »O Mann, Großmutter, das heißt, dass er was von dir will.«

»Ach, nun hört aber auf, ihr beiden«, sagte Valerie verlegen und beschäftigte sich mit Teekochen, damit die beiden ihre rosaroten Wangen nicht bemerkten.

»Ich hab dir doch gesagt, es wird gut gehen«, sagte Connie. »Ich hab dir gesagt, dass die Leute dir keine Vorwürfe machen werden wegen Jacks schlimmem Verhalten. Du hast das nur befürchtet.«

»Sie hat Recht, Großmama«, bekräftigte Justin. »Die Leute sind auf deiner Seite.« Viele seiner Klassenkameraden und fast alle Lehrer hatten ihm gesagt, wie froh sie über das Urteil waren, und hatten bei dieser Leidensgeschichte der Familie Mitgefühl gezeigt.

»Ihr habt offenbar beide Recht«, gab Valerie zu.

»Na klar«, sagte Connie und lachte. »Wer wäre denn so dämlich, zu glauben, dass du deinen Mann vorsätzlich umgebracht hast?«

Valerie nahm Teetassen aus dem Schrank und wandte Connie und Justin den Rücken zu. Deshalb sahen die beiden das Lächeln nicht, das über ihr Gesicht huschte.